Amanda Quick

Heißes Versprechen
Entfesselt

Amanda Quick ist das Pseudonym
der erfolgreichen, vielfach ausgezeichneten Autorin
Jayne Ann Krentz. Die Auflagen ihrer historischen
und zeitgenössischen Liebesromane haben in den USA
die Millionen-Grenze weit überschritten.
Auch in Deutschland gehört sie mittlerweile
zu den Top-Autorinnen ihres Genres.
Zusammen mit ihrem Mann lebt sie an der
pazifischen Nordwestküste der USA.

AMANDA QUICK

Heißes Versprechen

Entfesselt

Zwei Romane in einem Band

Weltbild

Die amerikanische Originalausgabe von *Heißes Versprechen* erschien unter dem Titel *Wicked Widow* bei Bantam Books, New York.

Die amerikanische Originalausgabe von *Entfesselt* erschien unter dem Titel *Ravished* bei Bantam Books, New York.

Besuchen Sie uns im Internet:
www.weltbild.de

Genehmigte Lizenzausgabe für Verlagsgruppe Weltbild GmbH,
Steinerne Furt, 86167 Augsburg
Heißes Versprechen

Übersetzung: Inez Meyer
Entfesselt

Übersetzung: Ingrid Rothmann
Umschlaggestaltung: Studio Höpfner-Thoma, München
Umschlagmotiv: Agentur Luserke, Stuttgart (© James Griffin)
Gesamtherstellung: Oldenbourg Taschenbuch GmbH,
Hürderstraße 4, 85551 Kirchheim
ISBN 3-8289-8639-0

2009 2008 2007 2006
Die letzte Jahreszahl gibt die aktuelle Lizenzausgabe an.

AMANDA QUICK

Heißes Versprechen

Roman

Aus dem Amerikanischen
von Inez Meyer

Weltbild

Erster Prolog

Ein Albtraum …

Das Feuer fraß sich unheimlich knisternd die Hintertreppe hinunter. Die Flammen warfen ein teuflisch zuckendes Licht in den Flur. Die Zeit wurde knapp. Sie hob den Schlüssel auf, der ihren zitternden Fingern entglitten war, und versuchte erneut, ihn in das Schloss zum Schlafzimmer zu stecken. Der tote Mann, der neben ihr in einer Blutlache lag, lachte. Wieder entglitt der Schlüssel ihren Händen.

Zweiter Prolog

Rache …

Artemas Hunt steckte den letzten mit der Gravur einer Siegeluhr versehenen Bogen in den dritten Briefumschlag und legte diesen neben die beiden anderen auf den Schreibtisch. Lange Zeit betrachtete er die drei vor ihm liegenden Umschläge. Ein jeder war an einen Mann adressiert. Seine geplante Rache hatte lange gebraucht, um heranzureifen, doch jetzt hatte er alles Notwendige zusammen. Den drei Männern diese Briefe zu senden bildete dabei nur den ersten Schritt. Sie sollten ihnen einen Vorgeschmack der Angst geben, auf dass sie in dunklen, nebligen Nächten rückwärts über ihre Schulter blickten. Den zweiten Schritt bildete ein ausgefeilter Finanzplan, der sie letztlich alle drei in den finanziellen Ruin treiben sollte.

Einfacher wäre es gewesen, die drei umzubringen. Sie hatten sich den Tod allesamt redlich verdient, und mit seinen einmaligen Fertigkeiten hätte er diese Möglichkeit leicht in die Tat umsetzen können. Die Wahrscheinlichkeit, dabei ertappt zu werden, war denkbar gering. Schließlich war er nichts Geringeres als ein Meister.

Seinem Willen nach jedoch sollten die drei für das, was sie verbrochen hatten, büßen müssen. Zunächst wollte er sie verunsichern und sie später der nackten Angst aussetzen. Er würde ihnen ihre Hochnäsigkeit austreiben. Er würde sie des Gefühls der Sicherheit und der Geborgenheit berauben, dessen sie sich dank ihrer gesellschaftlichen Stellung erfreuten. Und dann würde er ihnen die Grundlage entziehen, die es ihnen momentan erlaubte, jene Menschenleben zu zerstören, die weniger privilegierten Verhältnissen entstammten.

Bevor alles sein Ende gefunden haben würde, sollte ihnen reichlich Gelegenheit geboten werden, die Tatsache zu erkennen, dass sie in den Augen der Gesellschaft rein gar nichts mehr galten. London würden sie fluchtartig verlassen müssen, und zwar nicht nur, um dem Zugriff ihrer Gläubiger zu entrinnen, sondern auch, um dem unbändigen Zorn der Gesellschaft zu entfliehen. Ihre Clubs würden ihnen den Zutritt verweigern. Nicht nur würden sie die Vergnügungen und Privilegien ihrer Klasse entbehren müssen, zusätzlich würde man sie auch jeglicher Hoffnung berauben, ihr Vermögen durch eine günstige Vermählung wieder ins Lot zu bringen.

Am Schluss würden sie möglicherweise an Geister glauben. Fünf Jahre waren seit Catherines Tod vergangen. Dem Anschein nach war genügend Zeit verstrichen, damit sich die drei verantwortlichen tugendlosen Taugenichtse sicher fühlen konnten. Vermutlich hatten sie die Ereignisse jener Nacht bereits vergessen.

Die Briefe mit den darin befindlichen Siegeln würden ihnen klar machen, dass die Vergangenheit so lebendig wie die Frau tot war, deren Leben sie mutwillig zerstört hatten.

Er würde ihnen ein paar Monate Zeit lassen, um sich daran zu gewöhnen, vor jedem Schritt ängstlich über die Schulter zu schauen. Erst dann würde er den nächsten Schritt wagen, überlegte Artemas. Er würde genügend Zeit verstreichen lassen, um ihre Wachsamkeit zu trüben. Dann erst würde er zur endgültigen Tat schreiten.

Er erhob sich und ging zu der Kristallkaraffe, die auf einem Tisch stand. Er schenkte sich ein Glas Weinbrand ein und prostete im Geiste Catherine zu.

»Sehr bald«, versprach er ihr feierlich, »wird es vollbracht sein. Im Leben bin ich Ihnen nicht gerecht geworden, aber ich schwöre, dass ich Sie im Tod nicht enttäuschen werde. Sie haben lange genug auf Ihre Rache gewartet. Ich werde sie Ihnen verschaffen. Es ist das Einzige, was ich noch für Sie tun kann. Danach, so hoffe ich, werden wir beide befreit sein.«

Er leerte das Glas, setzte es ab und hielt kurz inne. Doch nichts hatte sich verändert.

Die kalte innerliche Leere war noch genauso da, wie sie es die letzten fünf Jahre über gewesen war. Jemals im Leben wirkliches Glück zu erfahren gehörte nicht zu seinen Hoffnungen. Ganz im Gegenteil war er sogar davon überzeugt, dass ein solch unbeschwertes Gefühl einem Mann seines Temperaments überhaupt nicht entspräche. Seine Lehrjahre hatten ihm ohnehin gezeigt, dass Freude, genau wie alle anderen starken Gefühle, auf einer Scheinwahrheit beruhte. Dennoch hoffte er, dass die geplante Rache ihm ein Gefühl der Befriedigung, ja vielleicht sogar so etwas wie Frieden verschaffen würde.

Im Moment verspürte er nichts weiter als den unwiderstehlichen Drang, die Sache durchzuziehen. Der Verdacht regte sich in ihm, auf ihm könne ein Fluch liegen.

Dennoch würde er das zu Ende führen, was er mit den drei Briefen begonnen hatte. Ihm blieb keine andere Wahl. Er galt als Händler von Träumen, von Illusionen, man nannte ihn den Traum-Händler. Den drei Stutzern, die Catherine ermordet hatten, würde er beweisen, dass er ihnen Blut gefrierende Albträume verkaufen könnte.

1. Kapitel

Man munkelte, sie habe ihren Mann umgebracht, weil er ihr lästig geworden sei. Man munkelte, um ihre Tat zu verschleiern, habe sie das Haus in Brand gesetzt. Und weiter munkelte man, möglicherweise sei sie geisteskrank.

In jedem der Clubs der St. James Street war eine Standardwette in den Wettbüchern eingetragen, die tausend Pfund demjenigen bot, der eine Nacht mit der Verruchten Witwe verbrachte und am nächsten Morgen noch lebend von seinen Erlebnissen zu berichten wusste.

Unzählige Gerüchte kursierten über diese Dame. Artemas Hunt kannte sie alle, denn er hatte es sich zur Gewohnheit gemacht, gut informiert zu sein. Zahlreiche Augen und Ohren waren überall in London für ihn im Einsatz. Ein Netzwerk von Spionen und Informanten lieferte ihm eine nicht enden wollende Flut an Gerüchten und Mutmaßungen.

Manches der Flut, die seinen Schreibtisch überschwemmte, entsprach der Wahrheit; manches war lediglich wahrscheinlich; und manches war ganz offensichtlich falsch. Diese Flut zu durchforsten kostete viel Zeit und Mühe. Er vergeudete nicht die Zeit, allen Dingen nachzugehen, die ihm zugetragen wurden. Vieles beachtete er überhaupt nicht, weil es sein Privatleben nicht berührte.

Bis zum heutigen Abend hatte er keinerlei Veranlassung gehabt, den Gerüchten um Madeline Deveridge viel Aufmerksamkeit zu widmen. Ob die Dame ihren Ehemann in die Nachwelt befördert hatte oder nicht war für ihn ohne Belang. Sein Augenmerk galt ganz anderen Dingen.

Bis zum heutigen Abend hatte er keinerlei Interesse an der Verruchten Witwe gehabt. Doch jetzt, so schien es jedenfalls, zeigte sie Interesse an ihm. Die meisten würden das als ausgesprochen schlechtes Zeichen deuten. Ihn selbst amüsierte jedoch die Feststellung, dass er es als eines der aufregendsten Vorkommnisse empfand, die ihm seit langer, langer Zeit widerfahren waren. Das wiederum zeigte einmal mehr, wie eingeschränkt und beengt sein Leben in letzter Zeit verlaufen war.

Er stand auf der nächtlichen Straße und betrachtete die kleine, elegante Kutsche, die im Nebel stand. Die Lampen des Gefährtes leuchteten unheimlich in dem dichten, die Kutsche umwabernden Nebel. Die Gardinen waren zugezogen und verbargen das Innere der Kutsche. Die Pferde standen regungslos. Der Kutscher war auf seinem Bock kaum zu erkennen.

Artemas erinnerte sich an das Sprichwort, das er vor Jahren bei den Mönchen in den Tempelgärten gelernt hatte. Sie waren es gewesen, die ihn in der alten Philosophie und der Kampfkunst des Vanza ausgebildet hatten. *Das Leben bietet eine Unzahl von Köstlichkeiten. Weisheit aber ist es zu wissen, welche davon munden und welche sich als giftig erweisen.*

In seinem Rücken wurde die Tür des Clubs erst geöffnet und dann wieder geschlossen. Lautes, trunkenes Lachen hallte in der Dunkelheit. Abwesend trat er weiter in den Schatten des Torbogens und beobachtete, wie zwei Männer die Treppe hinuntertaumelten. Sie bestiegen eine wartende Pferdekutsche und ließen sich in eine der Spielhöllen der Rotlichtbezirke chauffieren. Langeweile war ihr Todfeind, und sie würden alles in Bewegung setzen, um ihr zu entkommen.

Artemas wartete, bis das abgetakelte Gefährt die Straße hinunter verschwunden war. Dann betrachtete er erneut die dunkle, im Nebel fast geisterhaft wirkende zierliche Kutsche. Ein Problem des Vanza war es, dass es trotz seines kabbalistischen Wissens der menschlichen Neugier nur wenig Spielraum ließ.

Wenig Spielraum für *seine* Neugier jedenfalls.

Artemas fällte eine Entscheidung. Er trat aus dem Torbogen hervor und ging durch die Nebelschwaden auf die Kutsche der Verruchten Witwe zu. Seine steigende Erwartung war das einzige Anzeichen dafür, dass er seine Entscheidung möglicherweise bereuen sollte. Er missachtete dieses Gefühl.

Der Kutscher rutschte ein wenig zur Seite und erstarrte, als er sich näherte.

»Kann ich Ihnen behilflich sein, Sir?«

Obwohl die Frage höflich gestellt war, hörte Artemas die unterschwellige Anspannung heraus. Er schloss daraus, dass der Mann, der unter seinem Cape zusammengesunken dagesessen und einen Hut bis über die Ohren gezogen hatte, sowohl als Kutscher als auch als Leibwächter arbeitete.

»Mein Name ist Hunt. Artemas Hunt. Ich gehe davon aus, mit der Dame eine Verabredung zu haben.«

»Dann sind Sie also derjenige, ja?« Der Mann entspannte sich immer noch nicht. Wenn überhaupt, so schien sich seine Anspannung noch zu vergrößern. »Bitte, steigen Sie ein. Sie werden erwartet.«

Angesichts des strengen Befehlstons zog Artemas die Augenbrauen hoch, schwieg jedoch. Er drückte den Türgriff und öffnete die Kutsche.

Das warme, bernsteinfarbene Licht der Lampe leuchtete ihm entgegen. Auf einem der beiden mit schwarzem Samt bezogenen Sitzen saß eine Frau. Sie trug einen edel wirkenden schwarzen Umhang, der bis auf das schwarze Kleid darunter fast alles verdeckte. Ihr Gesicht war lediglich ein blasser, verschwommener Flecken hinter dem schwarzen Spitzenschleier. Er konnte ihren zarten Körperbau erkennen. Sie strahlte eine geschmeidige, selbstsichere Eleganz aus, die ihm bestätigte, dass es sich nicht um ein unerfahrenes und ungelenkes Schulmädchen handelte. Er hätte den Gerüchten mehr Aufmerksamkeit schenken sollen, die ihm während des letzten Jahres zu Ohren gekommen waren, doch war es dafür jetzt leider zu spät.

»Es war sehr freundlich von Ihnen, so schnell auf meine Nachricht zu reagieren, Herr Hunt. Zeit ist Gold wert.« Ihre Stimme besaß einen rauchigen Unterton, der tief in seinem Inneren etwas Sinnliches berührte. Doch obwohl ihre Worte hastig gesprochen waren, konnte er keinerlei Anzeichen für eine entfachte Leidenschaft bei ihr entdecken. Offenbar hatte die Verruchte Witwe ihn nicht in seine Kutsche gebeten, um ihn zu einer ungestümen, wilden Liebesnacht zu verführen. Artemas setzte sich, schloss die Tür und sann darüber nach, ob ihn dies enttäuschen oder aber erleichtern sollte.

»Ihre Nachricht erreichte mich just in der Minute, als ich eine Runde Karten spielte, bei der ich mit großer Wahrscheinlichkeit gewonnen hätte«, eröffnete er das Gespräch. »Was immer Sie mir zu sagen haben, gnädige Frau, wird hoffentlich die paar hundert Pfund wettmachen, die ich um dieses Treffen willen habe aufgeben müssen.«

Sie richtete sich kerzengerade auf. Ihre Finger, in Ziegenlederhandschuhe gekleidet, schlossen sich um die große schwarze Handtasche auf ihrem Schoß. »Gestatten Sie mir, mich vorzustellen, Sir. Ich bin Madeline Reed Deveridge.«

»Ich weiß, wer Sie sind, Frau Deveridge. Und da Sie offenbar auch wissen, wer ich bin, schlage ich vor, die Formalitäten beiseite zu lassen und unverzüglich zum geschäftlichen Teil vorzudringen.«

»Aber natürlich.« Unter dem Schleier blitzten ihre Augen auf, möglicherweise weil sie sein Verhalten verärgerte.

»Meine Magd, Nellie, ist vor noch nicht einmal einer Stunde in der Nähe des westlichen Tors der Vergnügungsgärten entführt worden. Ich erwarte, dass Sie die volle Verantwortung für jegliche kriminelle Vorkommnisse übernehmen, die sich auf oder in der Nähe Ihrer Grundstücke abspielen. Ich möchte Sie bitten, mir bei der Suche nach Nellie behilflich zu sein.« Artemas hatte das Gefühl, in einen eisigen Teich geworfen worden zu sein. *Sie wusste von seiner Verbindung zu den Vergnügungspavillons.* Wie war das möglich? Nachdem er ihre Nachricht erhalten hatte, hatte er ein halbes Dutzend von Gründen für das unverhoffte Rendezvous heute Abend erwogen und wieder verworfen. Keine seiner Überlegungen jedoch hatte diese Möglichkeit auch nur gestreift.Wie konnte sie erfahren haben, dass er der Besitzer der Gärten war?

Von Anfang an waren ihm die Risiken der Aufdeckung bekannt gewesen. Doch hatte er die Strategien der Geheimhaltung und der Ablenkung so geschickt angewandt, dass niemand – mit der einzig möglichen Ausnahme eines anderen Vanza-Meisters – die Wahrheit hätte aufdecken können. Doch gab es keinerlei Anlass, weswegen ein anderer Vanza-Meister nach ihm Ausschau halten sollte.

»Herr Hunt?« Madelines Stimme klang scharf. »Haben Sie gehört, was ich gesagt habe?«

»Wort für Wort, Frau Deveridge.« Um seine Beunruhigung zu verbergen, ließ er seine Stimme etwas überdrüssig klingen, so wie man es von einem über alle Maßen gelangweilten Gentleman erwarten würde. »Doch ich muss gestehen, ich begreife nicht ganz. Möglicherweise haben Sie sich an die falsche Adresse gewandt. Wenn Ihre Magd tatsächlich entführt wurde, müssen Sie Ihren Kutscher beauftragen, Sie in die Bow Street zu bringen. Dort werden Sie sicherlich einen Laufburschen auftreiben können, um sie zu suchen. Hier in St.James jedoch vertreiben wir uns auf andere und nicht ganz so aufreibende Art und Weise die Zeit.«

»Spielen Sie Ihre Vanza-Spielchen nicht mit mir, Sir. Mir

ist es gleichgültig, ob Sie darin ein Meister sind. Als Inhaber der Vergnügungspavillons unterliegt es Ihrer Verantwortung, die Sicherheit derer zu gewährleisten, die sich auf Ihrem Gelände vergnügen. Ich erwarte von Ihnen, dass Sie unverzüglich Maßnahmen ergreifen, um Nellie zu finden.«

Sie wusste, dass er ein Vanza war. Das war noch bestürzender als die Tatsache, dass sie ihn als Eigentümer der Vergnügungspavillons kannte.

Die eisige Kälte in seinem Magen begann sich auszubreiten. Urplötzlich hatte er die verrückte Vorstellung, dass sich sein so sorgfältig ausgearbeiteter Plan in Luft auflösen könne. Diese außergewöhnliche Frau hatte, auf welche Art auch immer, eine gefährliche Fülle von Wissen über ihn erlangt.

Um seine Wut und seine Fassungslosigkeit zu verbergen, lächelte er. »Die Neugier treibt mich zu fragen, wie Sie zu der seltsamen Schlussfolgerung gelangt sind, ich könne in irgendeiner Weise etwas mit den Vergnügungspavillons oder der Vanza-Gemeinschaft zu tun haben.«

»Das ist hier ohne Belang, Sir.«

»Da irren Sie sich, Frau Deveridge«, erwiderte er kaum hörbar. »Es ist von Belang.«

Etwas in seiner Stimme hatte sie offenbar berührt. Zum ersten Mal, seit er die Kutsche betreten hatte, schien sie zu zögern. Damit hatte sie sich auch weiß Gott lange genug Zeit gelassen, dachte er verbittert.

Als sie ihm jedoch endlich antwortete, war sie erstaunlich kühl. »Ich bin mir der Tatsache bewusst, dass sie nicht nur der Vanza-Gemeinschaft angehören, sondern auch ein Meister dieser Kunst sind, Sir. Als ich so viel über Sie herausgefunden hatte, wusste ich, dass ich auch unter die Oberfläche würde schauen müssen. Diejenigen, die in dieser Philosophie unterrichtet wurden, entsprechen nur selten dem, was sie zu sein vorgeben. Sie lieben die Illusion und tendieren ein wenig zur Exzentrizität und Absonderlichkeit.«

Das alles war um vieles schlimmer, als er es befürchtet hatte. »Ich verstehe. Darf ich fragen, wer Sie über mich unterrichtet hat?«

»Niemand, Sir. Jedenfalls nicht auf die Weise, die Sie hier ansprechen. Ich bin auf Grund eigener Anstrengungen auf die Wahrheit gestoßen.«

Nicht sehr wahrscheinlich, dachte er. »Bitte führen Sie das doch etwas weiter aus, gnädige Frau.«

»Ich habe jetzt wirklich nicht die Zeit, dieses Thema zu vertiefen, Sir. Nellie ist ernsthaft in Gefahr. Ich bestehe darauf, dass Sie mir bei der Suche nach ihr behilflich sind.«

»Warum sollte ich mir die Mühe machen, Ihnen bei der Suche nach Ihrer durchgebrannten Magd zur Seite zu stehen, Frau Deveridge? Sicherlich können Sie ohne großes Aufheben Ersatz finden.«

»Nellie ist nicht durchgebrannt. Wie ich Ihnen bereits dargelegt habe, ist sie von Schurken entführt worden. Ihre Freundin Alice hat alles mit angesehen.«

»Alice?«

»Die beiden hatten sich heute Abend die neuesten Attraktionen in einem der Pavillons angeschaut. Als sie die Gärten durch das westliche Tor verließen, schnappten sich zwei Männer Nellie. Noch bevor jemand den Vorfall überhaupt bemerken konnte, hatten sie sie in eine Kutsche gezerrt und sind auf und davon.«

»Ich halte es für wesentlich wahrscheinlicher, dass Ihre Nellie mit einem jungen Mann durchgebrannt ist«, beharrte Artemas. »Im Nachhinein hat sich ihre Freundin diese Entführungsgeschichte ausgedacht. Auf diese Weise würden Sie sie wieder bei sich aufnehmen, falls Nellie ihre Meinung ändern sollte.«

»Unsinn. Nellie wurde von der Straße weg entführt.« Zu spät erinnerte er sich, dass man die Verruchte Witwe auch als verrückt betrachtete. »Warum sollte jemand Ihre Magd entführen?«, stellte er die Frage, die er unter den Umständen für durchaus gerechtfertigt hielt.

»Ich fürchte, sie ist von jenen widerlichen Männern entführt worden, die Bordelle mit unschuldigen jungen Frauen versorgen.« Madeline hob ihr schwarzes Schirmchen auf. »Genug der Erläuterungen. Wir haben keine Zeit zu verlieren.«

Artemas fragte sich, ob sie ihn mit der Schirmspitze zur Tat antreiben wollte. Erleichtert stellte er fest, dass sie ihn am Griff hielt und mit der Spitze gegen das Dach der Kutsche stieß. Auf dieses Signal hatte der Kutscher offenbar gewartet, denn das Gefährt setzte sich unverzüglich in Bewegung.

»Was zum Teufel erlauben Sie sich?«, erkundigte sich Artemas. »Ist es Ihnen nicht in den Sinn gekommen, dass ich für meinen Teil einer Entführung ebenfalls nicht zustimmen könnte?«

»Ihre Einwände sind mir recht gleichgültig.« Madeline lehnte sich auf ihrem Sitz zurück. Ihre Augen glitzerten durch den Schleier hindurch. »Nellie zu finden ist im Moment mein einziges Anliegen. Später werde ich mich bei Ihnen entschuldigen, falls sich das als nötig erweisen sollte.«

»Dem sehe ich jetzt schon mit Freude entgegen. Wohin fahren wir?«

»Zurück zum Ort der Entführung. Zum westlichen Tor Ihres Vergnügungspavillons, Sir.«

Artemas' Augen wurden schmal. Geisteskrank wirkte sie nicht. Im Gegenteil, sie schien genau zu wissen, was sie wollte.

»Was genau erwarten Sie von mir, Frau Deveridge?«

»Sie sind Inhaber der Vergnügungspavillons. Und Sie sind ein Vanza. Beides zusammengenommen wird Ihnen das an Orten Beziehungen verschaffen, an denen ich über keine verfüge.«

Er betrachtete sie lange. »Wollen Sie damit andeuten, ich unterhielte Beziehungen zu Kriminellen, gnädige Frau?«

»Ein Urteil über das Ausmaß, ganz zu schweigen über die Qualität ihrer Beziehungen würde ich mir nicht anmaßen wollen.«

Der Zorn in ihrer Stimme war besonders interessant, da er zusätzlich zu ihrem beunruhigenden Wissen über seine privatesten Belange entstanden schien. Eines jedoch war sicher: Unmöglich konnte er jetzt aus der Kutsche springen und ihr damit den Rücken kehren. Ihr Wissen darüber, dass ihm die Pavillons gehörten, reichte für sich allein genommen schon aus, seine langjährig ausgearbeiteten Pläne zu zerstören.

Seine Neugier und Erwartung amüsierten ihn mittlerweile nicht mehr. Nicht nur musste er unbedingt herausfinden, wie viel Madeline Deveridge wusste, er musste zusätzlich in Erfahrung bringen, wie sie derart umsichtig tief verborgene Tatsachen hatte aufdecken können.

»Also gut, Frau Deveridge«, sagte er. »Ich werde alles tun, um Ihre vermisste Magd wieder zu finden. Aber machen Sie es nicht mir zum Vorwurf, falls sich herausstellen sollte, dass die junge Nellie gar nicht gefunden werden möchte.«

Sie hob eine Ecke der Gardine an und starrte auf die neblige Straße. »Ich versichere Ihnen, dass sie auf ihre Rettung wartet.«

Ein paar Sekunden war seine Aufmerksamkeit von der eleganten Hand im Handschuh gefangen genommen, die die Gardine hielt. Unwillkürlich war er von der zarten Biegung ihres Handgelenks fasziniert. Er bemerkte den kaum wahrnehmbaren Duft irgendwelcher Blumenblätter, die sie für ihr Badewasser benutzt haben musste. Sich selbst ermahnend, widmete er sich wieder den momentan drängenden Aufgaben. »Unabhängig vom Ausgang dieser Angelegenheit möchte ich Sie doch warnen, dass ich im Anschluss ein paar Erklärungen von Ihnen erwarte.«

Sie wandte sich ihm abrupt zu und fixierte ihn.

»Erklärungen? Was für Erklärungen?«

»Verstehen Sie mich nicht falsch, Frau Deveridge. Ich bin über alle Maßen von der Fülle und der Genauigkeit Ihres Wissens über meine Person beeindruckt. Sie müssen über ausgezeichnete Quellen verfügen. Doch fürchte ich, dass Sie ein wenig zu viel über mich und meine Belange haben in Erfahrung bringen können.«

Es war ein verzweifelter Schritt gewesen, doch sie hatte gewonnen. Jetzt saß sie dem geheimnisvollen Traum-Händler gegenüber, dem heimlichen Eigentümer von Londons exotischstem Vergnügungspark. Madeline war sich sehr wohl des hohen Risikos bewusst, ihn in ihre Kenntnis seiner Identität einzuweihen. Ihrer Meinung nach hatte er allen Grund zur Besorgnis. Er bewegte sich in den obersten Kreisen der Gesellschaft. Sein Name stand auf der Gästeliste jeder einflussreichen Gastgeberin der Stadt, und er war Mitglied der vornehmsten Clubs. Doch selbst sein Vermögen würde ihn nicht vor der gesellschaftlichen Katastrophe bewahren können, falls eben diese Gesellschaft erfahren sollte, dass sie in ihre obersten Ränge einen Mann aufgenommen hatte, der als Geschäftsmann arbeitete.

Sein wagemutiges Auftreten jedoch musste sie anerkennen. Hunt hatte sich eine Rolle erarbeitet, die des großartigen Edmund Kean würdig gewesen wäre. Er hatte es erfolgreich verstanden, seine Identität als Händler von Träumen und Illusionen geheim zu halten. Niemand hinterfragte die Quelle seines Reichtums. Gentlemen ließen derlei Dinge unerwähnt, es sei denn, einem von ihnen war für andere sichtbar das Geld ausgegangen. In diesem Fall wurde er zur Zielscheibe unverhohlenen Spotts und gehässiger Nachrede. Nicht wenige von ihnen hatten sich lieber die Kugel gegeben, als dem Skandal finanziellen Ruins die Stirn zu bieten.

Man konnte es nicht anders bezeichnen: Heute Abend hatte sie Hunt praktisch dazu erpresst, ihr zu helfen, doch hatte sie keine andere Wahl gehabt. Sicherlich würde sie dafür noch bezahlen müssen. Artemas Hunt war ein Vanza-Meister, und noch dazu einer der gebildetsten Gentlemen, die jemals diese geheime Kunst erlernt hatten. Solche Männer waren bereits von Natur aus sehr verschlossen.

Hunt hatte keine Mühe gescheut, seine Vanza-Vergangenheit zu verheimlichen – ein ausgesprochen verdächtiges Verhalten. Doch anders als sein Besitz der Vergnügungspavillons würde ihm die Mitgliedschaft der Vanza-Gemeinschaft keine gesellschaftliche Unbill eintragen. Schließlich war das Erlernen dieser Kunst ausschließlich Gentlemen vorbehalten. Dennoch bestand er darauf, eine geheimnisvolle Aura um seine Person aufrechtzuerhalten. Das wiederum versprach nichts Gutes.

Ihrer Erfahrung nach waren die meisten Mitglieder des Vanza-Zirkels harmlose Spinner. Andere wiederum konnte man nur als leidenschaftliche Sonderlinge bezeichnen. Einige wenige unter ihnen waren schlicht verrückt. Und andere wirklich gefährlich. Artemas Hunt, so schien es ihr, musste wohl dieser letztgenannten Kategorie angehören. Wenn diese Nacht hinter ihr lag, würde sie noch ganz andere Probleme zu lösen haben.

Als ob sie nicht ohnehin schon mit genügend Dingen beschäftigt wäre. Wenn sie andererseits ihre Schlaflosigkeit in letzter Zeit in Betracht zog, dann konnte sie sich allerdings auch gleich mit irgendetwas beschäftigen.

Ein Schauer durchfuhr sie. Sie war sich wohl bewusst, dass Hunt einen Großteil des Innenraums der kleinen Kutsche für sich beanspruchte. Er war wohl kaum so groß wie ihr Kutscher, Latimer, doch waren seine Schultern beeindruckend breit, und seine gefährliche Geschmeidigkeit verstörte sie auf eine Art und Weise, die sie sich selbst nicht erklären konnte. Die wachsame Intelligenz seiner Augen verstärkte noch dieses verstörende Gefühl.

Trotz allem, was sie über ihn wusste, war sie fasziniert von ihm.

Sie schlang ihren Umhang noch enger um ihren Körper. *Sei kein Dummkopf* ermahnte sie sich. Denn das Allerletzte, wonach ihr der Sinn stand, war, sich noch einmal mit einem Vanza-Mitglied einzulassen.

Jetzt jedoch war es zu spät, ihre Meinung zu ändern. Sie hatte ihre Entscheidung gefällt, nun musste sie ihren Plan auch ausführen. Nellies Leben hing von dieser Entscheidung ab.

Die Kutsche hielt an und schüttelte sie aus ihren sorgenvollen Gedanken. Artemas drehte das Licht der Kutsche herunter. Dann fasste er die Gardine und schob sie zur Seite. Gegen ihren Willen war sie von seinen kontrollierten Bewegungen fasziniert, als er in die Nacht hinausspähte.

»Gnädige Frau, wir sind am Westtor angekommen. Wie Sie selbst sehen können, ist es sogar zu dieser Stunde noch recht belebt hier. Ich kann nicht glauben, dass ein junges Mädchen vor den Augen so vieler Menschen in eine Kutsche hätte gezerrt werden können. Jedenfalls nicht, wenn sie es nicht selbst auch gewollt hätte.«

Madeline lehnte sich vor, um die Szene zu betrachten. Eine Unzahl von farbenprächtigen Lampen erleuchtete die Gegend. Der geringe Eintrittspreis ermöglichte allen gesellschaftlichen Schichten den Zutritt, um sich einen Abend lang in den Vergnügungspavillons zu amüsieren. Ehrwürdige Damen und Gentlemen, Mitglieder des Landadels, Ladenbesitzer, Lehrlinge, Mägde und Diener, Dandys, Offiziere, Schurken und Taugenichtse – alle kamen hierher und traten durch die hell erleuchteten Tore.

Hunts Beobachtung hatte einiges für sich, dachte sie. Zahlreiche Leute und Gefährte waren zu sehen. Eine Frau gegen ihren Willen in eine Kutsche zu zerren wäre sicherlich kaum möglich gewesen, ohne dass es jemandem aufgefallen wäre.

»Die Entführung hat nicht unmittelbar vor dem Tor stattgefunden«, erläuterte Madeline. »Alice sagte, Nellie und sie hätten an der nächsten Straßenkreuzung gestanden und auf die Kutsche gewartet, die ich für sie geschickt hatte, als die Wüstlinge auf der Bildfläche erschienen.« Sie betrachtete die enge, düstere Straße. »Sie wird die Ecke dort drüben gemeint haben, wo die jungen Kerle herumlümmeln.«

»Hmm.«

Seine Zweifel waren nur zu offensichtlich. Madeline betrachtete ihn bestürzt. Ohne dass er die Sache ernst nahm, würden sie heute Abend rein gar nichts ausrichten können. Und die Zeit wurde allmählich knapp. »Sir, wir müssen uns sputen. Wenn wir nicht unverzüglich etwas unternehmen, wird Nellie in den Rotlichtbezirken verschwinden. Dann wird es nicht mehr möglich sein, sie zu finden.«

Artemas ließ die Gardine wieder vor das Fenster gleiten. Seine Hand legte sich auf den Türknauf. »Bleiben Sie hier. In wenigen Minuten werde ich wieder zurück sein.«

Sie schnellte vor. »Wohin gehen Sie?«

»Beruhigen Sie sich, Frau Deveridge. Ich habe nicht die Absicht, die Suche abzubrechen. Ich werde zurückkommen, nachdem ich ein paar Dinge in Erfahrung gebracht habe.«

Geschickt sprang er aus der Kutsche und schloss die Tür, noch bevor sie ihm weitere Fragen stellen konnte. Beunruhigt und verschreckt durch die Art, dass er plötzlich das Geschehen dominierte, beobachtete sie ihn, wie er auf die dunkle Gasse zuging.

Sie sah, wie er energisch einige Änderungen an seinem Cape und Hut vornahm, und war über das Ergebnis verblüfft. Innerhalb nur weniger Schritte hatte er sein Aussehen vollkommen verändert.

Obwohl er jetzt nicht mehr wie ein Gentleman aussah, der eben aus seinem Club getreten war, bewegte er sich doch immer noch mit jener geschmeidigen Selbstsicherheit, die sie überall wiedererkannt hätte. Es ähnelte so sehr der Art und Weise, wie Renwick sich bewegt hatte, dass ihr ein Schauer über den Rücken lief. Für alle Zeiten würde sie den geschmeidigen, pirschenden Gang mit den hervorragend in der Kampfkunst des Vanza Ausgebildeten verbinden. Erneut fragte sie sich, ob sie nicht einen großen Fehler begangen hatte. *Hör damit auf* maßregelte sie sich selbst. *Als du die Note in seinen Club schicktest, hast du genau gewusst, worauf du dich einlässt. Du wolltest seine Hilfe. Welche Folgen sich auch immer daraus ergeben mögen, seine Hilfe hast du jetzt.* Positiv war andererseits zu verbuchen, dass Hunts Aussehen in keinster Weise dem ihres verstorbenen Ehemanns glich. Unerfindlicherweise beruhigte sie diese Tatsache. Mit seinen blauen Augen, dem hellen Haar und den romantisch ansprechenden Gesichtszügen hatte Renwick die goldgelockten Engelsgestalten alter Gemälde großer Meister in den Schatten gestellt.

Hunt dagegen hätte ebenso gut als der Teufel persönlich durchgehen können.

Nicht nur sein fast rabenschwarzes Haar, die grünen Augen und das strenge, asketische Gesicht verliehen ihm eine unergründliche Tiefe. Es war der kalte, wissende Blick, der ihre Nerven erstarren ließ. Dies war der Mann, der durch die Hölle gegangen war. Anders als Renwick, der jeden in seiner Nähe mit der Leichtigkeit eines Magiers verzauberte, wirkte Hunt tatsächlich so gefährlich, wie er es zweifellos tatsächlich war.

Er verschwand in der Dunkelheit, die sich hinter der Insel der hell erleuchteten Vergnügungspavillons auftat.

Latimer kletterte vom Kutschbock. Sein breites, vor Besorgnis zerfurchtes Gesicht erschien vor dem Fenster.

»Die Sache gefällt mir nicht, gnädige Frau«, sagte er. »Wir hätten doch in die Bow Street fahren und einen Laufburschen anheuern sollen.«

»Vielleicht haben Sie Recht, doch ist es jetzt für diese Vorgehensweise zu spät. Ich kann nur hoffen …« Sie brach ab, als Hunt hinter Latimer auftauchte. »Ach, da sind Sie ja wieder, Sir. Wir haben uns schon Sorgen gemacht.«

»Das hier ist der Kurze Hans.« Artemas deutete auf einen mageren, drahtigen und ungepflegten Jungen, der nicht älter als zehn oder elf Jahre sein mochte. »Er wird uns begleiten.«

Madeline runzelte beim Anblick des Kurzen Hans die Stirn. »Es ist schon recht spät. Sollten Sie nicht im Bett sein, junger Mann?«

Der Kurze Hans hob angewidert den Kopf und spuckte gekonnt auf der Straße aus. »Diese Art von Arbeit mache ich nicht, gnädige Frau. Ich gehe einem anständigen Gewerbe nach, jawohl.«

Madeline musterte ihn. »Verzeihen Sie, aber was verkaufen Sie?«

»Auskünfte«, erwiderte der Kurze Hans unbekümmert. »Ich bin einer von Zacharys Augen und Ohren.«

»Wer ist Zachary?«

»Zachary arbeitet für mich«, erwiderte Artemas und kürzte so eine sicherlich ausführliche Erklärung ab. »Kurzer Hans, erlauben Sie mir, Ihnen Frau Deveridge vorzustellen.«

Der Kurze Hans grinste, riss sich die Kappe vom Kopf und machte einen überraschend galanten Diener. »Zu Ihren Diensten, gnädige Frau.«

Als Antwort neigte Madeline leicht den Kopf. »Es ist mir ein Vergnügen, Kurzer Hans. Ich hoffe, Sie werden uns helfen können.«

»Ich werde mich bemühen, gnädige Frau.«

»Genug jetzt, wir können keine Zeit mehr verschwenden.«

Artemas warf Latimer einen Blick zu, während er den Türknauf der Kutsche umfasste. »Beeilung, junger Mann. Der Kurze Hans wird Ihnen den Weg weisen. Wir fahren zu einer Schänke in der Blister Lane, dem ›Gelben Hund‹. Ist sie Ihnen bekannt?«

»Die Schänke nicht, mein Herr, die Blister Lane jedoch kenne ich.« Latimers Gesicht verdunkelte sich. »Haben die Gauner meine Nellie etwa dorthin gebracht?«

»So jedenfalls hat es mir der Kurze Hans berichtet. Er wird mit Ihnen auf dem Bock fahren.« Artemas öffnete die Tür und glitt in die Kutsche. »Fahren wir.«

Latimer warf sich auf seinen Sitz, und der Kurze Hans kletterte hinter ihm auf den Bock. Noch bevor Artemas die Tür hatte schließen können, setzte sich die Kutsche schon in Bewegung.

»Ihr Kutscher ist wirklich sehr erpicht darauf, Nellie aufzutreiben«, bemerkte er, als er sich setzte.

»Latimer und Nellie sind ein Liebespaar«, erläuterte Madeline. »Sie wollen bald heiraten.« Sie versuchte, seine Miene zu entschlüsseln. »Woher wissen Sie, dass man Nellie in diese Schänke gebracht hat?«

»Der Kurze Hans war Augenzeuge des gesamten Vorfalls.«

Sie musterte ihn erstaunt. »Warum in aller Welt hat er das Verbrechen dann nicht angezeigt?«

»Wie er Ihnen schon sagte, ist er Geschäftsmann. Er kann es sich nicht leisten, seine Ware zu verschenken. Er wartete gerade auf Zachary, der seine gewohnte Runde dreht und Auskünfte einsammelt. Am nächsten Morgen wäre es dann mir zugetragen worden. Da ich heute jedoch selbst aufgetaucht bin, hat der Junge seine Ware mir verkauft. Er weiß, dass ich Zachary seinen gewohnten Lohn dafür zahlen werde.«

»Gütiger Gott, Sir, wollen Sie mir sagen, dass Sie über ein

ganzes Netzwerk solcher Informanten wie dem Kurzen Hans verfügen?«

Er zuckte mit den Schultern. »Ich zahle ihnen weit mehr dafür als die Händler, denen sie früher gelegentlich eine gestohlene Uhr oder einen Kerzenhalter verschachert haben. Und wenn Zachary und seine Augen und Ohren mit mir ihre Geschäfte machen, riskieren sie dabei nicht, im Gefängnis zu landen, wie das bei den Arbeitgebern ihrer früheren Tätigkeiten der Fall gewesen ist.«

»Das begreife ich nicht. Weshalb sollten Sie für diese Art von Gerüchten und Klatsch, den ein paar junge Raufbolde auf der Straße auflesen, Geld bezahlen wollen?«

»Es würde Sie erstaunen, was man aus solchen Quellen lernen kann.«

Sie rümpfte leicht die Nase. »Zweifelsohne sind derlei Auskünfte über alle Maßen erstaunlich, doch frage ich mich, weshalb ein Gentleman in Ihrer Position etwas davon wissen möchte?«

Schweigend blickte er sie an. Erst leuchteten seine Augen kühl und belustigt, dann zog er sich an einen dunklen Ort in seinem Inneren zurück.

Was hatte sie denn erwartet, fragte sie sich. Dass er durch und durch absonderlich war, hätte sie voraussagen können. Sie räusperte sich. »Ich will Ihnen nicht zu nahe treten, Sir. Es klingt nur alles ein wenig, nun ja, ein wenig ungewöhnlich.«

»Und so sehr rätselhaft, unübersichtlich und geheimniskrämerisch, wollen Sie das damit zum Ausdruck bringen?« Artemas' Stimme war viel zu höflich. »So sehr nach Vanza vielleicht?«

Madeline hielt es für besser, das Thema zu wechseln. »Und wo ist dieser Zachary heute Abend?«

»Er ist älter, als man annehmen möchte«, erwiderte Artemas trocken. »Heute Abend macht er seiner jungen Dame den Hof. Sie arbeitet bei einem Hutmacher, und heute ist ihr freier Abend. Es wird ihm Leid tun zu erfahren, was er verpasst hat.«

»Immerhin wissen wir jetzt, was passiert ist. Ich sagte Ihnen doch, dass Nellie nicht mit einem Mann durchgebrannt ist.«

»Richtig, das haben Sie. Erinnern Sie Ihre Umgebung dauernd daran, wenn Sie einmal Recht gehabt haben?«

»Ich rede nur ungern um den heißen Brei herum, Sir. Jedenfalls nicht dann, wenn etwas so Wichtiges wie die Sicherheit einer jungen, unschuldigen Frau auf dem Spiel steht.« Stirnrunzelnd überlegte sie. »Woher kannte der Kurze Hans den genauen Ort, an den Nellie entführt worden ist?«

»Er ist der Kutsche zu Fuß gefolgt. Das sei nicht weiter schwierig gewesen, denn der Verkehr habe sich wegen des Nebels ohnehin nur schleppend vorwärts bewegt.« Artemas grinste bitter. »Der Kurze Hans ist ein heller Kopf. Ihm war klar, wenn eine junge Frau in der Nähe einer der Eingänge zu den Pavillons entführt wird, so gehört dies genau zu jenen Vorkommnissen, für die ich gut zahle.«

»Ich möchte hoffen, dass Sie über kriminelle Vorkommnisse in der Nähe Ihres Geschäftes unterrichtet sein wollen. Schließlich tragen Sie als Eigentümer der Pavillons eine gewisse Verantwortung.«

»Wohl wahr.« Artemas schien sich noch weiter in die Schatten zurückzuziehen. »Solche Dinge sollten nicht vorkommen, schließlich schaden sie dem Geschäft.«

2. *Kapitel*

Die dicken Glasfenster des »Gelben Hundes« schimmerten unheimlich. Das Kaminfeuer entfesselte bedrohliche Schatten, die wie trunkene Geister umhertorkelten. Zweifelsohne waren die Gäste betrunken, doch harmlos waren sie mit Sicherheit nicht. Vermutlich waren die meisten von ihnen bewaffnet. Der »Gelbe Hund« war einer jener Orte, an denen sich die raubeinigsten Gestalten des Rotlichtbezirks einfanden.

Madeline betrachtete durch das Fenster der Kutsche hindurch aufmerksam das Geschehen. »Gott sei Dank habe ich nicht versäumt, meine Pistole mitzubringen.«

Es gelang ihm, sein Stöhnen zu unterdrücken. Zwar kannte er sie erst seit einer Stunde, doch wusste er genügend über die Dame Bescheid, dass ihn diese Neuigkeit nicht in Erstaunen versetzte.

»Sie wollen so freundlich sein und sie in Ihrer Handtasche belassen«, erwiderte er bestimmt. »Ich greife nicht gerne zu Waffen, wenn es sich vermeiden lässt. Im Allgemeinen sind sie der Auftakt eines recht unangenehmen Durcheinanders.«

»Dessen bin ich mir wohl bewusst«, erwiderte sie.

Ihm fielen die Gerüchte wieder ein, die er über den plötzlichen Tod ihres Mannes vernommen hatte. »Das kann ich mir gut vorstellen.«

»Dennoch«, fuhr Madeline fort, »eine junge Frau einfach so auf der Straße zu entführen kann man wohl kaum als angenehmes Verbrechen bezeichnen, Sir. Und wie ich vermute, wird es auch keine angenehme Lösung dafür geben.«

Er malmte mit den Zähnen. »Wenn Ihre Nellie sich in diesem Etablissement befindet, sollte es mir möglich sein, sie ohne die Hilfe einer Pistole zu befreien.«

Madeline schien immer noch nicht überzeugt. »Das halte ich kaum für möglich, Herr Hunt. Die Gäste scheinen mir rechte Raufbolde zu sein.«

»Ein Grund mehr, laute Geräusche zu vermeiden, die ihre Aufmerksamkeit erregen würden.« Er warf ihr einen bedeutungsvollen Blick zu. »Mein Vorhaben wird nur dann gelingen, wenn Sie meinen Anordnungen folgen, gnädige Frau.«

»Ich habe eingewilligt, Ihrem Plan zu folgen, und daran werde ich mich auch halten.« Sie hielt inne. »Es sei denn natürlich, etwas läuft aus dem Ruder.«

Mit diesem halbherzigen Versprechen würde er sich wohl oder übel abfinden müssen, dachte er. Die Verruchte Witwe war es offenbar gewohnt, Anordnungen zu erteilen, und nicht, ihnen zu folgen. »Nun denn, gehen wir die Sache an. Sie sind sich über Ihre Aufgabe im Klaren?«

»Machen Sie sich keine Sorgen, Sir. Der Kurze Hans und ich werden mit der Kutsche am Eingang der Gasse warten.«

»Ich bitte darum. Ich würde sehr ungehalten darüber sein, wenn ich mit Nellie aus der Hintertür komme und keine Möglichkeit erkenne, die Gegend zu verlassen.« Artemas warf seinen Hut auf den Sitz und verließ die Kutsche. Latimer übergab dem Kurzen Hans die Zügel und kletterte vom Bock, um Artemas zu begleiten. Stehend wirkte er noch größer als zusammengesunken auf dem Kutschbock. Die ausladenden Schultern des Kutschers verdeckten fast das gesamte Licht der einzigen an der Kutsche befestigten Lampe.

Artemas erinnerte sich an seinen ersten Eindruck von Latimer. *Mehr Leibwächter denn Kutscher.*

»Ich habe meine Pistole dabei«, versicherte ihm Latimer.

»Gehen Ihre Dienstherrin und Sie denn niemals aus dem

Haus, ohne bis an die Zähne bewaffnet zu sein?« Latimer schien die Frage zu überraschen. »Aber nein doch, Sir.«

Artemas schüttelte den Kopf. »Und sie hält mich für absonderlich. Nichts für ungut. Sind Sie bereit?«

»Ja, Sir.« Latimer musterte die Fenster des »Gelben Hundes«. »Gnade ihnen Gott, falls sie meiner Nellie etwas angetan haben sollten. Dann werde ich jeden Einzelnen dafür bluten lassen.«

»Ich bezweifle, dass sie ausreichend Zeit hatten, um dem Mädchen etwas anzutun.« Artemas überquerte die Straße. »Um es ganz deutlich zu sagen, wenn sie tatsächlich mit dem Ziel entführt worden ist, sie an ein Bordell zu verkaufen, werden die Kerle nichts getan haben, was ihren, sagen wir, Wert in diesem bestimmten Markt schmälern würde, wenn Sie verstehen, was ich meine.«

Latimer erstarrte vor Groll und Widerwillen. »Ich habe Sie sehr wohl verstanden, Sir. Wie ich höre, werden Mädchen auf Auktionen wie Pferde verkauft. Die armen Dinger gehen an denjenigen, der den höchsten Preis für sie bietet.«

»Keine Angst, wir werden sie noch rechtzeitig retten können«, meinte Artemas leise.

Latimer wandte ihm das Gesicht zu. In dem gelblichen, aus der Schänke dringenden Licht wirkte es wie eine schaurige Maske. »Wenn Sie meine Nellie heute Nacht hier unversehrt herausbekommen können, werde ich den Rest meines Lebens in Ihrer Schuld stehen, Sir.«

Der arme Mann ist verliebt, dachte Artemas. Unfähig, noch weitere Beschwichtigungen zu finden, drückte er lediglich kurz Latimers Schulter. »Nicht vergessen«, meinte er, »mir fünfzehn Minuten zu geben, aber nicht mehr, und dann ein Ablenkungsmanöver zu verursachen.« Er verschwand in der Dunkelheit.

»Jawohl, Sir.« Latimer schritt auf die Eingangstür zu, öffnete diese und trat in die Schenke.

Artemas lief zu der Gasse, die sich auf der Rückseite der Gaststätte befand. Nach nur wenigen Schritten schlug ihm eine Flut übel riechender Gerüche entgegen. Die enge Gasse war offenbar sowohl zur Verrichtung der Notdurft als auch als Müllhalde benutzt worden. Nachdem er seinen erzwungenen Auftrag erledigt hatte, würden seine Stiefel eine gründliche Reinigung nötig haben.

Er gelangte zum Ende der Gasse, bog um die Ecke und fand sich in etwas wieder, was ehemals ein Garten gewesen sein musste. Die Toilette der Schänke stand in einer der Ecken. Die Tür zur Küche stand offen, um etwas von der nächtlichen Luft hereinzulassen. Ein Stockwerk darüber brannte in einem der Fenster Licht.

Artemas schlug den Kragen seines Capes hoch, um so sein Profil zu verstecken. Dann näherte er sich der Küchentür. Falls ihm jemand begegnen sollte, so würde man ihn lediglich für einen dieser trunkenen Rüpel halten, die sich auf der Suche nach Laster und Unterhaltung im Rotlichtbezirk herumdrückten.

Er fand die Hintertreppe und vernahm die gedämpften Stimmen zweier Männer. Hinter einer der Türen war ein heftiger Streit im Gange.

»Sie ist erste Sahne, sag ich dir. Von der alten Puffmutter in Rose Lane könnten wir glatt das Doppelte bekommen.«

»Ich habe einen Handel abgeschlossen, verdammt noch eins, und daran werde ich mich auch halten. Ich muss schließlich an meinen Leumund denken.«

»Wir sind hier in ein Geschäft verwickelt, du verdammter Idiot, und nicht in ein Spiel der vornehmen Gesellschaft, wo es festgelegte Regeln und dergleichen gibt. Wir wollen doch Gewinn daraus schlagen, und ich sage dir, die wird uns einiges mehr eintragen, wenn wir sie der alten Schachtel in Rose ...«

Die Auseinandersetzung wurde von einem plötzlichen

Durcheinander im unteren Stockwerk gestört. Schreie und Rufe hallten im Treppenhaus wider. Artemas erkannte die lauteste unter den Stimmen. Sie gehörte Latimer.

»Feuer! In der Küche brennt es! Rennt um euer Leben, das Ding brennt wie eine Strohhütte!«

Ein donnerndes Geräusch folgte. Schwere Stiefel kamen auf die Tür zu, wie Artemas erwartet hatte. Er hörte ein Scharren, dann etwas splittern, ein Tisch vielleicht, den man umgeworfen hatte.

Er versuchte die erste Tür im Flur. Der Knauf ließ sich leicht drehen. Er öffnete die Tür einen Spalt und hielt inne. Sein Gespür sagte ihm, dass das nicht erleuchtete Zimmer leer sein musste. Er trat ein und ließ die Tür leicht angelehnt.

»Löst Alarm aus!«, hörte er Latimers gedämpfte Stimme rufen. »Der Rauch in der Küche ist so dicht, dass man seine eigene Hand nicht vor Augen sehen kann.« Die zweite Tür auf dem oberen Flur schlug krachend auf. Artemas beobachtete aus dem Schatten heraus, wie ein breiter, kräftig gebauter Mann erschien. Ihm folgte sein schmächtiger Kumpan mit einem hageren Gesicht. Das Licht, das vom Inneren des Zimmers herausdrang, beleuchtete ihre grobe Kleidung und verunsicherten Mienen.

»Was in aller Welt geht hier vor?«, richtete der große Mann seine Frage an niemand Bestimmten.

»Du hast doch das Rufen gehört.« Der schmächtige Mann versuchte, sich an dem Breitschultrigen vorbeizudrängen. »Es ist ein Feuer ausgebrochen. Ich kann den Rauch riechen. Wir müssen hier raus.«

»Und was ist mit dem Mädchen? Sie ist zu viel wert, als dass wir sie zurücklassen können.«

»Mein Leben jedenfalls ist sie nicht wert.« Dem Schmächtigen war es endlich gelungen, sich den Weg in den Flur zu bahnen. Er rannte auf die Treppe zu. »Du kannst sie ja über die Schulter nehmen, wenn du dir die Mühe machen willst.«

Der große Mann zögerte. Er blickte zu dem erleuchteten Zimmer zurück. Ärger und Verzweiflung mischten sich auf seinem Gesicht. »Gott verdammt noch mal!«

Leider gewann die Gewinnsucht die Oberhand. Der Mann wandte sich um und kehrte zu der kleinen Kammer zurück. Eine Minute später kam er mit einer ohnmächtigen Frau über seinen breiten Schultern wieder heraus.

Artemas trat auf den Flur hinaus. »Gestatten Sie mir, Ihnen bei der Rettung der Dame behilflich zu sein.«

Der große Mann reagierte wütend. »Gehen Sie mir verdammt noch eins aus dem Weg.«

»Entschuldigung.« Artemas trat zur Seite.

Der Hüne rannte an ihm vorbei auf die Treppe zu. Artemas stellte ihm ein Bein und versetzte ihm gleichzeitig einen knappen Schlag auf die empfindliche Stelle zwischen Hals und Schulter.

Der Mann schrie auf, und sein linker Arm und der überwiegende Teil seiner linken Körperseite wurden empfindungslos. Er strauchelte und fiel der Länge nach über Artemas' vorgestreckten Stiefel. Im vergeblichen Bemühen, seinen Sturz abzufedern, ließ er Nellie fallen.

Noch ehe Nellie auf dem Boden aufschlug, hatte Artemas sie aufgefangen. Er schulterte das Mädchen und lief zur hinteren Treppe. Von unten hörte er die Geräusche derer, die durch die Küchentür zu entkommen versuchten.

Ein Mann kam ihm im Treppenhaus entgegen.

»Haben Sie sie?«, fragte Latimer. Dann bemerkte er Artemas' Last. »Nellie! Sie ist tot!«

»Sie schläft nur. Vermutlich hat man sie mit Laudanum oder etwas Ähnlichem betäubt. Kommen Sie, wir müssen uns sputen.«

Dagegen hatte Latimer nichts einzuwenden. Er machte kehrt und führte die beiden die Treppe hinunter. Artemas folgte ihm auf dem Fuße.

Als sie das Erdgeschoss erreicht hatten, merkten sie, dass sie zu den Letzten gehörten, die das Gebäude verließen. Rauch quoll aus der Küche.

»Sie haben es vielleicht ein wenig übertrieben, das Lampenöl in die Kochstellen zu gießen«, bemerkte Artemas.

»Sie haben mir nicht gesagt, welche Menge ich verwenden sollte«, brummte Latimer.

»Wie auch immer, es hat Wirkung gezeigt.«

Sie eilten durch den Garten auf die Gasse zu. Mehrere Menschen standen auf der Straße herum, doch die allgemeine Panik legte sich bereits. Dass keine Flammen zu sehen waren, war der Täuschung abträglich, dachte Artemas. Er bemerkte einen Mann, möglicherweise den Inhaber der Schänke, der sich vorsichtig wieder in das Gebäude hineinwagte.

»Jetzt aber schnell«, befahl Artemas.

»Jawohl, Sir.«

Die Kutsche stand genau dort, wo Artemas sie hinbestellt hatte. Anweisungen befolgte die Frau zumindest. Der Kurze Hans saß mit den Zügeln in der Hand auf dem Bock. Als Artemas sich näherte, flog die Tür der Kutsche auf.

»Sie haben sie!«, rief Madeline. »Gott sei gedankt!«

Sie half Artemas, Nellie durch die schmale Öffnung zu bekommen, dann sprang Latimer auf den Bock, um die Führung zu übernehmen.

Artemas, der Nellie durch die Tür geschoben hatte, wollte gerade selbst einsteigen.

»Keine Bewegung, du gemeiner Dieb. Sonst schieß ich dir in den Rücken.«

Artemas erkannte die Stimme wieder. Sie gehörte dem schmächtigen Mann.

»Latimer, Beeilung.« Artemas zwängte sich durch die Tür und zog sie hinter sich zu.

Er wollte gerade Madeline von ihrem Sitz auf den Boden zerren, damit man ihre Umrisse nicht durch das Fenster erkennen konnte. Doch aus irgendeinem unerfindlichen Grund widersetzte sie sich ihm. Artemas fühlte, wie sie sich ihm entwand, als die Kutsche losfuhr. Sie hob den Arm. Er sah eine kleine Pistole in ihrer Hand, nur wenige Zentimeter von seinem Ohr entfernt.

»Nein!«, schrie er. Doch er wusste, dass es zu spät war. Er ließ von ihr ab und bedeckte mit den Händen seine Ohren. Ein Lichtblitz schoss durch die Dunkelheit. In der kleinen Kutsche wirkte das Knallen der Pistole so laut wie Kanonenfeuer.

Artemas erkannte, dass sich die Kutsche ruckartig in Gang setzte, doch nahm er die dazugehörigen Geräusche der Räder und Hufe nur wie aus großer Entfernung wahr. Er öffnete die Augen und sah, dass Madeline besorgt auf ihn herabblickte. Ihre Lippen bewegten sich, doch konnte er kein Wort von dem verstehen, was sie sagte.

Sie rüttelte an seinen Schultern. Ihr Mund öffnete und schloss sich wieder. Ihm wurde klar, dass sie ihn fragte, ob alles in Ordnung sei.

»Nein«, erwiderte er. Jetzt nahm er ein Klingeln in den Ohren wahr. Er konnte seine eigene Lautstärke nicht einschätzen. Er hoffte, dass er brüllte. »Nein, es geht mir nicht gut. Verdammt noch mal, gnädige Frau, ich kann nur zum Himmel beten, dass Sie mich nicht für immer taub gemacht haben.«

3. Kapitel

Die Dämpfe, die durch die geöffnete Tür des Destillierzimmers drangen, rochen nach Essig, Kamille und Holunderblüten. Madeline hielt inne und lugte um die Ecke in das kleine Zimmer.

Mit seiner Ansammlung von Flaschen, Mörsern und Gläsern verschiedener Größen, dazu die reichliche Sammlung getrockneter Kräuter und Blüten, erinnerte Madeline dieses Zimmer stets an ein Laboratorium. Ihre Tante, die sich mit umgebundener Schürze eifrig über eine köchelnde Flasche beugte, hätte man auch für eine närrische Alchemistin halten können.

»Tante Bernice?«

»Einen Augenblick, meine Liebe«, erwiderte Bernice, ohne von ihrer Arbeit aufzusehen. »Ich bin gerade mitten in der Zubereitung eines bestimmten Elixiers.«

Madeline blieb geduldig in der Tür stehen. »Es tut mir Leid, dich unterbrechen zu müssen, aber ich wollte dich in einer sehr wichtigen Angelegenheit um deinen Rat bitten.«

»Selbstverständlich. Nur eine Sekunde noch. Die Wirkung dieser bestimmten Tinktur beruht ausschließlich darauf, wie lange man die Blüten in der Essiglösung belässt.«

Madeline verschränkte die Arme und lehnte sich mit einer Schulter gegen den Türrahmen. Es hatte keinen Sinn, ihre Tante zur Eile zu drängen, wenn sie gerade mit der Zubereitung einer ihrer Tinkturen beschäftigt war. Bernice war es zu verdanken, dass dieser Haushalt vermutlich über die größte

Ansammlung beruhigender Destillate, stärkender Teeaufgüsse, medizinischer Cremes und ähnlichen Dingen in ganz London verfügte.

Bernice hatte eine äußerst leidenschaftliche Beziehung zu ihren Aufgüssen und Elixieren. Sie behauptete, unter schwachen Nerven zu leiden, weshalb sie ständig über therapeutischen Maßnahmen gegen diese Schwäche brütete. Zusätzlich nahm sie sich auch der Heilung anderer mit ähnlichem Leiden an. Für diese fertigte sie,je nach deren Gemütsbeschaffenheit, besondere Essenzen an.

Bernice verbrachte Stunden mit dem Studium alter Rezepte, die Nervenleiden zu heilen versprachen. Sie kannte jeden Arzneimittelhändler der Stadt, ganz besonders die wenigen, die die seltenen Vaganza-Kräuter anboten.

Madeline hätte sich dem Freizeitvertreib ihrer Tante sicherlich als weniger geduldig erwiesen, hätten nicht zwei Dinge zugetroffen. Zum einen zeitigten Bernice' Heilmittel oftmals eine ganz erstaunliche Wirkung. Der Kräutertee, den sie Nellie am Morgen verabreicht hatte, hatte eine ausgesprochen beruhigende Wirkung auf deren angegriffene Nerven gehabt.

Zum anderen verstand kaum einer besser als Madeline, dass diese Dinge manches Mal dringend vonnöten waren. Die Ereignisse jener dunklen Nacht vor fast einem Jahr waren schlimm genug gewesen, um selbst die kräftigsten Nerven zu schwächen. Und die Besorgnis erregenden Ereignisse der letzten Tage hatten die Sache wieder verschlimmert.

Bernice war Anfang vierzig, eine lebhafte und attraktive Frau mit hoher Intelligenz. Vor Jahren hatte sie eine Rolle in der Gesellschaft gespielt, doch hatte sie deren schillernde Vergnügungen aufgegeben, um sich nach dem Tod von Elizabeth Reed um das noch sehr kleine Kind ihres Bruders zu kümmern.

»Fertig.« Bernice zog die Flasche von der Feuerquelle und

schüttete deren Inhalt durch ein Sieb in einen Topf. »Jetzt muss es eine Stunde lang abkühlen.«

Sie wischte sich die Hände an der Schürze ab und wandte sich Madeline zu. Ihre silbrig blauen Augen leuchteten zufrieden. »Was wolltest du mit mir besprechen, meine Liebe?«

»Ich fürchte, Herr Hunt wird sein Versprechen einhalten und uns heute Nachmittag einen Besuch abstatten«, meinte Madeline vorsichtig.

Bernice zog die Augenbrauen hoch. »Uns wird er wohl kaum besuchen kommen, meine Liebe. Du bist es, die er besuchen möchte.«

»Nun gut. Nachdem er uns gestern Nacht sicher nach Hause gebracht hat, hat er mir recht unmissverständlich zu verstehen gegeben, dass er mir noch einige Fragen stellen möchte.«

»Fragen?«

Madeline atmete langsam aus. »Aus welchem Grund ich so viel über ihn und seine geschäftlichen Verbindungen weiß.«

»Aber natürlich, meine Liebe. Das kann man dem Mann kaum verübeln. Immerhin hat er sich große Mühe gegeben, bestimmte Aspekte seines Privatlebens zu verheimlichen. Und dann erscheint eines Nachts aus dem Nichts eine Frau, der er noch niemals zuvor begegnet ist, und verlangt seine Hilfe bei der Rettung ihrer Magd. In ihre Bitte lässt sie nicht nur einfließen, sie wisse sehr wohl, dass er der Besitzer der Vergnügungspavillons ist, sondern klärt ihn ebenfalls darüber auf, dass er ein Meister des Vanza ist. Jeder Mann in seiner Lage wäre darüber wohl beunruhigt.«

»Erfreut jedenfalls war er nicht, so viel ist sicher. Die Unterhaltung wird sich wohl kaum sonderlich angenehm gestalten. Doch nach dem, was er gestern Abend für uns getan hat, würde ich es als ausgesprochen unhöflich empfinden, ihm ein Treffen heute abzuschlagen.«

»Das allerdings wäre sehr unhöflich«, bekräftigte Bernice. »Wie sich die Sache anhört, haben ihn die gestrigen Ereignisse zum Helden gekürt. Latimer hat sich während des ganzen Vormittags über Herrn Hunts Taten ausgelassen.«

»Latimer hat gut reden, wenn er ihn zum Helden kürt. Ich aber bin es, die ihm heute gegenübertreten und ihm erläutern muss, weshalb ich derart vertrauliche Kenntnisse seiner geschäftlichen Gepflogenheiten besitze.«

»Ich kann nachvollziehen, dass das sicherlich eine unangenehme Sache sein wird.« Bernice musterte sie aufmerksam. »Du bist besorgt, dass du gestern Abend zwar seine Fähigkeiten hast nutzen wollen, du heute aber nicht mehr weißt, was du mit ihm anfangen sollst.«

»Er ist ein Vanza.«

»Das macht ihn nicht unbedingt einem Teufel gleich. Nicht alle Gentlemen, die der Vanza-Gemeinschaft angehören, ähneln Renwick Deveridge.« Bernice legte eine Hand auf Madelines Arm. »Du musst dir nur deinen Vater vor Augen führen, um die Richtigkeit dieser Aussage anzuerkennen.«

»Ja, aber …«

»Nichts bei deinen Nachforschungen hat darauf verwiesen, dass Hunt zum Bösen tendiert, nicht wahr?«

»Nun ja, das nicht. Aber …«

»Im Gegenteil, gestern Abend schien er ausgesprochen vernünftig gehandelt zu haben.«

»Ich habe ihm auch kaum eine andere Möglichkeit gelassen.«

Bernice zog eine Augenbraue in die Höhe. »Da sei dir nur nicht allzu sicher. Mein Gefühl sagt mir, Hunt hätte sich viel dickköpfiger verhalten können, wenn er das gewollt hätte.«

Ein Hoffnungsschimmer flackerte in Madeline auf. »Weißt du,Tante Bernice, möglicherweise hast du sogar Recht. Hunt zeigte sich gestern Abend ausgesprochen kooperativ.«

»Sicher kannst du ihm heute alles für ihn zufrieden stellend erklären.«

Madeline erinnerte sich an den Ausdruck der Hartnäckigkeit in seinen Augen, als er sie gestern Nacht zur Tür begleitet hatte. Das Gefühl der Erleichterung verflüchtigte sich.

»Dessen bin ich mir nicht so sicher.«

»Dein Problem ist lediglich das deiner zu aufgeriebenen Nerven.« Bernice griff nach einer kleinen blauen Flasche auf dem Tisch. »Nimm einen Löffel hiervon, wenn du deinen Tee einnimmst. In kürzester Zeit wirst du dich wieder taufrisch fühlen.«

»Danke,Tante Bernice.« Madeline nahm die Flasche. »Herrn Hunts wegen würde ich mir nicht allzu große Sorgen machen«, meinte Bernice. »Sein hauptsächliches Anliegen wird es sein, dass du seine Identität als Traum-Händler und Inhaber der Vergnügungspavillons nicht preisgibst. Das kann man ihm nicht verdenken. Zurzeit bewegt er sich in ausgesprochen hohen gesellschaftlichen Kreisen.«

»Ja.« Madeline runzelte die Stirn. »Ich frage mich, weswegen. Er scheint mir sonst nicht zu jenen zu gehören, die sich aus dieser Art der Gesellschaft viel machen würden.«

»Vermutlich sieht er sich nach einer Frau um«, erwiderte Bernice mit Bestimmtheit. »Wenn es herauskäme, dass er als Geschäftsmann tätig ist, würde das die Möglichkeiten seiner Wahl ganz erheblich einschränken.«

»Eine Frau?« Madeline war selbst über ihre Reaktion auf Bernice' Annahme verblüfft. Weshalb sollte ihr die Vorstellung widerstreben, dass Hunt seine Geschäftsverbindungen geheim halten wollte, weil er sich nach einer Ehefrau umsah? Das war eine vollkommen vernünftige Schlussfolgerung. »Ja, natürlich. Diese Möglichkeit hatte ich noch gar nicht in Erwägung gezogen.«

Bernice warf ihr einen bedeutungsvollen Blick zu. »Weil du viel zu beschäftigt bist, an Verschwörungen zu denken, und auch in die kleinsten und alltäglichsten Dinge dieser Tage große Bedeutung hineinliest. Kein Wunder, dass deine Nerven zu angespannt sind, um nachts Schlaf zu finden.«

»Damit magst du Recht haben.« Madeline wandte sich zum Gehen. »Eines aber ist sicher, ich muss Hunt davon überzeugen, dass seine Geheimnisse bei mir sicher sind.«

»Das wird dir sicherlich mühelos gelingen, meine Liebe. Mangelnden Einfallsreichtum kann man dir nun wirklich nicht nachsagen.«

Madeline ging in die Bibliothek. Sie hielt kurz inne, um den Inhalt der blauen Flasche in den Topf einer vor dem Fenster wachsenden Palme zu schütten. Dann setzte sie sich an ihren Schreibtisch und dachte über Artemas Hunt nach. Bernice hatte Recht. Hunt hatte sich gestern Abend wirklich als sehr hilfreich und zudem noch als überdurchschnittlich geschickt erwiesen. Vielleicht konnte man ihn dazu überreden, in Zukunft noch hilfreicher zu sein.

Artemas ruhte in seinem Sessel. Er hatte ein Bein über das Knie geschlagen und klopfte mit einem Brief gegen seinen Stiefel. Er betrachtete den kräftig gebauten Mann, der ihm auf der anderen Seite des breiten Tisches gegenübersaß. Henry Leggett war Artemas' geschäftlicher Berater gewesen, noch bevor er überhaupt so etwas wie nennenswerte Geschäfte geführt hatte. Er hatte ihn mehr oder weniger von seinem Vater übernommen.

Nicht dass Carlton Hunt seine Dienste häufig in Anspruch genommen hätte. Artemas hatte seinen Vater sehr gemocht, doch konnte man nicht abstreiten, dass Carlton geringes Interesse gezeigt hatte, in die Zukunft zu investieren. Nach dem Tod seiner Frau hatte sich das bisschen Interesse, das er dem verbliebenen Vermögen der Hunts gegenüber an den Tag gelegt hatte, vollkommen in Luft aufgelöst.

Henry und Artemas hatten beide hilflos mit ansehen müssen, wie all die fundierten Ratschläge Henrys von dem Mann in den Wind geschlagen wurden, der seine Zeit mit dem Glücksspiel und ausschweifenden Abenteuern in den Rotlichtbezirken verbrachte. Schließlich war es Henry gewesen, der nach Oxford gefahren war und Artemas davon in Kenntnis gesetzt hatte, dass Carlton in einem Duell wegen eines Kartenspiels ums Leben gekommen war. Und es war Henry, der die traurige Mitteilung hatte machen müssen, dass das Familienvermögen aufgebraucht war.

Allein in der Welt, hatte auch Artemas in den Spielhöllen sein Glück versucht, um zu überleben. Anders als sein Vater zeigte er für das Kartenspiel eine gewisse Begabung. Doch das Leben eines Spielers war gefährlich.

Eines Abends war Artemas einem älteren Gentleman begegnet, der mit methodischer Effizienz gewonnen hatte. Die anderen spielten alle mit ihrer Flasche Claret neben sich, der alte Mann jedoch trank nichts. Anders als seine Kumpels, die ihre Karten mit einer lässig zur Schau getragenen Gleichgültigkeit auf den Tisch warfen, hatte der Gewinner seinen eigenen Karten die größte Aufmerksamkeit geschenkt. Nach einer Weile hatte sich Artemas vom Spiel entschuldigt. Ihm war klar, dass sie am Schluss alle an den unbekannten Gentleman verlieren würden. Schließlich hatte der Fremde seine Gewinnscheine eingesammelt und den Club verlassen. Artemas war ihm auf die Straße gefolgt.

»Was würde es mich kosten, das Kartenspiel so zu erlernen, wie Sie es können, Sir?«, fragte er just in der Sekunde, als der Mann seine wartende Kutsche besteigen wollte.

Der Fremde musterte Artemas kühl und abschätzend. »Der Preis wäre sehr hoch«, erwiderte er. »Nicht viele junge Männer sind bereit, ihn zu zahlen. Doch wenn es Ihnen wirklich ernst ist, können Sie mich morgen besuchen kommen. Dann können wir Ihre Zukunft erörtern.«

»Viel Geld habe ich nicht.« Artemas lächelte entschuldigend. »Um genau zu sein, habe ich jetzt noch um einiges weniger als noch am Anfang des Abends. Das habe ich Ihnen zu verdanken, Sir.«

»Sie haben als Einziger die Vernunft besessen aufzuhören, als Sie sahen, dass die Dinge nicht gut standen«, meinte der Fremde. »Sie besitzen vielleicht das Zeug zu einem ausgezeichneten Schüler. Ich freue mich darauf, Sie morgen wieder zu sehen.«

Um elf Uhr früh hatte Artemas auf der Treppe des Hauses des Fremden gestanden. Sobald er eingelassen worden war, war ihm klar gewesen, dass er sich nicht in der Umgebung eines professionellen Spielers, sondern eines Gelehrten befand. Bald schon sollte er erfahren, dass George Charters mit Herz und Seele Mathematiker war.

»Ich habe lediglich mit einer Annahme gespielt, die mir vor einigen Monaten gekommen war, nämlich der Wahrscheinlichkeit, dass sich bestimmte Zahlen bei bestimmten Karten wiederholen«, hatte er ausgeführt. »Ich habe jedoch wenig Interesse, meinen Lebensunterhalt an Spieltischen zu verdienen. Viel zu wenig vorhersehbar für meinen Geschmack. Und wie steht es mit Ihnen, Sir? Haben Sie die Absicht, Ihr Leben in Spielhöllen zu verbringen?«

»Nicht, wenn ich es vermeiden kann«, hatte Artemas ehrlich geantwortet. »Auch ich würde eine mehr vorhersehbare Karriere für mich anstreben.«

George Charters war ein Vanza gewesen. Es hatte ihm gefallen, Artemas in den grundlegenden Dingen dieser Philosophie zu unterweisen. Als ihm klar geworden war, dass er einen fähigen und gelehrigen Schüler vor sich hatte, hatte er angeboten, Artemas' Reise zur Insel Vanzagara zu bezahlen. Henry Leggett hatte ihn ermutigt, diese Chance beim Schopf zu ergreifen.

Alles in allem hatte Artemas vier Jahre in den Tempelgärten verbracht. Jeden Sommer war er nach England zurückgekehrt, um dort George und Henry und seine Geliebte Catherine Jensen zu besuchen.

Während seines letzten Besuchs musste er erfahren, dass George an Herzversagen gestorben war und Catherine bei einem mysteriösen Fall über die Klippen ums Leben gekommen war.

Henry hatte ihm bei beiden Begräbnissen zur Seite gestanden. Danach hatte Artemas verkündet, er wolle nicht mehr nach Vanzagara zurückkehren. Er wolle in England bleiben, ein Vermögen erarbeiten und seine Rache ausführen. Henry war mit den Racheplänen nicht einverstanden, doch befürwortete er den Aufbau eines Vermögens und akzeptierte somit auch das Angebot eines Postens.

Henry sollte sich schon bald als sehr nützlich erweisen. Nicht nur verwaltete er die Investitionen mit größter Diskretion, er erkundete auch die finanziellen Belange anderer bis ins letzte Detail. Henry bot Artemas die Art von Information, die ihm Zacharys Augen und Ohren auf den Straßen nicht verschaffen konnten. Es waren die Art von Auskünften, die nur ein angesehener Verwalter überhaupt hoffen konnte zu ergründen.

Heute Morgen jedoch empfand Artemas dies als unzulänglich. »Ist das alles, was Sie über Frau Deveridge in Erfahrung bringen konnten, Henry? Gerüchte, Klatsch und Berichte von Skandalen aus zweiter Hand? Wovon Sie mir eben berichteten, weiß ich zumeist bereits. In den Clubs ist es Allgemeinwissen.«

Henry sah von seinen Notizen auf und betrachtete Artemas über den goldenen Rand seiner Brille hinweg. »Sie haben mir nicht gerade viel Zeit zur Verfügung gestellt, Artemas.« Er warf einen bedeutungsvollen Blick auf die Standuhr. »Ungefähr um acht heute Morgen habe ich Ihre Note erhalten. Jetzt ist es halb drei. Sechseinhalb Stunden reichen für die von Ihnen gewünschten Nachforschungen einfach nicht aus. In ein paar Tagen werde ich Ihnen mehr bieten können.«

»Verdammt noch mal, mein Schicksal liegt in der Hand der Verruchten Witwe, und alles, was Sie mir sagen können, ist, dass sie die Angewohnheit habe, ihre Ehemänner umzulegen.«

»Einen Ehemann, nicht mehrere«, korrigierte Leggett entnervend präzise. »Und die Geschichte beruht auf Gerüchten, nicht auf Fakten. Ich möchte Sie daran erinnern, dass Frau Deveridge nicht als Verdächtige mit dem Tod ihres Mannes in Zusammenhang gebracht wurde. Sie wurde noch nicht einmal vernommen, ganz zu schweigen von irgendwelchen Beschuldigungen gegen sie.«

»Weil es keine Beweise gab, lediglich Spekulationen.«

»Genau.« Henry blickte auf seine Notizen. »Die Fakten, derer ich habhaft werden konnte, besagen, dass Renwick Deveridge am späten Abend allein in seinem Haus war, als der Einbrecher eindrang. Der Halunke erschoss Deveridge, legte anschließend ein Feuer, um die Spuren zu verwischen, und verschwand mit allen Wertgegenständen.«

»In den höheren Kreisen schenkt niemand dieser Version auch nur den geringsten Glauben.«

»Es war kein Geheimnis, dass Deveridge und seine Frau sich einander entfremdet hatten. Frau Deveridge ist sechs Wochen nach der Hochzeit aus dem Haus ausgezogen. Sie weigerte sich, mit ihrem Ehemann wie Mann und Frau zu leben.« Henry hielt inne, um sich zu räuspern. »Man sagt, sie habe, nun ja, einen rechten Dickschädel.«

»Allerdings, dafür kann ich bürgen.« Artemas klopfte mit dem Brieföffner gegen seinen Stiefel. »Was können Sie mir über den unglückseligen Ehemann erzählen?«

Henrys buschige Augenbrauen zogen sich zusammen, als er sich über seine Notizen beugte. »Ich muss gestehen, sehr wenig. Wie Sie wissen, war sein Name Renwick Deveridge.

Keine Familie, die ich hätte auftreiben können. Anscheinend hat er während des Krieges einige Zeit auf dem Kontinent verbracht.«

»Ja und?« Artemas blickte ihn vielsagend an. »Das haben Sie auch getan.«

Henry räusperte sich. »Sicherlich kann man davon ausgehen, dass er nicht als Spion für Napoleon gearbeitet hat. Wie auch immer, vor ungefähr zwei Jahren ist Deveridge wieder nach London zurückgekehrt. Dort machte er die Bekanntschaft mit Winton Reed und verlobte sich alsbald mit dessen Tochter. Kurze Zeit darauf wurden Madeline Reed und Deveridge vermählt.«

»Keine sonderlich lange Verlobungszeit.«

»Sie wurden sogar durch eine besondere Verfügung vermählt.« Henry raschelte missbilligend mit seinen Unterlagen. »Wie ich bereits erwähnte, sagt man der Dame nach, sie sei etwas sehr ungestüm. Wie es sich dann fügte, war Deveridge zwei Monate nach der Hochzeit bereits tot, und das Gerücht, sie habe ihn umgebracht, begann sich zu verbreiten.«

»Deveridge muss als Ehemann ausgesprochen enttäuschend gewesen sein.«

»Es kursiert das Gerücht«, fuhr Henry in delikatem Tonfall fort, »dass, noch bevor Deveridge auf derart praktische Weise entledigt worden war, Frau Deveridges Vater Winton Reed sich um eine Auflösung, zumindest aber um eine förmliche Trennung bemüht hatte.«

»Eine Eheauflösung!« Artemas warf den Brieföffner auf den Tisch und beugte sich vor. »Sind Sie sich sicher?«

»So sicher, wie ich es angesichts der wenigen Fakten sein kann. Bedenkt man die großen Schwierigkeiten und hohen Ausgaben, die mit einer Scheidung verbunden sind, so ist eine Auflösung, wenn auch Zeit raubend, doch die einfachere Verfahrensweise.«

»Für Deveridge allerdings nicht sehr schmeichelhaft. Für

eine Auflösung gibt es schließlich nur sehr wenige Gründe. In diesem Falle würde ich davon ausgehen, dass der einzige Grund der gewesen wäre, Deveridge der Impotenz zu beschuldigen.«

»Zweifelsohne. In gesellschaftlichen Kreisen geht man davon aus, dass sie die Geduld für eine gerichtliche Auseinandersetzung nicht hatte aufbringen wollen.« Henry hielt inne. »Vielleicht aber entdeckte sie auch, dass ihr Vater die Kosten nicht hat erbringen können.«

»Also hat sie die Ehe auf ihre eigene Art und Weise beenden wollen, wollen Sie das damit sagen?«

»Den Gerüchten zufolge ist genau das der Fall.«

Artemas hatte gestern Abend genug von ihr kennen gelernt, um zu wissen, dass sie eine Dame mit ausgeprägtem Willen war. Wenn sie wirklich verzweifelt gewesen war und ihre Ehe hatte beenden wollen, wäre sie so weit gegangen, Deveridge umzubringen?

»Sie sagten, Deveridge sei erschossen worden, ehe man das Feuer gelegt hatte?«

»Dem Leichenbeschauer zufolge war das der Fall.«

Artemas stand auf und trat zum Fenster. »Ich muss Ihnen berichten, dass Frau Deveridge gestern Abend eine gewisse Fertigkeit im Umgang mit Feuerwaffen an den Tag gelegt hat.«

»Kaum die Art von Fähigkeit, die einer Dame ansteht.« Artemas blickte lächelnd in seinen von einer hohen Mauer umgebenen Garten hinaus. Henry hatte eine sehr herkömmliche Meinung darüber, wie sich die weibliche Welt zu verhalten hatte. »Nein. Haben Sie sonst noch etwas für mich?«

»Frau Deveridges Vater war einer der ersten Mitglieder der Vanza-Gemeinschaft. Er hatte den Rang eines Meisters.«

»Das ist mir bekannt.«

»Er war schon recht betagt, als er ehelichte und Vater einer Tochter wurde. Man sagt, nach dem Tod seiner Frau habe er Madeline sehr verwöhnt. Er ging so weit, sie sogar in jenen Dingen zu unterrichten, die sich eigentlich für eine junge Dame nicht geziemen.«

»Wie beispielsweise der Gebrauch einer Pistole.«

»So scheint es. Reed hatte sich in den letzten Jahren ziemlich zurückgezogen und sich ganz dem Studium toter Sprachen gewidmet.«

»Ich glaube, er war ein geschätzter Experte der alten Sprache des Vanza«, meinte Artemas. »Fahren Sie fort.«

»Reed starb am frühen Morgen, nachdem das Feuer ausgebrochen war. Den Skandalgerüchten zufolge soll ihm die Nachricht, seine Tochter sei durchgedreht und habe ihren Mann umgebracht, einen solchen Schock versetzt haben, dass ihm das Herz versagte.«

»Verstehe.«

Henry hüstelte diskret. »Als Geschäftsmann obliegt es mir, darauf hinzuweisen, dass auf Grund einer Reihe von unglücklichen Todesfällen in der Familie Frau Deveridge jetzt die Alleinerbin sowohl ihres Vaters als auch ihres Mannes ist.«

»Großer Gott.« Artemas starrte ihn an. »Sie wollen doch nicht etwa unterstellen, sie habe beide Männer umgebracht, um an deren Vermögen zu kommen?«

»Natürlich nicht.« Henrys Mund verzog sich angewidert. »Es ist nur schwer vorstellbar, dass überhaupt eine Tochter jemals zu solcher unnatürlichen Tat fähig sein sollte. Ich wollte lediglich auf das Ergebnis der … äh … leidigen Vorfälle hinweisen.«

»Danke, Henry. Ich weiß, dass ich für diese tief greifenden Betrachtungen auf Sie angewiesen bin.« Artemas ging zu seinem Schreibtisch zurück und lehnte sich dagegen. »Wenn wir schon bei den nackten Tatsachen sind, so muss ich in diesem Zusammenhang noch eine weitere erwähnen.«

»Und die wäre, Sir?«

»Renwick Deveridge hatte das Vanza erlernt. Es konnte kein leichtes Unterfangen gewesen sein, ihn umzubringen.«

Henry blinzelte mehrmals hinter seinen Brillengläsern, während er dies einzuordnen suchte. »Ich verstehe, was Sie sagen wollen. Die Vorstellung, eine Frau hätte das bewerkstelligen können, fällt nicht leicht.«

»Aber auch kein normaler Einbrecher.«

Henry warf ihm einen besorgten Blick zu. »Wohl wahr.«

»Wenn ich im Zusammenhang mit Deveridges Tod unter den beiden möglichen Verdächtigen wählen müsste, so würde ich auf die Dame setzen.«

Henry schien das zu schmerzen. »Ich kann nur sagen, bei der Vorstellung, eine Frau könne zu solch gewalttätigen Mitteln greifen, läuft es mir eiskalt den Rücken hinunter. Darin stimmen Sie mir doch zu, nicht wahr?«

»Mit dem eiskalten Schauer bin ich mir nicht so sicher, doch zweifelsohne wirft dies ein paar hochinteressante Fragen auf.«

Henry stöhnte laut auf. »Genau das hatte ich befürchtet.«

Artemas musterte ihn. »Was wollen Sie damit sagen?«

»Von der Minute an heute Morgen, als ich Ihre Nachricht erhielt, wusste ich, dass irgendetwas mit der ganzen Sache nicht stimmt. Was Madeline Deveridge betrifft, sind Sie viel zu neugierig.«

»Sie bereitet mir Probleme. Ich bemühe mich, Auskünfte zu sammeln, die dieses Problem berühren. Sie kennen mich, Henry. Ich habe gerne alle Informationen zusammen, ehe ich zur Tat schreite.«

»Bemühen Sie sich nicht, mich mit derart wässrigen Erklärungen abzulenken. Diese Sache ist mehr als nur rein geschäftlich für Sie, Artemas. Wie ich sehe, sind Sie von Frau Deveridge fasziniert. Deutlicher gesagt, habe ich Sie seit sehr langer Zeit kein derart heftiges persönliches Interesse an einer weiblichen Person bekunden sehen.«

»Sie sollten sich für mich freuen, Henry. Seit langem schon mahnen Sie mich, meine Rachepläne würden mich zu sehr vereinnahmen. Zumindest wird meine Bekanntschaft mit Frau Deveridge meinen Interessenshorizont und meine Aktivitäten eine Zeit lang leicht erweitern.«

Henry blickte ihn ernst an. »Leider gehe ich nicht davon aus, dass sie sich auf positive Art und Weise erweitern werden.«

»Wie dem auch sei, ich habe etwas Zeit totzuschlagen, bis meine anderen Pläne so weit vollendet sind.« Artemas hielt inne. »Ich werde mich wohl mit einer etwas genaueren Ermittlung über Frau Deveridge befassen.«

4. Kapitel

Während er die Treppe emporstieg, musterte er das kleine, am Ende einer Straße gelegene Häuschen. Es war zwar nicht groß, doch besaß es wohlproportionierte Fenster, die reichlich Licht einließen und einen guten Ausblick auf den Park boten. Die Gegend schien ruhig und abgeschieden, doch als *en vogue* konnte man sie mitnichten bezeichnen.

Frau Deveridge mochte die nicht unwesentlichen Erbvermögen ihres Vaters und ihres Mannes verwalten, doch hatte sie das Geld nicht für eine üppige Villa in einem der zurzeit begehrten Bezirke ausgegeben. So weit Henry hatte herausfinden können, lebte sie zurückgezogen mit ihrer Tante zusammen.

Artemas war sich bewusst, dass die die Dame umgebenden Geheimnisse von Minute zu Minute interessanter wurden. Dem entsprach auch seine Erwartungshaltung, sie zum ersten Mal bei vollem Tageslicht zu Gesicht zu bekommen. Die Erinnerung an ihre von einem schwarzen Schleier provozierend verdeckten Augen hatte ihm letzte Nacht mehrere Stunden Schlaf gekostet.

Die Tür wurde geöffnet, und Latimer füllte den schmalen Flur aus. Bei Tageslicht wirkte er noch größer, als es gestern Nacht bei Nebel den Anschein gehabt hatte.

»Herr Hunt.« Latimers Augen leuchteten auf.

»Guten Tag, Latimer. Wie geht es Ihrer Nellie?«

»Dank Ihnen gesund und munter, Sir. Sie erinnert sich kaum an das Geschehene, und das ist sicherlich nur gut so.«

Latimer zögerte. »Ich möchte Ihnen nochmals versichern, Sir, wie dankbar ich Ihnen für das bin, was Sie getan haben.«

»Wir waren doch ein ausgezeichnetes Gespann, nicht wahr?« Artemas betrat das Haus. »Bitte unterrichten Sie Frau Deveridge von meiner Ankunft. Ich werde erwartet.«

»Jawohl, Sir. Sie ist in der Bibliothek. Ich werde Sie ankündigen, Sir.« Er drehte sich um und wies den Weg.

Artemas warf einen Blick zurück auf die Rollläden vor den Fenstern. Sie waren gut verbarrikadiert und mit breiten Schlössern versehen. Zusätzlich waren kleine Glöckchen angebracht, die bei dem Versuch, sie zu öffnen, sofort zu schellen beginnen würden. Wenn sie des Nachts geschlossen waren, würden sie einen guten Schutz gegen Eindringlinge bieten. Fürchtete sich die Dame vor ganz gewöhnlichen Einbrechern oder ängstigte sie sich vor einer größeren Bedrohung? Er folgte Latimer den langen Flur entlang bis zum hinteren Teil des Hauses. Der riesige Mann hielt vor der Tür zu einem Zimmer inne, das vom Boden bis zur Decke mit in Leder gebundenen Büchern, Zeitschriften, Notizbüchern und Papieren jeder Art voll gestopft war. Die schönen Fenster, die auf den gepflegten, doch stark zurückgestutzten Garten wiesen, waren ebenfalls mit Läden, Schlössern und Glöckchen versehen.

»Gnädige Frau, Herr Hunt möchte Sie sprechen.«

Hinter dem schweren Eichenschreibtisch erhob sich Madeline. »Danke, Latimer. Treten Sie ein, Herr Hunt.«

Eine beunruhigende Mischung aus Intelligenz, Willenskraft und Wachsamkeit lag in ihren klaren blauen Augen. Sie trug ihr dunkles Haar in der Mitte gescheitelt. Am Hinterkopf war es schlicht zusammengebunden. Sie besaß weiche, volle Lippen, ein festes Kinn und eine Selbstsicherheit, die seine Männlichkeit herausforderte.

Latimer verharrte in der Tür. »Werden Sie meine Dienste benötigen, gnädige Frau?«

»Nein, danke«, erwiderte Madeline. »Sie können uns alleine lassen.«

»Jawohl, gnädige Frau.« Latimer verließ die Bibliothek und schloss die Tür hinter sich.

Madeline wandte sich Artemas zu. »Setzen Sie sich doch, Herr Hunt.«

»Danke.« Er nahm auf einem japanisch lackierten und mit Gold versehenem Sessel Platz, den sie ihm angeboten hatte. Ein Blick auf die dicken Teppiche, die schweren Gardinen und den elegant geschwungenen Schreibtisch bestätigte Leggetts Einschätzung ihrer finanziellen Lage. Das Haus war zwar klein, doch die Einrichtung war von ausgezeichneter Qualität.

Sie nahm hinter ihrem Schreibtisch Platz. »Wie ich hoffe, ist Ihr Gehör wieder gänzlich hergestellt, Sir?«

»Meine Ohren klingelten noch eine Weile, doch bin ich glücklich, Ihnen mitteilen zu können, dass meine Sinne wohl samt und sonders wieder hergestellt sind.«

»Gott sei gedankt.« Sie schien tatsächlich erleichtert. »Nur sehr ungern wäre ich für eine Verletzung Ihrer Person verantwortlich gewesen.«

»Wie es sich fügt, ist keinerlei bleibender Schaden weder bei mir noch ...« – er hob ansatzweise die Brauen – »... bei jenem Wüstling entstanden, den sie zu erschießen versuchten.«

Ihre Lippen wurden schmal. »Eigentlich bin ich kein übler Schütze, Sir. Doch die Kutsche bewegte sich, es war dunkel, und Sie hielten meinen Arm fest, wie Sie sich erinnern wollen. Das Zusammentreffen so vieler Beeinträchtigungen hat mich mein Ziel verfehlen lassen.«

»Ich hoffe, Sie verzeihen mir, gnädige Frau. Gelegentlich mögen gewaltsame Lösungen etwas für sich haben, im Allgemeinen jedoch bemühe ich mich, derlei Vorkommnisse zu vermeiden.«

Sie blinzelte. »Bei Ihrer Ausbildung überrascht mich das allerdings ein wenig.«

»Wenn Sie sich so gut in der alten Kunst des Vanza auskennen, so wissen Sie sicherlich, dass in dieser Philosophie immer der Zurückhaltung der Vorzug gegeben wird. Gewalt jedoch kann kaum als zurückhaltend bezeichnet werden. Wenn die Situation es erfordert, so erarbeitet man sich eine Strategie und führt diese präzise und ohne Spuren zu hinterlassen aus, die wiederum direkt zu demjenigen zurückführen würden, der die Sache veranlasst hat.«

Sie verzog das Gesicht. »Sie sind tatsächlich ein Anhänger des Vanza, Herr Hunt. Ihre Herangehensweise in diesen Dingen ist einfallsreich, ausgefeilt und raffiniert.«

»Ich bin mir darüber im Klaren, gnädige Frau, dass die Tatsache, dass ich ein Vanza bin, mir in Ihren Augen nicht mehr Ansehen verschafft. Aber gestatten Sie mir, Sie darauf hinzuweisen, dass das Erschießen eines Mannes auf offener Straße gestern Abend eine ganze Palette von Problemen aufgeworfen hätte, durch die sich unserer beider Lage heute Morgen wohl sehr unangenehm gestaltet hätte.«

»Was wollen Sie damit sagen?« Ihre Augen weiteten sich überrascht. »Sie waren mir bei der Rettung einer jungen Frau behilflich. Wer könnte daran etwas auszusetzen haben?«

»Ich ziehe es vor, keine Aufmerksamkeit zu erregen, Frau Deveridge.«

Sie errötete. »Aber natürlich. Sie fürchten sicher, dass sich Ihre Beziehung zu den Vergnügungspavillons herumsprechen könnte. Seien Sie versichert, dass ich diesbezüglich niemandem gegenüber etwas erwähnen werde.«

»Ich danke Ihnen für Ihre Versicherung. Wie es sich fügt, steht zurzeit für mich einiges auf dem Spiel.«

»Ich habe nicht die geringste Absicht, mich in Ihre … äh … finanziellen Belange einzumischen.«

Er erstarrte. Was genau wusste diese Frau? Konnte es sein, dass sie auch über seine so umsichtig geschmiedeten Rachepläne etwas in Erfahrung gebracht hatte? »Sie haben nicht die Absicht, sich einzumischen, sagten Sie?«, wiederholte er ruhig.

Sie machte eine abweisende Handbewegung. »Um Himmels willen, nicht doch, Sir. Ihr Ansinnen, sich in den höheren gesellschaftlichen Kreisen nach einer Gemahlin umzusehen, ist für mich gänzlich ohne Belang. Heiraten Sie, wen Sie wollen, Herr Hunt. Der Segen sei mit Ihnen beiden.«

Er entspannte sich ein wenig. »Sie erleichtern mich, Frau Deveridge.«

»Ich verstehe sehr wohl, dass Ihre Suche nach einer gut situierten Frau stark beeinträchtigt würde, sollte man von Ihrer Tätigkeit als Geschäftsmann erfahren, Sir.« Sie hielt inne und zog leicht besorgt die Brauen zusammen. »Aber sind Sie sich sicher, dass es eine kluge Entscheidung ist, eine Ehe unter, wie man es auslegen könnte, falschen Voraussetzungen einzugehen?«

»In diesem Licht hatte ich die Angelegenheit bisher noch nicht beleuchtet«, erwiderte er ohne Umschweife.

»Was werden Sie tun, wenn die Wahrheit ans Tageslicht kommt?« In ihrer Frage schwang mehr als nur eine Andeutung kühler Missbilligung mit. »Erwarten Sie von Ihrer Frau, dass sie Ihre geschäftliche Tätigkeit einfach nicht beachtet?«

»Hmmm.«

Sie beugte sich vor und fixierte ihn. »Gestatten Sie mir, Ihnen einen Ratschlag mit auf den Weg zu geben, Sir. Wenn Sie die Absicht haben sollten, Ihre Ehe auf der Basis von gegenseitigem Respekt und Zuneigung einzugehen, dann sollten Sie Ihrer zukünftigen Gemahlin von Anbeginn an ehrlich gegenübertreten.«

»Da ich nicht die geringste Absicht habe, diese Art von

Vermählung in der unmittelbaren Zukunft einzugehen, werde ich mich wohl kaum der feineren Schattierungen Ihrer Lektion zu diesem Thema widmen müssen.«

Sie zuckte überrascht zusammen. Dann ließ sie ihre Hände fallen und lehnte sich eilig zurück. »Gütiger Himmel, ich habe Ihnen tatsächlich eine Lektion erteilen wollen, nicht wahr?«

»So jedenfalls wollte es mir scheinen.«

»Verzeihen Sie mir, Herr Hunt.« Sie stützte ihre Ellenbogen auf den Schreibtisch und lehnte ihren Kopf auf die Hände. »Ich schwöre, selbst auch nicht zu wissen, was in mich gefahren ist. Ich hatte keinerlei Recht, mich in Ihre persönlichen Angelegenheiten einzumischen. Meine Gedanken sind in letzter Zeit nicht so recht klar. Meine einzige Entschuldigung ist es, dass ich in letzter Zeit schlecht schlafe und ...« Sie brach ab, hob den Kopf und zuckte zusammen. »Und jetzt plaudere ich einfach nur noch.«

»Machen Sie sich deswegen keine Sorgen.« Er hielt kurz inne. »Aber ich möchte klarstellen, dass ich sehr unzufrieden darüber wäre, wenn meine geschäftlichen Belange zum jetzigen Zeitpunkt durcheinander gerieten. Sicherlich verstehen Sie, dass ich es mit ein paar ausgesprochen delikaten Angelegenheiten zu tun habe.«

»Aber ja, natürlich. Sie haben sich unmissverständlich ausgedrückt, Sir. Es gibt jedoch keinerlei Veranlassung, mir zu drohen.«

»Ich war mir nicht der Tatsache bewusst, irgendwelche Drohungen ausgesprochen zu haben.«

»Sir, Sie sind ein Vanza.« Sie warf ihm einen eisigen Blick zu. »Sie haben es nicht nötig, Ihre Drohungen auch auszusprechen. Ich versichere Ihnen, dass sie dennoch klar und deutlich sind.«

Aus irgendeinem Grund begann es ihn zu irritieren, dass ihr alles, was das Vanza betraf, zuwider zu sein schien. »Für eine Dame, die sich nicht zu schade war, erpresserische Maßnahmen zu ergreifen, um sich gestern Abend meine Hilfe zu sichern, zeigen Sie wirklich einigen Mut, mich heute zu beleidigen.«

»Erpressung?« Ihre Augen weiteten sich empört. »Ich habe nichts dergleichen getan.«

»Sie haben durchblicken lassen, dass Sie von meinem Besitz der Vergnügungspavillons oder, wie sie auch genannt werden, der Traumpavillons wissen. Weiterhin wussten Sie, dass ich keinerlei Gerüchte diesbezüglich in Umlauf bringen möchte. Verzeihen Sie mir, wenn ich Ihr Anliegen falsch ausgelegt haben sollte, aber ich hatte ganz eindeutig den Eindruck, dass Sie Ihr Wissen dazu einsetzten, mich zu zwingen, Ihnen zu helfen.«

Sie errötete heftig. »Ich habe lediglich auf Ihre Verantwortlichkeiten in dieser Angelegenheit hingewiesen.«

»Nennen Sie es, wie Sie wollen. Ich nenne es Erpressung.«

»Nun gut. Es steht Ihnen natürlich frei, diese Meinung zu vertreten.«

»Richtig. Hinzufügen möchte ich noch, dass Erpressung nicht gerade zu meinem Lieblingszeitvertreib gehört.«

»Ich bedaure die Notwendigkeit …«

Das panische Aufflackern ihrer Augen befriedigte ihn. Er unterbrach ihre Ausführungen mit einer Handbewegung. »Wie geht es Ihrer Magd?«

Für einen Moment schien Madeline über den plötzlichen Themenwechsel etwas überrascht. Sie versuchte sichtlich, sich zusammenzureißen. »Nellie geht es sehr gut, obwohl die Entführer ihr offenbar eine große Menge Laudanum eingeflößt haben. Sie ist immer noch etwas wackelig auf den Beinen, und ihre Erinnerung an die Vorkommnisse ist ausgesprochen verschwommen.«

»Wie Latimer mir sagte, weiß sie kaum etwas davon.«

»Nein. Das Einzige, was sie mit Bestimmtheit sagen kann,

ist, dass zwei Männer sich darüber stritten, wie sie den höchsten Preis für sie erzielen konnten. Ihrem Eindruck zufolge schienen sie mit ihrer Entführung beauftragt worden zu sein, doch einer der beiden meinte, man könne sie einem anderen Kunden zu einem höheren Preis verkaufen.« Madeline schauderte. »Die Vorstellung, dass Bordellbesitzer aktiv am Kauf und Verkauf junger Frauen beteiligt sind, ist einfach Ekel erregend.«

»Nicht nur von jungen Frauen. Sie handeln auch mit jungen Burschen.«

»Es ist ein schreckliches Geschäft. Man würde meinen, dass die Polizei ...«

»Viel gibt es da nicht, was die Polizei tun könnte.«

»Gott sei Dank ist es uns gelungen, Nellie noch rechtzeitig zu finden.« Ihre Blicke kreuzten sich. »Wenn Sie uns nicht geholfen hätten, hätten wir sie verloren. Gestern Abend hatte ich nicht die Gelegenheit, Ihnen ausreichend dafür zu danken. Bitte gestatten Sie mir, das jetzt nachzuholen.«

»Sie können es mir dadurch danken, indem Sie meine Fragen beantworten«, erwiderte er kaum hörbar.

Sie sah ihn stirnrunzelnd an und griff nach der Tischkante, als ob sie sich wappnen wolle. »Etwas anderes hatte ich auch nicht erwartet. Wie dem auch sei. Sie haben das Recht auf einige Erklärungen. Ihr Hauptinteresse gilt sicher dem Umstand, weshalb ich so viel über Ihre Beziehung zu den Vergnügungspavillons habe erfahren können.«

»Verzeihen Sie, Frau Deveridge, aber meine Neugier diesbezüglich war groß genug, mich letzte Nacht lange Zeit nicht schlafen zu lassen.«

»Tatsächlich?« Ihre Miene erhellte sich mit einem Ausdruck, der ihre Sympathie in dieser Angelegenheit bezeugte. »Leiden Sie häufig unter Schlafstörungen?«

Er lächelte schwach. »Nachdem ich die Antworten auf

meine Fragen erhalten habe, werde ich sicherlich schlafen wie ein Toter.«

Das Wort *Toter* ließ sie kurz zusammenzucken, doch hatte sie sich sofort wieder im Griff. »Nun, ich sollte vielleicht damit beginnen, Ihnen zu erzählen, dass mein Vater ebenfalls ein Mitglied der Vanza-Gemeinschaft war.«

»Diese Tatsache ist mir bereits bekannt. Auch weiß ich, dass er den Rang eines Meisters hatte.«

»Richtig. Doch hauptsächlich interessierten ihn die Lehren des Vanza, weniger die metaphysischen Aspekte und die körperliche Ertüchtigung. Über viele Jahre hinweg hat er die uralte Sprache auf der Insel Vanzagara erlernt. Für diese Sache war er innerhalb dieser Gemeinschaft sogar ein ausgewiesener Experte.«

»Das ist mir bekannt.«

»Verstehe.« Sie räusperte sich. »Durch seine Arbeit bedingt stand er mit vielen anderen Vanza-Gelehrten in England, auf dem Kontinent und Amerika in Verbindung. Hier in London korrespondierte er häufig mit Ignatius Lorring persönlich.« Madeline hielt kurz inne. »Das war natürlich, bevor Lorring so krank wurde und er seine alten Freunde und Kollegen nicht mehr empfangen konnte.«

»Als Großmeister der Gemeinschaft wusste Lorring mehr über dessen Mitglieder als irgendwer sonst. Wollen Sie andeuten, ihr Vater habe über diese Dinge mit ihm gesprochen?«

»Bedauerlicherweise muss ich sagen, dass sie weit mehr taten, als nur über die persönlichen Belange der Mitglieder zu sprechen. Kurz vor seinem Tod war Lorring ganz und gar versessen darauf, mehr Informationen über gewisse Gentlemen der Gemeinschaft zu erhalten.« Sie rollte mit den Augen. »Man könnte behaupten, er habe sich zum großen exzentrischen Meister einer Gruppierung von Exzentrikern und Außenseitern gemausert.«

»Könnten wir vielleicht Ihre persönliche Einschätzung der Mitglieder der Vanza-Gemeinschaft außer Acht lassen?«

»Verzeihen Sie.«

Es schien ihr jedoch nicht im geringsten Leid zu tun, dachte er, verärgert darüber, sie mitten in ihren Ausführungen unterbrochen zu haben.

»Ich verstehe, dass Sie ganz dezidierte Meinungen zu diesem Thema vertreten«, bemerkte er höflich. »Doch befürchte ich, wenn Sie sich die Zeit nehmen, sie detailliert darzulegen, werden wir bei Anbruch der Dunkelheit unser Gespräch immer noch nicht abgeschlossen haben.«

»Damit mögen Sie Recht haben«, stimmte sie ihm zu. »Schließlich gibt es so zahlreiche Dinge, die man gegen die Gemeinschaft einwenden könnte, nicht wahr? Doch um der Kürze willen werde ich mich auf das Wesentliche konzentrieren. Lorrings Wunsch, auch noch die kleinsten Details über die Mitglieder herauszufinden, veranlasste ihn, meinen Vater mit der Niederschrift dieser Dinge zu beauftragen.«

»Welche Art von Niederschrift?«

Sie zögerte, als ob sie innerlich einen heftigen Disput mit sich selbst führen würde. Dann sprang sie plötzlich auf. »Ich zeige sie Ihnen.«

Sie löste die goldene Kette um ihren Hals. Er sah einen kleinen Schlüssel, der unter ihrem Schal verborgen gewesen war und an einer zarten Goldkette hing. Dann durchquerte sie das Zimmer und trat zu einem kleinen Bücherbord, das mit einem Messingschloss versiegelt war.

Sie öffnete das Bücherbord mit dem Schlüssel, holte ein in dunkles Leder gebundenes Bändchen hervor, kehrte zum Schreibtisch zurück und legte das Buch mit größter Behutsamkeit ab.

»Dies sind die Aufzeichnungen, die Lorring meinen Vater gebeten hatte zu sammeln und aufzubewahren.« Sie öffnete das Buch und betrachtete die erste Seite. »Seit meines Vaters Tod ist es nicht mehr auf den neuesten Stand gebracht worden, so dass die Informationen über die Mitglieder ein volles Jahr in Verzug sind.«

Ein Gefühl der Abwehr erfasste ihn. Er erhob sich und betrachtete ebenfalls die erste Seite des Buches. Sofort erkannte er, dass es sich bei diesen Unterlagen um eine Auflistung aller Namen handelte, die weit zurück bis zur Gründung der Vanza-Gemeinschaft reichten. Behutsam blätterte und las er darin. Jeder Eintrag war mit ausführlichen Aufzeichnungen versehen. Diese Aufzeichnungen enthielten weit mehr als nur das genaue Datum, wann ein bestimmtes Mitglied der Gemeinschaft beigetreten war und welchen Grad derjenige erlangt hatte. Geschäftliche und private Dinge sowie Kommentare über das Temperament und ausgesprochen persönliche Neigungen des betreffenden Mitglieds waren ebenfalls angegeben.

Artemas war sich der Tatsache bewusst, dass das meiste ausgezeichnetes Skandalmaterial abgeben würde, um es milde auszudrücken. Manches war bestens zur Erpressung geeignet. Er hielt inne, um die Notizen zu seiner eigenen Person zu studieren. Seine Affäre mit Catherine Jensen war dort nicht vermerkt, auch wurden nicht die drei Männer erwähnt, die er zu zerstören gedachte. Für den Moment jedenfalls schienen seine Rachepläne nicht gefährdet. Dennoch befanden sich viel zu viele Vermerke seiner persönlichen Belange in dem verfluchten Buch. Angesichts einiger Sätze am Ende der Seite runzelte er die Stirn.

Hunt ist ein wirklicher Meister des Vanza. Sein Denken bewegt sich auf dunklen und verschlungenen Bahnen.

»Wem sonst ist dieses Buch noch bekannt?«, erkundigte er sich.

Sie trat einen Schritt zurück. Er spürte, dass es sein Tonfall und nicht seine einfache Frage war, die sie beunruhigte.

»Lediglich mein Vater und Ignatius Lorring kannten diese Aufzeichnungen«, beeilte sie sich zu sagen. »Und beide sind tot.«

Er betrachtete die Seite, auf der sein Name stand. »Sie vergessen sich selbst, Frau Deveridge«, murmelte er leise. »Sie machen mir einen ausgesprochen lebhaften Eindruck.«

Sie schluckte und blinzelte. Dann zauberte sie ein zittriges Lächeln auf ihr Gesicht und kicherte künstlich. »Aber ja, selbstverständlich. Doch müssen Sie sich keine Gedanken machen, dass dieses alte Buch sich nunmehr in meinem Besitz befindet, Sir.«

Artemas schlug das Buch zu. »Ich wünschte, ich könnte mir dessen ganz sicher sein.«

»Aber das können Sie, Sir. Vollkommen sicher sogar.«

»Das wird sich zeigen.« Er nahm das Buch und trug es zum Bücherregal zurück. »Alte, das Vanza betreffende Bücher können sich als gefährlich erweisen. Es ist nicht lange her, dass Gerüchte über einen alten Text mehrere geheimnisvolle Tode nach sich gezogen haben.«

Er hörte ein Geräusch, als ob etwas Schweres auf den Teppich gefallen sei. Das Geräusch wurde von scharfem Einatmen gefolgt. Er beachtete beides nicht, während er das Buch zurückstellte. Er schloss und verriegelte die Tür und wandte sich wieder Madeline zu.

Sie kniete auf dem Teppich und hob eine silberne Figur auf, die vom Schreibtisch heruntergefallen war. Wie er sehen konnte, bebten ihr beim Aufstehen die Hände, als sie die kleine Figur wieder neben das Tintenfass stellte.

»Wie ich annehme, beziehen Sie sich auf das so genannte *Buch der Geheimnisse,* Sir«, bemerkte sie leichthin. Sie rieb sich die Hände. »Vollkommener Unsinn.«

»Diese Meinung teilen jedoch nicht alle Mitglieder.«

»Ich möchte Sie darauf hinweisen, Sir, dass die Mitglieder dieser Gemeinschaft eine ganze Reihe ausgesprochen merkwürdiger Meinungen vertreten.« Sie schien sehr angespannt. »Das *Buch der Geheimnisse*, so es denn überhaupt jemals existiert hat, wurde in einem Feuer zerstört, das in einer bestimmten italienischen Villa ausgebrochen war.«

»Ich kann nur hoffen, dass dem tatsächlich so ist.« Artemas stellte sich neben das gut gesicherte Fenster und spähte in den kleinen Garten hinaus. Dort standen weder große Bäume, Hecken oder andere Laubgewächse, die einem Eindringling Schutz geboten hätten. »Wie schon erwähnt, können Bücher sich als sehr gefährlich erweisen. Sagen Sie mir, Frau Deveridge, gedenken Sie die von Ihrem Vater niedergeschriebenen Informationen zu erpresserischen Zwecken zu nutzen? Sollte dem so sein, so muss ich Sie darauf hinweisen, dass dies gewisse Risiken birgt.«

»Würden Sie so liebenswürdig sein und das Wort *Erpressung* nicht bei jeder sich bietenden Gelegenheit einfließen lassen?«, gab sie zurück. »Es ist ausgesprochen ärgerlich.«

Über die Schulter hinweg sah er zu ihr hinüber. Unter anderen Umständen wäre ihre heftige Entrüstung amüsant gewesen. »Verzeihen Sie mir, gnädige Frau, aber da sich meine Zukunft in Ihrer Hand befindet, bedarf ich ständig Ihrer Rückversicherung.«

Ihre Lippen spannten sich verunsichert. »Ich habe Ihnen bereits versichert, dass ich keinerlei schlechte Absichten im Schilde führe, Sir. Gestern Abend war ich gezwungen, zu verzweifelten Maßnahmen zu greifen, doch wird eine derartige Situation sich wohl kaum wiederholen.«

Er betrachtete die kleinen Glöckchen, die an den gut gesicherten Läden hingen. »Mir scheint, Sie sind nicht ganz so selbstsicher, wie Sie mich glauben machen wollen, gnädige Frau.«

Stille sank über die Bibliothek. Artemas wandte sich jetzt

ganz Madeline zu. Ihr Gesichtsausdruck verriet nichts als uneingeschränkte Willenskraft, doch konnte er den darunter verborgenen Ausdruck der Angst gut erkennen.

»Sagen Sie mir, Frau Deveridge«, meinte er leise. »Vor wem oder vor was haben Sie Angst?«

»Ich kann mir nicht vorstellen, worauf Sie anspielen, Sir.«

»Mir ist bewusst, dass ich als Vanza zumindest als Sonderling, wenn nicht gar als vollkommen Umnachteter gelte, doch gestehen Sie mir bitte die Fähigkeit zu ganz elementaren Schlussfolgerungen zu.«

Allmählich machte sie den Eindruck eines in eine Ecke gedrängten Rehs. »Was wollen Sie damit sagen?«

»Sie haben einen bewaffneten Kutscher, der eindeutig auch als Ihr Leibwächter eingestellt ist. Sie schirmen Ihre Fenster mit Läden ab, die Eindringlinge abhalten sollen. Ihr Garten ist von jeder Art von Laub befreit, so dass niemand sich, ohne gesehen zu werden, Ihrem Haus nähern kann. Und Sie selbst haben gelernt, eine Pistole zu handhaben.«

»London ist ein gefährliches Pflaster, Sir.«

»Wohl wahr. Doch scheint es mir, dass Sie sich für gefährdeter halten, als andere Leute es tun.« Er hielt ihrem Blick stand. »Wovor fürchten Sie sich, gnädige Frau?«

Sie sah ihn lange an. Dann kehrte sie hinter ihren Schreibtisch zurück und ließ sich auf den Stuhl fallen. Ihre Schultern waren verkrampft.

»Meine persönlichen Belange gehen Sie nichts an, Herr Hunt.«

Er musterte ihr abgewandtes Gesicht, auf dem sich Stolz und Mut spiegelten. »Wir alle haben Träume, Frau Deveridge. Wie mir scheint, ist der Ihre der, frei von der Angst zu leben, die von Ihnen Besitz ergriffen hat.«

Ihr Blick wurde seltsam nachdenklich. »Was glauben Sie, könnten Sie für mich tun, Sir?«

»Wer weiß.« Er lächelte flüchtig. »Doch bin ich schließlich ein Traumhändler. Vielleicht kann ich Ihren Traum wahr machen.«

»Ich bin nicht zum Spaßen aufgelegt.«

»Ich versichere Ihnen, dass auch mir momentan nicht zum Spaßen ist.«

Ihre Hand klammerte sich um das kleine Papiergewicht aus Messing. Sie unterzog es einer genauen Musterung. »Selbst wenn es stimmt, was Sie sagen, so könnten Sie mir möglicherweise tatsächlich von Nutzen sein, Sir. Ich gehe davon aus, dass für derlei Dienste ein Preis zu entrichten sein wird.«

Er zuckte mit den Schultern. »Alles hat seinen Preis. Manchmal ist es die Sache wert, ihn zu bezahlen. In anderen Fällen wiederum ist es das nicht.«

Ein paar Sekunden schloss sie die Augen. Als sie sie wieder öffnete, war ihr Blick direkt und völlig klar. »Ich gebe zu, dass mir gestern Nacht nach unserer Rückkehr ein Gedanke gekommen ist«, begann sie vorsichtig.

Jetzt hatte er sie, dachte er. Sie hatte den Köder geschluckt. »Und welcher Gedanke war das?«

Sie legte den Papierbeschwerer wieder zurück. »Ich habe lange über ein paar alte Sprichwörter nachgedacht. Eines davon besagt, es sei am besten, Feuer mit Feuer zu bekämpfen; ein anderes, ein Dieb sei vonnöten, um einen Dieb zu fangen.«

Er verstand sofort. »Donnerwetter, gnädige Frau, Ihr Anliegen hat etwas mit dem Vanza zu tun, nicht wahr?«

Angesichts seiner schnellen Auffassungsgabe zuckte sie zusammen und runzelte die Stirn. »In gewisser Weise ja, zumindest ist es möglich.« Sie seufzte. »Sicher jedoch kann ich mir nicht sein.«

»Was ist Ihr Vorhaben? Wollen Sie einen Vanza-Meister einsetzen, um eine Vanza-Angelegenheit zu bereinigen? Ist das Ihr logischer Schluss?«

»So in etwa könnte man es ausdrücken.« Sie trommelte

mit den Fingern auf die Tischplatte. »Ich denke noch über die Angelegenheit nach, aber es scheint mir, dass Sie wie kein Zweiter dazu geeignet wären, mir bei der Lösung einer Angelegenheit behilflich zu sein, die mich sehr beschäftigt.«

»Sie erwägen also, meine Fähigkeiten als Meister zur Lösung Ihres Problems einzusetzen?«

»Sollten wir uns einigen«, sagte sie freiheraus, »dann würde ich unser Verhältnis als das zwischen Arbeitgeber und Arbeitnehmer sehen. Selbstverständlich würde ich Sie für Ihre Bemühungen entschädigen.«

»Die Angelegenheit wird immer spannender. Wie zum Teufel wollen Sie mich denn entlohnen, Frau Deveridge?« Er hob eine Handfläche in die Luft. »Bevor Sie antworten, sollten wir in einem ganz klar sehen. Wie Sie bereits bemerkt hatten, bin ich als Geschäftsmann tätig und in diesem Bereich ausgesprochen erfolgreich. Weder wünsche noch benötige ich Ihr Geld, gnädige Frau.«

»Mein Geld vielleicht nicht.« Ihre Augen wurden schmal. »Jedoch besitze ich etwas, das Sie durchaus haben möchten, Sir.«

Er musterte sie kühl. »Ist dem so? Ich gestehe, das Angebot interessiert mich.« Er dachte an die kursierende Wette in den Clubs. »Das hätte durchaus seine Reize.« Sie starrte ihn an. »Verzeihen Sie?«

Ihr Ausdruck vollkommener Verständnislosigkeit sagte ihm, dass sie von der Existenz dieser Wette keine Ahnung hatte.

»Es kommt nicht alle Tage vor, dass man die Möglichkeit einer Affäre mit der Verruchten Witwe angeboten bekommt. Sagen Sie, gnädige Frau, darf ich davon ausgehen, lebendig aus einer solchen Erfahrung hervorzugehen? Oder gehen Ihre Liebhaber dieselben Risiken wie Ihre Ehemänner ein?«

Ihr klappte der Mund auf. Dann wurde sie von eisiger Wut ergriffen. »Wenn ich mich dazu entscheide, Sie einzustellen, Herr Hunt, birgt das allerdings ein gewisses Risiko in sich. Doch wird dieses Risiko nicht von mir ausgehen.«

Er hob die Augenbrauen. »Ich möchte nicht allzu forsch erscheinen, doch was die Natur meiner Belohnung betrifft …?«

Sie warf einen bedeutungsvollen Blick in Richtung des Bücherbords, auf dem das Büchlein über die Vanza-Mitglieder stand. »Aus Ihrem Gesichtsausdruck schloss ich, dass es Ihnen gar nicht behagt, derart aufschlussreiche Informationen über Ihre persönlichen Belange in einem Buch niedergeschrieben zu finden.«

»Damit liegen Sie richtig. Es gefällt mir überhaupt nicht.« So oder so würde er einen Weg finden, den verdammten Band in die Finger zu bekommen. Er warf einen Blick auf die albernen kleinen Glöckchen an den Fensterläden. Für seine Fähigkeiten würden sie keinerlei Hindernis darstellen.

Sie musterte ihn aufmerksam. »Sollten wir uns einigen, Sir, werde ich Sie für die aufgewandte Zeit und die Unannehmlichkeiten mit jenem Buch entschädigen.«

»Wollen Sie damit sagen, dass Sie mir das Buch geben, wenn ich Ihnen helfe?«

»Ja.« Sie zögerte. »Zunächst jedoch muss ich entscheiden, ob ich Ihrer Dienste bedarf oder nicht. Ich werde noch etwas länger darüber nachdenken müssen, ehe ich zu einer Entscheidung komme. Es steht eine Menge auf dem Spiel.«

»Zu Ihrem eigenen Vorteil, Frau Deveridge, möchte ich Ihnen raten, mit Ihrer Entscheidung nicht allzu lange zu warten.«

Sie hob das Kinn. »Eine weitere Drohung, Sir?«

»Mitnichten. Ich weise lediglich auf Ihre Versuche hin, Ihr Haus zu verschanzen.« Er trat an die Fensterläden heran. »Wenn das, wovor Sie Angst haben, etwas mit Vanza zu tun hat, so kann ich Ihnen versichern, dass diese Glöckchen zu spät ertönen werden, um noch von Nutzen zu sein.«

Sie erblasste und klammerte sich so fest an die Stuhllehne, dass ihre Knöchel weiß hervorstachen. »Sie sollten jetzt besser gehen, Sir.«

Er zögerte, dann neigte er höflich den Kopf. »Wie Sie wünschen, gnädige Frau. Sie wissen, wo Sie mich erreichen können, wenn Sie zu einer Entscheidung gekommen sind.«

»Ich werde Ihnen Bescheid geben, wenn ich …«

Als die Tür zur Bibliothek ohne Warnung aufgerissen wurde, brach sie ab und schaute auf den Neuankömmling. »Tante Bernice.«

»Tut mir Leid, meine Liebe.« Bernice strahlte Artemas an. »Ich wusste nicht, dass du immer noch Besuch hast. Möchtest du uns nicht einander vorstellen?«

»Aber ja doch, natürlich«, murmelte Madeline.

Unwillig und recht hastig stellte sie sie einander vor. Artemas ließ sich jedoch nicht zur Eile antreiben. Bernice Reed gefiel ihm auf den ersten Blick. Sie war eine elegante, nicht mehr ganz junge Frau, die offenbar ein Gefühl für Mode und Stil besaß. Das Lachen in ihren leuchtend blauen Augen sagte ihm zu. Er beugte sich über ihre Hand und wurde mit einer grazilen Handbewegung belohnt, die ihm verriet, dass die Dame über einige Erfahrung auf dem Tanzparkett verfügte.

»Wie mir meine Nichte berichtete, haben wir allen Grund, uns für Ihre Hilfe gestern Abend zu bedanken«, sagte Bernice. »In diesem Haushalt werden Sie heute als Held gefeiert.«

»Danke, Frau Reed. Ihre gütigen Worte weiß ich wohl zu schätzen.« Er warf Madeline einen flüchtigen Blick zu. »Doch hat mich Frau Deveridge darüber aufgeklärt, dass ich mich in der Angelegenheit nicht gerade heldenhaft benommen habe. Ich hätte lediglich meine Verantwortlichkeiten als Eigentümer des Etablissements wahrgenommen, vor dem die Entführung stattgefunden hatte, wenn Sie verstehen.«

Madeline fuhr zusammen. Artemas befriedigte ihr Gesichtsausdruck zutiefst.

Bernice starrte Madeline entsetzt an. »Gütiger Himmel, meine Liebe, ich hoffe doch, dass du dem armen Herrn Hunt gegenüber niemals solches hast verlauten lassen. Es scheint mir unmöglich zu behaupten, dass er für diese Situation auch nur die geringste Verantwortung trägt. Nellie wurde vor den Vergnügungsgärten entführt und nicht auf dem Grundstück selbst.«

»Ich habe sehr deutlich zum Ausdruck gebracht, dass Herrn Hunts Dienste durchaus geschätzt wurden«, brachte Madeline hinter zusammengebissenen Zähnen hervor.

»Das allerdings entspricht der Wahrheit«, pflichtete ihr Artemas bei. »Ich habe mich sogar als so nützlich erwiesen, dass sie nun darüber nachdenkt, meine Dienste auch für eine andere Aufgabe in Anspruch zu nehmen. Etwas, das damit zu tun hat, einen Dieb mit Hilfe eines Diebes zu fangen.«

Bernice rang nach Luft. »Sie hat Sie als *Dieb* bezeichnet, Sir?«

»Nun ja«, setzte Artemas an.

Madeline wedelte mit den Händen durch die Luft. »Ich habe Sie keinesfalls jemals als solchen bezeichnet, Sir.«

»Wohl wahr«, gab Artemas zu und wandte sich wieder Bernice zu. »Sie hat mich nicht wirklich als Dieb bezeichnet.«

»Das möchte ich auch hoffen«, bekräftigte Bernice. Madeline stöhnte auf.

»Da ich selbst Geschäfte tätige«, meinte Artemas, »sehe ich der Möglichkeit einer Anstellung natürlich mit Aufregung entgegen.« Als er sich der Tür näherte, blinzelte er Madeline zu. »Ganz unter uns, Frau Reed, ich habe allen Grund zu der Annahme, dass ich den Posten bekommen werde. Wie Sie wissen, gibt es nur sehr wenige andere geeignete Kandidaten.« Er trat in den Flur und verließ das Haus durch die Eingangstür, noch bevor eine der beiden Damen ihren Mund wieder hatte schließen können.

5. Kapitel

»Er ist ein Vanza«, sagte Madeline. »Das bedeutet, dass er ein verzwicktes, undurchsichtiges Spiel spielt. Ihn zu unserer Hilfe anzuheuern ist recht riskant.«

»Ich halte es für wenig klug, Worte wie *anheuern* oder auch *einstellen* zu benutzen, wenn wir über die Möglichkeit sprechen, dass Herr Hunt uns helfen soll.« Bernice zog einen Schmollmund. »Es fällt schwer, ihn sich als einen bezahlten Dienstleister vorzustellen, wenn du verstehst, was ich meine.«

»Ganz im Gegenteil. Herrn Hunt als bezahlten Dienstleister zu sehen ist die einzig vernünftige Herangehensweise an irgendeine Verbindung mit ihm.« Madeline lehnte sich auf dem Stuhl hinter ihrem Schreibtisch vor und musterte das Papiergewicht aus Messing, als ob es ein uraltes Orakel sei. »Wenn wir meinen Plan in die Tat umsetzen, dann müssen wir sehr genau darauf achten, dass Hunt seinen zugewiesenen Platz kennt.«

Bernice nippte an ihrem Tee, den Nellie serviert hatte. »Hmm.«

»Meine größte Sorge ist die, dass wir in der Angelegenheit keine Wahl mehr haben.«

Bernice blinzelte. »Wie bitte?«

»Er weiß von der Existenz von Papas Buch.«

»Ach du meine Güte.«

»Sicher war es ein Fehler, es ihm zu zeigen.« Madeline erhob sich unruhig. »Ich habe ihm davon erzählt, als ich ihm erklärte, woher ich von seiner Verbindung zu den Vergnügungspavillons erfahren habe. Ich glaubte, es würde ihn beruhigen zu erfahren, dass ich ihn nicht vorsätzlich ausspioniert hatte.«

Bernice' Augen leuchteten nicht länger amüsiert. »Wo er nun weiß, dass einige seiner Geheimnisse niedergeschrieben sind, wird er um jeden Preis das Buch in seinen Besitz bringen wollen.«

»Ich fürchte, mit dieser Einschätzung wirst du Recht behalten.« Madeline starrte in den stark zurückgestutzten Garten hinaus. »Ich habe seinen Blick gesehen, als er zu der Seite des Buches kam, auf der sein Name vermerkt war. Sofort war mir klar, dass ich einen großen Fehler begangen hatte.«

»Also hast du ihm einen Handel angeboten.« Bernice nickte. »Keine schlechte Idee. Er schien willens, eine solche Lösung in Erwägung zu ziehen.«

»Ein wenig zu willens, wenn du mich fragst. Aber ich weiß nicht, was ich, außer diesen Weg weiterzuverfolgen, hätte tun sollen.« Madeline blickte Bernice an. »Es besteht kein Zweifel, dass er uns von Nutzen sein könnte. Gestern Abend habe ich ihn in Aktion gesehen. Der Plan, den er zu Nellies Rettung aus der Schänke ausgeheckt hatte, war sehr einfallsreich. Und dann hat er sie den ganzen Weg aus der Gasse über der Schulter getragen. Für einen Mann seines Alters schien er recht gut beieinander zu sein.«

»Er ist wohl kaum als alt zu bezeichnen.«

»Nein, natürlich nicht«, warf Madeline hastig ein. »Ich wollte damit lediglich darauf hinweisen, dass er kein junger Spund mehr ist.«

»Nein, das ist er nicht.«

»Noch sonderlich alt, wie du gerade mit Recht bemerkt hast«, fuhr sie geknickt fort. »Man könnte sogar behaupten, er sei im besten Alter. Reif, jedoch noch recht beweglich.«

»Reif und beweglich«, wiederholte Bernice den Satz wertfrei. »Meiner Meinung nach trifft das Hunt recht gut.«

»Ich hege Zweifel über deine Schlussfolgerungen der Gründe Herrn Hunts, seinen Besitz der Vergnügungspavillons geheim zu halten.«

»Tatsächlich?«

»Ja. Ich bin mir nicht länger sicher, den Grund darin zu suchen, dass er eine reiche, gesellschaftlich hoch stehende Ehefrau sucht.«

Bernice schien überrascht. »Warum? Eine Verbindung mit einer einflussreichen Familie einzugehen erscheint mir für einen ehrgeizigen Gentleman recht vernünftig zu sein.«

»Die Annahme fällt leicht, dass Herr Hunt in mancherlei Hinsicht Ambitionen hegt.« Madeline trommelte mit den Fingern gegen das Fensterbrett. »Doch bin ich mir nicht sicher, dass sie die Schließung einer Ehe beinhalten. Irgendwie habe ich im Gefühl, wenn das tatsächlich sein Ziel gewesen sein sollte, so hätte er dieses schon lange erreichen können.«

»Den Einwand lasse ich gelten.«

»Man hätte von der Ankündigung einer Verlobung hören müssen. Oder zumindest hätten uns Gerüchte zu Ohren kommen müssen, die seinen Namen mit dem einer verfügbaren Dame aus höheren Kreisen in Verbindung gebracht hätten.«

»Richtig.« Bernice hielt inne. »Es ist fürwahr interessant, dass wir noch keine Namen gehört haben. Was geht deiner Meinung nach hier vor?«

»Wer kann das bei einem Vanza-Meister schon sagen?« Madeline fuhr herum und begann, in der Bibliothek auf und ab zu laufen. »Aber irgendetwas hat er.«

»Irgendetwas?«

»Richtig.« Madeline machte eine Handbewegung, während sie nach den richtigen Worten suchte, die ihr Gefühl verdeutlichen sollten. »Ganz sicher kann er nicht als ein typischer Vertreter der höheren Gesellschaft gelten. Er scheint um einiges schwerer zu wiegen als die üblichen Leichtgewichte der Gesellschaft. Er ist ein Raubvogel unter lauter Motten.«

»Vermutlich ein reifer, wenn auch immer noch recht beweglicher Raubvogel unter Motten, sehe ich das richtig?«

Bernice' Augen leuchteten amüsiert. »Was für eine interessante Beschreibung. So poetisch, geradezu metaphysisch.«

Madeline warf ihr einen missbilligenden Blick zu. »Meine Beschreibung Hunts belustigt dich?«

Bernice kicherte. »Meine Liebe, ich betrachte sie als unglaublich erleichternd.«

Madeline hielt abrupt inne. »Was willst du denn damit sagen?«

»Nach deiner Erfahrung mit Renwick Deveridge hatte ich schon befürchtet, du würdest nie wieder ein gesundes Interesse an der männlichen Welt zeigen. Jetzt jedoch erscheint mir diese Sorge als unbegründet.«

Madeline war vor Entrüstung sprachlos. Als sie sich schließlich wieder gefasst hatte, konnte sie immer noch keinen zusammenhängenden Satz bilden.

»Tante Bernice! Also wirklich!«

»Seit über einem Jahr kapselst du dich jetzt schon von der Außenwelt ab. Nach dem, was du durchgemacht hast, ist das durchaus verständlich. Doch wäre die ganze Sache noch tragischer gewesen, wenn du niemals wieder deine weiblichen Gefühle zurückerlangt hättest. Ich werte dein offensichtliches Interesse an Herrn Hunt als ein sehr gutes Zeichen.«

»Um Himmels willen, ich habe aber gar kein Interesse an ihm.« Madeline marschierte zu dem Bücherbord zurück. »Jedenfalls nicht auf die Art und Weise, die dir vorschwebt. Doch bin ich überzeugt davon, dass jetzt, wo er von der Existenz von Papas Aufzeichnungen weiß, es sehr schwer sein wird, ihn abzuschütteln. Also sollten wir unseren Nutzen aus ihm ziehen, wenn du verstehst, worauf ich hinaus möchte.«

»Du könntest Hunt die Aufzeichnungen ganz einfach geben«, bemerkte Bernice trocken.

Madeline hielt vor dem Bücherbord inne. »Glaube mir, diese Möglichkeit hatte ich bereits erwogen.«

»Aber?«

»Aber wir benötigen sein Sachverständnis. Warum also nicht einen Handel eingehen, um uns seiner Hilfe zu versichern und zwei Fliegen mit einer Klappe zu schlagen?« Wie ihr selbst auffiel, bediente sie sich heute Morgen einer ganzen Reihe von Redewendungen.

»Ja, warum auch nicht?« Bernice blickte auf die Glöckchen an den Fensterläden. »Sollten wir Herrn Hunt die Aufzeichnungen nicht im Gegenzug für seine Dienste anbieten, so wird er sie sich in einer dunklen Nacht selbst holen.«

Am nächsten Morgen legte Madeline die Feder, die sie für ihre Aufzeichnungen benutzt hatte, nieder. Dann schlug sie das schlanke, in Leder gebundene Buch zu, das sie zu entziffern versucht hatte.

Entziffern war genau der richtige Ausdruck, dachte sie. Das schmale Büchlein war sehr alt und recht abgenutzt. Darin stand ein Wust mit der Hand geschriebener, offenbar sinnloser Sätze. So weit sie es einschätzen konnte, waren die Worte eine Mischung aus altem Griechisch, ägyptischen Hieroglyphen und der altertümlichen, schon lange toten Sprache des Vanzagara. Vor drei Wochen war es nach einer langen und umwegreichen Reise von Spanien hier abgegeben worden und hatte ihre Aufmerksamkeit schlagartig gefangen genommen. Sie hatte sich sofort an die Arbeit gemacht.

Bisher jedoch hatte sie nicht viel Fortschritte erzielen können. Das Griechisch war zwar einfach, doch die übersetzten Worte ergaben keinerlei Sinn. Die Hieroglyphen waren für sie total unverständlich, doch hatte sie gehört, dass Thomas Young eine interessante Theorie der ägyptischen

Schrift aufgestellt hatte, die auf seiner Arbeit über den Rosetta-Stein beruhte. Leider hatte er seine Ergebnisse bisher noch nicht veröffentlicht. Was die altertümliche Sprache des Vanzagara betraf, so wusste sie, dass sie eine der wenigen Gelehrten war, die diesen Text auch nur teilweise zu übersetzen verstanden. Nur sehr wenige Menschen außerhalb der Familie waren sich ihrer Fähigkeiten bewusst. Das Studium des Vanza und seiner toten Sprache war ausschließlich Gentlemen vorbehalten. Damen waren weder in der Gemeinschaft zugelassen, noch erachtete man es als sinnvoll, sie in irgendeiner diesbezüglichen Weise zu unterrichten.

Selbst als sie darüber aufgeklärt wurden, dass Winton Reed seiner Tochter alles beibrachte, was er selber wusste, hätten doch nur wenige Mitglieder der Vanza-Gemeinschaft eine Frau für fähig gehalten, die Komplexität dieser fremden Sprache aus den alten Büchern zu meistern.

Seit Tagen bereits arbeitete Madeline in ihrer freien Zeit an dem schmalen Band. Das Vorhaben, so schwierig es auch sein mochte, bot ihr eine willkommene Ablenkung von anderen Sorgen. Doch heute Morgen wollte sich diese Ablenkung nicht einstellen.

Häufig sah sie von der Arbeit auf und blickte auf die Uhr. Es behagte ihr nicht, dass sie die Minuten und Stunden zählte, seitdem sie Artemas Hunt eine Nachricht hatte zukommen lassen. Dennoch konnte sie nicht anders.

»Hier ist er!«, ertönte Bernice' Stimme im Eingang. »Er ist angekommen!«

»Wer denn, um Himmels willen?« Madeline blickte auf die Tür und lauschte den Schritten ihrer Tante, die den Gang entlangeilten.

Wenig später wurde die Tür aufgerissen. Bernice schwebte triumphierend ins Zimmer und schwenkte eine weiße Karte. »Es ist ja so aufregend.«

Madeline warf einen Blick auf den Brief. »Was ist das?«

»Herrn Hunts Antwort auf deine Nachricht natürlich.«

Erleichterung durchfuhr Madeline. Sie sprang auf. »Lass mich sehen.«

Bernice reichte ihr die Karte, wie ein Magier eine Taube aus der Luft gezaubert hätte.

Madeline riss den Umschlag auf und überflog hastig den Inhalt. Zunächst glaubte sie, sie habe den Brief nicht richtig verstanden. Überrascht kehrte sie zum Anfang zurück und begann erneut zu lesen. Auch beim zweiten Mal ergab es keinen Sinn. Sie ließ den Brief sinken und blickte Bernice verwirrt an.

»Was ist, meine Liebe?«

»Ich habe Herrn Hunt eine Nachricht geschickt, dass ich die Erörterung unserer geschäftlichen Beziehung fortsetzen möchte. Und er schickt mir nun dieses ... dieses ...«

»Dieses was?« Bernice nahm Madeline den Brief aus der Hand, kramte eine Brille hervor, setzte sie sich auf die Nase und las laut vor.

»Ich bitte um die Ehre, Sie auf den Maskenball begleiten zu dürfen, der am Donnerstagabend in den Vergnügungspavillons stattfinden wird.«

Bernice pustete höchst zufrieden. »Aber meine Liebe, es handelt sich um eine *Einladung*.«

»So viel sehe ich auch.« Madeline entriss Bernice den Brief und starrte auf die kraftvolle, männliche Schrift. »Was in aller Welt hat er vor?«

»Also wirklich, Madeline, für eine Frau deines Alters bist du einfach viel zu misstrauisch. Was ist denn so seltsam daran, von einem ehrenhaften Gentleman zu einem Ball eingeladen zu werden?«

»Wir sprechen hier nicht von einem ehrenhaften Gentleman, sondern von Artemas Hunt. Und ich habe sehr wohl das Recht, misstrauisch zu sein.«

»Du bist überreizt, meine Liebe.« Bernice runzelte die Stirn. »Leidest du wieder unter Schlaflosigkeit? Du nimmst doch mein Elixier, nicht wahr?«

»Aber ja doch. Eine sehr wirksame Sache.« Sie hatte keinerlei Veranlassung, Bernice die Wahrheit zu sagen. Gestern Abend hatte sie das Elixier genau wie an allen anderen Abenden weggeschüttet, weil sie sich nicht traute, es einzunehmen. Das Allerletzte, was sie sich wünschte, war, des Nachts einzuschlafen. Die Träume wurden immer schlimmer.

»Nun, wenn es nicht die Schlaflosigkeit ist, die deine Nerven überanstrengt, so ist es vielleicht etwas anderes«, fuhr Bernice fort.

»Meine Reaktion auf Hunts Brief ist nicht meinen zarten Nerven zuzuschreiben. Es ist eine vollkommen vernünftige Reaktion.« Madeline schlug mit dem Brief gegen ihre Handfläche. »Denk doch nur: Ich sage dem Mann, dass ich seine Dienste zu einem bestimmten Preis in Anspruch nehmen möchte, und er schickt mir als Antwort die Einladung zu einem Maskenball. Was für eine Antwort soll das denn sein?«

»Eine höchst interessante, wenn du mich fragst. Erst recht, da sie von einem reifen, doch immer noch sehr beweglichen Gentleman stammt.«

»Nein.« Madeline musterte sie grimmig. »Ich befürchte, die Antwort ist typisch Vanza. Hunt versucht ganz bewusst, mich vor den Kopf zu stoßen. Wir müssen uns die Frage nach dem Grund stellen.«

»Ich kann mir nur eine Verfahrensweise vorstellen, um die Antwort herauszufinden, meine Liebe.«

»Und die wäre?«

»Du musst seine Einladung annehmen.«

Madeline starrte sie an. »Hast du den Verstand verloren? Ich soll mit Hunt auf einen Maskenball gehen? Was für ein seltsamer Vorschlag!«

Bernice warf ihr einen vielsagenden Blick zu. »Du hast es

mit einem Meister des Vanza zu tun. Du wirst ihm mit großer Umsicht und viel Geschick begegnen müssen. Ich aber habe unbedingtes Vertrauen in deine Fähigkeit, die Wahrheit herauszufinden.«

»Hmm.«

»Wie dem auch sei, ich sehe keinen Schaden für dich, die Einladung zu einem Ball anzunehmen«, fügte Bernice hinzu. »Ich bin mir sicher, dass du etwas Unterhaltung gut gebrauchen kannst. Allmählich wirst du genauso exzentrisch, zurückgezogen und geheimniskrämerisch wie die Gentlemen der Vanza-Gemeinschaft.«

6. Kapitel

Wie ich sehe, hat sich Glenthorpe früher als gewöhnlich verabschiedet.« Lord Belstead warf einen missbilligenden Blick auf den Mann, der zusammengesunken vor dem Kaminfeuer in einem Ohrensessel hockte. »Noch nicht einmal zehn Uhr, und mit dem Mann kann man bereits nicht mehr rechnen.«

»Vielleicht sollten wir ihn einladen, Karten mit uns zu spielen.« Sledmere sah nicht von seinen Karten auf. »Glenthorpe ist ein Dummkopf, erst recht, wenn er betrunken ist. Wir könnten ihm heute Abend sicherlich einiges aus der Tasche ziehen.«

»Viel zu einfach.« Artemas betrachtete die Karten in seiner Hand. »Worin liegt der Spaß, mit einem Betrunkenen Karten zu spielen?«

»Spaß hatte ich dabei wohl kaum im Sinn«, erwiderte Sledmere. »Ich dachte eher an den Gewinn.«

Artemas legte seine Karten nieder. »Dann darf ich Sie daran erinnern, dass ich soeben genau diesen für mich verbuchen konnte.«

Belstead blickte schnaubend auf die Karten. »Auf meine Kosten, wie es scheint. Sie haben ein teuflisches Glück, Sir.«

Auf der anderen Seite des Zimmers stellte Glenthorpe sein leeres Glas ab und erhob sich schwankend. Mit Blick auf ihn bemerkte Artemas: »Ich habe das Glück für den heutigen Abend voll und ganz ausgeschöpft. Wenn Sie mich entschuldigen wollen, sonst werde ich mich zu einer Verabredung verspäten.«

Belstead kicherte. »Um welche werte Dame handelt es sich, Hunt?«

»Ihr Name ist mir gerade entfallen.« Artemas erhob sich aus seinem Sessel. »Sicher wird er mir im geeigneten Moment wieder einfallen. Guten Abend, die Herren.«

Sledmere lachte. »Vergewissern Sie sich, den richtigen Namen im richtigen Augenblick parat zu haben, Sir. Aus irgendeinem unerfindlichen Grund nehmen es einem die Frauen übel, wenn man ihre Namen durcheinander bringt.«

»Danke für den Ratschlag«, erwiderte Artemas.

Er verließ das Zimmer und trat in die Eingangshalle, um Umhang, Hut und Handschuhe zu holen.

Glenthorpe stand in der Tür. Leicht schwankend wandte er sich um. »Hunt, Sie gehen?«

»Ja.«

»Würden Sie sich eine Kutsche mit mir teilen wollen?« Glenthorpe blinzelte durch die Fenster nach draußen. »An einem Abend wie diesem sind sie schwer aufzutreiben, wissen Sie. Der verdammte Nebel ist so dicht, dass man ihn mit einem Messer zerschneiden könnte.«

»Einverstanden.« Artemas zog sich den Umhang über und trat hinaus.

»Sehr gut.« Glenthorpes Erleichterung besaß beinahe schon komödiantische Züge. Er beeilte sich, Artemas auf die neblige Straße zu folgen. »Es ist sicherer, gemeinsam zu gehen, wissen Sie. In einer Nacht wie heute gibt es sicher Straßenräuber und andere Gauner.«

»Das jedenfalls wird behauptet.« Artemas winkte einer Kutsche, die ratternd vor den Eingangsstufen des Clubs anhielt. Glenthorpe hievte sich ungeschickt hinein und ließ sich auf einen der Sitze fallen. Artemas folgte ihm und schloss die Tür.

»Habe noch niemals derart viel Nebel im Frühsommer erlebt«, brummte Glenthorpe.

Die Kutsche rumpelte die Straße hinunter.

Artemas musterte Glenthorpe, was diesem jedoch nicht auffiel. Er war viel zu sehr damit beschäftigt, die dunkle Straße zu beobachten. Er wirkte ängstlich. Ein angestrengter, nervöser Ausdruck lag über seinem Gesicht.

»Es geht mich natürlich nichts an.« Artemas ließ sich noch tiefer in die Schatten der Ecke zurückfallen. »Doch kann ich nicht umhin zu bemerken, dass Sie heute leicht nervös erscheinen, Glenthorpe. Beunruhigt Sie denn etwas?«

Glenthorpe riss sich vom Fenster los. Er blickte erst auf Artemas, dann wieder aus dem Fenster. »Hatten Sie schon mal das Gefühl, dass jemand Sie beobachtet, Sir?«

»Mich beobachtet?«

»*Mich.* Nicht Sie.« Glenthorpe schloss die Gardinen vor dem Fenster und ließ sich in die abgewetzten Polster zurückfallen. »In letzter Zeit habe ich das merkwürdige Gefühl, gelegentlich verfolgt zu werden. Drehe ich mich jedoch um, ist niemals jemand zu sehen. Das ist sehr beunruhigend.«

»Warum sollte Ihnen jemand folgen?«

»Woher in aller Welt soll ich das wissen?« Glenthorpe sprach viel zu laut und betont. Er zuckte angesichts der Lautstärke seiner eigenen Stimme zusammen und fuhr leiser fort: »Aber er ist da. Ich spüre es bis auf die Knochen.«

»Wer ist denn dieser Mann, von dem Sie annehmen, dass er Sie verfolgt?«, erkundigte sich Artemas teilnahmslos.

»Sie werden dem keinen Glauben schenken, aber ich denke, es ist …« Glenthorpe brach ab.

»Wer?«, hakte Artemas höflich nach.

»Es ist nicht leicht zu erklären.« Glenthorpes Hände zuckten auf dem Sitz. »Das geht auf etwas zurück, das vor ein paar Jahren vorgefallen ist. Etwas mit einer jungen Frau.«

»Verstehe.«

»Sie war nur eine Schauspielerin, wissen Sie. Niemand

von Rang.« Glenthorpe schluckte schwer. »Etwas Schreckliches ist passiert. So etwas hatte ich natürlich überhaupt nicht beabsichtigt. Die anderen meinten, es wäre sicherlich amüsant. Sie sagten, das Mädchen würde sich lediglich zieren und sich rar machen. Doch das stimmte nicht, wissen Sie.«

»Was ist denn vorgefallen?«, fragte Artemas wie beiläufig.

»Wir haben sie an einen abgelegenen Ort gebracht.« Glenthorpe rieb sich die Nase am Rücken seines Handschuhs. »Wir dachten, wir würden alle zusammen etwas Spaß haben. Aber sie … hat sich gegen uns gewehrt. Ist weggerannt. Es war nicht unsere Schuld, dass sie … ach, lassen wir das. Die Sache ist die, dass ich bei der ganzen Sache gar nicht beteiligt war. Die anderen haben sie sich genommen, doch als ich an der Reihe war, konnte ich nicht, wenn Sie mich verstehen. Zu viel getrunken. Vielleicht aber lag es auch an der Art, wie sie mich angesehen hat.«

»Wie hat sie Sie denn angesehen?«

»Als ob sie uns einen Fluch auferlegen wollte. Sie sagte, wir würden alle noch bezahlen müssen. Das war natürlich Unsinn. Mir aber war klar, dass die anderen sich irrten. Sie machte keinen Spaß. Sie wollte keinen von uns. Ich … ich habe nur … ich konnte es einfach nicht über mich bringen.«

»Aber Sie waren in jener Nacht mit dabei.«

»Ja, aber nur, weil die anderen mich mitgeschleppt hatten. Es gehört nicht zu jenen Dingen, die mir Spaß machen, wissen Sie. Ich bin nicht … ich will sagen, mein Naturell ist nicht so … körperlich wie das anderer Männer.« Glenthorpe wand sich erneut. »Wie dem auch sei, ich habe irgendeine Entschuldigung gefunden. Die anderen lachten mich aus, aber das war mir gleichgültig. Ich wollte nur weg. Doch dem Mädchen gelang es, freizukommen. Sie rannte in die Nacht hinaus. Dann hatte sie einen Unfall, sie ist gestürzt.«

»Was haben Sie getan?«

»Ich?« Glenthorpe machte ein entsetztes Gesicht. »Nun,

nichts. Gar nichts. Das ist es doch gerade, was ich zu erklären versuche. Es gibt überhaupt keinen Anlass, weswegen er mich verfolgen sollte. Ich habe sie überhaupt nicht angerührt.«

»Wer ist Ihnen denn hinterher?«

»Sie sagte …« Glenthorpe fuhr sich mit der Zunge über die Lippen und rieb sich erneut die Nase. »Sie sagte, ihr Geliebter würde uns alle umbringen für das, was wir ihr angetan hätten. Doch das war vor fünf Jahren. *Vor fünf langen Jahren.* Ich dachte, die Sache sei vorbei und vergessen.«

»Und jetzt sind Sie sich nicht mehr so sicher?«

Glenthorpe zögerte und schob eine Hand in die Tasche. Dann kramte er eine Taschenuhr mit einem an einer Goldkette baumelnden Siegel hervor. »Vor ein paar Monaten habe ich dieses hier erhalten. Es lag einfach so vor meiner Tür.«

Artemas warf einen Blick auf das goldene Siegel mit dem Emblem eines sich aufbäumenden Hengstes. »Was ist dabei?«

»Meiner Meinung nach hat *er* es mir zugesandt. Derjenige, von dem sie sagte, dass er sie rächen würde.«

»Warum sollte er das tun?«

Glenthorpe rieb sich die Nase. »Ich habe das unangenehme Gefühl, dass er mit mir spielt. So wie es eine Katze mit einer Maus macht, verstehen Sie? Aber es ist nicht fair.«

»Warum nicht?«

»Weil wir zu dritt waren. Und ich war der Einzige, der ihr nichts angetan hat.« Glenthorpe ließ sich auf seinem Sitz zurückfallen. »Ich war der Einzige, der sie nicht angerührt hat.«

»Aber Sie waren in jener Nacht mit dabei, nicht wahr?«

»Ja, aber …«

»Sparen Sie sich weitere Erklärungen, Glenthorpe. Sie interessieren mich nicht. Vielleicht können Sie sie demjenigen gegenüber äußern, der Ihnen nachstellt.« Artemas klopfte an die Decke, um die Aufmerksamkeit des Kutschers zu erlangen. »Wenn Sie mich entschuldigen, ich werde Sie hier verlassen. Ich ziehe es vor, den restlichen Nachhauseweg alleine zurückzulegen.«

»Aber die Straßenräuber …«

»Ein Mann muss die Wahl treffen, in welcher Gesellschaft er zu verkehren gedenkt.«

Die Kutsche hielt an. Artemas stieg aus und schloss die Tür. Ohne zurückzublicken verlor er sich in der Dunkelheit des Nebels.

7. Kapitel

Heute brach er sämtliche seiner eigenen Regeln. Diese Regeln, nach denen er seit so vielen Jahren sein Leben gestaltete, waren nur wenige, doch waren sie unumstößlich und festgelegt: Zwar verkaufte er Träume, doch beging er niemals den lächerlichen Fehler, selbst an sie zu glauben. Seine Karriere fußte auf der Schaffung von Illusionen, doch selbst verwechselte er nie Fantasie mit Wirklichkeit. Er hatte sich selbst eingeredet, einige Walzer mit der Verruchten Witwe würden nicht mehr bedeuten als ein paar weitere Elemente seiner Vorgehensweise, ein klug gelegter Köder, der sie in seine Falle locken sollte. Die Dame wusste zu viel über ihn, und ihm war klar, dass er die Oberhand über sie gewinnen musste. Das alte Sprichwort der Vanza fasste es treffend zusammen: *Das, was gefährlich ist, muss zunächst verstanden werden, ehe man es in den Griff bekommen kann.*

Madeline blickte durch die Augenlöcher ihrer Federmaske ungeduldig zu ihm auf. »Es ist höchste Zeit, dass wir uns den geschäftlichen Dingen zuwenden, Sir.«

Und er hatte sie mit einem Walzer verführen wollen! »Ich hatte gehofft, dass Sie es sich gestatten würden, zunächst den Abend zu genießen, ehe wir unsere geschäftlichen Arrangements besprechen.« Artemas umfasste sie fester und wirbelte sie ein weiteres Mal auf dem dicht mit Menschen gedrängten Tanzparkett herum. »Ich jedenfalls werde es so halten.«

»Ich weiß nicht, welches Spiel Sie spielen, Herr Hunt, doch was meine Person betrifft, so bin ich nicht zum Tanzen und zum Amüsement hierher gekommen.«

»Ich muss schon sagen, Madeline, Sie entsprechen nicht ganz Ihrem Ruf als verführerische Frau, die einen Mann in ihren Bann zu ziehen versteht. Ich gestehe, etwas enttäuscht zu sein.«

»Selbstverständlich bestürzt es mich zu erfahren, dass ich für Sie nicht anziehend genug bin, doch überrascht es mich nicht, dass Ihnen mein Mangel in dieser Hinsicht aufgefallen ist. Erst gestern hat mich meine Tante darauf hingewiesen, dass ich so zurückgezogen und wunderlich geworden bin wie ein Mitglied der Vanza-Gemeinschaft.«

»Machen Sie sich deswegen keine Sorgen, gnädige Frau. Offenbar bin ich gerade im Begriff, auf den Geschmack von zurückgezogenen und wunderlichen Frauen zu kommen.«

Vor Wut und Überraschung blieb ihr der Mund offen stehen. Noch bevor sie zum Gegenschlag ausholen konnte – den er sich zweifelsohne verdient hatte –, wirbelte er sie erneut herum. Die Falten ihres schwarzen Kleides bauschten sich um ihre Fesseln.

Er hatte sich fest vorgenommen, zumindest einen Teil des Abends zu genießen. Sie fühlte sich genauso angenehm in seinen Armen an, wie er es sich vorgestellt hatte: warm und sinnlich. Ihr Duft war berauschender als das exotischste Parfüm. Eine merkwürdige Unruhe hatte seit dem Gespräch in ihrer Bibliothek von ihm Besitz ergriffen. Heute Abend würde er dieses Gefühl trotz der damit verbundenen Risiken genießen.

Sie brauchte eine Weile, ehe sie sich wieder gefasst hatte. »Warum in aller Welt haben Sie auf der Scharade dieses Walzers bestanden?«, erkundigte sie sich angespannt.

»Eine Scharade ist es nicht, denn wir tanzen tatsächlich einen Walzer, falls Sie es noch nicht bemerkt haben sollten. Anders als bei vielen der Dinge, die man auf dem Gelände der Vergnügungspavillons erleben kann, spielt bei unserem Tanz die Illusion keine Rolle. Nachdem wir den Tanz beendet haben, wird uns die Luft knapp geworden sein.«

»Sie wissen sehr wohl, wovon ich spreche, Sir.«

Er lächelte mild. »Mein Geschäft ist es, Träume und Illusionen zu verkaufen, gnädige Frau. Sie sind dabei, einige meiner Waren zu erstehen. Wie jeder gute Geschäftsmann bestehe ich darauf, dass Sie meine Erzeugnisse zunächst einer Prüfung unterziehen, ehe wir uns den läppischen Details unseres Handels zuwenden.«

Noch bevor sie ihm widersprechen konnte, wirbelte er mit ihr in einer anderen Richtung davon. Wenn er schnell genug Walzer tanzte, würde sie eine Zeit lang vielleicht zu sehr außer Atem sein, um an das Geschäftliche zu denken. Irgendwann würden sie sich diesem Thema jedoch zuwenden müssen. Aber er wollte das Gespräch in einer ihm vertrauten Umgebung und nicht an einem Ort ihrer Wahl führen. Bei Verhandlungen kam es sehr auf derlei Kleinigkeiten an. Und wenn man Geschäfte mit einer Dame abschloss, die im Ruf stand, gewisse Gentlemen zu ermorden, so musste man solcherlei Dingen noch mehr Aufmerksamkeit widmen.

Während er Madeline auf dem Parkett herumschwenkte, stellte er beiläufig fest, dass der Ballsaal des Goldenen Pavillons heute Abend gut besucht war. Die Maskenbälle, die während der Sommermonate jeden Donnerstagabend stattfanden, gehörten zu den beliebtesten Veranstaltungen der Vergnügungsgärten. Sie standen jedem offen, der sich ein Eintrittsbillett leisten konnte. Die einzige Bedingung für den Einlass war die, dass die Tänzer maskiert waren. Diese demokratische Vorgehensweise war vielen ein Dorn im Auge. Dennoch wurden die Maskenbälle sogar von den etwas betagteren Mitgliedern der Gesellschaft als amüsant befunden. Mehr war nicht vonnöten, um die Massen anzuziehen. Die leise Andeutung von Skandalen und Intrigen, die von den Gärten ausging, erwies sich als unendlich verführerisch. An jedem Donnerstagabend trafen sich Dandys, Offiziere und junge Rabauken. Mitglieder des Landadels mischten sich mit Schauspielerinnen, Damen, Kaufleuten und Gaunern auf der Tanzfläche. Sie tanzten vor einer Kulisse, in der die Wunder des Alten Ägyptens und des Alten Roms nachgestellt worden waren.

Das Schatten werfende Licht schillerte an goldbesetzten Säulen, Obelisken und Skulpturen. Am einen Ende des Saals erhob sich der Nachbau eines ägyptischen Tempels, ja sogar Sphinxe aus künstlichem Stein waren dort zu sehen. Am anderen Ende stand ein von stilvoll zerbrochenen römischen Säulen umgebener Brunnen, der sich in ein breites, flaches Becken ergoss. Künstliche Mumien, üppige Throne und eine Unzahl an Urnen waren dazwischen aufgestellt. Ebenso gab es dort eine Anzahl von dunklen Nischen und Einbuchtungen mit kleinen Steinbänken, die gerade für zwei Menschen ausreichend Platz boten.

Als er vor drei Jahren die seinerzeit heruntergekommenen Vergnügungsgärten erstanden hatte, hatte Artemas eine Vorstellung von dem gehabt, was er dort bauen wollte. Henry Leggett hatte seinen Anweisungen getreu die Ausführung begleitet. Es war Henry, der mit den Bauherrn, den Architekten und den Innenausstattern verhandelt hatte. Sie alle hatten die Anweisung erhalten, das weitläufige Areal exotisch, üppig und geheimnisvoll zu gestalten.

Niemand verstand die Anziehungskraft von Träumen besser als der Mann, der sich selbst das Träumen niemals gestattete. Wenn es nach ihm ging, so endete die Musik zu früh. Widerstrebend blieb er mit Madeline stehen. Die Rückenfalten ihres Dominokleides tanzten noch um ihre zierlichen Fesseln, dann wurden sie langsam ruhig. Ihr Blick forderte ihn durch die Maske hindurch heraus.

»Nachdem Sie sich bisher auf meine Kosten amüsiert haben, könnten wir zu den geschäftlichen Dingen kommen, Sir?«

Nun gut, er war sich darüber im Klaren gewesen, dass sie nicht die ganze Nacht würden durchtanzen können.

»Einverstanden, Frau Deveridge, dann wollen wir unsere Vereinbarung einmal durchgehen. Aber nicht hier. Für eine solch unerquickliche Angelegenheit benötigen wir ein wenig Abgeschiedenheit.«

»Unerquicklich ist wohl kaum die treffende Bezeichnung.«

»In den Augen der gehobenen Gesellschaft, gnädige Frau, gibt es nichts, was vulgärer sein könnte als eine geschäftliche Angelegenheit.«

Er nahm ihren Arm und führte sie durch die breiten Doppeltüren in den von Laternen beleuchteten Garten der Vergnügungspavillons. Die laue Nacht hatte viele Menschen dazu bewogen, die leicht skandalösen Attraktionen der Vergnügungsgärten zu genießen.

Die ausgeklügelte Beleuchtung verstärkte noch die unheimliche Wirkung der kolossalen Rundbögen, mythischen Szenen und klassischen Ruinen, die entlang des sich windenden Fußweges angelegt worden waren. Hoch über ihren Köpfen balancierte ein Akrobat auf einem Seil. Unten schloss eine Gruppe von Dandys Wetten ab über die Illusionen, die ein Zauberer in einem orientalischen Kostüm zu kreieren verstand. Leute schlenderten mit heißen Fleischküchlein und Kuchenstückchen herum, die sie an Buden erstanden hatten. Männer und Frauen flirteten in den schattigen Nischen und entschwanden auf dunklen Pfaden. Musik, Gelächter und gelegentlich aufbrausender Applaus waren zu hören.

Madeline betrachtete eine Gruppe lautstarker junger Leute, die sich vor der Gruft der Einsiedlerin versammelt hatten. »Diese Gruft ist von einer echten kaum zu unterscheiden.«

»Genau das ist Sinn und Zweck der Übung, Frau Deveridge.« Er umfasste ihren Arm fester und führte sie zum

Ende des Gartens, wo ein Wäldchen aus der Dunkelheit auftauchte. Sie kamen am Eingang des Kristallpavillons vorbei, wo sich eine Menge versammelt hatte, um Spielzeugsoldaten in einem vorgetäuschten Angriff zu erleben.

Applaus drang aus dem benachbarten Pavillon herüber. Madeline wandte sich um und betrachtete den beleuchteten Eingang. »Welche Zerstreuung wird in diesem Saal geboten?«

»Das ist ein Silberpavillon. Ich habe einen Hypnotiseur angeheuert, der sein Können demonstrieren wird.«

»Ach ja, richtig. Es war auch der Hypnotiseur, den Alice und Nellie an jenem Abend so unbedingt hatten sehen wollen.« Sie musterte ihn neugierig. »Glauben Sie an die Kräfte der Hypnose, Sir?«

Er lauschte den begeisterten Zurufen, die aus dem Silberpavillon drangen. »Ich glaube an den Verkauf von Eintrittskarten, gnädige Frau. Und ein Hypnotiseur kann das gut gewährleisten.«

Anstatt seine Ironie mit einem Lächeln zu belohnen, zogen sich ihre Lippen zu einer besorgten Linie zusammen. »Im Vanza beruhen gewisse Dinge auf etwas, das man als Hypnose bezeichnen könnte.«

»Dem möchte ich nicht widersprechen. Der Geist ist ein unbekanntes Terrain. Seine Geheimnisse bilden das Herzstück der Vanza-Philosophie.«

Als der Pfad zusehends dunkler wurde, begann sich die Menge zu zerstreuen.

»Wohin gehen wir?«, erkundigte sich Madeline stirnrunzelnd.

»Zu einem Teil des Gartens, der dem Publikum noch nicht zugänglich gemacht wurde. Dort können wir ganz unter uns sein. Ich werde Ihnen die neueste Attraktion vorführen.«

»Und die wäre?«

»Das Geisterhaus.«

Ihr Kopf fuhr herum. »Ein Geisterhaus?«

Ihr erschreckter Tonfall überraschte ihn. »Erzählen Sie mir nicht, dass Sie sich vor Geistern ängstigen, Frau Deveridge. Ich würde Ihnen keinen Augenblick lang Glauben schenken.«

Sie schwieg, doch spürte er ihre Anspannung.

Geister?

Als sie die dunklen Hecken erreicht hatten, die den hinteren Teil des Gartens vom Rest abgrenzten, entledigte sich Artemas seiner Maske.

»Sie brauchen nicht länger zu befürchten, dass jemand Sie hier sehen könnte, Frau Deveridge. Dieser Teil des Gartens ist den Gästen nicht zugänglich.«

Sie zögerte zunächst, dann legte sie ebenfalls ihre Maske ab. Das Mondlicht schien auf ihr dunkles Haar. »Das Geisterhaus ist immer noch im Bau befindlich.« Artemas öffnete das Eingangstor und hob eine nicht angezündete Lampe hoch, die in der Nähe liegen gelassen worden war. »Nächsten Monat soll es eröffnet werden. Bei den jungen Leuten und den Liebespaaren wird es sich sicher großer Beliebtheit erfreuen.«

Madeline schwieg, während er die Lampe anzündete und sie auf dem Kiesweg zwischen den hohen Hecken entlangführte. Sie bogen um eine Ecke und standen vor einem Tor aus Stein.

»Das neue Labyrinth«, erläuterte Artemas, als sie das Tor passierten. »Es wird zusammen mit dem Haus eröffnet werden. Ich habe es selbst entworfen und dabei ein Vanza-Muster verwandt, das wohl alle meine Kunden sehr verwirren wird.«

»Das bezweifle ich nicht. Mein Vater hat immer behauptet, Vanza-Labyrinthe seien die ausgefeiltesten, die er jemals gesehen hatte.«

Bei ihrem missbilligenden Tonfall musste er lächeln. »Sie selbst machen sich nicht viel aus Labyrinthen?«

»Als Mädchen mochte ich sie gern. Später jedoch musste ich dabei immer an Vanza denken.«

»Und folglich hörten Sie auf, sie gern zu mögen.«

Sie warf ihm einen rätselhaften Blick zu, schwieg jedoch.

Er führte sie um eine weitere Ecke. Die gotische Fassade des Geisterhauses stand im Mondlicht, seine schmalen Fenster wirkten dunkel und unheilvoll.

Madeline musterte das prächtige Werk. »Es ähnelt aufs Haar einer Burg aus einem von Frau Yorks Schauerromanen. Hand aufs Herz, ich würde es mir zweimal überlegen, diesen Ort alleine aufzusuchen.«

»Das wiederum werte ich als Kompliment.«

Sie warf ihm einen überraschten Blick zu, dann lächelte sie zögernd. »Wie ich mich erinnere, hatten Sie selbst bei der Gestaltung dieser Attraktion sowie des Labyrinths Ihre Hände mit im Spiel?«

»Richtig. Dieses hier wird wohl selbst einige der wagemutigeren Gäste erschauern lassen.«

Sie musterte ihn aufmerksam. »Die Traum-Pavillons bedeuten Ihnen demnach mehr als nur eine geschäftliche Geldanlage, nicht wahr?«

Während er die Burg betrachtete, suchte er nach einer Antwort. »Ich werde Ihnen ein Geheimnis anvertrauen, das ich mit niemandem sonst teilen würde, Frau Deveridge. Diese Vergnügungsgärten habe ich gekauft, weil ich sie für eine ausgezeichnete Geldanlage hielt. Ursprünglich wollte ich auf dem Grund und Boden Häuser und Geschäfte erbauen. Vielleicht werde ich das eines Tages auch noch tun. Doch in der Zwischenzeit ist mir klar geworden, dass ich recht gerne die verschiedenen Attraktionen plane und ausstatte. Träume zu verkaufen ist ein ausgesprochen einträgliches Geschäft.«

»Verstehe.« Sie betrachtete das Geisterhaus. »Beabsichtigen Sie, diese Gärten auch dann noch weiterzuführen, wenn Sie eine passende Frau gefunden haben?«

»Diese Entscheidung habe ich noch nicht gefällt.« Er setzte einen Stiefel auf eine niedrige Mauer, die den Weg zur Burg zeigte. »Das ist jetzt das zweite Mal, dass Sie mich bezüglich einer künftigen Frau befragen. Es scheint Ihnen sehr am Herzen zu liegen, dass ich mich ihr gegenüber ehrlich erweise.«

»Das kann ich Ihnen nur empfehlen.«

»Aber was, wenn sie an der Quelle meiner Einkünfte etwas auszusetzen hat?«

Madeline verschränkte ihre behandschuhten Hände hinter dem Rücken. Sie schien von dem gotischen Pavillon vollkommen fasziniert. »Mein Rat ist der, von Anfang an ehrlich zu ihr zu sein, Sir.«

»Selbst wenn ich sie dadurch verlieren könnte?«

»Meiner Erfahrung nach ist die Lüge keine gute Grundlage für eine Ehe.«

»Wollen Sie mir damit sagen, dass Ihre Ehe just darauf aufgebaut war?«

»Mein Mann hat mich von der ersten Sekunde unserer Zusammenkunft an belogen, Sir.«

Die Mischung aus Kälte und Angst in ihrer Stimme ließ ihn versteinern. »Worüber hat er die Unwahrheit gesagt?«

»Über alles. Er hat meinen Vater belogen, und er hat mich belogen. Zu spät habe ich herausgefunden, dass ich nichts glauben durfte, was er mir erzählte. Bis zum heutigen Tage bemühe ich mich immer noch, die Wahrheit von der Lüge zu trennen.«

»Eine ausgesprochen unangenehme Situation.«

»Schlimmer als Sie es sich vorstellen können«, flüsterte sie.

Er griff nach ihrem Kinn. »Bevor wir unsere geschäftliche

Verbindung weiter vorantreiben, Frau Deveridge, schlage ich vor, dass Sie und ich einen Pakt abschließen.«

»Und welcher Natur sollte dieser Pakt sein?«

»Lassen Sie uns einander versprechen, dass wir während unserer Verbindung einander nicht anlügen. Es mögen Dinge vorkommen, über die wir nicht reden möchten. Jedem von uns beiden bleibt es unbenommen, die eigenen Geheimnisse zu wahren. Ein jeder hat schließlich das Recht auf Privatsphäre. Doch wir werden einander keine Lügen erzählen. Abgemacht?«

»Es ist ein Leichtes, einen solchen Pakt zu schließen, Sir.« Ihre Augen glänzten im Mondlicht. »Doch wie können wir beide sicher sein, dass der jeweils andere sich auch daran hält?«

»Eine sehr gute Frage, Frau Deveridge. Und eine, auf die ich keine Antwort weiß. Schlussendlich ist es eine Sache des Vertrauens.«

Ihre Lippen verzogen sich leicht. »Man hält mich für verrückt und zusätzlich für eine Mörderin. Sind Sie sich sicher, dass Sie das Wagnis eingehen wollen, mir zu vertrauen?«

»Wir alle haben unsere kleinen Eigenheiten und Schwächen, nicht wahr?« Er zuckte mit den Schultern. »Falls wir diesen Pakt eingehen, so werden auch Sie vieles an meiner Person dulden müssen. Einerseits meine Vanza-Vergangenheit und dann der missliche Umstand, dass ich Geschäfte betreibe.«

Sie musterte ihn. Dann gab sie einen kurzen, gedämpften Laut von sich, der auch ein Lachen hätte sein können. »Nun denn, Sir, so haben Sie mein Wort. Ich werde Sie nicht belügen.«

»Das Gleiche sichere ich Ihnen zu.«

»Ein interessantes Abkommen, nicht wahr?«, meinte sie ironisch. »Ein Pakt um der Wahrheit willen zwischen einer Dame, von der man behauptet, sie habe ihren Ehemann kaltblütig umgebracht, und einem Gentleman, der der Welt gegenüber die Wahrheit über seine Person verschweigt.«

»Ich bin damit zufrieden.« Er sah sie an. »Nun, da wir dieses Abkommen getroffen haben, Frau Deveridge, sagen Sie mir doch, aus welchem Grund Sie meiner Dienste bedürfen.«

»Kein Grund zur Beunruhigung, Sir. Ich verlange nicht mehr von Ihnen, als was man als vernünftiger Mensch von einer Geisteskranken erwarten würde.« Sie betrachtete weiterhin die Burg. »Ich möchte gerne, dass Sie mir dabei behilflich sind, einen Geist aufzufinden, Sir.«

Diese Bemerkung ließ er zunächst einige Zeit auf sich wirken. Dann atmete er langsam aus. »Ich kann nicht glauben, dass eine Dame Ihres Intellekts und Ihrer Bildung tatsächlich an Geister glaubt.«

Ihre Hände verkrampften sich. »An dieses bestimmte Gespenst jedoch könnte ich beinahe glauben.«

»Besitzt dieser Geist einen Namen?«

»Aber ja«, erwiderte sie leise. »Er hat einen Namen. Er heißt Renwick Deveridge.«

Vielleicht trafen die Gerüchte ja tatsächlich zu. Vielleicht war sie wirklich geistesgestört, eine Anwärterin für die Irrenanstalt. Plötzlich bemerkte Artemas die kühle Brise. Von der Themse her stieg Nebel auf und legte sich über die Gärten.

»Glauben Sie wirklich, dass Ihr verstorbener Gemahl aus dem Grab zurückgekehrt ist, um Sie zu verfolgen?«, hakte er vorsichtig nach.

»Kurz bevor er … in diesem Feuer umgekommen ist, hat mein Mann geschworen, meine gesamte Familie umzubringen.«

»Gütiger Himmel.«

»Es ist ihm gelungen, meinen Vater zu ermorden.«

Artemas musterte sie eingehend. »Von Winton Reed wird behauptet, er sei an einem Herzinfarkt gestorben.«

»Es war Gift, Herr Hunt.« Sie sah zu ihm auf, dann wandte sie den Blick ab. »Meine Tante hat versucht, ihn zu retten, doch da mein Vater schon recht betagt war, hatte er ein schwaches Herz. Er starb wenige Stunden nach dem Brand.«

»Verstehe.« Er achtete darauf, seine Stimme teilnahmslos klingen zu lassen. »Wie ich annehme, haben Sie dafür keinerlei Beweise?«

»Überhaupt gar keine.«

»Hmm.«

»Sie glauben mir nicht, nicht wahr, Sir?« Sie machte eine wegwerfende Handbewegung. »Das kann ich Ihnen nicht verübeln. Diejenigen, die behaupten, ich hätte meinen Mann umgebracht, argumentieren natürlich, dass meine Schuldgefühle mich dazu treiben, seinen Geist zu sehen.«

»Haben Sie seinen Geist gesehen?«

»Nein.« Sie zögerte. »Aber ich kenne jemanden, der ihn gesehen hat.«

Er fragte sich, ob sie vielleicht wirklich total übergeschnappt war. Oder war sie eine ausgefuchste Mörderin, die ihn für ein düsteres Vorhaben benutzen wollte? Was auch immer, diese Unterhaltung war alles andere als langweilig.

»Was geht denn Ihrer Ansicht nach hier vor, Frau Deveridge?«

»Ich weiß, es hört sich verrückt an, doch schien es mir in letzter Zeit möglich, dass mein Mann in jener Nacht gar nicht in den Flammen umgekommen ist.«

»Wie ich hörte, wurde Deveridges Leiche aus der Asche geborgen.«

»Richtig. Der Arzt hat ihn identifiziert. Aber was, wenn …?«

»Was, wenn der Arzt sich geirrt hat? Ist es das, was Sie hatten sagen wollen?«

»Ja. Man hat mir gesagt, die Leiche sei verbrannt, jedoch nicht bis zur Unkenntlichkeit. Dennoch hätte ein Fehler unterlaufen können.« Plötzlich wandte sie ihm ihr Gesicht zu. Ihre Augen funkelten im Schein der Laternen. »So oder so muss ich einfach die Wahrheit herausbekommen, und zwar schnell. Sollte mein Mann noch am Leben sein, so muss ich davon ausgehen, dass er zurückgekehrt ist, um sich an meiner Familie zu rächen. Ich muss etwas tun, um meine Tante und mich zu schützen.«

Er betrachtete sie lange. »Und wenn es sich herausstellen sollte, dass Sie tatsächlich das Opfer einer fieberhaften Einbildungskraft sind, Frau Deveridge? Was dann?«

»Beweisen Sie mir, dass ich zu Unrecht glaube, Renwick sei aus dem Grab zurückgekommen. Zeigen Sie mir, dass ich verrückt bin. Ich versichere Ihnen, Sir, nur zu gerne würde ich glauben, lediglich unter einem Nervenleiden zu leiden.«

Ihr Mund verzog sich grimmig. »In diesem Fall könnte man zumindest mit der Heilung beginnen. Meine Tante ist sehr geschickt im Herstellen von Elixieren für derartige Krankheitsbilder.«

Er dehnte langsam seine Hand. »Möglicherweise sollten Sie doch die Polizei verständigen, Frau Deveridge. Vielleicht kann Ihnen dort jemand behilflich sein.«

»Selbst wenn ich einen Polizisten davon überzeugen könnte, dass ich nicht verrückt bin, hätte er doch keinerlei Chance gegen jemanden, der ein Kenner in der Kunst des Vanza ist.«

»Deveridge war ein Kenner dieser Kunst?«

»Ja. Er war zwar kein Meister, was er anstrebte, doch war er recht gut geschult. Nachdem ich die Aufzeichnungen meines Vaters durchgelesen hatte, bin ich zu der Überzeugung gelangt, dass es abgesehen von Ihnen nur noch eine Person gibt, deren Rat ich hätte einholen können. Leider steht diese jedoch nicht zur Verfügung.« Aus unerfindlichem Grund verstörte es ihn, dass sie die Dienste eines anderen tatsächlich erwogen hatte. »Wer ist dieser andere Mann, den Sie für diese Aufgabe als geeignet empfinden?«

»Herr Edison Stokes.«

»Zurzeit hält er sich noch nicht einmal in England auf«, brummte Artemas. »Er hat vor kurzem geheiratet und seine Braut auf eine Reise zu den römischen Ruinen mitgenommen.«

»Richtig, und somit bleibt mir wenig Bewegungsspielraum.«

»Es tut immer gut zu wissen, dass man eine Liste ganz oben anführt, auch wenn man nur durch die Nachlässigkeit eines anderen dorthin gelangt ist.«

Sie sah ihn an. »Nun, Sir? Werden Sie mir im Tausch für das Journal meines Vaters bei meinen Nachforschungen behilflich sein?«

Er blickte ihr in die Augen. Verrücktheit war es nicht, was er dort sah, lediglich eine starke Willenskraft und andeutungsweise Verzweiflung wenn er ihr nicht half, würde sie die Sache vermutlich alleine zu meistern versuchen oder aber die Unterstützung eines der tatsächlich zahlreichen versponnenen Mitglieder des Vanza-Zirkels erbitten. Falls sich ihre Ängste als begründet erweisen sollten, würde sie sich in jedem Fall großer Gefahr aussetzen.

Falls sie sich als begründet erweisen sollten.

Es gab wohl tausenderlei Gründe, weswegen er sich nicht auf diese Frau einlassen sollte, dachte er. Doch in diesem Moment fiel ihm kein einziger davon ein.

»Ich werde ein paar Nachforschungen anstellen«, hörte er sich selbst sagen. Er beobachtete, wie ihre Lippen sich öffneten, und hob eine Hand, um sie zum Schweigen zu bringen. »Wenn diese Ihre Befürchtungen bestätigen sollten, können wir die Angelegenheit weiter erörtern. Darüber hinaus jedoch möchte ich keine Versprechungen abgeben.«

Vollkommen unerwartet warf sie ihm ein Lächeln zu, das die Laternen im Vergleich blass erscheinen ließ. »Vielen Dank, Sir. Mein Wort darauf, dass nach Beendigung dieser

Angelegenheit das Journal meines Vaters Ihnen gehört und Sie nach Belieben darüber verfügen können.«

»Einverstanden«, erwiderte er. »Das werde ich tun.« *Auf welchem Wege auch immer*.

»Nun denn«, fuhr sie fröhlich fort, »sicherlich möchten Sie ein paar Fragen an mich richten.«

»Ich habe eine Unmenge Fragen.«

»Ich bin mir natürlich im Klaren darüber, dass das, was ich Ihnen jetzt erzählen werde, ein wenig merkwürdig erscheinen mag – um es ganz milde auszudrücken.«

»Zweifelsohne.«

»Aber ich versichere Ihnen, meine Sorge fußt auf guten Gründen.«

»Um noch einmal von der Wahrheit zu sprechen, gnädige Frau …«

Sie blickte ihn eindringlich an. »Bitte?«

»Da wir uns darauf verständigt haben, miteinander ehrlich zu sein, sollten Sie gleich hier und jetzt erfahren, dass ich Sie als ausgesprochen anziehend empfinde, Madeline.«

Es folgte beredtes Schweigen.

»Oje«, brachte sie schließlich hervor. »Was für ein unglückseliger Zustand.«

»Da haben Sie sicher Recht, aber so ist es nun einmal.«

»Ich hatte gehofft, dass wir gerade diese Komplikation hätten vermeiden können.«

»Damit wären wir bereits zwei, gnädige Frau.«

»Wie dem auch sei«, fuhr sie kurz angebunden fort, »so haben Sie doch eines den anderen Gentlemen, die ähnlich gepeinigt sind, voraus.«

»Gepeinigt.« Er dachte nach. »Doch, das Wort scheint dem Problem angemessen.«

Sie krauste die Stirn. »Sie sind ganz sicher nicht der erste Mann, der unter einem solchen Interesse an meiner Person leidet.«

»Eigentlich sollte es mich erleichtern zu erfahren, dass ich damit nicht ganz allein dastehe.«

Sie seufzte. »Es ist letztlich nicht zu begreifen, doch habe ich während dieses Jahres tatsächlich eine Anzahl von Karten und Blumenbouquets seitens gewisser Gentlemen erhalten. Sie alle suchten eine romantische Verbindung, falls Sie mir Glauben schenken wollen.«

»Verstehe.«

»Es ist wirklich recht eigenartig, doch hat mir Tante Bernice erklärt, eine gewisse Art von Gentlemen fühle sich zu Witwen hingezogen. Diese Gentlemen sind offenbar der Auffassung, eine Dame in meiner Position verfüge bereits über einige Welterfahrung, und ein Mann müsse sich demnach keine Sorgen wegen ihres … äh … Mangels an Erfahrung machen.«

Artemas nickte weise. »In anderen Worten, er muss sich nicht wegen einer einem Gentleman angemessenen Achtung vor der Unschuld zurückhalten.«

»So ist es. Und wie Tante Bernice bereits sagte, scheint eine Witwe etwas Gewisses auszustrahlen.«

»Hmm.«

»Andererseits kann ich die Anziehungskraft der Erfahrung auf einen Mann gut verstehen, der es lediglich auf eine Affäre mit einer Dame abgesehen hat.«

»Hmm.«

Sie schüttelte leicht den Kopf. »Doch sollte man annehmen, dass die Gerüchte um die Art und Weise, wie ich zur Witwe geworden bin, einen Gentleman abstoßen würden.«

»Wohl wahr.«

»Erfahrung ist schön und gut, doch muss ich gestehen, die Anziehungskraft einer Dame nicht nachvollziehen zu können, von der man behauptet, sie habe ihren Ehemann kaltblütig ermordet.«

»Über Geschmäcker lässt sich nicht streiten.« Er wollte

die stehende Wette in den Clubs unerwähnt lassen, die einem jeden Mann tausend Pfund gewährte, dem es gelingen würde, eine Nacht mit ihr zu verbringen. Das jedenfalls erklärte die Blumengestecke und Einladungen, die sie erhalten hatte. Sie aber würde dieser Tatsache vielleicht nur sehr ungern ins Auge sehen.

Sie musterte ihn strafend. »Mein Rat, Sir, ist der, dass Sie sich Ihrer Vanza-Ausbildung entsinnen und sich gegen jegliches Interesse an einer romantischen Verbindung mit meiner Person wappnen.«

Er nahm ihr Gesicht zwischen seine Hände. »Es tut mir Leid, Ihnen sagen zu müssen, dass selbst mein Status als Meister nichts gegen meinen Wunsch ausrichten kann, mit Ihnen eine Verbindung einzugehen, Madeline.«

Sie riss die Augen auf. »Ist das wirklich wahr?«

»Es ist wirklich wahr.«

Sie schluckte schwer. »Wie ausgesprochen merkwürdig.«

»Ja, nicht wahr? Aber schließlich erinnern Sie mich ständig daran, dass die Gentlemen des Vanza alle ausgesprochen merkwürdig sind.«

Noch bevor sie etwas erwidern konnte, neigte er den Kopf und verschloss ihre Lippen mit seinen.

Er spürte ihre Überraschung und ihre Verwirrung, doch versuchte sie nicht, sich ihm zu entziehen. Er zog sie in seine Arme und drückte sie fest gegen die Brust. Sie stand jetzt ganz dicht vor ihm, viel näher, als sie es beim Tanzen gewesen war. Er spürte die Wärme ihres Körpers. Er spürte, wie er an der Rundung ihrer Hüfte hart zu werden begann. Ihr zarter Duft stieg ihm zu Kopf. Sie seufzte kurz auf, dann plötzlich gaben ihre Lippen den seinen nach. Die Falten ihres Ballkleides wippten gegen seine Stiefel.

Er ließ seine rechte Hand kurz in ihren Ausschnitt wandern, und das zarte Gewicht ihrer Brüste streifte auf erregende Weise seine Hände.

Leidenschaft durchflutete ihn, und er spürte, wie sein Blut in Wallung geriet.

Vielleicht besaßen Witwen tatsächlich das gewisse Etwas, dachte er.

Gierig erforschte er ihre Lippen. Ihr Verhalten schien zwar recht begeistert, gleichzeitig jedoch etwas seltsam. Er erinnerte sich der Tatsache, dass sie nunmehr seit einem Jahr keine Ehefrau mehr war und dass ihre Ehe offenbar unbefriedigend verlaufen war.

Sein heftiges Verlangen überraschte ihn. Seine Ausbildung hatte ihm die Kontrolle aller Dinge beigebracht, seine Beziehungen zu Frauen eingeschlossen. Ganz davon abgesehen war er kein junger, lüsterner Spund mehr.

In diesem Augenblick jedoch fühlte er sich ausgesprochen lüstern.

Er ließ seine Lippen zu der süßen, zarten Haut ihres Halses wandern und umarmte ihren schlanken Körper noch fester. Ihre Finger griffen in sein Haar, und sie bebte in seinen Armen.

Ganz offenkundig besaßen Witwen das gewisse Etwas, dachte er. Zumindest bei dieser Witwe war das der Fall.

»Artemas.« Es schien, als ob ein Damm in ihr gebrochen sei. Er reagierte mit einer heißen Welle der Leidenschaft, die seinen Körper durchflutete. Es war Jahre her, seit er einem solchen Verlangen erlegen gewesen war. Die Tatsache, dass es all die Selbstkontrolle, die er mit so viel Mühe über Jahre hinweg erlernt hatte, zu zerstören schien, hätte ihn eigentlich zutiefst erschüttern sollen. Stattdessen ließ er seine Hände hungrig an ihr entlanggleiten.

»Ich hatte Unrecht«, murmelte er an ihren Lippen. »Sie sind noch gefährlicher, als es die Gerüchte nahe legen.«

»Nein.«

»Doch.«

»Vielleicht ist es ja nicht mehr als diese besondere Art der

Pein, die ich vorhin erwähnt hatte«, stammelte sie außer Atem.

»Möglich. Aber ich gestehe, mich einen Dreck darum zu scheren.«

Während er den Kuss steigerte, versuchte er nachzudenken. Das jedoch erwies sich als kein einfaches Unterfangen. Eines aber war ihm klar: Er konnte sie unmöglich hier auf dem feuchten Gras nehmen.

Er hob sie in seine Arme und ging auf das Geisterhaus zu. Die Falten ihres Umhangs fielen über seinen Arm. »Großer Gott.« Madeline riss ihre Lippen von seinen und erstarrte. Im Schatten wirkten ihre Augen riesig, jedoch plötzlich ohne jede Leidenschaft. »Das Fenster.«

»Bitte?« Die Angst in ihrer Stimme katapultierte ihn in die Wirklichkeit zurück. Er setzte sie auf den Boden und schaute zu den schmalen Bogenfenstern auf.

»Was ist los?«

»Dort ist jemand.« Sie starrte auf die dunklen Glasscheiben im zweiten Stock. »Ich habe ihn sich bewegen sehen, ich schwöre es.«

Artemas stöhnte. »Ich glaube Ihnen.«

»Wie bitte?« Sie fuhr zu ihm herum. »Aber wer …«

»Vermutlich mein junger Freund Zachary oder einer seiner Augen und Ohren. Ich habe sie bereits wiederholt ermahnt, dieser Attraktion bis zur Eröffnung fernzubleiben. Doch die neugierigen kleinen Teufel sind schon ganz aufgeregt. Sie haben Henry bereits jede Menge Vorschläge unterbreitet, wie man eine möglichst unheimliche Wirkung erzielen könnte.«

Er ging auf die Treppe zu.

»Artemas, warten Sie!«

»Bleiben Sie hier.« Er nahm die Laterne und öffnete die Eingangstür. »Es dauert nur einen Moment. Gleich werde ich sie verscheucht haben.«

»Mir gefällt die Sache nicht, Artemas.« Sie hatte die Arme um sich geschlagen und blickte unsicher auf die Tür. »Bitte gehen Sie dort weg. Schicken Sie doch einen Ihrer Angestellten, dass er sich um die Angelegenheit kümmert.«

Ihre Angst überstieg jedes Maß, dachte er. Andererseits handelte es sich hier um eine Dame, die sich vor dem Geist ihres ermordeten Ehemannes fürchtete. Er dachte an die festen Fensterläden und die warnenden Glöckchen, die sie in ihrem Haus hatte anbringen lassen. Was für eine teuflische Fügung des Schicksals hatte ihn in die Arme dieser Frau getrieben? Doch er konnte sie jetzt nicht im Stich lassen, und es war nicht nur das Journal ihres Vaters, das ihn an sie band.

»Beruhigen Sie sich«, bemühte er sie zu besänftigen. »Ich bin gleich zurück.« Er betrat das Geisterhaus. Das Licht seiner Lampe beleuchtete die nachgeahmte Steinwand und warf riesige Schatten auf die Wendeltreppe.

»Verflucht, wie können Sie nur so stur sein?« Madeline hob ihre Röcke und eilte die Treppe hoch, um ihm in das Haus zu folgen. »Ich habe wirklich jemanden am Fenster gesehen.«

Er überlegte kurz, ob er sie dazu zwingen sollte, wieder nach draußen zu gehen. Ganz offensichtlich war sie von demjenigen, wen auch immer sie hinter dem dunklen Fenster gesehen hatte, vollkommen verstört. Sie würde noch ängstlicher werden, wenn er sie allein draußen warten ließe. Es war unwahrscheinlich, dass der Eindringling – so er denn überhaupt existierte – eine ernsthafte Gefahr darstellte.

»Wie Sie möchten.« Er ging die schmale Treppe hoch, die in das nächste Stockwerk der Burg führte. Das Licht der Laterne tanzte unheimlich an den Wänden.

»Ich will Ihnen nicht zu nahe treten«, raunte Madeline in seinem Rücken, »aber ich habe nicht die Absicht, für diese schaurige Attraktion auch noch gutes Geld zu bezahlen.«

»Sie ist sehr wirkungsvoll, nicht wahr?« Er betrachtete die gebleichten Knochen, die in einer Nische baumelten. »Was sagen Sie zu dem Skelett?«

»Ausgesprochen gruselig.«

»Das war der Beitrag vom Kurzen Hans. Wenn die Attraktion erst einmal fertig ist, werden mehrere Gespenster von der Decke hängen, zusätzlich noch ein recht ansehnlicher kopfloser Körper. Einer der Jungs hatte vorgeschlagen, auf dem oberen Treppenabsatz ein paar vermummte Gestalten zu deponieren.«

»Artemas, mein Gott, dies ist wahrlich nicht der Zeitpunkt für eine Führung. Irgendwo dort oben befindet sich ein Eindringling. Vielleicht wartet er nur darauf, sich auf uns zu stürzen.«

»Höchst unwahrscheinlich. Zachary und seine Freunde wissen sehr wohl, dass ich das nur äußerst ungern sehen würde.«

Äußerst ungern. Wenn er seine Hände an den Burschen bekommen könnte, der seine leidenschaftliche Begegnung mit Madeline unterbrochen hatte, würde er ihn nur zu deutlich wissen lassen, wie sehr ihm eine solche Unterbrechung verhasst war. »Im Großen und Ganzen sind die Augen und Ohren eine ganz anständige Bande, doch gelegentlich ...« Er brach jäh ab, denn eine schattenhafte Bewegung am Ende der Treppe lenkte ihn ab. Das Lampenlicht fiel auf ein Stückchen eines Umhangs, doch die Person entfernte sich bereits. Der Eindringling verschwand nahezu geräuschlos in einem langen Flur.

»Artemas«, hauchte Madeline.

Er beachtete sie nicht, sondern sprang die letzten Stufen nach oben und rannte der flüchtenden Gestalt hinterher. Dann hörte er Madeline hinter sich. Zum ersten Mal überkamen ihn Zweifel, ob es richtig gewesen war, sie mitzunehmen. Er hatte einen kurzen Blick auf den Eindringling werfen können, doch hatte das nicht ausgereicht, um festzustellen, ob es sich um einen Mann oder um einen Gassenjungen handelte.

Am Ende des Flurs schlug eine Tür zu. Artemas rannte darauf zu, stellte die Lampe ab und drehte den Türgriff. Dieser ließ sich zwar drehen, die Tür jedoch ließ sich nicht öffnen.

»Der Mistkerl hat etwas Schweres davor gestellt«, wandte er sich an Madeline.

Er lehnte sich mit der Schulter gegen das Türblatt und drückte mit aller Macht dagegen.

»Lassen Sie mich helfen.« Madeline stellte sich neben ihn und presste beide Hände kräftig gegen die Tür.

Artemas fühlte, wie sich die Tür leicht zu öffnen begann, als das Hindernis über den kahlen Boden schleifte. Er hörte, wie sich im Zimmer jemand bewegte.

»Was in aller Welt macht er dort?«, brummte er.

Er versetzte der Tür einen letzten Stoß, und sie öffnete sich weit genug, um ihm einen Einblick in die dunkle Kammer zu gewähren.

»Bleiben Sie hier«, wandte er sich an Madeline, und dieses Mal stellte er sicher, dass sie es als Befehl auffasste.

»Um Himmels willen, seien Sie vorsichtig«, warnte sie, und ihre Stimme hatte dieselbe strenge Schärfe wie seine eigene.

Artemas schnellte in das Zimmer, sich duckend und seitlich gehend, so dass er weniger eine Zielscheibe bot. Instinktiv erinnerte er sich an sein Training und suchte die tiefsten Schatten.

Dennoch war ihm klar, dass er bereits zu spät war. Kühle Nachtluft wehte durch das Fenster, das zu einem winzigen Balkon hinausführte. Ein künstliches Spinnennetz schaukelte in dem leichten Luftzug. Die sehr dünne Gardine plusterte sich im Mondschein unheimlich auf und schien ihn lautlos herauszufordern.

Gottverdammter Idiot, dachte Artemas. Wie konnte er annehmen, auf diesem Wege zu entkommen? Es sei denn, er riskierte den tiefen Fall auf den Boden, so war er trotzdem in eine unentrinnbare Falle geraten.

In die Ecke gedrängte Wesen erwiesen sich jedoch oftmals als ausgesprochen gefährlich.

Er schlich um eine erst kürzlich gemalte Leinenkulisse zweier Gespenster, die über einer Grabstelle schwebten. Den Schleier der Spinnweben beiseite schiebend, robbte er sich an das Fenster heran. Jetzt konnte er den kleinen Balkon vollkommen einsehen. Er war leer.

»Dort draußen ist niemand«, flüsterte Madeline aus der Mitte der Kammer. »Er ist verschwunden.«

»Er kann sich glücklich schätzen, wenn er sich beim Fall nicht das Genick gebrochen hat.«

»Ich habe keinerlei Geräusch vernommen.«

Sie hatte Recht.

Artemas trat auf den Balkon hinaus und blickte hinunter. Er konnte keine zusammengekrümmte Figur auf dem Rasen erkennen. Noch entdeckte er jemanden, der hinkend den Waldrand zu erreichen suchte, der sich vor dem selten genutzten Südtor erstreckte.

»Verschwunden«, wisperte sie.

»Unmöglich hat er aus dieser Höhe springen können, ohne sich zu verletzen.« Er trat zurück und sah nach oben. »Ich frage mich, ob er vielleicht einen anderen Weg eingeschlagen hat.«

»Über das Dach?«

»Möglich wäre es, obwohl er sich dann immer noch der Schwierigkeit stellen müsste, von dort herunterzukommen …«

Artemas hielt inne, als er mit der Spitze seines Stiefels gegen etwas Weiches, Biegsames stieß. Er sah auf den Boden. Eine Welle der Kälte schlug über ihm zusammen. »Verdammt noch mal.«

Madeline beobachtete, wie er den Gegenstand aufhob, auf den er getreten war. »Was ist es?«

»Das ist der Grund dafür, weswegen der Eindringling sich vor ein paar Minuten nicht den Schädel zertrümmert hat.« Artemas hielt ein Strickseil hoch, an dessen einem Ende ein komplizierter Knoten angebracht worden war. »Dieses Seil hat er sowohl zum Betreten wie auch zum Verlassen des Hauses benutzt.«

Madeline seufzte. »Immerhin wissen wir nun, dass ich kein Gespenst gesehen habe.«

»Ganz im Gegenteil, meiner Ansicht nach können wir uns dessen nicht ganz sicher sein.«

Sie versteinerte. »Was wollen Sie damit sagen?«

Artemas ließ das schwere Seil über seine Handfläche gleiten. »Die Knoten in dieser Strickleiter sind Vanza-Knoten.«

8. Kapitel

Erzählen Sie alles von Anfang an«, forderte Artemas sie auf.

Madeline blickte durch das Fenster der Bibliothek auf den kleinen, kargen Garten hinaus. Sie verschränkte die Hände hinter dem Rücken und konzentrierte sich auf ihre Gedanken. Sie war sich nur zu bewusst, das Artemas auf der Tischkante saß und auf ihre Erläuterungen wartete. Nach dem gestrigen Vorfall in der Geistervilla hatte er sie unverzüglich nach Hause gebracht, sämtliche Schlösser an ihren Läden überprüft und ihr versprochen, jemanden zur Bewachung ihres Hauses für den Rest der Nacht abzustellen. »Versuchen Sie sich etwas auszuruhen«, hatte er gesagt. »Ich möchte etwas nachdenken. Am Morgen komme ich vorbei, dann können wir die Dinge planen.«

Die ganze Nacht hatte sie darüber nachgegrübelt, wie viel sie ihm erzählen sollte. Nun musste sie ihre Worte vorsichtig wählen. »Wie ich Ihnen bereits erzählte, hat mein Mann meinen Vater mit Gift umgebracht. Ich habe Papa kurz vor seinem Ableben gefunden. Bernice versuchte ihn zu retten, doch selbst ihre starken Heilmittel erwiesen sich als wirkungslos. Ihrer Meinung nach hatte Renwick eine tödliche Vanza-Mischung zusammengebraut.«

»Weiter.«

Seine Stimme klang ruhig und verriet nichts. Sie konnte aus ihr nicht schließen, ob er ihr Glauben schenkte. »Zu diesem Zeitpunkt war uns allen bereits klar, dass Renwick verrückt war. Über mehrere Monate hatte er das geschickt verheimlichen können. Jedenfalls lange genug, um sowohl mich als auch meinen Vater und alle anderen an der Nase herumzuführen. Doch am Ende wurde es nur allzu offensichtlich.«

»Inwiefern zeigte sich Ihr Mann als Geistesgestörter?«

Sie zögerte. »Nach unserer Hochzeit wurde bald offenkundig, dass Renwick sehr merkwürdig war. Er verbrachte Stunden in einer ganz besonderen Kammer im oberen Teil des Hauses. Er nannte sie sein Laboratorium, das er stets unter Verschluss hielt. Der Zutritt war niemandem gestattet. An einem Nachmittag jedoch, als er seine Meditationsübungen durchführte, konnte ich ihm den Schlüssel entwenden.«

»Sie haben sich in dem verschlossenen Zimmer umgesehen?«

»Ja.« Sie senkte den Blick auf ihre Hände. »Vermutlich meinen Sie, dass sich ein solches Verhalten für eine gehorsame Ehefrau nicht ziemt.«

Artemas beachtete sie nicht. »Was haben Sie dort gefunden?«

Sie wandte sich langsam zu ihm um und musterte ihn. »Den Beweis dafür, dass Renwick tief mit den düsteren Aspekten des Vanza verstrickt war.«

»Welcher Natur war dieser Beweis?«

»Journale. Bücher. Aufzeichnungen. Alchemistischer Unsinn, den mein Vater immer verachtet hat. Seiner Auffassung nach entsprachen derlei Dinge nicht dem echten Vanza. Von meinen eigenen Nachforschungen jedoch weiß ich, dass dieser dunkle Aspekt der Zauberei und der Alchemie schon seit jeher eine Rolle innerhalb dieser Philosophie gespielt hat.«

»Okkulter Unsinn. Die Mönche der Tempelgärten lehren so etwas nicht. Dieses Wissen ist untersagt.«

Sie zog die Augenbrauen hoch. »Ihnen ist sicherlich bekannt, was man über verbotenes Wissen zu sagen pflegt, Sir. Auf manch einen wirkt es sehr anziehend.«

»Ihr Mann gehörte zu jenen, die sich davon angezogen fühlten, sehe ich das richtig?«

»Ja. Das war auch der Grund, weswegen er meinen Vater aufgesucht und sich anschließend seinen Weg in unser Haus erschlichen hat. Er ging sogar so weit, mich zu heiraten, nur um Papa davon zu überzeugen, ihm die Dinge beizubringen, die er zu wissen wünschte. Wenn er erst unserer Familie angehörte, so hatte er geglaubt, würde Papa ihm all seine Geheimnisse anvertrauen.«

»Welche Geheimnisse waren es denn, die Deveridge zu ergründen suchte?«

»Zweierlei Dinge. Zunächst einmal wollte er die alte Sprache des Vanza erlernen, in denen die alten Bücher der Alchemie und der Magier verfasst sind.«

»Und das zweite?«

Ihr Mund zog sich zu einem dünnen Strich zusammen. »Renwick wollte Meister werden. Er war vollkommen besessen von der Vorstellung, diesen Rang zu erlangen.«

»Und Ihr Vater hat sich geweigert, das Wissen der obersten Zirkel an ihn weiterzugeben?«

Sie atmete tief ein. »Ja. Doch merkte Papa zu spät, dass Renwick ein schlechter Mensch war. Mein Mann glaubte tatsächlich, dass, wenn er erst einmal die alten Geheimnisse der okkulten Vanza-Texte entziffern könnte, er selbst zum Magier werden könne.«

»Deveridge muss in der Tat verrückt gewesen sein, das zu glauben.«

»Mehr als nur verrückt, Sir. Ein Mörder. Kurz vor seinem Tod hat mein Vater Bernice und mich gewarnt, Renwick wolle unsere gesamte Familie zerstören, weil mein Vater sich weigerte, ihm die Dinge beizubringen, die er zur Entzifferung der altertümlichen okkulten Bücher benötigt hätte.«

»Deveridge ist doch aber glücklicherweise von einem Einbrecher ermordet worden, ehe er seine Rache vollziehen konnte«, bemerkte Artemas leise.

»Das ist richtig.« Madeline kreuzte seinen intensiven, direkten Blick. »Bernice hält es für nichts Geringeres als die Hand des Schicksals in Aktion.«

»Hmm.« Artemas nickte nachdenklich. »Das Schicksal bietet immer eine recht bequeme Erklärung für diese Art von Vorkommnissen, nicht wahr?«

Sie räusperte sich. »Allerdings, denn ich möchte nicht wissen, was geschehen wäre, wäre Renwick noch am Leben. Nach Papas Tod gäbe es niemanden mehr, der Bernice und mich vor ihm schützen würde.«

»Wenn Ihre Schilderung der Wahrheit entspricht, so kann ich Ihr Dilemma sehr gut nachvollziehen.«

Sie schloss für ein paar Sekunden die Augen, um Kraft zu sammeln. »Sie glauben mir nicht.«

»Sagen wir lieber, ich möchte mir mein endgültiges Urteil in dieser Angelegenheit noch vorbehalten.«

»Mir ist durchaus bewusst, dass sich das alles recht merkwürdig anhören muss, Sir, doch entspricht es der Wahrheit.« Sie ballte ihre Hände zu Fäusten. »Ich schwöre Ihnen, ich bin nicht verrückt. Die Dinge, von denen ich Ihnen erzählt habe, sind nicht das Resultat einer allzu lebhaften Vorstellungskraft. Sie müssen mir glauben.«

Er grübelte weiter vor sich hin. Dann stand er ohne ein Wort zu sagen auf und ging zu einem Tisch mit einer Weinbrandflasche hinüber. Er nahm die schwere Kristallkaraffe, entkorkte den Pfropfen und füllte ein Glas. Dann trug er das Glas zu ihr und legte eine ihrer Hände darum. »Trinken Sie.«

Das Glas fühlte sich in ihren Fingern kühl an. Sie betrachtete den Inhalt und war sich bewusst, dass ihre Gedanken erstarrt waren. Sie sagte das Einzige, was ihr durch den Kopf schoss: »Aber es ist doch erst elf Uhr am Vormittag, Sir. Um diese Stunde trinkt man noch keinen Weinbrand.«

»Sie wären erstaunt über das, was manche Menschen um elf Uhr morgens zu tun pflegen. Trinken Sie.«

»Sie sind ähnlich penetrant wie Bernice mit ihren Elixieren.« Sie setzte das Glas an die Lippen und nippte an dem Weinbrand. Er brannte ihr in der Kehle, doch war die folgende Hitze angenehm. So angenehm sogar, dass sie einen weiteren Schluck zu sich nahm.

»Und nun«, fuhr Artemas fort, »wollen wir zum Kern der Sache vordringen. Seit dem Tod Ihres Mannes ist ein Jahr vergangen. Was ist, abgesehen von dem Vorkommnis gestern Abend in dem Geisterhaus, noch passiert, weswegen Sie glauben, Renwick Deveridge sei zurückgekehrt, um sich an Ihnen und den Ihren zu rächen?«

»Missverstehen Sie mich nicht, Sir.« Sie setzte das Glas geräuschvoll ab. »Es ist mir bewusst, dass Gerüchte kursieren, laut denen ich unter wilden und fieberhaften Visionen leide. Doch habe ich guten Grund zu der Annahme, dass etwas sehr Merkwürdiges vorgeht.«

Er lächelte schwach. »Wie ich sehe hat der Weinbrand eine wiederbelebende Wirkung auf Ihren Geist, gnädige Frau. Erzählen Sie mir vom Gespenst des Renwick Deveridge.«

Sie verschränkte die Arme unter den Brüsten und begann in der Bibliothek auf und ab zu laufen. »Ganz sicher bin ich nicht der Auffassung, dass Renwick Deveridge das Unmögliche getan und aus dem Grab wiedergekehrt ist, um uns zu verfolgen. Wenn er tatsächlich irgendwo dort draußen ist, so deshalb, weil es ihm gelungen ist, den Flammen zu entkommen. Ich habe Sie zwar gebeten, einen Geist zu verfolgen, doch glaube ich nicht wirklich an Gespenster.«

»Das glaube ich Ihnen.« Er lehnte sich mit einer Schulter gegen das Bücherregal und ließ sie nicht aus den Augen. »Gestatten Sie mir, meine Frage noch einmal anders zu formulieren. Welches Vorkommnis in letzter Zeit hat Ihre Angst vor Deveridge erneut geschürt?«

Das zu erklären würde sich als etwas verzwickt erweisen, dachte sie. »Vor einer Woche erhielt ich einen Brief eines

Kollegen meines Vaters. Er ist ebenfalls ein Kenner der alten Sprachen und ist der alten Sprache des Vanzagara mächtig.«

»Was stand in dem Brief?«

Sie richtete sich auf. »In seinem Brief berichtete er mir, er habe Renwick Deveridges Geist in seiner Bibliothek gesehen. Er war der Ansicht, mich über diesen Vorfall aufklären zu müssen.«

»Lieber Himmel.«

Sie seufzte. »Ich weiß, das klingt recht unwahrscheinlich, Sir. Doch müssen Sie es zumindest teilweise für bare Münze nehmen, sonst werden Sie mir keinen Gefallen erweisen können.«

»Wer ist dieser Gelehrte, der angeblich den Geist gesehen hat?«

Noch ein etwas unangenehmes Detail, dachte sie. »Lord Linslade.«

»Linslade?« Artemas warf ihr einen ungläubigen Blick zu. »Es ist allgemein bekannt, dass dieser Mann vollkommen verrückt ist. Seit Jahren schon sieht er Gespenster. Wie mir berichtet wurde, unterhält er sich häufig mit seiner verstorbenen Frau.«

»Das ist mir bekannt.« Sie hielt mitten im Gehen inne und sank auf den nächstgelegenen Stuhl. »Glauben Sie mir, obwohl dieser Brief mir einen kleinen Schock versetzte, habe ich ihm keinerlei Bedeutung beigemessen bis …«

»Bis was?«

»Bis vor vier Tagen, als ich einen Brief von Herrn Pitney erhielt.«

Artemas musterte sie aufmerksam. »Eaton Pitney?«

»Kennen Sie ihn?«

»Ich habe ihn vor Jahren vielleicht ein- oder zweimal gesehen. Auch er ist ein sehr distinguierter Kenner alter Sprachen.«

»So ist es.«

»Wie ich höre, ist Pitney über die letzten Jahre ebenso verschroben wie Linslade geworden.«

»Richtig.« Sie lehnte sich auf ihrem Stuhl zurück und sah ihn an. »Zweifelsohne ist er sehr merkwürdig, selbst wenn man die Messlatte der Mitglieder der Vanza-Gemeinschaft zugrunde legt. Seit Jahren glaubt er, er werde von Geistern beobachtet, die er als Fremde bezeichnet. Wie ich hörte, hat er im letzten Jahr sein gesamtes Personal entlassen, weil er sich von Fremden verfolgt fühlte, die sich als Bedienstete ausgaben.«

»Hat Pitney ebenfalls behauptet, Deveridges Geist gesehen zu haben?«, erkundigte sich Artemas ungerührt.

»Nein, Herr Hunt.« Sie trommelte mit den Fingern auf der Armlehne und bemühte sich, ihre arg strapazierte Geduld beizubehalten. »In seinem Brief hat er Gespenster nicht erwähnt.«

Sein Gesichtsausdruck entspannte sich etwas, obwohl sein Blick weiterhin kühl und aufmerksam blieb. »Was genau stand also in dem Brief?«

»Ich werde ihn Ihnen zeigen.«

Sie erhob sich, nahm den Schlüssel von ihrem Hals und ging zu dem Bücherregal, in dem sie das Journal über die Mitglieder der Vanza-Gemeinschaft aufbewahrte. Sie öffnete die Tür und holte eine der Aufzeichnungen heraus, die sie dort hinterlegt hatte.

Sie betrachtete die winzige, dicht gedrängte Schrift und überreichte Artemas kommentarlos den Brief.

Dieser nahm ihn entgegen und las ihn laut vor.

Meine liebe Frau D.,
als ehemaliger Kollege Ihres geschätzten Vaters empfinde ich es als meine Pflicht, Sie darüber in Kenntnis zu setzen, dass nach Jahren der Beobachtung aus dem Dunkeln heraus einer der Fremden die Unverfrorenheit besessen hat und in meine

Bibliothek einbrechen wollte. Glücklicherweise ist er dank der Läden und Schlösser davon abgehalten worden.

Die Tatsache jedoch, dass der Fremde sich offenbar Zugang zu meinen Büchern und Aufzeichnungen verschaffen wollte, wirft für mich die Frage auf; ob er möglicherweise für andere Gelehrte dieser alten Sprache eine Bedrohung darstellen könnte. Ihr Vater hat mir seinerzeit anvertraut, er habe Ihnen sein Wissen um die alte Sprache des Vanzagara weitervermittelt. Ebenso ist mir bekannt, dass Sie nach wie vor Winton Reeds Bücher und Unterlagen besitzen. Ich hielt es deshalb für richtig, Sie zu warnen, dass jemand ebendiese Dinge suchen könnte.

Wie Sie vermutlich wissen, kursieren in letzter Zeit Gerüchte um einen alten Vanza-Text, das Buch der Geheimnisse. Selbstverständlich ist das alles Unfug, doch mögen diese Gerüchte den Fremden dazu bewogen haben, aus dem Schatten zu treten und ebendieses Buch zu suchen …

Artemas faltete den Brief wieder zusammen. Er schien nachdenklich, was Madeline wiederum als gutes Zeichen wertete.

»Mir ist wohl bewusst, dass das noch nicht viel Grundlage bietet«, begann sie vorsichtig. »Ein Brief über einen Geist von einem Mann, von dem bekannt ist, dass er diese ständig zu sehen pflegt. Und dann eine Warnung vor einem Gespenst, das möglicherweise die Bibliothek eines Gentlemans hat aufbrechen wollen, der seit Jahren von seltsamen Ideen geplagt wird. Dennoch kann ich mich nicht dazu hinreißen lassen, diese Warnungen von Pitney und Linslade einfach in den Wind zu schlagen.«

»Sie brauchen das nicht weiter auszuführen, Madeline«, erwiderte Artemas leise. »Ich verstehe jetzt recht gut, was Sie so beunruhigt hat.«

Eine Welle der Erleichterung durchflutete sie. »Sehen Sie eine Verbindung zwischen diesen beiden Briefen, Sir?«

»Natürlich. Jeder Brief für sich genommen könnte als die Kritzeleien eines Verrückten abgetan werden. Zusammengenommen jedoch ergibt sich ein Bild.«

»Genauso ist es.«

Er verstand sie tatsächlich, dachte sie. Schließlich war er auch ein Vanza. Die Bereitschaft, die Vielschichtigkeit der Wirklichkeit zu durchdringen und unter die Oberfläche zu sehen, gehörte zu den grundlegenden Prinzipien jener Philosophie.

»Die in diesem Zusammenhang aufschlussreichste Tatsache ist die«, fuhr Artemas fort, »dass Linslade davon überzeugt ist, es handle sich nicht um irgendeinen Geist, sondern um den Geist Ihres verstorbenen Mannes.«

»Verstehen Sie jetzt, weswegen ich es für notwendig befand, Vorsichtsmaßnahmen zu ergreifen und Nachforschungen in der Angelegenheit zu veranlassen?«

»Sehr gut sogar.« Er blickte sie an. »Ich gehe davon aus, dass Sie mit Linslade beginnen wollen?«

»Ja. Ich dachte, wir könnten ihn heute Nachmittag aufsuchen, sofern Ihnen das zusagt.«

Artemas zuckte mit den Schultern. »Ich gestehe, dass ich eine gewisse Neugier für die Sache entwickelt habe. Ich hatte noch niemals eine ausführliche Unterhaltung mit einem Mann, der von sich behauptet, regelmäßig mit Geistern in Kontakt zu stehen.«

»Wie nett von Ihnen, vorbeizuschauen, Frau Deveridge.« Lord Linslade bekam Freudengrübchen, als er Madeline zu einem Stuhl geleitete. Sie hätte schwören können, dass seine hellwachen Augen Funken sprühten, als er sich Artemas zuwandte.

»Und Sie, Sir, es freut mich, Sie wieder zu sehen, Hunt.« Er warf Artemas ein Lächeln zu. »Es ist einige Zeit her, seit wir uns zum letzten Mal begegnet sind, nicht wahr?«

»Es ist wohl mehrere Jahre her«, erwiderte Artemas und nahm Platz.

»Wohl wahr.« Linslade nickte und ließ sich hinter seinem Schreibtisch nieder. »Viel zu lange, Sir. Wie ich hörte, haben Sie in den Tempelgärten studiert und sind nunmehr Meister der alten Kunst.«

Madeline betrachtete das Ganzkörperporträt von Lady Linslade, das hinter dem Schreibtisch des Barons prangte. Das Bild zeigte eine kräftige, vollbusige Frau, die zu Lebzeiten ihren kleinen, akkurat gekleideten Ehemann überragt hatte. Sie trug ein tief ausgeschnittenes Abendkleid, das mit griechischen und etruskischen Mustern verziert war. Zur Zeit ihres Todes vor zwölf Jahren entsprach dies der neuesten Moderichtung.

Madeline erinnerte sich, dass Lord und Lady Linslade immer schon darauf achteten, mit modischen Strömungen mitzuhalten. Während Lady Linslade nun auf alle Zeiten in ihrem zwölf Jahre alten Kleid steckte, war ihr Ehemann mit der Zeit gegangen. Heute trug Linslade ein elegant geschnittenes Ensemble mit einer rosa Weste und einer Krawatte, die auf modernste Weise geknotet war.

Linslade faltete seine kleinen, sauber manikürten Hände auf der Tischplatte und strahlte Madeline an. »Ich muss Ihnen sagen, meine Liebe, ich hatte ein paar ausgesprochen anregende Unterhaltungen mit Ihrem Vater.«

Madeline erstarrte. »Sie haben mit Papa gesprochen?«

»Allerdings.« Linslade gluckste. »Ich versichere Ihnen, ich sehe Reed heute öfter als zu seinen Lebzeiten.«

Madeline bemerkte ein belustigtes Aufblitzen in Artemas' Augen und bemühte sich, es zu übergehen.

»Über welche Themen sprechen Sie denn mit meinem Vater?«, erkundigte sie sich behutsam.

»Im Allgemeinen konsultieren wir einander bei unseren Recherchen bezüglich der alten Sprache Vanzagara«, erläuterte Linslade. »Winton Reed hat von jeher schon mit den interessantesten Interpretationen aufgewartet. Ich bin seit langem der Meinung, dass er und Ignatius Lorring zu den gelehrtesten Autoritäten dieser Sprache in ganz Europa gehörten.«

»Ich verstehe.« Madeline warf Artemas einen flüchtigen, unsicheren Blick zu. Sie war sich nicht sicher, was sie als Nächstes sagen sollte.

»Sagen Sie, Sir«, begann Artemas fast beiläufig, »unterhalten Sie sich dieser Tage auch mit Lorring?«

»Lorring hat es nicht für nötig erachtet, mich nach seinem Tod vor ein paar Monaten aufzusuchen. Nicht weiter überraschend eigentlich«, schnaubte Linslade. »Der Mann war stets ausgesprochen anmaßend und von sich selbst eingenommen. Er trug den Kopf immer sehr hoch, wissen Sie. Er hielt sich für die alleroberste Autorität in allen Dingen, die das Vanza betrafen. Ich möchte bezweifeln, dass er sich in dieser Hinsicht seit seinem Tod verändert hat.«

»Doch *war* er tatsächlich der Forscher und Gelehrte, der die Insel Vanzagara entdeckt hat«, erinnerte ihn Artemas. »Es war Lorring, der uns die Kunst und die Philosophie zugänglich gemacht hat. Er war der Gründer und der erste Großmeister der Vanza-Gemeinschaft. Man könnte sagen, er habe ein gewisses Recht, eine solch hohe Meinung von sich selbst zu haben.«

»Ja, ja, ich weiß.« Linslade wehrte dies mit einer flatternden Handbewegung ab. »Niemand möchte ihm seinen Rang als Entdecker von Vanzagara streitig machen. Um die Wahrheit zu bekennen, hatte ich sogar gehofft, er würde mich nach seinem Tod aufsuchen. Wie Ihnen sicherlich bekannt ist, war er kurz vor seinem Tod sehr krank. Er konnte während dieser Zeit nur wenige Besucher empfangen. Ich hatte niemals die Gelegenheit, ihn über ein gewisses Gerücht zu befragen, das mir kurz vor seinem Tod zufällig zu Ohren gekommen ist.«

»Um welches Gerücht handelt es sich?«, fragte Artemas.

»Sicherlich haben Sie auch davon vernommen, Sir?« Linslade blickte ihn an. »Vor einigen Monaten waren die Mitglieder der Vanza-Gemeinschaft überall mit Geschichten über den Diebstahl eines gewissen, sehr alten Buches beschäftigt.«

»Das *Buch der Geheimnisse*«, sagte Artemas. »Ja, davon habe ich gehört. Ich habe den Gerüchten jedoch nicht viel Bedeutung beigemessen.«

»Nein, natürlich nicht«, beeilte sich Linslade zu sagen. »Vollkommener Unsinn. Aber dennoch recht außerordentlich, finden Sie nicht? Es wäre aufschlussreich gewesen, Lorrings Meinung zu dieser Sache zu hören.«

»Von dem Wenigen zu urteilen, was mir zu Ohren gekommen ist«, begann Artemas, »wurde das *Buch der Geheimnisse* – so es denn jemals existiert haben sollte – in einem Feuer vernichtet, das die gesamte Villa Farrell Blues in Italien vernichtete.«

»Ja, ja, das ist mir bekannt.« Linslade seufzte. »Leider hat auch Blue mich nach seinem Tod nicht aufgesucht. Ich habe ihn also diesbezüglich nicht fragen können.«

Diese Unterhaltung führte nicht weiter, dachte Madeline. Es war an der Zeit, dass sie das Gespräch in die Hand nahm.

»Mylord, in Ihrem Brief bemerkten Sie, Sie hätten meinen verstorbenen Ehemann kürzlich gesehen.«

»Just hier in der Bibliothek.« Linslades fröhlicher Gesichtsausdruck wich einem sorgenvollen Stirnrunzeln. »Eine ziemliche Überraschung, wie Sie verstehen werden. Wir sind einander lediglich ein- oder zweimal begegnet, während er bei Ihrem Vater studiert hat. Wir waren also keineswegs das, was man als enge Freunde bezeichnen würde.«

Artemas streckte seine Beine aus und betrachtete die glänzenden Stiefelspitzen. »Würden Sie ihn als Kollegen bezeichnen?«

»Zweifelsohne teilten wir ähnlich akademische Interessen, doch brachte Deveridge für meine Theorien und Meinungen keinerlei Interesse auf. Er machte sogar recht deutlich, dass er mich für einen greisen, tattrigen Dummkopf hielt. Ich empfand ihn als ausgesprochen unverschämt.«

Linslade unterbrach sich plötzlich und warf Madeline einen entschuldigenden Blick zu. »Entschuldigen Sie mich, meine Liebe. Ich wollte Ihren verstorbenen Ehemann nicht verurteilen.«

Sie zauberte ein kühles, flüchtiges Lächeln auf ihr Gesicht. »Wie Sie sicherlich wissen, war meine Ehe keine sehr glückliche Verbindung, Sir.«

»Ich gestehe, dass mir derlei Gerüchte zu Ohren gekommen sind.« Sympathie leuchtete in Linslades Augen auf. »Und wie ausgesprochen tragisch. Es tut mir so Leid, dass Sie nicht das gleiche Glück, sowohl körperlich als auch seelisch, haben erfahren können, das Lady Linslade und ich erfreulicherweise miteinander haben teilen dürfen.«

»Mir ist bekannt, dass derlei Glückseligkeit in einer Ehe die Ausnahme bildet«, erwiderte Madeline kurz angebunden. »Wenden wir uns doch der Unterhaltung zu, die Sie mit meinem Mann geführt haben. Wollen Sie uns davon berichten?«

»Selbstverständlich.« Linslade benetzte sich die Lippen. »Sie dauerte nicht lang. Genauer gesagt, um ein Haar wären wir einander überhaupt nicht begegnet. Es war der reine Zufall.«

Artemas blickte von seinen Stiefeln auf. »Wie meinen Sie das?«

»Es war schon recht spät, als Deveridge in der Bibliothek auftauchte. Im Haus waren alle bereits seit Stunden im Bett. Wenn mir in jener Nacht das Einschlafen nicht so schwer gefallen und ich deswegen heruntergekommen wäre, um ein Buch zu holen, wären wir einander überhaupt nicht begegnet.«

Madeline beugte sich leicht vor. »Was genau hat er Ihnen gegenüber geäußert, Sir?«

»Lassen Sie mich nachdenken.« Linslades Augenbrauen zogen sich zu einem grüblerischen Stirnrunzeln zusammen. »Meiner Erinnerung zufolge habe ich als Erster gesprochen. Wir tauschten die üblichen Höflichkeiten miteinander aus. Ich sagte ihm, ich sei überrascht, ihn zu sehen, und erwähnte, dass ich von seinem Flammentod vor einem Jahr erfahren hätte.«

»Was meinte er dazu?«, fragte Artemas, mittlerweile von echter Neugier getrieben.

»Wie ich mich zu erinnern glaube, bemerkte er, es sei wirklich zu einem sehr ungelegenen Zeitpunkt geschehen.«

»Ungelegen?« Madeline fühlte, wie sich unter ihrem Kleid eisige Schweißtropfen bildeten. »Hat er dieses Wort benutzt?«

»Ja, da bin ich mir recht sicher.« Linslade rutschte verlegen auf seinem Stuhl herum und blickte sie beschwörend an. »Wie gesagt, wir unterhielten uns. Selbstverständlich habe ich ihm gegenüber die Gerüchte nicht erwähnt, die mir über die Art seines ... äh ... Ablebens zu Ohren gekommen sind.«

»Selbstverständlich nicht.« Madeline räusperte sich. »Sehr freundlich von Ihnen, diese unseligen Gerüchte unerwähnt zu lassen.«

»Den Toten gegenüber verhalte ich mich stets höflich«, versicherte ihr Linslade. »Sie ihrerseits scheinen das anzuerkennen. Seit langem bin ich der Auffassung, dass das, was zwischen Mann und Frau vorgeht, einzig und allein ihre Angelegenheit ist.«

Artemas blickte Linslade an. »Wie hat Deveridge reagiert, als Sie ihn angesprochen haben?«

»Zunächst schien er ein wenig überrascht zu sein.« Linslades Brauen schossen in die Höhe. »Es schien so, als ob er mich nicht erwartet habe. Warum dem so war, begreife ich nicht. Schließlich war er derjenige, der mich aufgesucht hat. Und er hielt sich in meiner Bibliothek auf.«

»Wohl wahr. Worüber haben Sie sich sonst noch unterhalten?«

»Ich habe mich erkundigt, ob er nach wie vor seine Studien der alten Sprachen fortsetzen würde, was er bejahte. Er fragte mich nach den Gerüchten um das *Buch der Geheimnisse* und ob ich auch das letzte Gerücht diesbezüglich vernommen hätte.«

»Welches war das?«, meldete sich Artemas fast gelangweilt.

»Man munkelt, das *Buch der Geheimnisse* habe das Feuer in Italien doch überlebt. Er habe gehört, die dort niedergeschriebenen Anweisungen seien nicht nur in der alten Sprache verfasst, sondern zusätzlich noch kodiert worden. Selbst für einen ausgewiesenen Gelehrten dieser Sprache sei es folglich höchst schwierig zu entziffern. Er schien damit andeuten zu wollen, dass man es erst würde deuten oder dechiffrieren müssen, ehe man mit der Übersetzung beginnen könne.«

Madelines behandschuhte Hand ballte sich zusammen. »Haben Sie das weiter kommentiert?«

Linslade schnaubte leise. »Ich habe ihm gesagt, jedes Gerede über das *Buch der Geheimnisse* sei nichts weiter als nichtige Gerüchte.«

»Hat er sonst noch etwas gesagt?« Madeline war sich des Zitterns in ihrer Stimme bewusst und biss die Zähne aufeinander.

»Nichts von Wichtigkeit. Wir haben uns noch kurz miteinander unterhalten, dann ist er gegangen.« Artemas blickte Madeline an. »Er bat mich, seine Person Ihnen gegenüber zu erwähnen, meine Liebe. Sagte etwas in Richtung, er wolle nicht in Vergessenheit geraten. Deswegen habe ich Ihnen auch den Brief über unser Treffen zugehen lassen.«

Madeline hielt den Atem an. Nicht einmal mehr einen Finger konnte sie rühren. Sie merkte, dass Artemas sie mit einem geheimnisvollen, verstohlenen Blick maß, doch sie konnte ihm den Kopf nicht zuwenden.

Sie starrte Linslade an. Dieser Mann unterhielt sich regelmäßig mit Gespenstern. Ganz normal war er nicht. Andererseits machte er nicht den Eindruck, vollkommen verrückt zu sein. Wie viel seiner Erzählung mochte der Wahrheit entsprechen und wie viel seiner Fantasie entstammen? Wie sollte sie beides voneinander trennen?

Sie betrachtete das Porträt von Lady Linslade, auf dem sie in ihrem zwölf Jahre alten Kleid abgebildet war. Plötzlich hatte sie einen Einfall.

»Mylord«, begann sie behutsam, »eine Sache würde ich gerne erfahren. Wenn Sie dem Geist Ihrer Frau begegnen, wie ist sie da gekleidet?«

»Gekleidet? Nun, in einem recht ansehnlichen Kleid natürlich.« Linslade lächelte wohlwollend. »Lady Linslade besaß einen ausgesprochen vornehmen Geschmack.«

Madeline warf Artemas einen Blick zu. Er schien ihre Absicht erkannt zu haben, denn er neigte kaum wahrnehmbar den Kopf, um seiner Zustimmung Ausdruck zu verleihen.

»Kleidet sich Lady Linslade entsprechend der neuesten Mode?« Madeline hielt die Luft an.

Linslade schien zunächst überrascht. Dann meinte er mit einem Anflug des Bedauerns: »Leider nicht. Sie erscheint mir immer in jenem wunderschönen Kleid, das sie auch für das Porträt getragen hat. Wie Sie wissen, war sie eine leidenschaftliche Anhängerin des griechisch-etruskischen Stils.«

»Verstehe.« Madeline begann vorsichtig zu atmen. »Und mein Vater? Wenn Sie seinem Geist begegnen, wie ist er da gekleidet?«

Linslade strahlte. »Exakt so, wie ich ihn zum letzten Mal gesehen habe. Er trägt den dunkelblauen Mantel, den er stets bei den Zusammenkünften der Gemeinschaft zu tragen pflegte. Dazu trägt er eine recht unkleidsame gelbe Weste, an die Sie sich sicher erinnern werden.«

»Ja.« Sie schluckte. »Ich erinnere mich an seine gelbe Weste. Und wie war das bei meinem Mann? Können Sie sich daran erinnern, was sein Geist getragen hat, als er Sie an jenem Abend aufsuchte?«

»Aber ja, ich erinnere mich. Er war ausgesprochen elegant gekleidet. Er trug einen dunklen Anzug allerneuesten Zuschnitts, und seine Krawatte war zu einer Serenade gebunden. Diese Art des Knotens ist zurzeit der letzte Schrei, müssen Sie wissen.«

»Verstehe«, flüsterte Madeline.

»Ach ja, noch eine Sache. Er trug einen Spazierstock. Dieser besaß einen feinen goldenen Griff in Form eines Falkenkopfes. Ein ausgesprochen schönes Stück.«

Die Härchen in Madelines Nacken begannen sich aufzurichten.

Zehn Minuten später half ihr Artemas in die Kutsche, stieg ebenfalls ein und schloss die Tür. Die Anspannung in ihrem Körper missfiel ihm. Sie bewahrte Haltung, doch erschien sie ihm viel zu blass.

»Ist alles in Ordnung?«, erkundigte er sich, während die Kutsche losrumpelte.

»Aber ja, selbstverständlich.« Sie verschränkte elegant die Finger. »Artemas, das alles hört sich sehr so an, als ob Linslade einem richtigen Einbrecher und nicht einem Geist in seiner Bibliothek begegnet ist.«

»Ein Einbrecher, der Ihrem verstorbenen Mann in ausreichendem Maße ähnelte, um Linslade glauben zu machen, es handle sich um Renwick Deveridges Geist.« Er lehnte sich zurück. »Interessant. Ich muss übrigens gestehen, Madeline, dass es ausgesprochen clever von Ihnen war, wie Sie ihn am Schluss ausgefragt haben. Es hätte mir auch einfallen sollen, mich nach der Art und Weise der Bekleidung der Geister zu erkundigen.«

Sie schien von seinem Kompliment überrascht. »Danke, Sir.«

Er zuckte mit den Schultern. »Wie es scheint, tragen die Geister, die Linslade aufsuchen, just die Kleidung, die sie auch zu Lebzeiten getragen haben. Doch Renwicks Schatten war in der neuesten Mode und nicht in der des vergangenen Jahres gekleidet.«

»Linslade ist ziemlich absonderlich«, erinnerte ihn Madeline unsicher.

»In diesem Punkt bin ich ganz und gar Ihrer Meinung. Möglicherweise messen wir der Beantwortung unserer Fragen zu viel Bedeutung zu. Der Mann scheint offenbar über eine äußerst lebhafte Vorstellungskraft zu verfügen. Eventuell hat er die modische Kleidung Deveridge lediglich angedichtet, weil sein verwirrter Geist sich nicht mehr daran erinnern konnte, wie Ihr Mann bei ihrer letzten Begegnung gekleidet war.«

Das ließ sie sich einige Zeit durch den Kopf gehen. »Ich verstehe, was Sie damit sagen wollen. Sicherlich ist der Lord viel zu sehr Gentleman, um sich einen nackten Geist vorzustellen.«

»Ein nackter Geist, was für eine anregende Vorstellung.«

Sie warf ihm einen entschuldigenden Blick zu. »Ich will es kaum glauben, dass wir hier sitzen und die modischen Präferenzen von Gespenstern besprechen. Wenn uns jemand zuhören sollte, würden sie uns zweifelsohne für Entlaufene aus der Irrenanstalt halten.«

»Wohl wahr.«

»Artemas, ich muss Ihnen etwas erzählen.«

»Und das wäre?«

»Lord Linslade erwähnte, dass der Geist einen … einen Spazierstock bei sich hatte.«

»Ja und? Spazierstöcke sind zurzeit sehr in Mode. Ich selbst trage keinen, weil ich sie als Behinderung empfinde.«

Sie blickte auf die Straße hinaus. »Laut Linslades Beschreibung schien der Stock recht einmalig zu sein.«

»Nun ja, der goldene Griff in Form eines Raubvogelkopfes. Aber ist das so bedeutsam?«

Sie atmete langsam aus. »Die Beschreibung klang nicht nur einmalig, sie ist mir auch schrecklich bekannt. Renwick trug stets einen Spazierstock bei sich, auf den Linslades Beschreibung exakt zutrifft.«

Er schien beunruhigt. »Sind Sie sich dessen auch vollkommen sicher?«

»Ja.« Ihre Augen hatten einen fast panischen Ausdruck, dann erlangte sie ihre Fassung wieder. »Ja, ich bin mir dessen sicher. Er hat mir seinerzeit erzählt, es sei ein Geschenk seines Vaters gewesen.«

Artemas musterte sie lange.

»Ich halte es für das Beste, wenn Sie und Ihre Tante so lange unter mein Dach ziehen, bis die Angelegenheit ausgestanden ist«, sagte er schließlich.

Sie starrte ihn an. »In Ihr Haus ziehen? Aber das ist vollkommen töricht. Weswegen sollten wir das tun?«

»Weil ich der Überzeugung bin, dass weder Ihr sehr kräftiger Kutscher noch die kleinen Schellen an Ihren Fensterläden sich gegen Renwick Deveridges Geist als nützlich erweisen werden.«

»Aber Artemas …«

Er blieb hart. »Sie haben mich in diese ganze Angelegenheit mit hineingezogen, gnädige Frau. Wir haben ein Abkommen geschlossen. Ich werde für Sie den Geist aufspüren.

Im Gegenzug jedoch müssen Sie sich an meine Anweisungen Ihre Sicherheit betreffend halten.«

Sie schnaubte unwillig. »Ihren Befehlen, wollen Sie sagen.«

»Sie können es ganz nach Belieben bezeichnen. In diesen Dingen jedoch ist für zwei Befehlsgeber kein Platz. Sie würden alle in Ihrem Haushalt lebenden Personen gefährden, wenn Sie meine Vorgehensweise bei jeder Gelegenheit in Frage stellen.«

»Ich stelle sie nicht in Frage, Sir. Ich bezweifle lediglich die Weisheit Ihres Vorschlags.«

»Merkwürdig, wie es scheinen mag, deute ich das als Infragestellung.«

Sie wurde unruhig. »Was das Thema Ihrer Autorität anlangt, so sind Sie sehr empfindlich, nicht wahr, Sir?«

»In einer Hinsicht bin ich allerdings tatsächlich ausgesprochen empfindlich. So empfindlich sogar, dass ich es nur sehr selten jemandem gestatte, es in Frage zu stellen.«

Sie starrte ihn an. »Sie können von mir nicht erwarten, Ihnen sämtliche meiner Entscheidungen zu überantworten.«

»Darf ich Sie daran erinnern, dass Sie diejenige waren, die mich aufsuchten, gnädige Frau? Sie haben mir einen Handel angetragen, und ich habe ihn angenommen. Wir haben ein Abkommen getroffen.«

Sie zögerte und schien sich dann für eine andere Herangehensweise entschieden zu haben. »Sir, Sie dürfen Ihr eigentliches Ziel nicht aus den Augen verlieren.«

Einen kurzen Moment lang glaubte er, dass sie etwas von seinen Plänen zur Rache von Catherine erfahren hatte. »Mein eigentliches Ziel?«

»Sie wissen sehr wohl, dass Sie sich nach einer gut situierten Ehefrau umsehen.« Sie warf ihm einen erzürnten Blick zu. »Sie haben deutlich klar gemacht, dass Sie darüber besorgt sind, falls Ihre Tätigkeit im Geschäftsleben bekannt werden sollte und Sie deswegen nicht die von Ihnen erwünschte eheliche Bindung würden eingehen können.«

»Ja und?«

»Ich muss Ihnen sagen, dass es nicht nur Ihre Tätigkeit als Geschäftsmann wäre, die manchen abstoßen würde«, meinte sie bedrückt. »Viele Familien der ersten Kreise mögen sich daran stoßen, wenn Sie die Verruchte Witwe zu Ihren Hausgästen zählen.«

»Diese Möglichkeit hatte ich bisher noch nicht erwogen.« Er hob eine Augenbraue. »Glauben Sie tatsächlich, dass einige Mitglieder der oberen Gesellschaftskreise sich an der Wahl meiner Gäste stoßen würden?«

»Ja, das glaube ich.«

»Wie ausgesprochen engstirnig von ihnen.«

»Tatsache aber ist«, begann sie ernsthaft, »dass es kein gutes Licht auf Sie werfen würde. Das müssen Sie doch einsehen. Ich kann Ihnen versichern, dass die Art von Dame, wie sie auf der Liste Ihrer möglichen Ehefrauen stehen würde, nicht gerne erführe, dass ich für längere Zeit unter Ihrem Dach gewohnt habe.«

»Madeline, wann war das letzte Mal, dass Sie eine ganze Nacht lang durchgeschlafen haben?«

Sie riss die Augen auf, erlangte jedoch erstaunlich schnell ihre Fassung wieder. »Wie haben Sie das erraten?«

»Ich habe mit dem Mann gesprochen, den ich letzte Nacht vor Ihrem Haus postiert hatte. Er erzählte, das Licht in Ihrem Zimmer sei bis zum Morgengrauen an gewesen. Wie ich vermute, ist dies nicht die Ausnahme.«

Sie wandte den Kopf ab und blickte auf die sonnige Straße hinaus. »Aus irgendeinem Grund hatte ich angenommen, dass er – falls er zurückkommen würde – dieses nachts tun würde. Er ist ein Geschöpf der Dunkelheit.«

»Deveridge?«

»Ja. Er hatte das Aussehen eines Engels, doch in Wahrheit

war er ein Dämon. Es scheint mir, dass wer oder was auch immer zurückgekehrt ist, um sich an seiner Stelle zu rächen, ebenfalls die Nacht bevorzugen würde.«

Artemas beugte sich vor, nahm ihre Hände zärtlich in seine und wartete, bis sie ihn anblickte.

»Ihre Argumentation ist logisch«, sagte er. »Diejenigen, die dem okkulten Unsinn der dunklen Seite des Vanza den Vorzug geben, neigen zum Melodramatischen. Bekanntermaßen bevorzugen sie für ihre Aktivitäten die Nacht. Doch ich fürchte, Sie dürfen sich bei einem Anhänger der schwarzen Magie nicht darauf verlassen, dass er ausnahmslos im Dunkeln operiert. Allein die Tatsache, dass Sie ihn eher des Nachts erwarten, mag ihn dazu bewegen, während des Tages in Aktion zu treten.«

»Es ist alles so verteufelt kompliziert«, flüsterte sie mit verzweifelter Heftigkeit. »Ich wünschte, mein Vater hätte sich niemals dem Vanza verschrieben. Und ich wünschte, ich hätte von dieser Philosophie niemals etwas vernommen oder wäre nie jemandem begegnet, der sie studiert hat.«

»Madeline ...«

In seinen Händen ballte sie ihre zu kleinen Fäusten. »Ich schwöre, wenn dies alles vorbei ist, werde ich niemals wieder mit irgendetwas noch irgendjemandem zu tun haben, der etwas mit dieser entsetzlichen Philosophie zu tun hat.« Ein Gefühl der Kälte durchströmte ihn.

»Ihre Einstellung gegenüber dem Vanza haben Sie klar zum Ausdruck gebracht. Was Sie machen, nachdem diese Angelegenheit ausgestanden ist, ist ganz allein Ihre Entscheidung. In der Zwischenzeit jedoch sind Sie meiner Fähigkeit wegen an mich herangetreten. Ich erwarte von Ihnen, dass Sie der Stimme der Vernunft gehorchen. Wenn Sie schon nicht an Ihre eigene Sicherheit denken, so müssen Sie doch die Ihrer Tante berücksichtigen. Wollen Sie sie der Gefahr aussetzen?«

Sie musterte lange sein Gesicht. Seiner Logik war nicht zu entkommen, und er spürte, dass sie das begriff. *Die Logik des Vanza.* Er kannte ihre Antwort, noch bevor sie sie ihm gegeben hatte.

»Nein, natürlich nicht«, erwiderte sie leise. »Sie haben Recht, ich muss Tante Bernice' Sicherheit bedenken. Ich werde sofort alle Vorkehrungen treffen. Wir können noch heute bei Ihnen einziehen.«

»Eine sehr kluge Entscheidung, gnädige Frau.«

Sie warf ihm einen bitteren Blick zu. »Ich war mir der Tatsache nicht bewusst, eine Entscheidung gefällt zu haben, Sir. Meiner Ansicht nach waren Sie derjenige, der sie angeordnet hat.«

»Hmm.«

»Vielleicht«, begann sie nachdenklich, »wenn wir uns sehr vorsichtig und diskret verhalten und dazu noch Glück haben, wird niemand in Ihren Kreisen von unserem Aufenthalt bei Ihnen erfahren. Und wenn es jemandem auffällt, wird derjenige mich nicht erkennen.«

»Hmm.« Die in allen Clubs ausstehende Wette in Höhe von tausend Pfund wollte er lieber unerwähnt lassen.

9. Kapitel

Kurz nach zwei Uhr am Morgen legte Artemas die Karten nieder und sah sein Gegenüber an. »Wie ich sehe, schulden Sie mir fünfhundert Pfund, Flood.«

»Machen Sie sich keine Sorgen, zum Monatsende werden Sie Ihr verdammtes Geld erhalten, Hunt.« Corwin Flood kritzelte seinen Namen auf den Wechsel und schleuderte diesen quer über den Tisch.

Artemas zog eine Augenbraue hoch, als er das Stück Papier auffing. »Ende des Monats werden Sie Ihre Schulden begleichen? Darf ich daraus schließen, dass Sie derzeit nicht flüssig sind, Flood?«

»Aber nicht doch.« Flood griff nach der Flasche, die auf dem Tisch stand. Er füllte sein Glas und leerte den Claret in tiefen, hemmungslosen Zügen. Als er damit fertig war, stellte er sein Glas ab und betrachtete Artemas nachdenklich. »Habe ein verdammtes Vermögen in eine Geldanlage gesteckt. Sie ist von der Art, wie sie einem nur einmal im Leben begegnet. Ich habe alles zusammengekratzt, was ich hatte, um meine Anteile zu erstehen. In zwei Wochen werden sie ausgeschüttet, und dann bekommen auch Sie Ihr Geld.«

»Ich sehe dem Tag entgegen, an dem Ihr Schiff in den Hafen einläuft.«

Flood schnaubte. »Es handelt sich nicht um ein verdammtes Schiff. Viel zu riskant. Schiffe sinken. Schiffe verschwinden auf hoher See. Schiffe werden von Piraten angegriffen.« Er beugte sich halb über den Tisch und senkte vertraulich die Stimme. »Meine Anlage birgt keinerlei Risiko, Sir. Hinzu kommt noch, dass es sehr viel mehr als Anteile an einem Schiff einbringen wird.« Er grinste verschlagen. »Es sei denn natürlich, das Schiff hätte pures Gold geladen.«

»Ich muss gestehen, jetzt haben Sie mein Interesse geweckt. Nichts kann die Aufmerksamkeit eines Mannes so fesseln wie Gold.«

Flood hörte abrupt zu grinsen auf. Er schien sich der Tatsache bewusst, zu viel preisgegeben zu haben. »Ich beliebte lediglich zu scherzen, Sir.« Erst nachdem er sich umgeblickt hatte, schenkte er sich ein weiteres Glas Claret ein. »Ein kleiner Jux nur, mehr nicht.«

Artemas erhob sich langsam. »Hoffentlich beliebten Sie über Ihre finanziellen Aussichten zum Monatsende hin nicht zu scherzen.« Er lächelte kaum merklich. »Ich wäre bitter enttäuscht, sollte es sich erweisen, dass Sie Ihre Spielschulden nicht begleichen können, Flood. Ausgesprochen bitter sogar.«

Flood fuhr zusammen, dann brauste er auf. »Sie bekommen Ihr Geld«, brachte er leicht lallend hervor.

»Es beglückt mich, das zu hören. Sind Sie sich wirklich sicher, mir nicht von jener Anlage erzählen zu können, die sich in zwei Wochen auszahlen soll? Möglicherweise hätte ich ebenfalls ein Interesse daran.«

»Tut mir Leid«, entgegnete Flood knapp. »Alle Anteile sind bereits verkauft. Eigentlich hätte ich es gar nicht erwähnen dürfen. Die Aktionäre sind zur Geheimhaltung verpflichtet.« Er machte einen besorgten Eindruck. »Sie werden doch niemandem etwas darüber erzählen, nicht wahr?«

Artemas lächelte. »Ich werde nichts zu niemandem sagen, Flood. Darauf haben Sie mein Wort. Und ganz sicher möchte ich mich nicht in Ihre Geldanlagen einmischen.«

Flood starrte ihn unbewegt an, als ob ihn Artemas' Lächeln in Trance versetzt hätte. Dann blinzelte er und schien sich einen Ruck zu geben. »Richtig so. Es liegt in Ihrem eigenen Interesse, den Mund zu halten, nicht wahr? Ihr Geld werden Sie nicht bekommen, wenn Sie sich in meine Geldanlagen einmischen.«

»Wohl wahr.«

Artemas wandte sich um und trat in den Flur hinaus. Drei junge, modisch gekleidete Männer, die allesamt einen über den Durst getrunken hatten, stolperten ihm über den Weg. Einer von ihnen trat vor, und seine Augen weiteten sich theatralisch. Mit dramatischer Geste streckte er eine Hand vor.

»Ich staune! Freunde, wen haben wir denn da vor uns? Es ist wohl der wagemutigste, kühnste und beherzteste Mann ganz Englands. Darf ich Ihnen vorstellen: Hunt.«

Die anderen beiden sangen im Chor.

»Hunt, Hunt, Hunt.«

»Betrachten Sie sein edles Gesicht. Betrachten Sie es nur ganz genau, denn möglicherweise werden wir jemandem wie ihn nie wieder in diesen Räumen begegnen.«

»Hunt, Hunt,Hunt.«

»Denn morgen früh wird unser wagemutiger Hunt entweder um tausend Pfund reicher sein oder aber ...«

»Hunt, Hunt, Hunt.«

»... oder aber er wird die Welt der Lebenden für immer verlassen haben. Die Verruchte Witwe wird ihn in das große, graue Nichts hinausbefördern.«

»Hunt, Hunt,Hunt.«

»Für heute Nacht sollen ihn unsere besten Wünsche begleiten. Auch wünschen wir ihm ein hartes, unnachgiebiges Geschlecht, auf dass er sich an seiner letzten Nacht hier auf Erden erfreuen möge.«

»Hunt, Hunt, Hunt.«

Artemas trat auf die drei jungen Männer zu. Sie lachten schallend und verneigten sich übertrieben tief, während sie ihm aus dem Weg gingen.

»Hunt, Hunt, Hunt.«

In der Tür hielt Artemas inne und wandte sich halb zurück. Er bedachte die drei mit einem langen, nachdenklichen Blick. Plötzlich herrschte in dem Raum eine erwartungsvolle Stille. Er zog seine Uhr aus der Tasche. Alle Augen waren auf ihn gerichtet, als er den Deckel aufschnappen ließ und nach der Zeit sah.

Dann klappte er den Deckel wieder zu und ließ die Uhr langsam in seine Tasche zurückgleiten. »Ich fürchte, heute Abend muss ich Sie alle recht früh verlassen, weil andere Dinge meine Aufmerksamkeit erfordern. Ich rechne mit Ihrem Verständnis.«

Die drei Rabauken kicherten. Von einem der Kartentische drang Gelächter herüber.

»Aber morgen …« Artemas hielt der Wirkung halber mitten im Satz inne. »Immer davon ausgehend natürlich, dass ich die Nacht überlebe …«

Einer der drei jungen Dandys wieherte drauflos. »Wenn wir Ihrem Optimismus in dieser Frage folgen, was wollen Sie dann morgen tun?«

»Morgen werde ich jeden in diesem Club zum Duell auffordern, der so unverschämt ist, meine neuen Hausgäste in meinem Beisein zu beleidigen.«

Die drei Männer starrten Artemas an. Ihre Augen weiteten sich entsetzt, ihre Münder standen offen. Das zunächst der Neugier entsprungene Schweigen, das sich über den Clubraum gelegt hatte, wich einer ungläubigen Stille.

Zufrieden mit der erreichten Wirkung, trat Artemas in den Eingangsbereich hinaus. Er ließ sich Cape und Handschuhe reichen und stieg die Treppe zur Straße hinunter.

Kaum war er ein paar Schritte gegangen, als er jemanden hinter sich herrennen hörte.

»Warten Sie, Hunt«, rief Flood. »Wir können uns eine Kutsche teilen.«

»Hier in der Gegend sind keine aufzutreiben.« Artemas

deutete mit einer knappen Kopfbewegung auf die menschenleere, neblige Straße. »Ich laufe bis zum Platz vor. Dort werden vermutlich Kutschen zu mieten sein.«

»Keine Kutschen?« Flood blickte sich unsicher um. »Aber sonst warten doch immer ein paar vor der Tür.«

»Heute nicht. Sicher ist der Nebel schuld. Vielleicht möchten Sie lieber im Haus bleiben, bis eine auftaucht.« Artemas wandte Flood den Rücken zu und lief weiter.

»Warten Sie, ich begleite Sie«, beeilte sich Flood. In seiner Stimme schwang Angst mit. »Sie haben Recht, auf dem Platz wird sicher eine Kutsche zu mieten sein, und es ist sicherer, wenn wir gemeinsam gehen.«

»Wie Sie wünschen.«

Flood passte sich seinem Schritt an. »Die Straßen sind zu dieser Stunde gefährlich, ganz besonders in einer Nacht wie dieser.«

»Es überrascht mich, dass Sie sich fürchten, Flood. Ich dachte, Sie würden ein Großteil Ihrer Zeit in den Rotlichtbezirken verbringen. Dieser Stadtteil ist um einiges weniger gefährlich.«

»Ich habe keine Angst«, brummte Flood. »Ich will nur nicht unvernünftig sein, mehr nicht.«

Artemas hörte die Unsicherheit in Floods Stimme und lächelte. Flood hatte Angst.

Flood warf ihm einen flüchtigen, nervösen Blick zu. »Was ist eigentlich im Club in Sie gefahren? Wollen Sie tatsächlich jeden Mann zum Duell herausfordern, der eine Bemerkung über Frau Deveridge fallen lässt?«

»Nein.«

Flood schnaubte. »Das hatte ich auch nicht angenommen.«

»Ich werde lediglich diejenigen herausfordern, die Bemerkungen machen, die der Dame gegenüber beleidigend sind.«

»Ei Potz, Sie würden ein Duell für jemanden vom Schlage

der Verruchten Witwe riskieren? Sind Sie von Sinnen, Sir? Sie ist schließlich nichts als …«

Artemas hielt inne und wandte sich ihm zu. »Ja, Flood? Was wollten Sie sagen?«

»Verflucht, Sir, alle Welt weiß, dass sie eine Mörderin ist.«

»Dafür gibt es keinerlei Beweise.«

»Aber alle wissen doch …«

»Tatsächlich?«

Floods Lippen bewegten sich, doch waren seine Worte unverständlich. Er starrte Artemas an, der reglos verharrte, dann trat er einen Schritt zurück. In dem nebligen Schein der nahe gelegenen Laterne wirkte sein von den jahrelangen Ausschweifungen gezeichnetes Gesicht ängstlich und feige.

»Sie wollten gerade noch etwas zum Thema beisteuern, Flood?«

»Nicht doch.« Er beeilte sich, seinen Mantel glatt zu streichen. »Ich wollte mich nicht weiter äußern, ich hatte lediglich eine Frage gestellt.«

»Betrachten Sie sie als beantwortet.« Artemas ging weiter. Flood zögerte, schien dann aber nicht alleine zum Club zurücklaufen zu wollen und hastete Artemas hinterher.

Eine Weile lang liefen sie schweigend nebeneinander her. Floods Schritte hallten in der unheimlichen Nacht. Artemas dagegen bewegte sich dank seines jahrelangen Trainings vollkommen geräuschlos.

»Ich hätte eine Laterne mitnehmen sollen.« Flood warf einen Blick über seine Schulter. »Diese verdammten Gaslampen sind bei Nebel gänzlich nutzlos.«

»Wenn es sich vermeiden lässt, ziehe ich es vor, keine Gaslaterne zu tragen. Der Lichtkegel macht einen zur idealen Zielscheibe für Straßenräuber.«

»Verdammt auch.« Flood blickte wieder über seine Schulter. »Das hatte ich nicht bedacht.«

Ein leises Rascheln drang aus einer nahe gelegenen Gasse. Flood packte Artemas am Ärmel. »Haben Sie das gehört?«

»Eine Ratte vermutlich.« Artemas warf einen viel sagenden Blick auf Floods Handschuhe auf seinem Ärmel. »Sie zerknittern mein Cape, Sir.«

»Verzeihung.« Flood ließ sofort los.

»Sie scheinen etwas nervös zu sein, Flood. Vielleicht sollten Sie für Ihre Nerven ein Tonikum einnehmen.«

»Verdammt, Sir, ich lasse Sie wissen, dass meine Nerven hart wie Stahl sind.«

Artemas zuckte mit den Schultern und schwieg. Beiläufig vermerkte er die leisen Geräusche der Nacht und ordnete diese zu. Er musterte die Schatten und hörte das leise Kratzen der Ledersohlen auf dem Trottoir.

In der Ferne war das Echo von Pferdehufen zu vernehmen. Doch die Kutsche entfernte sich in die entgegengesetzte Richtung.

»Hätte doch im Club bleiben sollen«, brummte Flood.

»Aus welchem Grund sind Sie heute Abend so nervös?«

Flood zögerte kurz, ehe er antwortete. »Sie müssen wissen, dass ich vor einigen Monaten bedroht worden bin.«

»Was Sie nicht sagen.« Artemas beobachtete eine in einem Fenster über ihnen stehende Kerze. »Und wer hat Sie bedroht, Sir?«

»Sein Name ist mir nicht bekannt.«

»Sicherlich können Sie ihn beschreiben?«

»Nein.« Wieder hielt Flood inne. »Die Sache ist die, ich habe ihn noch nie zu Gesicht bekommen.«

»Wenn Sie den Mann noch nie gesehen haben, warum in aller Welt sollte er Sie dann bedrohen wollen?«

»Ich weiß es nicht«, erwiderte Flood weinerlich. »Das ist es ja, was die Sache so merkwürdig macht.«

»Sie haben keinerlei Verdacht, weswegen der Unbekannte Sie herausgesucht hat, um Sie zu bedrohen?«

»Er sandte ...« Flood stieß einen schrillen Schrei aus, als eine Katze über die Straße schoss und in einer Gasse verschwand. »Verdammt auch, was war das?«

»Nur eine Katze.« Artemas hielt inne. »Sie haben wirklich etwas für Ihre Nerven nötig, Flood. Was hat Ihnen dieser Mann gesandt?«

»Ein Siegel. Und zwar die Art von Siegel, die man an einer Uhr befestigt.«

»Weswegen empfinden Sie das als Bedrohung?«

»Das ist ... schwer zu erklären.« Wo er einmal mit Reden angefangen hatte, schien Flood sich nicht mehr zurückhalten zu können. »Das Ganze geht auf einen Vorfall vor einigen Jahren zurück. Ein paar Freunde und ich hatten etwas Spaß mit einer kleinen Schauspielerin. Die dumme Gans aber machte sich los und nahm Reißaus. Es war dunkel. Wir waren auf dem Land, und dann hatte sie einen Unfall und sie ... ach, lassen wir das. Die Sache ist die, dass sie geschworen hat, ihr Liebhaber werde sich eines Tages an uns rächen.«

»Und nun glauben Sie, dass er gekommen ist, richtig?«

»Eigentlich ist es unmöglich.« Wieder blickte Flood über seine Schulter. »Es kann unmöglich der sein, von dem sie meinte, er würde sich an uns rächen. Selbst wenn das kleine Flittchen einen Liebhaber gehabt haben sollte, warum sollte der sich die Mühe machen und uns jetzt nachstellen? Schließlich war sie nur eine Schauspielerin. Außerdem sind inzwischen fünf Jahre ins Land gegangen.«

»Sie kennen ja das Sprichwort: ›Rache ist eine Mahlzeit, die man am besten kalt serviert‹.«

»Aber wir haben sie nicht umgebracht.« Floods Stimme wurde lauter. »Sie ist tödlich gestürzt, als sie in der Nacht davonrannte.«

»Es scheint mir eher, dass sie bei dem Versuch gefallen ist, Ihnen und Ihren Freunden zu entkommen, Flood.«

»Ich muss einen Weg finden, mit ihm zu sprechen, wer

immer er auch sein mag.« Flood blickte erneut beunruhigt um sich. »Ich könnte ihm erklären, dass wir nichts Böses im Schilde führten. Nur etwas Spaß halt. Es war nicht unsere Schuld, dass das dumme Ding …«

»Sparen Sie sich weitere Worte, Flood. Sie brauchen sich mir gegenüber nicht erklären. Ich möchte Ihre Entschuldigungen nicht hören.«

Eine Prostituierte lächelte Artemas aus einem von einer Kerze beleuchteten Fenster zu. Sie ließ den Schal von ihrer Schulter gleiten und legte eine ihrer Brüste mit einer rosa Knospe frei. Er betrachtete sie ohne jedes Interesse, dann wandte er seine Aufmerksamkeit wieder der Straße zu.

»Es liegt nunmehr einige Monate zurück«, bemerkte Flood nach einer Weile. »Vielleicht war es ja auch nur ein böser Scherz.«

»In diesem Fall besitzt der Rächer wahrlich einen merkwürdigen Sinn für Humor.«

Aus dem Augenwinkel heraus bemerkte Artemas, wie sich die Schatten in seinem Rücken veränderten. Einen kurzen Augenblick lang konnte er die Ursache nicht ausmachen, doch dann begriff er.

»Verfluchter Mist«, murmelte er leise. »Sie hat die Kerze gelöscht.«

»Die Hure?« Flood blickte auf das dunkle Fenster zurück. »Ja und? Vielleicht wollte sie …«

Er brach ab, als er bemerkte, wie Artemas sich gegen die Steinwand presste und ihm nicht zuhörte.

Der Angreifer sprang weder aus einer Seitenstraße noch aus einer dunklen Toreinfahrt. Stattdessen fiel er von einem hoch gelegenen Fenster auf die Straße herunter. Die rauschenden Falten eines schwarzen Umhangs umwehten ihn und verdeckten das karge Licht der Gaslaternen.

Er wird ein Messer bei sich tragen, dachte Artemas. Die

meisten Vanza-Bewegungen kamen ohne Waffen aus, doch gab es Ausnahmen. Und der »Spinne aus den Wolken«-Angriff war immer mit einem Messer verbunden.

Artemas griff nach dem Saum des Umhangs, so dass der Stoff den Angreifer nicht einwickeln würde, so wie es dieser vorgehabt hatte. Er zerrte daran und entkam nur knapp dem Tritt eines Stiefels.

Der Vanza-Kämpfer landete auf dem Trottoir und wandte sich Artemas zu. Sein Gesicht war von einer schwarzen Seidenmaske verdeckt. Ein Lichtstrahl ließ das Messer eisig aufblitzen, dann schnellte er vor.

Artemas glitt beiseite. Ihm war bewusst, dass er jetzt schon den Plan dieses bestimmten Manövers durchkreuzt hatte. Er musste schnell handeln, ehe der Angreifer sich mit einer anderen Strategie behalf.

Der maskierte Kämpfer merkte, dass er sein Ziel nicht erreichen würde. Er versuchte sich aufzurichten. Es gelang ihm, sich nicht selbst an die Wand drängen zu lassen, doch verlor er kurzzeitig das Gleichgewicht.

Artemas versetzte dem Arm, der das Messer hielt, einen Stoß. Der Schlag saß. Ein Grunzen war zu hören, dann fiel das Messer klirrend zu Boden.

Da er das Gleichgewicht verloren hatte, entschied sich der Kämpfer, den Angriff abzubrechen. Er schnellte zurück. Wie ein großer schwarzer Flügel blähte sich sein Umhang in seinem Rücken auf.

Artemas schnappte nach dessen Saum und zerrte heftig daran. Es überraschte ihn nicht, ihn fast unmittelbar in den Händen zu halten, denn der maskierte Mann hatte bereits die Schnalle gelöst.

Der Angreifer entschwand in die tiefen Schatten einer unbeleuchteten Gasse. Seine Schritte hallten in der Ferne. Artemas hielt immer noch den Wollumhang in den Händen.

»Verflucht auch.« Flood starrte Artemas vollkommen

verblüfft an. »Er ist direkt auf Sie losgegangen. Der Mistkerl hat versucht, Ihnen die Kehle durchzuschneiden.«

Artemas betrachtete den Umhang in seinen Händen.

»Ja.«

»Ich muss schon sagen, den hatten Sie wirklich sehr gut im Griff. Einer solchen Kampftechnik bin ich noch nie begegnet. Wirklich sehr ungewöhnlich.«

»Ich hatte das Glück, gewarnt worden zu sein.« Artemas blickte auf das nunmehr dunkle Fenster, an dem die Hure unmittelbar vor dem Angriff die Kerze gelöscht hatte. »Das war zwar vermutlich nicht an mich gerichtet gewesen, doch ist das ohne Belang.«

»Diese verdammten Straßenräuber werden mit jedem Tag dreister«, schimpfte Flood. »Wenn es noch schlimmer werden sollte, kann niemand mehr auf der Straße gehen, ohne einen Wächter zu haben, der ihm den Rücken absichert.«

Artemas nahm das Seil, das von einem der Fenster herabbaumelte, in die Hand. Ein flüchtiger Blick auf die komplizierten Knoten reichte ihm aus. Eine Unzahl von Ganoven und Dieben trieb in London ihr Unwesen, doch nur wenige unter ihnen waren in der alten Kampfkunst des Vanza ausgebildet.

10. Kapitel

Die lodernden Flammen schossen in die Höhe. Noch beschränkten sie sich auf das Laboratorium ein Stockwerk höher, doch warfen sie ein dämonisches Licht in den langen Flur. Rauch wand sich wie ein dunkles Banner, das eine Armee von Dämonen aus der Hölle ankündigte. Sie kauerte vor der Schlafzimmertür. Der schwere Eisenschlüssel war von seinem Blut benetzt. Sie versuchte, nicht auf das Blut auf dem Teppich zu schauen. Doch just in der Sekunde, als sie den Schlüssel in das Schloss zu stecken versuchte, lachte der tote Mann auf. Der Schlüssel entglitt ihren Händen …

Madeline schreckte zitternd aus dem Schlaf. Sie setzte sich kerzengerade auf, rang nach Atem und hoffte, sie habe nicht laut geschrien. Ihr Körper war von eiskaltem Schweiß bedeckt. Der dünne Stoff ihres Nachthemds klebte ihr an Brust und Rücken.

Einen Augenblick lang wusste sie nicht einzuordnen, wo sie sich befand. Erneut ergriff die Angst von ihr Besitz, und sie taumelte aus dem Bett. Als ihre nackten Füße den kalten Boden berührten, erinnerte sie sich plötzlich daran, dass sie sich in Artemas Hunts großem, düsterem Haus befand. Sein gut geschütztes, großes, düsteres Haus, verbesserte sie sich.

Ihre Finger zitterten, ganz wie sie es im Traum auch getan hatten. Sie musste sich zusammenreißen, um die Kerze anzuzünden. Nachdem ihr das gelungen war, warf die kleine Flamme ein beruhigendes Licht auf die gedrechselten Bettpfosten und den Waschtisch. Die eilig von ihr zusammengepackten Bücherkisten stapelten sich in einer Ecke.

Ein Blick auf die Uhr bestätigte, dass es fast drei Uhr morgens war. Sie hatte tatsächlich zwei volle Stunden geschlafen, ehe sie von dem Traum aufgewacht war. Das war wirklich recht erstaunlich, denn sonst schlief sie nur sehr selten vor dem Morgengrauen ein. Vielleicht hatte sie die Gewissheit einschlafen lassen, dass sein Haus über kräftige Schlösser verfügte und von einem Hund recht ansehnlicher Größe und einem stämmigen Wachmann bewacht wurde.

Sie trat zur Tür und öffnete sie vorsichtig. Der Flur war dunkel, doch schien ein schwaches Licht aus dem Treppenhaus. Es drang vom unteren Flur nach oben. Sie hörte gedämpfte Stimmen. Artemas war nach Hause zurückgekehrt. Das wurde aber auch Zeit, dachte sie. Er hatte ihr mitgeteilt, er wolle am heutigen Abend ein paar Nachforschungen in den Spielhöllen und Clubs betreiben. Und nun war sie neugierig, was er herausgefunden hatte. Unten schloss sich leise eine Tür. Stille erfüllte das Haus. Sie wartete eine Weile, doch hörte sie Artemas nicht auf der Treppe. Er musste wohl in die Bibliothek gegangen sein.

Sie kehrte in ihr Zimmer zurück, nahm ihren Morgenmantel vom Bettpfosten, zog ihn über, band die Schleife zu und ließ ihre Füße in ein Paar Hausschuhe gleiten. Ihre Betthaube war ihr während ihrer Träume abgerutscht. Sie fand sie auf dem Kopfkissen und setzte sie wieder auf ihr arg zerwühltes Haar.

Zufrieden, ordentlich gekleidet zu sein, verließ sie die Kammer und eilte den dunklen Flur entlang bis zum breiten, geschwungenen Treppenhaus. Ihre weichen Hausschuhe machten keinerlei Geräusch, als sie auf den mit Teppich ausgelegten Stufen herabging.

Sie durchquerte die Eingangshalle und hielt zögernd vor der Bibliothek inne. Die fest verschlossene Tür wirkte abweisend. Man hatte den Eindruck, Artemas wünsche keine Gesellschaft. Eventuell hatte er sich betrunken. Sie runzelte die Stirn. Es fiel schwer, sich Artemas in betrunkenem Zustand vorzustellen. Seine Aura der Selbstbeherrschung und Kontrolle schlossen eine solche Schwäche eigentlich aus.

Sie klopfte leise, erhielt jedoch keine Antwort.

Nach kurzem Zögern öffnete sie vorsichtig die Tür. Wenn Artemas tatsächlich betrunken sein sollte, würde sie ihn alleine lassen und erst am nächsten Morgen mit ihm sprechen.

Sie spähte um die Ecke. Ein Feuer knisterte im Kamin, von Artemas jedoch war nichts zu sehen. Vielleicht war er überhaupt nicht in der Bibliothek. Weswegen aber brannte dann das Kaminfeuer?

»Sind Sie es, Madeline?«, drang eine tiefe, dunkle Stimme aus dem riesigen Ohrensessel vor dem Fenster.

»Ja.«

Er schien nicht im Mindesten betrunken zu sein, dachte sie. Erleichtert betrat sie die Bibliothek, schloss hinter sich die Tür, hielt jedoch den Türknauf weiter umklammert. »Ich habe Sie zurückkommen gehört, Sir.«

»Und haben sich sofort auf den Weg nach unten gemacht, damit ich Ihnen berichte. Und das, obwohl es schon fast drei Uhr früh ist.« Er schien amüsiert. »Wie ich sehe, sind Sie eine ausgesprochen anspruchsvolle Dienstherrin, Frau Deveridge.«

Er war nicht betrunken, aber in guter Stimmung war er auch nicht. Sie presste die Lippen aufeinander, ließ von dem Türgriff ab und lief über den Teppich.

Als sie den Teppich vor dem Feuer erreicht hatte, drehte sie sich um und musterte Artemas. Der Anblick seiner ausgestreckten Eleganz in dem großen Sessel ließ sie scharf einatmen. Schlagartig war ihr klar, dass etwas Schreckliches vorgefallen sein musste.

Ein dunkles Glitzern lag in seinen Augen. Die Jacke hatte

er ausgezogen, seine Krawatte hing ihm lose um den Hals. Sein mit Biesenfalten versehenes weißes Leinenhemd war teilweise aufgeknöpft. Im Schatten konnte sie seine festen Locken auf der Brust erkennen.

In der einen Hand hielt er ein halb geleertes Glas Weinbrand. Mit der anderen umklammerte er etwas, das sie nicht einsehen konnte.

»Herr Hunt.« Sie blickte ihn sorgenvoll an »Artemas, sind Sie krank, Sir?«

»Nein.«

»Ich spüre, dass etwas sehr Unangenehmes vorgefallen sein muss. Was ist es?«

»Ein Bekannter und ich wurden auf der Straße angegriffen.«

»Angegriffen? Gütiger Himmel, von wem? Wurden Sie beraubt?« Abrupt hatte sie eine Eingabe und betrachtete sein Gesicht. »Sind Sie oder Ihr Freund verletzt worden?«

»Nein, der Schurke hat sein Ziel nicht erreicht.«

Sie atmete erleichtert auf. »Gott sei gedankt. Ein Straßenräuber, nehme ich an? Die Straßen in der Nähe der Spielhöllen sollen sehr unsicher sein. Sie sollten sich viel mehr vorsehen, Sir.«

»Dieser Angriff hat nicht in der Nähe einer der Spielhöllen, sondern sehr nah an meinem Club stattgefunden.« Er hielt inne, um einen Schluck Weinbrand zu trinken. Dann senkte er langsam das Glas. »Wer auch immer es war, es war ein Vanza.«

Eine Gänsehaut überzog sie. »Sind Sie sich sicher?«

»Ja.«

»Konnten Sie …?« Sie brach ab, schluckte und setzte erneut an. »Konnten Sie ihn erkennen?«

»Nein. Er trug eine Maske. Am Schluss floh er in die Dunkelheit. Meiner Ansicht nach konnte er sich bei seinem Plan auf die Hilfe einer Prostituierten verlassen, die ihm ein Zeichen gegeben hat, als sie uns auf der Straße entdeckte. Morgen werde ich versuchen, sie aufzutreiben. Möglicherweise kann sie uns einen Hinweis zur Identität dieses Schurken geben.«

Madeline zog sich der Magen zusammen. »Ein weiterer Besuch des Geistes von Renwick Deveridge, glauben Sie?«

»Was metaphysische Dinge betrifft, habe ich zugegebenermaßen nicht viel Ahnung, meines Wissens nach jedoch benutzen Geister keine Messer.«

»Er hatte ein *Messer*?«

»Ja. Er demonstrierte meisterhaft die Angriffsform der ›Spinne aus den Wolken‹.« Artemas schwenkte den Weinbrand in seinem Glas. »Glücklicherweise hat er den Vorteil der Überraschung verloren, weil mir aufgefallen war, dass die Kerze der Prostituierten erloschen war.«

»Ist Ihr Freund unverletzt?«

Artemas' Hand klammerte sich noch fester um den Gegenstand. »Meine Begleitung war kein Freund.«

»Verstehe.« Sie ließ sich langsam auf einen Stuhl fallen und bemühte sich, die schockierenden Neuigkeiten zu verarbeiten. »Dieser Mann in der Rolle von Renwicks Geist ist hinter Ihnen her, nicht wahr? Er muss wissen, dass meine Tante und ich bei Ihnen wohnen. Vielleicht ist ihm bewusst, dass Sie mir Ihre Hilfe angeboten haben. Mir war nicht klar ...«

»Madeline, beruhigen Sie sich.«

Sie richtete sich auf und sah ihn an. »Ohne Zweifel wollte er Sie umbringen. Wir müssen davon ausgehen, dass er es erneut versuchen wird.«

Artemas schien diese Schlussfolgerung nicht weiter zu beeindrucken. »Möglich. Aber nicht sofort. Das nächste Mal wird er viel vorsichtiger sein. Nach dem heutigen Abend weiß er, dass ich auf der Hut bin.«

»Er weiß mehr als das, Sir. Sie haben gegen ihn gekämpft. Somit weiß er, dass Sie ein Vanza sind.«

»Richtig.« Artemas lächelte amüsiert. »Und wenn man

bedenkt, dass er als Verlierer aus unserer Begegnung hervorgegangen ist, so ist ihm ebenfalls bekannt, dass ich ihm in den Kampfkünsten überlegen bin. Wir können also davon ausgehen, dass er sich in Zukunft wesentlich vorsichtiger verhalten wird.«

Ein Schauer fuhr ihr über den Rücken. »Was haben Sie Ihrem Begleiter gesagt? Haben Sie es ihm zu erklären versucht?«

»Ich habe nichts erklärt. Er wiederum ging davon aus, dass es sich bei dem Schurken um einen ganz gewöhnlichen Ganoven gehandelt habe. Dem habe ich nicht widersprochen.« Artemas betrachtete nachdenklich seinen Weinbrand.

»Verstehe«, wiederholte sie. »Wie ich aus Ihrem Tonfall schließen darf, sind Sie von Ihrem Begleiter heute Abend nicht sehr erbaut.«

Artemas ging nicht darauf ein, sondern nippte an seinem Getränk.

Sie versuchte eine andere Herangehensweise. »Haben Sie heute in Ihrem Club oder den Spielhöllen etwas herausfinden können, Sir?«

»Sehr wenig. Nirgendwo kursierten Gerüchte über Geister, die in den Bibliotheken älterer Gentlemen aufgekreuzt wären.«

»Die meisten Gentlemen der Stadt würden sicherlich nur sehr ungern zugeben, einem Geist begegnet zu sein«, bemerkte Madeline ungerührt.

»Wohl wahr.« Er hob das Glas an die Lippen und nippte daran.

Madeline räusperte sich. »Während Sie außer Hauses waren, ist der junge Mann in Ihren Diensten an der Küchentür vorbeigekommen, um weitere Nachrichten abzuliefern.«

»Zachary? Was für Neuigkeiten hatte er?«

»Er sagte, Eaton Pitney sei seit mehreren Tagen nicht mehr gesehen worden. Laut Aussage der Nachbarn ist er auf seinen Landsitz gefahren. Der Haushälterin, die dort zweimal wöchentlich arbeitet, hat man ausrichten lassen, man benötige ihre Dienste erst im kommenden Monat wieder.«

Artemas blickte in die Flammen. »Interessant.«

»So habe ich es auch empfunden.« Sie zögerte. »Ich bin mir nicht sicher, ob dies ein guter Zeitpunkt ist, unser weiteres Vorgehen in dieser Sache zu besprechen, Sir, doch habe ich nach Zacharys Auftauchen hier viel nachgedacht. Mir erscheint es recht merkwürdig, dass Herr Pitney ausgerechnet zu diesem Zeitpunkt die Stadt verlassen hat. Er reist nur noch sehr selten, und doch hat er sich, nachdem er mir den Brief sandte, auf das Land zurückgezogen.«

»Merkwürdig, allerdings«, erwiderte Artemas leicht spöttisch. »Man könnte sich sogar zu der Behauptung versteigen, alles sei ausgesprochen verdächtig.«

Sie legte die Stirn in Falten. »Machen Sie sich über mich lustig, Sir?«

Seine Lippen zuckten etwas. »So etwas würde ich mir nicht im Traum anmaßen. Bitte, fahren Sie doch fort.«

»Nun, es schien mir, dass Herr Pitney möglicherweise wegen eines erneuten Vorfalls die Stadt verlassen hat. Vielleicht ist der Eindringling nochmals aufgetaucht und hat ihm Angst eingejagt. Meiner Ansicht nach gibt es nur eine einzige logische Vorgehensweise.«

»Ist dem so?« Ein gefährlich lakonisches Glitzern funkelte in Artemas' Augen auf. »Und welche wäre das, gnädige Frau?«

Sie hielt inne, denn sie war sich seiner Stimmung nicht sicher. Dann beugte sie sich ein wenig vor und sprach leise, obwohl niemand sonst zugegen war. »Ich schlage vor, dass wir während Herrn Pitneys Aufenthalt auf dem Land sein Haus durchsuchen. Vielleicht finden wir etwas von Bedeutung, einen Hinweis, der uns über den Grund seiner Abreise aufklärt.«

Zu ihrer Überraschung nickte Artemas zustimmend. »Ein

ganz ausgezeichneter Einfall. Dasselbe hatte ich heute Abend auch schon gedacht.«

»Wussten Sie denn, dass er die Stadt verlassen hat?«

Er zuckte mit den Schultern. »Jemand hat es heute beim Kartenspiel erwähnt.«

»Verstehe.« Ihre Stimmung besserte sich. »Dann sind wir uns offenbar über die Vorgehensweise einig, Sir. Das ist doch sehr zufrieden stellend, nicht wahr?«

Er warf ihr einen zweideutigen Blick zu. »Nicht so zufrieden stellend, wie andere Formen der Einigkeit es wohl sein mögen.«

Sie beachtete seine Äußerung nicht weiter. Er war wirklich in einer ganz besonderen Stimmung heute, dachte sie.Andererseits kannte sie ihn noch nicht sehr lange. Möglicherweise war dieses seltsame Verhalten durchaus typisch für ihn. Sie wollte die Unterhaltung lieber auf der rein geschäftlichen Ebene halten.

»Wie ich annehme, werden wir Pitneys Haus des Nachts aufsuchen«, sinnierte sie laut vor sich hin.

»Und damit riskieren, dass alle Nachbarn merkwürdige Lichter in seinem Haus sehen? Nein, das wäre kein sehr kluges Vorgehen.«

»Oh.« Sie überlegte. »Wollen Sie also vorschlagen, dass wir uns das Haus während des Tages ansehen? Ist das nicht etwas gewagt?«

»Um Pitneys Garten ist eine hohe Mauer. Wenn ich erst einmal darüber gestiegen bin, wird mich niemand mehr sehen können.«

Es dauerte ein paar Sekunden, bis sie die Bedeutung seiner Worte begriffen hatte. Dann jedoch wurde sie wütend. »Einen Moment, Sir, Sie werden diese Sache nicht alleine durchziehen. Das ist mein Plan, und ich habe die Absicht, ihn auszuführen.«

Er kniff die Augen zusammen. »Ich werde mich um die

Angelegenheit kümmern. Sie werden hier bleiben, während ich Pitneys Haus durchsuche.«

Seine arrogante Annahme wurde ihr zu viel. Sie sprang auf. »Ich bestehe darauf, Sie zu begleiten, Sir.«

»Diese Angewohnheit von Ihnen, sich mir bei jeder sich bietenden Gelegenheit zu widersetzen, bringt mich allmählich aus der Fassung, Madeline.« Er setzte das leere Glas bedeutungsvoll ab. »Sie haben meine Dienste angefordert, um gewisse Nachforschungen zu betreiben, und doch fechten Sie jede meiner Entscheidungen an.«

»Das ist nicht wahr.«

»Es ist wahr, und ich bin es leid.«

Sie ballte ihre Hände zu Fäusten. »Sie vergessen Ihre Stellung, Sir.«

Artemas bewegte noch nicht einmal so viel wie seine Augenbrauen, doch war ihr sofort klar, dass sie einen unverzeihlichen Fehler begangen hatte.

»Meine Stellung?«, wiederholte er in einem beängstigend ruhigen Tonfall. »Offenbar fällt es Ihnen schwer, mich in dieser Angelegenheit als Ihresgleichen zu betrachten. Schließlich bin ich Geschäftsmann.«

Ihr Mund wurde trocken. »Ich beziehe mich auf Ihre Stellung innerhalb unserer Abmachungen, Sir«, wandte sie hastig ein. »Ich hatte damit nicht andeuten wollen, dass ich Sie in irgendeiner Weise für geringer denn einen Gentleman halte, nur weil Sie … äh …«

»Nur weil ich mit Träumen handle?« Er erhob sich mit der Geschmeidigkeit einer Katze, die im Garten ein kleines Vögelchen erblickt hat.

»Ihre geschäftlichen Belange haben hiermit nichts zu tun«, ergänzte sie und hoffte, ihrer Aussage genügend Nachdruck verliehen zu haben.

»Es freut mich sehr, das zu hören, gnädige Frau.« Er öffnete die linke Hand.

Sie hörte ein leises Klicken und sah, dass er den kleinen Gegenstand, mit dem er vorher gespielt hatte, weggeworfen hatte. Er landete auf dem Tisch. Von ihrer Warte aus konnte sie ihn nicht erkennen, doch glaubte sie einen goldenen Schimmer wahrgenommen zu haben. Artemas kam auf sie zu. Ruckartig wandte sie ihm ihr Gesicht zu. »Artemas?«

»Es ist sehr freundlich von Ihnen, meine unglückseligen Verbindungen zum Handel nicht weiter zu beachten, gnädige Frau.« Er lächelte kühl. »Doch andererseits können Sie es sich auch nicht leisten, allzu wählerisch zu sein, nicht wahr?«

Sie trat einen großen Schritt zurück, bis sie mit dem Rücken an der Wand neben dem mit Marmor ausgeschlagenen Kamin stand.

»Sir, ich halte dies nicht für den besten Zeitpunkt, um mit unserer Unterhaltung fortzufahren. Vielleicht wäre es das Beste, wenn ich mich wieder nach oben in mein Bett zurückziehe. Unsere Pläne, Herrn Pitneys Haus zu durchsuchen, können wir morgen während des Frühstücks erörtern.«

Er trat sehr dicht an sie heran, stützte seine großen Hände zu beiden Seiten ihres Kopfes gegen die Wand und nahm sie so gefangen. »Ganz im Gegenteil, Madeline. Ich denke, wir sollten uns über Ihre Ansichten bezüglich der mir angemessenen *Stellung* unterhalten.«

»Ein anderes Mal, Sir.«

»Nein, jetzt.« Sein Lächeln war kühl, seine Augen waren es nicht. »Meiner Meinung nach haben Sie nicht das Recht, sich über meine bedauerlichen Nachteile allzu sehr zu mokieren. Schließlich wird behauptet, Sie hätten Ihren eigenen Ehemann ermordet und im Haus einen Brand gelegt, um Ihr Verbrechen zu verschleiern.«

»Äh, Artemas …«

»Ich gebe gerne zu, dass Ihr ganz besonderer Ruf Sie ein

ganz klein wenig über das gesellschaftliche Niveau eines Gentlemans erhebt, der im Geschäftsleben tätig ist. Doch um mehr als eine oder auch zwei Stufen dürfte es sich dabei kaum handeln.«

Sie atmete tief ein und war sich siedend heiß bewusst, einen weiteren Fehler begangen zu haben. Sein Geruch, eine Mischung aus kaltem Schweiß, Weinbrand und seinem ureigenen, unbeschreiblichen Duft, sandte einen Schauer durch ihre Sinne.

»Sir, Sie sind heute Abend ganz offensichtlich nicht Sie selbst. Ich nehme an, die Begegnung mit diesem Vanza hat Ihre Nerven bloßgelegt.«

»Glauben Sie?«

»Das ist nur zu erwarten gewesen«, versicherte sie ihm ernst. »Wenn es tatsächlich Renwick war, der Sie angegriffen hat, können Sie sich glücklich schätzen, überlebt zu haben.«

»Das war kein Geist, mit dem ich heute Abend gekämpft habe, Madeline. Und bei aller Bescheidenheit darf ich Sie daran erinnern, dass ich ein wenig mehr beigesteuert habe, als lediglich überlebt zu haben. Ich habe den Mistkerl in die Flucht geschlagen. Doch meine Nerven sind tatsächlich angegriffen.«

»Für diese Art von Leiden hat meine Tante ein paar wunderbare Elixiere.« Ihre Stimme klang viel zu schrill. »Ich könnte nach oben eilen und Ihnen ein oder zwei Fläschchen davon besorgen.«

»Ich kenne nur ein Heilmittel.«

Er neigte den Kopf und küsste sie. Es war ein heftiger, betäubender und verlangender Kuss, der ihre Sinne vollkommen durcheinander brachte. Sie war tief erschüttert und rang nach Luft. Ein Schauer der Erregung durchfuhr sie. Sie war sich bewusst, dass er ihre Reaktion erspürt hatte.

Stöhnend drängte er sich an sie und vertiefte seinen Kuss. Sie wurde von einer heftigen Welle der Leidenschaft mitgerissen. Es war dieselbe Gefühlsmischung, die sie auch bei seinem ersten Kuss vor dem Geisterhaus erfahren hatte.

»*Madeline.*« Er murmelte ihren Namen an ihren Lippen.

»Gütiger Himmel, Sie hätten heute nicht hierher kommen sollen.«

Unvermittelt überfiel sie ein gewisser Wagemut. Es war, als ob sie gerade erfahren habe, sie könne tatsächlich fliegen, wenn sie nur alles daransetzen würde.

Er ist der Traumhändler, ermahnte sie sich selbst. *Diese Art der fantastischen Illusion ist Teil seines Geschäfts.* Manche Träume jedoch sind ihren Preis wert.

»Ich treffe meine eigenen Entscheidungen, Artemas.« Sie legte ihre Arme um ihn und ließ sich gegen seinen erhitzten Körper sinken. »Ich wollte dieses Zimmer betreten.«

Er hob den Kopf gerade so viel, dass er ihr in die Augen sehen konnte. »Wenn Sie jetzt bleiben, werde ich Sie verführen. Das verstehen Sie doch, nicht wahr? Heute Abend bin ich nicht zum Scherzen aufgelegt.« Das Feuer, das in ihm brannte, war heißer als das des Kamins, und auch Madelines Körper schien sehr warm zu werden. Etwas, das sie für immer in sich abgestorben glaubte, regte sich erneut. Doch einer Sache musste sie sich sicher sein, überlegte sie.

»Diese Neigung, die Sie haben, Sir ...«

Er strich ihr mit dem Mund über die Lippen. »Ich versichere Ihnen, mein Verlangen, Sie zu verführen, ist mehr als nur eine lästige Neigung.«

»Dann ist es also nicht nur, weil eine Witwe das gewisse Etwas besitzt, nicht wahr? Denn diese Vorstellung könnte ich nämlich nicht ertragen ...«

»*Sie* besitzen das gewisse Etwas, Madeline.« Er küsste sie heftig, jedes seiner Worte nochmals unterstreichend. »Gott stehe mir bei, aber Sie haben es.«

Das tiefe Verlangen in seiner Stimme ließ sie erbeben. Plötzlich fühlte sie sich gänzlich unbeschwert. Sie legte die

Hände gegen seine Schultern und spreizte die Finger. Unter dem feinen Stoff seines Hemdes spürte sie seine Muskeln und Knochen. Sie lächelte ihn unter ihren Wimpern hervor an.

Tatsächlich hatte es etwas, eine Witwe zu sein, dachte sie. Irgendetwas ließ sie heute Nacht recht übermütig sein.

»Sind Sie sich sicher, das Risiko eingehen zu wollen, die Verruchte Witwe zu verführen?«, fragte sie leise.

Sein Blick wurde angesichts ihrer tiefen, herausfordernden Stimme von einem Schatten überzogen. »Ist es denn ebenso gefährlich, Ihr Liebhaber wie Ihr Ehemann zu sein?«

»Die Frage kann ich nicht beantworten, Sir. Ich hatte noch nie einen Liebhaber. Sie müssen es darauf ankommen lassen.«

»Darf ich Sie daran erinnern, gnädige Frau, dass Sie es mit einem Mann zu tun haben, der seinen Lebensunterhalt seinerzeit in Spielhöllen erzielte.« Er fuhr ihr mit den Fingern durch die Haare, wobei die kleine Haube verrutschte. Seine Hand umschloss ihren Nacken. »Ich bin bereit, ein Risiko einzugehen, sofern hohe Gewinne zu erwarten sind.«

Er hob sie in seine Arme und trug sie zu dem breiten roten Sofa. Dort setzte er sie in die Kissen und wandte sich ab. Sie beobachtete, wie er das Zimmer durchquerte, und hörte, wie er die Tür verriegelte. Wieder durchzuckte sie die Erwartung. Sie kam sich vor, als ob sie am Rand einer Klippe stehen und in die Tiefen eines noch unerforschten Meeres blicken würde. Der Wunsch, zu springen, war fast nicht zu bezwingen.

Artemas kehrte zu ihr zurück. Seine Hände waren mit dem Verschluss seines Hemdes beschäftigt. Als er am Sofa angelangt war, lag das Kleidungsstück bereits auf dem Boden.

Im Schein des Kamins bemerkte sie eine kleine Tätowierung auf seiner Brust und erkannte die Blume des Vanza.

Merkwürdigerweise jedoch beunruhigte sie dieses Zeichen nicht, noch beschwor es die alten Ängste und üblen Erinnerungen herauf. Stattdessen starrte sie lediglich auf Artemas' kräftige Brust. Seine Kraft war gleichermaßen begeisternd wie auch anziehend und befriedigte auf unerklärliche Weise all ihre Sinne.

Er setzte sich neben ihre in Schühchen steckenden Füße auf ein Kissen und zog sich die Stiefel aus. Einer nach dem anderen landete auf dem Teppich, was wie ein warnendes Geräusch erschien.

Doch der Anblick seiner breiten Schultern im goldenen Schein des Feuers schlug all ihre Vorbehalte in den Wind. Er war schlank und muskulös und unglaublich männlich. Sie war Opfer einer süßen Erregung, deren Wirkung um ein Vielfaches stärker war, als es Bernice' Tinkturen jemals gewesen waren.

Unfähig, sich länger im Zaum zu halten, streckte sie ihre Hand aus und ließ einen Finger seinen muskulösen Arm hinabgleiten. Artemas nahm ihre Hand, drehte sie um und küsste die empfindlichen Innenseiten ihrer Handgelenke. Dann legte er sich auf sie und drückte sie in die Kissen. Er trug lediglich noch seine Hosen, die jedoch seine Erregung nicht verstecken konnten. Er glitt mit einem Bein zwischen ihre Schenkel, und sie fühlte, wie ihr Morgenmantel sich bei seiner Berührung öffnete. Ihr dünnes Nachthemd bildete für seine Hände keinerlei Hindernis. Seine Hände liebkosten ihre Brüste. Sie hatte den Eindruck, unter einem Fieber zu leiden.

Er küsste erst die eine Knospe, dann die andere, wobei er den hauchdünnen Stoff benetzte. Seine Hände wanderten zur Kurve ihrer Hüften. Er festigte seinen Griff auf ihren Schenkeln und drückte sie langsam und zärtlich.

Sie stöhnte, als sie eine erste Feuchtigkeit zwischen ihren Beinen spürte. Flüssige Hitze sammelte sich dort, und eine rasende Ungeduld ergriff von ihr Besitz. Sie umarmte Artemas' nackten Rücken und genoss das Gefühl seiner kräftigen Muskeln. Seine Männlichkeit presste sich gegen ihren Oberschenkel. Er tastete mit einer warmen Hand ihr Bein nach oben, bis er an die erhitzte Stelle gelangt war, an der ihre Erregung pulsierte. Langsam und vorsichtig ließ er einen Finger zwischen ihre Beine gleiten. Ein belebendes Gefühl durchströmte sie.

»Artemas.«

»Manche Risiken«, raunte er zufrieden, »sind es tatsächlich wert, eingegangen zu werden.«

»Zu ebendieser Schlussfolgerung bin ich auch gelangt, Sir.« Sie hatte bereits vergessen, normal zu atmen, doch als er den Saum ihres Nachthemds bis zur Taille hochschob, glaubte sie keine Luft mehr zu bekommen.

Er hielt so lange inne, bis er seine Hosen geöffnet hatte. Dann presste er seinen Schaft gegen ihre Handfläche. Sie umfasste ihn mit den Fingern und war von seinem harten, glatten Geschlecht fasziniert.

Sie hörte, wie er bei ihrer Berührung die Luft einsog. Durch seine rasche Reaktion befriedigt, festigte sie ihren Griff. Artemas erstarrte. »Wenn Sie damit fortfahren, werden wir beide enttäuscht werden.«

Überrascht ließ sie von ihm ab. »Entschuldigen Sie, ich wollte Ihnen nicht wehtun.«

Er lachte kurz auf und senkte seine feuchte Stirn auf sie herab. »Ich versichere Ihnen, dass ich momentan die ganz gewöhnliche Schmerzgrenze weit überschritten habe. Dennoch würde ich dies nicht allzu schnell beenden wollen.«

Sie lächelte schüchtern. »Mir geht es genauso. Ja, mich würde es sogar sehr erfreuen, die verbleibende Nacht auf diese Art und Weise zu verbringen.«

»Wenn Sie auch nur daran denken können, sich über mehrere Stunden hinweg dieser Tortur auszusetzen, so könnten

Sie selbst noch einem Vanza-Meister etwas über Selbstbeherrschung beibringen.«

»Lieber Himmel, leiden Sie tatsächlich unter Schmerzen?«

Er küsste ihren Hals. »Ja.«

»Dessen war ich mir gar nicht bewusst«, erwiderte sie beunruhigt. »Ich möchte Sie nicht leiden lassen, Artemas.«

Wieder lachte er auf. »Sie sind zu freundlich, meine Süße. Ich werde mich der Gnade bedienen, die Sie mir anbieten.«

Er rutschte etwas zur Seite und presste sich noch fester auf sie. Diese Änderung ihrer Stellung hatte sie erst dann bemerkt, als sie seinen Schaft langsam, aber stetig gegen die feuchte, erhitzte Stelle zwischen ihren Beinen drücken spürte. Wieder erbebte sie. »Artemas?«

»So weit geht Ihre Selbstbeherrschung dann auch wieder nicht, nicht wahr?« Er schien belustigt. »Ist schon gut, meine Süße«, fügte er mit rauer Stimme hinzu. »Ich kann auch nicht mehr länger warten.«

Er benetzte sich an ihrer feuchten Hitze, dann drang er mit einem einzigen, festen Stoß in sie ein.

Sie wusste genügend über diese Dinge, dass sie etwas Schmerz erwartet hatte. Nicht gerechnet jedoch hatte sie mit dem Gefühl, bis an die Grenzen des Möglichen gedehnt zu werden.

»Artemas.« Sie brachte kaum etwas hervor. Sein Name hörte sich eher wie ein dünner Schrei an.

Er lag vollkommen regungslos auf ihr. »Verdammt auch.«

Sie hörte sich selbst keuchen. »Würden Sie bitte ... äh ... von mir herunterrollen? Offenbar gibt es eine Art von Schwierigkeit.«

»Madeline.« Sein ganzer Körper wurde von einem Beben erfasst.Jeder seiner Muskeln war zum Zerreißen gespannt. »Warum haben Sie mir das denn nicht gesagt? Wie ist das möglich? Verdammt, schließlich sind Sie Witwe.«

»Ich war aber niemals wirklich eine Ehefrau.«

»Die Rechtsanwälte«, stöhnte er an ihrer Brust. »Die Auflösung. Mir war nicht klar, dass sie tatsächlich auf Tatsachen beruhen könnte.«

Sie biss die Zähne aufeinander und drückte sich gegen seine Schultern. »Mir ist wohl bewusst, dass die Schuld bei mir liegt. Zu meiner Verteidigung kann ich lediglich anführen, mir nicht bewusst gewesen zu sein, dass Sie so schlecht passen würden. Bitte haben Sie die Liebenswürdigkeit, sich zu entfernen.«

»Nicht doch«, warnte er sie, als sie sich gegen ihn drängte. »Bitte winden Sie sich nicht so.«

»Ich bestehe darauf, dass Sie sich unverzüglich von mir entfernen.«

»Wir befinden uns hier nicht in Ihrem Wohnzimmer, aus dem Sie mich hinauswerfen können. Madeline, ich warne Sie, halten Sie ganz still.«

»Wie oft soll ich Ihnen noch sagen, dass ich von Ihnen keine Befehle entgegennehme.« Bemüht, sich von seinem beachtlichen Gewicht und der Fülle zwischen ihren Beinen frei zu machen, wand sie sich unter seinem Körper.

Es war, als ob sie ihn gebrandmarkt hätte. Er zog sich zurück, doch irgendetwas lief aus dem Ruder. Sein großer Körper krampfte sich gegen den ihren zusammen.

Er stieß ein tiefes, gedämpftes Stöhnen aus.

Alarmiert krallte sie ihre Fingernägel in seine Schultern. Sie regte sich kein bisschen, als er in sie hineinpumpte. Als es vorbei war, brach er auf ihr zusammen. Ein tiefes Schweigen folgte.

»Verdammt noch eins«, fluchte er aus tiefstem Herzen. Behutsam versuchte sie, die Situation zu deuten.

»Artemas?«

»Was ist es denn jetzt, gnädige Frau? Ich warne Sie, meine

Nerven sind heute Abend kaum in der Verfassung, noch einen weiteren Schlag versetzt zu bekommen. Ich werde Sie doch noch nach oben schicken müssen, um eines der Elixiere Ihrer Tante zu holen.«

»Ach, nichts weiter.« Sie benetzte sich die Lippen. »Ich wollte Ihnen lediglich mitteilen, dass diese Stellung nicht mehr ganz so unangenehm ist wie noch vor wenigen Minuten.«

Ein paar Sekunden regte er sich nicht. Dann hob er sehr langsam den Kopf und blickte sie grimmig an.

»Wie bitte?«, fragte er mit trügerischer Höflichkeit.

Sie lächelte beschwichtigend. »Jetzt geht es eigentlich. Trotz meines anfänglichen Eindrucks glaube ich mittlerweile, dass Sie sehr wohl passen.«

»Verdammt, verdammt noch eins.« Dieses Mal fluchte er so leise, dass sie es kaum vernehmen konnte.

Sie räusperte sich. »Vielleicht würden Sie es gerne noch einmal versuchen?«

»Was ich tatsächlich gerne haben würde«, meinte er mit aufeinander gepressten Zähnen, »ist eine Erklärung.«

Er löste sich von ihrem Körper und stand auf. Ein Gefühl der Verlorenheit und Enttäuschung durchströmte sie, als er ihr den Rücken zukehrte und seine Hose zuknöpfte. Wortlos reichte er ihr ein großes, weißes Leinentaschentuch, das sie peinlich berührt entgegennahm. Sie war froh, dass ihr schwerer, wattierter Morgenmantel den Großteil der Beweise ihrer Aktivitäten aufgesaugt hatte. Auf diese Weise würde sie immerhin nicht den Blick der Haushälterin am nächsten Morgen ertragen müssen. Sie nahm sich so gut wie möglich zusammen, atmete tief durch und stand rasch auf. Prompt gaben ihre Knie nach. Sie versuchte, den gewundenen Griff des Sofas zu erhaschen, doch Artemas fing sie auf und stützte sie erstaunlich zärtlich, wenn man seine offensichtlich schlechte Laune berücksichtigte.

»Geht es Ihnen gut?«, erkundigte er sich mit rauer Stimme.

»Ja, selbstverständlich.« Ihre Wut und ihr Stolz kamen ihr zu Hilfe. Sie band ihren Morgenmantel zu und bemerkte, dass sie immer noch das Taschentuch, das er ihr gegeben hatte, in der Hand hielt. Sie warf einen Blick darauf und sah, dass es befleckt war. Peinlich berührt stopfte sie es hastig in ihre Tasche.

Artemas ließ von ihr ab und stellte sich vor den Kamin. Er lehnte mit einem Unterarm auf dem Sims und starrte in die Flammen.

»Man munkelt, Ihr Vater habe die Auflösung Ihrer Ehe angestrebt«, meinte er tonlos. »Jetzt verstehe ich auch, dass Sie dazu allen Grund hatten.«

»Ja.« Sie blickte verloren in die Flammen. »Ich hätte jedoch jeden Ausweg aus dieser Ehe gebilligt.«

Ihre Blicke trafen sich. »War Deveridge impotent?«

»Das kann ich nicht sagen.« Sie versenkte ihre kalten Hände in die Taschen ihres Morgenmantels, um sie zu wärmen. »Ich weiß lediglich, dass er an mir keinerlei Interesse zeigte. Zumindest nicht in dieser Hinsicht. Diese Wahrheit habe ich jedoch unglücklicherweise erst in der Hochzeitsnacht herausgefunden.«

»Warum aber hat er Sie überhaupt erst geheiratet, wenn er noch nicht einmal die grundlegenden Pflichten eines Ehemanns erbringen wollte?«

»Ich glaubte deutlich gemacht zu haben, dass Renwick mich nicht geliebt hat. Er hatte keinerlei Interesse an einer Ehe. Sein Ziel waren die tiefen, dunklen Geheimnisse des Vanza. Er glaubte, mein Vater würde sie ihm dadurch ermöglichen, dass er ihm die alte Sprache beibrachte.«

Artemas' Hand klammerte sich am Kaminsims fest. »Natürlich. Ich denke nicht ganz klar, verzeihen Sie.«

»Sie hatten eine schwere Nacht.«

»So kann man es wohl ausdrücken.«

»Ich könnte Ihnen eventuell eines der Elixiere meiner Tante ...«

Er warf ihr einen gepeinigten Blick zu. »Wenn Sie diese verdammten Elixiere noch ein einziges Mal erwähnen, werde ich für meine Handlungen nicht verantwortlich zu machen sein.«

Allmählich wurde sie ungehalten. »Ich wollte nur behilflich sein.«

»Glauben Sie mir, gnädige Frau, in dieser Hinsicht haben Sie für heute Nacht genügend getan.«

Sie zögerte und entschied sich dann, ihm ein wenig von Renwicks Verhalten zu erläutern. »Wie ich Ihnen bereits sagte, habe ich das Laboratorium meines Mannes durchsucht.«

Artemas bedachte sie mit einem vielsagenden Blick. »Ja und?«

»Ich hatte Gelegenheit, mir einige seiner Aufzeichnungen durchzulesen. Er war offenbar der Überzeugung, dass seine Impotenz durch seine Hingabe an das Vanza hervorgerufen worden war. Er schrieb, er müsse sein ganzes Leben auf seine Studien verwenden, um so die alten alchemistischen Geheimnisse dieser Philosophie aufzudecken.«

»Verstehe.« Artemas trommelte mit den Fingern auf das Sims. »Sie jedoch hatten bis zur Hochzeitsnacht keinerlei Hinweis darauf erhalten, dass er seinen ehelichen Pflichten nicht nachkommen wollte?«

»Ich verstehe, dass das nur schwer nachzuvollziehen ist, Sir.« Sie seufzte. »Glauben Sie mir, ich habe mir die Wochen vor meiner Hochzeit tausend Mal durch den Kopf gehen lassen und mich gefragt, wie ich nur so ein Dummkopf hatte sein können.«

Er runzelte die Stirn. »Madeline ...«

»Ich kann nur sagen, Renwick war ein besessener Dämon

mit dem Aussehen eines schillernden Engels.« Sie schlang die Arme um ihren Körper. »Er glaubte, er könne uns alle mit seinem Charme umgarnen. Und für eine gewisse Zeit ist ihm das auch gelungen.«

Artemas' Kinn zitterte. »Sie hatten sich in ihn verliebt?«

Sie schüttelte den Kopf. »Rückblickend könnte man fast annehmen, er habe irgendeinen Zauber benutzt, um sein wahres Selbst zu verstecken. Doch diese Erklärung wäre zu einfach. Ich muss ganz ehrlich sein – Renwick wusste genau, wie er mich verführen konnte.« Zum ersten Mal seit dem Vorfall auf dem Sofa schien Artemas leicht belustigt. »Mit Leidenschaft jedenfalls hat er Sie nicht überschüttet.«

»Nein, natürlich nicht«, pflichtete sie ihm bei. »Leidenschaft mag ja auf ihre Art gut und schön sein.

Doch war ich nie so jung und derart leichtgläubig, ein solches Gefühl mit wirklicher Liebe zu verwechseln.« Auch heute Nacht durfte sie diesen Fehler nicht begehen, ermahnte sie sich streng.

»Nein, natürlich nicht«, brummte er. »Keine Frau von Ihrem Temperament und Ihrer Intelligenz würde sich von einem solch flüchtigen Gefühl wie dem der Leidenschaft die Vernunft austreiben lassen.«

»So ist es, Sir. Wie Ihnen wohl bekannt ist, gibt es vieles, was ich an der Philosophie des Vanza auszusetzen habe. Ich heiße sie nicht gut.«

»Diesbezüglich haben Sie an Ihrer Meinung keinen Zweifel gelassen.«

»Doch bin ich in einem Haushalt aufgewachsen, der von den Prinzipien des Vanza durchdrungen war. Ich gestehe, das Missfallen dieser Geisteshaltung an starken Gefühlen hat auch auf mich abgefärbt.« Sie zögerte kurz. »Renwick war klug genug, das zu durchschauen. Wie ich befürchte, hat er mir in einer Art und Weise den Hof gemacht, die unendlich viel anziehender ist als Leidenschaft.«

»Was zum Teufel wirkt anziehender auf ein Wesen Ihres Temperaments als Leidenschaft, gnädige Frau?« Seine Augen funkelten merkwürdig. »Ich gestehe, auf Ihre Antwort ausgesprochen gespannt zu sein.«

»Sir, Ihren Tonfall kann ich nicht nachvollziehen. Habe ich Sie verärgert?«

»Das weiß ich nicht«, erwiderte er mit verblüffender Offenheit. »Beantworten Sie die Frage.«

»Nun, er behauptete, von meiner Intelligenz und Bildung vollkommen hingerissen zu sein.«

»Ach. Jetzt sehe ich alles viel klarer. In anderen Worten hat er Sie glauben gemacht, er liebe Sie Ihrer Seele und Ihres Geistes wegen.«

»Richtig. Und ich Riesenidiotin, die ich war, habe ihm geglaubt.« Angesichts der Erinnerungen schloss sie gequält die Augen. »Ich glaubte, wir seien füreinander bestimmt. Seelenverwandte, metaphysisch verbunden, so dass wir die rein körperliche Ebene hinter uns lassen und auf einer höheren Ebene vereinigt sein konnten.«

»In der Tat ist das ein teuflisch starkes Band.«

»Tatsächlich jedoch erwies es sich als Illusion.«

Artemas schaute in die Flammen. »Wenn auch nur die Hälfte Ihrer Worte der Wahrheit entsprechen, dann war Renwick Deveridge tatsächlich verrückt.«

»Ja. Wie gesagt, anfangs hat er diesen Umstand verheimlichen können. Doch nach unserer Hochzeitsnacht wurde es immer deutlicher, dass irgendetwas ernsthaft nicht stimmte.«

»Verrückt oder nicht, der Mann ist tot und unter der Erde.« Artemas starrte weiter in die Flammen. »Doch will es scheinen, dass jemand uns glauben machen möchte, er sei aus seinem Grab wieder auferstanden.«

»Wenn es nicht Renwicks Geist sein sollte, dann muss es sich um jemanden handeln, der ihn gut genug kannte, um ihn nachzuahmen. Jemand, der ebenfalls ein Vanza ist.«

»Wir müssen unsere Nachforschungen dahingehend erweitern, dass wir mehr über Deveridges Vergangenheit herausfinden. Morgen früh werde ich Henry Leggett damit beauftragen.« Artemas wandte sich von den Flammen ab und sah sie an. »Und in der Zwischenzeit müssen wir uns mit der Situation befassen, die nunmehr zwischen uns beiden besteht, gnädige Frau.«

»Was wollen Sie damit sagen?«

»Sie wissen sehr wohl, was ich damit sagen möchte.« Er musterte erst das rote Sofa, dann sie. »Offenkundig ist es zu spät, mich dafür zu entschuldigen, was in diesem Zimmer heute Nacht vorgefallen ...«

»Es besteht keinerlei Anlass zu einer Entschuldigung«, unterbrach sie ihn hastig. »Oder falls doch, so sollte ich sie aussprechen.«

Er hob eine Augenbraue. »Dem werde ich mich nicht widersetzen.«

Sie errötete. »Eigentlich, Sir, hat sich in gewisser Weise überhaupt nichts verändert.«

»Überhaupt nichts?«

»Ich will damit sagen, dass ich weiterhin eine Witwe mit einem gewissen Ruf bin. Ich lebe unter Ihrem Dach. Wenn sich das herumspricht, so werden die Leute natürlich das Schlimmste annehmen und denken, wir unterhielten eine Affäre.«

»Mit dieser Annahme lägen sie inzwischen richtig.«

Sie umklammerte den Kragen ihres Morgenmantels und hob das Kinn. »Richtig oder nicht, wie ich schon sagte, hat sich an unserer Situation nichts verändert. Wir befinden uns in derselben Position wie ... äh ... bevor diese Ereignisse auf dem Sofa stattgefunden haben.«

»Nicht ganz.« Er kam auf sie zu. »Doch heute wollen wir dieses Thema nicht weiter vertiefen. Wir hatten wohl beide genügend Aufregung heute Abend.«

»Aber Artemas …«

»Wir werden ein anderes Mal darüber sprechen.« Er nahm ihren Arm. »Wenn wir beide ausgeschlafen und etwas darüber nachgedacht haben. Kommen Sie, Madeline. Es ist an der Zeit, dass Sie ins Bett gehen.«

Sie versuchte sich zu widersetzen. »Sicher sollten wir noch Pläne schmieden. Da ist noch diese Sache, das Haus von Herrn Pitney zu durchsuchen …«

»Später, Madeline.«

Sein Griff um ihren Ellenbogen wurde fester, und er führte sie zur Tür. Als sie an dem kleinen Tisch neben dem Ohrensessel vorbeikamen, wurde ihre Aufmerksamkeit auf etwas Glänzendes gelenkt. Sie schaute hinunter und sah den Gegenstand, mit dem Artemas vorhin gespielt hatte.

Noch bevor sie ihn darüber befragen konnte, waren sie an der Tür.

»Gute Nacht, Madeline.« Sein Blick wurde etwas weicher, als er sie durch die Tür drängte. »Versuchen Sie etwas Schlaf zu finden. Ich befürchte, dass Sie bereits seit langem nicht mehr durchgeschlafen haben. Das wirkt sich auf die Nerven aus, wissen Sie. Fragen Sie nur Ihre Tante.«

Er küsste sie überraschend zärtlich und schloss anschließend die Tür vor ihrer Nase. Lange Zeit starrte sie die verschlossene Tür an, ehe sie sich abwandte und die Treppen zu ihrem Zimmer hinaufstieg.

Als sie unter die Bettdecken kroch, dachte sie erneut an den Gegenstand auf dem Tischchen. Sie war sich fast sicher, dass es sich um eine Taschenuhr gehandelt hatte, an deren einem Ende ein goldenes Siegel baumelte.

11. Kapitel

Ein Fremder hatte das Haus betreten. Seine schlimmsten Befürchtungen hatten sich bewahrheitet. Sie hatten jemanden geschickt, um ihn zum Aufhören zu zwingen.

Seit Jahren wusste er, dass er von Fremden beobachtet und von ihnen ausspioniert wurde. Er hatte es schon lange aufgegeben, seinen Freunden zu erklären, weshalb er niemandem mehr vertrauen konnte. Sie hatten ihn für verrückt erklärt, doch er kannte die Wahrheit: Die Fremden verfolgten ihn, weil er kurz davor stand, die größten Geheimnisse des Vanza aufzudecken. Sie warteten nur darauf, dass er die wissenschaftlichen Erkenntnisse entdeckte, die von den Alten versteckt worden waren. Sowie er sie entdeckt hätte, würden sie ihn aufsuchen und ihn ihrer berauben. Die Tatsache, dass einer von ihnen heute Nacht in sein Haus eingedrungen war, bedeutete zweifelsohne, dass er unmittelbar vor einer großartigen Entdeckung stand. Er umklammerte den Band, in dem er gelesen hatte, als er des Eindringlings gewahr geworden war. Seine Hände hielten zitternd das alte Buch, während er sein Ohr gegen die Wand presste. Gott sei Dank gab es den geheimen Durchgang, in dem er jetzt stand. Er hatte ihn vor Jahren kurz nach dem Tod seiner Frau gebaut.

Damals war er noch jünger und sehr viel kräftiger gewesen. Die Arbeiten hatte er selbstverständlich ausschließlich alleine ausgeführt. Den Tischlern und Arbeitern konnte man nicht vertrauen. Sie hätten gut und gerne ebenfalls Spione der Fremden sein können.

Selbst damals schon hatte er es im Gefühl gehabt, dass er eines Tages in den alten Texten des Vanza eine großartige Entdeckung machen sollte. Es war ihm klar gewesen, dass er sich würde schützen müssen. Die Fremden hatten bereits frühzeitig damit begonnen, ihn zu beobachten. Anfangs war das Gefühl, beobachtet zu werden, lediglich sporadisch aufgetreten. Doch allmählich war es zu einem alltäglichen Phänomen geworden. Er hatte seine Vorkehrungen getroffen. Und heute sollten sie ihm von Nutzen sein.

Vollkommen regungslos stand er in dem Durchgang und konzentrierte sich auf die Strategie der Unsichtbarkeit. In der alten Backsteinvilla war er ganz alleine. Bis vor kurzem hatte er zweimal wöchentlich eine Haushälterin beschäftigt, doch hatte er sie während ihres Aufenthalts im Haus auf Schritt und Tritt verfolgt. Ganz besonders hatte er darauf geachtet, dass sie niemals in den Keller zu schlüpfen versuchte. Das Kochen erledigte er selbst. Zwar war das keine einem Gentleman angemessene Beschäftigung, doch wenn man von Fremden beobachtet wurde, durfte man auf diese Dinge nicht viel geben. Man tat, was getan werden musste. Sein großes Ziel, den Kern des Vanza-Wissens zu entziffern, war unendlich viel wichtiger als sein Stolz als Gentleman.

Auf der anderen Seite der Wand knirschte der Boden im Flur. Der Fremde musste sich davon überzeugt haben, das Haus sei leer, denn obwohl er sehr vorsichtig eingedrungen war, machte er mittlerweile besonders für einen des Vanza Kundigen recht viel Lärm.

Eaton Pitney stand lächelnd im Durchgang. Die Täuschung, mittels derer er seine Nachbarn davon hatte überzeugen wollen, er sei auf seinen Landsitz gereist, hatte offenbar gewirkt, wenn auch nicht ganz in dem von ihm beabsichtigten Sinne. Er hatte gehofft, wenn die Fremden ihn auf seinem Landsitz wähnten, sie ihm dorthin folgen würden und er ein wenig Ruhe haben würde.

Stattdessen hatten sie einen darauf abgestellt, sein Haus zu durchsuchen.

Er hörte einen gedämpften Schlag, der von ähnlichen Geräuschen gefolgt wurde. Er brauchte ein paar Sekunden, um zu begreifen, dass der Fremde sich im Zimmer über ihm befand. Er gestattete sich ein Gefühl der Befriedigung. Glaubte der Eindringling etwa, er sei so dumm, seine Aufzeichnungen herumliegen zu lassen, wo sie so leicht gefunden und gestohlen werden konnten?

Die jüngere Generation der im Vanza ausgebildeten Männer hatten von ihren Vorgängern doch noch einiges zu lernen. Er lauschte, wie Schubläden auf- und wieder zugezogen wurden. Die Dielen über ihm knarrten. Dann hörte er gedämpftes Türenschlagen und Getrampel. Eaton verharrte in dem Durchgang und wartete. Die seelische Ruhe zu bewahren, die für die Strategie der Unsichtbarkeit vonnöten war, fiel ihm dieser Tage schwer. Seit Jahren stand er unter ständiger Anspannung, und seine Nerven waren nicht mehr so kräftig, wie sie es einmal gewesen waren.

Er presste ein Ohr gegen die Wand und lauschte sowohl dem Gefühl als auch dem Geräusch der Bewegung. Er konnte nur hoffen, dass der Eindringling nicht die Geheimnisse des Kellers entdecken würde.

Es schien eine Ewigkeit, bis er den Fremden wieder die Treppe herunterkommen hörte. Eaton hielt den Atem an, als er den Fremden hörte, wie er die Tür zu den Zimmern unterhalb des Erdgeschosses öffnete. Der Fremde stieg in die Vorratskammern hinab, stöberte dort eine Weile herum und kehrte schließlich zum Erdgeschoss zurück. Eaton schloss kurz die Augen und gestattete sich ein leises, erleichtertes Seufzen. Der Schurke hatte die versteckte Kammer nicht entdeckt. Nach einer Weile verstummten auch die entfernten Geräusche. Eaton wartete noch eine halbe Stunde, um gänzlich sicherzugehen, dass der Fremde das Haus auch tatsächlich verlassen hatte. Als er davon überzeugt war, wieder alleine im Haus zu sein, richtete er sich langsam auf. Seine Muskeln schmerzten, da er zu lange in ein und derselben Haltung verharrt hatte.

Als er sich wieder stabil auf seinen Füßen fühlte, trat er auf die Wand zu, die als versteckte Tür zu einem Geheimgang diente. Vor dem Öffnen hielt er kurz inne und lauschte. Er konnte nichts hören.

Dann schob er die Wand beiseite und trat in den dunklen Flur hinaus. Dort hielt er erneut inne und horchte. Die Stille war so dicht wie der Nebel draußen auf der Straße.

Eaton eilte den Flur bis zu dem versteckten Treppenhaus hinunter, das in die Tiefe der alten Villa führte. Er fand eine Kerze, zündete sie an und ging die Steinstufen hinab. Er musste sich einfach der Tatsache versichern, dass in seinem geheimen Arbeitszimmer alles in Ordnung war.

Er passierte die Vorratskammern, öffnete eine Geheimtür, stieg wiederum eine Treppe hinab bis zu den lange in Vergessenheit geratenen Kammern, die den ursprünglichen Eigentümern als Kerker und zu Zeiten der Belagerung als Fluchtweg gedient hatten.

Als er vor Jahren auf die unterirdischen Räume gestoßen war, hatte er niemandem etwas davon erzählt, sondern damit begonnen, ein paar Änderungen vorzunehmen. Er hatte sich ein geheimes Arbeitszimmer und ein Laboratorium eingerichtet, wo er seine wichtigen Studien verfolgen konnte, ohne dass die Fremden ihn dabei beobachten konnten. Er hatte sich die Mühe gemacht, diese geheimen Kammern mit einer richtigen Vanza-Falle auszustatten.

Am Fuße der letzten Steinstufe schob er eine weitere Wand beiseite und machte Anstalten, die geheimste Kammer seines Hauses zu betreten.

Beim Scharren einer Ledersohle auf dem Treppenabsatz über ihm blieb ihm fast das Herz stehen. Er fuhr so schnell herum, dass sein krankes Bein unter ihm nachgab. Er ließ die Kerze fallen und versuchte an der Tür Halt zu finden. Schatten tanzten an den Steinwänden.

»Haben Sie wirklich geglaubt, Sie könnten Ihre Geheimnisse vor mir verbergen, Sie Einfaltspinsel? Mir war klar, lediglich abwarten zu müssen. Das Erste, was ein jeder nach dem Weggang eines Eindringlings tut, ist, seine Kostbarkeiten aufzusuchen, um sicherzugehen, dass sie gut versteckt sind. Es ist geradezu auf entnervende Art und Weise vorhersehbar.«

Eaton konnte das Gesicht des Fremden im Schatten des Treppenabsatzes nicht erkennen, doch die auf dem Boden liegende Kerze war noch nicht erloschen. Im Lichterflackern sah er die auf sich gerichtete Pistolenöffnung. Außerdem konnte man im Schein des Lichts den goldenen Griff eines edlen Spazierstocks erkennen.

Während Eaton entsetzt zusah, hob der Fremde die Pistole an und zielte mit akkurater Lässigkeit.

»Nein«, flüsterte Eaton und strauchelte einen Schritt rückwärts. Warum nur hatte er vergessen, eine Pistole mitzunehmen? In seinem Schreibtisch im geheimen Arbeitszimmer befand sich eine, doch mochte sie gerade so gut auf dem Mond sein, so wenig half ihm dieser Umstand jetzt.

»Die Sache ist die«, sagte der Fremde, »ich benötige Sie nicht länger, um mich zu Ihren Geheimnissen zu führen. Sie haben eben gerade die Tür für mich geöffnet. Das ist wirklich sehr liebenswürdig von Ihnen, Sir.«

In der Sekunde, als er den Finger des Fremden am Abzug hörte, warf sich Eaton zurück. Die plötzliche Drehung schmerzte zwar seinem Bein, doch wusste er, dass eine schnelle, unerwartete Bewegung seine einzige Hoffnung war. Ein Licht flammte auf. Der Lärm der Pistole hallte ohrenbetäubend in der Steinkammer. Er fühlte, wie ihn die Kugel traf. *Nicht mehr ganz so schnell wie in alten Tagen, Ea-*

ton. Der Aufprall warf ihn noch tiefer in die Geheimkammer zurück.

Auf dem Boden flackerte die Kerze ein letztes Mal auf und erlosch. Unergründliche Dunkelheit machte sich breit.

»Verflucht«, brummte der Fremde. Die plötzliche Dunkelheit schien ihn total zu irritieren.

Zu seiner eigenen Überraschung war er selbst nicht halb so tot wie das Licht. Zu hoch, dachte er. Die Kugel hatte ihn an der Schulter und nicht ins Herz getroffen. Oder aber der Fremde hatte in den wild flackernden Schatten der ersterbenden Flamme nicht gut zielen können.

Was auch immer der Grund gewesen sein mochte, er hatte nur wenig Zeit. Er konnte den Fremden fluchen hören, als er eine Kerze anzuzünden versuchte.

Eaton presste mit einer Hand die Jacke über der Wunde zusammen und hoffte, das Blut würde nicht auf den Boden tropfen. Die andere Handfläche legte er gegen die nächstliegende Wand. Die Oberfläche war glatt wie Glas. Er berührte weiter mit den Fingern die Wand, während er sich der ersten Kreuzung näherte. Er bog um die Ecke und verließ sich ganz auf seinen Tastsinn.

In seinem Rücken flammte Licht auf. Er blickte nicht zurück. Vor sich konnte er nichts erkennen, doch spürte er die glatte Wand mit seiner Hand. Das war ausreichend, mehr brauchte er nicht.

Er selbst hatte das Labyrinth entworfen und kannte seine Geheimnisse in- und auswendig.

»Was im Himmel!« Die Stimme des Fremden war von den dicken Steinwänden gedämpft, die die vom Boden bis zur Decke reichenden Tunnel des Labyrinths umgaben. »Kommen Sie da heraus, Pitney. Ich lasse Sie am Leben, wenn Sie sofort herauskommen. Hören Sie mich? Ich lasse Sie am Leben. Mehr als den verdammten Schlüssel will ich doch gar nicht.«

Eaton missachtete den wütenden Befehl. Er presste seine

Hand noch fester auf die Wunde und hoffte, das Blut werde von seiner Jacke aufgesogen. Wenn es auf den Boden tropfte, würde es eine Spur bilden, anhand derer der Fremde ihm durch das Labyrinth würde folgen können.

Er musste sein Arbeitszimmer und die Pistole in seinem Schreibtisch erreichen, dachte Eaton.

»Kommen Sie da raus, Sie alter Sturkopf. Sie haben nicht die geringste Chance.«

Eaton beachtete ihn nicht. Die Hand fest auf die Wunde gepresst, verschwand er im Dunkel des Labyrinths.

Artemas stand mit Zachary zusammen in einem kleinen, ärmlichen Zimmer. Gemeinsam blickten sie durch das Fenster auf die enge Gasse.

»Hier hat er sich versteckt.« Artemas fuhr mit seinem Handschuh über die Kratzer unter dem Fensterbrett. »Man kann immer noch sehen, wo die Haken seines Seils verankert gewesen sind.«

Zachary schüttelte den Kopf. »Nur gut, dass Sie die Kerze der Hure gesehen und es als Signal verstanden haben.«

»Haben Sie den Namen der Frau herausbekommen können?«

»Lucy Denton. Vor einem Jahr hat sie das Zimmer unten gemietet und arbeitete seither regelmäßig bis zum heutigen Tage.«

»Gibt es Hinweise auf ihren jetzigen Aufenthaltsort?«

»Noch nicht. Sie ist irgendwo in den Rotlichtbezirken untergetaucht. Der Kurze Hans hat das von einem der Leute vor dem Kaffeehaus heute Morgen gerüchteweise aufgeschnappt, doch bisher ist sie von niemandem gesehen worden.«

Artemas blickte seinen Gefährten an. Zacharys Augenbrauen waren zu einem besorgten Stirnrunzeln zusammengezogen. Sein schmales Gesicht wirkte angespannt. Sein sonst so freches Gesicht wirkte jetzt ungewöhnlich grüblerisch.

Zachary war ein uneheliches Kind gewesen. Einen Nachnamen hatte er zwar, doch wie es bei vielen Leuten der Fall war, die auf der Straße lebten, benutzte er ihn nur selten. Seit etwas mehr als drei Jahren stand er in Artemas' Diensten. Sie hatten sich kennen gelernt, als einer von Zacharys kleiner, lose geknüpfter Bande junger Spitzbuben eines Nachts Artemas vor seinem Club um seine goldene Uhr hatte erleichtern wollen.

Das gewagte Vorhaben war gescheitert, als Artemas den Gassenjungen am Kragen packte. Doch anstatt den Jungen seinem Schicksal zu überlassen, hatte Zachary, der von einer nahe liegenden Gasse aus zugesehen hatte, einen verzweifelten Versuch unternommen, seinen kleinen Gehilfen zu retten.

Er war aus der Gasse geeilt und hatte Artemas mit einem Messer bedroht. Artemas hatte Zachary mit einer einzigen Bewegung des Messers entledigt, doch hatte sich der junge Mann in einem verzweifelten Versuch, den Kleinen zu retten, auf ihn geworfen.

Artemas hatten Zacharys Bemühungen, den kleinen Spitzbuben zu befreien, sehr beeindruckt. Als alles geregelt gewesen war, hatte er ihn zur Seite genommen. »Sie sind ein kluger, gerissener Mann«, hatte er ihm gesagt, ehe er ihn mit seinem jungen Komplizen hatte ziehen lassen. »Für jemanden mit Ihrer Treue hätte ich in meinen Diensten Verwendung. Wenn Sie sich jemals dazu entscheiden sollten, einen Posten mit regelmäßigem Einkommen anzunehmen, sollten Sie bei mir vorsprechen.«

Drei Nächte später hatte Zachary vor dem Club auf ihn gewartet. Er war wachsam, doch gleichzeitig auch entschieden gewesen. Sie hatten sich eine Zeit lang unterhalten und sich schließlich geeinigt.

Die Beziehung zwischen Zachary und ihm war anfangs kühl und geschäftsmäßig gewesen, wie man es für die Beziehungen zwischen Dienstherren und Dienstboten für angemessen hält. Doch irgendwann war daraus eine Freundschaft entstanden, die sich auf gegenseitigem Respekt und Treue gründete. Artemas vertraute Zachary mehr, als er jemals einem der Gentlemen dieser Stadt vertraut hatte.

»Keine Angst, irgendwann werden wir sie finden.« Artemas klopfte ihm leicht auf die Schulter. »In der Zwischenzeit sehen wir uns woanders um.«

Zachary schien das nicht zu beruhigen. Wenn überhaupt, so wirkte er noch besorgter als zuvor. »Er ist ein Vanza, Herr Hunt.«

Artemas lächelte. »Das bin ich auch.«

Zachary errötete, doch ließ er sich nicht beirren. »Nun, aber genau das weiß er jetzt. Das wird ihn noch gefährlicher machen. Wenn er nächstens seine Tricks anwendet, wird er viel gerissener vorgehen.«

»Ich weiß, dass Sie mich bereits für einen alten Tattergreis halten, doch bietet das Alter auch ein paar Vorteile. Dieser und jener Trick ist mir geläufig.«

»Das ist mir sicherlich bewusster als den meisten, Sir. Doch sind Sie sich wirklich sicher, dass ich nicht zu Ihrem Schutz abgestellt werden sollte?«

»Ich brauche Sie auf den Straßen zum Sammeln von Informationen, Zachary, und nicht, um mich zu bewachen. Ich kann auf mich selbst aufpassen.«

Zachary zögerte, dann nickte er. »Also gut, Sir.«

Artemas musterte nachdenklich die Kammer. »Zweifelsohne hat er Lucy gut entlohnt. Sogar so gut, dass sie es sich leisten kann, nach Belieben auf unbegrenzte Zeit in den Rotlichtbezirken unterzutauchen.«

Wieder runzelte Zachary sorgenvoll die Stirn. »Wir werden sie finden, doch mag es ein Weilchen dauern. Sie wissen ja, wie es in diesem Teil der Stadt zugeht. Ein richtiges Labyrinth ist das.«

»Das Geld wird nicht ewig reichen. Früher oder später wird sie sich hervorwagen, um sich ein paar Kunden zu angeln. Dann werden wir sie in die Finger bekommen.«

»Das könnte jedoch zu spät sein, um noch von Nutzen zu sein«, brummte Zachary.

Artemas lächelte schwach. »Deshalb werden wir auch nicht alles darauf setzen, sie zu finden. Erinnern Sie sich an die alte Vanza-Weisheit: *Wenn man nach Antworten sucht, so muss man dort nachschauen, wo man sie nicht zu finden erwartet.* Wir haben außer den Rotlichtbezirken noch andere Orte zu durchsuchen.«

Zachary sah ihm in die Augen. »Wir hier auf der Straße haben auch ein paar alte Weisheiten, Herr Hunt. *Geh keine dunkle Gasse lang, es sei denn, du hältst eine Pistole in der Hand und hast einen Freund im Rücken.*«

»Ein guter Ratschlag«, erwiderte Artemas. »Den werde ich mir merken.«

Madeline erwachte und stellte fest, dass sie zum ersten Mal seit langem tiefer und länger geschlafen hatte. Das Beste daran war, dass sie weder von Feuer noch Blut, beides vom hässlichen Lachen eines Toten untermalt, geträumt hatte.

Gut gelaunt schob sie die Bettdecken zurück. Als sie aus dem Fenster blickte, sah sie wie so häufig dichten grauen Nebel, doch konnte das ihre gute Laune nicht beeinträchtigen. Sie fühlte sich voller Tatendrang und wollte dem Geheimnis von Renwicks Geist auf der Stelle nachspüren.

Doch dann fiel ihr ein, dass sie am Frühstückstisch sehr wohl Artemas begegnen könnte.

Ihre Begeisterung wurde abrupt gedämpft. Die Begegnung mit einem Geist mochte ihr leichter fallen als die mit Artemas. Sie starrte ihre vom Schlaf zerknitterte Gestalt im

Spiegel des Frisiertisches an. Es war eine Sache, den Traumhändler um Hilfe beim Auffinden einer Dienstmagd zu bitten und anschließend einen Handel einzugehen, für den er ihr bei der Verfolgung des rachsüchtigen Geistes ihres verstorbenen Mannes zu Diensten war. Eine ganz und gar andere Sache jedoch war es, sich vollkommen unverfänglich bei Eiern und Toast mit ihm zu unterhalten, nachdem sie ihm gestattet hatte, sie zu verführen.

Ihre eigene Zögerlichkeit irritierte sie. Warum nur war sie derart nervös, Artemas heute wieder zu sehen? Sie hatte ihm gestern bereits ausführlich auseinander gesetzt, dass bei näherer Betrachtung sich ganz eindeutig gar nichts verändert hatte. Sie war an diesem Morgen immer noch die Verruchte Witwe, genau wie sie es gestern gewesen war. Eine Dame konnte wohl in den Augen eines Gentleman kaum noch verrufener dadurch werden, dass er darauf gestoßen war, dass sie eine jungfräuliche Witwe gewesen war.

Ihre Hände klammerten sich am Waschbecken fest. Warum nur erschien heute alles so kompliziert?

Missmutig betrachtete sie ihr Spiegelbild. Ihre glühende, leicht gerötete Haut war wirklich ein zu ärgerlicher Anblick.

Wut durchzuckte sie. Weswegen sollte sie sich derart verunsichert fühlen? Es stand Artemas gar nicht an, etwa hochnäsig oder spöttisch zu werden. Immerhin war er ein Gentleman, der sein Geld als Geschäftsmann verdiente.

Sie stöhnte laut auf und griff nach dem Wasserkrug. Wenn sie Glück hatte, würde er vielleicht lange schlafen, dachte sie. Oder aber er war einer jener Gentlemen, die früh aufstanden und noch vor den übrigen Mitgliedern des Haushalts ihr Frühstück einnahmen. So jedenfalls hatte es ihr Vater gehalten.

Sie goss kaltes Wasser in das große weiße Becken und benetzte gründlich ihr Gesicht. Zitternd fuhr sie ihren Körper mit einem Schwamm ab. Dann zog sie ihr strengstes schwarzes Kleid an, das am Saum mit grauen Satinblüten abgesetzt war.

Derart gerüstet öffnete sie die Tür und ging die Treppe hinunter, um sich im Frühstücksraum zu zeigen.

Doch war das Glück nicht auf ihrer Seite. Artemas hatte nicht lange geschlafen. Er hatte noch nicht einmal die sonst übliche Höflichkeit walten lassen und früh gegessen, um sich dann in seine Bibliothek zurückzuziehen. Stattdessen thronte er in voller Größe am Tisch und unterhielt sich freundlich mit Bernice, als wäre überhaupt gar nichts vorgefallen und als sei gestern Abend nichts Außergewöhnliches geschehen. Genau das war ja auch der Fall, ermahnte sie sich verbissen. *Nichts hatte sich geändert.*

»Guten Morgen, meine Liebe.« Bernice' blaue Augen leuchteten erfreut auf, als sie Madeline erblickte. »Du wirkst heute Morgen frisch wie eine erblühende Rose. Wie ich sehe, haben meine Elixiere gute Wirkung gezeitigt. Ich werde dir heute Abend noch eine Flasche mitgeben müssen.«

Madeline bemerkte das amüsierte Aufblitzen in Artemas' Augen. Sie warf ihm einen eisigen Blick zu und wandte sich wieder ihrer Tante zu.

»Guten Morgen«, grüßte sie höflich.

Ein merkwürdiger Ausdruck huschte für den Bruchteil einer Sekunde über Bernice' Gesicht.

Madeline wandte sich sofort der Anrichte zu und gab vor, den Inhalt verschiedener silberner Schüsseln zu studieren, die dort aufgereiht standen.

Zu ihrem Entsetzen fuhr Bernice mit ihrem unschuldigen Geplapper fort. »Ich muss schon sagen, so erfrischt habe ich dich seit langem nicht gesehen, Madeline. Wirkt sie nicht wunderbar ausgeruht, Artemas?«

»Es geht doch nichts über eine Nacht guten Schlafes«, stimmte Artemas erstaunlich gleichmütig ein.

Trotz ihres Vorhabens, so zu tun, als ob gar *nichts* vorgefallen sei, betete Madeline dennoch, der Boden möge sich vor ihr auftun und sie verschlucken.

»Herr Hunt hat mir gerade von den schrecklichen Vorkommnissen der letzten Nacht berichtet«, sagte Bernice.

»Er hat dir davon *berichtet*?« Madeline ließ den Vorlegelöffel auf das Tablett fallen und fuhr herum. Wütend musterte sie Artemas. »Er hat dir tatsächlich erzählt, was in der vergangenen Nacht vorgefallen ist?«

»Aber ja doch, meine Liebe.« Bernice machte ein tadelndes Geräusch. »Ich muss gestehen, ich war bis auf die Knochen schockiert.«

Madeline schluckte. »Nun, ich kann es erklären …« Hilflos brach sie ab.

Artemas' Lippen formten eine ironisch-belustigte Linie. »Natürlich ist Ihre Tante sehr besorgt.«

»Ich habe guten Grund, besorgt zu sein«, stimmte Bernice zu. »Auf offener Straße vor dem Club angegriffen zu werden, Sir, das ist einfach unglaublich. Dieser Schurke wird meiner Ansicht nach ein wenig zu dreist. Ich kann nur hoffen, dass Sie ihn bald dingfest machen.«

Vor Erleichterung wurde Madeline ganz schwindelig. Eilig nahm sie auf dem nächstgelegenen Stuhl Platz und schaute Artemas stirnrunzelnd an. »Wissen Sie schon etwas Neues, Sir?«

»Wie es sich trifft, habe ich mich heute in der Frühe bereits mit Zachary getroffen«, erwiderte Artemas, der sich noch mehr als gewöhnlich zu amüsieren schien. »Wir haben das Zimmer gefunden, in dem sich der Vanza-Kämpfer versteckt hatte, und haben uns dort umgesehen. Zu meinem Bedauern haben wir keinen nützlichen Hinweis gefunden, doch Zacharys Augen und Ohren arbeiten bereits fieberhaft. Früher oder später wird mir einer von ihnen etwas zutragen, was uns weiterhelfen wird.«

Madeline war verblüfft. Seit Stunden war er bereits auf

den Beinen, war aus dem Haus gegangen, hatte sich mit Zachary beraten, hatte das Versteck des Schurken ausfindig gemacht und war dann zum Frühstück zurückgekehrt – und all das, bevor sie auch nur aufgestanden war.

Er hatte sich mit genau jenen Aufgaben befasst, für die sie ihn eingestellt hatte, sagte sie sich. Dennoch empfand sie sein geschäftsmäßiges Auftreten als irritierend.

Er tat gerade so, als ob sich rein gar *nichts* verändert habe.

Eine Stunde später besuchte Bernice Madeline in deren Schlafzimmer. Ohne sich mit Höflichkeiten aufzuhalten, kam sie sofort zum Kern der Sache.

»Du verliebst dich doch nicht etwa in Herrn Hunt?«

Madeline ließ den Stift fallen, mit dem sie sich Notizen gemacht hatte. »Gütiger Himmel, was kannst du damit nur meinen wollen,Tante Bernice?«

»Liebe Güte, es ist noch verzwickter, als ich es befürchtet hatte.« Besorgt ließ sich Bernice auf die Bettkante fallen. »Ihr beide habt bereits eine Affäre begonnen.«

»Tante Bernice!«

»Natürlich war mir gleich von Anfang an klar, dass ihr beiden euch zueinander hingezogen fühltet.«

Madeline verschlug es fast die Sprache. »Wie in aller Welt bist du denn zu dieser Schlussfolgerung gelangt?«

Bernice hob die Hand und begann ihre Finger abzuzählen. »Erstens hast du ihn gebeten, dir mit deinem Problem behilflich zu sein. Zweitens hat er eingewilligt, es zu tun.«

»Und daraus hast du geschlossen, dass wir uns zueinander hingezogen fühlen?«

»Ja.«

Madeline schüttelte den Kopf. »Das ist die unsinnigste, lächerlichste Annahme, die mir je zu Ohren gekommen ist. Wie konntest du nur auf Grund derart schwacher Beweise zu dieser Schlussfolgerung gelangen?«

»Habe ich denn Unrecht?«

»Ich habe ihn um seine Hilfe gebeten, weil wir die Dienste eines Mannes benötigten, der die Gedanken eines in Vanza ausgebildeten Menschen nachvollziehen kann. Herr Hunt hat sich dazu bereit erklärt, weil er wiederum Papas Journal haben möchte. Es war eine ganz gewöhnliche geschäftliche Abmachung, mehr nicht.«

»Ganz wie ich dachte. Du hast eine Affäre mit ihm.«

Madeline trommelte mit den Fingerspitzen auf ihren Schreibtisch. »Ganz so einfach, wie du zu denken scheinst, ist es dann doch nicht, Tante Bernice.«

»Meine Liebe, durch deine Stellung als Witwe bist du eine Frau von Welt, ob du dich nun als eine solche fühlst oder nicht. Ich würde mir nicht herausnehmen, dir Ratschläge zu erteilen.«

»Ha! Dabei weißt du genau, dass du nicht zögern würdest, genau das zu tun.«

»Das stimmt. Wie ich schon sagte, möchte ich dir keine Ratschläge erteilen, doch solltest du eines bedenken.«

Augenblicklich war Madeline auf der Hut. »Und das wäre?«

»Du meintest, er habe dem Handel zugestimmt, weil er Wintons Journal haben möchte.«

»Richtig.«

»Er ist ein Meister des Vanza.«

»Das ist just der Grund, weswegen ich ihn eingestellt habe.«

Bernice betrachtete sie mitleidig. »Wirklich, Madeline, du bist eine intelligente Frau. Wie kannst du nur etwas übersehen, was derart ins Auge sticht?«

»Was sticht denn so verdammt ins Auge?«

»Herr Hunt hatte keine Not, dein Angebot anzunehmen, um an das Journal zu kommen. Erinnerst du dich nicht? Du hast selbst gesagt, mit seinen Fähigkeiten könne er sich auch ohne deine Zustimmung dieses Buches bemächtigen.«

»Ha!« Ein Gefühl des Triumphes durchflutete Madeline. »Genau darin irrst du dich. Ich habe über diese Sache nachgedacht. Es will mir scheinen, dass Herr Hunt sehr wohl weiß, wenn er das Journal entwenden würde, sich daraus ernste Risiken für seine Person ergäben.«

»Welche Risiken?«

»Nun, dass ich mich in der Art revanchieren würde, seinen Besitz der Vergnügungspavillons öffentlich zu machen natürlich. Er kann das Risiko nicht eingehen, dass die ganze Stadt von seiner Tätigkeit als Geschäftsmann erfährt. Begreifst du jetzt? Er hatte gar keine andere Wahl, als mit mir ein Abkommen zu schließen.«

Bernice schwieg und musterte sie eingehend.

Madeline begann nervös zu werden. »Was ist denn? Was denkst du?«

»Du weißt ebenso gut wie ich, wenn es seinem Wunsch entsprochen hätte, so hätte er einen Weg finden können, um sicherzustellen, dass du seine Geheimnisse nicht der Welt preisgibst.«

Madeline erstarrte. Ein nervöser Schauer durchzuckte sie. Sie betrachtete das geheimnisvolle Bändchen, an dem sie gearbeitet hatte, und schaute blind auf den roten Kalbsledereinband, während in ihrem Kopf ein einziges Durcheinander herrschte. Bernice hatte Recht.

Nachdem sie ihre Fassung wiedererlangt hatte, blickte sie in Bernice' sorgenvolle Augen auf. »Du magst Recht haben, dass er uns nicht deswegen hilft, weil es seine einzige Möglichkeit wäre, an das Journal zu gelangen. Wenn dem jedoch so ist, so müssen wir einem noch viel unangenehmeren Problem ins Auge sehen, nicht wahr?«

Bernice blickte sie fragend an. »Und was wäre das, meine Liebe?«

»Wenn er uns nicht wegen des verdammten Journals hilft, weswegen hilft er uns dann?«

»Das sagte ich dir doch gerade schon, meine Liebe. Ich denke, es gefällt ihm, den Helden zu spielen.«

»Wenn er sich zu mir hingezogen fühlt, so hat das mit der Sache rein gar nichts zu tun«, erwiderte Madeline bestimmt. »Es bietet keine Erklärung dafür, weswegen er uns zu Hilfe gekommen ist. Schließlich würde ein Meister des Vanza es sich niemals gestatten, sich von seinen körperlichen Leidenschaften leiten zu lassen.«

Bernice schien belustigt. »Ich an deiner Stelle würde nicht davon ausgehen, dass ihre Ausbildung durchweg immer erfolgreich war. Körperliche Leidenschaften können sich als ausgesprochen mächtig erweisen.«

Madeline schüttelte bedächtig den Kopf. »Artemas würde es sich niemals gestatten, sein Verhalten von Gefühlen bestimmen zu lassen. Wenn er uns nicht hilft, um an Papas Journal zu kommen oder weil er mich ruhig stellen will, dann kann das nur bedeuten, dass er einen anderen, sehr düsteren Grund dafür hatte, unseren Handel zu akzeptieren.«

»Aber welchen anderen Grund könnte es geben?«

Madeline verzog das Gesicht. »Wer kann das schon sagen? Schließlich ist er ein Vanza.«

»Meine Liebe ...«

»Tante Bernice, diese Sache möchte ich nicht weiter erörtern.«

»Verstehe.« Bernice hielt inne. »Sag, geht es dir denn gut?«

»Natürlich geht es mir gut. Warum sollte ich mich nicht wohl fühlen?«

»Ich möchte nicht unverschämt wirken, doch ist mir bewusst, dass die letzte Nacht eine recht neuartige Erfahrung für dich gewesen sein muss.«

»Es war zwar nicht so, wie ich es erwartet hatte, doch ist niemand zu Schaden gekommen«, erwiderte Madeline kurz angebunden.

»Entsprach es nicht ganz deinen Erwartungen?« Bernice

schob die Lippen vor. »Das überrascht mich. Ich würde annehmen, dass Herr Hunt in seinen Liebeskünsten ebenso viel Können aufweist, wie er es mit anderen Dingen an den Tag zu legen pflegt.«

»Wirklich, Tante Bernice, ich hoffte deutlich gemacht zu haben, dass ich dieses Thema nicht weiter vertiefen möchte.«

»Selbstverständlich, meine Liebe.«

»Wenn du es unbedingt wissen musst«, murmelte Madeline, »Herr Hunt entsprach genau dem, wie ich ihn von Anfang an eingeschätzt hatte, nämlich als reif und beweglich.«

12. Kapitel

Er wurde verfolgt. Artemas blieb in einer Toreinfahrt stehen und lauschte. Die Schritte waren leicht und durch den Nebel gedämpft, doch konnte er sie hören.

Sie hielten inne.

Er trat aus der Toreinfahrt und ging weiter die Straße hinunter. Nach einigen Sekunden hörte er das gelegentliche Scharren eines Schuhs auf dem Trottoir in seinem Rücken. Weder näherten sich die Schritte, noch ließen sie den Abstand größer werden. Wenn er sich umdrehen würde, würde er lediglich eine undeutliche Silhouette wahrnehmen, denn der graue Nebel war zu dicht.

Seit er das Haus verlassen hatte, war auf der Straße genügend Lärm gewesen, um die leisen Schritte zu übertönen. Doch selbst da hatte er bereits gespürt, dass er verfolgt wurde.

An einer Ecke bog er nach links ab. Auf der gegenüberliegenden Straßenseite befand sich ein großer Park. Die Bäume erschienen durch den Nebel wie undeutlich skizzierte Skelette. Eine Kutsche fuhr vorsichtig vorbei, als ob der Kutscher seinen Weg durch den Schlamm orten müsse. Die Pferdehufe klangen unheimlich und hohl. Diesen Lärm nutzte er, um sich wiederum in eine Toreinfahrt zurückzuziehen.

Er wartete.

Die Kutsche rumpelte in der Ferne, und dann hörte er erneut die Schritte. Sein Verfolger hatte offenbar erkannt, dass seine Beute sich versteckt hatte.

Nach ein paar Momenten unsicherer Stille beschleunigten

sich die Schritte. In seiner Eile hatte der Verfolger jegliche Bemühungen um Verheimlichung aufgegeben.

Aus der Toreinfahrt heraus beobachtete Artemas, wie eine mit Cape und Kapuze gekleidete Person unmittelbar vor ihm durch den Nebel ging. Der Saum des Capes rauschte, als der Verfolger die Straße entlangeilte.

Artemas glitt aus der Toreinfahrt und fiel neben seinem Verfolger in dessen Schritt ein.

»Ein wirklich netter Nachmittag für einen Spaziergang, nicht wahr?«, bemerkte er höflich.

»Artemas.« Madelines Stimme klang wie ein unterdrückter Schrei. Sie fuhr herum und blieb stehen. Unter der Kapuze wirkten ihre Augen riesig. »Ich bitte Sie, Sir, erschrecken Sie mich nicht noch einmal auf diese Art und Weise. Es belastet meine Nerven.«

»Was machen Sie hier? Ich glaubte deutlich gemacht zu haben, dass ich Pitneys Haus alleine durchsuchen möchte.«

»Und ich habe deutlich gemacht, dass ich nicht die geringste Absicht habe, Ihnen das zu gestatten. Pitneys Haus zu durchsuchen war meine Idee, wenn Sie sich erinnern.«

Aus dem Augenwinkel heraus musterte er sie. Sie war offenbar sehr aufgebracht, doch fragte er sich, ob ein Teil des Ärgers vielleicht lediglich dazu diente, andere, verstörendere Gefühle zu überdecken. Er ermahnte sich der Tatsache, dass sie zwar eine Witwe und vielleicht sogar eine Mörderin sein mochte, doch bis gestern Nacht noch unschuldig gewesen war. Er erinnerte sich, wie sie während des Frühstücks errötet war.

»Wie geht es Ihnen heute Morgen?«, erkundigte er sich leise.

»Wie üblich erfreue ich mich ausgezeichneter Gesundheit«, gab sie ungehalten zurück. »Und Ihrerseits?«

»Von Schuldgefühlen belastet. Aber danke der Nachfrage.«

»Schuldgefühle?« Wieder hielt sie inne und wandte sich

ihm zu. »Weshalb in aller Welt sollten Sie Schuldgefühle hegen, Sir?«

Er hielt ebenfalls inne. »Haben Sie die letzte Nacht so schnell vergessen können? Es betrübt mich zu erfahren, dass ich einen derart flüchtigen Eindruck bei Ihnen hinterlassen habe.«

Sie fixierte ihn erzürnt. »Selbstverständlich habe ich die letzte Nacht nicht vergessen. Doch versichere ich Ihnen, dass es keinerlei Grund gibt, wegen der Ereignisse in Ihrer Bibliothek Schuldgefühle zu hegen.«

»Sie waren eine unschuldige Jungfrau.«

»Unsinn. Ich war eine Jungfrau, doch unschuldig war ich wohl kaum.« Sie korrigierte den Sitz ihrer Handschuhe. »Ich versichere Ihnen, dass keine Frau, die das durchgemacht hat, was ich während meiner Ehe mit Renwick Deveridge durchgemacht habe, unschuldig bleiben könnte.«

»Ich verstehe, was Sie sagen wollen.«

»Wie ich Ihnen bereits gestern Nacht sagte, hat sich zwischen uns nichts verändert.«

»Hmm.«

Sie räusperte sich. »Abgesehen davon war der Eindruck, den Sie gestern auf mich gemacht haben, alles andere als flüchtig.«

»Vielen Dank. Sie können kaum ahnen, was Ihre freundlichen, wenngleich auch etwas halbherzigen Komplimente mir bedeuten. So kann ich mir immerhin ein ganz klein wenig meines männlichen Stolzes bewahren.«

Sie runzelte die Stirn. »Demut steht Ihnen nicht gut zu Gesicht, Sir. Sie mögen sich gleichwohl die Mühe und die Anstrengung ersparen.«

»Wenn Sie darauf bestehen.«

»Wenn es Ihnen unbedingt nach einem schlechten Gewissen verlangt, so schlage ich vor, dass Sie sich dafür schämen sollten, ohne mich aus dem Haus gegangen zu sein.«

Er spähte in die vom Nebel verhüllte Straße. Nur wenige Leute waren unterwegs. Diejenigen wiederum, die sich ihren Weg durch diese dichte Suppe bahnten, konnten nicht viel erkennen. Es war höchst unwahrscheinlich, dass Madeline jemandem auffallen würde. Wenn er ein paar Vorsichtsmaßnahmen träfe, könnte sie recht sicher sein. Auch war sein Entscheidungsspielraum stark eingeschränkt, ermahnte er sich. Lehnte er ihre Begleitung ab, so konnte er sich gut vorstellen, dass sie ihm dennoch bis zu Pitneys stattlicher Villa folgen würde.

»Nun gut.« Er nahm ihren Arm und ging los. »Sie dürfen mich begleiten. Doch werden Sie meinen Anweisungen folgen, sobald wir das Haus betreten haben. Sind wir uns hierin einig?«

Er konnte nicht sehen, wie sie mit den Augen rollte, da die Kapuze ihr Gesicht verbarg. Dennoch war er sich fast sicher, dass sie genau das gerade tat.

»In aller Offenheit, Sir, Ihr Benehmen lässt mich verzweifeln. Sie scheinen die einfache Tatsache nicht begreifen zu wollen, dass Sie sich meinen Anordnungen zu fügen haben und nicht umgekehrt. Sie sind in diese Angelegenheit nur wegen des geschäftlichen Abkommens verwickelt, das ich Ihnen angetragen habe. Wenn es mich nicht gäbe, würden Sie sich des Problems von Renwicks Geist noch nicht einmal bewusst sein.«

»Glauben Sie mir, gnädige Frau, nicht einmal den Bruchteil einer Sekunde gestatte ich mir zu vergessen, dass dies alles Ihre Schuld ist.«

Die hohen Mauern, die Eaton Pitneys großes Haus umgaben, bildeten für jemanden mit Artemas' Fähigkeiten keinerlei Hindernis. Madeline hielt die kleine, unangezündete Laterne und beobachtete ungeduldig, wie er das steinerne Hindernis erklomm. Als er oben auf der Mauer zu sitzen kam, ließ er ein Seil herunter, in das eine Schlaufe für ihren Fuß geknotet war.

Sie erfasste das Seil, schlüpfte mit ihrem bis zum Knöchel reichenden Stiefel in die Schlaufe und hielt sich fest, während Artemas sie auf die Mauer hinaufzog. Dann stiegen sie in den vom Nebel verhangenen Garten hinab.

»Wissen Sie, Artemas, dies ist wirklich eine recht erheiternde Angelegenheit.«

»Ich hatte befürchtet, dass Sie so empfinden würden.« Missmutig fügte er sich den Gegebenheiten.

Der Nebel war so dicht, dass die bedrohlich sich erhebende Villa nur als ein riesiger Schatten zu erkennen war. In den Fenstern brannte kein Licht. Artemas fand die Küchentür und versuchte sie zu öffnen.

»Verschlossen«, stellte er fest.

»Wie zu erwarten ist, wenn der Eigentümer sich in sein Landhaus zurückgezogen hat.« Madeline musterte das mit Läden verriegelte Fenster. »Ich nehme an, Sie können Schlösser entriegeln.«

»Was lässt Sie glauben, dass ich Schlösser entriegeln kann?«

Sie zuckte mit den Schultern. »Sie sind ein Vanza. Meiner Erfahrung nach beweisen diejenigen, die in dieser alten Kunst ausgebildet wurden, beim Aufbrechen verschlossener Türen viel Geschick.«

»Sie scheinen derartige Fertigkeiten nicht sonderlich zu schätzen«, bemerkte er und zog einen Satz Dietriche aus seinem Mantel hervor.

Szenen ihrer Albträume tobten ihr durch den Kopf. Sie sah sich selbst vor der Tür der Schlafkammer kniend, wie sie versuchte, den immer wieder ihren Händen entgleitenden Schlüssel ins Schloss zu stecken.

»Zugegebenermaßen haben derartige Fertigkeiten auch ihre Vorteile«, bemerkte sie schwach. »Und Ihren Fertigkeiten mit den Dietrichen kann ich mich wohl kaum widersetzen. Mein Vater erwies sich im Umgang mit ihnen ebenfalls als sehr geschickt. Er hat mich sogar gelehrt ... ach, lassen wir das. Momentan tut es nichts zur Sache.«

Artemas warf ihr einen knappen, forschenden Blick zu, ehe er sich an die Arbeit machte, enthielt sich jedoch jeglichen Kommentars.

Als die Sekunden verstrichen, wurde Madeline nervös. »Ist irgendetwas nicht in Ordnung?«

»Pitneys Befürchtungen so genannter Fremder gegenüber, die ihn verfolgen, hat ihn zu einer Spezialanfertigung der Schlösser veranlasst.« Artemas' Gesichtsausdruck wirkte sehr konzentriert. »Dieses sind keine gewöhnlichen Schlösser, wie man sie bei jedem Schlosser erhalten kann.«

Sie beobachtete, wie er vorsichtig mit den Dietrichen hantierte. »Sie werden es aber dennoch schaffen, nicht wahr?«

»Vielleicht.« Er beugte sich dichter über das schwere Eisenschloss. »Wenn Sie mich nicht ständig ablenken.«

»Verzeihung«, murmelte sie.

»Na also, da haben wir es. Ein sehr ausgeklügeltes Schema, das auf einem Vanza-Muster basiert. Ich darf nicht vergessen, Pitney nach dem Schlosser zu fragen, der das für ihn angefertigt hat.«

Das professionelle Interesse in seiner Stimme beunruhigte sie. »Seien Sie nicht albern. Pitney können Sie wegen der Schlösser nicht fragen, ohne gleichzeitig zuzugeben, dass Sie in sein Haus eingebrochen sind.«

»Danke, dass Sie mich auf diese kleine Unachtsamkeit aufmerksam gemacht haben.« Er ließ die Dietriche in seine Tasche zurückgleiten und öffnete die Tür.

Madeline starrte in eine enge, düster wirkende Eingangshalle. Weder ein Diener noch eine Haushälterin schienen Erklärungen zu verlangen noch den Alarm auszulösen.

Vorsichtig trat sie über die Schwelle. »Das Haus scheint

tatsächlich unbewohnt zu sein. Wo wohl Herr Pitney hingefahren ist?«

»Mit etwas Glück werden wir möglicherweise einen Hinweis darauf finden. Dann werde ich Leggett damit beauftragen, ihm ein paar Fragen zu stellen. Ich würde zu gerne wissen, weswegen Pitney es für nötig befunden hat, die Stadt zu verlassen.«

»In der Tat, ich ...« Madeline hielt in der Küchentür inne und blickte auf ein Stück Käse und einen halb verzehrten Brotlaib. »Offenbar hat Herr Pitney das Haus vor kurzem in großer Eile verlassen. Das Brot ist noch frisch.«

Artemas' Augen wurden schmal. »Kommen Sie, wir müssen uns beeilen. Ich möchte mich hier nicht länger als unbedingt notwendig aufhalten.«

Er wandte sich ab und verschwand im Flur. Madeline eilte ihm nach und holte ihn ein, als er vor einer anderen Tür stehen geblieben war.

»Die Bibliothek?«, fragte sie, hinter ihn tretend.

»Ja.« Regungslos blickte Artemas konzentriert in das Zimmer. »Entweder Pitney benötigt dringend die Dienste einer Haushälterin, oder aber jemand anderes ist uns bereits zuvorgekommen.«

»Was meinen Sie damit?« Sie stellte sich auf die Zehenspitzen und blickte über seine Schulter. Der Atem stockte ihr, als sie die auf dem alten Teppich verstreuten Bücher und Papiere sah. »Gütiger Himmel. Sicher hat nicht Pitney diese Unordnung zu verantworten. Dies ist mit einer gewissen Absonderlichkeit kaum zu erklären. Außerdem tendieren die Exzentriker des Vanza eher zur Ordnung und Genauigkeit. Unordnung ist ihnen zuwider.«

»Eine ausgezeichnete Beobachtung.« Artemas trat zurück und eilte den Flur entlang.

»Warten Sie«, rief sie ihm leise nach. »Wollen Sie dieses Zimmer nicht durchsuchen?«

»Das halte ich für wenig sinnvoll. Wer auch immer uns hier zuvorgekommen ist, wird alles, was möglicherweise von Interesse gewesen wäre, bereits mitgenommen haben.«

»Artemas, vielleicht hatte Herr Pitney immer schon Recht. Vielleicht wurde er tatsächlich von jemandem beobachtet.«

»Möglich.« Er klang eher ausweichend.

Eine düstere Vorahnung durchfuhr sie. »Sie glauben doch nicht, dass ein Fremder dies getan hat, nicht wahr? Es war Renwicks Geist.«

»Ich schlage vor, dass wir den Mann nicht länger als Geist bezeichnen. Das kompliziert alles nur noch. Wer immer er sein mag, er ist aus Fleisch und Blut.«

»Und ein Vanza.«

Hierzu äußerte er sich nicht.

Sie ging hinter ihm her und hielt ein weiteres Mal inne, als er kurz in das Esszimmer blickte. Dort waren die Möbel mit dicken, schützenden Decken abgedeckt. Schwere Gardinen schützten die Fenster.

»Offenbar hat Pitney nicht viel Gesellschaft gehabt«, bemerkte Artemas trocken.

»Ein wirklich sehr seltsamer Zeitgenosse«, stimmte Madeline zu. »Doch schließlich ist er ein ...«

»Lassen Sie es unausgesprochen. Dies ist nicht der geeignete Augenblick, mir Ihre Meinung zu diesem Thema nahe zu legen.«

Sie schwieg.

Gemeinsam sahen sie sich die oberen Stockwerke an. Überall war ein Durcheinander. Kleidungsstücke waren aus den Schränken gezerrt worden, und Schubladen hatte man ihres Inhalts entleert. Truhen lagen aufgerissen und umgekippt.

»Was suchte derjenige?«, fragte Madeline.

»Dasselbe, wonach er auch in Linslades Bibliothek gesucht hat. Das *Buch der Geheimnisse* vielleicht, obwohl mir unbegreiflich ist, wie ein Mann von Verstand an seine Existenz glauben kann.«

Sie hielt inne. »Ich glaubte deutlich zum Ausdruck gebracht zu haben, dass Renwick Deveridge gerade kein von der Vernunft bestimmter Mann war.«

»Richtig, etwas in dieser Richtung hatten Sie erwähnt.« Artemas blickte auf das schmale Treppenhaus am Ende des Flurs. »Wir können genauso gut dort zurückgehen.«

»Und was ist mit dem Keller? Sicher gibt es dort große Vorratsräume«, meinte Madeline, als sie ihm die Hintertreppe hinunter folgte. »Vielleicht hat der Geist, ich meine der Eindringling, vergessen, sie zu durchsuchen.«

»Sicher ist er sehr gründlich vorgegangen, doch können wir einen Blick darauf werfen.«

Im Flur vor der Küche fand Artemas eine Tür, die auf die Treppe in den Keller führte. Er hielt inne, um die Laterne anzuzünden, dann begann er den Abstieg zu einer Reihe von verstaubten Vorratsräumen.

Madeline betrachtete die immer noch versiegelten Kisten und verschlossenen Truhen. »Es scheint, dass sich der Einbrecher mit diesen Räumen nicht abgegeben hat. Vielleicht hat er den Keller gar nicht entdeckt.«

Am Ende der Stufen blieb Artemas stehen und hob die Laterne hoch. »Er war hier.«

Sie blieb hinter ihm stehen. »Wie kommen Sie darauf?«

»Wegen der Fußabdrücke auf dem staubigen Boden. Zwei unterschiedliche Paare.« Er hielt das Licht schräg. »Einer der beiden hört an der Wand auf. Der zweite kehrt zu dieser Treppe zurück. Die beiden Männer sind erst kürzlich hier heruntergekommen, doch nur einer der beiden ist wieder zurückgekehrt.« Madeline blickte auf die Stelle, wo die ersten Fußabdrücke aufhörten. »Man möchte glauben, einer der beiden könne durch Mauern gehen.«

»Hmm.« Artemas trat an die Steinmauer heran und musterte sie eingehend. Dann glitt er mit dem Finger an einer Fuge entlang und drückte vorsichtig dagegen. Ein leises, gedämpftes Quietschen ertönte.

Madeline eilte hinzu. »Ist ein Mechanismus in der Wand versteckt?«

»Ja.«

Als sie neben ihn trat, war ein Stein bereits zur Seite geschwungen und legte ein weiteres schweres Eisenschloss frei. Artemas stellte die Laterne ab und holte seine Dietriche hervor.

»Wir dürfen uns glücklich schätzen, dass Pitney klassische Vanza-Muster und Anfertigungen bevorzugt«, bemerkte er. »Tradition hat durchaus ihre Vorzüge.«

Kurz darauf atmete er befriedigt aus. In der Wand verbargen sich gut geölte Seilwinden und Kabel. Madeline beobachtete fasziniert, wie ein Teil der Mauer zur Seite glitt.

»Noch eine Treppe«, flüsterte sie. »Unter dieser Kammer muss sich eine weitere befinden.«

»Dieser Teil des Hauses ist sehr alt.« Artemas betrachtete die alte Steintreppe, die in die Dunkelheit hinabführte. »Diese Treppe führt dorthin, wo sich seinerzeit ein Kerker befunden haben musste. Dort mag es auch einen Fluchtweg geben. In alten Burgen und Festungen war das recht häufig der Fall.«

Madeline blickte in die tiefe Dunkelheit des Treppenhauses. »Vielleicht hat Herr Pitney ihn benutzt, um dem Eindringling zu entkommen.«

Artemas wirkte nachdenklich. »Ich werde später zurückkehren, um nachzusehen, wohin diese Treppe führt.«

»Nachdem Sie mich nach Hause begleitet haben, wollen Sie sagen? Unsinn.« Sie entdeckte einen kleinen Vorrat an Kerzen auf dem Boden. »Kommen Sie, wir dürfen nicht noch mehr Zeit verschwenden.«

Er betrachtete sie aufmerksam. »Madeline, dieses Mal werde ich wohl sehr bestimmt sein müssen …«

»Sparen Sie sich Ihre Worte, Artemas.« Sie nahm eine Kerze und zündete sie an. »Wenn Sie mich nicht begleiten wollen, werde ich meinen eigenen Weg finden müssen.«

Einen kurzen Moment befürchtete sie seinen Widerspruch. Doch dann hob er mit verbissenem Gesicht die Laterne auf und ging voran.

»Hat man Ihnen gegenüber jemals erwähnt, dass viele Gentlemen Sturheit bei einer Dame als keinen sonderlich anziehenden Wesenszug empfinden?«, erkundigte er sich beiläufig.

Sie zuckte zusammen und bemühte sich, von seinen Worten nicht getroffen zu sein. Doch konnte sie nicht verhehlen, dass sie seine Bemerkung schmerzte. »Da ich mich zurzeit nicht nach einem Ehemann umsehe, erachte ich dies als kein besonders schwerwiegendes Problem. Wie dem auch sei, was die Sturheit betrifft, können wir einander gut das Wasser reichen, Sir.«

»Da muss ich widersprechen. Diese Ehre gebührt Ihnen ganz allein.« Plötzlich brach er ab. »Schauen Sie mal, was haben wir denn hier?«

Er war so abrupt stehen geblieben, dass sie um ein Haar mit ihm zusammengestoßen wäre. Sie hielt auf der Stufe über ihm inne und blickte über seine Schulter. Ein paar Sekunden lang war sie vollkommen sprachlos.

Das Laternenlicht beleuchtete etwas, was auf den ersten Blick als ein enger Korridor erschien, der mit flachen, diamantähnlichen Juwelen verziert war, die wiederum in einem ganz bestimmten, komplizierten Muster angeordnet waren. Sie benötigte eine Weile, um zu erkennen, dass sie durch eine schmale Tür in einen Flur blickte, der auf allen Seiten mit winzigen Fliesen gekachelt war.

»Weshalb sollte sich Pitney die Mühe machen, ein derart filigranes Fliesenwerk hier unten anbringen zu lassen?«, erkundigte sie sich. »Der Mann scheint mir tatsächlich recht absonderlich.«

»Ich denke, diese Aussage können wir nunmehr als richtig abhaken.« Artemas trat die letzte Stufe hinunter und lief die kurze Strecke bis zu dem gekachelten Korridor. »Andererseits erinnern Sie mich immer wieder daran, dass er ein Vanza ist.«

Mit wachsender Verwunderung betrachtete sie den Korridor. Das Laternenlicht fiel auf Tausende von glitzernden Fliesen, die zu seltsamen Mustern verbunden waren, die das Auge irritierten und täuschten. Auf der einen Seite befand sich eine ständig sich wiederholende Folge kleiner Quadrate, die sich bis in die Unendlichkeit zu erstrecken schien. Reihen und Reihen paralleler Linien verschiedener Breite begannen auf der einen Seite und setzten sich erst über der Decke und dann auf der anderen Seite fort. Die Wirkung war verwirrend und ein wenig Schwindel erregend.

Sie betrachtete einen Teil der Mauer, an dem Dreiecke innerhalb weiterer Dreiecke angebracht waren. Sie konnte sich nicht auf das Muster konzentrieren. Den Blick hebend, entdeckte sie eine endlose Anzahl von Kreisen, die den Eindruck vermittelten, als ob sich dort ein Tunneleingang befände. Die Wirkung war so täuschend echt, dass sie mit der Hand die Öffnung berührte. Doch spürte sie unter ihren Fingerspitzen lediglich die kalten Fliesen.

»Das sind Vanza-Muster«, flüsterte sie. »Einige davon habe ich in den alten Büchern gesehen.«

»Ja.« Artemas betrachtete das Muster, das eine große Kammer dort vortäuschte, wo sich eigentlich nur eine flache Wand befand. »Illustrationen aus den alten Texten der Strategie der Illusion. Einige davon habe ich für eine Kulisse in den Vergnügungspavillons verwendet.«

Er ging zum Ende des gekachelten Flurs, bog rechts ab

und verschwand. Es schien, als ob er einfach durch die Mauern hindurch entwichen sei. Der Schein der Laterne war mit ihm zusammen verschwunden. Madeline verfügte nun lediglich noch über die Kerze.

Ein beunruhigendes, bedrohliches Gefühl schien sie wie ein unsichtbares Gewand zu umgeben. Wieder verspürte sie einen kalten Luftzug.

»Artemas?«

Er tauchte am Ende des Flurs mit der Laterne auf. »Es ist ein Labyrinth.«

Sie kräuselte die Nase. »Ausschließlich aus Fliesen mit diesen schrecklichen Mustern geformt?«

»So scheint es.«

»Wie merkwürdig aber auch.«

»Eigentlich«, meinte Artemas bedächtig, »ist es eine recht spitzfindige Art, den geheimen Ausgang und möglicherweise noch ganz andere Dinge zu verstecken.«

Als sie die Bedeutung seiner Worte erfasste, blickte sie zu ihm auf. »Glauben Sie, dass Pitney hier etwas sehr Bemerkenswertes versteckt hat?«

»Was einem Mann von solch ausgeprägter Schrulligkeit wie der Pitneys bemerkenswert erscheint, mag andere überhaupt nicht interessieren«, beschwichtigte Artemas.

»Wohl wahr, doch angesichts der wenigen bisher gesammelten Hinweise sollten wir diesem vielleicht nachgehen.«

»Darin stimme ich mit Ihnen überein. Wir brauchen etwas Schnur.«

»Schnur? Ach ja, natürlich. Um unseren Weg durch das Labyrinth zu markieren. Die werden wir in der Küche finden können.«

Artemas kam in dem schmalen Gang auf sie zu. Er war nur noch einen Schritt von ihr entfernt, als sein Blick an ihr vorbei zu der dunklen Treppe am Eingang des Labyrinths wanderte.

»Verdammt noch eins«, murmelte er.

Plötzlich drehte er die Laterne ganz herunter und löschte ihre Kerze. Sie waren von totaler Dunkelheit umgeben.

»Was ist denn los?« Unwillkürlich begann Madeline zu flüstern.

»Jemand steht auf halber Treppe im Schatten«, erwiderte er sehr leise.

»Pitney?«

»Das kann ich nicht sagen. Sein Gesicht konnte ich nicht erkennen. Kommen Sie.«

Er nahm ihren Arm und zog sie tiefer in das Labyrinth hinein. Sie spürte, wie er sich seinen Weg ertastete. Panik durchflutete sie. Die Vorstellung, sich in einem unbeleuchteten Labyrinth zu verirren, entfesselte eine ganz elementare Angst. Plötzlich fiel ihr das Atmen schwer. Sie ermahnte sich, dass sie immer noch im Besitz der Laterne waren.

Sie spürte erst einen Luftzug, dann hörte sie einen lauten Knall.

»Was war das?«, fragte sie.

»Der Mistkerl hat die Tür oberhalb der Treppe verschlossen«, erwiderte Artemas leise.

Ein gedämpftes Klirren von Eisen auf Eisen ertönte. »Und abgeschlossen hat er sie auch«, fügte er unwirsch hinzu. »Aber das habe ich mir auch verdient. Schließlich habe ich es Ihnen gestattet, mich dazu zu überreden, diesen Ort zu durchsuchen.«

»Ich wette, Eaton Pitney ist dort oben.« Wut erfasste Madeline und verdrängte etwas die Angst, die ihr die Brust einschnürte. »Vermutlich glaubt er, ein paar seiner so genannten Fremden in seinem Labyrinth überrascht zu haben.«

»Er hat tatsächlich ein paar Fremde überrascht.« Artemas wandte sich der Laterne zu. »Uns, um sie beim Namen zu nennen.«

»Vielleicht könnten wir ihn rufen und ihm erklären, dass wir nichts Böses im Schilde führen.«

»Ich möchte bezweifeln, dass er uns durch die dicke Tür hindurch hören kann. Doch selbst wenn, so halte ich es für unwahrscheinlich, ihn davon zu überzeugen, dass wir nichts Böses im Schilde führen. Immerhin hat er uns beim Durchsuchen seines verdammten Kellers überrascht.« Artemas schwieg nachdenklich. »Es ist natürlich durchaus möglich, dass es gar nicht Pitney war, der uns eben hier eingeschlossen hat.«

Sie erstarrte. »Meinen Sie, es könnte der Eindringling gewesen sein, der vor unserer Ankunft das Haus durchsucht hat?«

»Möglich.« Artemas drehte die Öllampe wieder hoch, zog eine Pistole aus der Tasche, überprüfte sie kurz und blickte dann interessiert zur Decke.

Entweder war er von seinem eigenen Spiegelbild auf den Kacheln über ihren Köpfen fasziniert, oder aber er betete um göttlichen Beistand, dachte Madeline. Keiner der beiden Möglichkeiten erschien ihr für ihre unmittelbare Zukunft als sonderlich hilfreich.

»Artemas, ich zögere, darauf hinzuweisen, doch können wir uns hier nicht ewig aufhalten.«

»Wie bitte? Nein, natürlich nicht. Die Köchin wird sich Sorgen machen, wenn wir zum Abendessen nicht zurück sind. Von Ihrer Tante ganz zu schweigen. Das werde ich mir wahrscheinlich auf alle Ewigkeiten vorhalten lassen müssen.«

»Es sind nicht nur die Köchin und meine Tante, die sich Sorgen machen werden.« Sie sah sich unsicher um. »Ich selbst werde es wahrscheinlich auch ein wenig mit der Angst zu tun bekommen, falls wir uns hier sehr lange aufhalten müssen. Ich möchte Sie daran erinnern, dass wir keines von Bernice' Elixieren bei uns tragen.«

»Die dürfen wir das nächste Mal, wenn wir uns in ein Abenteuer stürzen, nicht vergessen.«

Plötzlich musterte sie ihn misstrauisch. »Verdammt, Sir, mir scheint, Sie beginnen sich zu amüsieren.«

»Es erscheint mir nur gerecht, dass ich aus dieser Sache auch etwas Amüsement gewinne.« Er musterte weiterhin die Decke des Durchgangs. »Schließlich waren Sie es, die das Eindringen in Pitneys Haus als recht erheiternd empfunden hat.«

»Hier handelt es sich nicht um ein Spiel, Sir. Was glauben Sie, wie lange der Eindringling die Tür bewachen wird?«

»Ich habe nicht die geringste Ahnung.« Artemas nahm seinen Blick von der Decke und lächelte sie belustigt an. »Noch möchte ich die Antwort herausfinden. Kommen Sie, wir sollten los, sonst werden wir uns noch zum Abendessen verspäten.«

»Was soll das heißen, wohin sollen wir gehen?«

»Dies ist ein Vanza-Labyrinth.«

»Das ist mir bekannt, doch was hat das zu bedeuten?«

»Es wird einen zweiten Ausgang geben«, sagte er, bog um eine Ecke und war verschwunden.

»Artemas, wagen Sie es nicht, mich zu necken.« Sie hob ihre Röcke und eilte ihm hinterher. Im nächsten gekachelten Gang holte sie ihn ein. »Was haben Sie vor?«

»Ich will den zweiten Ausgang finden, was sollte ich sonst vorhaben?«

Sie starrte auf seinen Rücken, während sie ihm um eine weitere Ecke des Labyrinths folgte. »Und wie genau wollen Sie diesen zweiten Ausgang ausfindig machen?«

»Indem ich die Spur verfolge natürlich.«

»Welche Spur denn?« Sie bemühte sich, die unheimlichen, verstörenden Muster an den sie umgebenden Wänden nicht anzusehen. »Artemas, falls dieses eines der seltsamen Vanza-Spiele ist, das Sie mit mir spielen, so muss ich Ihnen sagen, dass es mich nicht im Leisesten erheitert.«

Er blickte sie über die Schulter hinweg an. Mehr als nur

die Andeutung arroganter Zufriedenheit war in seinem Lächeln zu lesen. »Der Weg durch dieses Labyrinth ist deutlich markiert. Jeder, der sich genau umsieht, kann es sehen.«

Sie schaute sich kurz um, sah jedoch lediglich Linien, die sich bis zu einem weit entfernten Horizont und einer weiteren falschen Öffnung in der Wand erstreckten. »Ich kann keinerlei Markierung erkennen.« Er hob eine Hand und deutete auf die Decke. Sie folgte seiner Bewegung. Zuerst sah sie lediglich das flimmernde Muster winziger Kacheln. Als sie sich jedoch konzentrierte, entdeckte sie eine schwache Abzeichnung von Ruß auf der glänzenden Oberfläche einiger der helleren Fliesen.

Der rußige Nachweis musste durch unzählige Kerzen und Öllampen hervorgerufen worden sein, die Eaton Pitney über die Jahre bei seinem Weg durch das Labyrinth benutzt hatte. Ihre Erleichterung war so groß, dass sie Artemas beinahe seine überhebliche Selbstzufriedenheit verziehen hätte. »Sehr aufmerksam von Ihnen, die Markierung zu bemerken«, meinte sie verstimmt.

»Halten Sie sich mit Ihren Lobpreisungen lieber zurück, meine Süße. Sie können nicht ahnen, welche Wirkung sie auf mich ausüben.« Er bog um eine weitere Ecke und betrat einen Gang, der wiederum mit seltsamen Mustern versehen war. »Ich versichere Ihnen, bei Ihren glühenden Worten wird mir schwindelig.«

Sie verzog das Gesicht, was er jedoch nicht bemerkte, denn er hatte ihr den Rücken zugewandt. Sie entschied sich, das Thema zu wechseln. »Der arme Herr Pitney. Offenbar hat er eine Heidenangst vor seinen mysteriösen Fremden, dass er sich so ängstlich verhält. Man stelle sich nur vor, uns hier in diesem albernen Labyrinth einzuschließen. Wenn wir wieder draußen sind, werde ich mit ihm zu reden versuchen.«

»Und was soll das bezwecken?«

»Ich verfüge über einige Erfahrung im Umgang mit den schrulligen Vanza-Freunden meines Vaters. Ich bin davon überzeugt, wenn ich mit Herrn Pitney von Angesicht zu Angesicht sprechen kann, kann ich ihm Vernunft beibringen.«

»Hoffentlich behalten Sie Recht, denn ich selbst hätte Herrn Pitney auch ein paar Fragen zu stellen.« Artemas hielt inne und blickte auf etwas auf dem Fußboden. »Auch hoffe ich, wir werden ihn nicht im metaphysischen Raum aufsuchen müssen, um ihm diese Frage zu stellen.«

Sie blickte auf die getrockneten braunen Flecken auf einigen der blassgelben Fliesen. Ein Schauer fuhr ihr über den Rücken. »Blut?«

Artemas bückte sich, um die Spuren eingehender betrachten zu können. »Ja, und zwar Blutspuren, die erst vor kurzer Zeit getrocknet sind. Was auch immer hier geschehen ist, ist erst vor wenigen Stunden geschehen.« Er richtete sich auf und blickte den Gang hinunter, den sie gekommen waren. »Bis zu diesem Punkt waren keine Flecken auf dem Boden zu sehen gewesen. Entweder ist dies der Ort, an dem das Opfer verletzt wurde, oder aber er wurde an einer anderen Stelle des Labyrinths verletzt und hat es geschafft, die Blutung bis hier unter Kontrolle zu halten.«

Madeline war entsetzt. »Glauben Sie, Herr Pitney hätte auf jemanden geschossen, der es gewagt hatte, sein Labyrinth zu betreten? Das ist nur schwerlich vorstellbar. Er ist als absonderlich bekannt, doch die wenigen Male, die ich ihn persönlich getroffen habe, erschien er mir immer als ein freundlicher, harmloser alter Mann.«

»Freundlich mag er schon sein, doch harmlos ganz gewiss nicht, noch nicht einmal in seinem fortgeschrittenen Alter.«

»Sie müssen diesen Punkt nicht unbedingt weiter ausführen.«

»Wir wissen noch nicht, ob er das Opfer oder aber der

Angreifer war«, meinte Artemas. »Sie werden hier warten, während ich etwas mehr herauszufinden versuche.«

»Aber Artemas …«

Er diskutierte die Sache nicht weiter, sondern fixierte sie mit einem solch einschüchternden Blick, dass es ihr die Sprache verschlug. Zum ersten Mal offenbarte er ihr diese Seite seines Charakters, und sie empfand sie als recht beängstigend. Sie blinzelte und ermahnte sich, dass sie seine Hilfe gerade wegen seiner Ausbildung erbeten hatte. Sie musste ihn seine Arbeit verrichten lassen.

Offenbar zufrieden, hob Artemas die Pistole auf Taillenhöhe und ging mit lautlosen, gleitenden Schritten voran. Er bog um eine Ecke und war nicht mehr zu sehen.

Mit zitternden Händen zündete sie die Kerze wieder an und lauschte in die Stille. Sie atmete langsam und bewusst und versuchte sich zu beruhigen, wie sie es auch während der Meditationen zu tun pflegte.

Sie hätte nicht sagen können, wann ihr zum ersten Mal ein vager, kaum wahrnehmbarer Duft auffiel. Sie schnupperte und nahm einen leichten, süßlichen Geruch war. Weihrauch. Die Kräuter hätte sie nicht benennen können, doch war sie sich fast sicher, diesen Geruch schon einmal in einem anderen Zusammenhang gerochen zu haben.

Der beißende Geruch verstärkte sich. Sie erinnerte sich an einen bereits lange zurückliegenden Morgen, an dem sie im Türrahmen zu Bernice' Laboratorium gestanden und ihre Tante dabei beobachtet hatte, wie sie Kräuter von der Insel Vanzagara in einem Mörser verarbeitete.

»Womit experimentierst du denn dieses Mal, Tante Bernice?« Fragmente der Antwort ihrer Tante schwirrten ihr durch den Kopf.

»… in kleinen Mengen soll diese Mischung Halluzinationen hervorrufen, in größeren Dosen verabreicht, lässt es sogar sehr unruhige Menschen einschlafen …«

Einige Sekunden war sie starr vor Schrecken. Dann nahm sie all ihre Willenskraft zusammen und rannte los.

»Artemas, sind Sie da? Etwas Schreckliches ist passiert.«

»Hier entlang«, rief Artemas grimmig »Beeilen Sie sich, folgen Sie einfach der Blutspur. Sie ist deutlich zu erkennen.«

Sie eilte die gewundenen Gänge entlang, wobei sie den schaurigen braunen Flecken auf den Fliesen folgte. Sie bog um die letzte Ecke und fand sich in einer kleinen Kammer wieder, die wie eine winzige Bibliothek ausgestattet war. Es war ein verblüffender Anblick. Ein alter Schreibtisch aus Mahagoniholz, auf dem sich Papiere und ein Notizbuch stapelten, stand in dem Zimmer. Ein ansehnlicher Teppich bedeckte die kalten Steine. Zwei unangezündete Lampen standen hinter einem Stuhl. Drei mit Glastüren versehene Bücherregale waren mit abgenutzten, in Leder gebundenen Büchern voll gestopft und standen an einer Wand, die mit unzähligen Dreiecken innerhalb anderer Dreiecke gemustert war.

Das Arbeitszimmer eines Gentlemans inmitten des Labyrinths. So merkwürdig nun auch wieder nicht, dachte sie, wenn man bedachte, dass es sich bei diesem Gentleman um einen Vanza handelte und diese wiederum zur Schrulligkeit neigten. Dann entdeckte sie Artemas, der hinter dem Tisch kauerte. Sie ging um das riesige Möbelstück herum. Als sie Eaton Pitney sah, stockte ihr der Atem.

Er kauerte zusammengesunken auf dem Boden, wobei sein Rücken gegen den Schreibtisch gelehnt war. Eine kleine Pistole lag neben seinen laschen, blutverschmierten Händen. Er hatte einen etwas unbeholfenen, doch offenbar dennoch erfolgreichen Versuch unternommen, die Wunde an seiner linken Schulter mit seiner Krawatte zu verbinden.

»Herr Pitney.« Sie kniete sich neben ihn und berührte sein Handgelenk. Zwar bewegte er sich nicht, noch öffnete er die Augen, doch ging sein Atem recht regelmäßig. »Gott sei gedankt, er ist noch am Leben.«

»Immerhin beantwortet dies die eine oder andere drängende Frage«, sagte Artemas. »Offenbar war es nicht Pitney, der uns hier eingeschlossen hat.«

Madeline hob ihren Blick von Pitneys kränklich blassem Gesicht. »Vorhin habe ich Weihrauch gerochen. Meiner Ansicht nach handelt es sich dabei um Kräuter, die zunächst Halluzinationen verursachen und dann einschläfern. Jemand versucht ganz bewusst, die Luft in dieser Kammer zu vergiften.«

Er atmete tief ein und schüttelte verneinend den Kopf. »Ich kann nichts Ungewöhnliches riechen.«

»Ich versichere Ihnen, ich verfüge über einen ausgezeichneten Geruchssinn, Sir, und *ich* rieche die einschläfernden Kräuter. Meine Tante hat seinerzeit mit ihnen experimentiert. Wir müssen schnellstens hier heraus.«

Er blickte ihr direkt in die Augen. »Ich will Ihnen nicht widersprechen.«

»Sie müssen den zweiten Ausgang finden, den Sie vorhin erwähnt haben.«

Er blickte zur Decke. »Er wird genau hier sein, im Herzen des Labyrinths.«

»Wie können Sie das wissen?«

»Der Ruß an den Fliesen ist hier am schwärzesten, und es führt keine Rußspur in die andere Richtung. Außerdem ist es durchaus nahe liegend, dass Pitney seinen Fluchtweg in der Nähe seines Arbeitszimmers einrichten würde.«

Er zog ein Messer aus einer Scheide, die er unter seinem Mantel trug, und trat an die nächstliegende Wand. Die Messerspitze ließ er in einen winzigen Spalt zwischen zwei Fliesen gleiten. Doch lediglich die Spitze verschwand darin. Er ging zur nächsten Fuge und versuchte es erneut. Doch nirgendwo gelang es ihm, die Messerspitze tiefer hineingleiten zu lassen. Madeline beobachtete ihn ungeduldig, während er jede Fuge peinlich gründlich abtastete. Als er mit den Wänden fertig war, kniete er sich hin und begann die Fugen des Bodens zu untersuchen. Der Kräutergeruch wurde immer stärker.

»Ich hätte das Messer mitbringen sollen, das mir mein Vater gegeben hat.« Madeline betrachtete etwas unsicher Pitneys Verband. »Zu zweit hätten wir dies viel schneller erledigen können. Beim nächsten Mal werde ich es nicht vergessen.«

»Es schmerzt mich, Ihnen dies sagen zu müssen, Madeline, aber die Tatsache, dass Sie sich im Umgang mit Messern und Pistolen auskennen, könnte sich für manch einen zukünftigen Ehemann als noch abstoßender erweisen als Ihre Sturheit.«

»Falls ich mich jemals wieder nach einem Ehemann umschauen werde, werde ich wohl nach jemandem suchen, der diesen Dingen etwas offener gegenübersteht.«

»Das werden Sie wohl müssen, nicht wahr? Doch wenn er tatsächlich so weltoffen ist, so fürchte ich, fällt er in die Kategorie der Exzentriker. Ihre Meinung über Exzentriker wiederum haben Sie bereits sehr deutlich zum Ausdruck gebracht.« Artemas atmete tief durch und runzelte die Stirn. »Sie haben Recht, was den Weihrauch betrifft. Jetzt rieche ich es auch.«

»Binden Sie sich Ihr breites Krawattentuch vor das Gesicht«, drängte sie ihn. »Das wird die Dämpfe ein wenig abschwächen.«

Während sie sprach, wickelte sie sich ihren leichten Wollschal so um den Kopf, dass er sowohl Mund als auch Nase bedeckte. Die beißenden Kräuter konnte sie zwar immer noch riechen, doch war der Geruch nicht mehr ganz so überwältigend.

Artemas fertigte sich ebenfalls eine Maske an und machte sich weiter an die Arbeit. Er hob den Teppich an und fuhr fort, mit der Spitze seines Messers die schmalen Risse abzutasten. Allmählich begann sich Madeline zu fragen, ob seine Theorie eines zweiten Ausgangs vielleicht ein Irrtum sein mochte. Sie enthielt sich jedoch einer Bemerkung, da sie selbst auch keinen besseren Vorschlag hatte.

Als sie eines der Wandmuster betrachtete, schien es ihr, als ob es sich ganz leicht bewegen würde. Sie blinzelte und versuchte ihren Blick zu klären. Wieder bewegte sich das Muster.

»Artemas, die halluzinierende Wirkung der Kräuter hat bereits eingesetzt. Wir haben nur noch sehr wenig Zeit.«

Kurz unter dem Rand des Teppichs erkundete Artemas zwei weitere Fliesen.

Das Messer sank bis zum Schaft hinein.

»Ich glaube, wir haben unseren Ausgang gefunden.« Artemas steckte das Messer zurück in die Scheide.

Er befühlte den Riss, fand Halt für seine Finger und löste einen der Steine. Madeline hörte das Quietschen der Scharniere. Ein Teil des Bodens öffnete sich und legte einen dunklen Gang frei. Modrige Luft drang durch die Öffnung und blies einige der Papiere vom Schreibtisch. Artemas blickte sie an. »Sind Sie bereit?«

»Ja, aber was wird aus Herrn Pitney? Wir können ihn doch nicht hier zurücklassen.«

»Ich trage Pitney.« Er richtete sich auf und übergab ihr die Laterne. »Sie müssen uns den Weg leuchten.«

Sie nahm die Laterne und betrat den düsteren Durchgang unter dem Boden des Labyrinths. Artemas hob Pitney von dem blutbefleckten Teppich und legte ihn sich über die Schulter. Dann folgte er Madeline in den dunklen Steintunnel. Er hielt noch kurz inne, um den Boden wieder über sich zu schließen.

13. Kapitel

»Die Wunde ist sauber.« Bernice legte letzte Hand an den frischen Verband, den sie um Pitneys schmale Schulter gebunden hatte. »Ich habe keinerlei Anzeichen für eine Infektion erkennen können, Sir. Sie haben großes Glück gehabt.«

»Ich schulde Ihnen tiefsten Dank, gnädige Frau.« Eatons schmales Gesicht verzerrte sich schmerzhaft, doch warf er ihr einen Blick erschöpfter Dankbarkeit zu, bevor er sich wieder in die Kissen zurücksinken ließ. »In meiner Schublade hatte ich ein paar Heilkräuter aufbewahrt, die ich vor meiner Bewusstlosigkeit noch habe auftragen können.«

»Zum Glück standen Ihnen diese zur Verfügung«, meinte Madeline vom Fußende des Bettes aus.

»Mein Arbeitszimmer ist voll solcher Vorräte für den Ernstfall«, erwiderte Pitney. »Zusatzmunition für meine Pistole, Essen, Wasser und Ähnliches. Mir war stets bewusst, dass ich mich eines Tages in mein Labyrinth würde flüchten müssen. Früher oder später mussten die Fremden einfach einen Vorstoß wagen.«

Der alte Mann mochte zwar wunderlich sein, dachte Artemas, doch hatte sich Pitney als ausreichend mutig und einfallsreich erwiesen, um demjenigen, der ihn angeschossen und in das Labyrinth gescheucht hatte, zu entfliehen.

Er musterte Madeline. Die Vorstellung von Mut und Einfallsreichtum ließ ihn unwillkürlich auch an sie denken. Ihr schienen die Strapazen des Labyrinths und des Tunnels, durch den sie entkommen waren, nicht sonderlich zugesetzt zu haben. Bewunderung und Stolz überwältigten ihn.

Nach ihrem Ausflug hatte sie ein Bad genommen und sich ein hellgraues Kleid aus zarter Wolle übergezogen. Ihr Haar war nun wieder sauber in der Mitte gescheitelt und zu beiden Seiten des Kopfes in eleganten Wellen zusammengefasst. Kleine Löckchen baumelten vor ihren Ohren. Wenn sie nicht eine solch sorgenvolle Miene gemacht hätte, hätte man meinen können, sie habe nichts Vergnüglicheres getan, als am Nachmittag einen alten Bekannten aufzusuchen.

Dass sie den Ereignissen des Tages derart abgeklärt begegnen konnte, sagte wiederum sehr viel darüber aus, was sie im letzten Jahr durchgemacht hatte.

Der versteckte Ausgang unter dem Fußboden hatte sie durch einen alten, modrigen Steintunnel geführt. In einer verlassenen Lagerhalle waren sie ans Tageslicht gekommen. Verdreckt und mit Pitney belastet hatten sie einige Schwierigkeiten gehabt, sich eine Kutsche zu mieten. Schließlich jedoch waren sie nach Hause zurückgekehrt. Während ihrer hastigen und unvollständigen Erklärungen hatte sich Bernice Pitneys angenommen. Dank ihrer Pflege war er schließlich wieder erwacht und hatte seine Umgebung wahrgenommen. Er hatte sie sofort erkannt.

»Können Sie uns erzählen, was vorgefallen ist?«, erkundigte sich Artemas.

»Ich fürchte, ich bin nicht mehr ganz so beweglich, wie ich es früher einmal gewesen bin«, erwiderte Pitney. »Der Fremde hat mich überrascht. So etwas wäre mir früher nicht passiert.«

Madeline seufzte leise, was ihr Artemas wiederum nicht verübeln wollte. Pitney zu befragen würde schwierig werden. Der Mann schien offenbar alles auf jene eingebildeten Wesen abwälzen zu wollen, die er selbst erfunden hatte.

Madeline blickte Pitney an. »Wissen Sie denn, um wen es sich bei dem … äh … Fremden, der Sie angeschossen hat, gehandelt hat, Sir?«

»Nein. Er trug eine breite Krawatte in der Form einer Maske vor dem Gesicht, und er hatte den Hut bis tief in die Stirn gezogen.«

»Können Sie uns irgendetwas über ihn sagen?«, drängte Madeline weiter. »Damit wir nach ihm Ausschau halten können?«

Pitney runzelte die Stirn. »Von seinen Bewegungen her ein Mann in den besten Jahren. Keinerlei Schwierigkeiten mit Rheuma oder steifen Gelenken, so viel kann ich Ihnen versichern. Er trug einen Spazierstock mit einem goldenen Handgriff mit sich.«

Artemas beobachtete, wie Madelines Hände sich um die Bettpfosten klammerten.

»Einen Spazierstock?«, wiederholte sie behutsam.

»Richtig. Ich erinnere mich, denn ich fand es recht seltsam. Es gehört nicht zu den Dingen, die ein im Vanza ausgebildeter Mann in einer solchen Situation mit sich herumtragen würde.« Pitney hielt inne. »Andererseits muss er von der Straße aus auf das Haus zugekommen sein und wollte sicherlich gut getarnt erscheinen. Der Spazierstock passte zum Rest seiner Kleidung. Dennoch fand ich es ungewöhnlich.«

Madeline wechselte einen Blick mit Artemas, ehe sie sich wieder Pitney zuwandte. »Können Sie uns sonst noch irgendetwas über ihn erzählen, Sir?«

»Ich fürchte nein. Seine Stimme habe ich nicht erkannt, und ich habe ein gutes Ohr für Stimmen. Wie gesagt, er war ein Fremder.«

Artemas trat etwas näher an das Bett heran. »Er hat mit Ihnen gesprochen. Was hat er denn gesagt, guter Mann?«

Pitney riss angesichts des scharfen Tonfalls der Fragen entsetzt die Augen auf. Madeline warf Artemas einen warnenden Blick zu, schüttelte sehr sachte den Kopf und wandte sich dann mit einem besänftigenden Lächeln wieder Pitney zu.

»Herr Hunt ist sehr darauf bedacht, diesen bestimmten Fremden zu identifizieren, Sir. Nicht auszumalen, was er uns angetan hätte, wäre es ihm gelungen, uns mittels des Weihrauchs bewusstlos zu machen. Auch der kleinste Hinweis könnte uns helfen, ihn zu finden.«

Pitney nickte ernst. »Nun, an seine wörtliche Formulierung kann ich mich nicht erinnern. Es hatte etwas damit zu tun, dass ich ihn zu meinen Geheimnissen geführt hätte. Er verlangte den Schlüssel zu meinem Schreibtisch oder irgend so etwas Verrücktes. Natürlich war mir sofort klar, worauf er es abgesehen hatte.«

»Und auf was?«, fragte Artemas.

»Auf meine Aufzeichnungen natürlich.« Pitney blinzelte misstrauisch in Richtung Tür, als ob er sich vergewissern wollte, dass im Flur niemand lauschte. »Seit Jahren schon arbeite ich daran. Jetzt stehe ich kurz vor der Entschlüsselung der Geheimnisse, und *sie* wissen es.«

»Geheimnisse?« Artemas warf Madeline einen Blick zu. »Sprechen Sie möglicherweise vom *Buch der Geheimnisse?* Der Band soll angeblich im letzten Jahr aus den Tempelgärten entwendet worden sein.«

»Nein, nicht doch.« Pitneys Augenbrauen zogen sich unwillig zusammen. »Das *Buch der Geheimnisse* ist nichts weiter als eine Sammlung uralter Rezepte für alchemistische Elixiere und Toniken. Vollkommener Unsinn. *Meine* Nachforschungen jedoch treffen mitten ins Herz des Vanza. Ich suche nach den großen wissenschaftlichen Geheimnissen, die man damals entdeckt hat und die über Jahrhunderte hinweg verschüttet waren.«

Artemas gelang es, ein Stöhnen zu unterdrücken. Den Mann auszufragen war hoffnungslos.

Pitney sah Madeline an. »Ein Jammer mit Ihrer Ehe, meine Liebe. Ich muss gestehen, sehr erleichtert gewesen zu sein, als ich hörte, Deveridge sei in den Flammen umgekommen. Eine ausgezeichnete Lösung eines höchst unglückseligen Problems.«

Artemas runzelte die Stirn. »Kannten Sie Renwick Deveridge?«

»Dem Mann bin ich nie begegnet, doch kurz vor seinem Tod sind mir gewisse Gerüchte zu Ohren gekommen.« Pitney nickte zweimal mit dem Kopf. »Ich hege kaum Zweifel daran, dass es sich bei dem Mann um einen Fremden gehandelt hat. In der Tarnung haben sie sich als sehr geschickt erwiesen.«

Artemas bezwang seine Ungeduld. »Welche Gerüchte sind Ihnen zu Ohren gekommen, Sir?«

Pitney blickte Madeline an. »Kurz bevor Ihr Vater verstarb, hat er einige seiner engsten Bekannten davor gewarnt, falls Deveridge vorbeikommen und Fragen über alte Vanza-Texte stellen sollte, wir uns vom Charme seines Schwiegersohns nicht einnehmen lassen sollten. Mir war sofort klar, dass Reed aufgegangen war, dass er seine Tochter einen Fremden hatte heiraten lassen.«

Artemas zögerte zunächst, doch dann wagte er den Vorstoß. »Linslade ist der Auffassung, Deveridges Geist habe ihm kürzlich einen Besuch abgestattet.«

Pitney schnaubte verächtlich. »Linslade redet doch ständig mit Gespenstern. Der Mann ist verrückt, wie alle Welt weiß.«

Artemas fragte sich, ob man Verrücktheit leichter erkannte, wenn man selbst ein Kandidat für die Irrenanstalt war.

»Halten Sie es für möglich, dass Deveridge die Flammen überlebt hat und nun … äh … in den Diensten der Fremden zurückgekommen ist, um nach den alten Geheimnissen des Vanza zu suchen?«

Pitney schnaubte. »Möchte ich bezweifeln. Madeline hier ist ganz die Tochter ihres Vaters. Die Dame ist kein Dummkopf.«

»Was wollen Sie damit sagen?«

Pitney warf Madeline ein wohlwollendes Lächeln zu. »Drücken wir es mal so aus, ich bin mir ganz sicher, sie hat die Geistesgegenwart besessen und sichergestellt, dass Deveridge mausetot war, bevor das Haus von den Flammen zerstört wurde. Ist dem nicht so, meine Liebe?«

Entsetzen und Betroffenheit leuchteten in Madelines Augen auf. »Sir, Sie überraschen mich. Ich hätte niemals gedacht, dass Sie den schrecklichen Gerüchten Glauben schenken, laut denen ich meinen Mann ermordet habe.«

Bernice stieß einen kurzen, missbilligenden Ton aus. »Gütiger Himmel, Pitney, wie in aller Welt können Sie denn solch niederem Klatsch Ihr Ohr leihen?«

»In der Tat, nichts weiter als aufgebrühte Skandale der übelsten Art.« Pitney zwinkerte Artemas zu. »Ich selbst höre da natürlich gar nicht hin. Wie steht es mit Ihnen, Sir?«

Artemas spürte, wie Madeline ihn mit besorgtem Gesichtsausdruck betrachtete. Er dachte an die endlose Kette von Gerüchten und Bruchstücken von Informationen, die dank Zacharys Augen und Ohren jeden Morgen auf seinem Tisch landeten.

»Ich empfinde gewöhnlichen Klatsch als ausgesprochen langweilig«, erwiderte er.

Er wurde mit einem Ausdruck der Erleichterung belohnt, der über Madelines Gesicht huschte.

Er hatte die Wahrheit gesagt, sagte er sich im Stillen. Lediglich *ungewöhnliche* Gerüchte waren für ihn von Interesse.

Henry Leggett klappte das Notizbuch zusammen und schickte sich an zu gehen. »Wie es scheint, hattet ihr beiden ein richtiges Abenteuer.«

»Das wäre eine Möglichkeit, den Vorfall zu beschreiben«, pflichtete ihm Artemas bei.

»Eaton Pitney kann sich wirklich glücklich schätzen. Die Wunde hätte für ihn tödliche Folgen haben können, selbst nachdem er dem Eindringling entkommen war.«

»Pitney ist zäh.«

»Wohl wahr. Trotzdem war die Sache knapp. Und wenn sie nicht gewesen wäre ...« Henry hielt inne. »Ich muss schon sagen, sie ist wirklich eine bewundernswerte Frau.«

Artemas schenkte sich eine Tasse Kaffee nach und trat damit ans Fenster. Er blickte in den Garten hinaus und stellte sich Madeline vor. Das wiederum fiel ihm nicht schwer.

»Ja«, pflichtete er Henry bei. »Ausgesprochen bewundernswert.«

»Und mit einem sehr beeindruckenden Intellekt ausgestattet.«

»Allerdings.«

»Eine willensstarke Frau dazu. Ich muss gestehen, die Unterhaltung mit ihr fand ich sehr anregend.«

»Nun ja, sie kann sehr ... anregend sein.«

»Ich habe heute lange mit ihr geplaudert und muss bekennen, dass einem Mann eine solche Frau nur selten über den Weg läuft.«

»Sehr richtig.«

Henry ging auf die Tür zu. »Ich mache mich auf. Es tut mir Leid, dass ich mit keiner weiteren Information über Renwick Deveridge aufwarten konnte, doch werde ich meine Nachforschungen fortsetzen. Heute Nachmittag werde ich wohl einige der Geschäfte aufsuchen, die ungewöhnliche Spazierstöcke in ihrem Sortiment führen. Vielleicht kann ich etwas über den Spazierstock mit dem goldenen Knauf erfahren, den dieser Schurke mit sich herumträgt.«

»Vielen Dank, Henry. Wenn Sie irgendetwas herausfinden sollten, geben Sie mir bitte umgehend Bescheid.«

»Selbstverständlich.« Henry öffnete die Tür. Artemas drehte sich zu ihm um. »Henry?«

»Bitte?«

»Es freut mich, dass Sie Frau Deveridge nunmehr in einem mehr positiven Licht sehen. Ich weiß, dass Sie ihr gegenüber auf Grund der leidigen Gerüchte Vorbehalte hegten.«

Ein paar Sekunden schaute ihn Henry verständnislos an. Dann schien er zu begreifen. »Ich sprach nicht von Frau Deveridge, sondern von ihrer Tante, Fräulein Reed.«

Er trat aus der Tür und schloss sie fest hinter sich zu.

Vier Stunden später arbeitete Artemas immer noch an seinem Schreibtisch, als Bernice die Bibliothek betrat. Er bemerkte ihren entschlossenen Gesichtsausdruck, als er sich höflich zum Gruß erhob.

»Gibt es etwas, was ich für Sie tun kann, gnädige Frau?«

»Ja. Ich möchte mit Ihnen über eine etwas delikate Angelegenheit sprechen.«

Artemas unterdrückte ein Stöhnen. »Bitte, nehmen Sie Platz.«

Sie setzte sich ihm gegenüber an den Schreibtisch und fixierte ihn. »Sicherlich wissen Sie bereits, worüber ich sprechen möchte, Sir.«

Instinktiv suchte er nach einer Möglichkeit, dieser Unterhaltung aus dem Weg zu gehen, denn alles deutete darauf hin, dass sie sich recht unangenehm gestalten würde. Er blickte zur Tür. »Wo ist Madeline?«

»Sie ist oben bei Herrn Pitney. So weit ich weiß, erkundigt sie sich nach seiner Einschätzung bezüglich eines merkwürdigen kleinen Büchleins, das ihr vor kurzem von einem langjährigen Kollegen Wintons aus Spanien zugesandt wurde.«

Offenbar konnte er mit keiner Unterstützung Madelines in dieser Angelegenheit rechnen.

»Verstehe.« Artemas setzte sich. »Da wir gerade von Pitney sprechen, möchte ich Ihnen sagen, dass mich Ihre medizinischen Fähigkeiten sehr beeindruckt haben, Frau Reed. Madeline hat Recht, Sie kennen sich mit Kräutern wirklich ausgezeichnet aus.«

»Danke. Vor einigen Jahren hat Winton ein paar Bücher über Kräuter und Pflanzen der Insel Vanzagara mitgebracht. Ich habe viel Zeit zu deren Studium aufgewandt. Doch das ist es nicht, was ich heute mit Ihnen besprechen möchte.«

»Das hatte ich befürchtet.« Er nahm die Uhr mit dem Siegel vom Schreibtisch und fingerte abwesend damit herum. »Es geht um Madeline, nicht wahr?«

»Ja.«

Er betrachtete das Siegel, dann sah er ihr gerade ins Gesicht. »Sie machen sich wegen meiner Absichten Sorgen?«

Bernice hob die Augenbrauen. »Sie kommen gleich zum Kern der Sache, Sir.«

»Über dieses Thema habe ich selbst auch schon viel nachgedacht.«

Wut flammte in Bernice' lebhaft leuchtenden Augen auf. »Das möchte ich hoffen. Denn schließlich, wenn ein Gentleman eine Dame verführt ...«

Er erstarrte. »Sie hat Ihnen erzählt, ich hätte sie verführt?«

Bernice wischte die Frage mit einer knappen Handbewegung vom Tisch. »Das war nicht mehr vonnöten. Sowie ich sie beide heute beim Frühstück zusammen gesehen habe, war mir klar, dass etwas zwischen Ihnen vorgefallen sein musste. Ich bin mir der Tatsache wohl bewusst, dass mancher Gentleman Witwen als Freibeute betrachtet, doch muss ich zugeben, Sir, dass ich mir niemals hätte träumen lassen, Sie würden meine Nichte auf diese Art und Weise benutzen. Sie müssen wissen, dass sie trotz ihres Witwenstatus nur sehr begrenzt über Erfahrungen mit Männern verfügt.«

»Dessen bin ich mir wohl bewusst«, gab er mit zusammengebissenen Zähnen zurück.

Sie warf ihm einen vielsagenden Blick zu. »Ohne Frage.«

»Einen Moment bitte, gnädige Frau.« Artemas legte das Siegel beiseite, beugte sich vor und faltete die Hände auf dem Schreibtisch. »Ich bin nicht derjenige, den Sie überzeugen müssen. Ihre Nichte ist es, die sich weigert, die nunmehr existierende Situation mit der ihr gebührenden Ernsthaftigkeit zu erwägen. Noch heute Nachmittag, bevor wir in Pitneys Haus gegangen sind, habe ich die Angelegenheit mit ihr zu erörtern versucht, doch wollte sie nichts davon hören.«

»Wenn Ihre Absichten ehrwürdig sind, so ist es an Ihnen, die Führung zu übernehmen.«

»*Meine* Absichten?« Entnervt starrte er sie an. »Sie ist diejenige, die behauptet, es habe sich auf Grund der Vorkommnisse zwischen uns *nichts* geändert. Sie hat sich große Mühe gegeben, dieses zu betonen.«

»Unsinn, alles hat sich verändert. Sie beide haben eine Affäre miteinander.«

»Ihrer Meinung nach ändert das gar nichts. In den Augen der Welt fühlt sie sich heute nach wie vor genauso als die Verruchte Witwe, wie sie es gestern getan hat.«

»Nun ja, diesen Unsinn hat sie mir auch einreden wollen, doch das ist lächerlich. In meiner Familie scheren wir uns wenig um die Meinung, die andere von uns haben. Wir halten uns an die Tatsachen.« Bernice warf ihm einen grimmigen Blick zu. »Und die nackte Tatsache hier ist die, Sir, dass meine Nichte gestern noch eine unschuldige junge Frau war. Heute dagegen ist sie nicht mehr ganz so unschuldig, und das ist ganz allein Ihnen anzulasten.«

»Ich schlage vor, dass Sie ihr das sagen, Frau Reed. Mir jedenfalls wird sie diesbezüglich gewiss kein Gehör schenken.« Seine Augen wurden schmal. »Allmählich gelange ich sogar zu der Überzeugung, dass sie mich für ihre eigenen Zwecke missbraucht.«

Bernice riss die Augen auf. »Sie missbraucht?«

»Richtig. Um diesen verdammten Geist zu finden, der sie

plagt. Sie behandelt mich wie einen Bediensteten, nicht wie einen Liebhaber.«

»Ich verstehe, was Sie sagen wollen.« Bernice kräuselte die Lippen. »Nun, und dann ist da ja noch die Angelegenheit mit Renwicks Geist, nicht wahr?«

Er wartete kurz, doch Bernice versuchte nicht, ihn von seiner Schlussfolgerung abzubringen. Er stand auf und trat ans Fenster. »Ich glaube nicht, dass sie eine gewisse Zuneigung mir gegenüber zugeben würde.«

»Haben Sie sich denn in dieser Richtung bereits erkundigt?«

»Es ist nicht nötig, mich mit einer direkten Frage diesbezüglich zu erkundigen«, entgegnete er leise. »Ihre Nichte hat deutlich klargestellt, dass sie einem jeden Gentleman, der in irgendeiner Verbindung zum Vanza steht, große Vorbehalte gegenüber hegt. Und es lässt sich unmöglich leugnen, dass ich ein Vanza bin.«

Es folgte ein kurzes, angespanntes Schweigen. Dann wandte er sich zu Bernice um. Es überraschte ihn, dass sie ihn nachdenklich betrachtete und dabei mit einem Finger auf die Stuhllehne trommelte.

Er malmte mit den Zähnen.

»Meiner Ansicht nach haben Sie die Situation noch nicht vollständig erfasst, Sir«, sagte Bernice schließlich.

»Tatsächlich? Und was, verdammt, erfasse ich nicht, gnädige Frau?«

»Es sind nicht die Gentlemen des Vanza, die Madeline Sorgen machen.«

»Sie irren sich, sie nimmt jede Gelegenheit wahr, um mich auf die Fehler derer aufmerksam zu machen, die mit dieser Philosophie etwas zu tun haben. In ihren Augen sind die Männer der Vanza-Gemeinschaft allenfalls als schrullige Verrückte zu betrachten – wie beispielsweise Linslade und Pitney –, und schlimmstenfalls sind es gefährliche Schurken.«

»Hören Sie mir zu, Sir. Madeline gibt sich selbst die Schuld, dass sie sich von Renwick Deveridge derart hat blenden lassen. Sie glaubt, wenn sie seinem verführerischen Wesen nicht nachgegeben und ihn geheiratet hätte, wäre ihr Vater heute noch am Leben.«

Artemas erstarrte.

»Es sind nicht die Gentlemen des Vanza, denen sie nicht vertrauen kann.« Bernice holte Luft. »Es sind ihre eigene Urteilskraft und ihre weiblichen Instinkte.«

14. Kapitel

Gemeinsam mit seinem neuen Gefährten trat Oswynn unsicheren Fußes aus der rauchigen Spielhölle. Er versuchte, die auf der Straße wartende Kutsche zu fixieren. Aus irgendeinem Grund war das Fahrzeug kaum zu erkennen, obwohl er das Scharren der Hufe und das Knirschen der Halfter wahrnahm. Er konzentrierte sich, doch der Umriss der Kutsche war für ihn fast unsichtbar. Er hatte gut getrunken an diesem Abend, doch nicht mehr als üblich. Auf jeden Fall kannte er dieses Problem mit den Augen sonst nicht einmal dann, wenn er sturzbetrunken war. Vielleicht war es der leichte Nebel, der die Sicht behinderte.

Er schüttelte kurz den Kopf und klopfte seinem neuen Bekannten auf die Schulter. Der hellblonde Mann gab an, Poet zu sein. Zumindest besaß er die geschmeidige Eleganz und ein schönes Gesicht, die man mit dieser Tätigkeit assoziierte.

Der Poet war auch sehr modebewusst. Seine Krawatte hatte er zu einem sehr komplizierten Knoten gebunden. Sein dunkler Mantel war elegant geschnitten. Sein Spazierstock war ebenfalls sehr ausgefallen. Der goldene Knauf hatte die Form eines bedrohlich wirkenden Vogels.

Der Poet, der eine etwas lebensmüde Langeweile und amüsierte Herablassung den anderen gegenüber gezeigt hatte, verschwendete keine Zeit mit Leuten, die ihn langweilten. Die Tatsache, dass der blonde Mann Interesse an ihm gezeigt hatte, so glaubte Oswynn, musste bedeuten, dass der Poet ihn für einen der wenigen erachtete, als einen Mann nämlich, der lediglich an den ausgefallensten Vergnügungen Gefallen fand.

»Vom Wein und vom Kartenspiel habe ich für heute Abend genug«, verkündete Oswynn. »Ich werde mich wohl zu einem bestimmten Etablissement in der Rose Lane begeben. Möchten Sie mich begleiten?« Er zwinkerte heftig. »Man munkelt, die alte Puffmutter dort würde heute Abend neu eingetroffene Ware vom Land versteigern.«

Der Poet warf ihm einen flüchtigen, über alle Maßen indignierten Blick zu. »Blasse, milchgesichtige Gänse, nehme ich an.«

Oswynn zuckte mit den Schultern. »Ein Gänserich wird wohl auch mit dabei sein«, bemerkte er und kicherte über sein gelungenes Wortspiel. »Frau Bird ist stolz darauf, selbst sehr unterschiedlichen Geschmäckern etwas bieten zu können.«

Der Poet hielt auf dem Trottoir inne und hob leicht genervt eine Augenbraue. »Es überrascht mich, dass ein Mann mit Ihrer Erfahrung sich von einem derartigen Angebot so leicht befriedigen lässt. Welchen Gewinn zieht man denn daraus, mit einer dummen Bauerntochter ins Bett zu steigen, die mit Laudanum fast vollkommen bewusstlos gemacht worden ist?«

»Nun ...«

»Und was die Jungs angeht, so habe ich davon Kenntnis, dass Frau Bird sie sich aus den Elendsvierteln holt, wo sie darin ausgebildet wurden, Ihnen die Taschen auszurauben, während Sie sich von ihren Turnübungen erholen.«

Die herablassende Art seines neuen Gefährten war zwar lästig, doch erkannte Oswynn, dass der Poet ein Gentleman mit einem offenbar sehr empfindsamen Gemüt war. Wie allgemein bekannt, waren solche Menschen an den merkwürdigsten Ausschweifungen interessiert. Vermutlich hatte es etwas mit dem Beruf des Schriftstellers zu tun. Die Eskapaden Byrons in den Rotlichtvierteln waren Legende. Oswynn sah sich gezwungen, seine eigenen Vorlieben zu verteidigen. »Ich bevorzuge halt einfach die jüngeren, und Frau Bird hat oftmals die allerzartesten Stückchen im Angebot.«

»Ich für meinen Teil bevorzuge meine Stückchen hellwach und gut geschult.«

Der Poet ging eine Treppe hinunter. »Ich versichere Ihnen, zwischen einem in den erotischen Künsten gut geschulten Mädchen und dem typischen Milchmädchen, das gerade mit einem Gemüsewagen in der Stadt angekommen ist, besteht ein ganz erstaunlicher Unterschied.«

Oswynn beobachtete, wie sein blonder Gefährte auf die wartende Kutsche zuging. »Geschult, sagten Sie?«

»Richtig. Normalerweise wähle ich jene, die in den chinesischen Methoden unterwiesen wurden. Doch gelegentlich, wenn mir nach etwas Abwechslung ist, wähle ich mir ein Mädchen, das man in den ägyptischen Techniken ausgebildet hat.«

Oswynn eilte ihm hinterher. »Diese Mädchen, von denen Sie sprechen, sind sie alle noch recht jung?«

»Selbstverständlich.« Der Poet öffnete die Kutschentür und lächelte einladend. »Für einen gewissen Preis kann man sich ein lebhaftes, unterhaltsames Mädchen kaufen, das nicht nur in den ausgefallensten Künsten unterwiesen worden ist, sondern zusätzlich auch noch Jungfrau ist. Ich für meine Wenigkeit vertrete die Auffassung, dass nichts ein gut geschultes, doch unschuldiges Mädchen schlagen kann.«

Sehr neugierig geworden, legte Oswynn eine Hand auf die Tür. »Sogar *Jungfrauen* werden in diesen ausländischen Praktiken ausgebildet?«

Das bernsteinfarbene Licht der Lampen spiegelte sich in den Augen des Poeten. »Erzählen Sie mir nicht, dass Sie noch niemals die Vergnügungen des Erostempels genossen haben.«

»Bisher leider noch nicht.«

»Dann heiße ich Sie willkommen, mich heute Abend dorthin zu begleiten.« Der Poet schwang sich behände in die Kutsche und nahm auf den dunkelblauen Polstern Platz. »Gerne stelle ich Sie der Besitzerin vor. Neue Kunden akzeptiert sie nur, wenn diese von jemandem empfohlen werden, der ihr Etablissement bereits häufig frequentiert.«

»Sehr freundlich von Ihnen, Sir.« Oswynn taumelte ungeschickt in die Kutsche und ließ sich auf die Polster fallen. Ein paar Sekunden schien sich das Innere der Kutsche um ihn zu drehen.

Der Poet beobachtete ihn vom gegenüberliegenden Sitz aus. »Fühlen Sie sich nicht wohl, mein Herr?«

»Nein, nicht doch.« Oswynn rieb sich die Stirn. »Muss wohl etwas mehr als gewöhnlich getrunken haben. Ich brauche nur etwas frische Luft, dann werde ich mich wie neugeboren fühlen.«

»Ausgezeichnet. Es wäre schade, wenn Sie die ganz besondere Unterhaltung, die ich Ihnen heute Abend vorstellen möchte, verpassen würden. Nur sehr wenige Männer sind überhaupt in der Lage, das Ausgefallene und Seltene zu schätzen.«

»Ich hatte schon seit jeher eine Schwäche für diese Dinge.«

»Tatsächlich?« Des Poeten Gesichtsausdruck blieb zwar höflich, doch schien er das zu bezweifeln.

Oswynn lehnte seinen Kopf gegen das Polster und schloss die Augen, um die sich drehende Kutsche auszublenden. Er versuchte sich an irgendeine seiner vergangenen Eskapaden zu erinnern, um den Poeten damit zu beeindrucken, aber er konnte sich nicht konzentrieren. Obwohl es noch nicht sehr spät war, war er bereits sehr müde. »Vor ein paar Jahren haben ein paar Freunde und ich einen Club gegründet, der sich dem Genuss der ungewöhnlichsten erotischen Abenteuer verschrieben hatte.«

»Von einem solchen Club habe ich gerüchteweise bereits gehört. Abgesehen von Ihnen waren Glenthorpe und Flood ebenfalls Mitglied, nicht wahr? Wenn ich mich richtig erinnere, nannten Sie sich die ›Drei Reitersleute‹.«

Ein ungutes Gefühl beschlich Oswynn. Es gelang ihm, die Augen zu öffnen. »Woher haben Sie von den ›Drei Reitersleuten‹ gehört?« Er hörte selbst, wie er das letzte Wort nur lallend hervorgebracht hatte.

»Nun, hier und da hört man so dieses und jenes.« Der Poet lächelte. »Warum haben Sie Ihren Club aufgelöst?«

Erneut wurde Oswynn etwas mulmig. Er bedauerte bereits, den verdammten Club erwähnt zu haben. Nach den Vorfällen in jener Nacht vor fünf Jahren hatten sie sich alle gegenseitig geschworen, niemals wieder darüber zu reden. Der Tod der Schauspielerin hatte ihnen allen einen Schrecken eingejagt.

Er hatte geglaubt, die Drohung der Frau, ihr Liebhaber würde sie alle eines Tages zerstören, könne ihm nichts mehr anhaben. Zwar stimmte es, dass er in dem ersten Jahr nach dem Vorfall mitten in der Nacht vor Angst schweißgebadet aufgewacht war. Allmählich jedoch hatten sich seine Nerven beruhigt.

Er hatte sich selbst beruhigt, sich sicher zu wähnen. Doch vor drei Monaten hatte er einen Brief mit einem nur allzu vertrauten goldenen Siegel bekommen. Die nächtlichen Angstanfälle waren zurückgekehrt. Seit mehreren Wochen spähte er nun ständig über seine Schulter.

Doch nichts war geschehen, und er hatte die Schlussfolgerung gezogen, die Nachricht mit dem Siegel sei lediglich ein grotesker Scherz seitens Floods oder Glenthorpes gewesen. Es widersprach jeder Vernunft, anzunehmen, der rätselhafte Liebhaber sei zurückgekehrt, um sich zu rächen. Schließlich war sie lediglich Schauspielerin gewesen, eine niedere Person ohne Familie. Der Liebhaber, so es ihn denn überhaupt jemals gegeben haben sollte, war vermutlich ein rücksichtsloser Schurke, der sicherlich schon lange ihren Namen vergessen hatte. Kein Gentleman würde auch nur einen Gedanken an solch ein dummes kleines, zu Tode gekommenes Flittchen verschwenden.

»Die ›Drei Reitersleute‹ sind uns ganz einfach zu langweilig geworden.« Oswynn versuchte, eine abwertende Handbewegung zu machen, doch schienen ihm die Finger nicht gehorchen zu wollen. »Danach habe ich mich interessanteren Dingen zugewendet. Sie wissen schon, wie es so ist.«

»Allerdings.« Der Poet lächelte. »Das ist der Fluch, der auf jenen lastet, deren erhöhte Empfindsamkeiten Ausgefallenes und Exotisches verlangen. Immer wieder suchen wir nach neuen Anregungen.«

»Risch … ich meine richtig.« Oswynn merkte, dass er kaum noch seine Gedanken zusammennehmen konnte. Das Schaukeln der Kutsche berauschte ihn. Er wollte einfach nur noch schlafen. Durch zusammengekniffene Augen betrachtete er den Poeten. »Wohin schagten … ich meine sagten Sie, dass wir fahren?«

Den Poeten schien die Frage über alle Maßen zu amüsieren. Sein Lachen hallte in der Nacht wider. Das Laternenlicht der Kutsche ließ sein Haar golden schimmern.

»In eine andere Hölle natürlich«, erwiderte er.

Das Publikum hielt den Atem an, als der hoch gewachsene, schlanke, silbergraue Mann auf der Bühne die junge Dame auf dem Stuhl ansprach.

»Wann werden Sie aufwachen, Lucinda?«, fragte er bestimmt.

»Wenn das Glöckchen klingelt.« Lucinda sprach mit merkwürdig gleichtöniger Stimme.

Zachary stand, die Hand gegen die Wand gestützt, am hinteren Ende des Raums. Er beugte sich zu Beth hinüber und flüsterte ihr ins Ohr: »Jetzt kommt das Beste, schau nur zu.«

Beth war von der Vorführung vollkommen gebannt, doch warf sie Zachary ein verstohlenes Lächeln zu.

Auf der Bühne wiegte der Magier die Hände vor der vor sich hin starrenden Lucinda. »Werden Sie sich daran erinnern, dass Sie eine Ansprache aus dem *Hamlet* vorgetragen haben, während Sie in Trance waren?«

»Nein.«

Der Magier nahm ein kleines Glöckchen in die Hand und ließ es leise schellen. Lucinda machte eine ruckartige Bewegung und öffnete die Augen. Sie blickte sich leicht verdutzt um. »Was mache ich denn hier auf der Bühne?«, fragte sie. Sie schien tatsächlich überrascht zu sein, sich nunmehr dem Publikum gegenüber zu finden, in deren Reihen sie eben noch gesessen hatte.

Das Publikum klatschte begeistert Beifall. Lucinda errötete und blickte Hilfe suchend auf den Magier.

Der Magier lächelte beschwichtigend. »Sagen Sie uns, Lucinda, lesen Sie häufig Shakespeare?«

»Nein, Sir, nicht seitdem ich nicht mehr zur Schule gehe. Ich lese lieber Gedichte des Lord Byron.«

Das Publikum lachte zustimmend. Ein Mädchen ganz nach seinem Geschmack, dachte Zachary. Er hatte bereits die Hälfte des Buches *The Corsair* gelesen, das Herr Hunt ihm gegeben hatte. Es war just das, was er gerne mochte: jede Menge aufregende Handlung und wagehalsige Abenteuer.

»Haben Sie jemals ein paar Passagen aus dem *Hamlet* auswendig gelernt, Lucinda?«, erkundigte sich der Magier.

»Meine Gouvernante hat mich einige Passagen lernen lassen, doch liegt das lange zurück. Ich kann mich an keine von ihnen erinnern.«

Murmeln und Aufrufe waren im Publikum zu hören. »Das ist allerdings sehr interessant, denn Sie haben uns eben eine ausgezeichnete Darbietung der Passage der ersten Szene des zweiten Aktes dieses Stücks geboten«, verkündete der Magier.

Lucinda riss die Augen auf. »Sagen Sie das nicht, das ist unmöglich. Ich schwöre, ich kann mich an kein einziges Wort erinnern.«

Das Publikum klatschte wieder Beifall, bewundernde Rufe wurden laut. Der Magier machte eine tiefe Verbeugung.

»Das war wirklich verblüffend«, flüsterte Beth Zachary ins Ohr.

Zachary grinste vor Freude. »Wenn dir das gefallen hat, habe ich noch etwas Verblüffendes, was ich dir zeigen könnte.« Er nahm ihren Arm und führte sie aus dem Silbernen Pavillon.

Die Nachtluft war kühl und die Stunde schon spät. Die Massen, die die Vergnügungsgärten besucht hatten, strömten auf die Ausgänge zu. Es war kurz vor Schließung.

»Sicher wirst du mich nach Hause begleiten«, meinte Beth. »Es war ein wirklich schöner Abend.«

»Möchtest du noch das Geisterhaus sehen, bevor wir gehen?«

Beth blinzelte ihn unter ihrem schmucken kleinen Hut hervor an. »Ich dachte, diese bestimmte Attraktion stünde der Öffentlichkeit noch nicht zur Verfügung.«

Zachary lachte. »Ich habe meine Verbindungen und kann arrangieren, dass wir dort hineinkommen.« Er machte eine bedeutungsvolle Pause. »Doch sollte ich dich lieber vorher warnen, dass du ein paar sehr merkwürdige und beängstigende Dinge zu sehen bekommen wirst.«

Beth riss die Augen auf. »Wird dieses Haus denn tatsächlich von Geistern aufgesucht?«

»Kein Grund zur Angst«, versicherte er ihr. »Ich passe schon auf dich auf.«

Sie kicherte, und Zacharys Zugriff wurde etwas fester. Es gefiel ihm, wenn sie kicherte. Der witzige Strohhut bildete einen hübschen Rahmen für ihre blauen Augen, dachte er. Beth besaß durchweg sehr ansehnliche Hüte und Kappen, was sicherlich eine der Vorzüge ihrer Tätigkeit in einem Hutladen war.

Er wusste, dass sie ihn mochte. Heute war das dritte Mal, dass er sie zu einem Abend in die Vergnügungspavillons eingeladen hatte, und sie hatte die Einladung sehr bereitwillig angenommen. Einer der Vorzüge wiederum seiner Arbeit war es, dass er seine Freunde umsonst in die Gärten mitnehmen konnte.

Heute Nacht hatte er ein sehr zuversichtliches Gefühl. Mit etwas Glück und guter Planung hoffte er, Beth mit einem Kuss zu überraschen. Sein Plan hing ganz von der Wirksamkeit des Gespenstes ab, das er noch am Nachmittag in der Geistervilla aufgehängt hatte. Wenn der Plan funktionierte, würde Beth laut aufschreien und sich in seine Arme werfen.

»Die Vorführung des Magiers hat mir sehr gut gefallen«, meinte Beth, während sie ihn beim Öffnen des Tores beobachtete, das diesen Teil des Gartens abtrennte. »Würdest du dich denn zur Verfügung stellen, um dich in Trance versetzen zu lassen?«

»Kein Magier könnte mich in Trance versetzen.« Zachary ließ kurz von ihrem Arm ab, um das Tor wieder zu verschließen und die Laterne anzuzünden. »Dazu ist mein Wille viel zu stark.«

»Zu stark, tatsächlich?«

»Aber ja.« Er hielt die Laterne so, dass sie den finsteren Weg beleuchtete. »Ich studiere eine geheime Philosophie, die der Konzentration des Geistes große Bedeutung beimisst.«

»Eine geheime Philosophie, wie aufregend.«

Er freute sich über ihr Interesse. »Körperliche Übungen sind ebenfalls berücksichtigt. Ich lerne alle möglichen schlauen Kniffe, wie man sich selbst vor Straßenräubern und Halunken schützen kann.«

»Das ist alles sehr spannend, und ich bin mir sicher, dass du einen viel zu starken Willen hast, als dass man dich in Trance versetzen könnte. Doch wirst auch du zugeben müssen, dass die Vorführung heute Abend sehr beeindruckend war. Stell dir doch nur einmal vor, eine ganze Passage aus einem Stück zu rezitieren und sich hinterher nicht mehr daran erinnern zu können.«

»Das war allerdings verblüffend«, pflichtete er ihr bei. Seiner Meinung nach hatte aller Wahrscheinlichkeit nach der Magier Lucinda eine stattliche Summe dafür bezahlt, um diese Passage aus dem *Hamlet* auswendig zu lernen. Doch würde es ihm niemals einfallen, die Wahrhaftigkeit der Trance in Frage zu stellen. Keiner bewunderte ein solch schlaues Konzept mehr als er selbst. Außerdem wusste er, dass Herr Hunt mit den Massen, die des Magiers wegen die Vergnügungsgärten aufsuchten, recht zufrieden war.

Er führte Beth um die Ecke und blieb stehen. Dann hob er die Laterne, damit sie das im Nebel liegende Geisterhaus betrachten konnte.

Ihre Augen weiteten sich vor Aufregung und Spannung. »Mein Gott, es ist ein beängstigender Ort. Es ähnelt auf das Haar einer Burg aus meinem neuen Buch.«

»Die Ruine?«

»Genau. Es ist eine wunderbare Geschichte. Hast du sie schon gelesen?«

»Ich für meinen Teil ziehe Byron vor.«

Er half ihr die Treppe hoch und blieb vor einer schweren Tür stehen. Die Scharniere quietschten angemessen unheimlich. Langsam öffnete sich die Tür und offenbarte eine bedrohliche Dunkelheit.

Beth zögerte, über die Schwelle zu treten, und starrte in die Dunkelheit. »Ist es wirklich sicher, das Haus zu betreten?«

»Es gibt nichts, wovor man Angst haben müsste.« Er drehte die Laterne so, dass sie einen schwachen Strahl in das Zimmer warf. »Ich bin bei dir.«

»Gott sei Dank.« Beth trat vorsichtig in das Zimmer.

Zachary bereitete sich auf ihren Aufschrei vor. Er würde unmittelbar hinter ihr stehen, um sie aufzufangen, wenn ihr Blick auf das Gespenst fiel.

Beth blieb stehen. Vor Schreck verschlug es ihr den Atem. Doch sie gab keinen damenhaft zaghaften Laut von sich, sondern schrie wie am Spieß. Das hohe, schrille Kreischen des Entsetzens hallte durch die Villa. Zachary setzte die Laterne ab und schlug die Hände über die Ohren.

»Was in aller Welt …« Gepeinigt verzog er das Gesicht. »Es ist doch kein wirkliches Gespenst.«

Doch Beth hörte ihn nicht. Sie fuhr herum. In dem schummrigen Licht sah er ihre Augen. Mitnichten warf sie sich in seine Arme, wie er es sich ausgemalt hatte. Sie schubste ihn ruppig aus dem Weg und rannte zur Tür. Er hielt sie am Arm fest, um sie zu beschwichtigen.

»Beth, warte doch! Es ist doch nur ein altes Laken!«

»Geh mir aus dem Weg!«

»Es kann dir nichts zu Leide tun.« Er versuchte sie zu beruhigen, als sie sich in ihn verkrallte.

»Es ist grausam! Wie konntest du so etwas tun? Lass mich hier heraus!« Sie kämpfte jetzt gegen ihn. *»Lass mich raus!«*

Da er sich keinen Rat wusste, ließ Zachary sie los. »Beth, um Himmels willen, du musst doch nicht immer noch schreien. Ich schwöre, es ist nur ein Laken.« Doch Beth war bereits draußen und rannte die Treppe hinunter auf den Pfad zu. Sie verschwand um eine Biegung des dunklen Weges, der zurück zu den Vergnügungspavillons führte.

So viel zu seinem großen Plan, dachte Zachary bedrückt. Vielleicht sollte er bei Gelegenheit Herrn Hunt zum Thema Frauen befragen. Offenbar hatte er guten Rat nötig. Über die vergangenen drei Jahre hinweg hatte er Herrn Hunts Meinung zu sehr unterschiedlichen Problemen schätzen gelernt.

Er drehte sich um, um nachzusehen, weshalb sein Gespenst nicht die erwünschte Wirkung gehabt hatte. Jetzt erst sah er, was Beth eben so in Panik versetzt hatte.

Das Gespenst, das er an den Bohlen angebracht hatte, zitterte wohl unheimlich im Luftzug der geöffneten Tür. Aber es waren nicht die leeren, ausgeschnittenen Augenhöhlen, die ihn aus der Nische des steinernen Treppenhauses blind anstarrten. Das Blut hatte etwas sehr Wirkungsvolles. Er war sich jedoch ganz sicher, sein Gespenst nicht in Blut getränkt zu haben. Und kein zweites auf den Boden drapiert zu haben.

15. Kapitel

Die Flammenglut in der hinteren Halle loderte nun noch heftiger. Ein schrecklicher Lärm begleitete das herannahende Feuer wie die Geräusche eines riesigen Untiers, das sich an seiner frisch erlegten Beute labt. Ihr blieb nur noch sehr wenig Zeit. Sie hob den blutigen Schlüssel auf und fummelte ihn in das Schloss des Schlafzimmers. Sie sah etwas Goldenes aufflackern. Sie betrachtete es genauer und erblickte Renwicks Spazierstock neben seinem Körper auf dem Teppich. Sie zwang sich, sich darauf zu konzentrieren, den blutverschmierten Schlüssel in das Schloss zu stecken. Zu ihrem Entsetzen entglitt er ihren zitternden Händen. Sie glaubte, Renwick lachen zu hören, als sie sich bückte, um ihn aufzuheben. Als sie jedoch zu ihm hinübersah, war er immer noch tot. Sie hob den Schlüssel auf und versuchte, ihn erneut ins Schloss zu stecken.

Ein zweites Mal entglitt er ihren Händen. Über alle Maßen frustriert und entsetzt, starrte sie auf ihn hinunter. Sie musste die verschlossene Tür öffnen.

Aus dem Augenwinkel heraus sah sie, wie sich Renwicks Hand bewegte. Schreckensstarr beobachtete sie, wie seine toten Finger sich nach dem Schlüssel ausstreckten …

Wie nach diesem Traum üblich, wachte sie ruckartig und in kaltem Schweiß gebadet auf. Wie sonst auch fand sie sich zunächst nicht zurecht. Sie schob die Bettdecke beiseite, zündete eine Kerze an und blickte auf die Uhr. Es war Viertel nach eins am Morgen. Zum zweiten Mal, seit sie unter Artemas' Dach wohnten, hatte sie zwei volle Stunden geschlafen, ehe der Traum gekommen war. Offenbar holte sie den so sehr benötigten Schlaf hier nach.

Nur zu gut aber wusste sie, dass sie sich den Versuch ersparen konnte, jetzt erneut Schlaf zu finden. Aller Wahrscheinlichkeit nach würde sie bis zum Morgengrauen wach bleiben. Als sie nach ihrem Morgenmantel griff, fiel ihr Blick auf das schmale Bändchen auf dem Sekretär.

Frustration durchfuhr sie. Um sich selbst zu beruhigen, hatte sie es Eaton Pitney gezeigt. Er hatte es recht interessiert durchgesehen, sich jedoch als ratlos geschlagen gegeben.

Dennoch hatte er sie in einer sie bedrängenden Frage zu beruhigen versucht.

»Ich weiß, dass Sie meine Vermutung belustigen wird, Sir«, hatte sie gesagt, »doch da Sie ein Experte in allen Fragen der Vanza-Lehre sind, muss ich Sie um Ihre Meinung bitten. Ist es möglich, dass dieses kleine Büchlein das *Buch der Geheimnisse* ist? Ist dies der Band, der Gerüchten zufolge vor einigen Monaten zunächst gestohlen und dann von einem Feuer zerstört wurde?«

»Nein, das ist unmöglich«, hatte er ihr im Brustton der Überzeugung geantwortet. »Vom *Buch der Geheimnisse,* sollte es jemals existiert haben, sagt man, es sei ausschließlich in der alten Sprache des Vanzagara und nicht in einem Mischmasch von Griechisch und ägyptischen Hieroglyphen geschrieben worden, so wie es bei diesem Buch der Fall ist.«

Pitneys Einschätzung hatte sie zwar sehr erleichtert, aber aus einem unerfindlichen Grund nicht befriedigen können. Sie schlüpfte in ihre Hausschuhe, nahm die Kerze und wandte sich beherzt der Tür zu. Wenn sie schon nicht wieder einschlafen würde, so konnte sie sich auch gleich etwas aus der Küche zu essen holen. Ein wenig Käse oder etwas des übrig gebliebenen Teegebäcks würden die Traumbilder vielleicht verbannen können.

Ihre Finger streiften den Schlüssel, der in dem Türschloss steckte, als sie den Türknauf drehte. Bei der Berührung des kalten Eisens zögerte sie, denn wieder hatte sie den blutigen Schlüssel aus ihrem Traum vor Augen.

Sie verdrängte diese Bilder, atmete einmal tief durch und eilte in den Flur hinaus. Leise ging sie die Treppe hinunter und betrat die dunkle Küche. Sie stellte die Kerze auf dem Tisch ab und begann nach etwas Essbarem zu suchen. Sie spürte seine Anwesenheit in ihrem Rücken in der Sekunde, als sie gerade den restlichen Apfelkuchen entdeckt hatte. Erschrocken ließ sie den Kuchen auf den Teller zurückfallen und fuhr herum.

Artemas stand, die Hände tief in den Taschen seines schwarzen Seidenmorgenrocks vergraben, in der Tür. Sein dunkles Haar war höchst ansehnlich verwuschelt.

»Reicht es auch für zwei?«, erkundigte er sich.

Es war offensichtlich, dass er gerade aus dem Bett gekommen war. Sein entspannter, warmer Gesichtsausdruck signalisierte ihr, dass er dasselbe soeben an ihr feststellte. Erinnerungen an das leidenschaftliche Zwischenspiel in seiner Bibliothek überfluteten sie. Dieser Mann kannte sie wie kein anderer. Die sinnliche Vertrautheit des Augenblicks ließ sie erstarren.

Sie räusperte sich. »Ja, natürlich.« Sie musste ihre ganze Willenskraft zusammennehmen, um das Messer aufzuheben.

»Konnten Sie wegen des Abenteuers in Pitneys Labyrinth nicht schlafen?«, fragte er beiläufig, als er sich an den Tisch setzte.

»Nein, ich bin von einem Traum aufgewacht. Ein Traum, den ich schon oft seit …« Sie brach ab. »Ein Traum, den ich häufig träume.«

Er musterte sie aufmerksam, während sie den Kuchen schnitt und ihn auf zwei Teller verteilte. »Ihre Tante befand es für nötig, mich heute Nachmittag in meiner Bibliothek zur Rede zu stellen.«

»Du lieber Himmel.« Stirnrunzelnd nahm sie ihm gegenüber Platz und reichte ihm eine Gabel. »Warum in aller Welt hat sie das getan?«

Artemas stieß die Gabel in ein saftiges Stück Apfel. »Sie hat deutlich zum Ausdruck gebracht, sie sei sich der Tatsache bewusst, dass ich Sie Ihrer Unschuld beraubt habe.«

Madeline rang nach Luft und verschluckte sich prompt an dem Kuchenbissen, den sie sich gerade in den Mund gesteckt hatte.

»Meiner Unschuld beraubt?«, röchelte sie.

»Richtig. Ich habe sie darauf hingewiesen, Sie Ihrerseits seien der Auffassung, es habe sich dadurch rein gar nichts geändert. Ich habe Ihren Gedankengang zitiert, demnach Ihre Stellung als Verruchte Witwe ... und so weiter. Doch schien sie mit dieser Argumentation nicht zufrieden.«

»Gütiger Himmel.« Madeline hüstelte erneut, atmete tief durch und starrte Artemas an. Sie war unfähig zu irgendeiner intelligenten oder schlauen Bemerkung.

»Gütiger Himmel.«

»Natürlich sorgt sie sich, ich hätte die Situation ausgenutzt.«

»Aber nichts dergleichen haben Sie getan, Sir.« Sie stieß die Gabel in den Kuchen. »Es ist ja nun nicht so, dass ich ein Mädchen frisch von der Schulbank bin. In den Augen der Welt hat sich nichts ...«

Er brachte sie mit einer Handbewegung zum Schweigen. »Ich wäre Ihnen sehr verbunden, wenn Sie es nicht aussprechen würden. Am heutigen Tage habe ich diese Worte bereits zu häufig zu Ohren bekommen.«

»Aber sie entsprechen doch ganz und gar der Wahrheit, wie Sie als auch ich sehr wohl wissen. *Nichts hat sich geändert.*«

Seine Augen glitzerten unergründlich. »Sie dürfen natürlich für sich selbst sprechen, gnädige Frau. Doch nehmen Sie sich nicht heraus, dasselbe für mich zu tun.«

Sie warf ihm einen ungeduldigen Blick zu. »Sie machen sich über mich lustig, Sir.«

»Nein, Madeline, ich mache mich nicht über Sie lustig.« Er verzehrte noch eine Ecke des Kuchens. »Für mich haben sich die Dinge verändert.«

»Gütiger Himmel.« Sie riss die Augen auf. »Sie fühlen sich von Schuldgefühlen belastet, nicht wahr? Sie fühlen sich Ihrer Ehre verpflichtet, weil Sie herausgefunden haben, dass ich noch Jungfrau war. Ich versichere Ihnen, Sir, Sie müssen sich deswegen keinerlei Gedanken machen.«

»Es ist nicht an Ihnen, mir die feineren Aspekte meines Ehrempfindens darzulegen.«

»Verdammt auch, Sir, wenn Sie auch nur daran denken, etwas so Verrücktes zu tun, wie mir die Ehe anzutragen nur wegen dieses ... dieses Vorkommnisses auf dem Sofa, sollten Sie es sofort vergessen.« Entsetzt stellte sie fest, dass ihre Stimme schrill wie die eines Waschweibes geworden war, doch konnte sie sich nicht zurückhalten. »Ich war bereits einmal verheiratet, weil ein Mann mich zu seinen eigenen Zwecken hat benutzen wollen. Ganz sicher aber werde ich nicht ein zweites Mal aus diesem Grunde in die Ehe einwilligen.«

Sehr langsam legte er die Gabel ab und sah sie mit gefährlich funkelnden Augen an. »Glauben Sie denn, dass eine Ehe mit mir Ihrer ersten Ehe in irgendeiner Weise ähnlich wäre? Dass ein Vanza-Ehemann ist wie der andere? Ist es das, was Sie befürchten?«

Sie hätte alles darum gegeben, sich jetzt in Luft auflösen zu können. Stattdessen jedoch errötete sie tief, denn ihr wurde bewusst, dass er sie missverstanden hatte. »Lieber Himmel, natürlich nicht. Zwischen Ihnen und Renwick Deveridge bestehen keinerlei Ähnlichkeiten. Das wollte ich nicht damit angedeutet haben, und ich denke, das wissen Sie auch.«

»Was ist es dann genau, was Sie haben sagen wollen, gnädige Frau?«

Sie umklammerte die Gabel und rammte sie erneut in den Kuchen. »Ich will damit sagen, dass ich nicht die Absicht habe, die Ehe einzugehen, nur damit Sie irgendeinen lächerlichen Ehrenkodex einhalten können.«

»Sie erachten Ehre also nicht als einen stimmigen Grund für die Ehe?«

»Unter bestimmten Umständen ist sie sicherlich ein ausreichender Grund«, erwiderte sie brüsk. »Doch nicht in unserem Fall. Selbst wenn ich mich wiederholen sollte, so hat sich nichts …«

»Wenn Sie es aussprechen, kann ich für meine Handlungen nicht verantwortlich gemacht werden.«

Sie knurrte unwillig.

Sein Ton wurde nachgiebiger. »Vielleicht sollten wir ganz einfach das Thema wechseln. Erzählen Sie mir doch von dem Traum, der Sie heute Nacht aus dem Schlaf geschreckt hat.«

Ein Schauer fuhr ihr über den Rücken. Über den ständig wiederkehrenden Albtraum wollte sie wirklich nicht sprechen. Andererseits bot es ihr eine Alternative zum noch verstörenderen Thema einer Hochzeit.

»Ein- oder zweimal habe ich versucht, ihn Bernice zu erzählen, doch bin ich zu der Erkenntnis gelangt, dass das Reden darüber ihn nur umso lebendiger werden lässt«, sagte sie unentschlossen.

»Wie lange leiden Sie bereits unter solchen Träumen?«

Sie zögerte, doch schien es ihr nicht abträglich, ihm ein Teil der Wahrheit zu erzählen. »Seit kurz nach dem Tod meines Vaters.«

»Verstehe. Kommt Ihr Vater in dem Traum vor?« Die Frage überraschte sie. »Nein, es ist mein …«

»Ihr Ehemann«, beendete er den Satz an ihrer Stelle.

»Ja.«

»Diesen Traum also hatten Sie während des vergangenen Jahres häufig. Hat er denn mit der Zeit an Eindringlichkeit verloren?«

Sie legte die Gabel ab und blickte ihm über den Tisch hinweg in die Augen. »Nein.«

»Was also riskieren Sie, wenn Sie ihn mir beschreiben?«

»Weshalb wollen Sie die Einzelheiten eines besonders unangenehmen Albtraums erfahren?«

»Weil wir ein Geheimnis zu entlarven versuchen. Ihr Traum könnte ein paar Hinweise enthalten.«

Sie musterte ihn verblüfft. »Ich sehe nicht, wie das möglich sein könnte.«

»Träume vermitteln häufig Botschaften«, erwiderte er ruhig. »Vielleicht können wir von Ihrem Traum etwas lernen. Schließlich suchen wir nach einem Mann, der als Geist Renwick Deveridges in Erscheinung tritt. Und Renwick Deveridge, wie Sie mir sagen, kommt in Ihrem Traum vor. Es mag sich lohnen, einige der Details genau zu hinterfragen.«

Sie zögerte erneut. »Mir ist bewusst, dass die Lehre des Vanza Träume für sehr wichtig hält, doch meiner Meinung nach kann man die Dinge, die in Träumen geschehen, nicht wirklich erklären.«

Er zuckte mit den Schultern. »Versuchen Sie nichts zu erklären, beschreiben Sie es lediglich. Gehen Sie mit mir durch den Traum, so wie Sie ihn immer träumen.«

Sie schob den Kuchen beiseite und verschränkte die Arme auf dem Tisch. Gab es irgendwelche versteckten Hinweise in ihren Albträumen? Es stimmte, dass sie ihre Träume niemals genau untersucht hatte. Sie hatte sie lediglich vergessen und sich nicht in allen schrecklichen Einzelheiten an sie erinnern wollen.

»Es beginnt immer am selben Ort. Ich stehe gebückt vor

der Tür eines Schlafzimmers. Ich bin mir bewusst, dass es im Haus brennt. Ich weiß, dass ich in die Kammer gelangen muss, doch ist die Tür verschlossen. Ich habe keinen Schlüssel, also versuche ich es mit einer Haarnadel.«

»Fahren Sie fort«, ermutigte er sie leise.

Sie atmete tief durch. »Ich sehe Renwicks Leiche auf dem Teppich. Der Schlüssel für das Schlafzimmer liegt neben ihm. Ich hebe den Schlüssel auf und versuche, damit die Tür zu öffnen. Doch der Schlüssel ist nass und entgleitet meinen Fingern.«

»Warum ist der Schlüssel nass?«

Sie sah zu ihm auf. »Er ist mit Blut verschmiert.«

Einen Moment schwieg er, doch blieben seine Augen auf sie gerichtet. »Fahren Sie fort.«

»Jedes Mal, wenn ich den Schlüssel in das Schloss zu stecken versuche, höre ich Renwick lachen.«

»Lieber Himmel.«

»Es ist … sehr beunruhigend. Der Schlüssel entgleitet meiner Hand. Ich drehe mich zu Renwick um, doch er ist nach wie vor mausetot. Ich bücke mich, hebe den Schlüssel auf und versuche erneut, die Tür aufzuschließen.«

»Endet damit der Traum?«

»Ja, und es ist immer dasselbe.« Sie war sich bewusst, dass dies bei ihrem letzten Albtraum nicht zutraf. Renwicks tote Finger hatten sich nach dem Schlüssel ausgestreckt. Das war neu.

»Erzählen Sie mir alles, was Sie in dem Flur sehen können.« Artemas schob seinen Teller von sich und streckte seine Hände über den Tisch, um ihre damit zu umfassen. »Jede Kleinigkeit.«

»Wie gesagt, ich sehe Renwicks Leiche.«

»Welche Kleidung trägt er?«

Sie runzelte die Stirn. »Ich kann mich nicht entsinnen …

nein, warten Sie, an einige Dinge kann ich mich erinnern. Er trägt ein weißes, blutverschmiertes Hemd. Hosen. Stiefel. Das Hemd muss wohl teilweise aufgeknöpft sein, denn ich erinnere mich an die Tätowierung der Blume des Vanza auf seiner Brust.«

»Was können Sie sonst noch sehen?«

Sie zwang sich, die Szenen ihres Traums noch einmal durchzugehen. »Seinen Spazierstock. Er liegt neben ihm auf dem Boden. Mir fällt sein goldener Knauf auf.«

»Trägt er eine Weste oder eine Krawatte?«

»Nein.«

»Weder Mantel, Hut noch Krawatte, und doch trägt er einen Spazierstock.«

»Er war ihm wichtig, weil er ein Geschenk seines Vaters war.«

»Ja«, meinte Artemas nachdenklich. »Sehen Sie irgendwelche Möbel im Flur?«

»Möbel?«

»Einen Tisch, einen Stuhl oder einen Kerzenhalter vielleicht? Wandkerzen?«

Warum nur wollte er diese Art von Details erfahren, fragte sie sich. »Es steht ein kleiner Tisch dort, auf dem ein silberner Kerzenleuchter steht, den mir Bernice an meinem Hochzeitstag geschenkt hat.«

»Interessant. Sehen Sie irgendwelche ...« Plötzlich brach er ab, denn es klopfte laut an der Küchentür.

Madeline zuckte bei dem unerwarteten Geräusch zusammen und wandte sich der verschlossenen Tür zu.

»Eine Milchmagd oder ein Fischverkäufer«, meinte Artemas freundlich.

»Dafür ist es zu früh«, flüsterte sie. »Die Sonne geht noch lange nicht auf.«

»Ein Eindringling, der sowohl dem Wachmann als auch dem Hund entwischt ist, wird sich wohl kaum die Mühe machen zu klopfen.« Artemas stand auf und ging zur Tür. Die Hand am Schloss, hielt er inne. »Wer ist da?«

»Ich bin es, Zachary, Sir.« Die gedämpfte Stimme schien es sehr eilig zu haben. »Ich muss Ihnen etwas erzählen. Es ist sehr wichtig.«

Madeline beobachtete, wie Artemas aufschloss und die schwere Holztür öffnete. Zachary stand mit blassem, ernstem Gesicht auf der Treppe.

»Gott sei Dank sind Sie zu Hause, Sir. Ich dachte schon, Sie wären in einem Ihrer Clubs, und ich müsste Zeit verlieren, Sie zu suchen.«

»Was ist denn los?«, erkundigte sich Artemas. »Es ist eine Leiche, Sir. Im Geisterhaus.«

»Zachary, wenn dies wieder einer Ihrer ausgefallenen Scherze ist, so möchte ich Sie gleich warnen, dass ich dazu nicht aufgelegt bin.«

»Es ist kein Scherz, Sir.« Zachary wischte sich mit dem Ärmel den Schweiß von der Stirn. »Ich schwöre, im Geisterhaus liegt eine Leiche. Und dann gibt es da noch etwas.«

»Was noch?«

»Eine Nachricht, Sir. Sie ist an Sie adressiert.«

Die Vergnügungspavillons hatten kurz nach Mitternacht geschlossen, wie an Wochenenden üblich, wenn es weder eine Sonderveranstaltung noch einen Maskenball gab. Artemas blickte auf die Uhr, als er durch den dunklen Garten auf das Geisterhaus zuging. Im Schein von Zacharys Laterne konnte er erkennen, dass es kurz vor zwei Uhr morgens war. »Sind Sie sicher, dass der Mann tot und nicht betrunken oder krank ist?«

Zachary fuhr sichtlich ein Schauer über den Rücken. »Glauben Sie mir, Sir, er ist mausetot. Er hat mir einen Riesenschrecken versetzt, so viel kann ich Ihnen versichern. Hätte glatt an Gespenster glauben können, als ich ihn sah.«

»Und die Nachricht? Wo ist sie?«

»Sie ist an seinem Mantel festgesteckt. Ich habe sie nicht angefasst.«

Außerhalb der Öffnungszeiten boten die Vergnügungsgärten ein vollkommen anderes Bild. Ohne die glitzernden Reflexe Hunderter bunter Laternen, die die Wege beleuchteten, lag alles in tiefen Schatten. Der leichte Nebel verstärkte noch die düstere Nacht. Die Pavillons wirkten unheimlich, ihre Fenster dunkel und undurchdringlich.

Artemas hielt an dem Schlagbaum an, der die Besucher von dem noch nicht fertig gestellten Geisterhaus fern hielt. Zachary hielt die Laterne höher, damit er das Tor aufschließen konnte.

Auf der anderen Seite eilten sie den gewundenen Weg bis zum Geisterhaus entlang. Als sie die Tür erreicht hatten, zögerte Zachary.

»Geben Sie mir die Laterne.« Artemas nahm sie ihm ab. »Es besteht kein Grund, dass wir beide hineingehen.«

»Ich habe keine Angst vor einem toten Mann«, beharrte Zachary. »Ich habe ihn bereits gesehen.«

»Ich weiß. Mir wäre es aber trotzdem lieber, wenn Sie hier draußen blieben und aufpassten.«

Zachary schien erleichtert. »Also gut, Sir. Ich stehe Wache.«

Artemas hielt inne. »Was, glauben Sie, wird Beth hierüber erzählen?«

»Beth hat einen mächtigen Schock bekommen. Sie hält es für meine Schuld und glaubt, es sei Teil der neuen Attraktion. Ich habe ihr nicht verraten, dass die Leiche eine echte Leiche ist.«

»Ausgezeichnet.« Artemas öffnete die Tür und betrat die Eingangshalle. Die Schleier einiger künstlicher Spinnenweben glitten ihm über die Arme. Der auf einer Säule ruhende Totenkopf grinste.

Er ging zu der Nische, in der Zachary ein künstliches Skelett hatte aufhängen wollen. Dann sah er die Leiche. Sie lag ausgestreckt auf dem Boden und hatte das Gesicht der Wand zugewandt. Das Licht zeigte ein paar teure Hosen und einen dunklen Mantel.

Das Hemd war von Blut durchtränkt, doch fand sich davon nichts auf dem Boden. Hier war der Mann nicht erschossen worden, folgerte Artemas. Er war an einem anderen Ort ermordet worden, doch hatte sich sein Mörder die Mühe gemacht, den Leichnam bis hierher zu tragen.

Er beugte sich über die Leiche und ließ die Laterne sein allzu blasses Gesicht beleuchten.

Oswynn.

Artemas wurde von kalter Wut gepackt. Die Hand an dem Laternengriff formte sich zu einer Faust.

Die blutgetränkte Notiz befand sich genau dort, wo Zachary es beschrieben hatte. Sie war an Oswynns Mantel geheftet. Daneben lag ein Uhrensiegel, in das der Kopf eines Hengstes eingraviert war.

Bemüht, das getrocknete Blut nicht zu berühren, hob Artemas den Brief auf und öffnete ihn. Eilig überflog er die Nachricht.

Betrachten Sie dies sowohl als Gefälligkeit als auch als Warnung, Sir. Halten Sie sich aus meinen Angelegenheiten heraus, dann werde ich mich aus den Ihren heraushalten. Und übrigens, seien Sie so freundlich und grüßen Sie mir meine Frau.

16. Kapitel

Noch vor dem Morgengrauen hörte sie, wie er nach Hause zurückkehrte. Es herrschte ungewöhnlich viel Lärm im Treppenhaus. Zunächst hörte sie die gedämpften Stimmen zweier Diener, dann herrschte Stille.

Sie wartete so lange, wie es ihr unter der Anspannung möglich war, dann trat sie in den Flur hinaus. Ein paar Sekunden verharrte sie und lauschte. Die gedämpften Geräusche der üblichen Morgenarbeiten waren noch nicht aus der Küche zu hören. Das Personal lag, abgesehen von den beiden Dienern, noch in den Betten.

Vorsichtig lief sie zum anderen Ende des Flurs und klopfte leise an Artemas' Tür. Niemand antwortete. Der Mann hatte sich den Schlaf verdient, dachte sie. Sicher war er vollkommen erschöpft.

Enttäuscht wandte sie sich ab. Sie würde bis zum Morgen warten müssen, ehe sie die Antworten zu ihren Fragen erfahren würde.

Ohne Vorwarnung öffnete sich die Tür. Artemas stand mit vom Bad noch feucht glänzenden Haaren in der Tür. Er hatte die Hose und das Hemd abgelegt, das er beim Verlassen des Hauses zusammen mit Zachary getragen hatte, und trug wieder seinen schwarzen Morgenmantel. Jetzt wurde ihr klar, dass die Geräusche, die sie vorhin gehört hatte, von den Dienern herrührten, die ihm heißes Wasser gebracht hatten. Artemas war gerufen worden, um sich um eine Leiche zu kümmern, erinnerte sie sich. Unter solchen Umständen würde sie auch ein Bad genommen haben.

»Ich dachte mir schon, dass Sie es sein könnten, Madeline.«

Trotz ihrer brennenden Neugier blickte sie nochmals den Flur zurück. Zwar war dies ein ungewöhnlicher Haushalt, gleichwohl würden die Bediensteten dennoch lästern, wenn sie sie in Artemas' Schlafzimmer verschwinden sehen würden. Nachdem sie sich davon überzeugt hatte, dass niemand im Flur war, schlüpfte sie in den Raum. Die Wanne, die er eben benutzt hatte, stand vor dem Kaminfeuer und wurde teilweise von einem Paravent abgetrennt. Feuchte Handtücher hingen darüber. Ein Tablett mit Tee, einer Tasse, Untertasse und einem Teller mit Brot und Käse stand auf dem Tisch. Das Essen schien bisher nicht angerührt worden zu sein.

Sie blieb ruckartig stehen, als sie die allein stehende bernsteinfarbene Kerze auf einem Seitentisch entdeckte. Schlagartig war ihr klar, dass es sich um eine Vanza-Kerze handelte. Das schmelzende Wachs verströmte einen leichten, mannigfachen und besonderen Duft, der einzigartigen Mischung verschiedener Vanza-Kräuter. Artemas war ein Meister des Vanza. Jeder Meister stellte seine ganz eigene Kräutermischung zusammen, die seine Kerzen von denen anderer Meister unterschied.

Sie hörte, wie die Tür hinter ihr ins Schloss fiel, und drehte sich um. Das mulmige Gefühl, mit dem sie hereingekommen war, verstärkte sich. Artemas' Gesicht war verschlossen und bestand nur noch aus harten Kanten und grimmig verzogenen Linien. Sofort war ihr klar, dass der Tote, wer immer er auch gewesen sein mochte, ihm nicht fremd war. Doch entdeckte sie keine Trauer in seinen Augen, lediglich eine nur notdürftig beherrschte Wut.

Noch nie war er ihr so gefährlich erschienen wie in diesem Moment. Sie wurde unsanft daran erinnert, dass trotz der Intimitäten, die zwischen ihnen stattgefunden hatten, sie sehr vieles über diesen Mann nicht wusste.

»Es tut mir Leid, Sie bei Ihren Meditationen zu stören, Sir.« Sie zog sich langsam zur Tür zurück. »Ich lasse Sie in Ruhe. Wir können später reden.«

»Bleiben Sie.« Das war ein Befehl. »Ob Sie es gewollt haben oder nicht, Sie haben sich in meine Angelegenheiten gemischt, als wir unseren Pakt geschlossen haben. Es gibt Dinge, die ausgesprochen werden müssen.«

»Aber Ihre Meditation ...«

»Ein nutzloser Zeitvertreib, um es milde auszudrücken.« Er durchquerte die Schlafkammer bis zu dem kleinen Tisch, beugte sich herunter und löschte die Kerze.

Sie verschränkte die Hände und sah ihn an. »Wer war er denn, Artemas?«

»Sein Name war Charles Oswynn.« Artemas beobachtete die dünne Spur rauchigen Rußes, die von der gelöschten Kerze aufstieg. »Er war einer der drei Männer, die eine Frau namens Catherine Jensen auf dem Gewissen haben. Eines Nachts haben sie sie zum Spaß entführt und anschließend vergewaltigt. Als sie zu fliehen versuchte, kam sie zu Tode. Ihre Leiche wurde drei Tage später von einem Bauern gefunden, der seine Schafe suchte.«

Die gleichmäßige Betonung seiner Worte verstärkte lediglich deren Wirkung.

Madeline regte sich nicht. »War sie mit Ihnen befreundet?«

»Mehr als nur befreundet. Wir hatten viele Gemeinsamkeiten. Wir waren beide ganz allein in der Welt. Catherines Mutter starb, als sie noch jung war. Sie wurde von entfernten Verwandten aufgezogen, die sie als unbezahlte Magd betrachteten. Von dort ist sie weggerannt, um Schauspielerin zu werden. Ich habe sie eines Abends nach einer Vorstellung in Bath kennen gelernt. Eine Zeit lang haben wir unsere Träume gemeinsam geträumt.«

»Waren Sie ein Liebespaar?«

»Für eine Weile.« Er nahm den Blick nicht von der gelöschten Kerze. »Doch damals stand ich ohne einen Pfennig da. Ich konnte ihr nicht die Sicherheit bieten, nach der sie sich so sehr sehnte.«

»Was ist dann geschehen?«

»Ich habe die Bekanntschaft eines Vanza-Meisters gemacht. Ich hatte Glück, denn er zeigte Interesse an mir und ermöglichte mir, in den Tempelgärten zu studieren. Ich bereitete mich darauf vor, zur Insel Vanzagara zu segeln. Vor meiner Abreise habe ich Catherine versprochen, dass ich nach Abschluss meiner Studien Geld verdienen und sie heiraten würde. Jeden Sommer bin ich nach England zurückgesegelt, um sie zu besuchen. Doch als ich das letzte Mal zurückkam, wurde mir von ihrem Tod berichtet.«

»Wie haben Sie die Namen derer herausgefunden, die für ihren Tod verantwortlich waren?«

»Ich habe den Bauern aufgesucht, der ihre Leiche gefunden hat. Er hat mir geholfen, die Gegend abzusuchen. Ich habe die Höhle entdeckt, in die sie sie entführt hatten.«

Schweigend ging er zu einem kleinen Schreibtisch, öffnete eine Schublade und holte etwas hervor. »Dieses hier habe ich auf dem Boden der Höhle gefunden. Catherine muss es wohl während ihres Kampfes mit den drei Männern erfasst haben. Ich habe es zu einem Laden in der Bond Street zurückverfolgt.«

Madeline trat auf ihn zu. Sie nahm die Uhr mit dem Siegel in die Hand und betrachtete den eingravierten Pferdekopf.

»Hat Ihnen der Händler den Käufer verraten?«

»Er erzählte mir, er sei beauftragt worden, drei identische Siegel für drei Gentlemen dieser Stadt anzufertigen, Glenthorpe, Oswynn und Flood. Ich habe weitere Nachforschungen betrieben und herausgefunden, dass die drei eng befreundet waren. Sie hatten einen kleinen Club gegründet, der – wie sie sich ausdrückten – außergewöhnlichen Vergnügungen und Ausschweifungen dienen sollte.«

Sie blickte von dem Siegel auf. »Und Sie haben Rache geschworen.«

»Zuerst wollte ich sie umbringen.«

Sie schluckte. »Alle drei?«

»Ja. Doch dann erschien mir das zu einfach. Ich nahm mir vor, stattdessen jeden Einzelnen zu zerstören, sowohl in gesellschaftlicher als auch in finanzieller Hinsicht. Ich wollte das *außergewöhnliche Vergnügen* ihres Abstiegs in die Armut genießen. Ich wollte ihnen zeigen, was es bedeutet, von der Gesellschaft ausgestoßen zu sein und dank des niedrigen Status keinerlei Schutz zu genießen. Sie sollten zu einem gewissen Grad begreifen lernen, wie sich das Leben für jemanden in Catherines Umständen anfühlte.«

»Wenn Sie Ihr Ziel erreicht hätten, was hatten Sie danach geplant, Artemas?«

Er schwieg. Doch er brauchte gar nichts zu sagen, sie kannte ohnehin die Antwort.

Eine fürchterliche Angst beschlich sie. Behutsam legte sie die Uhr mit dem Siegel auf den Tisch neben die Kerze.

»Das ist der Grund, weswegen Sie Ihren Besitz der Vergnügungspavillons nicht bekannt geben möchten. Sie fürchten sich überhaupt nicht vor dem strafenden Auge der Gesellschaft, wenn öffentlich würde, dass Sie Geschäftsmann sind. Sie suchen gar nicht nach einer Ehefrau.«

»Nein.«

»Sie haben das alles geheim gehalten, weil Sie zu der Welt von Oswynn und den anderen Zugang brauchten, um Ihre Rache auszuführen.«

»Bis jetzt läuft der Plan sehr gut. Mein Einkommen aus den Gärten gestattet es mir, Oswynn und die anderen auf ihrem eigenen Terrain zu begegnen. Es hat Monate gedauert, die Falle aufzustellen, die sie jetzt in den Ruin ziehen soll.«

Artemas nahm die leere Teetasse und drehte sie langsam in

seinen Händen. »Ich war so nahe dran. So sehr, sehr nah dran. Und jetzt hat *er* mich eines meiner Ziele beraubt.«

Sie trat einen Schritt zurück und streckte die Hand aus. »Artemas …«

»Dieser verdammte *Mistkerl.* Wie kann er es auch nur *wagen*, sich in meine Angelegenheiten zu mischen?« Ohne Vorwarnung schleuderte Artemas die Teetasse gegen die Wand. »Fünf Jahre habe ich daran gearbeitet, es alles unter einen Hut zu bekommen. Fünf verdammte Jahre.«

Madeline erstarrte, als das zarte Porzellan in tausend Stücke zerbarst. Es war nicht das Ereignis selbst, das sie verblüfft hatte. Es war das Entsetzen darüber, Artemas in der Gewalt derart heftiger Gefühle zu sehen.

Seit sie ihn kannte, war er immer beherrscht und unerschütterlich gewesen. Selbst als er sie geliebt hatte, war seine Selbstbeherrschung meisterhaft gewesen.

Er blickte auf die Scherben herab, als ob er in eine Hölle sehen würde. »Fünf Jahre.«

Sie konnte seinen Schmerz nicht länger ertragen, denn er spiegelte zu sehr ihre eigene innere Pein. Sie rannte auf ihn zu, schlang ihre Arme um ihn und presste ihr Gesicht gegen seine Schulter.

»Sie geben sich die Schuld an ihrem Tod«, flüsterte sie.

»Ich habe sie im Stich gelassen.« Er verharrte reglos und kalt wie ein Stein in ihrer Umarmung. »Während meiner Abwesenheit hatte sie niemanden, der sie beschützte. Sie meinte, sie sei eine Frau von Welt und könne auf sich selbst Acht geben, doch schlussendlich …«

»Ich verstehe.« Sie umarmte ihn so fest sie nur konnte und versuchte, seinem kalten Körper etwas ihrer eigenen Wärme zu geben. »Ich kenne das Gefühl, dass die eigenen Entscheidungen den Tod eines anderen Menschen verursacht haben. Großer Gott, ich verstehe Sie.«

»Madeline.« Abrupt wandte er sich ihr zu.

»Zeitweise glaubte ich verrückt zu werden.« Sie vergrub ihr Gesicht in seinem schwarzen Morgenmantel. »Wäre Bernice nicht gewesen, hätte man mich wohl schon lange einer Irrenanstalt überantwortet.«

»Was für ein Paar wir abgeben«, murmelte er in ihr Haar. »Ich habe für die Rache gelebt, und Sie fühlen sich für den Tod Ihres Vaters verantwortlich.«

»Und nun habe ich auch noch eine böse Kraft in Ihr Leben gebracht, die das bedroht, was Ihnen am meisten am Herzen liegt, Ihre Rache.« Sie bemühte sich, ihre Tränen zurückzuhalten. »Es tut mir so sehr Leid, Artemas.«

»Sagen Sie das nicht.« Er nahm ihr Gesicht in beide Hände und hob ihren Kopf an, damit sie ihm in die Augen blicken musste. »Ich verspreche, dass ich Sie für den Vorfall heute Nacht nicht verantwortlich mache.«

»Aber es ist meine Schuld. Wenn ich Ihre Hilfe nicht ersucht hätte, wäre das alles nicht geschehen.«

»Ich habe in dieser Angelegenheit selbst die Entscheidung getroffen.«

»Das ist nicht wahr. Es fing alles in der Nacht an, als ich Sie so gut wie erpresst habe, mir bei der Suche nach Nellie behilflich zu sein.«

»Genug jetzt.« Er bedeckte ihre Lippen und brachte sie mit einem heftigen Kuss zum Schweigen.

Das Verlangen, das sie in ihm spürte, ging ihr zu Herzen. Instinktiv wollte sie ihn trösten, doch sein Verlangen war plötzlich und übermächtig. Sie wurde von einer riesigen Welle überflutet.

Er zerrte sie auf sein Bett. Sie sank in die Bettdecken und klammerte sich an ihn, während seine Lippen an ihren hingen. Dann verlagerte er seine Küsse auf ihren Hals. Ihr Morgenmantel klaffte bei seiner leidenschaftlichen Umarmung auf, und seine Hände umfassten ihre Brüste.

Tief in ihrem Inneren löste sein verzweifeltes Verlangen

ihre Leidenschaft aus. Sie presste die Hände unter seinen Morgenmantel und ertastete die glatten, harten Konturen seines Körpers. Er murmelte etwas Unverständliches, als sie seinen muskulösen Rücken streichelte und sich seinem erhitzten Körper entgegenstreckte. Sie fühlte, wie seine Hand unter dem Morgenmantel ihren Schenkel hinaufstreichelte. Sie hielt die Luft an, als er sie mit seiner Hand bedeckte.

Sie öffnete sich ihm, und er nahm sich, was sie ihm anbot. Sie fühlte, wie sie feucht und warm wurde. In ihrer wachsenden Leidenschaft verloren, berührte sie jedes seiner Körperteile, dessen sie habhaft werden konnte. Er drückte seinen kräftigen, erigierten Schaft in ihre Finger. Ihn erkundend, streichelte sie ihn zärtlich.

Stöhnend rollte er auf den Rücken und zog sie auf sich. Der Saum ihres Morgenmantels schwirrte durch die Luft. Sie seufzte, als sie seine Hände zwischen ihren Beinen spürte.

Sie blickte auf ihn hinunter. Er beobachtete sie mit einer Intensität, neben der Worte keinen Platz mehr fanden. In diesem Moment war das einzig wirklich Wichtige auf der ganzen Welt, den übermächtigen Hunger zu stillen, den sie in seinen Augen entdeckte. Sie fühlte, wie seine Hände sie an den Hüften führten, während sie sich auf seinen erregten Körper zu setzen bemühte. Als er in sie einzudringen begann, spürte sie, wie sie sich gegen sein Eindringen zusammenzog. Von ihrer letzten Begegnung war sie immer noch etwas wund.

»Langsam«, raunte er mit tiefer, rauchiger Stimme. »Diesmal gehen wir sehr langsam vor.«

Behutsam und zärtlich drang er in sie ein. Dann hielt er inne, um ihr die Gelegenheit zu geben, das Gefühl auszukosten, ihn so tief in sich zu haben. Vorsichtig atmend, entspannte sie sich. Sie fühlte sich zwar nach wie vor zu ausgefüllt, doch dieses Mal verspürte sie keinen Schmerz, lediglich eine wachsende, merkwürdige Erwartung.

Mit dem Daumen fand er ihren empfindlichen Punkt. Sie schnappte nach Luft. Sein Finger stimulierte sie, und ein warmes, schier unerträglich belebendes Gefühl durchfuhr sie.

»Artemas.« Sie krallte sich in seine Schultern.

»Ja.« Seine Augen leuchteten im Halbdunkel. »Genau so.«

Er begann sich in ihr zu bewegen. Eine unerklärliche Spannung erfasste sie. Sie warf den Kopf in den Nacken und griff nach ihm, denn sie suchte irgendeine Erlösung ihres körperlichen Verlangens.

Er weigerte sich, das Tempo zu steigern, und sie hätte vor Enttäuschung laut schreien mögen. Er bewegte sich weiter langsam und vorsichtig in ihr.

Sie umklammerte seine Schultern und übernahm die Führung, wobei sie jetzt ihrem eigenen Rhythmus folgte. Sie wusste nicht, was genau sie so verzweifelt suchte, doch spürte sie dort draußen irgendwo einen Zauber darauf warten, dass sie ihn fand.

Artemas lächelte sie an, und da wusste sie, dass er alles geplant hatte, um sie zu diesem Punkt zu bringen. Es war ihr einerlei. Dem drängenden Verlangen ein Ende zu bereiten war alles, was für sie in dieser Minute zählte.

Ohne Ankündigung brach ein mächtiger Damm in ihr. Eine Welle der glühenden Lust durchzuckte sie und schien sie ins Unendliche mitzureißen. Artemas bog ihren Kopf zu sich herunter und bedeckte ihren Mund, als sie laut vor Wonne aufschreien wollte.

Für ein paar Schwindel erregende Sekunden schien er die kleinen Schauer ihrer Befriedigung gierig auszukosten. Dann gab er ein raues, gedämpftes Stöhnen von sich und stieß heftig in sie, bis er erschöpft über ihr zusammenbrach und sie sich schwer atmend eng aneinander klammerten.

Eine viertel Stunde später löste er sich nur zögernd aus der süßen Trägheit. Die kalte Wut, die ihn noch vor ein paar Stunden erfasst hatte, war – zumindest für eine Weile – verflogen. Das ist Madeline zugute zu halten, dachte er. Ihre Leidenschaft hatte auf die klaffende Wunde, die sich damals in ihm aufgetan hatte, wie eine heilende Salbe gewirkt. Jetzt erkannte er, dass die Verletzung immer latent vorhanden gewesen war. Sie regte sich neben ihm, setzte sich auf und blinzelte benommen. Dann wurde ihr Blick klar, und sie sah ihm direkt in die Augen.

»Sie müssen sie sehr geliebt haben«, flüsterte sie.

»Ich hatte viel für sie übrig. Ich fühlte mich für sie verantwortlich, doch weiß ich nicht, ob es Liebe war. Ich weiß nicht, wie sich Liebe anfühlt. Doch weiß ich, dass das Gefühl, das ich ihr gegenüber hegte, Bedeutung hatte.«

»Ja«, sagte sie.

Er hielt ihrem Blick stand und suchte nach den richtigen, erklärenden Worten. »Was immer zwischen Catherine und mir war, ist über die letzten fünf Jahre seit ihrem Tod verblasst. Die Erinnerung an sie verfolgt mich nicht, doch die Gewissheit, dass ich sie im Stich gelassen habe, tut es. Ich habe ihrem Geist versprochen, dass ich mich für sie rächen würde. Es war das Einzige, was ich für sie noch habe tun können.«

Madeline lächelte sehnsüchtig. »Das kann ich gut nachvollziehen. Sie haben für Ihre Rache gelebt, und jetzt, wo Sie mir helfen, riskieren Sie damit ebendiese Genugtuung. Es tut mir Leid, Artemas.«

»Madeline …«

»Lieber Himmel, sehen Sie nur, wie die Zeit vergeht!« Sie suchte nach dem Gürtel für ihren Morgenmantel.

»Ich muss zurück in mein Zimmer. Jede Minute kann hier jemand hereinkommen.«

»Niemand wird dieses Zimmer ohne meine Erlaubnis betreten.«

»Eine der Mägde vielleicht.« Sie erhob sich und band sich eilig den Gürtel fest. »Das wäre für uns beide recht unangenehm.«

»Madeline, wir müssen reden.«

»Ja, ich weiß. Nach dem Frühstück.« Sie trat einen Schritt zurück, stieß gegen den Frisiertisch und streckte eine Hand aus, um sich festzuhalten. Er sah, wie ihre Finger die Nachricht berührten, die an Oswynns Mantel geheftet gewesen war. Sie warf einen Blick darauf.

»Sie können sie getrost lesen.« Er setzte sich auf die Bettkante.

Sie blickte ihn an. »Sie ist an Sie adressiert.«

»Der Mörder hat sie hinterlassen.«

Ihre Augen leuchteten bestürzt auf. »Der Schurke hat Ihnen eine Nachricht zukommen lassen?«

»Eine Warnung, mich aus seinen Angelegenheiten herauszuhalten.« Er stand auf, ging zu dem kleinen Tisch und nahm den blutverschmierten Brief in die Hand. Ohne ein Wort öffnete er ihn und reichte ihn ihr.

Sie überflog ihn hastig. Er spürte es genau, als sie zur letzten Zeile gekommen war. Grauen war in ihren Augen zu lesen. »Gütiger Himmel, es ist wahr. Renwick ist am Leben.«

»Nein.« Er riss ihr das Blatt aus den Händen und presste sie eng an sich. »Das wissen wir nicht.«

»Aber er erwähnt mich.« Kaum verhohlenes Entsetzen klang in ihren Worten mit. *»Vergessen Sie nicht, meine Frau zu grüßen.«*

»Madeline, denken Sie doch einmal nach. Es ist wesentlich wahrscheinlicher, jemand möchte uns lediglich glauben machen, dass er noch lebt«, sagte Artemas.

»Doch aus welchem Grund?«

»Weil es seinen Zwecken dienlich ist.«

»Das ergibt alles überhaupt gar keinen Sinn.« Sie presste

die Hände gegen die Schläfen. »Was geht hier vor? Worum geht es?«

»Noch weiß ich es nicht, doch verspreche ich Ihnen, dass wir der Wahrheit auf den Grund kommen werden.«

Sie schüttelte den Kopf. Der Ausdruck der Beharrlichkeit fiel wie ein Cape über sie. »Ich bedaure, dass ich Sie in diese Sache mit hineingezogen habe, Sir. Bernice und ich müssen noch heute dieses Haus verlassen.«

Er hob die Brauen. »Ich möchte doch hoffen, dass Sie mich nicht zwingen werden, Wachposten aufzustellen, um Sie in diesem Haus zu halten. Das wäre wirklich sehr lästig.«

»Die Sache ist zu weit gegangen, Artemas. Der Brief ist eine Warnung. Wer kann schon sagen, was er als Nächstes tun wird?«

»Er wird es wohl kaum wagen, in so kurzer Folge noch zwei weitere Männer der Stadt beiseite zu schaffen.«

»Einen von ihnen hat er bereits umgebracht.«

»Oswynn war ein leichtes Spiel, denn er besitzt kaum Familie, die sich wegen seines Todes Gedanken machen würde. Bei seinem Leumund würde niemanden die Nachricht verwundern, er sei von einem Straßenräuber auf dem Nachhauseweg vor einer der Spielhöllen ermordet worden. Flood oder Glenthorpe zu ermorden würde ein viel größeres Risiko bergen. Ich halte unseren geheimnisvollen Halunken für klug genug, das zu wissen.«

»Oswynns Leiche wurde aber auf dem Grundstück der Vergnügungspavillons gefunden. Das wiederum wird einen Skandal auslösen.«

»Nein«, erwiderte Artemas leise. »Oswynns Leiche, wenn sie denn endlich gefunden werden wird, wird in der Themse schwimmen. Zachary und ich haben uns vor gut einer Stunde darum gekümmert.«

»Verstehe.« Sie dachte über seine Worte nach und runzelte die Stirn. »Doch löst das nicht unser Problem. Der Schurke weiß offenbar über Ihre Verbindung zu den Vergnügungspavillons Bescheid. Deshalb hat er auch Oswynns Leiche dorthin gebracht, damit Sie sie entdecken.«

»Richtig.«

»Ihre Rachepläne sind ihm ebenfalls bekannt.«

»Ja, das sind sie.«

Sie musterte ihn besorgt. »Er kann Ihnen eine Menge Kopfzerbrechen bereiten.«

»Wenn dieser Fall eintreten sollte, werde ich mich zu gegebener Zeit drum kümmern.«

»Aber Artemas ...«

Er legte eine Hand auf ihre Schulter. »Hören Sie mir zu, Madeline. Ganz gleich, was auch geschehen mag, in dieser Sache stecken wir gemeinsam. Für jeden von uns beiden ist es jetzt zu spät, den Kurs zu ändern.«

Sie betrachtete ihn angespannt. Dann umarmte sie ihn wortlos und legte ihren Kopf gegen seine Schulter.

Er hielt sie eng umschlungen. Durch das Fenster hindurch war das erste nebelverhangene graue Morgenlicht zu sehen.

17. Kapitel

Ich schwöre, ich wäre verrückt geworden, wenn ich Hunts Haus heute Morgen nicht hätte entfliehen können.« Bernice blickte durch das Fenster der Kutsche auf die Straße. »Missverstehe mich bitte nicht, ich rechne ihm seine Sorge um deine Sicherheit hoch an, doch muss ich gestehen, dass ich mich allmählich wie in einer Falle gefangen fühle.«

»Unsere Freiheit heute Morgen ist kaum mehr als eine Illusion«, erwiderte Madeline trocken.

Latimer saß auf dem Kutschbock, doch saß er dort nicht allein. Zachary hockte mit einer Pistole bewaffnet neben ihm. Er war gerade im Haus gewesen, als Madeline und Bernice die Kutsche geordert hatten. Zachary hatte darauf bestanden, sie zu begleiten.

»Wohl wahr, denn es fühlt sich an, als ob wir unter bewaffnetem Schutz fahren würden, nicht wahr?«, fragte Bernice. »Dennoch tut es selbst in diesem Nebel gut, wieder einmal vor die Tür zu treten.«

»Dem kann ich nur beipflichten.«

»Ein Jammer, dass Herr Leggett nicht zugegen war, als wir das Haus verließen«, bemerkte Bernice beiläufig. »Ich hätte ihm vorgeschlagen, uns zu begleiten.«

Madeline blinzelte. »Du hättest es gerne gesehen, wenn Herr Leggett uns begleitet hätte?«

»Neulich, als Herr Hunt und du in Pitneys Labyrinth umhergeirrt seid, hatten wir eine sehr interessante Unterhaltung. Man könnte sagen, wir hätten einander besser kennen gelernt. Er ist ein weit gereister Gentleman.«

»Ach ja? Ist er das?«

»Während des Krieges hat er einige Zeit auf dem Kontinent verbracht. Wusstest du das?«

Madeline war von der Wendung ihres Gesprächs vollkommen überrascht. »Nein, das wusste ich nicht. Was hat er dort gemacht?«

»Er war recht zurückhaltend in seinen Auskünften, doch hatte ich den Eindruck, er habe bei seiner Rückkehr über Napoleons Methode, seine Truppen zu ernähren, Bericht erstattet. Seine Auskünfte waren Wellington eine große Hilfe.«

»Herr Leggett hat sich in geheimdienstlicher Angelegenheit auf dem Kontinent aufgehalten?«

»Nun, ganz so unverblümt hat er es nicht ausgedrückt. Andererseits würde er das ohnehin nicht tun, nicht wahr? Schließlich ist er ein Gentleman, und Gentlemen sprechen über solche Dinge nicht. Er ist wirklich recht charmant, findest du nicht?«

Obwohl Madeline Bernice zeit ihres Lebens kannte, hatte sie noch niemals ein solches Leuchten in den Augen ihrer Tante bemerkt. »Allerdings, ausgesprochen charmant.«

»Und für sein Alter noch recht gut beisammen.«

Madeline grinste. »Reif, aber noch recht beweglich, würdest du es vielleicht so ausdrücken wollen?«

Zu ihrer Überraschung errötete Bernice leicht. Dann lächelte sie verlegen. »Allerdings.«

Die Kutsche hielt an und ersparte Madeline eine weitere Erörterung von Leggetts Charme und anderen vorzüglichen Charaktereigenschaften. Die Tür wurde geöffnet. Zachary geleitete zuerst Bernice und anschließend Madeline aus der Kutsche auf das Trottoir. Sein hageres Gesicht wirkte besorgt. Zögernd begleitete er sie zum Eingang des kleinen Ladens.

»Wir werden uns nicht lange aufhalten«, wandte sich Bernice an ihn. »Sie können hier draußen warten.«

»Sehr wohl, gnädige Frau. Ich bleibe hier, falls Sie mich brauchen.«

Madeline folgte Bernice in die etwas düstere Arzneihandlung der Familie Moss.

Der Laden hatte sich während all der Jahre, die sie ihn kannte, nicht viel verändert. Die exotischen Gerüche von Weihrauch und seltenen Kräutern erinnerten sie an ihre Kindheit. Ihr Vater war bei Moss Stammkunde gewesen, wie das auch bei anderen Gentlemen des Vanza der Fall war. Augusta Moss war eine der wenigen Arzneihändlerinnen, die Kräuter der Insel Vanzagara in ihrem Sortiment führte.

»Frau Reed, Frau Deveridge, wie nett von Ihnen, vorbeizuschauen.« Augusta Moss, kräftig und würdevoll in ihrer fast das ganze Kleid bedeckenden Schürze, trat aus den duftenden Regionen des hinteren Teils des Ladens. »Wie schön, Sie beide hier zu sehen. Es ist lange her, seit Sie das letzte Mal hier waren, nicht wahr?«

»Das stimmt«, pflichtete Bernice ihr fröhlich bei. »Ich brauche unbedingt ein paar ganz bestimmte Kräuter, und da schlug Madeline vor, wir könnten Sie heute Morgen aufsuchen.«

Frau Moss legte den Kopf zur Seite. »Ausgezeichnete Idee. Welche Kräuter benötigen Sie denn?«

»Madeline schläft in letzter Zeit gar nicht gut.«

»Wie bedauerlich.« Frau Moss machte ein schnalzendes Geräusch, das Sympathie und Verständnis ausdrückte. »Fester Schlaf ist für eine gute Gesundheit und starke Nerven unabdingbar.«

»Ganz sicher ist er das.« Bernice freute sich, eines ihrer Lieblingsthemen zu erörtern. »Ich habe ihr meine üblichen Heilmittel verabreicht, doch bin ich damit kläglich gescheitert. Ich wollte es also mit ein paar Kräutern aus Vanzagara versuchen, mit denen ich vor Jahren etwas experimentiert habe. Man verbrennt sie zu einem beruhigenden Rauch, der wiederum einschläfernd wirkt. Haben Sie davon etwas vorrätig?«

»Ich weiß, von welchen Kräutern Sie sprechen. Sie sind recht selten, und ich kann sie nur zwei- oder dreimal im Jahr bekommen. Leider habe ich zurzeit nichts davon auf Lager.«

»Oje«, murmelte Bernice. »Das höre ich mit Bedauern. Es gibt nur sehr wenige Apotheken in der Stadt, die Kräuter aus Vanzagara anbieten. Die anderen haben wir bereits aufgesucht, und keine von ihnen hat seit Monaten eine Lieferung erhalten.«

»Leider sind Sie dafür zwei Wochen zu spät. Damals hatte ich eine große Menge vorrätig.« Frau Moss musterte bedauernd eine leere Dose am Ende des Regals. »Ein Gentleman, ein Mitglied der Vanza-Gemeinschaft, hat meine sämtlichen Vorräte aufgekauft.« Madeline hielt den Atem an und bemühte sich, Bernice nicht anzusehen.

Bernice hob die Augenbrauen. »Ihr neuer Kunde hat den gesamten Vorrat aufgekauft? Wer auch immer er ist, er muss unter schwerwiegenden Schlafstörungen leiden.«

Frau Moss schüttelte mit dem Kopf. »Mangelnder Schlaf ist offenbar nicht sein Problem. Er benötigte sie für einige seiner Experimente. Er zeigt großes Interesse am Hervorrufen von Visionen und Halluzinationen.«

»Eventuell wäre es möglich, dass dieser Gentleman mir etwas davon abgeben würde«, meinte Bernice nachdenklich. »Wenn er wüsste, wie dringlich Madeline dieser Kräuter bedarf, würde er vielleicht so freundlich sein und ein wenig von dem teilen, was er bei Ihnen erstanden hat.«

Frau Moss zuckte mit den Schultern. »Sie können ihn natürlich fragen. Die Kräuter habe ich an Lord Clay verkauft.«

Madeline rauschte hinter ihrer Tante ins Haus, wo die Haushälterin aufwartete. »Ist Herr Hunt bereits nach Hause zurückgekehrt? Ich muss ihn unbedingt und sofort sprechen.«

»Sie brauchen nicht nach mir zu suchen«, erwiderte Artemas auf halber Treppe. »Ich bin hier. Es wird Zeit, dass Sie wieder zurückkehren. Wo zum Teufel haben Sie denn gesteckt?«

Seine Stimme war wie das tiefe Grummeln, das ein Unwetter ankündigt: nah genug, um sofort die Aufmerksamkeit zu erregen, und dennoch keine unmittelbare Bedrohung.

Madeline riss den Kopf hoch. Sofort war ihr klar, dass er seine Stimme zwar ganz und gar beherrschte, doch heftige Gefühle spiegelten sich in seinen dunklen Augen.

»Wie gut, dass Sie zu Hause sind, Sir.«

Bernice warf ihm einen freundlichen Blick zu. »Wir hatten einen recht ereignisreichen Tag. Madeline wird Ihnen davon berichten, Sir.«

»Wird sie das?« Artemas ließ den Blick nicht von Madeline ab, als er die Stufen herunterkam. »Sie werden mich in die Bibliothek begleiten, Frau Deveridge. Ich bin über alle Maßen neugierig, mehr von ihrem *ereignisreichen Tag* zu erfahren.«

Frau Deveridge. Kein Zweifel, dachte Madeline, während sie ihm in die Bibliothek folgte, er hatte keine gute Laune.

»Es besteht kein Anlass, mich unwirsch zu behandeln, Sir.« Sie drehte sich zu ihm um, während er die Tür schloss und sie nunmehr allein in der Bibliothek waren. »Es gefällt mir nicht. Falls die neuerlichen Vorkommnisse an Ihren Nerven zehren, schlage ich vor, Sie versuchen es mit den Elixieren meiner Tante.«

»Ich bleibe wohl lieber beim Weinbrand.« Er umkurvte seinen Schreibtisch.

»Sir, ich kann Ihnen …«

»Alles erklären?« Seine Augenbrauen schossen in die Höhe. »Das möchte ich auch hoffen, denn ich meinerseits habe Ihnen unzählige Fragen zu stellen. Beginnen wir mit der dringlichsten Angelegenheit. Wie können Sie es wagen, dieses Haus zu verlassen, ohne mich über Ihr Ziel zu unterrichten?«

Sie blieb standhaft. »Sir, Ihren Tonfall empfinde ich als recht bedauerlich. Gerne bringe ich Ihnen Geduld und Verständnis entgegen, denn wie schon gesagt, haben die vergangenen Ereignisse unser aller Nerven belastet. Doch wenn Sie fortfahren, als wären Sie ...« Sie brach ab.

»Als ob ich was wäre, gnädige Frau? Als ob ich besorgt wäre?« Er legte seine Hände flach auf den Tisch. Sein Blick war unnachgiebig. »Als ob ich allen Grund hätte, mir Sorgen zu machen? Als ob Sie sich auf eine starrköpfige und ganz und gar gedankenlose Art und Weise benommen hätten?«

Das war einfach zu viel. Wut stieg in ihr auf. »Ich wollte gerade bemerken, *als ob Sie mein Ehemann wären.*«

Eine bleierne Stille legte sich über das Zimmer. Selbst die Uhren schienen stehen geblieben zu sein. Madeline hätte alles darum gegeben, ihre Worte ungeschehen zu machen, doch war es dazu zu spät.

»Ihr Ehemann«, wiederholte Artemas mit tonloser Stimme. Sie erstarrte und konzentrierte sich darauf, die Fingerspitzen ihrer Handschuhe zu lösen. »Verzeihen Sie mir, Sir. Ich habe mich in meinem Vergleich vielleicht etwas zu sehr hinreißen lassen. Heute jedoch habe ich ein paar äußerst wichtige Hinweise erhalten. Wir dürfen unsere Zeit nicht mit Plänkeleien verschwenden.«

Er beachtete sie nicht, sondern fragte mit eisiger Ungeduld: »Benehme ich mich tatsächlich wie Ihr Ehemann? Wie ich mich zu erinnern glaube, haben Sie ihn als einen mörderischen Kriminellen ersten Ranges beschrieben.«

Vor lauter Reue wurde ihr schwindelig. »Seien Sie nicht albern, Sir. Selbstverständlich habe ich Sie nicht mit Renwick vergleichen wollen. Er war durch und durch ein Schuft und besaß keinerlei Ehrgefühl. Das ganze Gegenteil von Ihnen also.«

»Immerhin, dafür danke ich Ihnen«, brachte er zwischen zusammengebissenen Zähnen hervor.

Sie konzentrierte sich auf ihren rechten Handschuh. »Wie Sie wissen, sind die Erinnerungen an meine Ehe keine glücklichen. Es ist durchaus möglich, dass ich eben etwas zu heftig reagiert habe, als sie mich anschrien.«

»Ich habe nicht geschrien.«

»Nein.« Sie machte sich an ihrem linken Handschuh zu schaffen. »Sie haben Recht. Ich bin einem Irrtum unterlegen. Sie haben nicht geschrien. Ich bezweifle, dass Sie auch nur Ihre Stimme erhoben haben, nicht wahr, Artemas? Vermutlich ist es auch vollkommen überflüssig, denn Sie können mit nur einem einzigen Wort einen Menschen bereits zu einer Salzsäule erstarren lassen.«

»Über Ersteres habe ich nicht zu befinden. Doch versichere ich Ihnen, als ich vor kurzem nach Hause zurückkehrte und erfuhr, dass Sie das Haus verlassen hatten, bin *ich* vor Schreck zu einer Salzsäule erstarrt.«

Sie legte die Stirn in Falten. »Hat die Haushälterin Ihnen nicht Bescheid gegeben, dass Latimer und Zachary in unserer Begleitung waren?«

»Das hat sie, und das war auch der einzige Grund, weswegen ich nicht sofort die Augen und Ohren mit der Suche nach Ihnen beauftragt habe.«

Einer der Handschuhe entglitt ihr. Einen Moment lang konnte sie nichts tun, als ihm wortlos nachzustarren. Dann hob sie langsam den Kopf, um Artemas anzusehen und die Gefühle zu deuten, die sie in den Tiefen seiner Augen wahrnahm.

Das war kein einfaches Unterfangen. Er war ein Mann, der seit langem gelernt hatte, sich von der Welt abzugrenzen. Er lebte tief in seinem Inneren, versteckt hinter verschlossenen Toren, verbarrikadierten Fenstern und hohen Steinmauern. Doch gründete sich sein tiefstes Inneres auf Ehre und

Gradlinigkeit. Anders als Renwick war er keine ansehnliche, hohle Hülle, die an nichts anderes als an sich selbst dachte. Artemas wusste, was Verantwortung bedeutete. Sie musste sich nur Zachary und Henry Leggett und all die anderen vor Augen halten, die ihm mit solch offensichtlicher Treue und Zuneigung dienten, um seinen wahren Kern zu erkennen.

Vor allem aber kannte er die Last der Schuld und des Versagens ebenso gut wie sie selbst.

»Bitte nehmen Sie meine Entschuldigung an, Artemas.« Sie vergaß den Handschuh zu ihren Füßen und trat impulsiv einen Schritt auf seinen Schreibtisch zu. »Ich habe die Beherrschung verloren. Ehemänner sind für mich ein wunder Punkt.«

»Das haben Sie sehr deutlich gemacht.«

»Latimer und Zachary waren beide bewaffnet, und ich hatte meine Pistole und mein Messer mit dabei. Ich bin kein Dummkopf.«

Er sah sie eine Weile lang an. »Nein, natürlich waren Sie kein Dummkopf. Sie sind eine intelligente, einfallsreiche Frau, die es gewohnt ist, ihre eigenen Entscheidungen zu fällen.« Er richtete sich auf und wandte sich dem Fenster zu. »Ganz offensichtlich bin ich es, der hier über das Ziel hinausschießt.«

»Artemas …«

»Dieses Thema noch weiter auszuschöpfen wird uns nicht weiterhelfen.« Er verschränkte die Hände auf dem Rücken und blickte starr in den Garten. »Wenden wir uns einem nützlicheren Thema zu. Erzählen Sie mir doch, was Sie heute derart beschäftigt hat, dass es Sie aus dem Haus getrieben hat.«

Er musste bestimmt einer der sturköpfigsten Männer auf dem gesamten Erdball sein. Sie richtete die Augen zur Decke, doch konnte sie auch dort keine göttliche Eingebung finden.

»Jawohl, Sir«, erwiderte sie knapp. »Wenden wir uns lieber einem weniger empfindlichen Thema zu. Zur Aufheiterung der Seele geht doch nichts über einen kleinen Plausch über Mörder und dunkle Machenschaften, wie ich immer zu sagen pflege.«

Über die Schulter hinweg traf sie sein giftiger Blick. »Einen Ratschlag möchte ich Ihnen geben, gnädige Frau. Treiben Sie es nicht zu weit. Sie mögen es gewohnt sein, Ihre eigenen Entscheidungen zu treffen, doch versichere ich Ihnen, dass ich es nicht minder gewohnt bin, in meinem eigenen Haus das Sagen zu haben.« Er hielt inne und hob bedeutungsvoll eine Augenbraue. »Und zurzeit wohnen Sie in diesem Haus.«

Sie räusperte sich. »Ihre Bemerkung ist vollkommen richtig, Sir. Sie haben jedes Recht, hier Ihre Anordnungen zu erteilen. Ich gebe Ihnen mein Wort, das Haus nicht nochmals zu verlassen, ohne Sie zuvor von meinem Ziel in Kenntnis gesetzt zu haben.«

»Damit werde ich mich wohl zufrieden geben müssen. Und nun erzählen Sie mir doch von Ihren heutigen Abenteuern.«

»Um es kurz zu machen, bin ich darauf gekommen, dass nur sehr wenige Apotheken in London Kräuter aus Vanzagara vorrätig haben. Unter diesen wiederum gibt es nur eine sehr kleine Anzahl, die große Mengen davon anbieten. Wer auch immer den Weihrauch in Pitneys Labyrinth angezündet hat, um uns bewusstlos zu machen, musste eine recht beachtliche Menge davon besessen haben.«

Er schwieg zuerst offensichtlich beeindruckt, dann fragte er: »Also wollten Sie herausfinden, woher die Kräuter kamen?«

Seine schnelle Auffassungsgabe freute sie. »Um die Wahrheit zu sagen, wusste ich, wo wir damit anfangen könnten. Heute Morgen haben meine Tante und ich jene Arzneimittelhandlungen aufgesucht, wo derartig einschläfernde Kräuter am wahrscheinlichsten feilgeboten wurden.«

Langsam drehte er sich zu ihr um, und sie wusste, sie konnte sich nun seiner Aufmerksamkeit völlig sicher sein.

»Fahren Sie fort«, drängte er.

»Wie gesagt gibt es nur wenige Handlungen, die diese Kräuter vorrätig haben. Vor einigen Monaten wurde einer dieser Arzneimittelhändler in seinem eigenen Laden ermordet aufgefunden.«

»Davon habe ich gerüchteweise gehört.« Artemas kniff die Augen zusammen. »Man munkelt auch, es habe in irgendeiner Weise mit dem *Buch der Geheimnisse* in Zusammenhang gestanden.«

»Richtig. Nachdem sich Ignatius Lorring das Leben genommen hatte, lösten sich die meisten dieser Gerüchte jedoch in Luft auf.«

»Damals habe ich mich gefragt, ob zwischen Lorrings Selbstmord und den Gerüchten über das *Buch der Geheimnisse* ein Zusammenhang bestehen mochte«, meinte Artemas nachdenklich. »Er war einer der ganz wenigen Männer in Europa, die es möglicherweise hätten entziffern können.«

Sie zuckte mit den Schultern. »Wenn man Lord Linslade Glauben schenkt, handelt es sich auch hier lediglich um Gerüchte, die dieses elende Buch umgeben. Wie auch immer, Bernice und ich wollten uns im Laden von Frau Moss nach den Schlafkräutern erkundigen.«

Er rieb sich geistesabwesend den Nacken. »Ich kenne die Arzneimittelhandlung der Frau Moss. Als ich meine eigenen Meditationskerzen hergestellt habe, habe ich die dafür benötigten Kräuter von ihr bezogen.«

»Zahlreiche Vanza-Gelehrte zählen bereits seit Jahren zu ihren Kunden. Sie erwähnte sogar, Lorring persönlich habe seine Kräuter bei ihr erstanden. Jedenfalls sagte sie mir, sie führe diese Kräuter zwar, habe zurzeit jedoch leider nichts vorrätig, weil sie kürzlich einem Gentleman, einem Mitglied der Vanza-Gemeinschaft, ihren gesamten Vorrat verkauft habe.«

Jetzt machte Artemas tatsächlich einen wissbegierigen Eindruck. Er entfernte sich vom Fenster, trat auf den Schreibtisch zu und blickte sie an. »Wer ist er?«

»Lord Clay.«

Ein paar Sekunden lang schien Artemas erstaunt. »Ich bin ihm ein- oder auch zweimal begegnet. Er machte einen freundlichen, wenngleich etwas abgehobenen Eindruck. Sie würden ihn sicherlich als ein weiteres verrücktes Mitglied der Vanza-Gemeinschaft einordnen. Meines Wissens nach zeigte er kein sonderliches Interesse an der alten Sprache des Vanzagara. Mir fällt es schwer zu glauben, dass er nach etwas derart Verborgenem wie dem *Buch der Geheimnisse* suchen sollte.«

»Dennoch scheint es, als ob sich die einzige größere Menge einschläfernder Kräuter aus Vanzagara ausschließlich in seinem Besitz befindet.«

Artemas nahm den Brieföffner und klopfte damit geistesabwesend auf den Löschpapierhalter. »Keine sonderlich üppige Beweislage.«

»Können Sie etwas Hilfreicheres anbieten?«, entgegnete sie spitz.

Er warf den Brieföffner hin. »Nein. Also gut, wir werden Ihren Hinweis weiter verfolgen.«

»Aber wie? Schließlich können wir unmöglich sein Haus durchsuchen. Es ist nicht so leer, wie das von Pitney es gewesen ist. Eine ganze Reihe von Bediensteten werden dort Tag und Nacht zugegen sein.«

Artemas lächelte. »Eine alte Vanza-Weisheit besagt, eine überfüllte Festung sei ebenso leicht einzunehmen wie eine verlassene Festung.«

Sie runzelte die Stirn. »Diese Weisheit ist mir bisher noch nicht zu Ohren gekommen.«

»Vermutlich weil ich sie mir gerade eben aus den Fingern gesogen habe.«

Sie blickte unerschrocken in die Flamme, bis diese ihr gesamtes Blickfeld zu füllen schien. Der Duft der Kerze, leicht, doch vielfältig, füllte ihr Schlafzimmer. Vor wenigen Minuten hatte sie die schweren Gardinen zugezogen und die Tür verschlossen, um ganz für sich zu sein. Der Raum lag in schummrigem Licht. Die gedämpften Stimmen des Haushalts und der Straße traten in den Hintergrund.

Ihr Vater hatte sie vor Jahren in die Kunst der Vanza-Meditation eingewiesen, doch es war Bernice gewesen, die die Kräuter für die Kerzen ausgesucht hatte. Der Duft war zart und beruhigte die Sinne. Ähnlich wie die Düfte in Frau Moss' Laden rührte er an Erinnerungen der Vergangenheit. Bilder kamen ihr flüchtig in den Sinn: wie ihr Vater sich zu ihr hinunterbeugte und ihr bei der Dechiffrierung eines besonders schwierigen, alten Textes behilflich war.

An ihre Mutter hatte sie keinerlei Erinnerungen, da sie bereits ein Jahr nach ihrer Geburt verstorben war. Doch an Bernice besaß sie zahlreiche Erinnerungen. Es war Bernice gewesen, die in den Haushalt der Reeds gezogen war, um sich um ihren trauernden älteren Bruder und dessen kleine Tochter zu kümmern. Es war Bernice gewesen, lebhaft, fröhlich, warmherzig und voller Zuneigung, die sich als der sichere Anker für alle erwiesen hatte, die nach Elizabeth Reeds Tod danach verlangten.

Bernice hatte Madeline in ihr Herz geschlossen und ihr die Liebe und Zuneigung einer Mutter gegeben. Sie hatte dem chaotischen Haushalt eine feste Hand verliehen. Sie hatte ihren am Boden zerstörten Bruder dazu gezwungen, aus dem Abgrund, in den ihn der Tod seiner Frau geworfen hatte, wieder heraufzusteigen.

Bei näherer Betrachtung war es nicht das lebenslange Vanza-Studium ihres Vaters gewesen, das die Familie in Krisenzeiten gerettet hatte, dachte Madeline. Es war Bernice gewesen.

Vorsichtig löste sie sich von den Darstellungen ihrer Vergangenheit und ließ die Bilder jener höllischen Landschaft ihres immer wiederkehrenden Albtraums wie ein Geist durch ihren Kopf wehen. Eigentlich wollte sie ihren Traum nicht genauer ausforschen, doch blieb ihr keine andere Wahl. Bei ihrem letzten Traum war irgendetwas anders gewesen, etwas, das sie unbedingt nachvollziehen und begreifen musste.

Die Zeit verstrich, und sie versank tiefer in den Bildern in ihrem Kopf. So tief, dass sie wieder die züngelnden Flammen vor Augen hatte und den Eisenschlüssel in ihrer Hand fühlen konnte. Auf dem Teppich sah sie etwas golden aufleuchten.

Genau wie in ihrem Traum wurde ihr eiskalt. Ihre Finger zitterten, doch wandte sie sich nicht von den Bildern ab. Auf Grund von Artemas' Nachfragen war ihr die Idee gekommen, sich die Szenen des Albtraums noch einmal während einer Meditation vor Augen zu führen. Gestern Nacht waren ihre Ausführungen durch Zacharys Erscheinen an der Küchentür unterbrochen worden. Den ganzen Tag über hatte sie das unbestimmte Gefühl gehabt, Artemas etwas sehr Wichtiges aus dem nunmehr leicht veränderten Traum nicht erzählt zu haben.

An Renwicks Spazierstock hatte er großes Interesse gezeigt, doch war das ein so gewöhnliches Vorkommnis ihres Albtraums, dass sie ihn sich nicht näher betrachten wollte. Der elegante Stock war nicht bedeutsam, sondern lediglich Beleg für Deveridges Eitelkeit. Der Schlüssel war es, der sie heute interessierte. Seit dem Brand hatte sie den schrecklichen Albtraum unzählige Male geträumt. Manche Bilder veränderten sich ein wenig, doch alle waren von der wachsenden Angst durchtränkt, dass es ihr nicht gelingen würde, das Schlafzimmer aufzuschließen. Dennoch konnte sie sich an kein einziges Mal erinnern, wo Renwicks tote Hand sich nach dem Schlüssel ausgestreckt hatte, der wieder und wieder ihrer Hand entglitt.

Sie bemühte sich, die Visionen nicht zu erzwingen. Mit Hilfe der Kerze und gewissenhafter Konzentration traten sie auch ohne ihr Zutun an die Oberfläche. Die Flammen, Renwicks hallendes Lachen, der Gestank des Rauchs, das alles spielte sich in ihrem Kopf ab.

Der Schlüssel fiel ihr aus der Hand. Sie beugte sich hinunter, um ihn aufzuheben. Renwick lachte. Sie wandte den Kopf um ihn anzusehen.

Mit seiner toten Hand streckte er sich nach dem Schlüssel aus …

Die Flamme der Kerze flackerte auf und erlosch. Plötzlich lag der Raum in tiefen Schatten.

Sie hatte kaum Zeit wahrzunehmen, dass sie es war, die laut aufgeschrien und die Kerze umgeworfen hatte, als sie Stiefel auf der Treppe hörte. Eine Sekunde später schlug eine Faust gegen die Holztür.

»Madeline! Öffnen Sie sofort die Tür!«

Atemlos und in kaltem Schweiß gebadet, raffte sie sich auf und eilte zur Tür, um sie aufzuschließen. Sie riss sie auf und wäre um ein Haar von Artemas überrannt worden.

»Was zum Teufel …?« Er blieb unmittelbar hinter der Schwelle stehen und erfasste den Raum mit einem Blick.

»Es ist schon gut«, beeilte sie sich zu sagen. »Es tut mir Leid wegen des Schreis.«

Er sah sie an, dann trat er mit drei großen Schritten ans Fenster. Er zerrte den Vorhang beiseite und überprüfte die Schlösser. Dann wirbelte er herum und blickte auf die gelöschte Kerze.

»Ich habe meditiert«, erklärte sie. »Ich habe versucht, die Bilder meines Traums heraufzubeschwören.«

Bernice erschien in der Tür. Ihr Gesicht war von Sorge überschattet. »Was um Himmels willen geht hier vor?«

»Ist irgendetwas nicht in Ordnung?« Eaton Pitney tauchte, den einen Arm in einer Schlinge, hinter Bernice auf. Seine buschigen Augenbrauen waren bestürzt zusammengezogen. »War es ein Fremder?«

»Nein, nein, nicht doch«, erwiderte Madeline. Sie stöhnte, als auch noch die Haushälterin im Flur auftauchte. »Ich habe meditiert. Etwas hat mich erschreckt. Bitte, es gibt keinerlei Grund zur Beunruhigung.«

»Ich kümmere mich um die Sache, Frau Jones«, wandte sich Artemas an die Haushälterin. »Bitte sagen Sie auch den anderen Bediensteten Bescheid.«

»Sehr wohl, Sir.« Frau Jones wandte sich erleichtert ab und verschwand mit Nellie im Schlepptau.

Artemas wartete, bis sie die Treppe hinunter verschwunden waren. Dann sah er Madeline an. »Was zum Teufel ist geschehen?«

»Mein Traum.« Sie blickte Eaton Pitney an. »Es ist eine lange Geschichte, Sir, doch möchte ich jetzt nur so viel sagen, dass ich unter einem immer wiederkehrenden Traum leide. Gestern Nacht jedoch war irgendetwas darin anders. Es ging um einen Schlüssel.«

»Einen Schlüssel?« Pitney legte den Kopf zur Seite. »Zu einer Tür, wollen Sie sagen?«

Artemas musterte sie. »Was ist mit dem Schlüssel?«

»Er taucht jedes Mal in meinem Traum auf, doch gestern ließ ich ihn fallen, und anstatt ihn wieder aufzuheben, wie ich es für gewöhnlich tue ...« Sie brach ab und wandte sich erneut Pitney zu. »Sir, gestern sagten Sie mir, Sie glaubten nicht, das kleine Bändchen, das ich Ihnen zeigte, könnte das *Buch der Geheimnisse* sein.«

»Gänzlich ausgeschlossen. Das Ding ist ja noch nicht einmal in der richtigen Sprache verfasst.«

»Gemeinsam haben wir jedoch die Möglichkeit erwogen, es könne sich um eine Art von Code handeln.«

»Nun denn?«

Sie atmete tief durch. »Lord Linslade hatte eine Unterhaltung mit einem Eindringling, den er für den Geist meines verstorbenen Mannes hielt. Linslade zufolge haben sich das Gespenst und er über das *Buch der Geheimnisse* unterhalten. Renwicks Geist meinte offenbar, selbst wenn das Buch gefunden werden würde, würde man doch noch einen Weg finden müssen, es zu übersetzen, denn nur sehr wenige Gelehrte seien dieser alten Sprache mächtig.«

»Vollkommen richtig«, stimmte Pitney zu.

»Und Sie selbst berichteten, der Fremde, der Sie in Ihrem Labyrinth überraschte, habe einen Schlüssel von Ihnen verlangt.«

»Worauf wollen Sie hinaus, Madeline?«, drängte Artemas.

»Was, wenn das *Buch der Geheimnisse* gar nicht den Flammen zum Opfer gefallen ist?«, fuhr Madeline unbeirrt fort. »Was, wenn jemand es jetzt in den Händen hält und den Code sucht, den er zur Entschlüsselung seiner Geheimnisse noch benötigt? Was, wenn dieses merkwürdige kleine Bändchen, das ich zu entziffern versucht habe, der Schlüssel für das *Buch der Geheimnisse* ist?«

18. Kapitel

Er stand hinter dem Paravent im Dunkeln und lugte durch die in das Muster eingewobenen Löcher. Die beiden Männer hatten nacheinander den elegant hergerichteten Speisesaal betreten. Beide schienen zunächst über die Gegenwart des anderen überrascht, doch überspielten sie das beiderseitige Erstaunen mit den üblichen Begrüßungsfloskeln. Keinem jedoch gelang es, das eigene Unbehagen gänzlich zu verbergen. Sie schauten einander nicht in die Augen, während sie das vom Kaminfeuer beleuchtete Zimmer musterten.

Der Tisch war für vier Personen gedeckt worden, und das Licht der Kerzen spiegelte sich in dem Kristall und dem Silber. Schwere Samtvorhänge vor den hohen Fenstern verdeckten die Aussicht auf die nebelverhangenen Vergnügungsgärten. Die Geräusche der Menschenmenge und der Musik waren gedämpft und schienen weit entfernt. Die Schritte der beiden Männer wurden durch den dicken Teppich abgeschwächt. Es waren keinerlei Bedienstete zugegen.

Stille umgab den privaten Speisesaal.

Glenthorpe durchbrach als Erster den oberflächlichen Austausch. »Ich hatte nicht erwartet, Ihnen heute hier zu begegnen. Darf ich davon ausgehen, dass Sie ebenfalls Anteile an diesem Geschäft besitzen?«

»An dem Minenvorhaben, meinen Sie?« Flood nahm die Flasche Claret vom Tisch und schenkte sich, ohne Glenthorpe ebenfalls etwas anzubieten, ein reichlich bemessenes Glas ein. »Ich war von Anfang an mit dabei und werde mir meinen Gewinn vorzeitig auszahlen lassen.«

»Die Möglichkeit, von Anfang an in dieses Vorhaben zu investieren, so sagte man mir, sei nur einer Hand voll Männern gestattet gewesen.«

»Richtig, lediglich durch Einladung hierzu war es überhaupt möglich.« Flood leerte den Claret und musterte über den Glasrand hinweg Glenthorpe. »Sie waren also einer derjenigen, denen man angeboten hat, gleich ab Beginn mit dabei zu sein?«

»Sie kennen mich doch, Flood.« Glenthorpes Lachen dröhnte hohl durch den kleinen Saal. »Ich habe schon immer eine gute Gelegenheit beim Schopf ergriffen, wenn sie meines Weges kam.«

»Ja, ich kenne Sie«, erwiderte Flood leise. »Und Sie kennen mich. Und wir beide kennen Oswynn. Recht interessant, finden Sie nicht?«

Glenthorpe zuckte zusammen. »Sie haben die Neuigkeiten bereits vernommen?«

»Dass man seine Leiche heute Morgen aus dem Fluss geborgen hat? Ja, das habe ich vernommen.«

»Ein Straßenräuber hat ihn erwischt«, meinte Glenthorpe halb befriedigt, halb verzweifelt. »Sie erinnern sich seines Charakters. Wild und draufgängerisch ist er jedes Risiko eingegangen und hat viel zu viel Zeit in den unsicheren Bezirken der Stadt verbracht. Es war ein Wunder, dass ihm nicht schon vor Jahren das Genick gebrochen worden ist oder ihn die Kugel von einem der Schurken aus den Rotlichtbezirken getroffen hat.«

»Wohl wahr«, stimmte Flood zu. »Ein Wunder. Aber jetzt gibt es ihn nicht mehr, nicht wahr? Jetzt sind nur noch zwei Mitglieder unseres kleinen Clubs am Leben.«

»Um Himmels willen, Flood, hören Sie mir doch mit diesem Oswynn auf.«

»Zwei von uns sind übrig, und durch einen merkwürdigen Zufall wurden wir heute beide vom Vorsitzenden dieses

Unternehmens hierher zitiert, um uns über die Höhe unserer Gewinne zu informieren.«

Glenthorpe trat ans Feuer, um sich zu wärmen. »Sie sind tatsächlich recht betrunken. Vielleicht sollten wir den Wein meiden, bis wir unsere Geschäfte abgeschlossen haben.«

»Unsere Geschäfte«, wiederholte Flood nachdenklich. »Richtig, unsere Geschäfte. Sagen Sie, finden Sie es denn nicht seltsam, dass bis jetzt noch niemand sonst erschienen ist?«

Glenthorpes Gesicht verdüsterte sich. Dann zog er seine Uhr aus der Tasche. »Es ist erst Viertel nach zehn.«

»Die Einladung war zu zehn Uhr.«

»Ja und?« Glenthorpe ließ die Uhr wieder in die Tasche gleiten. »Die Straßen waren heuer sehr befahren. Die anderen Investoren werden aufgehalten worden sein.«

Flood musterte die vier Gedecke auf dem Tisch. »Viele jedenfalls können es nicht sein.«

Glenthorpe folgte seinem Blick. Seine Hände zuckten unruhig. »Zumindest noch zwei.«

Flood betrachtete weiterhin die vier Gedecke auf dem Tisch. »Wenn wir davon ausgehen, dass eines der Gedecke für den Vorsitzenden dieses Unternehmens reserviert ist, so wäre, abgesehen von uns beiden, lediglich noch ein Investor zu erwarten. Offenbar sind nur wir drei dazu eingeladen worden, mit diesem Unternehmen unser Glück zu machen.«

»Das verstehe ich nicht.« Glenthorpe fummelte am Siegel seiner Uhrenkette. »Wer würde sich schon verspäten, um von seinen Gewinnen zu erfahren?«

Artemas trat hinter dem Paravent hervor.

»Ein toter Mann«, sagte er leise.

Flood und Glenthorpe fuhren herum.

»Hunt«, murmelte Flood.

»Was in aller Welt geht hier vor?« Glenthorpes vor Überraschung weit aufgerissene Augen spiegelten nun lediglich die totale Verwirrung wider. »Warum haben Sie sich hinter dem Paravent versteckt? Sie hätten Ihre Ankunft ankündigen sollen. Dies ist nicht der Zeitpunkt für derartige Spielchen.«

»In diesem Punkt stimme ich Ihnen zu«, erwiderte Artemas. »Fortan wird es keine Spielchen mehr geben.«

»Was wollten Sie mit Ihrer Bemerkung über einen toten Mann andeuten?«, erkundigte sich Glenthorpe scharf.

»Sie sind ein Dummkopf, Glenthorpe.« Flood hatte seinen Blick nicht von Artemas genommen. »Sie waren immer schon ein Dummkopf.«

Glenthorpe packte die Wut. »Verflucht, wie können Sie es wagen, mich einen Dummkopf zu nennen, Sir? Es steht Ihnen nicht zu, mich zu beleidigen.«

»Hunt ist nicht etwa der dritte Investor«, meinte Flood gedämpft. »Er ist der Vorsitzende dieses Minenvorhabens. Liege ich mit dieser Annahme richtig, Sir?«

Artemas legte den Kopf zur Seite. »Durchaus.«

»Der Prinzipal des Ganzen?« Glenthorpe schaute erst auf die vier Gedecke und richtete dann seinen Blick auf Artemas. »Und wer ist der dritte Investor?«

Floods Lippen bebten. »Ich würde annehmen, Oswynn war der Dritte, den man dazu verführt hat, sein gesamtes Vermögen in dieses Vorhaben zu stecken.«

Artemas trat immer noch nicht aus dem Schatten. »Wieder sind Ihre Schlussfolgerungen richtig. Andererseits waren Sie von jeher schon der Cleverste von Ihnen dreien, nicht wahr?«

Floods Mund verzerrte sich. »Lediglich um meine Neugier zu befriedigen, in welcher Höhe bewegt sich die Summe, die wir insgesamt bei diesem Vorhaben verloren haben?«

Artemas trat an den Tisch, nahm die Flasche Claret und schenkte sich ein Glas ein. Dann blickte er beide Männer an.

»Sie haben beide alles verloren«, verkündete er.

»Verdammter Mistkerl«, flüsterte Flood.

Glenthorpe schluckte schwer. »Alles? Aber das ist doch unmöglich. Was ist denn mit unseren Gewinnen? An diesem Vorhaben hätten wir ein Vermögen gewinnen sollen.«

»Ich fürchte, sowohl Ihre Gewinne als auch das von Ihnen investierte Geld ist die Schächte einer Goldmine in der Südsee hinunter verschwunden«, erwiderte Artemas.

»Wollen Sie damit sagen, dass eine solche Mine gar nicht existiert?«

»Genau, Glenthorpe. Das ist exakt das, was ich damit sagen will.«

»Aber ... aber ich habe meine gesamten Ländereien belastet, um die Mittel zu diesem Minenvorhaben aufzubringen.« Glenthorpe klammerte sich Halt suchend an eine Stuhllehne. »Damit bin ich ruiniert.«

»Wir alle drei haben mehr investiert, als wir uns leisten konnten.« Flood warf Artemas einen giftigen Blick zu. »Wir haben uns blenden lassen. Wir wurden von einer Illusion getäuscht. Hunt war der Magier hinter den Kulissen.«

Glenthorpe schien schwindelig zu werden. Sein Gesicht verzog sich gequält, und er legte eine Hand auf sein Herz. Er atmete ein paar Mal flach durch, dann richtete er sich langsam auf. »Warum? Worum geht es denn hier?«

Artemas sah ihn an. »Es geht um Catherine Jensen.«

Glenthorpe erblasste, zog sich einen Stuhl heran und ließ sich darauf fallen. »Verflucht auch, dann waren Sie es, der mir vor einigen Monaten das Siegel hat zukommen lassen?«

»Ich wollte Ihnen die Möglichkeit einräumen, Ihre Vergangenheit noch einmal zu überdenken, ehe ich den nächsten Schritt machte«, erwiderte Artemas.

»Sie sind ein kaltblütiger Teufel, Hunt«, bemerkte Flood fast schon beiläufig. »Eigentlich hätte ich schon lange darauf kommen müssen.«

»Nein.« Glenthorpe rieb sich mit dem Handrücken die Nase. »Nein, dies ist unmöglich. Wie könnte das sein? Es ist alles vor fünf Jahren geschehen.«

Artemas bedachte diese Bemerkung lediglich mit einem kurzen Schnauben. Flood war der Gefährlichere der beiden. »Für Rache gibt es keine Verjährung.«

»Es war ein Unfall.« Glenthorpes Stimme wurde laut. »Sie hat sich angestellt. Wer hätte schon gedacht, dass so ein kleines Flittchen sich derart zur Wehr setzen würde? Sie hat sich losgerissen. Wir wollten sie wieder einfangen, doch sie ist fortgerannt. Es war eine sehr dunkle, mondlose Nacht. Ohne Laterne konnte man die Hand vor Augen nicht sehen. Es ist nicht unsere Schuld, dass sie von der Klippe gestürzt ist.«

»Ich betrachte es aber als Ihre Schuld«, meinte Artemas leise. »Ihre und die von Oswynn und Flood.«

»Nun denn«, schaltete sich Flood mit ruhiger Stimme ein, »werden Sie uns also ebenso umbringen wie bereits Oswynn?«

Glenthorpe sperrte angsterfüllt den Mund auf. »Sie haben Oswynn umgebracht?« Er zuckte heftig zusammen und musste sich am Tisch festhalten, um nicht zu fallen. »Es war gar kein Straßenräuber?«

»Natürlich war es Hunt, der Oswynn umgebracht hat«, bemerkte Flood. »Wer hätte es sonst sein sollen?«

»Wie es sich fügt, habe ich Oswynn nicht umgebracht«, widersprach Artemas ruhig.

»Das glaube ich nicht«, versetzte Flood.

»Was Sie glauben oder nicht, ist natürlich Ihre Sache, aber wenn Sie ständig über die Schulter hinweg nach mir Ausschau halten, werden Sie möglicherweise den wirklichen Mörder nicht bemerken, wenn er unmittelbar vor Ihnen steht.«

»Genau wie es uns nicht aufgefallen ist, dass wir in unseren finanziellen Ruin gelockt wurden?«, knurrte Flood.

Artemas lächelte. »Ganz richtig. Ich rate Ihnen, sich vor allen neuen Bekanntschaften in Acht zu nehmen.«

»Nicht doch.« Glenthorpes Atem ging flach und unregelmäßig. »Nein, das kann alles gar nicht wahr sein.«

Floods Mund verkrampfte sich. »Wenn Sie Oswynn nicht umgebracht haben, Hunt, wer war es dann?«

»Eine ausgezeichnete Frage.« Artemas nippte abwesend an seinem Claret. »Und eine, die ich bald zu beantworten hoffe. Doch in der Zwischenzeit müssen wir davon ausgehen, dass der Mörder sich einen von Ihnen als nächstes Opfer aussuchen wird. Es ist durchaus möglich, dass er Sie alle beide umlegen wird. Das ist auch der Grund, weswegen ich Sie heute Abend hierher eingeladen habe. Bevor Sie in den Tod gehen, möchte ich, dass Sie beide wissen, dass Catherine Jensen Genugtuung widerfahren ist.«

Glenthorpe schüttelte hilflos den Kopf. »Aber weshalb sollte dieser Schurke uns umzubringen versuchen?«

»Aus demselben Grund, aus dem er auch Oswynn umgebracht hat. Er hofft, mich damit von einer anderen Angelegenheit abzulenken, in die ich tief verwickelt bin«, erwiderte Artemas. »Wie ich gestehen muss, ist es ihm gelungen, meine Aufmerksamkeit abzulenken. Das muss ich in Zukunft vermeiden.«

Flood musterte ihn. »Und worum handelt es sich bei dieser anderen Angelegenheit?«

»Das geht Sie nichts an«, erwiderte Artemas. »Zunächst genügt es festzuhalten, dass meine Bekanntschaft mit Glenthorpe und mit Ihnen bis auf weiteres beendet ist. Die Ereignisse haben mich gezwungen, meine Karten früher als geplant aufzudecken. Für den Moment muss ich mich damit zufrieden geben, dass bei Ihnen beiden morgen früh Ihre Schuldner vor der Tür stehen werden.«

»Ich bin ruiniert«, keuchte Glenthorpe. »Bis auf die Knochen ruiniert.«

»Wohl wahr.« Artemas bewegte sich Richtung Tür. »Doch entschädigt es noch nicht einmal ansatzweise für das, was Sie vor fünf Jahren getan haben. An langen, kalten Winternächten wird es Ihnen noch genügend Stoff zum Nachdenken liefern, vorausgesetzt natürlich, Oswynns Mörder legt Sie nicht vorher schon um.«

»Zur Hölle mit Ihnen, Sie verdammter Mistkerl«, knurrte Flood. »Damit werden Sie nicht so einfach davonkommen.«

»Falls ich in irgendeiner Weise Ihrer Ehre zugesetzt haben sollte, fühlen Sie sich frei, mich zum Duell herauszufordern.«

Flood wurde vor Wut krebsrot, schwieg jedoch.

Artemas trat in den Flur hinaus und schloss die Tür. Er hörte, wie ein Gegenstand, möglicherweise die Flasche Claret, gegen die Holzvertäfelung prallte.

Er ging die Treppe hinunter und trat in die trübe Nacht hinaus. Der Nebel hatte die Begeisterung der Menschenmenge nicht dämpfen können, doch hatten die meisten Besucher für den heutigen Abend Innenveranstaltungen gewählt. Die Lichter des Kristallpavillons leuchteten. Er ging einen sich entlangschlängelnden, von Laternen beleuchteten Weg hinunter. Keiner kam ihm entgegen.

Nun war es endlich vorbei. Fünf lange Jahre hatte er seine Zeit auf die Planung und endlose Varianten der Vorgehensweise verwandt, heute Abend war alles zu seinem Ende gekommen. Oswynn war tot, Flood und Glenthorpe waren ruiniert und mochten von ihm aus dem Schurken zum Opfer fallen, der sich als Geist von Renwick Deveridge ausgab. Das sollte reichen.

Er spürte, dass er auf etwas wartete, doch empfand er nichts. Wo war die Befriedigung? Das Gefühl, dass ihnen Gerechtigkeit widerfahren war? Wo war das Gefühl eines inneren Friedens?

Er lauschte dem Applaus, der aus dem Silberpavillon herüberdrang. Die Vorführung des Magiers war soeben zu Ende gegangen.

Es kam ihm so vor, als habe er die letzten fünf Jahre in Trance verbracht. Vielleicht hatte Madeline Recht. Vielleicht war er tatsächlich über alle Maßen absonderlich. Welcher klarsichtige Mann bei Verstand würde fünf Jahre darauf verwenden, einen Racheplan auszuhecken?

Er kannte die Antwort: ein Mann, der nichts Wichtigeres im Leben hatte als kalte Rache.

Diese bedrückende Erkenntnis lastete wie ein Fels auf seiner Seele. Er verließ die Gärten durch das Westtor und ging zu den im Schatten wartenden Kutschen. Als er jedoch eine sehr bekannte kleine schwarze Kutsche auf der Straße stehen sah, hielt er jäh inne. Die Außenlaternen schimmerten im Nebel. Der Innenraum der Kutsche war vollkommen dunkel. »Verdammt noch eins.«

Schlagartig wurde seine innere Leere von Wut überflutet. Sie hatte hier draußen nichts zu suchen.

Er trat auf die Kutsche zu. Der zusammengesunkene Koloss auf dem Kutschbock entpuppte sich als Latimer, der ihn beim Herannahen grüßte.

»Tut mir Leid, Sir. Ich habe ihr auszureden versucht, Ihnen heute Abend zu folgen, doch wollte sie nichts davon wissen.«

»Wer Ihnen Ihre Anweisungen zu geben hat, darüber werden wir uns später unterhalten, Latimer.«

Er riss die Tür auf und schwang sich in die unbeleuchtete Kutsche.

»Artemas.« Madelines Stimme war von einem seltsamen Gefühl durchdrungen, das er nicht recht zu deuten wusste. »Sie haben sich heute Abend mit diesen beiden Männern getroffen, Glenthorpe und Flood. Bemühen Sie sich nicht, es zu bestreiten.«

Er nahm ihr gegenüber Platz. Sie hatte sich ebenso verschleiert wie an dem Tag, als er sie zum ersten Mal gesehen hatte. Ihre mit Handschuhen bekleideten Hände hielt sie fest auf ihrem Schoß verschränkt. Er konnte ihren Gesichtsausdruck nicht erkennen, doch ging von ihr pures Missbehagen aus.

»Ich hatte nicht vor, es zu bestreiten«, erwiderte er.

»Wie können Sie es wagen, Sir?«

Ihre Wut verblüffte ihn. »Was in aller Welt soll das denn?«

»Sie haben noch nicht einmal die Höflichkeit besessen, mich über Ihr Vorhaben für den heutigen Abend zu informieren. Wenn Zachary nicht zufällig erwähnt hätte, dass Sie zwei Gentlemen, mit denen Sie geschäftlich zu tun haben, Briefe haben zukommen lassen, hätte ich gar nicht gewusst, wo Sie stecken. Wie konnten Sie das tun, ohne mich davon zu unterrichten?«

Verdutzt horchte er ihren zornigen Worten nach. »Meine Angelegenheiten mit Flood und Glenthorpe heute Abend gehen Sie absolut nichts an.«

»Sie haben sie über ihren finanziellen Ruin in Kenntnis gesetzt, nicht wahr?«

»Ja.«

»Verflucht, Sir, Sie hätten Ihr Leben dabei lassen können.«

»Höchst unwahrscheinlich. Ich hatte die Sache vollkommen unter Kontrolle.«

»Lieber Himmel, Artemas, Sie hatten ein letztes Gespräch mit ihren beiden schlimmsten Feinden und haben noch nicht einmal Zachary mitgenommen, um Sie zu bewachen?«

»Ich versichere Ihnen, Zacharys Anwesenheit war nicht vonnöten.«

»Sie hatten nicht das Recht, ein solches Risiko einzugehen. Wenn nun etwas schief gegangen wäre?« Ihre Stimme wurde lauter. »Was, wenn Flood oder Glenthorpe Sie zum Duell herausgefordert hätten?«

Ihre Wut erstaunte ihn einerseits, andererseits machte sie

ihn neugierig. Sie schien sich seinetwegen tatsächlich Sorgen zu machen. »Flood und Glenthorpe gehören nicht zu jenen Männern, die ihr Leben in Duellen aufs Spiel setzen. Wenn dem so wäre, so hätte ich sie bereits vor Jahren herausgefordert. Madeline, beruhigen Sie sich.«

»Mich beruhigen? Wie können Sie auch nur daran denken? Was, wenn einer der beiden die Pistole gezogen und Sie an Ort und Stelle erschossen hätte?«

»Gänzlich unvorbereitet war ich nicht«, beschwichtigte er sie. »Ich zögere, Sie an meine Schwächen zu erinnern, doch schließlich bin ich ein Vanza. Ich gehöre nicht zu den Männern, die man leicht aus der Welt schaffen kann.«

»Ihre verdammte Vanza-Ausbildung bietet keinen Schutz gegen Blei, Sir. Renwick Deveridge war Vanza, doch habe ich ihn in seinem eigenen oberen Hausflur mit einer Pistole erschossen.«

Die Kutsche fuhr zwar, doch die Stille im Inneren war so laut, dass sie die Geräusche des Wagens und der Hufe übertönte. Madeline lauschte dem Hall ihres Mordgeständnisses und fragte sich, ob sie total den Verstand verloren hatte. Nachdem sie monatelang ihr großes Geheimnis gewahrt hatte – ein Geheimnis, das sie an den Strang bringen oder zumindest zur Deportation verurteilen könnte –, war es ihr während eines Streits über die Lippen gekommen.

Artemas war nicht geschockt, er schien nur nachdenklich. »Dann entbehren die Gerüchte und Spekulationen also doch nicht der Wahrheit. Sie haben ihn erschossen.«

Die Hände in ihrem Schoß verkrampften sich. »Ja.«

»Und Ihr ständig wiederkehrender Albtraum ist demnach eine recht genaue Beschreibung der Ereignisse jenes Abends?«

»Ja. Ich habe Ihnen jedoch noch nicht den Anfang erzählt.«

»Den Teil der Geschichte, in dem Sie Deveridge erschossen haben?«

»Richtig.«

Er ließ sie nicht aus den Augen. »Noch haben Sie mir erzählt, weswegen Sie derart erpicht darauf waren, das Schlafzimmer zu öffnen, obwohl rings um sie herum Flammen loderten.«

»Bernice befand sich in dem Zimmer.« Ein kurzes Schweigen folgte.

»Verflucht auch.« Artemas schnaufte hörbar aus. »Wie kam es, dass sie dort eingeschlossen war?«, fragte er dann.

»Renwick hat sie an jenem Abend entführt, nachdem er meinen Vater vergiftet hat.« Ihre Hände schmerzten. Sie schaute hinunter und sah, dass sie sie zu Fäusten geballt hatte. »Er hat sie in sein Haus gebracht, sie geknebelt und anschließend dem Flammentod überlassen.«

»Wie haben Sie sie gefunden?«

»Als ich Papa fand, war er noch am Leben. Er sagte mir, Renwick habe Bernice entführt und würde auch nach mir suchen. Er erläuterte, eine schnelle, entschiedene Handlungsweise sei meine einzige Hoffnung. Er ermahnte mich, mich an alles zu erinnern, was er mir vom Vanza beigebracht hatte.«

»Was haben Sie gemacht?«

»Ich bin Renwick in sein Haus gefolgt. Als ich dort ankam, hatte er das Laboratorium bereits in Brand gesetzt und war gerade dabei, in der Küche ein weiteres Feuer zu legen. Ich trat in den Garten, schaute am Haus hinauf und sah Bernice' Gesicht im Fenster des Schlafzimmers. Es war ihr gelungen, sich bis ans Fenster zu schleppen, doch waren ihre Hände nach wie vor hinter dem Rücken gefesselt. Das Fenster konnte sie also nicht öffnen. Ich sah keine Möglichkeit, dort hinaufzuklettern.«

»Also sind Sie in das Haus gegangen?«

»Ja. Ich hatte keine andere Wahl.« Sie schloss die Augen, als die schrecklichen Erinnerungen in ihr aufstiegen. »Renwick hielt sich immer noch in der Küche auf und hat mich nicht gehört. Ich rannte die Treppe hinauf, dann den Flur entlang bis zum Schlafzimmer. Bis auf den Schein der Flammen auf der hinteren Treppe war es recht dunkel.«

»Das Zimmer fanden Sie verriegelt vor.«

Sie nickte. »Ich versuchte es mit einer Haarnadel. Ich konnte das Prasseln der Flammen hören und wusste, dass mir nur noch sehr wenig Zeit blieb. Dann stand er plötzlich im Flur. Er muss mich wohl auf der Treppe gesehen haben.«

»Was hat er zu Ihnen gesagt?«

»Als er mich vor dem Schlafzimmer knien sah, grinste er und hielt einen Schlüssel hoch. Dann lachte er. ›Ist es das, was du benötigst?‹, fragte er.«

»Was haben Sie geantwortet?«

»Nichts.« Sie blickte ihn wie durch einen Schleier hindurch an. »Die Pistole lag von meinen Rockfalten verborgen neben mir auf dem Fußboden. Er hat sie nicht gesehen. Papa hatte mir geraten, nicht zu zögern, da Renwick ein Vanza war. Ich sagte also gar nichts, bückte mich, griff die Pistole und schoss ihn mit einer einzigen Armbewegung und einer Kugel tot. Er stand kaum zwei Meter weit entfernt, müssen Sie wissen. Er kam auf mich zu und lachte wie der Teufel selbst. Ich konnte ihn nicht verfehlen. Ich wagte nicht, ihn zu verfehlen.«

Artemas betrachtete sie mit leuchtenden Augen. »Und dann hoben Sie den Schlüssel auf, entriegelten die Tür und retteten Ihre Tante.«

»Ja.«

»Sie sind wirklich unglaublich, meine Liebe.«

Sie starrte ihn an. »In meinem ganzen Leben hatte ich noch nie so viel Angst verspürt.«

»Ja, natürlich«, erwiderte er. »Das macht es ja alles so erstaunlich. Ich möchte Sie nicht zwingen, länger als unbedingt notwendig bei diesem Thema zu bleiben. Da Sie und Ihre Tante jedoch die Letzten waren, die Renwick am Leben gesehen haben, muss ich Sie noch einmal fragen, ob Sie sich auch ganz gewiss sind, dass er in jener Nacht ums Leben gekommen ist.«

Ihr schauderte. »Ja. Bernice hat sich auf dem Weg nach unten die Zeit genommen, das genau zu überprüfen.

Sie meinte, wir dürften keinen Fehler machen, weil er ein solch wahnsinniger und gefährlicher Mann sei.«

»Er war auch ein sehr ausgefuchster Mann.«

Sie schüttelte sich. »Fast so ausgefuchst und schlau wie Sie, Sir. Trotzdem war er nicht schlau genug, um einer Kugel auszuweichen.«

»Ich verstehe, was Sie damit sagen wollen, und danke Ihnen für Ihre Besorgnis.«

»Verflucht, Artemas, behandeln Sie mich nicht wie eine Idiotin. Ich weiß, was eine aus nächster Nähe abgefeuerte Kugel einem Menschen antun kann.«

»Ganz richtig. Und warum haben Sie diese Gelegenheit gewählt, um mir die Wahrheit über die Geschehnisse in jener Nacht zu erzählen?«

Sie versteinerte. »Ich versichere Ihnen, ich hatte nicht vor, den Mord zu gestehen.«

»Es war Notwehr.«

»Diese Einschätzung würden nicht alle mit Ihnen teilen, Artemas.«

»Ich sehe es so.«

»Verzeihen Sie mir, Sir, aber nehmen Sie die Neuigkeit, dass ich eine Mörderin bin, nicht zu sehr auf die leichte Schulter?«

Er lächelte kaum merklich. »Vermutlich, weil es sich für mich nicht um eine Neuigkeit handelt. Seit einiger Zeit schon war ich der Überzeugung, dass entweder Sie oder aber Ihre Tante Deveridge erschossen haben. Vor die Wahl gestellt, hätte ich mein Geld auf Sie gesetzt. Bernice hätte die Angelegenheit mit Gift erledigt, nicht mit einer Pistole.«

»Verstehe.« Sie blickte auf ihre zusammengekrampften Hände. »Ich weiß nicht recht, was ich dazu sagen soll.«

»Sie müssen gar nichts sagen.« Er schwieg. »Doch wenn ich der Art und Weise gedenke, in der Sie mir die Wahrheit entgegengeschleudert haben ...«

»Ich kann mir auch nicht erklären, was in mich gefahren ist. Ich muss den Verstand verloren haben.« Sie legte die Stirn in Falten. »Nein, nicht den Verstand, die Beherrschung. Wie können Sie es nur *wagen,* Ihren Kopf auf diese Art und Weise zu riskieren?«

»Weshalb sind Sie so wütend auf mich?«, fragte er gleichmütig. »Fürchten Sie, falls ich von Glenthorpe oder Flood umgebracht werden sollte, nicht mehr meine Dienste in Anspruch nehmen zu können?«

Heller Zorn bemächtigte sich ihrer. »Verflucht noch mal, Artemas, Sie wissen, dass dem nicht so ist. Ich bin wütend, weil ich die Vorstellung unerträglich finde, Ihnen könne etwas zustoßen.«

»Sie wollen sagen, dass Sie mich trotz meiner Vanza-Vergangenheit zu mögen beginnen? Glauben Sie denn, Sie könnten meine Beziehungen zum Handel und Geschäftsleben verschmerzen?«

Sie warf ihm einen aufgebrachten Blick zu. »Mir ist nicht zum Spaßen zumute, Sir.«

»Mir auch nicht.« Unvermittelt streckte er sich nach ihr aus. Seine Hände umfassten ihre Schultern. »Erläutern Sie mir bitte ganz genau, weswegen Sie die Vorstellung meiner möglichen Ermordung nicht ertragen können.«

»Machen Sie sich nicht lächerlich, Sir«, zischte sie hinter zusammengebissenen Zähnen. »Sie wissen sehr wohl, weswegen ich nicht möchte, dass Sie verletzt werden oder Ihnen etwas noch Schlimmeres zustößt.«

»Wenn der Grund nicht der ist, dass es Sie viel Mühe kosten würde, einen anderen Kenner des Vanza ausfindig zu machen, ist dann vielleicht der Grund darin zu suchen, dass Ihnen die Vorstellung von noch mehr Schuld unerträglich ist? Machen Sie sich deshalb solche Sorgen um mich?«

»Verflucht, Artemas.«

»Sie befürchten, falls mir während meiner Tätigkeit für Sie etwas zustoßen sollte, Sie verpflichtet wären, die Verantwortung dafür zu übernehmen, nicht wahr?«

Plötzlich fiel ihr auf, dass er ebenfalls wütend geworden war. »Ja, das ist zum Teil der Fall. Ich bedarf keiner weiteren Schuld, vielen Dank auch.«

»Sie werden nicht die Verantwortung für mich übernehmen, gnädige Frau.« Seine Stimme war so kalt und scharf wie die einer Messerschneide. »Haben Sie das begriffen?«

»Ich werde tun und lassen, wie es mir verdammt noch mal beliebt.«

»Das werden Sie nicht.« Er ließ mit der einen Hand von ihrer Schulter ab, schlug den Schleier zurück und warf den leichten Stoff hinter ihren Kopf. »Wir sind beide gemeinsam in diese Sache verwickelt, und wir werden sie auch gemeinsam durchstehen.«

»Artemas, wenn Ihnen etwas zustoßen sollte, werde ich in der Tat den Verstand verlieren«, flüsterte sie unglücklich.

Er nahm ihr Gesicht zwischen seine Hände. »Hören Sie mir gut zu. Ich fälle meine eigenen Entscheidungen. Weder steht es Ihnen zu, noch haben Sie das Recht, die Verantwortung für das zu übernehmen, was durch diese Entscheidungen ausgelöst wird. Zum Teufel auch, Madeline, Sie tragen nicht für mich die Verantwortung!«

»Wie sonst sollte ich Ihnen gegenüber empfinden?«

»Himmel noch mal, ich bin Ihr Liebhaber. Vergessen Sie das nur nie.«

Er presste seine Lippen auf ihre und drückte sie auf die Kissen hinunter. Sein Gewicht machte sie bewegungslos. Sein Bein zerknitterte die Falten ihres Kleides.

»*Artemas.*«

»Vor wenigen Minuten bin ich aus den Vergnügungspavillons gekommen. Mir war, als ob ich aus einer Trance erwachen würde.« Wieder nahm er ihr Gesicht zwischen seine Hände. »Eine fünf Jahre lange Trance. Meine Rachepläne waren das Einzige, was mich die ganzen Jahre über angetrieben hat. Heute Abend habe ich zum ersten Mal gemerkt, dass es etwas viel Wichtigeres in meinem Leben gibt.«

»Und was wäre das, Artemas?«

»Sie sind es.«

Er beugte sich hinunter und küsste sie heftig und leidenschaftlich. Übermächtige Gefühle loderten in ihr auf. Sie klammerte sich an ihn und küsste ihn mit derselben Wildheit, die er ihr gegenüber zeigte.

Seine Lippen liebkosten ihren Hals. Sie fühlte seine warmen, besitzergreifenden Hände auf der nackten Haut kurz über ihren Strumpfhaltern.

Zunächst erkundete er sie mit den Fingern und versetzte sie mit nur wenigen Berührungen in wollüstige Ekstase.

»Du reagierst auf mich, als ob du für mich geschaffen worden wärst«, murmelte er mit rauchiger, zufriedener Stimme.

Sie fühlte die Spitze seiner erregten Männlichkeit an ihrer Lustperle und merkte erst jetzt, dass es ihm irgendwie gelungen war, die Hosen zu öffnen. Er nahm erst das eine, dann das andere Bein und legte beide über seine Schultern. Unter den Falten ihres Kleides und Umhangs und in dem tiefen Schatten konnte er sie unmöglich sehen, doch fühlte sie sich dennoch vollkommen entblößt. Noch nie zuvor hatte sie eine derartige Verletzlichkeit empfunden. Doch statt sie zu ängstigen, erhöhte es nur ihre Erregung.

Dann drang er mit einem einzigen, festen Stoß in sie ein und füllte sie gänzlich aus. Zunächst rang sie kurz nach Luft, und er begann sich behutsam zu bewegen, noch ehe sie sich an ihn angepasst hatte. Seine Stöße wurden schneller, drängend und unnachgiebig.

Die Anspannung in ihrem Unterleib verschwand, löste sich wellenartig, machte einem süß pulsierenden Zittern Platz, durchbebte ihren ganzen Körper und schien sie in die gleißende Helligkeit des Universums zu katapultieren.

Sie hörte Artemas' unterdrückten Aufschrei und fühlte, wie sich die Muskeln seiner Lenden anspannten. Sie klammerte sich gierig an ihn, während er sich guttural stöhnend in ihr ergoss.

Nachdem er sich bereits eine Stunde im Bett gewälzt hatte, gab Artemas den Versuch zu schlafen auf. Er schlug die Bettdecke zurück, stand auf und griff nach seinem Morgenrock.

Er durchquerte den Raum zu dem niedrigen Tisch, ließ sich auf den Teppich fallen und zündete die Meditationskerze an. Er schloss die Augen und ließ den Duft der Kräuter seine aufgeputschten Gedanken beruhigen.

Danach überprüfte er jeden Plan, jede Vorsichtsmaßnahme und jeden Schritt, den er bisher gemacht hatte, auf mögliche Mängel und Schwächen.

Doch als er sich davon überzeugt hatte, alles in seiner Macht Stehende getan zu haben, wandten sich seine Gedanken erneut Madeline zu.

Er musste sie unter allen Umständen schützen. Sie war das Zauberwesen, das ihn aus seiner bitteren Trance erweckt hatte.

19. Kapitel

Die glitzernden Kronleuchter tauchten den Ballsaal in ein funkelndes Licht. Alles, was Rang und Namen hatte, war der Einladung in das Haus Lord Clays und seiner Frau gefolgt, die ihrerseits wiederum als gute Gastgeberin bekannt war. Obwohl ihr der wahre Grund ihrer Anwesenheit am heutigen Abend wohl bewusst war, war Madeline doch etwas mulmig zumute. Vor ihrer Hochzeit hatte sie nur wenig Zeit auf Gesellschaften verbracht und danach überhaupt nicht mehr. Es war tatsächlich eine vollkommen andere Welt, ebenso sehr von schillernden Illusionen getragen wie die der Vergnügungspavillons. Mit Bernice zusammen stand sie in der Nähe der geöffneten bodenlangen Fenster und beobachtete die Frauen in den leichten, kostbaren Roben, die in den Armen von elegant gekleideten Männern Walzer tanzend vorüberschwebten. Livrierte Diener boten auf Silbertabletts Champagner- und Limonadengläser feil. Oberflächliche Unterhaltungen und künstliches Lachen wetteiferten mit der Musik um Aufmerksamkeit.

Bernice musterte Madeline von Kopf bis Fuß und strahlte zufrieden. »Heute Abend kannst du es hier mit jeder Frau aufnehmen, meine Liebe.«

Madeline blickte an ihren hellgelben Satinröcken herunter und kräuselte die Nase. »Danke.«

»Der Dank gebührt Hunt. Er hat darauf bestanden, dass du heute Abend nicht in Schwarz gehst. Auch ich bin der Auffassung, du solltest dich allmählich so kleiden, wie es einer jungen Frau deines Temperaments entspricht.«

Wie aus dem Nichts war am Nachmittag das gelbe Satinkleid zusammen mit einer Schneiderin aufgetaucht. Die Schneiderin hatte das Gewand auf Madelines Körper zugeschnitten. Passende Handschuhe und Schuhe aus feinem Ziegenleder waren ebenfalls wie aus heiterem Himmel aufgetaucht.

Bernice hatte sich so zufrieden darüber gezeigt, dass Madeline von ihrer Mithilfe in der Angelegenheit überzeugt war. Doch war es der leuchtende Blick männlichen Stolzes in Artemas' Augen gewesen, weswegen sie erwogen hatte, die Trauer für ihren Vater hinter sich zu lassen.

Es war Artemas' Idee gewesen, sich die übervolle Villa der Clays heute Abend zunutze zu machen. Eine ausgezeichnete Gelegenheit, das Arbeitszimmer des Lords zu durchsuchen, hatte Artemas dargelegt. Sie mussten herausfinden, was Clay mit der großen Menge einschläfernder Kräuter aus der Arzneimittelhandlung Moss angefangen hatte.

Mit Unbehagen blickte Madeline auf die große Treppe. Vor einer halben Stunde bereits war Artemas verschwunden, um seinen heimlichen Erkundungen nachzugehen. Seither hatten sie ihn nicht mehr zu Gesicht bekommen.

»Er ist schon recht lange weg«, raunte sie Bernice zu. »Sicher gibt es keinen Anlass zur Sorge. Hunt ist viel zu schlau, um sich beim Durchsuchen von Clays Arbeitszimmer erwischen zu lassen.«

»Ich machte mir keine Sorgen, dass er sich erwischen lassen könnte. Es ärgert mich lediglich, dass er heute den leichteren Teil der Aufgabe erledigen darf. Mir hat er den schwierigeren Teil überlassen.«

»Wovon in aller Welt redest du?«

»Ist das nicht offensichtlich? Ich bin diejenige, die all die Blicke und verstohlenen Kommentare ertragen muss. Ist dir bei unserem Eintreten in den Ballsaal nicht aufgefallen, wie Bewegung in die Gesellschaft gekommen ist? Sicher haben diese Leute nichts Besseres zu tun, als über die Tatsache zu tratschen, dass Artemas Hunt heute in Begleitung der Verruchten Witwe erschienen ist.«

Bernice kicherte. »Damit hast du sicherlich Recht, meine Liebe. Niemand hier hat etwas Besseres zu tun, als genau darüber zu reden. Deine Verbindung mit Hunt ist offenbar die neueste Klatschmeldung in der Stadt.«

»Ich komme mir wie eine Attraktion in den Vergnügungspavillons vor. Ich sollte von den Leuten Eintrittsgeld verlangen.«

»Sachte, sachte, so schlimm ist es nun auch wieder nicht.«

»Und ob es das ist. Viel lieber würde ich Clays Arbeitszimmer durchsuchen. Es würde Artemas recht geschehen, wenn er all die neugierigen Blicke würde aushalten müssen.«

»Die Gesellschaft wird schnell eines neuen Gerüchtes müde«, versicherte ihr Bernice. »Die Neuigkeit, dass du mit Hunt etwas zu tun hast, wird schon bald nicht mehr aufregend sein.«

»Hoffen wir nur, dass deine Meinung auch die ihre ist.«

»Bernice.« Die fremde Stimme täuschte Überraschung vor. »Wie schön, Sie wieder zu sehen. Es ist lange her.«

Madeline wandte sich um und sah sich einer Dame in mittleren Jahren gegenüber, in einem rosa Seidenkleid, die sie durch eine Lorgnette hindurch musterte.

»Und Sie sind Frau Deveridge, nicht wahr?«

Madeline war die Frau spontan von Herzen unsympathisch. »Sind wir schon einander vorgestellt worden, gnädige Frau?«

»Ihre Tante kann sich um die Formalitäten kümmern. Wir sind einander bekannt.«

»Lady Standish«, murmelte Bernice. »Erlauben Sie mir, Ihnen meine Nicht vorzustellen, Madeline.«

»Die Verruchte Witwe.« Lady Standishs Augen glänzten

wie nasse Kieselsteine. »Hunts Mut muss man wirklich bewundern, eine Dame Ihrer Reputation in dieses Haus mitzubringen.«

Diese Unverschämtheit verschlug Madeline die Sprache.

Bernice jedoch konnte das ihre Schlagfertigkeit nicht rauben. »Artemas Hunt gehört sicherlich nicht zu den gewöhnlichen, verzagten Gentlemen«, flötete Bernice. »Anders als Ihr Sohn Endikott, der eher eine etwas einschläfernde Gesellschaft zu bevorzugen scheint, besitzt Hunt den Hang zu Intelligenz und gutem Stil.«

Lady Standishs Lächeln wurde dünn und gemein. »Aber, aber, meine liebe Frau Deveridge, wissen Sie denn nicht, dass Ihr Name in eines jeden Gentlemans Wettbuch verzeichnet ist? Es steht eine Summe von tausend Pfund für den Mann aus, der eine Nacht mit Ihnen überlebt. Wie ich annehme, hat sich Hunt seinen Gewinn bereits abgeholt.«

Madeline stockte der Atem.

»Aber machen Sie sich keine Sorgen«, fuhr Lady Standish fort. »Vielleicht können Sie ihn ja dazu überreden, den Gewinn mit Ihnen zu teilen.«

Madeline war endgültig sprachlos.

Ganz anders Bernice. Sie maß Lady Standish mit dem kühlen Interesse eines Generals, der auf dem Kampffeld seinen Gegner einzuschätzen versuchte. »Offenbar ist es Ihnen noch nicht zu Ohren gekommen, dass unser Gastgeber in seinem Club all jene zu einem Duell herausfordern wird, die den Namen meiner Nichte auf eine Art benutzen, die Hunt als beleidigend empfindet. Es wäre wohl geraten, den jungen Endikott zu warnen. Wie ich mich entsinne, ist er Ihr einziger Erbe. Es wäre eine Schande, ihn in einem Duell um die Ehre meiner Nichte zu verlieren, nicht wahr?«

Jetzt war es Lady Standish, der es die Sprache verschlagen hatte. Entsetzen war in ihren eiskalten Augen zu lesen. »Nun, ich hätte niemals gedacht ...«

Sie drehte sich schnaubend um und verschwand ohne ein weiteres Wort in der Menge.

Madeline hatte endlich ihre Sprache wiedergefunden und fragte Bernice verdattert: »Worum ging es denn hier? Erzähl mir bloß nicht, dass Hunt tatsächlich all jene zum Duell herausfordern möchte, die meine Ehre beleidigen?«

»Nichts, weswegen du dir Sorgen machen müsstest, meine Liebe. Kein Mensch wird derart töricht sein.«

»Davon spreche ich doch gar nicht.« Madeline konnte nun ihre Wut und Panik kaum noch beherrschen. »Großer Gott, ich darf Hunt nicht gestatten, seinen Kragen auf solch lächerliche Art und Weise zu riskieren. Weshalb hat mir niemand von der Wette in den Wettbüchern erzählt?«

»Ich wusste, dass es dich nur verstören würde, meine Liebe.« Bernice tätschelte ihr die Hand. »In letzter Zeit hattest du auch so schon ausreichend Sorgen.«

»Woher weißt du denn darüber Bescheid?«

»Herr Leggett hat es wohl mir gegenüber erwähnt«, meinte Bernice fröhlich.

»Ich werde ein Wort mit ihm über diese Angelegenheit wechseln müssen.« Madeline kochte jetzt vor Wut.

»Mit Herrn Leggett?«

»Nicht doch!« Madeline kniff die Augen zusammen. »Mit Artemas.«

Just als Artemas die letzte Schublade von Clays Schreibtisch durchsucht hatte, hörte er einen Schlüssel in der Tür. Schnell löschte er die Kerze und trat hinter einen der schweren Samtvorhänge, die vor dem hohen Fenster hingen.

Er hörte, wie die Tür geöffnet wurde. Jemand betrat die Bibliothek. Artemas sah das Flackern einer Kerze, konnte jedoch niemanden erkennen.

»Ach hier bist du, Alfred«, ertönte eine Stimme auf dem Flur. »In der Küche suchen sie schon alle nach dir.«

»Sag ihnen, ich bin gleich da. Doch erst muss ich noch meine Runden drehen. Du weißt doch, wie sehr die Herrschaft seit dem Einbruch darauf drängt, ein Auge auf die Wertsachen zu halten. Heute Abend soll ich sogar besonders wachsam sein, weil das Haus voller Leute ist.«

»Nun denn. Als Einbruch würde ich es allerdings kaum bezeichnen. Das Einzige, was gestohlen wurde, war ein Gefäß mit Kräutern, die er letzten Monat aus dem Arzneimittelhandel geholt hat. Keine große Sache, wenn du mich fragst.«

»Niemand fragt dich, George.«

Das beantwortete zumindest die dringlichste Frage des Abends, dachte Artemas. Dann lauschte er, wie die Tür hinter den beiden Bediensteten geschlossen wurde. Die Schlafkräuter waren also entwendet worden. Ohne Zweifel ein mitternächtlicher Besuch des geheimnisvollen Gespenstes. Lord Clay war offenbar nicht in die Sache verwickelt.

Artemas trat hinter der Gardine hervor. Er verließ die Bibliothek und ging den Flur zur Treppe hinunter. Ein paar Minuten später schlenderte er durch den vollen Ballsaal auf Bernice und Madeline zu.

Etwas von der Enttäuschung, dass er in Clays Bibliothek nichts Nützliches hatte ausfindig machen können, verflog bei Madelines Anblick. Sie sah hinreißend aus, dachte er. Sie stellte alle anderen Frauen in den Schatten, nicht weil sie die schönste, sondern weil sie seiner Meinung nach die anziehendste aller anwesenden Frauen war.

Während er sich ihr näherte, konnte er die Augen nicht von ihr abwenden. Er hatte sich in diesem bestimmten Gelbton nicht geirrt, dachte er. Sonnengelb stand ihr ausgezeichnet.

»Guten Abend, die Damen«, grüßte er, als er neben Madeline stand. »Amüsieren wir uns alle gut?«

Madeline fuhr herum. Überrascht stellte er fest, dass ihre Augen wütend blitzten.

»Wie können Sie nur etwas derart Törichtes tun«, zischte sie ohne Umschweife. »Was in aller Welt haben Sie sich dabei gedacht? Besitzen Sie denn kein bisschen Vernunft mehr? Weshalb haben Sie etwas so Borniertes getan?«

Verblüfft und Hilfe suchend schaute Artemas Bernice an.

Diese hob lediglich die Augenbrauen, zuckte kaum merklich mit den Schultern und wandte sich scheinbar interessiert wieder den Tänzern zu. Er war ganz auf sich selbst gestellt.

Er blickte in Madelines vor Zorn funkelnde Augen. »Äh …«

»Haben Sie geglaubt, mir würde die Wahrheit nicht zu Ohren kommen?«

»Nun …«

»Ich fasse es nicht.«

»Was denn?«, erkundigte er sich vorsichtig. »Wenn es sich um meine Durchsuchung von Clays Arbeitszimmer handelt, so hatten Sie von diesem Vorhaben doch Kenntnis …«

»Darum geht es nicht, wie Sie sehr wohl wissen«, schnappte sie.

Er sah sich um und bemerkte in der Nähe eine kleine Damengruppe. Er ergriff Madelines Arm. »Ich schlage vor, in den Garten zu gehen und etwas frische Luft zu genießen.«

»Glauben Sie nur nicht, auf diese Weise das Thema wechseln zu können, Sir.«

»Zuerst müsste ich erfahren, was das Thema ist«, erwiderte er und geleitete sie durch die offenen Türen nach draußen. »Dann werde ich mir Gedanken darüber machen, wie ich es wechseln könnte.«

»Täuschen Sie nicht Unkenntnis vor.«

»Ich täusche gar nichts vor, dessen kann ich Sie versichern.« In den Schatten am Rande der Terrasse hielt er inne. »Worum geht es denn, Madeline?«

»Man hat mir erzählt, was in Ihrem Club vorgefallen ist.«

Er stöhnte. »Jemand hat Ihnen von der Wette erzählt.«

»Die Wette über tausend Pfund ist mir vollkommen gleichgültig. Von Spielern kann man schließlich nichts anderes erwarten, als dass sie auf alles eine Wette abschließen, angefangen von der Fliege an der Wand bis hin zu Boxkämpfen.«

Jetzt war er ernstlich verstört. »Wenn es nicht die Wette ist, die Sie derart aus der Fassung gebracht hat, was um Himmels willen ist es dann?«

»Ich bin soeben darüber aufgeklärt worden, dass Sie jeden Gentleman Ihres Clubs um meiner Ehre willen zum Duell herausfordern würden. Ist dem so?«

Er runzelte die Stirn. »Wer hat Ihnen das erzählt?«

»Ist dem so?«

»Madeline ...«

»Darf ich Sie daran erinnern, Sir, dass wir ein Abkommen miteinander getroffen haben? Ist es wahr, dass Sie jeden Gentleman zu einem Duell auffordern werden, der mich beleidigt?«

»Ich halte es für höchst unwahrscheinlich, dass jemand Sie in meinem Beisein beleidigen wird«, versuchte er sie zu beschwichtigen. »Es gibt also nichts, worüber Sie sich Sorgen machen müssten.«

Sie trat noch dichter an ihn heran. »Artemas, wenn Sie Ihren Kopf für etwas derart Albernes wie ein Duell meiner Ehre wegen verlieren, schwöre ich, werde ich Ihnen niemals, niemals vergeben.«

Er lächelte. »Niemals, niemals?«

»Mir ist es ernst.«

Er spürte eine wohlige Wärme in sich aufsteigen. »Lieben Sie mich also doch ein wenig, Madeline? Trotz meiner Vanza-Ausbildung und meiner Verbindungen zur Geschäftswelt?«

»Ich liebe Sie mehr, als ich jemals jemanden in meinem Leben geliebt habe, Sie alberner Dummkopf. Und ich werde Ihnen diese Art von Dummheiten nicht gestatten. Habe ich mich klar ausgedrückt?«

»Vollkommen klar.« Er zog sie zu sich heran und küsste sie, noch bevor sie ihre eben gesagten Worte ganz begriffen hatte.

20. Kapitel

Der Kurze Hans zog sich den Wollschal, den Herr Hunt ihm gegeben hatte, noch enger um den Hals und beobachtete, wie die beiden Männer aus der Gaststätte traten. Der Mann auf der Linken war derjenige, den er bereits den ganzen Tag über beobachtet hatte. Laut Zachary war sein Name Glenthorpe. »Zum Teufel, mir ist ein wenig seltsam zumute.« Glenthorpe strauchelte auf den Stufen. »Eigentlich habe ich heute Abend gar nicht so viel getrunken.«

»Vermutlich haben Sie die Übersicht verloren, mein Freund.« Der blonde Mann lachte. »Aber machen Sie sich keine Sorgen, ich werde Sie sicher nach Hause bringen.«

»Sehr freundlich von Ihnen, Sir. Sehr freundlich.«

Der Kurze Hans beobachtete, wie Glenthorpe beim Hinabsteigen auf der Treppe erneut strauchelte. Der Mann wäre aufs Gesicht gefallen, hätte ihn nicht der andere, der mit dem Spazierstock, gestützt.

Der Kurze Hans fühlte Erwartung in sich aufsteigen. Die Aussicht auf ein nettes Sümmchen schwebte ihm vor Augen. Zachary hatte ihm aufgetragen, ganz besonders auf jeden Mann in Glenthorpes Begleitung zu achten.

Der Mann mit dem Spazierstock hatte die Schenke wenige Minuten nach Glenthorpe betreten, doch erweckten sie jetzt den Eindruck guter Bekannter. Der Kurze Hans ließ seine Beute nicht aus den Augen, während er das Fleischbrötchen verspeiste, das er kurz zuvor hatte mitgehen lassen. Er hatte bereits erwogen, sich in das gemütliche Zimmer oberhalb eines Stalles zurückzuziehen, das er sich mit fünf Kumpeln teilte, doch jetzt war er froh, sein Geschäft nicht aus den Augen gelassen zu haben.

Der Mann, der mit Glenthorpe gemeinsam aus der Gaststätte getreten war, blieb stehen, um sich seinen Hut aufzusetzen. Der Kurze Hans bewunderte das im Lampenlicht gold schimmernde Haar des Mannes. Man konnte meinen, es sei aus feinsten Goldfaden gesponnen. Doch war es der Spazierstock, der sein berufliches Interesse weckte. Red Jack, ein Hehler, würde ihm dafür ein nettes Sümmchen bieten.

Leider hatte es nicht den Anschein, als ob man sich des Spazierstocks umstandslos bemächtigen konnte. Zwar mochte Glenthorpe sturzbetrunken sein, doch der Mann mit dem Goldhaar wirkte hellwach und behände. Der Kurze Hans wusste weiterhin, dass solche Männer nicht selten eine Pistole bei sich trugen.

Das ist das Risiko nicht wert, sagte er sich. Ganz abgesehen davon würde Herr Hunt ihn für gute Informationen genauso hoch entlohnen wie Red Jack für den Stock. Hinzu kam, dass – anders als der Hehler – Herr Hunt für geleistete Arbeit immer prompt und gut bezahlte. Der Kurze Hans hielt sich daran, es sich mit pünktlich zahlenden Kunden nicht zu verderben.

Der Mann mit dem goldenen Haar hob den Spazierstock, um damit eine vorbeifahrende Kutsche heranzurufen. Er schob Glenthorpe in den Wagen, dann trat er vor, um mit dem Kutscher zu sprechen.

Der Kurze Hans schlich sich aus der Tür und lauschte den Anweisungen, die der blonde Mann gab.

»Crooktree Lane, guter Mann.« Die tiefe, geschmeidige Stimme hallte im Nebel.

»Sehr wohl, Sir.«

Der Kurze Hans wartete nicht länger. Crooktree Lane

kannte er gut, sie lag in unmittelbarer Nähe des Flusses. Zu dieser späten Stunde war das ein düsterer, gefährlicher Ort, der von der übelsten Rattenspezies überhaupt aufgesucht wurde: solchen Ratten nämlich, die auf zwei Beinen liefen.

Madeline saß noch wach in ihrem Schlafzimmer und beugte sich über das seltsame kleine Büchlein. Doch konnte sie sich aus den unzusammenhängenden Wörtern keinen Reim machen. Alles, woran sie denken konnte, war die tollkühne Art und Weise, in der sie Artemas gegenüber ihre Liebe eingestanden hatte. Gott sei Dank war er zu sehr Gentleman, um dieses Thema erneut anzuschneiden. Vielleicht war er ebenso entsetzt über ihre wirren Worte wie sie selbst. Eventuell waren es genau die Worte, die er am allerwenigsten von ihr zu hören wünschte.

Er nannte sich ihr Liebhaber, doch hatte er niemals behauptet, sie zu lieben.

Es klopfte an der Tür. Erleichtert über die Unterbrechung, sah Madeline auf die Uhr: Es war Mitternacht. »Herein.«

Die Tür öffnete sich, und Nellie erschien in Nachthemd und Schlafhaube. »Es tut mir Leid, gnädige Frau, doch wartet vor der Küchentür ein junger Mann. Er wünscht Zachary oder Herrn Hunt zu sprechen, doch beide sind noch nicht wieder zurückgekehrt.«

Artemas war ausgegangen, um sich in seinen diversen Clubs einen Überblick über Gerüchte zu verschaffen und Informationen zu sammeln. Zachary hatte ihn unter dem Deckmantel des Kutschers begleitet.

»Ein junger Mann, sagten Sie?«

»Sehr wohl, gnädige Frau. Es ist einer der Jungs, die für Zachary und Herrn Hunt Besorgungen erledigen. Er sagt, es sei wichtig und er müsse unbedingt mit jemandem über den Mann sprechen, den er seit zwei Tagen beobachtet.«

»Glenthorpe.« Madeline sprang auf. »Sagen Sie dem Jungen, er soll in der Küche warten. Ich ziehe mich an und komme sofort.«

»Sehr wohl, gnädige Frau.« Nellie wandte sich zum Gehen.

»Warten Sie«, rief Madeline vom Kleiderschrank aus. »Wecken Sie Latimer. Er soll eine Kutsche anheuern. Um diese Zeit sollte auf der Straße eine zu bekommen sein. Beeilen Sie sich, Nellie.«

Nellie zögerte. »Soll er denn nicht lieber Ihre eigene Kutsche bereitmachen?«

»Nein, man könnte sie erkennen.«

Nellie riss die Augen auf. »Ist die Sache denn gefährlich, gnädige Frau?«

»Möglicherweise ja. Beeilen Sie sich, Nellie.«

»Sehr wohl, gnädige Frau.« Nellie verschwand.

Madeline zog sich eilig an, schlüpfte in ein Paar Halbstiefel und stürzte zur Tür. Auf halbem Wege hielt sie inne und hastete zu der Truhe unter dem Fenster zurück. Sie riss den Deckel auf und holte die Pistole und Ersatzkugeln heraus. Dann nahm sie ein Messer, ein Geschenk ihres Vaters, heraus und befestigte den Schaft an ihrer Wade. Als sie fertig war, trat sie in den Flur, rannte die Treppen hinunter und erschien vollkommen außer Atem in der Küche. Den abgemagerten Jungen mit Augen, die für sein Alter schon viel zu abgeklärt waren, erkannte sie sofort.

»Kurzer Hans, ist alles in Ordnung?«

»Klar ist alles in Ordnung.« Die Worte waren kaum zu verstehen, denn er hatte den Mund mit einem Brötchen voll gestopft. Dennoch war sein Tonfall ablehnend. »Bin hierher gekommen, um Zachary oder Herrn Hunt Bericht zu erstatten.«

»Beide sind außer Haus, vermutlich in einem von Herrn Hunts Clubs. Berichten Sie mir, was Sie heute Abend gesehen haben.«

Er maß sie misstrauisch. »Und was ist mit meiner Bezahlung?«

»Ich werde sicherstellen, dass Sie sie bekommen.«

Während er darüber nachdachte, kräuselte er die Nase. Dann hatte er sich entschieden. »Hab gesehen, wie Glenthorpe mit einem Mann zusammen eine Kutsche bestieg. Glenthorpe war sturzbetrunken, doch der andere war nüchtern. Hab gehört, wie er Glenthorpe sagte, er würde ihn nach Hause bringen. Aber dann hab ich gehört, wie er dem Kutscher sagte, er solle sie zur Crooktree Lane fahren.«

»Wo ist das?«

»In der Nähe des Flusses, nicht weit vom südlichsten Eingang der Vergnüngungspavillons entfernt. Ich beobachte Glenthorpe jetzt schon seit zwei Tagen und kann Ihnen versichern, dass er dort nicht zu Hause ist.«

Latimer trat in die Tür und zwängte sich in seine Jacke. »Was ist los, gnädige Frau?«

Madeline wandte sich um. »Haben Sie uns eine Kutsche besorgt?«

»Schon, aber weshalb so eilig?«

»Wir müssen versuchen, Herrn Hunt in einem seiner Clubs ausfindig zu machen. Dann müssen wir sofort in die Crooktree Lane fahren. Dorthin ist Glenthorpe von einem Mann gebracht worden, der vielleicht der ...« Sie hielt sich gerade noch zurück, das Wort *Mörder* auszusprechen. Sie wollte den Kurzen Hans nicht erschrecken, obwohl sie stark bezweifelte, dass dieses Straßenkind noch irgendetwas würde in Angst versetzen können. »Er ist dort von einem Mann hingefahren worden, der möglicherweise recht gefährlich ist.«

Der Kurze Hans rollte mit den Augen. »Sie spielt auf den Gentleman an, den sie neulich aus dem Wasser gezogen haben. Zachary hat mir davon erzählt.« Er nahm sich noch ein Brötchen und biss herzhaft hinein.

»Herr Hunt erwähnte bereits, etwas in dieser Richtung könne geschehen«, erläuterte Madeline. »Er meinte, das würde ihm die Möglichkeit bieten, den Schurken zu schnappen. Doch wir müssen ihn informieren.« Sie wandte sich dem Kurzen Hans zu. »Bis zu unserer Rückkehr können Sie hier bei Nellie bleiben.«

»Um mich brauchen Sie sich keine Sorgen zu machen«, erwiderte der Kurze Hans und nahm sich noch ein Brötchen. »Ich gehe nirgendwo hin, ehe ich nicht meinen Lohn bekommen habe.«

Artemas warf sich sein Cape über und eilte zur Kutsche. Es war nicht das erste Mal, dass Madeline ihn aus seinem Club geholt hatte, dachte er. Allmählich wurde es ihr zur Gewohnheit.

Er öffnete die Tür und stieg ein, während Zachary sich zu Latimer auf den Kutschbock schwang. Die Kutsche, mit der Madeline nach St.James gekommen war, verschwand im Nebel. Der Kutscher musste sich nach einem neuen Fahrgast umsehen.

»Artemas.« Madeline blickte ihn an, als er sich ihr gegenüber setzte. »Gottlob haben wir Sie so schnell ausfindig machen können.«

»Was ist los?«, erkundigte er sich, als sich die Kutsche in Bewegung setzte.

»Der Kurze Hans sah Glenthorpe mit einem Gentleman weggehen, ganz wie Sie es vorausgesagt hatten. Ihr Fahrziel war Crooktree Lane. Wie man mir sagte, ist das eine ausgesprochen zwielichtige Gegend unten am Fluss.«

»Sie gehört sicherlich nicht zu den beliebtesten Gegenden der Stadt«, räumte er ein, während er die recht belebten Straßen durch das Fenster hindurch beobachtete.

»Günstigerweise liegt die Gegend auch noch sehr dicht am südlichen Eingang der Vergnügungspavillons.«

»Günstigerweise?«

»Nahe genug, um einen Mann, nachdem man ihn erschossen hat, dorthin zu schleppen. Es würde mich nicht überraschen, wenn Oswynn ebenfalls in der Crooktree Lane ermordet wurde, bevor man seine Leiche im Geisterhaus abgelegt hat.«

»Erst Oswynn und nun Glenthorpe. Das verstehe ich nicht, Artemas. Warum macht der Schurke das? Man kann sich gar keinen Reim darauf machen.«

Von ihrer Bemerkung überrascht, blickte er sie im Dunkeln an. »Begreifen Sie denn nicht? Er hat es sich in den Kopf gesetzt, mich aus dieser Sache auszubooten. Offenbar beginne ich für ihn ein ärgerliches Hindernis zu werden.«

»Aber wie soll der Tod Ihrer Feinde Sie ihm aus dem Weg schaffen?«

»Nachdem ein voreilig ausgeführter Versuch, mich zu beseitigen, fehlgeschlagen ist, hat er offenbar die Schlussfolgerung gezogen, dass eine Konfrontation mit mir zu gefährlich ist. Also geht er jetzt das Problem von einer anderen Seite an.«

»Wie meinen Sie das?«

»Meiner Meinung nach war Oswynns Tod als eine Warnung gedacht. Doch heute Nacht versucht unser Gespenst offenbar eine etwas unmittelbarere Bedrohung. Vielleicht glaubt er, wenn er die Vergnügungspavillons in einen Mordskandal verwickeln kann, es ihm damit gelingt, meine Aufmerksamkeit abzulenken.«

»Ja, natürlich. Für Ihr Geschäft könnte es sich als ruinös erweisen, wenn die Leute erfahren, dass in einem Ihrer Gärten eine Leiche gefunden wurde.«

»Möglich. Oder auch nicht«, erwiderte Artemas grimmig und belustigt zugleich. »Meiner Erfahrung zufolge lassen sich die Menschen von den seltsamsten Attraktionen gefangen nehmen. Über die Anziehungskraft eines Vergnügungsgartens, in dem ein oder zwei Morde stattgefunden haben, lässt es sich nur mutmaßen.«

»Was für eine schaurige Vorstellung. Doch über Geschmack lässt sich nicht streiten, nicht wahr?«

»Vermutlich ist die Schädigung meiner Geschäfte für ihn gänzlich zweitrangig.«

»Was sonst könnte er bezwecken wollen?«

Artemas zögerte, doch dann entschied er sich, ihr den Rest auch noch zu erzählen. »Möglicherweise ist sein eigentliches Ziel, mich in dieser Morde zu verstricken.«

»*Sie?*« Ihre Augen weiteten sich. »Großer Gott, Artemas, glauben Sie wirklich, wenn eine Leiche auf dem Grundstück der Vergnügungspavillons gefunden wird, dass Sie als Eigentümer als möglicher Mörder in Erwägung gezogen werden? Das ist doch eher unwahrscheinlich.«

»So unwahrscheinlich nun auch wieder nicht, wenn man bedenkt, dass der Tote als mein Erzfeind bekannt ist und ich in einen Plan verwickelt war, um ihn finanziell zu ruinieren«, entgegnete er ruhig.

»Jetzt begreife ich, was Sie sagen wollen.« Ein Schauer lief ihr über den Rücken. »Dieser Schurke kennt offenbar Ihre tiefsten Geheimnisse. Es scheint tatsächlich, als ob er durch Mauern gehen kann.«

»Er versucht, mich aus dem Weg zu schaffen, um an Sie heranzukommen«, fuhr Artemas fort. »Offenbar glaubt er, Sie seien im Besitz des Schlüssels.«

Dank Latimers Geschick mit den Zügeln und Zacharys Ortskenntnis der weniger angesehenen Gegenden kamen sie zügig voran. Zwei Straßen vor den verschlossenen Toren des Südtors befahl Artemas Latimer, die Kutsche anzuhalten.

»Weswegen halten wir hier?«, wollte Madeline wissen.

»Um gegen alle Eventualitäten gewappnet zu sein.«

Er stieß die Tür auf und sprang auf die Straße. »Hört gut

zu, Freunde. Latimer, Sie und Madeline bleiben bei der Kutsche. Finden Sie einen Ort, von dem aus Sie unbemerkt das Südtor beobachten können.«

Madeline steckte den Kopf aus dem Fenster. »Warum müssen wir hier bleiben?«

»Im Falle, dass Zachary und ich zu spät kommen, um den Mord an Glenthorpe zu verhindern, wird der Schurke die Leiche vermutlich durch dieses Tor in den Vergnügungsgarten bringen wollen.«

»Verstehe.« Madeline fingerte in ihrer Handtasche und zog eine kleine Pistole hervor. »Latimer und ich sollen den Schurken also aufhalten, falls er Ihnen und Zachary entwischt.«

»Nein, Sie werden nicht versuchen, ihn aufzuhalten.« Artemas trat sehr dicht an das Fenster heran. »Hören Sie mir sehr gut zu, gnädige Frau. Latimer und Sie sollen beobachten, welche Richtung er nach Betreten des Gartens einschlägt. Unternehmen Sie jedoch keinerlei Versuch, ihn abzufangen. Ist das klar?«

»Aber Artemas ...«

»Der Mann ist gefährlich, Madeline. Sie werden weder Ihren noch Latimers Kopf riskieren. Beobachten Sie lediglich, welche Richtung er einschlägt, weiter nichts.«

»Und was werden Zachary und Sie tun?«

»Wir werden den Mistkerl einfangen, ehe er mir noch weitere Gefallen erweist.« Er blickte Zachary an. »Sind Sie so weit?«

»Jawohl, Sir.« Aufregung und Entschlossenheit schwangen in seiner Stimme mit, als er vom Kutschbock heruntersprang.

Madeline lehnte sich aus der Kutsche. »Artemas, Zachary und Sie müssen mir versprechen, sehr, sehr vorsichtig zu sein.«

»Natürlich«, erwiderte er.

Als er sich abwandte, lächelte er in sich hinein. Keiner von beiden hatte die spontane Liebeserklärung ihrerseits vom gestrigen Abend nochmals erwähnt. Er hatte den Eindruck gewonnen, dass sie vorzugeben wünschte, sie wäre gar nicht geschehen. Für den Moment war er gewillt, diese Scharade mitzuspielen. Sicherlich brauchte sie Zeit, um sich an die Vorstellung, ihn zu lieben, zu gewöhnen. Zweifelsohne hatte es ihr einen heftigen Schock versetzt. Sie konnte nicht wissen, wie sehr es ihm zu Herzen gegangen war.

Er trat neben Zachary. »Gehen wir.«

Artemas führte sie einen Weg hinunter, der sie zur Crooktree Lane bringen würde. Zachary folgte ihm wie ein lautloser Schatten.

Das Mondlicht und ein gelegentlich erleuchtetes Fenster reichten aus, um im Nebel den Weg zu finden. Ab und an leuchtete ihnen eine Prostituierte mit einer Lampe zu und rief ihnen etwas nach.

Ohne Zwischenfall durchquerten sie das enge Netzwerk der Straßen und Gassen in der Nähe ihres Ziels. Dann kamen sie in eine schmale, stark gebogene Straße.

»Das hier ist Crooktree Lane, Sir«, sagte Zachary. »Während meiner früheren Tätigkeit war ich häufig hier. Viele der Jungs kennen die Gegend, weil Red Jack ganz in der Nähe einen Laden besitzt. Ein guter Hehler, aber sehr eigen. Er kauft lediglich allerfeinste Ware.«

»Das glaube ich Ihnen gerne.« Artemas spähte von der Straßenmündung die Straße hinunter. »Ich hatte gehofft, hier einzutreffen, ehe die Kutsche unsere Beute abgeladen hat, doch sind wir dafür offenbar zu spät gekommen. Ich habe gar keine Kutsche gesehen …«

Huf- und Wagengeräusche unterbrachen ihn.

»Dort«, flüsterte Zachary.

Eine Kutsche bog mit äußerster Vorsicht in die Crooktree Lane ein. Die Lampen leuchteten nur schwach. Der Kutscher schwang die Peitsche und wollte sein Pferd zum Trab anheizen, doch schien der alte Gaul keinerlei Interesse an einer solchen Anstrengung zu zeigen.

»Schneller, altes Mädchen.« Der Kutscher sprach mit rauer, drängender Stimme. »Dies ist nicht gerade die Gegend, in der wir beide uns lange aufhalten wollen.« Artemas trat auf die Straße und tat, als ob er eine Kutsche anheuern wollte. »Einen Augenblick bitte, Sir.«

»Was ist das denn?« Überrascht holte der Kutscher die Zügel ein und musterte Artemas unsicher. Als er den teuren Mantel und die glänzenden Stiefel sah, beruhigte er sich ein wenig. »Benötigen Sie eine Kutsche, Sir?«

»Ich benötige eine Auskunft, und zwar sehr schnell.« Artemas warf dem Mann eine Münze zu. »Haben Sie eben gerade ein paar Fahrgäste abgesetzt?«

»Jawohl, Sir.« Der Kutscher fing die Münze geschickt aus der Luft ab und steckte sie sich in die Tasche. »Zwei Männer, einer von ihnen so betrunken, dass er nicht mehr auf den Beinen stehen konnte. Der andere hat mir ein nettes Trinkgeld zugesteckt.«

»Wo sind sie ausgestiegen?«

»Gleich hinter der Ecke vor der Nummer zwölf.«

Artemas warf dem Kutscher eine weitere Münze zu. »Für Ihre Bemühungen.«

»Nicht der Rede wert, Sir. Werden Sie später eine Kutsche benötigen?«

»Heute nicht, danke.«

Artemas trat in die Dunkelheit zurück. Der Kutscher seufzte und zog die Zügel an. Die Kutsche polterte die Straße hinunter.

»Vielleicht kommen wir doch noch rechtzeitig.« Artemas zog die Pistole unter dem Cape hervor. »Aber wir müssen uns beeilen.«

»Sehr wohl.« Zachary überprüfte seine eigene Pistole. Artemas ging voran, wobei er sich ausschließlich im Dunkeln bewegte. Eine Welle fast väterlichen Stolzes überflutete ihn, als er Zachary sich mit ebensolcher Lautlosigkeit bewegen sah wie sich selbst. Der junge Mann lernte seine Vanza-Lektionen sehr schnell.

Aus unerfindlichem Grund dachte er darüber nach, wie es wäre, selbst einen Sohn zu haben. Vielleicht auch eine eigenwillige Tochter mit den Augen ihrer Mutter. Madelines Augen ...

Er verdrängte das sehnsüchtige Gefühl. Jetzt musste er sich anderen, drängenderen Problemen stellen.

»Warum zum Teufel wollen Sie denn diese stinkende Gasse betreten, Sir?«

Artemas blieb stehen. Glenthorpe. Dann kam eine Antwort – eine sehr tiefe Männerstimme. Es war unmöglich, die genauen Worte zu vernehmen, doch war die wachsende Ungeduld deutlich herauszuhören.

Zachary blieb stehen und wartete auf Artemas' Anweisungen. Das Geräusch strauchelnder Schritte hallte durch die Nacht.

»Ich will dort nicht hineingehen«, jammerte Glenthorpe erneut. »Sie sagten, wir würden eine Gaststätte aufsuchen. Sollte man da nicht jetzt schon die Lampen sehen?«

Artemas hob seine Pistole und presste sich gegen die Steinwand am Eingang der Gasse. Er lugte um die Ecke. In dem schwachen Schein der Laterne, die Glenthorpes Begleitung in der Hand hielt, konnte er zwei dunkle Männergestalten ausmachen. Beide trugen Capes und Hüte.

»Richtig, Glenthorpe«, mischte sich Artemas kühl ein. »Eigentlich sollte man bereits die Lampen sehen können.«

Der Mann mit der Laterne fuhr herum. Aus der Entfernung und in der spärlichen Beleuchtung war es unmöglich, sein Gesicht deutlich zu erkennen, doch hatte Artemas den Eindruck feingliedriger Züge und leuchtender Augen.

»Was ist das?« Glenthorpe versuchte, das Gleichgewicht zu halten, und griff nach der Schulter seines Begleiters. »Wer ist dort?«

Erstaunlich schnell ließ der andere Mann die Laterne fallen, machte sich von Glenthorpe los und flüchtete die Gasse hinunter.

»Verfluchte Tat.« Artemas rannte ihm hinterher.

»Passen Sie auf, er wird eine Pistole haben«, rief Zachary.

Im selben Augenblick bemerkte Artemas, wie seine Beute den Arm bewegte. Ein schwaches Licht flackerte am Rohr der Waffe auf. Feuer flammte auf, als das Licht mit dem Pulver in Berührung kam. Der Schuss hallte laut in der Finsternis. Artemas hatte sich bereits geduckt und warf sich nun auf die dreckigen Pflastersteine. Er hatte ebenfalls seine Pistole gezogen, doch war ihm klar, dass der Schuss vermutlich ins Leere gehen würde, wie es bei dem des Schurken auch der Fall gewesen war. Aus dieser Entfernung waren Pistolen nicht zielgenau.

Er schnellte hoch und rannte die Gasse hinunter. Doch der Flüchtige war am Ende der Gasse bereits halb eine Wand hinaufgeklettert. Der Saum seines Capes wehte wie riesige, dunkle Schwingen.

Der Flüchtige kletterte eine Strickleiter hinauf. Jetzt wurde Artemas klar, dass der Täter sie bereits lange, bevor er Glenthorpe hierher gebracht hatte, aufgehängt haben musste. Er hatte für heute Nacht einen kaltblütigen Mord geplant und natürlich seinen Fluchtweg schon vorher geebnet.

Die Flügel des Capes waren noch einmal zu sehen, dann verschwand er durch ein Fenster.

Artemas ergriff das Ende des Seils, doch hatte der Verbrecher es bereits aus seiner Verankerung gelöst. Es fiel auf den Boden zu seinen Füßen. Die kleinen Befestigungshaken schepperten auf dem Stein.

Artemas wusste, dass seine Beute lange fort sein würde,

ehe er die Leiter wieder würde befestigen können. »Mistkerl.«

Noch nicht einmal einen Blick aus der Nähe hatte er auf den Flüchtigen werfen können.

Doch Glenthorpe hatte ihn gesehen, ermahnte er sich. Und der Kurze Hans ebenso. Noch vor Morgengrauen würde er eine recht genaue Beschreibung des Gespenstes vorliegen haben. Zum ersten Mal überhaupt würden sie ein paar handfeste Fakten aus erster Hand bekommen. Endlich ein Schritt vorwärts.

Er drehte sich um und ging schnellen Schrittes zur Mündung der Gasse zurück, wo Zachary mit einem in sich zusammengesunkenen Glenthorpe wartete.

»Flood behauptet, Sie wollten uns einschüchtern.« Glenthorpe saß, die Hände zwischen den Knien, zusammengesunken in Artemas' Bibliothek und stierte auf den Teppich. »Er meinte, es gäbe gar keinen unbekannten Täter und Oswynn sei tatsächlich von einem Straßenräuber umgebracht worden, ganz wie es auch in den Zeitungen gemeldet wurde. Seiner Meinung nach wollen Sie uns gar nicht umbringen, denn wir sollten unseren eigenen Ruin auskosten dürfen.«

Bernice hatte ihm Unmengen Tee eingeflößt, doch hatte es mehr als eine Stunde gedauert, ehe Glenthorpe wieder bei Sinnen gewesen war. Jetzt schien er bedrückt, doch hatte er endlich angefangen, in verständlichen Sätzen zu sprechen.

»Was mein Ziel betrifft, so hat Flood Recht«, erwiderte Artemas. »Aber er irrt sich bezüglich des Mörders. Sie selbst sind ihm heute Nacht begegnet. Er ist kein gewöhnlicher Straßenräuber. Ich möchte ganz genau erfahren, wie Ihr Treffen zustande gekommen ist. Wiederholen Sie jedes Wort, an das Sie sich aus Ihren Unterhaltungen mit ihm erinnern können.«

Glenthorpe verzog das Gesicht und rieb sich mit einer Hand die Schläfe. »An viel kann ich mich nicht erinnern. Ich hatte nicht übel getrunken, müssen Sie wissen. Ich wollte den Zustand meiner Finanzen vergessen. Irgendwann muss er sich wohl zu mir an den Tisch gesetzt haben. Ich erinnere mich, dass er etwas von einer Geldanlage erzählte, für die er sich interessierte.«

»Welcher Art war diese Geldanlage?«, erkundigte sich Madeline ruhig.

»Es hatte etwas mit dem Bau eines Schifffahrtkanals zu tun. An Einzelheiten kann ich mich nicht erinnern. Wir haben ein oder zwei Glas Wein zusammen getrunken, während er die Sache erläuterte. Es klang nach einer sehr günstigen Gelegenheit, eine Möglichkeit für mich, meine Verluste aus dem Goldminenvorhaben wieder wettzumachen.«

»Was hat er zu Ihnen gesagt, dass Sie mit ihm gegangen sind?«, fragte Artemas.

»Daran kann ich mich nicht genau erinnern. Irgendetwas von wegen wir müssten einen Ort finden, an dem wir ungestört unsere Geschäfte miteinander besprechen könnten. Ich muss ihm wohl gesagt haben, dass ich an Anteilen an dem Kanalbauprojekt interessiert wäre. Als Nächstes befanden wir uns in der Kutsche. Und dann in der Gasse.« Glenthorpe hob den Kopf, um Artemas anzusehen. »Dort wurde mir klar, dass etwas nicht ganz stimmte, aber ich wusste nicht, was ich dagegen unternehmen sollte. Mein Kopf war wie umnebelt.«

»Er hat Ihnen eine Droge eingeflößt«, bemerkte Bernice.

»So muss es wohl gewesen sein«, murmelte Glenthorpe.

»Er hat Ihnen nicht gesagt, wo er wohnt?«, hakte Artemas nach. »Welche Kaffeehäuser er besucht? Hat er ein Bordell oder eine Gaststätte erwähnt?«

»Ich erinnere mich nicht …« Glenthorpe brach ab und brütete vor sich hin. »Warten Sie, ich glaube, er sagte etwas, als wir an einer Gaststätte vorbeifuhren.« Artemas baute sich vor ihm auf. »Was hat er gesagt?«

Glenthorpe sackte auf seinen Stuhl zurück und schluckte mehrmals. »Ich … ich glaube ihm versichert zu haben, mich sehr über seine Bekanntschaft zu freuen, da ich dringend einer guten Geldanlage bedürfe. Ihm war meine schlechte Finanzlage bekannt. Ich erkundigte mich, woher er das wisse.«

»Welche Erklärung hat er Ihnen gegeben?«, fragte Artemas.

»Er sah aus dem Fenster auf die Lichter der Gaststätte und meinte, es sei erstaunlich, was man lernen könne, wenn man die schäbigsten Etablissements Londons aufsuche.«

»Hat er sonst noch etwas gesagt? Hat er erwähnt, welche Gaststätten er selbst aufsucht? Hat er irgendeinen Anhaltspunkt gegeben, wo sein Domizil ist?«

Glenthorpes Gesicht verzerrte sich angestrengt. »Nein, seine Anschrift hat er nicht erwähnt. Warum sollte er auch? Aber als wir durch den kleinen Park fuhren, bemerkte er, er sei in diesem Teil der Stadt aufgewachsen.«

Madeline und Artemas tauschten wissende Blicke. Dann sah sie Glenthorpe an. »Was hat er über seine Vergangenheit erzählt?«

Glenthorpe starrte erneut auf das Teppichmuster. »Nicht viel. Nur irgendetwas darüber, wie er und sein Halbbruder in einem bestimmten Park früher zusammen gespielt hätten.«

»Goldenes Haar. Blaue Augen. Und Gesichtszüge, die einem romantischen Dichter gehören könnten.« Madeline zitterte, als sie sich von Glenthorpe entfernte und vor dem Kaminfeuer stehen blieb. »Er und sein Halbbruder haben einst zusammen in jenem Park gespielt.«

»Die Familienähnlichkeit würde erklären, weshalb Linslade ihn für Renwick hatte halten können.« Artemas hielt beim Einschenken seines Weinbrands neben ihr inne und sah sie an. »Es erklärt auch, weshalb er sich Ihnen gegenüber nicht zeigt. Er mag Renwick ähneln, doch Zwillinge waren sie nicht. Sie sagten, Renwick habe niemals einen Halbbruder erwähnt?«

»Nein.« Sie schüttelte gereizt den Kopf. »Wie gesagt, Renwick hat mich vom Tag unserer ersten Begegnung an belogen. Er erzählte uns, er sei in Italien groß geworden und sei Waise.«

»Deveridge hatte sich offenbar der Strategie der Täuschung verschrieben. Er hat eine gänzlich neue Vergangenheit für sich selbst gefunden. Er muss ein sehr geschickter Lügner gewesen sein, um Ihren Vater zu täuschen.« Artemas zögerte. »Und Sie.«

»Es war meine eigene Schuld.« Sie ballte eine Hand zur Faust. »Wenn ich mich nicht so vorschnell einem blinden Impuls hingegeben und das Gefühl für dauerhafte Zuneigung gehalten hätte, so wäre mir schon bald aufgefallen, welch ein Scharlatan er war.«

»Allerdings. Solche plötzlichen Eingebungen verursachen immer wieder Ängste.«

Sie musterte ihn verstört. »Meine Einfalt amüsiert Sie, Sir?«

Er lächelte kaum merklich. »Sie sind sich selbst gegenüber allzu streng, Madeline. Sie waren eine leichtgläubige, unerfahrene Frau, die sich von ihrer ersten ernsthaften Verliebtheit hat mitreißen lassen. Ein jeder von uns hat sich früher oder später von derartig plötzlichen Entscheidungen leiten lassen.«

»Nur wenige jedoch haben einen so hohen Preis dafür zahlen müssen«, flüsterte sie.

»Das will ich nicht in Abrede stellen. Andererseits sehen sich auch nur wenige junge Damen einer solch cleveren Schlange wie Deveridge ausgesetzt.«

Sie starrte in die Flammen. »Sie dürfen sich glücklich schätzen.«

Er setzte das Glas ab und trat hinter sie. Er legte ihr die Hände auf die Schultern und drehte sie zu sich um, so dass sie gezwungen war, ihm in die Augen zu schauen. »Das Wichtigste ist, dass Sie es sich nicht gestattet haben, sich von Deveridge täuschen zu lassen. Noch haben Sie ihm gestattet, Sie einzuschüchtern. Sie haben sich aus den Fängen der Giftschlange befreit. Und Sie haben mutig und unnachgiebig gekämpft.«

Sie musterte sein Gesicht. »Genau wie Ihre Catherine?«

»Ja.« Er zog sie fest an sich. »Schlussendlich haben Sie dem Drachen den Kopf abgeschlagen, Madeline. Das ist es, was zählt.«

Sie presste ihr Gesicht in sein Hemd. »Es tut mir so Leid, dass Ihre Catherine während ihres Kampfes gestorben ist.«

»Ich danke dem Himmel, dass Sie überlebt haben«, flüsterte er in ihr Haar.

Ein paar Sekunden lang verharrte sie regungslos in seinen Armen. Dann drängte sie die Tränen zurück, die sein Hemd zu benetzen drohten, richtete sich auf und wischte sich die Tränen an dem langen Ärmel ihres Kleides ab. Sie bemühte sich zu lächeln. »Eines kann man mit Bestimmtheit von unserem Gespenst sagen«, meinte sie. »Es teilt Renwicks Hang zum Melodramatischen.«

»Wohl wahr.«

Sie stützte die Hand auf das Kaminsims. »So können wir nicht weitermachen, Artemas. Wir müssen handeln. Einen Mann hat er bereits umgebracht. Heute Nacht hat er einen zweiten ermorden wollen, und dann hat er auf Sie geschossen, weil Sie ihn in die Enge getrieben haben. Keiner kann vorhersagen, was er als Nächstes tun wird.«

»Dem stimme ich zu. Wir kommen ihm bei jedem seiner Angriffe etwas näher, und das weiß er. Vermutlich ist er jetzt recht unruhig, vielleicht sogar verzweifelt, nachdem er heute Nacht fast dingfest gemacht worden wäre.«

»Mein Vater schätzte ein altes Vanza-Sprichwort ganz besonders: *Verzweiflung gebiert Eile, Eile gebiert Fehler.*«

»Wir müssen zugreifen, solange er noch vom heutigen Fehlschlag verstört ist«, sagte Artemas leise. »Den Köder haben wir.«

»Den Schlüssel, also das Büchlein?«

»Ja. Jetzt müssen wir unsere Falle aufstellen.«

Sie klammerte sich am Kaminsims fest. »Sie haben einen Plan?«

Er hob eine Augenbraue. »Deshalb haben Sie mich doch in Ihre Dienste genommen, nicht wahr? Ein Vanza-Plan sollte ein Vanza-Gespenst bannen?«

»Artemas, dies ist nicht der richtige Zeitpunkt, um einen alten Groll wiederzubeleben.«

»Da stimme ich zu.« Er hob eine Hand. »Mein Plan ist erst halb ausgereift, doch wenn unser Gespenst zurzeit tatsächlich so verwirrt und wütend ist, wie ich es vermute, dann haben wir gute Aussichten auf Erfolg.«

Ihre Lebensgeister waren wieder geweckt. »Erzählen Sie mir davon.«

»Der Erfolg hängt von zwei Dingen ab. Das Erste ist, dass der Schurke Glenthorpe heute Abend die Wahrheit gesagt hat, als er andeutete, er sammle seine Informationen in Wirtshäusern.«

»Und das Zweite?«

Artemas lächelte kühl. »Das hängt davon ab, ob der Schurke die entscheidende Schwäche seines Halbbruders teilt.«

»Und welche Schwäche wäre das?«

»Die Neigung, den weiblichen Teil der Menschheit zu unterschätzen.«

Ganz gegen seine Gewohnheit bezahlte der Kurze Hans für seinen Fleischkuchen. Die Versuchung, die erhaltene Münze in die Tasche zu stecken und seine Abendmahlzeit zu stehlen, wie er es normalerweise tat, war fast unwiderstehlich. Doch schließlich gewannen seine längerfristigen Geschäftsinteressen die Oberhand. Herr Hunt hatte sehr genaue Anweisungen erteilt, und der Kurze Hans wollte seinen Kunden unbedingt zufrieden stellen.

Also zahlte er für den Fleischkuchen und gönnte sich – da er sich nicht wie sonst üblich aus dem Staub machen musste – den Luxus, vor dem Stand des Verkäufers zu verweilen und ein bisschen Klatsch auszutauschen.

Der junge Mann, der den Essensstand bediente, war selbst nur wenige Jahre älter als der Kurze Hans. Er besaß einen eigenen Bekanntenkreis, und die meisten seiner Bekannten waren dem Austausch von Gerüchten in den späten Nachtstunden nicht abgeneigt.

Der Kurze Hans war nicht der Einzige, dem man eine Münze gegeben und bei Befolgung der Anweisungen eine zweite versprochen hatte. Die ganze Nacht über streunten Zacharys Augen und Ohren durch die Straßen und Gassen Londons. Manche plauderten mit den Köchen und Küchengehilfen, wenn die sich eine Pause von den heißen Öfen der Wirtshäuser gönnten. Einige riefen für angetrunkene Gentlemen die Kutschen heran. Andere klatschten mit jungen Zündholzverkäuferinnen und Taschendieben.

Und überall wurde das Gerücht über eine nette Dame in mittleren Jahren verbreitet, die Angst vor einem Geist habe und sich unbedingt eines gefährlichen Büchleins entledigen wolle, das in einer sehr seltenen fremden Sprache verfasst sei.

»Da liegt ein Fluch drauf«, erläuterte der Kurze Hans den anderen Essensverkäufern, Taschendieben, Hehlern und Geschäftspartnern düster. »Es ist sehr viel Geld wert, doch ist ein Gespenst dahinter her. Die Dame steht schreckliche Ängste aus. Sie will das Buch dem Gespenst übergeben, ehe dieses jemanden aus ihrem Haushalt umbringt.«

Paul, der seinen Lebensunterhalt damit verdiente, auf die Pferde von einigen Gentlemen aufzupassen, während diese ausgesprochen verrufene Bordelle besuchten, wirkte skeptisch. »Wie will die Dame das Gespenst wissen lassen, dass sie ihm das Buch geben will, bevor er sie in ihrem Bett ermordet?«

»Keine Ahnung«, räumte der Kurze Hans ein. »Doch behauptet sie, ihre Nerven würden es nicht mehr aushalten. Alle paar Stunden muss sie beruhigende Mittel zu sich nehmen.«

21. Kapitel

Am folgenden Tag wurde die Nachricht Bernice zugestellt. Ein Gassenjunge prallte vor dem Buchladen, in dem sie gerade Frau Yorks neuesten Kriminalroman erstanden hatte, mit ihr zusammen. Als sie nach dem unseligen Zusammenstoß ihre Röcke glatt gestrichen hatte, entdeckte sie den Brief, den man ihr in die Handtasche gesteckt hatte.

Die anschließende Aufregung drohte ihre Nerven zu zerreißen, doch gemahnte sie sich an das frisch hergestellte Nerventonikum, das in Hunts Haus auf sie wartete. Sie stieg sofort in ihre Kutsche und drängte Latimer, so schnell wie nur irgend möglich nach Hause zu fahren.

Kaum in der Eingangshalle, schleuderte sie der verblüfften Haushälterin ihre Wollmütze entgegen.

»Wo ist meine Nichte?«, verlangte sie zu wissen.

»Frau Deveridge ist mit Herrn Hunt und Herrn Leggett in der Bibliothek«, erwiderte Frau Jones.

Bernice wedelte jubelnd mit dem Brief in der Hand, während sie durch die geöffnete Tür segelte. »Der Plan ist gelungen. Der Schurke hat mir eine Nachricht zukommen lassen.«

Artemas, der hinter seinem Schreibtisch saß, blickte mit jener gelassenen Zufriedenheit auf, die ein Jäger zur Schau trägt, wenn seine Beute endlich in Reichweite ist. Madelines Reaktion war ebenso befriedigend. Sie schien erst erstaunt, dann begeistert.

Der Ausdruck des Stolzes auf Henrys Gesicht war es, der Bernice das Herz bis in den innersten Winkel erwärmte.

»Glückwunsch, Frau Reed«, meinte er. »Ihre Schauspielleistungen während der letzten beiden Tage waren einfach großartig. Wäre mir nicht Ihre Willensstärke bekannt, so hätte selbst ich Sie für eine Frau gehalten, deren Nerven bis zum Zerreißen angespannt sind.«

»Es schmeichelt mir, meine Rolle mit einer gewissen Glaubhaftigkeit gestaltet zu haben«, erwiderte Bernice bescheiden.

»Sie waren hervorragend«, versicherte ihr Henry liebevoll. »Schlichtweg hervorragend.«

»Tatsächlich jedoch war es Artemas' Plan, der hervorragend war«, fühlte sich Bernice verpflichtet zu bemerken.

»Ohne Ihre so wirkungsvolle Hilfe hätte er nicht in die Tat umgesetzt werden können«, beharrte Henry.

Artemas wechselte einen Blick mit Madeline.

Sie räusperte sich. »Die hervorragende Qualität des Plans können wir später noch erörtern. Lies uns doch den Brief vor, Tante Bernice.«

»Aber sicher doch, meine Liebe.« Bernice wusste nur zu gut, dass dies ihr großer Augenblick war. Sie schlug den Brief auf. »Er ist recht kurz gehalten«, warnte sie. »Doch enthält er meiner Ansicht nach alles, was Artemas vorausgesagt hat.«

Gnädige Frau,
sollten Sie das Büchlein gegen das Leben eines Ihnen sehr nahe stehenden Menschen tauschen wollen, so schlage ich vor, dass Sie einen Vorwand finden, um heute Abend das Theater aufzusuchen. Bringen Sie das Büchlein in Ihrer Handtasche mit. Erwähnen Sie Hunt oder Ihrer Nichte gegenüber kein Wort. Bemühen Sie sich, zu irgendeinem Zeitpunkt alleine in der Menschenmenge zu stehen. Ich werde Sie finden.
Sollten Sie sich nicht genauestens an diese Anweisungen halten, ist das Leben meiner werten Frau das dann zu leistende Pfand.

»Interessant.« Artemas lehnte sich auf seinem Stuhl zurück, streckte die Beine aus und schlug die Fesseln übereinander. »Er wünscht sich eine große Menschenmenge, damit die ihm Deckung gibt, wenn er Ihnen das Buch abnimmt, Bernice. Eine Verknüpfung der Strategie der Ablenkung mit der Strategie der Verwirrung.«

Madeline schlug die Stirn in Falten. »Wenn er eine Tarnung benutzt und sich geschickt dabei anstellt, wird er nur schwer auszumachen sein. Ganz abgesehen von der Schwierigkeit, ihn in der Menge vor dem Theater ausfindig zu machen.«

»Er wird seinen Vorstoß dann wagen, wenn ich nach der Vorstellung die Kutsche heranhole«, meinte Artemas mit beeindruckender Sicherheit.

Bernice hob die Augenbrauen. »Woher wissen Sie das?«

»Weil das die einzige Gelegenheit sein wird, die ich ihm einräumen werde«, erwiderte Artemas leise. »Weder Sie noch Madeline werde ich bis zu jenem Zeitpunkt auch nur für den Bruchteil einer Sekunde aus den Augen lassen. Dieses Mal spielen wir das Spiel nach meinen Spielregeln.«

Artemas hatte jede Möglichkeit bis auf jene durchgespielt, die sich als die unangenehmste erweisen sollte, dachte Madeline, nachdem die Vorstellung zu Ende gegangen war. Sie hatte sich so sehr mit den Details des Plans befasst, dass es ihr gar nicht in den Sinn gekommen war, sie könne Mittelpunkt einer derartigen Flut neugieriger Blicke sein. Es war schlimmer als an jenem Abend auf dem Ball im Hause Clay. Zwischen den einzelnen Akten spiegelten sich unzählige Lichter auf den Operngläsern, die wiederum allesamt in Richtung der Loge gerichtet waren, in der sie mit Artemas und Bernice zusammen saß.

Recht ungehalten stellte sie fest, dass Artemas seinerseits die vielen neugierigen Augen gar nicht wahrzunehmen schien. Sie hegte den Verdacht, anders als sie habe er mit der vielen Aufmerksamkeit gerechnet. Es schien ihn nicht im Geringsten zu stören. Er saß mit der ihm eigenen lässigen Eleganz auf seinem Sessel und sprach über die Darbietungen der Schauspieler oder bestellte Limonade für ihre Loge. Anders als viele der gut gekleideten anwesenden Männer suchte er keinen Vorwand, um bei den Gästen anderer Logen vorbeizuschauen. Als ausgezeichneter Gastgeber blieb er bei seinen Gästen.

»Was hast du erwartet?«, murmelte Bernice wenig später, als sie in der überfüllten Eingangshalle warteten, während Artemas die Kutsche holte. »Schließlich bist du die Verruchte Witwe. Hinzu kommt, dass du unter dem Dach eines fremden Mannes wohnst. Das ist ein richtig appetitlicher Skandal.«

»Deiner Vorausschätzung nach sollte die Neuigkeit meiner Verbindung mit Artemas schon bald niemanden mehr interessieren.«

»Damit ihnen das Thema langweilig wird, ist offensichtlich doch etwas mehr vonnöten, als einem Ball beizuwohnen und einen Abend im Theater zu verbringen.«

»Man könnte fast annehmen, Tante Bernice, dass du dich heute Abend sehr gut amüsierst.«

»Ich habe Neuigkeiten für dich, meine Liebe. Der Abend heute gefällt mir ausgezeichnet, nur bedaure ich, dass Henry uns heute nicht hat begleiten können.«

»Artemas meinte, er benötige Henry vor dem Theater, um nach dem Schurken Ausschau zu halten. Ganz alleine könne Zachary diese Aufgabe nicht bewältigen.«

»Ja, ich weiß. Ein solch wagemutiger Gentleman.«

»Artemas? Ja, das ist er, nicht wahr?« Madeline schob die Lippen vor. »Für mein Empfinden ein wenig zu wagemutig. Ich wünschte wirklich, er fände nicht einen solchen Gefallen an …«

»Ich sprach von Herrn Leggett, meine Liebe.«

Madeline unterdrückte ein Lächeln. »Natürlich.«

Sie schrak auf, als jemand sie am Ellenbogen rammte. Doch als sie den Kopf wandte, sah sie lediglich eine ältere Matrone mit einem rosa Turban. Ohne sie zu beachten, ging die Frau ungerührt weiter.

Der Plan war einfach. Artemas mutmaßte, dass der Schurke Bernice' Handtasche unmittelbar vor der Eingangshalle an sich reißen und dann über die mit Kutschen versperrte Straße entfliehen würde. Doch Zachary und Henry hatten sich strategisch auf Beobachtungsposten verteilt. In dem Augenblick, in dem der Schurke zuschlug, würden sie ihm durch die Menschenmenge folgen, während Artemas ihn abfing. Es war ein altes Vanza-Manöver.

»Ich frage mich, ob ...« Madeline verstummte, als ihr ein harter, scharfer Gegenstand ins Kreuz gestoßen wurde.

»Schweig, liebe Schwägerin.« Die Stimme klang tief und männlich. In ihr schwang derselbe Lokalkolorit wie in der von Renwick mit, doch war es nicht Renwick. »Sie tun jetzt genau das, was ich Ihnen sage, Frau Deveridge. Mein Begleiter hat einen lästigen kleinen Straßenjungen namens Kurzer Hans in einer der Kutschen vor der Tür festgehalten. Wenn Sie und ich nicht sehr bald gemeinsam die Kutsche besteigen, so hat er Anweisung, dem Kerl die Kehle durchzuschneiden.«

Entsetzen überfiel sie. Sie wusste sich nicht zu helfen, außer stehen zu bleiben. »Wer sind Sie?«

»Ich bitte um Verzeihung, wir sind einander noch nicht vorgestellt worden, nicht wahr? Renwick ist gestorben, noch ehe Sie die restliche Familie haben kennen lernen können. Unsere Familienbande sind nicht sonderlich eng geknüpft, wie Sie sehen. Unser Name ist auch nicht Deveridge, wie Renwick Ihnen hat glaubhaft machen wollen. Der Name lautet Keston. Graydon Keston.«

»Madeline?« Bernice drehte sich zu ihr um. »Ist etwas nicht in Ordnung?«

Ihr Blick wanderte zu dem hinter Madeline stehenden Mann. »Großer Gott.«

»Händigen Sie Ihrer Nichte das Büchlein aus, gnädige Frau.«

Bernice erstarrte und umklammerte mit beiden Händen ihre Handtasche.

»Tu es, Tante Bernice«, flüsterte Bernice. »Er hat den Kurzen Hans in seiner Gewalt.«

»Und ich habe ein Messer in der Hand«, knurrte Keston. »In diesem Getümmel könnte ich es Frau Deveridge zwischen die Rippen stoßen und mich aus dem Staub gemacht haben, noch ehe sie auf dem Boden aufgeschlagen ist.«

Bernice' entsetzter Blick huschte über Madeline. Ihre fröhliche Aufregung war von einer zur anderen Minute verflogen.

»Madeline«, hauchte sie mit vor Angst bebender Stimme. »Nein.«

»Ich komme zurecht.« Sie griff nach Bernice' Handtasche.

»Sehr gut.« Keston benutzte die Messerklinge, um sie Richtung Ausgang zu steuern. »Lassen Sie uns endlich gehen, Frau Deveridge. Sie haben mir weiß Gott genügend Schwierigkeiten bereitet.«

Madeline machte einen Schritt und hielt inne, als Zachary vor ihr auftauchte. Er blickte Keston kampflustig an.

»Sie müssen wohl der Leibwächter sein«, meinte Keston ruhig. »Das hatte ich erwartet. Treten Sie zur Seite, oder ich ermorde sie unmittelbar vor Ihren Augen.«

»Bitte, Zachary, tun Sie, wie man Ihnen sagt«, flüsterte Madeline angespannt. »Er hat den Kurzen Hans in seiner Gewalt.«

Zachary zögerte. Auf seinem Gesicht spiegelte sich Verzweiflung.

»Meine liebe Schwägerin, erzählen Sie ihm von dem Messer, das ich gegen Ihre Rippen gepresst halte.«

Zacharys Mund presste sich zusammen. Er trat zurück und verschwand sofort in der Menge.

»Er wird wohl seinem Herrn mitteilen, dass sich die Pläne für heute Abend ein wenig geändert haben.« Keston drängte Madeline in die neblige Nacht hinaus. »Hat Hunt tatsächlich geglaubt, mich so einfach manipulieren zu können? Er ist nicht der Einzige, der die alten Strategiekünste studiert hat.«

Eilig drängte er sie an den Rand der lauten Menschenmenge, die sich um die Kutschen gebildet hatte. Madeline fühlte seine Hand auf ihrer Schulter. Er schubste sie zwischen mehreren dicht beieinander wartenden Kutschen hindurch. Kutscher brüllten, Pferde legten die Ohren an.

Als sie zögerte, spürte sie sofort Kestons Messerspitze in ihrem Rücken. Sie rang nach Atem, stolperte und streifte die Schulter eines sehr großen Zugpferdes. Durch die dichte Menge und die Rufe bereits verstört, brach der Gaul aus. Er legte wiehernd die Ohren an und bäumte sich halb auf. Die riesigen Hufe waren nur wenige Zentimeter von Kestons Bein entfernt. Eine Peitsche schnalzte laut in der Dunkelheit.

»Passen Sie auf, Sie kleine Närrin«, knurrte Keston.

Er manövrierte Madeline an dem unruhigen Gaul vorbei durch das Labyrinth der Kutschen, Bediensteten und zahlreichen Jungen, die sich mit dem Heranrufen von Kutschen für Besucher ohne eigenes Gefährt eine Münze zu verdienen suchten.

Nachdem sie die Straße halb hinuntergegangen waren, hieß Keston sie stehen zu bleiben.

»Wie ich sehe, haben Sie sie erwischt.« Eine mächtige Pranke zerrte sie in die Kutsche. »Hunts Mätresse, wie man sich erzählt. Das wiederum eröffnet ein paar höchst interessante Möglichkeiten.«

Madeline nahm den Weinbrandgeruch des Mannes wahr. Seine Hände packten sie grob am Arm und zogen sie auf den Sitz neben ihn. Seine Fußspitze stieß gegen ein auf dem Boden liegendes Bündel. Sie schaute stirnrunzelnd hinunter. Das von außen eindringende Licht reichte gerade aus, um ein ihr bekanntes Gesicht wahrzunehmen.

»Kurzer Hans, ist so weit alles in Ordnung?«

Er betrachtete sie mit vor Angst weit aufgerissenen Augen und nickte mit dem Kopf. Wie sie sehen konnte, war er sowohl gefesselt als auch geknebelt.

Draußen vor der Kutsche erteilte Keston dem Kutscher Anweisungen. »Nun aber los, guter Mann. Es winkt Ihnen ein nettes Sümmchen, wenn Sie uns schnell ans Ziel bringen.«

Der Peitschenhieb knallte laut durch die Nacht, und die Pferde stürmten los.

»Offenbar haben wir einen sehr energischen Mann auf dem Bock«, bemerkte Keston zufrieden, als er sich Madeline gegenüber auf den Sitz fallen ließ. Er hob sein Cape an und ließ das Messer in eine an seinem Bein befestigte Scheide gleiten. Dann richtete er sich auf, fesselte Madelines Handgelenke aneinander, zog einen Revolver aus seiner Manteltasche und richtete ihn auf sie. »Wir sollten schon bald unser Ziel erreicht haben.«

»Wenn Sie bei Verstand wären, würden Sie den Kurzen Hans und mich laufen lassen und aus dem Land fliehen, ehe Hunt Sie zu fassen bekommt«, sagte Madeline bestimmt. »Wenn Sie einem von uns beiden etwas antun, wird er nicht eher Ruhe geben, bis er Sie gefunden hat.«

Der Mann an ihrer Seite rutschte unruhig hin und her. »In einem hat sie Recht, der verdammte Hurenbock lässt niemals locker. Wer hätte schon nach all diesen Jahren geglaubt …«

»Halten Sie den Mund, Flood«, befahl Keston.

Madeline fuhr herum und starrte den neben ihr sitzenden Mann an. »Sie sind Flood?«

»Zu Ihren Diensten.« Floods Zähne leuchteten in einem kurzen, brutalen Grinsen auf. »Wenn ich es jedoch recht bedenke, so werden *sie* es sein, die mir zu Diensten sein wird.«

Sie wandte sich wieder Keston zu. »Flood war also Ihre Informationsquelle?«

Keston zuckte mit den Schultern. »Eine von vielen, ja. Aber erst in allerletzter Zeit. Die meisten Hinweise erhielt ich aus Spelunken, manche Kleinigkeit erfuhr ich aus den Aufzeichnungen meines Halbbruders.«

Angewidert blickte sie auf Flood. »Sie haben ihm also gestattet, Sie zu benutzen. Halten Sie das an Ihrer Stelle nicht für einen etwas riskanten Schachzug?«

»Er hat mich nicht benutzt«, erwiderte Flood überzeugt. »In diesem Unternehmen bin ich sein Partner.«

Keston lächelte. »Flood hat sich als äußerst hilfreich erwiesen. Ich habe ihm eine fürstliche Entlohnung versprochen. Wie es sich ergab, ist er dank Herrn Hunts Bemühungen derzeit auf Geld sehr angewiesen.«

»Nicht nur Geld wird meine Belohnung sein, wenn diese Nacht vorüber ist.« Flood musterte Madeline lüstern. »Sie sind Teil meiner Belohnung.«

»Wovon sprechen Sie, Sie Tölpel?«, empörte sich Madeline.

»Keston hat sich bereit erklärt, nach erfolgreichem Abschluss unseres heutigen nächtlichen Unternehmens, Sie an mich zu übergeben«, erläuterte Flood. »Ich werde mich ein wenig für das, was mir Hunt angetan hat, erkenntlich zeigen. Ich werde Sie ordentlich zu nutzen verstehen, meine Liebe. So wie ich auch die kleine Schauspielerin zu nutzen verstanden habe.«

»Wie höchst verblüffend«, entgegnete Madeline. »Hunt hat Sie immer als den Intelligentesten seiner drei Feinde betrachtet. Offenbar hat er sich geirrt.«

Eine Minute lang glaubte sie, er habe gar nicht bemerkt, dass er beleidigt worden war. Dann jedoch begann es in Flood und auf seinem Gesicht zu arbeiten.

Wortlos holte er mit der Hand aus und versetzte ihr eine schallende Ohrfeige. Ihr Kopf fiel zur Seite. Sie atmete tief durch.

»Wir werden mal sehen, wie vorwitzig Sie sind, wenn ich mit Ihnen fertig bin. Vielleicht springen Sie auch von einer Klippe, so wie es die andere Hure getan hat. Das würde mich amüsieren.«

»Genug jetzt«, unterbrach Keston. »Für diese Spielchen haben wir keine Zeit. Öffnen Sie die Tasche, die auf ihrem Schoß liegt. Darin sollte sich ein Büchlein befinden. Ein kleines, schmales, in rotes Kalbsleder gebundenes Bändchen.«

Flood grabschte nach der geräumigen Handtasche und fummelte sie auf. Er griff hinein, wühlte darin herum und zog ein in Stoff gewickeltes Päckchen heraus.

»Kann immer noch nicht begreifen, weswegen Sie eines solchen Büchleins wegen einen derartigen Aufwand getrieben haben«, brummte Flood.

»Mein Bestreben in dieser Angelegenheit sollte Sie nicht interessieren«, erwiderte Keston nervös. »Packen Sie den Band aus und geben Sie ihn mir. Ich möchte sichergehen, dass ich nicht betrogen worden bin.«

Madeline hörte Stoffzerreißen.

»Hier ist Ihr verdammtes Buch.« Flood händigte Keston den Band aus. Dann durchsuchte er erneut die Tasche und kramte noch etwas hervor. »Ach, was haben wir denn hier?«

Madeline blickte auf das kleine Fläschchen in seiner Hand. »Das gehört meiner Tante. Für den Notfall trägt sie immer ein wenig Weinbrand für ihre schwachen Nerven mit sich.«

»Weinbrand?« Flood entkorkte die Flasche und schnupperte neugierig. »Sicherlich einer von Hunts Allerbestem.«

Er leerte den Inhalt in einem Zuge.

Keston betrachtete ihn angewidert. »Kein Wunder, dass Hunts Plan, Ihre Finanzen zu ruinieren, so ausgezeichnet geklappt hat, Flood. Sie haben keinerlei Kontrolle über Ihre Gelüste, nicht wahr?«

Flood glotzte ihn an, während er seinen Mund mit dem Ärmel abwischte. »Sie halten sich für so verdammt schlau, doch wie weit wären Sie mit Ihren Plänen ohne mich gekommen?« Er schleuderte die Flasche aus dem Fenster. »Gar nichts hätten Sie ohne mich erreichen können, das sollten Sie nicht vergessen, Sir.«

Madeline beachtete Flood nicht. Die Kutsche fuhr sehr schnell und machte die Fahrt für die Fahrgäste äußerst beschwerlich. Nach einem besonders heftigen Stoß fühlte sie, wie der Kurze Hans auf eine Seite rollte und kurz vor ihrem Stiefel zu liegen kam. Sie stieß ihn mit dem Stiefel an, denn er sollte nach dem Messer im Futteral dicht unter dem Rocksaum suchen.

»Das ist es also, weswegen so viel Aufhebens gemacht wurde?« Keston führte Selbstgespräche, während er das Buch befühlte.

Madeline spürte seine Erregung. »Das ist der Schlüssel, nach dem Sie suchen.« Sie legte ihre Fesseln dem Kurzen Hans in die Hände. »Ich kann mir allerdings nicht vorstellen, wie es Ihnen ohne das *Buch der Geheimnisse* von Nutzen sein könnte. Sicherlich ist eines ohne das andere wertlos.«

»Ihnen sind die Gerüchte über das alte Buch also bekannt?«, erkundigte sich Keston. »Das sollte eigentlich nicht weiter überraschen. Schließlich kursieren sie bereits seit Lorrings Tod.«

»Lediglich die absonderlichsten Mitglieder der Vanza-Gemeinschaft sind der Auffassung, dass das *Buch der Geheimnisse* tatsächlich existiert«, erwiderte sie.

»Absonderlich oder nicht«, warf Keston ein, »so gibt es

doch ein paar sehr gut betuchte Mitglieder der Gemeinschaft, die für dieses kleine Bändchen ein Vermögen zahlen würden. Viele von ihnen sind der Überzeugung, das *Buch der Geheimnisse* habe das Feuer in Italien überlebt. Die Tölpel würden ihr Leben damit verschwenden, es zu suchen. In der Zwischenzeit aber zahlen sie Unsummen für den Schlüssel, denn ihrer Meinung nach bringt es sie den größten Geheimnissen des Vanza einen Schritt näher.«

In der Dunkelheit versuchte sie sein Gesicht zu erkennen. »Versuchen Sie nicht auch selbst, diesen Geheimnissen auf den Grund zu kommen?«

Keston lachte trocken auf. »Ich bin kein solcher Irrer, wie es mein Halbbruder gewesen ist, Frau Deveridge. Ich bin nicht vollkommen umnachtet, wie es so viele alte Tattergreise der Vanza-Gemeinschaft sind.«

»Für Sie bedeutete diese Angelegenheit von Anfang an also nichts anderes als eine Geldquelle? Sie sind nicht nach London gekommen, um sich für Renwick zu rächen?«

In Kestons Lachen schwang teuflische Belustigung mit.

»Meine liebe Frau Deveridge, wissen Sie denn nicht, dass laut dem Vanza alle starken Gefühle als gefährlich gelten? Rache setzt einen Grad an Leidenschaft voraus, der den Verstand vernebeln und irrationales Handeln provozieren kann. Anders als Renwick gestatte ich mir nicht, mich von meinen eigenen Leidenschaften leiten zu lassen. Und ganz sicher würde ich keinerlei Anstrengungen unternehmen, um den Narren zu rächen.«

»Aber er war doch Ihr Bruder.«

»Mein Halbbruder. Wir hatten denselben Vater, nicht aber dieselbe Mutter.« Kestons Lachen versiegte. Seine Augen glitzerten in der Dunkelheit. »Als ich Renwick das letzte Mal gesehen habe, zeichnete es sich bereits deutlich ab, dass er dem gleichen Wahn zu verfallen drohte, der auch unseren Vater heimgesucht hatte.«

»Doch Sie beide haben das Vanza studiert.«

»Weil unser Vater sehr mit dieser Philosophie verstrickt gewesen war.« Keston musterte den goldenen Griff seines Spazierstockes. »Wenn ich jetzt zurückschaue, so muss ich gestehen, dass Papa schon in frühen Jahren recht verrückt gewesen ist. Er war ganz und gar davon überzeugt, dass der Schlüssel zu den Geheimnissen der Welt in den alchemistischen Rezepturen zu suchen ist, die die dunkle Seite des Vanza ausmachen. Als wir älter wurden, hat sich Renwick total dieser Seite verschrieben. Am Schluss hat ihn seine Faszination des Okkulten zerstört.«

Die Kutsche holperte und schlingerte. Endlich fühlte Madeline, wie sich die Hände des Kurzen Hans um ihre Fußknöchel legten. Er hatte das Messerfutteral entdeckt. Keiner der beiden Männer achtete auf das Menschenbündel zu ihren Füßen. Doch um auch ganz sicherzugehen, schüttelte Madeline wie beiläufig ihr Cape so zurecht, dass dessen Saum die Bewegungen des Kurzen Hans verdeckten.

Plötzlich fiel ihr etwas ein. »Dann waren Sie es also, die meine Magd neulich Nacht entführt haben, nicht wahr?«

Keston lächelte anerkennend. »Sehr gut, meine Liebe. Ihre Logik ist für eine Frau in der Tat recht erstaunlich. Ich dachte mir, ich sollte das Mädchen ausfragen, ob in jüngster Zeit irgendwelche Bücher der Bibliothek Ihres Vaters hinzugefügt wurden. Als der Versuch jedoch fehlschlug, hielt ich es für besser, meine Bemühungen anderswo zu konzentrieren. Es dauerte eine Weile, ehe ich davon überzeugt war, dass sich der Schlüssel in Ihrem Besitz befinden musste.«

Rülpsend streckte Flood die Hand aus, um sich festzuhalten. Er schüttelte den Kopf, als ob er wieder zu Sinnen kommen wollte.

Madeline bemühte sich, den Faden der Unterhaltung weiterzuspinnen. Unter allen Umständen musste sie Kestons Aufmerksamkeit weiter auf sich richten. »Wie mir aufgefallen ist, tragen Sie einen Spazierstock bei sich, der dem Renwicks auf das Haar gleicht.«

»Richtig.« Keston lächelte, während sich seine Hand noch fester um den goldenen Griff klammerte. »Ein Geschenk von unserem närrischen Vater. Sagen Sie, Frau Deveridge, was genau ist denn in jener Nacht passiert, in der Renwick umgekommen ist? Eine gewisse Neugier muss ich eingestehen. Mir fällt es schwer zu glauben, dass ein gewöhnlicher Einbrecher ihn hat umbringen können.«

»Es war Renwicks Wahn, was ihn umgebracht hat«, erwiderte sie leise.

»Verflucht auch.« Erstaunen und Überraschung klangen in Kestons Stimme mit. »Die Gerüchte entsprechen also der Wahrheit. *Sie* haben ihn tatsächlich umgebracht, nicht wahr?«

Die Kutsche schlingerte und bebte, als sie um eine Ecke donnerten. Madeline fühlte, wie der Kurze Hans das Messer aus dem Futteral zog. *Schlaues Kerlchen.*

»Dämlicher Kutscher«, brummte Flood, als er sich festzuhalten versuchte. »Wir werden uns noch überschlagen, wenn er nicht besser aufpasst.«

»Der Mann will sich unbedingt ein Trinkgeld verdienen.« Keston legte sicherheitshalber eine Hand auf die Tür, doch der Revolver in seiner Hand richtete sich nach wie vor auf Madeline.

Flood verlor den Halt und stürzte auf den ihm gegenüberliegenden Sitz.

»Verdammter Idiot auf dem Bock«, murmelte er, als er sich wieder in seine Ecke zurückdrückte. Seine Worte klangen lallend. »Viel zu schnell. Was ist nur los mit dem Hurensohn? Sagen Sie ihm, er soll langsamer fahren, Keston.«

Keston warf ihm einen prüfenden Blick zu. »Wie viel Claret haben Sie heute Abend zu sich genommen?«

»Nur zwei Gläschen, um mich zu beruhigen.«

»Ich habe keinen Platz für einen betrunkenen Gehilfen.«

Flood rieb sich die Stirn. »Machen Sie sich keine Sorgen, ich werde die Sache schon zu Ende bringen. Ich möchte nichts dringlicher, als es Hunt heimzuzahlen. Und zum Teufel, zahlen wird er.«

»Schon bald werden Sie Gelegenheit zur Rache bekommen, allerdings nur, wenn Sie tun, wie Ihnen geheißen.« Keston spähte aus dem Fenster. »Wir sind kurz vor unserem Ziel.«

»Was haben Sie vor?« Madeline spürte nicht länger die Hände des Kurzen Hans. Sie betete, er möge die Stricke bearbeiten, mit denen seine Füße gefesselt worden waren. Kestons Lächeln wirkte gnadenlos. »Zuerst werden wir in der Nähe des südlichen Tors der Vergnügungspavillons Halt machen. Dort möchte ich eine letzte Nachricht für Herrn Hunt hinterlassen.«

»Verstehe«, erwiderte sie kühl. »Sie werden Herrn Flood ermorden und seine Leiche dort ablegen, ganz wie Sie es auch mit Oswynn gemacht haben.«

Flood schrak mit weit aufgerissenem, sabberndem Mund hoch. »Was soll das heißen, Sie wollen mich umbringen?«

»Beruhigen Sie sich, Flood.« Keston schien belustigt. »Es ist nicht Ihre Leiche, die ich in den Vergnügungspavillons hinterlegen möchte. Es wird die des Jungen sein, die Hunt auf seinem Grundstück finden wird.«

Madeline spürte, wie ihr der Schweiß den Rücken hinunterrann. »Sie dürfen den Jungen nicht ermorden. Bitte, es gibt keinerlei Grund, weswegen Sie ihm etwas zu Leide tun sollten, wie Sie sehr wohl wissen. Er kann Ihnen nichts anhaben.«

»Das wird Hunt eine Lehre sein.«

Madeline musterte Flood angestrengt, der auf seinem Sitz unsicher herumrutschte. Sie musste eine Ablenkung schaffen. Das Einzige, was ihr hierzu einfiel, war, Flood gegen Keston auszuspielen.

»Warum sagen Sie Herrn Flood nicht die Wahrheit? Er ist derjenige, den Sie ermorden wollen.«

»Wie?« Flood blinzelte, als ob er nicht mehr richtig sehen könne. »Was quatschen Sie ständig von Mord, Sie dumme Gans? In dieser Angelegenheit sind wir Partner. Wir haben einen Pakt geschlossen.«

Sie hörte, wie die Kutsche die Fahrt verlangsamte. »Begreifen Sie denn nicht, Sir? Er braucht Sie nicht länger.«

»Er kann mich nicht umbringen.« Flood versuchte sich festzuhalten. Doch als die Kutsche abrupt zum Stillstand kam, fiel er erneut vornüber. Dieses Mal landete er mit dem Gesicht nach unten auf dem gegenüberliegenden Sitz und bedeckte teilweise mit seinem Körper die Beine des Kurzen Hans. »Wir sind Partner«, brummelte er in die Kissen.

Flood machte keinerlei Anstalten, sich aufzurichten, sondern blieb merkwürdig verrenkt mitten in der Kutsche liegen. Er rülpste laut und rollte mit seinem wuchtigen Körper noch weiter auf den schmächtigen Kurzen Hans. Madeline hoffte, dass dieser noch Luft bekommen konnte. Ein paar Zuckungen seines Arms beruhigten sie.

»Meine Anerkennung, Frau Deveridge.« Mit hochgezogenen Brauen musterte Keston Flood. »Was genau befand sich in dem kleinen Fläschchen, das er aus Ihrer Tasche gezogen hat?«

»Meine Tante ist im Erstellen von Elixieren sehr bewandert.«

Sie versuchte, seinem Blick standzuhalten, denn er durfte nicht auf den Kurzen Hans hinuntersehen. »Sie dachte sich, wer auch immer sich heute Abend der Handtasche bemächtigen würde, würde vielleicht einen Schluck Weinbrand zu sich nehmen wollen.«

»Also hat sie ihn mit Gift versehen. Schau einer an. Die Neigung zur Heimtücke scheint bei Ihrer Familie im Blut zu liegen, meine Liebe. Erst ist es Ihnen gelungen, Renwick zu ermorden, was ja nicht weiter schlimm ist. Und nun hat Ihre Tante meinen so genannten Partner erledigt. Sie beide sind ein überraschend effizientes weibliches Paar.«

»Flood schläft lediglich, er ist nicht tot.«

»Welch Jammer. Ich hatte schon gehofft, Sie hätten mir die Mühe erspart, mich seiner zu entledigen. Jetzt werde ich mich wohl selbst darum kümmern müssen.« Mit der Mündung der Pistole machte er eine auffordernde Bewegung. »Öffnen Sie die Tür, meine Liebe. Und zwar schnell, ich möchte nicht noch mehr Zeit verlieren. Hunt wird sicher schon bald darauf kommen, dass ich ihm noch eine Nachricht in seinen werten Gärten hinterlassen möchte.«

Mühsam öffnete sie mit ihren gefesselten Händen die Tür.

»Ich gehe zuerst hinaus«, befahl Keston. »Sie werden mir folgen und den Jungen herausziehen. Sie brauchen sich nicht bemühen, den Kutscher zu rufen. Er weiß sehr wohl, dass ich ihm noch seinen Lohn zahlen muss. Er wird sich nicht einmischen wollen.«

Keston löste mit der einen Hand ihre Fesseln, hielt aber nach wie vor die Pistole auf Madeline gerichtet, als er sich auf die geöffnete Tür zuschob. Er sprang leichtfüßig auf den Boden, dann drehte er sich zu ihr um und streckte sich nach der unangezündeten Laterne im Wageninneren aus.

»Steigen Sie jetzt langsam aus, Frau Deveridge.« Keston zündete während des Sprechens die Laterne an.

Sie bückte sich, um den Kurzen Hans zu berühren. Er nickte einmal mit dem Kopf. Sie erhaschte einen Blick auf seine aufgeschnittenen Fußfesseln, doch steckte er immer noch unter Flood fest. Wenn sie ihm eine Möglichkeit zur Flucht verschaffen konnte, würde er Reißaus nehmen können.

»Sagen Sie, Herr Keston«, meinte sie, als sie sich auszusteigen anschickte. »Wie lange glauben Sie Herrn Hunt entkommen zu können? Einen Tag, vielleicht auch zwei?«

»Ich werde dem Mistkerl gestatten, mich zu finden, wenn ich es wünsche. Sollten wir einander noch ein einziges Mal begegnen, so werde ich ihn umbringen. Doch erst möchte ich ihn noch wissen lassen, dass ich ihn in dieser Sache habe übertrumpfen können. Er mag zwar ein Meister des Vanza sein, doch ist er mir nicht gewachsen …«

Wie aus dem Nichts senkte sich eine dunkle Wolke aus dem nächtlichen Himmel herab. Ein riesiges Cape fiel über Keston und hüllte ihn in die Falten schwerer Wolle.

»Was …?« Kestons überraschter und wütender Aufschrei wurde durch das Cape gedämpft, das ihm Kopf und Schultern bedeckte. Er schlug wie wild um sich, um sich davon zu befreien.

»Steig aus, Madeline!«, rief Artemas, der dem Cape folgte und somit ebenfalls auf Keston landete.

Beide Männer fielen mit einem widerlichen dumpfen Geräusch zu Boden. Die Pistole knallte, nachdem Keston wahllos abgedrückt hatte. Der Schuss ging ins Leere, doch bäumten sich die Pferde panisch auf und stürzten nach vorn.

»Kurzer Hans!« Madeline fahr herum, um den Jungen zu packen.

Er spürte offenbar, was gleich geschehen würde, und bemühte sich verzweifelt, aus der Kutsche zu entkommen. Seine Bewegungsfreiheit jedoch war durch seine gefesselten Hände und dem schwer auf ihm lastenden Körper Floods stark eingeschränkt.

Madeline fühlte, wie die Kutsche nach vorne schaukelte, als die verängstigten Pferde gemeinsam ein paar Schritte vorwärts sprangen, aber wieder anhielten. Der Kutscher fluchte unflätig und versuchte, die Tiere unter Kontrolle zu halten.

Sie ergriff ungelenk die Schulter des Kurzen Hans und zerrte ihn in Richtung der Tür, doch gelang es ihr nicht, ihn unter Flood hervorzuwuchten.

Der Kurze Hans starrte sie hilflos und verängstigt an. Er

wusste so gut wie sie, was geschah, wenn Pferde mit einer Kutsche samt Insassen durchbrannten. Genickbruch war keine Seltenheit.

Mittlerweile nervös geworden, beachtete Madeline die sich auf dem Boden windenden Männer nicht mehr, sondern kletterte zurück in die Kutsche. Die Pferde versuchten, sich schnaubend und schrill wiehernd ihrer Geschirre zu entledigen. Sie wusste, dass die Tiere jeden Moment durchzubrennen drohten.

Sie drückte sich gegen den Sitz, um Halt zu finden. Dann setzte sie die Sohle ihres Halbstiefels an Floods Rippen und trat so fest sie konnte zu. Die Kutsche setzte sich in Bewegung. Sie drückte fester. Endlich rührte sich Floods schwerer Körper, und es gelang dem Kurzen Hans, sich darunter hervorzuwinden. Sie packte ihn. Gemeinsam sprangen sie aus der an Fahrt gewinnenden Kutsche und rollten auf den harten Boden.

Die Kutsche donnerte nun die schmale Straße hinunter. An der Ecke bogen die Pferde nach links ab. Die schwere Kutsche schlingerte erst, dann überschlug sie sich krachend, und die Pferde rissen sich los. Wie von Sinnen preschten sie davon in die Dunkelheit. Die Räder der umgestürzten Kutsche drehten sich laut quietschend.

Madeline ergriff den Arm des Kurzen Hans, drehte sich um und sah, dass Keston sich von Artemas frei gemacht hatte. Sie erwartete, dass dieser in die Dunkelheit entfliehen würde. Stattdessen griff er in unbändiger Wut nach seinem in der Gosse liegenden Spazierstock.

Madeline glaubte, er wolle Artemas mit dem Stock einen Schlag versetzen, doch drehte er wie besessen an dessen Knauf. Im Laternenlicht sah sie eine lange, gefährliche Messerklinge heraustreten.

»Artemas!«

Doch der hatte sich bereits in Bewegung gesetzt. Halb auf

dem Boden liegend, versetzte er mit dem Stiefel Keston einen heftigen Tritt. Laut aufbrüllend fiel Keston auf den harten Stein.

In Sekundenschnelle warf sich Artemas über ihn. »O mein Gott, das Messer«, flüsterte sie.

Der Kurze Hans schlang seine Arme um sie und vergrub das Gesicht in ihrem Cape.

Der Kampf endete beängstigend abrupt. Beide Männer verharrten regungslos. Artemas lag unter Keston.

»Artemas!«, schrie Madeline. *»Artemas!«*

»O mein Gott!« Der Kurze Hans hob den Kopf und starrte die beiden Männer entsetzt an. »O mein Gott!« Es schien ihr eine Ewigkeit, bis Artemas sich rührte und sich von dem regungslosen Keston befreite. Im Laternenschein glitzerte Blut.

Madeline warf ihr Cape über den Kurzen Hans und versuchte instinktiv, ihn vor dem Anblick zu schützen. Artemas stand auf und sah zu ihr hinüber. Er schien sich des Blutes, das von dem Messer in seiner Hand troff, nicht bewusst zu sein.

»Sind Sie unverletzt?«, fragte er mit rauer Stimme.

»Ja.« Sie starrte auf das Messer. »Artemas, sind Sie ...?« Er blickte erst auf das Messer, dann auf Keston hinunter.

»Mir geht es gut«, sagte er leise.

Der Kurze Hans schob Madelines Cape beiseite. »Ist er tot?«

»Ja.« Artemas schleuderte das Messer weg, das scheppernd auf dem Boden aufschlug.

Madeline rannte auf ihn zu.

22. Kapitel

Wer hätte gedacht, Flood könne darin verwickelt sein?« Bernice schauderte. »Und ich hielt mich für besonders findig, dass ich das Schlafelixier in meine Handtasche gesteckt habe. Natürlich hätte es Keston trinken sollen und nicht Herr Flood.«

»Was zählt, ist, dass Flood es getrunken hat.« Artemas betrachtete das Glas Weinbrand, das er soeben für sich eingeschenkt hatte. »Ich für meinen Teil werde Weinbrand wohl nie wieder mit denselben Augen sehen können. Ich muss Ihnen nochmals danken, gnädige Frau. Genau wie ich Ihnen danken muss, Madeline, dass Sie den Kurzen Hans aus der Kutsche gerettet haben. Alles in allem blieb für mich herzlich wenig zu tun.«

Madeline musterte ihn. »Nehmen Sie das Geschehene nicht auf die leichte Schulter, Sir. Sie hätten dabei den Tod finden können.«

»Da wir gerade davon sprechen«, sagte Bernice, »so hoffe ich doch, Floods vorzeitiger Tod beim Aufprall der Kutsche hat Sie nicht allzu sehr verstimmt. Mir ist wohl bewusst, dass Sie ihn angesichts seiner jüngsten finanziellen Lage noch etwas hätten leiden sehen wollen.«

»An ausgefeilten Racheplänen finde ich keinen Gefallen mehr.« Artemas sah Henry an. »Wie ich festgestellt habe, bringen sie viel zu viele Verwicklungen und unvorhergesehene Folgen mit sich.«

»Eine sehr weise Entscheidung, Sir«, murmelte Henry. »Sie haben dieser Tage bessere Dinge zu tun.«

»Richtig.« Artemas betrachtete Madeline, die sich auf dem Sofa zusammengerollt hatte. »Das entspricht zweifelsohne der Wahrheit.«

Madeline schaute von dem Schlüssel-Büchlein auf, in dem sie gelesen hatte. »Und was ist mit den einschläfernden Kräutern?«

»Die Überreste dessen, was Keston aus Lord Clays Bibliothek gestohlen hatte, habe ich heute Morgen in seinen Räumen gefunden«, erwiderte Artemas. »Außerdem habe ich noch kleinere Mengen anderer Kräuter gefunden, mit denen er seine Opfer betäubt haben musste.«

»Haben Sie sonst noch etwas Aufschlussreiches gefunden?«, erkundigte sich Madeline.

»Ja, Kestons Tagebuch. Um die Sache kurz zu machen, seitdem er vor mehreren Monaten von der Existenz des Schlüssel-Büchleins erfahren hatte, begann seine Suche danach. Es dauerte eine Weile, ehe er dessen Weg bis nach London verfolgen konnte. Nach seiner Ankunft hier hat er die Suche auf diejenigen Mitglieder der Vanza-Gemeinschaft beschränkt, die am ehesten in der Lage waren, es zu übersetzen. Danach durchsuchte er systematisch deren Bibliotheken.«

»Es muss ihm einen Schock versetzt haben, als er Linslade in der Nacht begegnet ist«, meinte Madeline.

»Richtig. Aber es hat ihn auf die Idee gebracht zu behaupten, er sei der Geist seines Halbbruders. Später – nachdem er erfahren hatte, dass Sie im Besitz des Büchleins waren – hat er diese Scharade benutzt, um Sie zu ängstigen.«

Henry schwenkte den Weinbrand in seinem Glas. »Zu der Zeit jedoch befand sich Madeline bereits sicher in Ihrem Haus.«

»Genau. Deshalb hat er auch eingangs den Versuch unternommen, mich aus dem Weg zu räumen.«

Madeline runzelte die Stirn. »Das war in der Nacht, als Sie auf der Straße überfallen wurden.«

Artemas nippte an dem Weinbrand und nickte. »Nachdem sich das als Fehlschlag erwiesen hatte, war ihm klar, dass sich die Sache nicht ganz einfach gestalten würde.«

»Das wiederum«, meinte Madeline amüsiert, »war die Untertreibung des Jahres.«

»Also hatte er es darauf abgesehen, dass ich mich aus der Angelegenheit zurückziehe, indem er mein Vorhaben gegen Oswynn, Flood und Glenthorpe torpedieren wollte und mir damit drohte, Leichen auf dem Gelände der Vergnügungspavillons zu hinterlegen.«

»Das andererseits hätte dazu geführt, dass Ihre Eigenschaft als deren Eigentümer bekannt geworden wäre«, bemerkte Bernice.

Artemas lächelte. »Er war ganz und gar davon überzeugt, dass ich unter allen Umständen meine Geschäftstätigkeit geheim halten wollte. Er ging davon aus, mir sei die gesellschaftliche Anerkennung sehr wichtig.«

»In Wirklichkeit aber lag Ihnen ausschließlich Ihre Rache am Herzen«, fasste Madeline zusammen.

Artemas sah ihr in die Augen. »Er konnte nicht ahnen, dass ich im Begriff war, sehr schnell das Interesse daran zu verlieren.«

Sie lächelte. »Sie sind wirklich ein ganz außergewöhnlicher Mann, Artemas.«

»Obwohl ich ein Vanza bin?«, hakte er höflich nach.

»Nicht jeder Gentleman der Vanza-Gemeinschaft ist ein Hohlkopf«, gab sie edelmütig zurück.

»Vielen Dank, meine Liebe. Es ist ausgesprochen beruhigend zu erfahren, dass ich in Ihrer Achtung doch noch über den Grad eines Hohlkopfes hinausgewachsen bin.«

Henry kicherte. Bernice schien belustigt.

Madeline errötete. Sie wedelte mit dem kleinen Büchlein in ihrer Hand. »Und der Schlüssel, Sir?«

»Was soll damit sein?«

»Wir müssen überlegen, was wir damit machen.«

»Richtig.« Seine Antwort war eindeutig. »Ohne das *Buch der Geheimnisse* bietet es uns keinerlei Nutzen, aber es wird weiterhin Ärger mit sich bringen.«

»Darin stimme ich mit Ihnen überein. Doch handelt es sich hier um Wissen. Es würde gegen alles verstoßen, was mein Vater mir beigebracht hat, nämlich Wissen niemals mutwillig zu zerstören. Wer kann schon wissen, welchen Nutzen jene daraus ziehen werden, die nach uns kommen?«

»Was schlagen Sie also vor, was wir damit tun sollten?«

»Das *Buch der Geheimnisse,* sollte es denn jemals gefunden werden, gehört in die Tempelgärten in Vanzagara«, sagte sie langsam. »Meiner Ansicht nach gehört der Schlüssel zu diesem Text ebenfalls dorthin.«

Eine Minute dachte Artemas darüber nach. »Damit mögen Sie Recht haben.«

»Es entbehrt nicht einer gewissen Logik«, stimmte Henry zu.

»Je weiter weg von England es liegt, umso besser«, fügte Bernice mit Nachdruck hinzu.

»Es stellt sich lediglich die Frage, wie man es sicher zurück nach Vanzagara bringen könnte«, fuhr Madeline fort.

Artemas lächelte. »Ich kenne keine sicherere Beförderung als mit einem von Edison Stokes' Frachtschiffen. Seine Fregatten legen regelmäßig in Vanzagara an. Soll er die Verantwortung dafür übernehmen, es während der Überfahrt zu schützen. Was auch immer damit passiert, wir jedenfalls wären das verdammte Buch los.«

23. Kapitel

Er gelobte sich selbst, die Angelegenheit nicht noch einen weiteren Tag zu verschieben. Er musste eine Antwort erhalten, sonst würde er tatsächlich so verrückt werden, wie die verschrobensten Gestalten der Vanza-Gemeinschaft es tatsächlich waren.

Doch konnte er die Frage nicht innerhalb des Hauses stellen. Vielleicht hatte es etwas mit seiner Vanza-Ausbildung zu tun, jedenfalls wollte er das schützende Dunkel der Nacht um sich wissen.

Madeline runzelte die Stirn, als er sie bat, ihn auf einem Gang durch den Garten zu begleiten.

»Sind Sie von Sinnen?«, fragte sie. »Heute Abend ist es ausgesprochen kalt, und der Nebel ist ebenfalls sehr dicht. Wir könnten uns leicht erkälten.«

Er biss die Zähne aufeinander. »Ich verspreche Ihnen, wir werden uns nicht lange draußen aufhalten.«

Sie öffnete den Mund, und er spürte, wie sich ein neuer Widerspruch in ihr formte. Er wappnete sich gegen die nächste Runde ihrer Einwände. Dann jedoch warf sie ihm einen eigenartigen Blick zu. Wortlos legte sie das Buch, in dem sie gelesen hatte, zur Seite und erhob sich.

»Geben Sie mir eine Minute, um mein Cape zu holen«, sagte sie und ging an ihm vorbei in die Eingangshalle.

Er holte zwischenzeitlich sein Cape und wartete auf sie. Als sie wiederkam, gingen sie gemeinsam bis zum Ende der Halle, er öffnete die Tür, und sie traten in die Nacht hinaus.

Nebel lag über dem Garten, doch war die Nacht nicht so

kalt, wie Artemas es erwartet hatte. Vielleicht war er zu abgelenkt von dem, was vor ihm lag.

»Meine Tante und Herr Leggett werden sich im Theater heute Abend wohl gut amüsieren«, sagte Madeline in einem vergnügten Tonfall, der jedoch merkwürdig brüchig klang. »Sie bilden ein sehr reizvolles Paar, finden Sie nicht auch? Wer hätte das vorhersagen können?«

»Hmm.« Die blühende Romanze, die sich zwischen Bernice und Henry entwickelt hatte, war das Allerletzte, worüber Artemas jetzt reden wollte. Er hatte eine eigene Romanze, über die er sich Gedanken machen musste.

»Ich nehme an, Sie möchten mit mir darüber reden, wie Sie sich Ihrer Hausgäste wieder entledigen können, nicht wahr, Sir?« Madeline zog sich die Kapuze ihres Capes über den Kopf. »Mir ist wohl bewusst, welche Bürde wir Ihnen gewesen sind. Ich versichere Ihnen, dass Tante Bernice und ich morgen in der Frühe zusammenpacken werden.«

»Es besteht kein Grund zur Eile. Mein Haushalt scheint sich recht gut an Ihre Anwesenheit gewöhnt zu haben.«

»Es ist schon in Ordnung, Artemas, das versichere ich Ihnen. Morgen Mittag werden wir das Haus verlassen haben.«

»Ich habe Sie nicht nach draußen gebeten, um mit Ihnen Ihre Abreise zu besprechen. Ich wollte …«

»Wir sind Ihnen beide wirklich sehr zu Dank verpflichtet, Sir. Es wäre nicht auszumalen, was wir ohne Ihre Hilfe getan hätten. Ich hoffe, Sie waren mit Ihrer Entlohnung zufrieden.«

»Mit dem Journal Ihres Vaters bin ich sehr zufrieden, vielen Dank«, knurrte er. »Doch ist es nicht Ihre verdammte Dankbarkeit, die ich haben möchte.«

Sie verschränkte die Hände auf dem Rücken. »Vor meiner Abreise jedoch möchte ich mich für die paar Male entschuldigen, bei denen ich angedeutet habe, Sie seien ein klein wenig absonderlich.«

»Ich *bin* absonderlich. Vermutlich sogar um einiges mehr als nur ein klein wenig.«

»Ganz sicher habe ich Sie niemals für einen Hohlkopf gehalten.« In der Dunkelheit schimmerten ihre Augen ernst. »Das möchte ich hiermit klar und deutlich zum Ausdruck bringen. Im Gegenteil, in letzter Zeit habe ich feststellen müssen, dass eine gewisse Absonderlichkeit auch in meiner Familie in ausreichendem Maße vorhanden ist, und ich will mich davon nicht ausschließen.«

»Hmm. Nun, ein Körnchen Wahrheit ist mit dabei. Vielen Dank, mich daran zu erinnern.«

»Sie müssen sich mit Ihrer Zustimmung nicht ganz so sehr beeilen, Artemas.«

»Zu Beginn unserer Bekanntschaft erwähnten Sie, von der Logik überzeugt zu sein, man müsse Feuer mit Feuer, Diebe mit Dieben und so weiter und so weiter bekämpfen. Was halten Sie von der Behauptung, ein Exzentriker bedarf wiederum eines Exzentrikers?«

Sie musterte ihn wachsam. »Worauf wollen Sie hinaus?«

»Wenn man Ihrer Beweisführung folgt, möchte man meinen, die Ehe zwischen zwei Sonderlingen könne sich als für beide Seiten zufrieden stellend erweisen.«

Sie räusperte sich. »Die Ehe?«

»Immer vorausgesetzt natürlich, dass die unterschiedlichen Absonderlichkeiten sich als miteinander verträglich erweisen.«

»Natürlich«, erwiderte sie zögernd.

»Ich bin der Auffassung, dass Sie und ich ein paar miteinander verträgliche Absonderlichkeiten teilen«, fuhr er unbeirrt fort. »Gelegentlich haben Sie mir Grund zu der Annahme gegeben, dass Sie dieser Ansicht zustimmen würden.«

Im Schatten der hohen Mauer erstarrte sie. Unter der Kapuze ihres Capes war der Ausdruck ihrer Augen nicht zu deuten. Er spürte, wie er den Atem anhielt.

»Lieber Himmel, Artemas, ist Ihre eigentliche Frage die, ob ich Sie heiraten möchte?«

»Wie Ihnen bereits aufgefallen ist, habe ich als Ehemann einige Nachteile vorzuweisen. Ich bin ein Vanza, ich bin absonderlich, ich bin Geschäftsmann …«

»Ja, ja, das weiß ich alles.« Sie räusperte sich. »Ich war niemals der Ansicht, dass Ihre geschäftlichen Tätigkeiten ein Hindernis bilden würden. Was Ihre Verbindung zum Vanza und Ihre Absonderlichkeiten betrifft, nun, davon habe ich meinerseits auch einige zu bieten. Ich kann mich also kaum beschweren.«

»Dennoch haben Sie sich beschwert.«

»Wirklich, Artemas, wenn Sie mir jede kleine Bemerkung, die ich in der Vergangenheit gemacht haben sollte, verübeln …«

»Abgesehen von Ihren Gefühlen gegenüber dem Vanza gibt es noch ein paar andere Schwierigkeiten. Ich habe viel zu lange für mich alleine gelebt und eine Rache gehegt, mit der ich bereits vor Jahren hätte abschließen sollen. Ich gehe davon aus, dass derlei Dinge ihre Spuren hinterlassen haben.«

»Wir alle tragen Spuren mit uns herum, die die Vergangenheit hinterlassen hat, Artemas.«

»Ich bin kein junger Mann mehr und besitze nicht mehr dieses Maß an jugendlicher Unbekümmertheit.« Er hielt inne. »Ich bin mir auch nicht sicher, jemals das erfahren zu haben, was man als Unbekümmertheit bezeichnet.«

»Sie werden sich kaum als alten Mann beschreiben wollen, Artemas.« Sie hüstelte. »Im Gegenteil, für mich stellen Sie eine ausgezeichnete Verknüpfung zwischen Reife und Beweglichkeit dar.«

»Reife und Beweglichkeit?«

»Richtig. Und wie es sich fügt, ist auch mir nicht das gegeben, was man bei jungen Frauen als fröhliche Unbekümmertheit bezeichnet. Wie Sie sehen, passen wir in dieser Hinsicht also durchaus gut zusammen.«

»Wollen Sie mich heiraten, Madeline?« Sie schwieg.

»Um Himmels willen, Madeline, willst du mich heiraten?«

Sie stöhnte auf. »Zuerst sollten Sie erwähnen, dass Sie mich lieben.«

»Ich soll ...?« Er nahm sie an den Schultern und sagte: »Zum Teufel noch eins,junge Frau, hast du deshalb gezögert und fast mein Herz zum Stillstand gebracht? Weil ich vergessen habe, dir zu versichern, dass ich dich liebe?«

»Das ist keine Kleinigkeit, die Sie übersehen haben, Artemas.«

Er sah sie an. »Wie kannst du nur nicht wissen, dass ich dich liebe, wie ich noch niemanden zuvor geliebt habe?«

Sie lächelte. »Vermutlich weil du versäumt hast, es zu erwähnen.«

»Nun,jetzt erwähne ich es.« Er presste sie an sich und küsste sie leidenschaftlich.

Als sie atemlos nach Luft schnappte, hob er den Kopf. »Wirst du mich heiraten?«

»Natürlich werde ich dich heiraten.« Sie schlang ihre Arme noch fester um seinen Hals und gluckste bewundernd: »Reife, aber immer noch bewegliche Gentlemen sind nicht so dicht gesät, dass eine Frau in meiner Position wählerisch sein könnte.«

Er tauchte tief in ihre strahlenden Augen. Heiße Glücksgefühle durchströmten ihn. »Wie schön für mich.«

Sie nahm sein Gesicht zwischen ihre Hände und küsste ihn, dass sein Herz zu singen begann und sein Blut in Wallung geriet.

»Ich liebe dich, Artemas.«

Er zog sie noch näher an sich und genoss dieses unendlich süße Gefühl der Freude und des Glücks, auf das er sein Leben lang gewartet hatte, ohne es zu wissen.

»Nur eine Kleinigkeit ist da noch«, sagte sie bestimmt.

»Alles, was du willst, meine Süße.«

»Duelle darf es keine geben. Gilt das als abgemacht?«

»Ich sagte dir doch bereits, es ist äußerst unwahrscheinlich, dass jemand es wagen würde ...«

Sie schüttelte heftig den Kopf. »Nein, du musst es mir versprechen, Artemas. Überhaupt gar keine Duelle.«

Nun, sollte ein solches Problem auftauchen, so würde es andere Möglichkeiten geben, es zu lösen, sagte sich Artemas. Wenn es nötig war, konnte er nachgeben. »Also gut, keine Duelle.«

Sie lachte. Das wunderschöne, perlende Geräusch stieg in dem ummauerten Garten auf, so beschwingt wie das Glück und so wahrhaftig wie die Liebe.

AMANDA QUICK

Entfesselt

Roman

Aus dem Amerikanischen
von Ingrid Rothmann

Weltbild

1

Es war eine Szene wie aus einem Alptraum. Gideon Westbrook, Viscount St. Justin, der reglos in der Tür verharrte, glaubte auf der Schwelle zur Vorhölle zu stehen.

Gebeine, wohin man auch blickte. Wüst grinsende Schädel, ausgebleichte Rippen, Bruchstücke von Beinknochen, alles lag wie Teufelsunrat überall im Raum verstreut. Steinbrocken mit Einlagerungen von Zähnen, Zehen und anderen Stücken stapelten sich auf dem Fensterbrett. Ein Häufchen Rückenwirbel lag in einer Ecke auf dem Boden.

Inmitten dieses wahrhaft satanischen Durcheinanders sah er eine schlanke Gestalt mit fleckiger Schürze. Ein weißes Musselinhäubchen saß keck auf der ungebändigten, wilden Flut kastanienbrauner Locken. Die allem Anschein nach junge Frau, die an einem wuchtigen Mahagonischreibtisch saß und emsig zu zeichnen schien, kehrte Gideon ihren schmalen, anmutigen Rücken zu. Objekt ihrer Bemühungen war etwas, das aussah wie ein langer, in einen Steinbrocken eingebetteter Knochen.

Gideon konnte sehen, daß ihre schlanken Finger, die den Federkiel geschickt führten, von keinem Ehering geziert wurden. Es mußte sich also um eine der Töchter und nicht um die Witwe des verstorbenen Reverend Pomeroy handeln.

Nach dem Hinscheiden Pomeroys vor vier Jahren war es Gideon, der die Verwaltung der Güter seines Vaters übernommen hatte, nicht der Mühe wert erschienen, einen neuen Pfarrherrn zu bestellen. Das Seelenheil der Menschen von Upper Biddleton interessierte Gideon nicht sonderlich.

Eine Vereinbarung, die Pomeroy mit Gideons Vater getroffen hatte, sah vor, daß die Familie Pomeroy auch weiterhin im Pfarrhaus wohnen durfte. Die Miete wurde pünktlich bezahlt, für Gideon das einzige, was zählte.

Er gönnte sich noch einen Augenblick der Betrachtung der Szene, die sich seinem Blick bot, ehe er nach der Person Ausschau hielt, die die Tür des Pfarrhauses offengelassen hatte. Als sich niemand zeigte, zog er seinen Zylinderhut mit der aufgebogenen Krempe und betrat die kleine Diele. Die frische Seebrise folgte ihm ins Hausinnere. Es war Ende März, und die Seeluft war trotz des für die Jahreszeit ungewöhnlich warmen Tages noch sehr frisch.

Der Anblick der jungen Frau inmitten der alten, über das Arbeitszimmer verstreuten Gebeine amüsierte Gideon und reizte seine Neugierde, wie er sich eingestehen mußte. Lautlos durchschritt er den kleinen Flur, darauf bedacht, daß seine Reitstiefel auf dem Steinboden kein Geräusch hinterließen. Hochgewachsen, nach Meinung vieler sogar von geradezu ungeheurer Größe, hatte er schon vor geraumer Zeit gelernt, sich fast lautlos fortzubewegen. Angestarrt wurde er deshalb nicht weniger. Das Haus schien momentan verlassen zu sein.

Als er zum Arbeitszimmer zurückkam, schaute er wieder fasziniert der jungen Frau bei der Arbeit zu. Erst als es sich zeigte, daß sie in ihre Skizze zu vertieft war, um seine Anwesenheit zu bemerken, brach er widerstrebend den Bann.

»Guten Morgen«, sagte Gideon.

Die junge Frau am Schreibtisch schrie erschrocken auf, so daß der Federkiel ihrer Hand entglitt. Sie schnellte hoch, drehte sich mit einem Ruck um und sah Gideon an, worauf das Entsetzen in ihrer Miene sich noch steigerte.

Für Gideon keine ungewohnte Reaktion. Als schön hatte er nie gegolten, die tiefe Narbe, die seine linke Gesichtshälfte bis zum Kinn gleich einem Blitz spaltete, war nicht eben dazu angetan, sein Aussehen zu heben.

»Wer, zum Teufel, sind Sie?« Die junge Frau hielt beide

Hände hinter dem Rücken, ganz offenkundig bemüht, ihre Skizze unter etwas zu schieben, das wie ein Tagebuch aussah. Die Angst, die er in ihren großen, türkisblauen Augen las, verwandelte sich in finsteren Argwohn.

»St. Justin.« Gideon bedachte sie mit einem kühlen Lächeln, wohl wissend, daß dieses Lächeln seine Narbe noch markanter aussehen ließ. Er wartete, daß ihre unglaublich strahlenden Augen sich mit Abscheu füllten.

»St. Justin? Lord St. Justin? *Viscount St. Justin*?«

»Ja.«

Aus ihrem Blick sprach Erleichterung und nicht Abscheu. »Dem Himmel sei Dank.«

»Mit soviel Begeisterung werde ich selten empfangen«, sagte Gideon halblaut.

Da ließ sich die junge Frau ganz plötzlich auf ihren Stuhl zurückfallen und runzelte die Stirn. »O Gott... Mylord, Sie haben mir einen schönen Schrecken eingejagt. Was denken Sie sich eigentlich dabei... sich so verstohlen an jemanden anzupirschen?«

Gideon warf einen bezeichnenden Blick über die Schulter zur offenen Haustür hin. »Wenn Sie nicht von Eindringlingen überrascht werden möchten, sollten Sie tunlichst die Tür geschlossen und versperrt halten.«

Sie folgte seinem Blick. »Ach Gott, Mrs. Stone muß sie vorhin geöffnet haben. Sie ist die reinste Frischluftfanatikerin.«

Wieder sprang sie auf, hob zwei große Folianten von der einzigen noch im Raum vorhandenen Sitzgelegenheit und blieb auf der Suche nach einem für die Bände geeigneten Fleckchen inmitten des heillosen Durcheinanders ratlos in halbgebückter Stellung stehen. Mit einem kleinen Seufzer gab sie es auf und ließ die Bücher achtlos auf den Boden fallen. »Bitte, nehmen Sie doch Platz, Mylord.«

»Danke.« Gideon trat nun langsam ein und ließ sich vorsichtig auf dem kleinen Sessel mit der schmal zulaufenden Rückenlehne nieder. Die zierlichen Möbelstücke, momentan groß in Mode, waren nicht für seine Größe und sein Gewicht gedacht. Zu Gideons Erleichterung hielt ihn der Sessel aus.

Er warf einen kurzen Blick auf die Bücher, die eben noch auf dem Sessel gelegen hatten. Das erste war *Theorie der Erde* von James Hutton, das andere Playfairs *Illustrationen zur Theorie der Erde von Hutton.* Zusammen mit den Gebeinen im Raum erklärten die Titel vieles. Bei seiner Gastgeberin mußte es sich um eine passionierte Fossiliensammlerin handeln.

Vielleicht bringt es der vertraute Umgang mit bleichen, grinsenden Schädeln mit sich, daß sie vor meiner Narbenvisage nicht zurückgeschreckt ist, dachte Gideon zynisch. Ein grausiger Anblick ist für sie nichts Ungewohntes. Während er ihr zusah, wie sie ihre Zeichenutensilien und Notizen aufräumte, machte er die Feststellung, daß es sich um eine, gelinde gesagt, ungewöhnliche junge Frau handelte.

Ihre ungebändigte wilde Haarfülle war dem Häubchen und den spärlichen, willkürlich hineingesteckten Haarnadeln längst entschlüpft, so daß die dichten, weichen Locken ihr Gesicht wie eine duftige Wolke umschwebten.

Sie war nicht schön, ja nicht einmal besonders hübsch, doch ihr strahlendes Lächeln kündete wie das ganze zierliche Persönchen von Energie und Vitalität. Gideon entging nicht, daß zwei ihrer weißen Schneidezähne sich eine Spur übereinander schoben, ein Detail, das er aus irgendeinem unerfindlichen Grund bezaubernd fand.

Ihr markantes Näschen, die hohen Wangenknochen und die wache Intelligenz, die aus ihren hinreißenden Augen sprach, verliehen ihr einen Hauch von Unternehmungslust und Wißbegierde. Das ist kein schüchternes, affektiertes und zimperliches Ding, dachte Gideon. Bei dieser Frau würde man immer wissen, woran man mit ihr war. Das gefiel ihm.

Ihr Gesicht erinnerte Gideon an ein kluges Kätzchen, so daß sich in ihm plötzlich das Verlangen regte, die junge Dame zu streicheln, ein Verlangen, das er entschlossen zügelte. Schmerzliche Erfahrung hatte ihn gelehrt, daß Pfarrerstöchter oft gefährlicher sein konnten, als es zunächst den Anschein hatte. Er war einmal gebissen worden, und das reichte.

Gideon schätzte die Dame des Hauses auf Anfang zwanzig, wobei sich ihm unwillkürlich die Frage aufdrängte, ob sie unverheiratet geblieben war, weil sie keine Aussicht auf ein nennenswertes Erbe hatte oder ob potentielle Freier sich von ihrer Begeisterung für alte Gerippe hatten abschrecken lassen. Nur wenige Männer würden bei einem weiblichen Wesen, das mehr Interesse für Fossilien als für einen Flirt zeigte, ernste Absichten erkennen lassen.

Gideon streifte alles übrige an ihr mit einem flüchtigen Blick, registrierte das Musselinkleid mit der hohen Taille, das, einstmals rostfarben, zu einem unbestimmbaren Braunton verblichen war. Ein gefältelter Spitzeneinsatz zierte den züchtigen Ausschnitt.

Obschon der Bereich zwischen Spitzeneinsatz und umhüllender Schürze größtenteils der Phantasie des Betrachters überlassen blieb, gewann Gideon den Eindruck von runden Brüsten und zierlicher Taille. Als sie hinter den Schreibtisch lief und sich wieder setzte, ließ er sie keinen Moment aus den Augen, so daß ihm auch nicht entging, daß sich der duftige Musselin kurz an das schmiegte, was er als üppig gerundete Kehrseite einstufte.

»Wie Sie sehen, haben Sie mich überrascht, Mylord.« Die Frau schob ein paar Zeichnungen unter eine Nummer der *Sitzungsberichte der Gesellschaft für Fossilien und Altertümer.* Sie blickte Gideon mit vorwurfsvoll gerunzelter Stirn an. »Sie müssen mein Äußeres entschuldigen, aber da ich Sie heute nicht erwartet habe, kann ich nichts dafür, daß ich für den Anlaß nicht passend gekleidet bin.«

»Machen Sie sich keine Gedanken über Ihre äußere Erscheinung, Miß Pomeroy. Seien Sie versichert, daß sie keineswegs störend wirkt.« Gideon gestattete sich ein leicht ironisches Hochziehen einer Braue. »Sie sind doch Miß Harriet Pomeroy?«

Sie hatte soviel Anstand zu erröten. »Ja, natürlich, Mylord. Wer sonst? Sie müssen wirklich glauben, ich hätte keine Kinderstube. Meine Tante hält mir auch andauernd vor, mir fehle es an gesellschaftlichem Schliff. Aber eine Frau in meiner Lage kann nie vorsichtig genug sein, müssen Sie wissen.«

»Ich verstehe«, sagte Gideon kühl. »Der Ruf einer Dame ist ein zartes Pflänzchen, und eine Pfarrerstochter ist in diesem Punkt wohl besonders gefährdet, finden Sie nicht auch?«

Harriets Blick verriet, daß sie ihn nicht verstanden hatte. »Wie bitte?«

»Vielleicht sollten Sie eine Angehörige oder Ihre Haushälterin rufen, damit sie uns Gesellschaft leistet. Ihrem Ruf zuliebe, Miß Pomeroy.«

Harriet sah ihn groß an. »Meinem Ruf zuliebe? Um Himmels willen, ich habe nicht meinen Ruf gemeint, Mylord. Mein ganzes Leben war ich noch nie in Gefahr, kompromittiert zu werden, und da ich fast fünfundzwanzig bin, sieht es nicht so aus, als müßte ich mir in Zukunft diesbezüglich Sorgen machen.«

»Ihre Mutter hat Sie nie vor Fremden gewarnt?«

»Niemals.« Die Erinnerung entlockte Harriet ein Lächeln.

»Mein Vater nannte meine Mutter, die jedermann mit Güte und Gastfreundlichkeit begegnete, eine Heilige. Leider kam sie zwei Jahre, bevor wir nach Upper Biddleton zogen, bei einem Unfall mit dem Wagen ums Leben. Es war mitten im Winter, und sie war unterwegs, um den Armen warme Kleidung zu bringen. Wir haben sie sehr lange betrauert. Besonders Papa.«

»Ich verstehe.«

»Wenn Sie also um den Anstand besorgt sind, Mylord, kann ich Ihnen leider nicht helfen«, fuhr Harriet in ungezwungenem Plauderton fort. »Meine Tante und meine Schwester machen im Dorf Einkäufe. Meine Haushälterin muß zwar irgendwo in der Nähe sein, doch steht zu bezweifeln, ob sie von Nutzen wäre, falls Sie versuchen sollten, meiner Ehre nahezutreten, da sie schon bei den leisesten Anzeichen einer Krise der Ohnmacht nahe ist.«

»In diesem Punkt haben Sie recht«, gab Gideon zurück. »Sie war der jungen Dame, die vor Ihnen in diesem Haus wohnte, keine große Hilfe.«

Harriets Interesse an dieser Wendung des Gespräches regte sich flüchtig. »Ach, Sie kennen Mrs. Stone also?«

»Vor einigen Jahren, als ich hier in der Gegend lebte, habe ich ihre Bekanntschaft gemacht.«

»Ach, natürlich. Sie war ja auch die Haushälterin des vorigen Pfarrherrn. Wir haben sie zusammen mit dem Haus übernommen. Tante Effie sagt, es sei bedrückend, sie um sich zu haben, und ich muß ihr darin zustimmen, aber Papa hat immer gepredigt, wir müßten Gutes tun. Wir dürfen sie nicht vor die Tür setzen, weil sie hier in der Gegend kaum eine andere Stelle finden würde.«

»Eine höchst lobenswerte Einstellung, die jedoch zur Folge hat, daß Sie mit einer Haushälterin von grimmigem Naturell geschlagen sind, es sei denn, Mrs. Stone hätte sich im Laufe der Jahre grundlegend geändert.«

»Das hat sie nicht. Im Gegenteil, man könnte sie geradezu als Stimme des Jüngsten Gerichtes bezeichnen. Aber Papa war ein gütiger Mensch, wenn es ihm auch am Sinn fürs Praktische fehlte. Ich versuche, in seinem Sinn zu wirken, wiewohl dies zuweilen sehr schwierig sein kann.« Harriet beugte sich vor und faltete die Hände. »Aber das ist jetzt unwichtig. Dürfte ich auf das vorliegende Thema zurückkommen?«

»Tun Sie das.« Gideons Gefallen an der Unterhaltung

wuchs. »Als ich sagte, ich könne gar nicht vorsichtig genug sein, da meinte ich damit die Notwendigkeit, etwas weitaus Wichtigeres schützen zu müssen als meinen Ruf.«

»Sie setzen mich in Erstaunen. Was könnte wichtiger sein als Ihr Ruf, Miß Pomeroy?«

»Meine Arbeit natürlich.« Sie lehnte sich zurück und bedachte ihn mit einem wissenden Blick. »Sie sind ein Mann von Welt, Sir, ein Mann, der zweifellos weitgereist ist. Der sozusagen das Leben kennt. Sie müßten doch wissen, daß überall finstere Bösewichte lauern.«

»Ach, wirklich?«

»Absolut. Ich kann Ihnen versichern, daß bestimmte Halunken bedenkenlos meine Fossilien rauben und sie als ihre eigenen Funde ausgeben würden. Einem wohlgeborenen, ehrenhaften Mann mag es unglaublich erscheinen, daß es Menschen gibt, die so tief sinken können, aber so ist es nun mal. Es sind Tatsachen, die sich nicht leugnen lassen. Ich muß ständig auf der Hut sein.«

»Ich verstehe.«

»Also ... ich möchte ja nicht ungebührlich mißtrauisch erscheinen, Mylord, aber haben Sie einen Beweis für Ihre Identität?«

Gideon hätte nicht verdutzter sein können. Seine Gesichtsnarbe genügte den meisten Menschen als Erkennungszeichen, besonders hier in Upper Biddleton. »Ich habe Ihnen gesagt, daß ich St. Justin bin.«

»Leider muß ich auf einem Beweis bestehen, Sir. Wie gesagt, man kann gar nicht vorsichtig genug sein.«

Gideon, der nicht wußte, ob ihm zum Lachen oder Fluchen zumute war, überlegte. Da er zu keinem Entschluß gelangte, griff er in seine Tasche und zog einen Brief hervor. »Miß Pomeroy, ich glaube, Sie haben mir diesen Brief geschickt. Die Tatsache, daß er sich in meinem Besitz befindet, ist wohl Beweis genug, daß ich St. Justin bin.«

»Ach ja, mein Brief.« Ihr Lächeln drückte Erleichterung aus. »Sie haben ihn also erhalten und sind sofort zu mir gekommen. Ich wußte es ja. Alle Welt behauptet, die Vorgänge hier in Upper Biddleton kümmerten Sie nicht, aber ich wußte, daß dies nicht stimmen kann. Schließlich wurden Sie hier geboren, oder nicht?«

»Ich darf mich dessen rühmen, ja«, lautete Gideons trokkene Antwort.

»Eine gewisse Beziehung zur Heimat muß also noch vorhanden sein. Ihre Wurzeln werden für immer hier liegen, auch wenn Sie sich entschlossen haben, nun auf einem Ihrer anderen Güter zu leben. Sie müssen sich für diese Gegend ein Gefühl der Pflicht und Verantwortung bewahrt haben.«

»Miß Pomeroy –«

»Sie können Ihrem Heimatdorf nicht einfach den Rücken kehren. Als Viscount und Erbe eines Grafentitels wissen Sie, was es heißt, Verantwortung zu tragen und –«

»Miß Pomeroy.« Gideon versuchte, sie mit einer Handbewegung zum Schweigen zu bringen. Daß es ihm tatsächlich glückte, setzte ihn nicht wenig in Erstaunen. »Miß Pomeroy, über eines wollen wir uns im klaren sein: Das Schicksal Upper Biddletons liegt mir nur insofern am Herzen, als mich interessiert, ob die hiesigen Besitzungen meiner Familie Ertrag liefern. Seien Sie versichert, daß ich sie auf der Stelle veräußern werde, wenn sie kein angemessenes Einkommen mehr abwerfen.«

»Aber in dieser Gegend hängt der Lebensunterhalt der meisten Menschen irgendwie von Ihnen ab. Als größter Grundbesitzer weit und breit tragen Sie die Verantwortung für das wirtschaftliche Wohl der Region. Das müßte Ihnen klar sein.«

»Mein Interesse an Upper Biddleton ist finanzieller und nicht emotionaler Natur.«

Diese Äußerung war nicht nach Harriets Geschmack, doch

sie faßte sich rasch. »Sie scherzen, Mylord. Natürlich liegt Ihnen das Schicksal unseres Dorfes am Herzen. Sie sind doch auf meinen Brief hin gekommen. Das ist der treffendste Beweis.«

»Ich bin aus reiner Neugierde gekommen, Miß Pomeroy. Immerhin war Ihr Brief wie ein königlicher Befehl abgefaßt. Da ich es nicht gewohnt bin, mir von unbekannten jungen Dingern Befehle erteilen zu lassen, geschweige denn, von ihnen über Pflicht und Verantwortung belehrt zu werden, muß ich gestehen, daß es mich reizte, jenes weibliche Wesen kennenzulernen, das meinte, sich dieses Recht herausnehmen zu dürfen.«

»Ach.« Harriets Miene verriet zunehmende Wachsamkeit. Zum ersten Mal seit seinem Eintreten schien ihr zu dämmern, daß Gideon über das von ihr geforderte Zusammentreffen nicht allzu begeistert war. Sie wagte ein zaghaftes Lächeln. »Verzeihung, Mylord. War mein Brief im Ton etwa zu anmaßend?«

»Das ist noch untertrieben, Miß Pomeroy.«

Sie nagte kurz an ihrer Unterlippe, ohne ihn aus den Augen zu lassen. »Ich gebe ja zu, daß ich ein wenig unverblümt bin.«

»*Aufdringlich* kommt der Sache näher. Vielleicht auch *herausfordernd.* Sogar *befehlsgewohnt* wäre noch zutreffend.«

Harriet seufzte. »Das kommt davon, wenn man ständig Entscheidungen treffen muß. Papa war ein wundervoller Mensch, aber er beschäftigte sich lieber mit den religiösen Belangen seiner Schäfchen als mit den praktischen Problemen des täglichen Lebens. Tante Effie ist ein Schatz, wurde aber nicht dazu erzogen, Verantwortung zu übernehmen, wenn Sie wissen, was ich meine. Und meine Schwester ist fast noch ein Schulmädchen und entsprechend naiv.«

»Sie also sind es, die diesem Haushalt vorsteht und es sich zur Gewohnheit gemacht hat, auch in anderen Belangen das

Kommando zu führen«, folgerte Gideon. »Wollten Sie das zum Ausdruck bringen, Miß Pomeroy?«

Seine rasche Auffassungsgabe entlockte ihr ein Lächeln. »Genau. Ich sehe, daß Sie begriffen haben. Sicher verstehen Sie, daß es immer jemanden geben muß, der entscheidet und die Richtung vorgibt.«

»Wie an Bord eines Schiffes?« Gideon unterdrückte bei der Vorstellung, Harriet Pomeroy stünde auf der Kommandobrücke eines Schiffes, ein Lächeln. In Marineuniform muß sie sich reizend machen, dachte er. Aufgrund dessen, was er bis jetzt mitbekommen hatte, war er gewillt, eine stattliche Summe darauf zu verwetten, daß Miß Pomeroys Kehrseite imstande war, in Männerhosen höchst aufreizend zu wirken.

»Ja, wie auf einem Schiff«, sagte Harriet. »In diesem Haus ist der Jemand, der Entscheidungen trifft, meist ich.«

»Ich verstehe.«

»Nun gut. Ich möchte aber bezweifeln, daß Sie den ganzen Weg von Ihrem Gut im Norden gekommen sind, um Ihre Neugierde hinsichtlich eines weiblichen Wesens zu stillen, das Ihnen einen Brief in einem möglicherweise etwas zu aufdringlichen Ton geschrieben hat. Sie sind gekommen, weil Ihnen Upper Biddleton am Herzen liegt, Mylord. Geben Sie es ruhig zu.«

Gideon steckte den Brief achselzuckend in die Tasche. »Miß Pomeroy, eine Debatte darüber halte ich für müßig. Ich bin da, also lassen Sie uns zur Sache kommen. Vielleicht hätten Sie die Güte, mir zu erklären, was diese *finstere Bedrohung* ist, die Sie in Ihrem Brief andeuteten, und warum die Sache mit *äußerster Vorsicht* behandelt werden muß?«

Harriets weicher Mund verzog sich spöttisch. »Meine Güte, ich habe also nicht nur einen falschen Ton angeschlagen, sondern mich auch noch ziemlich undeutlich ausgedrückt, so ist es doch? Mein Brief muß Ihnen ja wie eine

Stelle aus einem von Mrs. Radcliffes Gruselromanen vorgekommen sein.«

»Ja, Miß Pomeroy, so war es.« Gideon hielt die Erwähnung für unnötig, daß er den Brief mehrmals gelesen hatte. Der dringende Hilferuf und der lebendige, wenn auch übertrieben dramatische Stil hatte in ihm Neugierde auf die Verfasserin geweckt.

»Die Sache ist so, Sir, daß ich sicher sein wollte, Ihre Aufmerksamkeit zu fesseln.«

»Seien Sie versichert, daß es Ihnen gelang.«

Wieder beugte Harriet sich vor und verschränkte die Finger, eine Geste, die sehr geschäftsmäßig und nüchtern wirkte. »Rundheraus gesagt, Mylord, ich habe vor kurzem erfahren, daß Upper Biddleton einer Bande gefährlicher Schurken und Diebe als Hauptsitz dient.«

Gideons spöttische Belustigung verflog jäh. Er fragte sich allen Ernstes, ob er es mit einer Verrückten zu tun hatte. »Vielleicht könnten Sie mir dies näher erläutern, Miß Pomeroy?«

»Die Höhlen, Mylord. Sie kennen doch sicher das ausgedehnte Höhlensystem in den Klippen? Es liegt unterhalb Ihres Grund und Bodens.« Mit einer Handbewegung wies sie auf die offene Haustür und damit auf die schroffen Klippen unterhalb des Pfarrhauses, die das Land entlang der Küste schützten. »Diese Schurken benutzen eine der Klippenhöhlen oberhalb des Strandes.«

»Ich weiß von den Höhlen sehr wohl. Sie waren für unser Gut nutzlos. Meine Familie hat Fossilienjägern und Liebhabern von Altertümern immer schon gestattet, sich dort nach Belieben zu betätigen.« Er runzelte die Stirn. »Wollen Sie damit sagen, jemand macht sie sich für ungesetzliches Tun zunutze?«

»So ist es, Mylord. Als ich vor einigen Wochen einen neuen Gang durch die Klippen erkundete, entdeckte ich diese Tatsache.« In Harriets Augen blitzte es auf. »Es handelt sich um einen Gang, in dem ich vielversprechende Entdeckungen machen konnte. Unter anderem einen herrlichen Beinknochen…« Sie hielt inne.

»Ist etwas?«

»Nein, nein, natürlich nicht.« Harriet rümpfte ihre Nase, als müsse sie sich selbst tadeln. »Verzeihung, Mylord, ich schweife ab. Aber wenn die Rede auf meine Fossilien kommt, dann geht es mir immer so. Meine Entdeckungen können Sie unmöglich interessieren. Also, zurück zur Tatsache, daß die Höhlen für verbrecherische Zwecke genutzt werden.«

»Bitte, fahren Sie fort«, murmelte Gideon. »Es wird von Sekunde zu Sekunde interessanter.«

»Also, wie gesagt, ich war dabei, einen neuen Durchgang zu erkunden und…«

»Ist das nicht ein ziemlich gefährlicher Zeitvertreib, Miß Pomeroy? In diesen Höhlen sind Menschen oft tagelang umhergeirrt. Einige sind sogar ums Leben gekommen.«

»Seien Sie versichert, daß ich sehr vorsichtig bin. Ich habe immer ein Licht dabei und kennzeichne meine Route. Mein Vater hat mir beigebracht, wie man Höhlen richtig erforscht. Also, bei einer meiner letzten Erkundungsgänge stieß ich auf eine wundervolle Höhle, groß wie ein Haus und voll vielversprechender Formationen.« Harriet kniff die Augen zusammen. »Aber auch voll unverkennbarer Schätze.«

»Schätze?«

»Ja, Schätze, Beute oder wie immer Sie es nennen wollen. Gestohlene Dinge eben.«

»Ach so, natürlich.« Gideon wurde es immer gleichgültiger, ob sie verrückt war. Die Dame war das anregendste weibliche Wesen, dem er seit ewigen Zeiten begegnet war. »Was für Sachen, Miß Pomeroy?«

Sie runzelte nachdenklich die Stirn. »Lassen Sie mich überlegen. Nun… einige herrliche Stücke Tafelsilber. Kostbare alte Kerzenleuchter. Etwas Schmuck. Ich argwöhnte sofort, daß die Dinge nicht aus unserer Gegend stammen können.«

»Was veranlaßte Sie zu dieser Meinung?«

»Es gibt hier wohl ein oder zwei Häuser, die sich solcher Kostbarkeiten rühmen können, aber der Diebstahl so wertvoller Dinge hätte hier für großes Aufsehen gesorgt. Und mir ist nichts davon bekannt.«

»Ich verstehe.«

»Ich vermute, daß die Sachen nachts von anderswo herbeigeschafft und in den Höhlen gelagert werden, bis die Eigentümer die Suche aufgegeben haben. Wie ich hörte, sollen die vielgerühmten *Bow Street Runners* die Diebe oft in dem Moment fassen, wenn diese versuchen, ihre Beute loszuschlagen.«

»Sie sind ja sehr gut informiert.«

»Ja… also… es ist klar, daß ein paar besonders gerissene Halunken auf die Idee gekommen sind, ihr Diebesgut in meinen Höhlen zu lagern, bis Aufregung und Interesse sich gelegt haben. Dann werden die Sachen zweifellos geholt und nach Bath oder London geschafft, um dort an Pfandleiher oder Juweliere verhökert zu werden.«

»Miß Pomeroy, darf ich fragen, wieso Sie diese Sache nicht mit meinem Verwalter und dem örtlichen Friedensrichter besprochen haben?« Nun erst regte sich in Gideon der Verdacht, an der Sache könnte etwas dran sein.

»Unser Friedensrichter ist schon ziemlich betagt, Sir. Er wäre dieser Situation nicht mehr gewachsen, und zu Ihrem neuen Verwalter Mr. Crane habe ich, ehrlich gesagt, nicht viel Vertrauen.« Harriet schürzte die Lippen. »Ich sage es sehr ungern, aber ich habe das Gefühl, daß er von den Aktivitäten weiß und die Diebe gewähren läßt.«

Gideon kniff die Augen zusammen. »Das ist eine sehr ernste Anschuldigung, Miß Pomeroy.«

»Ja, ich weiß. Aber ich traue dem Mann nicht über den Weg. Wieso Sie ihn anstellen konnten, ist mir unverständlich.«

»Er war der erste Bewerber, nachdem die Stelle vakant wurde«, sagte Gideon und tat damit die Sache ab. »Und er hatte erstklassige Empfehlungen.«

»Das mag ja sein, trotzdem gefällt er mir nicht. Also weiter mit den Tatsachen. Mindestens zweimal habe ich beobachtet, daß abends Männer in die Höhlen gingen. Sie schleppten Pakete hinein und kamen mit leeren Händen wieder heraus.«

»Abends?«

»Nach Mitternacht, um genau zu sein. Natürlich nur bei Ebbe. Bei Flut sind die Höhlen unzugänglich.«

Gideon überlegte, eine sehr beunruhigende Tatsache. Und die Vorstellung, daß Miß Pomeroy mitten in der Nacht schutzlos umherlief, war alles andere als angenehm, insbesondere, wenn sie mit ihren Vermutungen über die Vorgänge in den Höhlen recht hatte. Die Dame wurde ungenügend beaufsichtigt.

»Und was hatten Sie mitten in der Nacht unten am Strand zu suchen, Miß Pomeroy?«

»Ich habe natürlich Wache gehalten. Von meinem Schlafzimmerfenster aus kann ich einen Teil des Strandes überblicken. Nachdem ich die gestohlenen Sachen in meinen Höhlen entdeckte, lag ich regelmäßig auf der Lauer. Und als ich eines Nachts unten am Strand Lichter sah, wurde ich mißtrauisch und ging hinaus, um mir die Sache näher anzusehen.«

Gideon konnte es nicht fassen. »Sie haben zu später Stunde den Schutz des Hauses verlassen, um Männern zu folgen, die Sie für Diebe hielten?«

Sie bedachte ihn mit einem ungeduldigen Blick. »Wie sonst hätte ich herausbekommen sollen, was da vor sich ging?«

»Weiß Ihre Tante von diesen Vorgängen?« fragte Gideon rundheraus.

»Natürlich nicht. Sie würde sich nur Sorgen machen, wenn sie wüßte, daß sich hier Halunken herumtreiben. Tante Effie neigt zur Ängstlichkeit.«

»Mit dieser Reaktion steht sie nicht allein. Ich kann ihre Gefühle in dieser Angelegenheit verstehen.«

Harriet ging nicht darauf ein. »Und außerdem hat sie im Moment andere Sorgen. Sie müssen wissen, daß ich versprochen habe, eine Möglichkeit zu finden, daß meine Schwester Felicity eine Saison in London mitmachen kann, und Tante Effie hat sich voll und ganz in dieses Projekt gestürzt.«

Gideon zog die Brauen hoch. »*Sie* wollen versuchen, für Ihre Schwester eine Saison in London zu finanzieren? Allein?«

Harriet stieß einen kleinen Seufzer aus. »Allein wohl kaum. Mit dem kleinen Einkommen, das mein Vater hinterließ, kann man keine großen Sprünge machen. Ich bessere es zwar hin und wieder auf, indem ich etwas von meinen Fossilien verkaufe, aber mit dem Erlös aus diesen Verkäufen könnte ich niemals eine Saison für Felicity bestreiten. Deshalb habe ich mir einen Plan ausgedacht.«

»Das wundert mich überhaupt nicht.«

Sie strahlte ihn an. »Ich hoffe sehr, Tante Adelaide läßt sich zur Mithilfe überreden. Ihr kürzlich verblichener Geizkragen von Ehemann empfängt nun seinen gerechten Lohn, da er sein Vermögen entgegen seinen Erwartungen nicht mitnehmen konnte und Tante Adelaide bald die Verfügung über alles zugesprochen wird.«

»Ich verstehe. Und Sie hoffen nun, daß sie die Saison für Ihre Schwester finanziert?«

Harriet kicherte, offensichtlich sehr angetan von ihrem Plan. »Wenn Felicity nach London geht, werden wir sie mit Sicherheit unter die Haube bringen können. Meine Schwester ähnelt mir nämlich überhaupt nicht. Sie ist einfach hinreißend, so daß sie sich vor Heiratsanträgen nicht wird retten können. Aber um dies zu erreichen, muß sie nach London, auf den Heiratsmarkt.«

»Ich weiß.«

»Ja.« Harriets Miene nahm einen gewitzten Ausdruck an. »Wir müssen Felicity vor der Beau Monde wie eine reife Frucht baumeln lassen, in der Hoffnung, daß irgendein williger Herr sie vom Baum pflückt.«

Gideon dachte zähneknirschend an seine eigenen, flüchtigen und nun schon einige Jahre zurückliegenden Erfahrungen mit der Londoner Saison. »Mir ist bekannt, wie das System funktioniert.«

Harriet errötete. »Ja, das kann ich mir denken, Mylord. Reden wir lieber wieder von den Höhlen.«

»Sagen Sie, Miß Pomeroy, haben Sie mit jemandem über Ihre Entdeckung gesprochen?«

»Nein. Sobald ich merkte, daß Mr. Crane wenig vertrauenswürdig ist, habe ich mich gehütet, etwas von meinen Beobachtungen laut werden zu lassen, aus Angst, daß jemand, den ich ins Vertrauen zöge, sich in aller Unschuld verpflichtet fühlen würde, direkt zu Crane zu gehen. Wäre dies geschehen, dann hätte er die Beweismittel rasch verschwinden lassen können. Und um ehrlich zu sein, legte ich keinen besonderen Wert darauf, daß noch jemand die Höhle betritt.«

»Hmmm.« Gideon betrachtete sie schweigend, während er sich durch den Kopf gehen ließ, was sie eben gesagt hatte. Kein Zweifel, Harriet Pomeroy war es ernst. Als Verrückte oder Exzentrikerin konnte er sie nicht mehr abtun. »Sie sind also überzeugt, in der Höhle Diebesgut entdeckt zu haben?«

»Absolut.« Harriet streckte ihr Kinn vor. »Sir, es wäre für mich sehr wichtig, daß Sie unverzüglich handeln und in den Höhlen Ordnung schaffen. Ich muß darauf bestehen, daß es ganz rasch geschieht. Es fällt in Ihre Verantwortung.«

Gideon schlug nun einen samtweichen Ton an, für diejenigen, die ihn gut kannten, ein Zeichen, in Deckung zu gehen. »Sie bestehen darauf, Miß Pomeroy?«

»Ich fürchte, ja.« Harriet schien den drohenden Unterton seiner Worte nicht zu bemerken. »Diese Schurken sind mir im Weg.«

Gideon fragte sich, ob er wieder im Begriff stünde, den Faden zu verlieren. »Im Weg? Ich verstehe wohl nicht ganz.«

Aus ihrem Blick sprach Ungeduld. »Sie stehen meiner Forschungsarbeit im Weg. Ich kann es kaum erwarten, diese Höhle nach Fossilien abzusuchen, aber ich schrecke davor zurück, solange die Diebe nicht verhaftet sind. Wenn ich mich dort mit Meißel und Hammer betätige, würde ihnen nicht verborgen bleiben, daß ich ihren Schlupfwinkel entdeckt habe.«

»Allmächtiger.« Gideon vergaß seinen Ärger darüber, daß sie ihm praktisch befohlen hatte, er solle einschreiten. Ihr ungestümer Tatendrang war jetzt seine größte Sorge. »Wenn auch nur die Hälfte dessen, was Sie mir sagen, stimmt, dann werden Sie sich in der Nähe dieser Höhle nicht mehr blicken lassen, Miß Pomeroy.«

»Ach, tagsüber kann nichts passieren. Die Diebe kommen ja nur in der Nacht. Nun also zu unseren Plänen, wie wir diesen Verbrecherring am besten zerschlagen. Ich habe mir etwas ausgedacht, das Sie vielleicht interessieren könnte. Natürlich haben Sie vermutlich schon eigene Ideen … aber ich halte es für besser, wenn wir in dieser Sache zusammenarbeiten.«

»Miß Pomeroy, Sie haben mich wohl nicht verstanden.« Gideon erhob sich und trat einen Schritt vor, so daß er direkt vor ihrem Schreibtisch aufragte.

Sich mit beiden Händen auf die Mahagoniplatte stützend, beugte er sich in einer Weise vor, die, wie er wußte, sehr einschüchternd wirken mußte. Harriet war gezwungen, direkt in sein vernarbtes Gesicht aufzublicken. Sie riß die Augen ob seiner unerwarteten Taktik auf, schien aber nicht über Gebühr beunruhigt.

»Ich habe verstanden, Mylord.« Sie wich ein Stück zurück.

Gideon gebot dem Rückzugsversuch Einhalt, indem er ihr unters Kinn faßte. Voller Wohlgefallen registrierte er, daß ihre Haut seidenweich und glatt war. Und er spürte, wie zart Harriet war. Ihre feinen Kieferknochen fühlten sich zerbrechlich in seiner wuchtigen Hand an.

»Eines lassen Sie sich gesagt sein«, knurrte er, ohne sich die Mühe zu geben, seine Absicht hinter einer höflichen Fassade zu verbergen, von der Harriet Pomeroy sich vermutlich nicht beeindrucken lassen würde. »Sie werden diese Klippen so lange meiden, bis ich mir die ganze Sache in allen Einzelheiten gründlich überlegt und mich zu einer Vorgangsweise entschlossen habe. Ist das klar, Miß Pomeroy?«

Harriet öffnete den Mund, um einen Protest zu äußern, aber noch ehe sie ein Wort sagen konnte, ertönte ein markerschütternder Schrei. Harriet sprang auf und drehte sich zur Tür um; Gideon folgte ihrem Blick.

»Mrs. Stone«, gab nun Harriet im Ton höchster Mißbilligung von sich.

»Gott im Himmel, er ist es. *Das Ungeheuer von Blackthorne Hall.*« Mrs. Stone faßte sich mit bebender Hand an die Kehle, den Blick voll Entsetzen und Abscheu auf Gideon richtend. »Sie sind also wieder da, Sie lüsterner Mordbube. Wie können Sie es wagen, abermals Hand an ein unschuldiges Mädchen zu legen? Laufen Sie davon, Miß Harriet! Laufen Sie um Ihr Leben!«

Gideon spürte, wie sich in seinem Inneren etwas zusammenkrampfte. Er ließ Harriet los und trat entschlossen auf die Frau zu. »Still jetzt, Sie alte Krähe.«

»Fassen Sie mich ja nicht an«, kreischte Mrs. Stone. »Kommen Sie mir nicht zu nahe, Sie Unhold. Oooh...« Damit verdrehte sie die Augen und sank schwerfällig zu Boden, um ohnmächtig liegenzubleiben.

Gideon starrte die auf dem Boden Liegende angewidert an. Dann warf er über die Schulter hinweg Harriet einen Blick zu, um zu sehen, wie sie reagierte. Sie saß da und sah die reglose Gestalt der Haushälterin mit einem Ausdruck der Verzweiflung an.

»Guter Gott«, sagte sie schließlich.

»Jetzt sehen Sie, warum ich mich in der Gegend von Upper Biddleton nur selten blicken lasse, Miß Pomeroy«, sagte Gideon finster. »Ich bin hier nicht wohlgelitten. Tatsächlich gibt es ein, zwei Leute wie Mrs. Stone, die mich am liebsten tot sehen möchten.«

2

»Dieses Frauenzimmer ist doch wirklich eine echte Landplage.« Harriet stand auf und lief an Mrs. Stones Seite. Dort ließ sie sich neben der ausgestreckt daliegenden Haushälterin auf die Knie nieder. »Zum Glück hat sie meist ihr Riechsalz bei sich. Ach, da ist es ja.«

Harriet zog das winzige Fläschchen aus einer voluminösen Tasche von Mrs. Stones grauem Gewand. Sie hielt zu Gideon aufblickend inne, ehe sie der Frau das Riechsalz unter die Nase hielt. »Vielleicht wäre es besser, Sie stünden nicht direkt neben ihr, wenn sie zu sich kommt. Diesmal war es offensichtlich Ihr Anblick, der sie ohnmächtig werden ließ.«

Gideon starrte voller Ingrimm auf die Haushälterin hinunter. »Sie haben zweifellos recht. Ich werde mich empfehlen, Miß Pomeroy. Aber ehe ich gehe, wiederhole ich, was ich vorhin gesagt habe: Sie lassen sich in der Nähe der Klippen nicht blicken, bis ich die Sache mit den Dieben in Ordnung gebracht habe. Ist das klar?«

»Ganz klar«, sagte Harriet ungeduldig. »Aber nicht sehr praktisch. Ich muß Sie in die Höhlen begleiten, um Ihnen die spezielle Höhle zu zeigen, die als Lagerraum verwendet wird. Daß Sie sie auf eigene Faust entdecken, ist höchst unwahrscheinlich, auch wenn Sie jahrelang danach suchen sollten. Ich selbst bin erst vor kurzem darauf gestoßen.«

»Miß Pomeroy...«

Sie sah das entschlossene Aufblitzen seiner braunen Augen und versuchte ihr gewinnendstes Lächeln, um gegen seinen Blick aufzukommen. Unwillkürlich mußte sie daran denken, wie sie früher mit ihrem Vater umgegangen war, und dies wiederum machte ihr bewußt, wie lange es her war, seitdem sie es im Haus mit einem Mann zu tun gehabt hatte. Männer können so stur sein, dachte sie. Und bei diesem Exemplar der Gattung schien die Anlage zur Sturheit noch ausgeprägter zu sein als bei den meisten anderen.

»So nehmen Sie doch Vernunft an, Sir«, sagte Harriet nun in beschwichtigendem Ton. »Tagsüber ist es am Strand völlig sicher. Die Diebe kommen und gehen nur in der Nacht, und das nur ein-, zweimal im Monat. Die Gezeiten, Sie wissen schon. Es ist also absolut nichts dabei, wenn ich Ihnen morgen die Höhle zeige.«

»Sie könnten mir einen Plan zeichnen«, gab Gideon kühl zurück.

Allmählich regte sich in Harriet Ärger. Glaubt er denn wirklich, ich würde ein Unternehmen dieser Tragweite ihm allein überlassen? dachte sie. Immerhin standen ihre kostbaren Fossilien auf dem Spiel.

»Ich kann zwar ganz gut zeichnen, aber ich fürchte, daß es um meinen Orientierungssinn schlecht bestellt ist«, zog sie sich aus der Affäre. »Und jetzt zu meinem Plan: Ich werde morgen meinen gewohnten Vormittagsspaziergang entlang des Ufers unternehmen. Sie können es doch sicher einrichten, zur gleichen Zeit hinzukommen, oder?«

»Das ist nicht der Punkt.«

»Wir werden einander so zufällig begegnen, daß ein eventueller Beobachter sich nichts dabei denken wird. Ich werde Ihnen den Gang zeigen, der zu der von den Dieben benutzten Höhle führt. Dann können wir besprechen, wie man den Halunken am besten eine Falle stellt. Und jetzt entschuldigen Sie mich, ich muß nach Mrs. Stone sehen.«

»Verdammtes Frauenzimmer!« Gideons schwarze Brauen zogen sich finster zusammen. »Auch wenn Sie es sich zur Gewohnheit gemacht haben, alle herumzukommandieren, so tun Sie gut daran, es mit mir nicht zu versuchen.«

Mrs. Stone stöhnte in diesem Moment wie bestellt auf. »Oooh... oooh... du lieber Himmel... wie elend mir ist.« Ihre Lider zuckten.

Harriet, die ihr den Riechsalzflakon wieder unter die Nase hielt, scheuchte zugleich den Viscount mit einer Handbewegung zur Tür. »Bitte, gehen Sie, Mylord«, sagte sie über die Schulter hinweg. »Ich muß leider darauf bestehen, Mrs. Stone bekommt sicher einen hysterischen Anfall, wenn sie zu sich kommt und sieht, daß Sie noch hier sind. Wir treffen uns morgen um zehn Uhr am Strand. Glauben Sie mir, es ist für Sie die einzige Möglichkeit, in die richtige Höhle zu gelangen.«

Gideon zögerte, sichtlich verärgert, daß er gezwungen war, sich in das Unvermeidliche zu fügen. Er kniff die braunen Augen zu schmalen Schlitzen zusammen. »Nun gut. Morgen um zehn am Strand. Aber damit endet Ihr Engagement in dieser Sache, Miß Pomeroy. Habe ich mich klar genug ausgedrückt?«

»Sehr klar, Mylord.«

Aus seinem abschätzenden Seitenblick sprach tiefer Argwohn. Vielleicht war mein beruhigendes Lächeln nicht ganz überzeugend, dachte Harriet, als er an ihr vorüber aus dem Arbeitszimmer hinaus in den Flur ging.

»Guten Tag, Miß Pomeroy.« Damit setzte er entschlossen den Hut auf.

»Guten Tag, Mylord«, rief sie ihm nach. »Vielen Dank, daß Sie so rasch auf meinen Brief reagiert haben. Ich weiß es sehr zu schätzen, daß Sie sich dieser Angelegenheit annehmen wollen. Sie werden Ihre Sache sehr gut machen.«

»Ich bin entzückt, daß Sie in mir einen passenden Kandidaten für jene Position gefunden haben, die es offensichtlich zu besetzen gilt«, knurrte er. »Wir werden sehen, wie weit Ihre Wertschätzung geht, wenn ich meine Aufgabe beendet habe und meinen Lohn fordere.«

Sein eiskalter Hohn ließ Harriet zusammenzucken. Nachdenklich blickte sie ihm nach, als er durch die offene Tür hinaus in den kalten Märzsonnenschein trat, ohne sich ein einziges Mal nach ihr umzudrehen.

Harriet konnte einen kurzen Blick auf einen riesigen rötlichbraunen Hengst werfen, der draußen wartete, ein gewaltiges Roß, in den Dimensionen seinem Begleiter nicht unähnlich, mit massiven Hufen, ausgeprägten Muskeln und eigensinniger Nasenwölbung. Dieses Pferd, das nichts Verfeinertes oder Elegantes an sich hatte, wirkte so stark und robust wie ein Schlachtroß, imstande, einen Ritter in voller Rüstung in den Kampf zu tragen.

Als der Viscount den Klippenrand entlang sprengte, lauschte Harriet, die noch immer neben der ausgestreckt daliegenden Haushälterin kniete, dem Hufschlag nach. Wie angenehm geräumig der Flur nun wieder wirkte! St. Justins Anwesenheit hatte den Raum spürbar verkleinert.

Harriet registrierte mit leisem Erschrecken, wie intensiv sich St. Justins narbige, wüste Züge ihrem Gedächtnis eingeprägt hatten. Einem Mann wie ihm war sie noch nie begegnet.

Er war unglaublich groß. Wie sein Pferd war auch er mächtig und solide gebaut und mit breiten, muskulösen Schultern und Schenkeln ausgestattet. Selbst Hände und Füße waren von ungewöhnlichem Format. Harriet fragte sich unwillkürlich, ob St. Justins Handschuhmacher und Schuster für das zusätzliche Material, das zur Anfertigung jedes einzelnen Paares notwendig war, einen Aufpreis berechneten.

Alles an St. Justin, der etwa Mitte Dreißig sein mochte, war hart, stark und ungestüm.

Sein Antlitz erinnerte Harriet an den prächtigen Löwen, den sie vor drei Jahren in Mr. Peterhams Menagerie gesehen hatte. Sogar seine Augen riefen die Erinnerung an das wilde Tier wach. Was für wundervolle Augen, dachte Harriet, von goldbraunem Ton und von bezwingender Wachsamkeit und kühler Intelligenz.

St. Justins pechschwarzes Haar, seine breiten Backenknochen, die kühne Nase und das markante Kinn trugen ebenfalls dazu bei, ihn löwenhaft aussehen zu lassen. Die Narbe erhöhte noch den Eindruck eines kraftstrotzenden Raubtieres, eines Geschöpfes, dem Gewalt nicht fremd war.

Harriet hätte zu gern gewußt, wo und wie St. Justin sich die bösartig aussehende Narbe zugezogen hatte, die sich in Längsrichtung über die ganze Wange bis zum Kinn hinzog, und aussah, als wäre sie ihm schon vor einigen Jahren zugefügt worden. Er konnte von Glück reden, daß er dabei nicht sein Auge verloren hatte.

Nun rührte Mrs. Stone sich wieder und stöhnte auf. Harriet zwang sich, ihre Aufmerksamkeit auf das vorliegende Problem zu konzentrieren. »Können Sie mich hören, Mrs. Stone?« fragte sie, das Fläschchen unter der Nase der Frau schwenkend.

»Was? Ja, ja, ich kann Sie hören.« Mrs. Stone schlug die Augen auf und blickte in Harriets Gesicht. Nur mit Mühe brachte sie ein Stirnrunzeln zustande. »Was um alles in der Welt...? Du lieber Gott... jetzt weiß ich wieder alles. *Er war hier*, nicht wahr? Es war also kein Alptraum. Das Ungeheuer war hier. Wie es leibt und lebt.«

»Beruhigen Sie sich, Mrs. Stone. Er ist schon gegangen.«

Mrs. Stones Augen weiteten sich vor neuem Entsetzen. Sie umklammerte Harriets Handgelenk mit ihren knochigen Fingern fest wie ein Schraubstock. »Sind Sie wohlauf, Miß Harriet? Hat diese elende Ausgeburt der Hölle Sie etwa angerührt? Ich habe gesehen, daß er sich bedrohlich wie eine gewaltige, gräßliche Giftschlange vor Ihnen aufrichtete.«

Harriet zügelte ihren Unmut. »Mrs. Stone, es liegt kein Grund zur Besorgnis vor. Er hat nur einen kurzen Augenblick seine Hand unter mein Kinn gelegt.«

»Der Herr schütze uns.« Mrs. Stones Lider senkten sich bebend.

In diesem Moment hörte Harriet Schritte auf den Eingangsstufen, gleich darauf wurde die Tür geöffnet, die der Viscount so fest hinter sich geschlossen hatte. Im Eingang erschienen Euphemia Pomeroy und Harriets zauberhafte Schwester Felicity.

Felicity galt in Upper Biddleton und Umgebung mit gutem Grund als sensationelle Schönheit, denn zu ihrem außerordentlichen Liebreiz gesellte sich ein angeborenes Gefühl für Stil und Eleganz, das auch unter den finanziell beengten Verhältnissen, in denen die Schwestern Pomeroy lebten, zur Geltung kam.

In ihrem rüschenbesetzten, grün-weiß gestreiften Laufkleid bot Felicity heute ein Bild bezaubernder jugendlicher Frische. Ein dunkelgrüner Umhang und ein grüner, federngeschmückter Hut ergänzten ihre Aufmachung. Sie hatte hellgrüne Augen und goldbraunes Haar, beides ein Erbteil ihrer Mutter. Der Schnitt ihres Kleides unterstrich einen weiteren Pluspunkt, den sie ihrer Mutter zu verdanken hatte, nämlich einen köstlich vollen Busen.

Euphemia Pomeroy Ashecombe, die als erste eintrat, streifte ihre Handschuhe ab. Kurz vor dem Tod Reverend Pomeroys, ihres Bruders, war sie zur Witwe geworden. Sie hatte nicht lange gezögert und sich bei ihren Nichten häuslich eingerichtet. Die einst gefeierte Schönheit, die nun schon auf die Fünfzig zuging, war nach Harriets Ansicht noch immer sehr ansehnlich.

Als Tante Effie ihren Hut abnahm, wurde das Silber in ihrem einst dunklen Haar sichtbar. Das auffallende Türkisblau ihrer Augen stammte wie jenes Harriets von den Pomeroys.

Als Effies Blick auf die Haushälterin fiel, erschrak sie. »O Gott, nein, nicht schon wieder.«

Felicity, die hinter ihrer Tante eintrat und die Tür schloß, sah auf den ersten Blick, was los war. »O Himmel… wieder eine Ohnmacht. Was ist diesmal die Ursache? Hoffentlich etwas Interessanteres als letztes Mal. Damals, glaube ich, genügte die Neuigkeit, daß Lady Barkers Älteste sich einen reichen Kaufmann als Ehemann geangelt hat, um Mrs. Stone niederzustrecken.«

»Nun ja, er war doch nur ein Händler«, rief Tante Effie ihr in Erinnerung. »Und du weißt sehr gut, daß Mrs. Stone große Stücke auf ein ausgeprägtes Standesbewußtsein hält. Annabelle Barker kommt aus einer sehr guten Familie. Mrs. Stone hatte also nicht unrecht, als sie ihrem Gefühl Luft machte, das Mädchen hätte etwas Besseres verdient als einen Krämer.«

»Wenn du mich fragst, hat Annabelle gar nichts Besseres tun können«, erklärte die praktisch veranlagte Felicity. »Ihr Mann betet sie an und stellt ihr unbegrenzte Mittel zur Verfügung. Sie bewohnen ein vornehmes Haus in London, besitzen zwei Kutschen und Gott weiß wie viele Dienstboten. Annabelle hat fürs Leben ausgesorgt.«

Harriet konnte sich ein verstohlenes Lächeln nicht verkneifen, während sie Mrs. Stone wieder das Riechsalzfläschchen unter die Nase hielt. »Und es heißt außerdem, daß Annabelle in ihren reichen Kaufmann glühend verliebt ist.

Felicity, ich gebe dir recht, sie hat es nicht schlecht getroffen. Aber du kannst nicht erwarten, daß Tante Effie und Mrs. Stone unseren Standpunkt teilen.«

»Diese Verbindung kann nichts Gutes bringen«, prophezeite Tante Effie. »Es macht sich nie bezahlt, wenn man zuläßt, daß ein junges Mädchen seinem Herzen folgt. Schon gar nicht, wenn es damit die gesellschaftliche Stufenleiter hinunterfällt.«

»Das hast du uns schon oft gesagt, Tante Effie.« Felicity sah Mrs. Stone fragend an. »Also, was ist es diesmal?«

Ehe Harriet antworten konnte, blinzelte Mrs. Stone und setzte sich unter schmerzlichen Mühen auf. »Das Ungeheuer von Blackthorne Hall ist zurückgekehrt«, stimmte sie ihr Klagelied an.

»Du liebe Güte«, äußerte Effie erstaunt. »Was redet sie da?«

»Der Dämon kehrt an den Schauplatz seines Verbrechens zurück«, fuhr Mrs. Stone fort.

»Wer um alles in der Welt ist das Ungeheuer von Blackthorne Hall?« wollte Felicity wissen.

»St. Justin.« Mrs. Stone ließ ein Stöhnen hören. »Wie kann er es wagen? Wie kann er es wagen, zurückzukommen? Und wie kann er es wagen, Miß Harriet zu bedrohen?«

Felicity sah Harriet mit großen Augen an. Ihr Interesse hätte nicht größer sein können. »St. Justin war hier?«

»Ja«, gestand Harriet.

Tante Effie klappte der Mund vor Überraschung herunter. »Der Viscount war hier? Hier im Haus?«

»So ist es«, sagte Harriet. »Tante Effie, wenn du und Felicity eure Neugierde liebenswürdigerweise zügeln würdet, könnten wir vielleicht daran gehen, Mrs. Stone wieder auf die Beine zu helfen.«

»Harriet, das will ich nicht glauben«, gab Tante Effie fassungslos von sich. »Willst du damit sagen, daß der größte

Gutsbesitzer der Gegend, ein echter Viscount, der einmal den Grafentitel seines Vaters erben wird, uns besucht hat und von dir in diesem Aufzug empfangen wurde? In einer schmutzigen alten Schürze und dem häßlichen Kleid, das man schon vor Monaten frisch hätte färben müssen?«

»Er ist nur zufällig vorbeigekommen«, erklärte Harriet, um einen leichten Ton bemüht.

»Nur zufällig vorbeigekommen?« Felicity wollte sich ausschütten vor Lachen. »Also wirklich, Harriet, wenn ein Viscount oder seinesgleichen unser bescheidenes kleines Haus mit seinem Besuch beehrt, ist es nie zufällig.«

»Warum nicht?« Harriet war sichtlich verärgert. »Blackthorne Hall, sein Vaterhaus, liegt nicht weit von hier.«

»In den ganzen fünf Jahren, die wir hier wohnen, hat Viscount St. Justin sich nie bemüht, nach Upper Biddleton zu kommen, geschweige denn, unserem Haus einen Besuch abzustatten. Papa hat gesagt, daß er St. Justins Vater, dem Earl, persönlich nur ein einziges Mal begegnet ist. Das war in London, als Hardcastle ihn zum Pfarrherrn ernannte und ihn mit dieser Pfarrei betraute.«

»Felicity, mein Wort darauf, St. Justin war hier. Es war ein ganz gewöhnlicher Besuch«, sagte Harriet mit Nachdruck. »Mir erscheint es ganz natürlich, daß er die Familienbesitzungen in dieser Gegend besucht.«

»Im Dorf heißt es, daß St. Justin nie nach Upper Biddleton kommt. Daß er den Ort haßt.« Tante Effie fächelte sich mit der Hand Kühlung zu. »Du lieber Himmel, ich glaube wirklich, mir wird auch ein wenig schwindlig. Ein Viscount hier im Haus. Man stelle sich das vor.«

»An Ihrer Stelle, Mrs. Ashecombe, würde ich mich nicht so geehrt fühlen.« Mrs. Stone sah Effie mit einem düsteren Blick, quasi von Frau zu Frau, an. »Er hat Hand an Miß Harriet gelegt, das habe ich selbst gesehen. Dem lieben Gott sei Dank, daß ich noch zur rechten Zeit eintrat.«

»Zur rechten Zeit wofür?« Felicitys Interesse meldete sich wieder.

»Miß Felicity, das geht Sie nichts an. Sie sind zu jung, um über dergleichen Dinge Bescheid zu wissen. Seien Sie bloß froh, daß ich diesmal nicht zu spät kam.«

»Zu spät wofür?« fragte Felicity.

Harriet seufzte.

Tante Effie sah sie mit gerunzelter Stirn an. »Harriet, Liebes, was hat sich zugetragen? Es ist doch nicht etwa der Tee ausgegangen oder etwas ähnlich Schreckliches?«

»Nein, Tee war vorhanden, obwohl ich gar nicht daran dachte, ihm eine Tasse anzubieten«, gab Harriet zu.

»Du hast ihm keinen Tee angeboten? Ein Viscount stattet diesem Haus einen Besuch ab, und du hast ihm keine Erfrischung angeboten?« Tante Effies Miene verriet tiefste Fassungslosigkeit. »Harriet, was soll ich nur mit dir machen? Hast du denn gar keine Manieren?«

»Ich möchte wissen, was passiert ist«, unterbrach Felicity sie rasch. »Was heißt das, daß der Mann Hand an dich gelegt hat, Harriet?«

»Nichts ist passiert, und es wäre auch weiterhin nichts passiert«, fuhr Harriet sie an. »Der Mann hat nicht Hand an mich gelegt.« Zu spät fiel ihr ein, daß ihr Kinn auf der Faust des Viscounts gelegen hatte. Sie sah den grimmigen Blick seiner goldbraunen Augen vor sich. »Nun, er mag Hand an mich gelegt haben, aber nur kurz. Nicht der Rede wert, mein Wort darauf.«

»Harriet.« Felicity war nun völlig gebannt. »Erzähle uns alles.«

Es war Mrs. Stone, die antwortete. »Unverschämt wie der Teufel, ja, das war er.« Ihre abgearbeiteten Hände verkrampften sich in die Falten ihrer Schürze, in ihren Augen blitzte ehrliche Entrüstung. »Der glaubt wohl, er könne sich alles erlauben. Dieses Ungeheuer kennt keine Scham.« Sie schniefte indigniert.

Harriet sah die Haushälterin mißbilligend an. »Mrs. Stone, bitte keine Tränen.«

»Tut mir leid, Miß Harriet.« Mrs. Stone, die wieder ein leises Schniefen hören ließ, wischte sich mit dem Schürzenzipfel über die Augen. »Aber das Wiedersehen nach so vielen Jahren ließ alle schrecklichen Erinnerungen wieder aufleben.«

»Welche Erinnerungen?« fragte Felicity begierig.

»Erinnerungen an meine liebreizende kleine Miß Deirdre.« Mrs. Stone betupfte ihre Augen.

»Wer war Deirdre?« wollte Tante Effie wissen. »Ihre Tochter?«

Mrs. Stone verschluckte ihre Tränen. »Nein, sie war nicht mit mir verwandt. Sie war viel zu vornehm, um mit so jemandem wie mir verwandt zu sein. Sie war Reverend Rushtons einziges Kind. Ich habe sie aufgezogen.«

»Rushton.« Tante Effie überlegte hastig. »Ach ja, der ehemalige Pfarrherr. Der Vorgänger meines lieben Bruders.«

Mrs. Stone nickte. Ihr schmaler Mund zuckte. »Miß Deirdre war das einzige, was dem Reverend nach dem Tod ihrer teuren Mama geblieben war. Sie hat viel Freude und Sonnenschein in dieses Haus gebracht, bis dieses Ungeheuer ihr zum Untergang wurde.«

»Ungeheuer?« Felicitys Miene glich jener, die sie zur Schau trug, wenn sie sich der Lektüre von Schauerromanen, ihrer Lieblingsbeschäftigung, hingab. »Sie meinen Viscount St. Justin? Er war Deirdre Rushtons Untergang? Wie das?«

»Dieses lüsterne Ungeheuer«, murmelte Mrs. Stone und betupfte abermals ihre Augen.

»Allmächtiger.« Tante Effie war außer sich. »Der Viscount hat das Mädchen ruiniert? Also wirklich, Mrs. Stone, das ist unglaublich. Der Mann ist schließlich ein Gentleman, Erbe eines Grafentitels. Und sie war die Tochter des Pfarrers.«

»Er war kein Gentleman«, lautete Mrs. Stones Feststellung.

Harriets Geduld war am Ende. Barsch fuhr sie ihre Haushälterin an: »Mrs. Stone, für heute reichen uns Ihre dramatischen Enthüllungen. Sie dürfen in Ihr Küchenrevier zurückkehren.«

Mrs. Stones wäßrige Augen blickten sie gequält an. »Es ist wahr, Miß Harriet. Dieser Mann hat meine kleine Miß Deirdre getötet, so sicher, als hätte er die Pistole selbst abgedrückt.«

»Pistole?« Harriet starrte sie an.

Einen Augenblick herrschte schockiertes Schweigen im Flur. Effie war sprachlos. Sogar Felicity brachte keine weitere Frage über die Lippen.

Harriets Mund war wie ausgedörrt. »Mrs. Stone«, setzte sie schließlich behutsam an, »wollen Sie damit sagen, daß Viscount St. Justin eine ehemalige Bewohnerin dieses Hauses getötet hat? Wenn ja, dann muß ich leider sagen, daß Sie hier nicht weiter arbeiten können, weil Sie so schreckliche Dinge behaupten.«

»Aber es ist die Wahrheit, Miß Harriet, das schwöre ich bei meinem Leben. Ja, alle nannten es Selbstmord. Gott schenke ihrer Seele Frieden, aber ich weiß, daß er sie dazu getrieben hat. Das Ungeheuer von Blackthorne Hall ist so schuldig wie die Sünde, wie jedermann im Dorf weiß.«

»Guter Gott«, hauchte Felicity.

»Das muß ein Irrtum sein«, flüsterte Tante Effie.

Aber Harriet, die in Mrs. Stones Auge sah, erkannte, daß die Frau die Wahrheit sprach, zumindest soweit sie davon Kenntnis hatte. Harriet wurde übel. »Wie um alles in der Welt hat St. Justin es geschafft, Deirdre Rushton in den Selbstmord zu treiben?«

»Sie waren verlobt«, sagte Mrs. Stone leise. »Das war, ehe er seinen Titel bekam. Gideon Westbrooks älterer Bruder Randal war noch am Leben, müssen Sie wissen. Damals war natürlich Randal der Erbe des alten Earls. Ein so feiner

Herr... ein echter und vornehmer Erbe des Earl of Hardcastle. Ein Mann, der es wert war, in die Fußstapfen Seiner Lordschaft zu treten.«

»Anders als das Ungeheuer?« fragte Felicity.

Mrs. Stone warf ihr einen merkwürdigen Blick zu und fuhr im Flüsterton fort: »Man munkelt sogar, Gideon Westbrook habe seinen eigenen Bruder getötet, um Titel und Besitz zu erben.«

»Faszinierend«, murmelte Felicity.

»Unglaublich.« Tante Effie war wie betäubt.

»Wenn Sie meine Meinung hören wollen... ich halte es für Humbug«, verkündete Harriet. Aber innerlich spürte sie, wie sich etwas Kaltes in ihrer Magengrube zusammenkrampfte. Mrs. Stone glaubte jedes Wort, das sie sagte. Die Frau hatte einen Hang zur Dramatik, aber Harriet kannte die Haushälterin lange genug, um sicher zu sein, daß sie im Grunde eine ehrliche Haut war.

»Es ist die reine Wahrheit«, sagte Mrs. Stone voll Ingrimm. »Mein Ehrenwort.«

»Weiter, Mrs. Stone. Sagen Sie uns, wie dieses Ungeheuer – ich meine, der Viscount – die Dame in den Selbstmord trieb«, drängte Felicity.

Harriet gab es auf, ihre Haushälterin am Erzählen zu hindern, und richtete sich auf. Es war immer besser, die Wahrheit zu kennen, tröstete sie sich. »Ja, Mrs. Stone, da Sie uns schon so viel verraten haben, können Sie uns gleich den Rest anvertrauen. Also, was ist Deirdre Rushton zugestoßen?«

Mrs. Stone ballte die Hände zu Fäusten. »Er hat ihr Gewalt angetan. Hat sie entehrt, ja, das hat er, diese Bestie. Hat sie seinen Gelüsten unterworfen. Aber anstatt nachher das Richtige zu tun und sie zu heiraten, hat er sie weggeworfen. Das war kein Geheimnis. Fragen Sie hier in der Gegend, wen Sie wollen.«

Tante Effie und Felicity waren vor Entsetzen verstummt.

»O mein Gott.« Harriet ließ sich unvermittelt auf eine schmale Polsterbank fallen. Sie spürte, daß sie die Hände zusammenkrampfte, bis es schmerzte. Dann zwang sie sich, ruhig durchzuatmen. »Sind Sie sicher, Mrs. Stone? Er hat mir nicht danach ausgesehen... Mir... mir hat er eigentlich gefallen.«

»Woher willst du wissen, wie ein Mann beschaffen sein muß, der so etwas tut?« fragte Tante Effie mit unwiderlegbarer Logik. »Du hattest nie Gelegenheit, einen dieser Sorte kennenzulernen. Du hast ja nicht einmal eine Saison in London mitgemacht, weil mein Bruder, Gott hab ihn selig, für ein Debüt nicht genug Geld hinterließ. Wenn du in London gewesen wärst und mehr von der Welt wüßtest, dann hättest du auch mitbekommen, daß man diese Sorte Mann nicht immer auf den ersten Blick erkennt.«

»Tante Effie, du magst ganz recht haben.« Harriet mußte zugeben, daß ihre Tante die reine Wahrheit sagte. Sie wußte tatsächlich nichts von jener Sorte Männer, die unschuldige junge Frauen entehrten und sie dann wegwarfen. »Natürlich hört man so mancherlei, aber das ist doch nicht dasselbe, als wenn man selbst Erfahrungen mit diesem Männertyp gemacht hat.«

»Du kannst dir doch nicht ernsthaft solche Erfahrungen wünschen«, stieß Felicity hervor. Sie wandte sich an Mrs. Stone. »Bitte, fahren Sie fort.«

»Ja«, sagte Harriet. »Erzählen Sie uns alles, Mrs. Stone.«

Mrs. Stone schob ihr Kinn vor und sah Harriet und Felicity mit feuchten Augen an. »Wie ich schon sagte, war Gideon Westbrook der zweite Sohn des Earl of Hardcastle.«

»Damals war er noch nicht Viscount«, murmelte Felicity.

»Natürlich nicht«, warf Tante Effie mit ihrer üblichen Autorität in diesen Dingen ein. »Als zweiter Sohn führte er damals keinen Titel. Sein älterer Bruder war Viscount.«

»Ich weiß, Tante Effie. Fahren Sie fort, Mrs. Stone.«

»Dieses Ungeheuer begehrte meine reizende Miß Deirdre von Anfang an ... seit er sie bei ihrem Debüt in London kennengelernt hatte. Reverend Rushton hatte seinen letzten Penny zusammengekratzt, um ihr eine Saison zu ermöglichen, und Westbrook war der erste Bewerber, der sich ihr anbot.«

»Deshalb entschied Rushton wohl, es sei besser zuzugreifen?« fragte Harriet.

Mrs. Stone funkelte sie an. »Der Reverend sagte zu Miß Deirdre, sie müsse den Antrag annehmen. Westbrook hatte zwar keinen Titel, dafür besaß er aber Geld und kam aus einer vornehmen Familie. Es sei eine blendende Partie, sagte der Reverend.«

»Alles in allem sah es wohl so aus«, murmelte Effie.

»Mit anderen Worten, sie wollte ihn seines Geldes wegen nehmen, und weil sie in eine vornehme Familie eingeheiratet hätte«, folgerte Harriet.

»Meine Miß Deirdre war immer eine gute und gehorsame Tochter«, sagte Mrs. Stone wehmütig. »Sie gab den Wünschen ihres Papas nach, obwohl Westbrook nur ein zweiter Sohn war und dazu häßlich wie der Teufel. Sie hätte es noch besser treffen können, aber ihr Vater hatte Angst, länger zu warten. Er konnte es sich nicht leisten, sie über längere Zeit in London auszuhalten.«

Harriet blickte unwillig auf. »Mir ist er überhaupt nicht häßlich vorgekommen.«

Mrs. Stone schnitt eine Grimasse. »Ein großer, ungeschlachter Kerl. Und mit der schrecklichen Narbe sieht er aus wie ein Dämon aus der finstersten Hölle. So hat er immer schon ausgesehen, schon ehe sein Gesicht vollends ruiniert wurde. Sein Anblick jagte meiner armen Miß Deirdre Schauer über den Rücken. Aber sie kam ihrer Verpflichtung nach.«

»Und noch ein bißchen mehr, so wie es sich anhört«, murmelte Harriet.

Tante Effie schüttelte traurig den Kopf. »Diese jungen Dinger, die ihrem Herzen anstatt ihrem Kopf folgen. Welche Torheit. Wann werden sie je begreifen, daß sie, wollen sie einem schlimmen Schicksal entgehen, ihren Verstand und ihre Jungfräulichkeit bewahren müssen, bis sie sicher im Hafen der Ehe gelandet sind?«

»Miß Deirdre war ein gutes Kind«, erklärte die getreue Mrs. Stone. »Er hat sie entehrt, sage ich Ihnen. Sie war ein Unschuldslamm, das nichts von fleischlichen Dingen wußte, und er hat dies ausgenutzt. Und schließlich kam es zur Verlobung. Sie baute darauf, er würde das Richtige tun, als sie entdeckte... als sie das mit dem Kind entdeckte.«

»Zweifellos glaubte sie, ein echter Gentleman würde eine Verlobung nie lösen«, sagte Harriet nachdenklich.

»Nun, ein echter Gentleman hätte sie nicht gelöst«, erklärte Tante Effie spitz. »Aber eine Frau kann sich in einer solchen Situation nicht immer auf das Ehrgefühl eines Mannes verlassen. Deshalb muß sie darauf achten, erst gar nicht kompromittiert zu werden. Wenn wir dich nach London bringen, Felicity, tust du gut daran, dir diese traurige Geschichte vor Augen zu halten.«

»Ja, Tante Effie.«

Felicity sah Harriet mit verzweifelt verdrehten Augen an. Und Harriet verkniff sich ein mattes Lächeln. Es war nicht das erste Mal, daß sie und ihre Schwester die gutgemeinten Ratschläge ihrer Tante zu hören bekamen.

Was Fragen der Etikette und des Anstands anging, hielt Effie sich für die oberste Instanz im Pfarrhaus und hatte sich als Ratgeberin und Anstandsdame fest etabliert, obwohl Harriet ihr schon oft zu verstehen gegeben hatte, daß es in Upper Biddleton nichts gab, was den Anstand bedrohte.

»Wie gesagt, St. Justin ist kein Gentleman. Er ist eine grausame, herzlose, lüsterne Bestie.« Mrs. Stone fuhr sich mit ihrem knochigen roten Handrücken über die Augen. »Kurz bevor Miß Deirdre ihre Schwangerschaft entdeckte, kam der ältere Sohn des Earls ums Leben, als er die Klippen entlangritt. Ganz in der Nähe wurde er abgeworfen, fiel über den Klippenrand und stürzte in die Tiefe. Hat sich den Hals gebrochen. Ein Unfall, hieß es damals. Aber später tauchten Zweifel auf, als man sah, wie der neue Viscount Miß Deirdre behandelte.«

»Wie schrecklich.« Felicity hörte mit großen Augen zu.

»Als Gideon Westbrook wußte, daß er den Titel erben würde, löste er die Verlobung mit Miß Deirdre.«

»Ach, wirklich?« Felicitys Spannung wuchs.

Mrs. Stone nickte bekümmert. »Hat sie fallengelassen, obwohl er wußte, daß sie sein Kind trug. Sagte zu ihr, daß er nun Viscount St. Justin sei und eines Tages Earl of Hardcastle sein würde und etwas Besseres bekommen könnte als die Tochter eines armen Geistlichen.«

»Du liebe Güte.« Harriet dachte an die berechnende Intelligenz in Gideons braunen Augen. Wenn sie es sich recht überlegte, mußte sie sich eingestehen, daß man ihn sich schwer als einen Mann vorstellen konnte, der sich von sanfteren Gefühlen lenken ließ, zumindest nicht, wenn er andere Ziele vor Augen hatte. Er hatte durchaus etwas Unnachgiebiges an sich. Sie schauderte. »Sie sagen, er habe gewußt, daß Deirdre guter Hoffnung war?«

»Ja, verdammt sei seine Seele. Er hat es gewußt.« Mrs. Stones Hände ballten sich zu Fäusten und öffneten sich wieder. »An dem Abend, nachdem sie gemerkt hatte, daß sie schwanger war, blieb ich mit ihr auf. Ich hielt sie in den Armen, als sie die ganze Nacht weinte, und am Morgen, da ging sie zu ihm. Und als sie aus dem großen Haus zurückkam, konnte ich es ihr vom Gesicht ablesen, daß er sie verstoßen hatte.« Tränen traten in Mrs. Stones Augen und liefen ihr über die flächigen Wangen.

»Was geschah dann?« fragte Felicity zaghaft.

»Miß Deirdre ging ins Arbeitszimmer, nahm die Pistole ihres Vaters von der Wand und erschoß sich. Reverend Rushton, der Ärmste, hat sie gefunden.«

»Das arme, unglückliche Kind«, flüsterte Tante Effie. »Wenn sie nur vorsichtiger gewesen wäre. Wenn sie nur an ihren Ruf gedacht und einem Mann nicht ihr Vertrauen geschenkt hätte. Du wirst in London hoffentlich an diese Geschichte denken, nicht wahr, Felicity, mein Liebes?«

»Ja, Tante Effie, ich werde sie nicht vergessen.« Felicity war von der schrecklichen Geschichte ehrlich beeindruckt.

»Mein Gott«, murmelte Harriet halblaut. »Das alles ist unglaublich.« Sie warf einen Blick in das mit Fossilien übersäte Arbeitszimmer und schluckte schwer, als sie sich in Erinnerung rief, wo St. Justin sich über den Schreibtisch gebeugt und ihr seine mächtige Hand unters Kinn geschoben hatte. »Mrs. Stone, sind Sie absolut sicher, daß dies alles der Wahrheit entspricht?«

»Absolut. Wäre Ihr Papa noch am Leben, er würde es bestätigen. Er wußte, was Reverend Rushtons Tochter zugestoßen war. Aber er behielt es für sich, weil er es nicht für richtig gefunden hätte, das Thema vor euch jungen Mädchen zu erörtern. Als er mir sagte, ich könne hier im Haus bleiben, ersuchte er mich, ich solle nicht davon sprechen, und ich habe geschwiegen. Aber jetzt nicht mehr.«

Tante Effie nickte beifällig. »Nein, natürlich nicht, Mrs. Stone. Nun, da St. Justin zurückgekehrt ist, müssen alle ehrbaren jungen Damen auf der Hut sein.«

»Entehrt und verlassen.« Felicity schüttelte den Kopf. »Man stelle sich das vor.«

»Schrecklich«, sagte Tante Effie. »Absolut schrecklich. Junge Damen müssen sehr, sehr vorsichtig sein. Felicity, du wirst mir nicht allein ausgehen, solange der Viscount sich hier in der Gegend aufhält. Hast du mich verstanden?«

»Ach, Unsinn.« Felicity wandte sich an Harriet. »Man

kann mich nicht wie eine Gefangene im Haus halten, nur weil St. Justin zufällig hier im Ort war.«

Harriet runzelte die Stirn. »Nein, natürlich nicht.«

Tante Effie wurde streng. »Harriet, Felicity muß vorsichtig sein. Sicher siehst du das ein.«

Harriet blickte auf. »Felicity ist ein sehr besonnenes weibliches Wesen, Tante Effie. Sie wird schon keine Dummheiten machen. Stimmt's, Felicity?«

Felicity lächelte schalkhaft. »Und mir meine Chancen für eine Saison in London verderben? Harriet, du kannst sicher sein, daß ich nicht so dumm sein werde.«

Um Mrs. Stones Lippen legte sich ein verkniffener Zug. »St. Justin steht der Geschmack nach schönen jungen unschuldigen Mädchen... dieses unersättliche wilde Tier. Jetzt ist Ihr Papa nicht mehr da, um Sie zu beschützen, deshalb müssen Sie doppelt vorsichtig sein, Miß Felicity.«

»Ganz recht«, pflichtete Tante Effie ihr bei.

Harriet zog eine Braue hoch. »Ich nehme an, daß ihr euch um meinen Ruf längst nicht so sorgt wie um den Felicitys.«

Tante Effie zeigte sich gebührend zerknirscht. »Aber meine Liebe, du weißt, daß es nicht so ist. Aber du bist immerhin fast fünfundzwanzig. Und die Sorte unersättlicher Wüstlinge, von der Mrs. Stone spricht, hat nun mal eine Vorliebe für blutjunge Unschuldslämmer.«

»Und gehen alten Unschuldslämmern, wie ich eines bin, aus dem Weg«, murmelte Harriet, ohne Felicitys spitzbübisches Lächeln zu beachten. »Ja, ich glaube, du hast recht, Tante Effie. Mir droht wohl kaum Gefahr, von St. Justin entehrt zu werden.« Sie machte eine kurze Pause. »Ich glaube mich zu erinnern, daß ich mich in diesem Sinn eben zu ihm äußerte.«

»Was um alles in der Welt...?« Tante Effie starrte sie an.

»Schon gut, Tante Effie.« Harriet ging auf die offene Tür des Arbeitszimmers zu. »Sicher wird Felicity ihren Kopf und alles, was sonst an ihr wichtig ist, bewahren, sollte sie sich jemals in Gesellschaft St. Justins befinden. Sie ist ja nicht dumm. Und jetzt entschuldigt mich, ich muß meine Arbeit zu Ende bringen.«

Harriet zwang sich, gemessen ihr kleines Refugium zu betreten, und schloß ruhig die Tür. Dann ließ sie sich mit einem aus tiefstem Herzen kommenden Seufzer auf ihren Stuhl fallen, stützte ihre Ellbogen auf den Schreibtisch und begrub ihr Gesicht in ihren Händen, während ihr Körper von Schauern geschüttelt wurde.

Nicht Felicity ist dumm, sondern ich bin es, dachte sie. Ja, sie, Harriet, war die Törin gewesen. Sie hatte das Ungeheuer von Blackthorne Hall zurück nach Upper Biddleton geholt.

3

Der dichte graue Nebel, der in der Nacht von der See her aufgezogen war, hing am nächsten Morgen noch immer zäh über der Küste. Harriet konnte immer nur ein kurzes Stück Weg vor sich sehen, als sie über den Felspfad zum Strand hinunterstieg. Sie hatte große Zweifel, ob Gideon die Verabredung einhalten und mit ihr die Diebeshöhle besichtigen würde.

Harriet fragte sich aber auch voller Unbehagen, ob ihr daran lag, daß er die Verabredung einhielte. Sie hatte in der Nacht lange wach gelegen und sich Vorwürfe gemacht, weil sie den großen Fehler begangen und den schicksalsträchtigen Brief an den berüchtigten Viscount geschickt hatte.

In ihren derben halbhohen Lederstiefeln rutschte sie auf dem Kies des Pfades immer wieder aus, so daß sie, ihre kleine Werkzeugtasche an sich gedrückt, mit der freien Hand an einem Felsbrocken Halt suchen mußte.

Der Weg über die Klippen war sicher, wenn man ihn kannte,

aber an ein paar tückischen Stellen mußte man sehr vorsichtig sein. Harriet wünschte, sie hätte bei ihrer Arbeit in den Höhlen Hosen tragen dürfen, aber sie wußte, daß Tante Effie vor Schreck in Ohnmacht fallen würde, wenn sie dieses Thema auch nur zur Sprache brachte. Harriet war bemüht, ihrer Tante nach Möglichkeit immer entgegenzukommen.

Tante Effie mißbilligte schon die Fossiliensuche an sich, da diese in ihren Augen eine für eine junge Frau unziemliche Betätigung darstellte und weil ihr unbegreiflich war, warum Harriet sich auf diesem Gebiet mit so viel Interesse und Energie betätigte. Nun wollte Harriet ihre sittenstrenge Tante nicht noch dadurch reizen, daß sie in Hosen auf Fossiliensuche ging.

Dichte Nebelschwaden umwallten Harriet, als sie, am Fuß des Pfades angelangt, innehielt, um das Gewicht der Tasche besser zu verteilen. Sie hörte die Wellen ans Ufer schlagen, konnte das Wasser aber im Nebel nicht sehen. Die feuchte Kälte drang unangenehm durch die dicke Wolle ihres abgetragenen dunkelbraunen Umhanges.

Auch wenn Gideon käme, würde er sie in diesem Nebel wahrscheinlich gar nicht finden können. Sie drehte sich um und ging am Fuß der Klippen den Strand entlang. Es war Ebbe, doch der Sand war noch feucht. Bei Flut verschwand der schmale Strandstreifen völlig, das Wasser brandete dann gegen die Klippen und überflutete die niedriger gelegenen Höhlen und Gänge.

Ein- oder zweimal hatte Harriet den Fehler begangen, bei ihren Erkundungsgängen zu lange in den Höhlen zu bleiben, so daß die Flut sie beinahe überrascht hatte. Die Erinnerung daran verfolgte sie noch immer und veranlaßte sie, ihre Ausflüge in die Höhlen sehr sorgfältig zu planen.

Langsam wanderte sie am Fuß der Klippen entlang, ständig nach Fußspuren im Sand Ausschau haltend. Wenn Gideon kurz vor ihr gekommen war, würden die Abdrücke seiner überdimensionalen Stiefel nicht zu übersehen sein. Wieder regten sich bei ihr Zweifel an der Klugheit ihres Vorgehens. Indem sie Gideon bewogen hatte, nach Upper Biddleton zu kommen, hatte sie mehr ins Rollen gebracht, als sie ursprünglich beabsichtigte.

Andererseits, sagte Harriet sich, muß etwas gegen die Diebesbande unternommen werden, die meine kostbare Höhle als Lagerraum mißbraucht. Sie mußte sich die Möglichkeit verschaffen, diese spezielle Höhle ungestört zu erkunden.

Was an wertvollen Fossilien in diesem unterirdischen Raum der Entdeckung harrte, war nicht abzusehen. Außerdem wuchs mit dem Verstreichen der Zeit die Gefahr, daß einer der Diebe selbst nach Fossilien zu suchen anfing, etwas Interessantes fand und sich mit seinem Fund brüstete, worauf die Geschichte die Runde machen würde. Upper Biddleton würde daraufhin von Fossilienjägern überschwemmt werden.

Nicht auszudenken. Die Gebeine, die diese Höhlen bergen mochten, gehörten allein ihr.

Natürlich hatten in der Vergangenheit auch andere Sammler die Höhlen von Upper Biddleton abgesucht, waren aber wieder abgezogen, nachdem sie, von ein paar Fischfossilien und Muscheln abgesehen, nicht fündig geworden waren. Aber Harriet war tiefer vorgedrungen als alle anderen, und sie hatte das sichere Gefühl, daß ihr noch wichtige Entdekkungen bevorstanden. Sie mußte unbedingt herausfinden, welche Geheimnisse die Felswände bargen.

Nein, es bleibt nichts übrig, als den eingeschlagenen Weg weiter zu verfolgen, entschied sie. Sie brauchte jemanden, der über Kraft und Verstand verfügte und imstande war, den Dieben das Handwerk zu legen. Wen kümmerte es da, daß Gideon ein gefährlicher Schurke und Bösewicht war? Gab es denn einen besseren Weg, die Diebe unschädlich zu machen, als das Ungeheuer von Blackthorne Hall gegen sie in den Kampf zu schicken?

Es geschah ihnen ganz recht.

In diesem Moment nahm sie eine Veränderung in der Substanz des Nebels wahr, der sie umgab. Sie blieb abrupt stehen, weil sie spürte, daß sie nicht allein war. Als sie sich tapfer umdrehte, obwohl sich ihr vor Angst die Nackenhaare sträubten, sah sie Gideon aus dem Nebel hervortreten und auf sie zukommen.

»Guten Morgen, Miß Pomeroy.« Seine Stimme war so tief wie das Rauschen des Meeres. »Ich hatte so das Gefühl, daß Sie sich vom Nebel nicht abhalten lassen würden.«

»Guten Morgen, Mylord.« Harriet bezwang ihre Nervosität, während sie ihn beobachtete, als er über den feuchten Sand auf sie zuging. Ihre blühende Phantasie gaukelte ihr vor, er entsteige dem Nebel wie ein Dämon dem Höllenqualm. Er war sogar noch größer, als sie ihn in Erinnerung hatte.

Gideon trug schwarze Stiefel, schwarze Handschuhe und einen schwarzen Mantel mit Cape und hohem Kragen, der sein Narbengesicht wie ein Rahmen einfaßte. Er war barhäuptig, sein schwarzes Haar glänzte vom Frühnebel.

»Wie Sie sehen, bin ich Ihrer Aufforderung abermals nachgekommen.« Gideon lächelte mit matter Ironie, als er vor ihr stehenblieb und auf sie hinunterblickte. »Miß Pomeroy, ich muß mich in acht nehmen, nicht nach Ihrer Pfeife zu tanzen. Ich möchte nicht, daß es zur Gewohnheit wird.«

Harriet riß sich zusammen und rang sich ein höfliches Lächeln ab. »Keine Angst, Mylord, ich bin sicher, es wird Ihnen kaum zur Gewohnheit werden, nach anderer Leute Pfeife zu tanzen, wenn es nicht zufällig Ihren eigenen Absichten entspricht.«

Er tat es mit einem Achselzucken ab. »Wer weiß, wozu ein Mann imstande ist, wenn er es mit einer interessanten Frau zu tun hat?« Sein kaltes Lächeln verzerrte sein entstelltes Gesicht zu einer gefährlich aussehenden Maske. »Ich bin in Erwartung Ihres nächsten Befehls, Miß Pomeroy.«

Harriet schluckte und machte sich mit ihrer Tasche zu schaffen. »Mylord, ich habe zwei Laternen mitgebracht«, sagte sie hastig. »Im Höhlengang werden wir sie brauchen.«

»Sie gestatten.« Als Gideon ihr die Tasche abnahm, baumelte diese scheinbar gewichtslos an seiner großen Hand. »Die Ausrüstung übernehme ich. Also, gehen Sie voraus, Miß Pomeroy. Ich kann es kaum erwarten, Ihre vor Diebesgut strotzende Höhle zu sehen.«

»Ja, natürlich. Hier entlang.« Sie drehte sich um und lief ihm durch den Nebel voraus.

»Heute morgen scheint es mit Ihrer Selbstsicherheit nicht mehr so weit her zu sein, Miß Pomeroy.« Der lautlos hinter ihr ausschreitende Gideon schien amüsiert. »Ich vermute, jemand – wahrscheinlich die gute Mrs. Stone – hat Ihnen ein paar schaurige Einzelheiten aus meiner Vergangenheit in Upper Biddleton verraten?«

»Unsinn. Ihre Vergangenheit interessiert mich nicht, Sir.« Harriet war krampfhaft um einen kühlen und sicheren Ton bemüht. Dabei wagte sie keinen Blick zurück, während sie über den Sand lief. »Das geht mich nichts an.«

»In diesem Fall muß ich Sie darauf aufmerksam machen, daß Sie nach mir nicht hätten rufen dürfen«, murmelte er in seidenweich-drohendem Ton. »Ich fürchte, daß man mich von meiner Vergangenheit nicht trennen kann. Wohin ich auch gehe, begleitet sie mich. Die Tatsache, daß ich Erbe eines Grafentitels bin, bewirkt gelegentlich, daß man über meine Vergangenheit hinwegsieht, aber ganz abschütteln kann ich mein Vorleben nicht, das läßt sich nicht leugnen. Und schon gar nicht hier in Upper Biddleton.«

Harriet warf einen Blick über die Schulter. Die Andeutung von Gefühl in seiner Stimme ließ sie die Stirn runzeln. »Stört es Sie, Mylord?«

»Meine Vergangenheit? Nicht besonders. Ich habe schon vor langer Zeit gelernt, mit der Tatsache zu leben, daß man in mir ein Geschöpf des Teufels sieht. Ehrlich gesagt, ein teuflischer Ruf hat auch seine Vorteile.«

»Gütiger Himmel... Welche Vorteile denn?«

Seine Miene verhärtete sich. »Erstens werde ich von ehewütigen Müttern verschont. Sie hüten sich, mir ihre Töchter in den Weg zu werfen, aus Angst, ich würde diese entehren, meine Gelüste an ihnen befriedigen und die armen Dinger dann wie schmutzige Wäsche wegwerfen.«

»Oh.« Harriet schluckte.

»Was sie ja tatsächlich wären«, fuhr Gideon gleichmütig fort. »Beschmutzt nämlich. Es wäre gänzlich ausgeschlossen, ein junges Mädchen wieder auf dem Heiratsmarkt feilzubieten, wenn es sich herumspräche, daß es von mir entehrt wurde.«

»Ich verstehe.« Harriet hüstelte und lief etwas schneller. Sie spürte Gideon hinter sich, obwohl sie seine Schritte auf dem Sand nicht hören konnte. Allein die Lautlosigkeit seiner Bewegungen war nervtötend, weil sie sich so deutlich seiner Größe und Nähe bewußt war. Es war, als würde man von einem großen wilden Tier verfolgt.

»Nicht nur, daß sie mich unbehelligt lassen«, fuhr Gideon unbarmherzig fort, »nicht eine einzige Mutter hat mich zu einem Heiratsantrag gezwungen, indem sie zu dem uralten Trick griff und behauptete, ich hätte ihre Tochter kompromittiert. Alle wissen, daß diese Finte bei mir nicht die gewünschte Wirkung zeitigt.«

»Mylord, falls Sie mir auf diese nicht sehr subtile Weise zu verstehen geben wollen, daß ich mir nicht dergleichen Flausen in den Kopf setzen solle, können Sie ganz beruhigt sein.«

»Miß Pomeroy, ich bin beruhigt. Aber Sie sind es, die ein wenig Vorsicht walten lassen sollte.«

Jetzt reichte es Harriet. Unvermittelt blieb sie stehen und drehte sich ruckartig zu ihm um. Als sie sah, daß er direkt hinter ihr war, wich sie finsteren Blickes einen Schritt zurück. »Also, dann stimmt es doch? Sie haben der Tochter des vorigen Pfarrers den Laufpaß gegeben, nachdem Sie sie geschwängert haben?«

Gideon sah sie ernst an. »Für jemanden, der angeblich kein Interesse an meiner Vergangenheit hat, bekunden Sie aber sehr viel Neugierde.«

»Sie sind derjenige, der auf dem Thema herumreitet.«

»Das stimmt. Ich fürchte, ich konnte nicht widerstehen. Nicht, nachdem mir klar war, daß Sie die Geschichte gehört haben.«

»Nun?« forderte sie ihn nach einem spannungsgeladenen Augenblick auf. »War es so?«

Gideon ließ eine dichte schwarze Braue hochschnellen und tat so, als müsse er überlegen. In seinen Augen brannte ein kaltes Feuer, als er auf Harriet hinunterblickte. »Die Tatsachen sind so, wie man sie Ihnen zweifellos berichtete, Miß Pomeroy. Meine Verlobte war guter Hoffnung. Das wußte ich, als ich die Verlobung löste. Offenbar ist sie damals nach Hause gegangen und hat sich erschossen.«

Harriet schnappte nach Luft und wich noch einen Schritt zurück. Die Höhle mit dem Diebesgut war vergessen. »Das glaube ich nicht.«

»Danke, Miß Pomeroy.« Er verbeugt sich mit gespielter Galanterie. »Aber Sie können versichert sein, daß alle anderen es glauben.«

»Oh.« Harriet fand ihre Fassung wieder. »Nun ja, wie ich schon sagte, geht es mich nichts an.« Sie drehte sich um, um wieder dem Höhleneingang zuzustreben. Ihr Gesicht stand in Flammen. Ich hätte den Mund halten sollen, schalt sie sich wütend. Die ganze Situation war unglaublich peinlich.

Wenig später seufzte Harriet erleichtert auf, da sie ihr Ziel erreicht hatte. Die dunkle Öffnung in der Klippenwand war durch die Nebelschwaden undeutlich zu sehen. Hätte sie nicht genau gewußt, wo sie lag, sie wäre im Nebel daran vorübergelaufen.

»Das ist der Eingang, Mylord.« Harriet blieb stehen und drehte sich wieder zu ihm um. »Die Höhle, die von den Dieben benutzt wird, liegt ein Stück weiter im Inneren.«

Gideon spähte zur Öffnung in der Klippenwand und stellte die Tasche ab. »Ich glaube, wir brauchen die Laternen jetzt gleich.«

»Ja. Nach ein paar Schritten ins Innere kann man nichts mehr sehen.«

Harriet sah Gideon zu, wie dieser die Laternen anzündete.

Seine Hände bewegten sich trotz ihrer Größe und Kraft mit unerwarteter Anmut und Geschicklichkeit. Als er ihr eine der Laternen reichte, ertappte er sie dabei, wie sie ihn studierte. Er lächelte ohne Anzeichen echter Wärme. Die Narbe auf seiner Wange verzog sich häßlich.

»Miß Pomeroy, bereuen Sie es womöglich schon, diesen Ausflug in die Höhle mit mir vereinbart zu haben?«

Mit einem wütenden Blick riß sie ihm die Laterne aus der Hand. »Natürlich nicht. Los, bringen wir es hinter uns.«

Harriet betrat den engen Eingang, die Laterne vor sich haltend. Nebelschwaden trieben in die Höhle hinein und bewirkten, daß die Flamme groteske Schatten auf die feuchten Felswände warf. Sie schauderte. Warum wirkte dieser Gang heute so besonders unheimlich und furchteinflößend? Sie rief sich in Erinnerung, daß es durchaus nicht das erste Mal war, daß sie hier entlangging.

Die Gegenwart des Viscounts mußte der Grund für ihre Nervosität sein. Es wurde Zeit, daß sie ihrer Phantasie Zügel anlegte.

Gideon holte sie mit seinem lautlosen geschmeidigen Schritt ein. Der Schein seiner Laterne vermehrte die bizarren Schatten an der Wand. Er blickte mißbilligend um sich. »Miß

Pomeroy, ist es Ihre Gewohnheit, sich hier allein herumzutreiben, oder haben Sie dabei Begleitung?«

»Zu Lebzeiten meines Vaters hat er mich meist begleitet. Er war es, der in mir das Interesse für Fossilien weckte. Als passionierter Sammler hat er mich auf seinen Erkundungsgängen schon mitgenommen, als ich kaum laufen konnte. Aber seit er tot ist, gehe ich immer allein hier her.«

»Das halte ich nicht für besonders zuträglich.«

Sie warf ihm einen wachsamen Seitenblick zu. »Das sagten Sie bereits. Aber ich kann Sie beruhigen, daß mein Vater und ich bereits Höhlen durchstreiften, lange ehe wir nach Upper Biddleton kamen. Ich bin Expertin auf diesem Gebiet. Hier entlang, Mylord.« Sie drang immer tiefer ins Höhleninnere, ständig der nervtötenden Nähe Gideons gewahr, der ihr dicht auf den Fersen war. »Ich hoffe, Sie gehören nicht zu den Menschen, die in engen Räumen nervös werden?«

»Ich kann Sie beruhigen, Miß Pomeroy, aber um mich nervös zu machen, bedarf es sehr viel.«

Sie schluckte. »Nun, manche Menschen bekommen in Höhlen Platzangst. Aber wie Sie sehen, ist der Gang recht breit. Viel enger wird er nicht mehr, auch nicht an der engsten Stelle.«

»Ihre Auffassung von Wohlbefinden unterscheidet sich von meiner, Miß Pomeroy.« Gideon sagte das in trockenem Ton.

Harriet, die sich umsah, erkannte, daß er sich bücken mußte, um seine breiten Schultern durch die enge Stelle zwängen zu können. »Sie sind ziemlich groß.«

»Viel größer jedenfalls als Sie, Miß Pomeroy.«

Sie biß sich auf die Unterlippe. »Also, geben Sie acht, daß Sie nicht steckenbleiben. Das wäre sehr unangenehm.«

»Ja, das wäre es. Besonders angesichts des Umstandes, daß dieser Teil der Höhle bei Flut offensichtlich unter Wasser steht.« Gideon hielt die Laterne in die Höhe, um einen Blick auf die triefenden Felswände werfen zu können. Eine kleine, bleiche Krabbe beeilte sich, dem Lichtkreis zu entkommen, und suchte Zuflucht im Schatten.

»Bei Flut sind alle tiefergelegenen Teile der Höhlen am Fuß der Klippen überflutet«, bestätigte Harriet. »Diese Tatsache müssen Sie ins Kalkül ziehen, wenn Sie den Dieben eine Falle stellen wollen. Die Schurken sind hier nur in der Nacht und bei Ebbe anzutreffen. Bei Ihrer Planung kommen Sie um diese Fakten nicht herum.«

»Danke, Miß Pomeroy, ich will es mir merken.«

Sein Sarkasmus ließ Harriet die Stirn runzeln. »Ich wollte Ihnen nur helfen.«

»Hmmm.«

»Darf ich Sie daran erinnern, Mylord, daß ich es war, die die Gauner beobachtete? Sie können von Glück reden, daß ich Ihnen raten kann, wie man diesen Halunken am besten beikommt.«

»Und darf ich Sie erinnern, Miß Pomeroy, daß ich früher hier lebte und das Gelände sehr gut kenne?«

»Das weiß ich, aber Sie haben gewiß viele kleine Einzelheiten vergessen. Und dank meiner ausgedehnten Erkundungsgänge bin ich Expertin für diese Höhlen.«

»Miß Pomeroy, ich verspreche Ihnen, daß ich Ihren Rat einholen werde, wenn ich ihn brauchen sollte.«

Nun gewann Ärger über Harriets Wachsamkeit die Oberhand. »Sir, wenn Sie sich bemühen würden, ein wenig entgegenkommender zu sein, dann wäre die hiesige Gesellschaft viel geneigter, Sie zu akzeptieren.«

»Ich habe kein besonderes Interesse, meine gesellschaftlichen Aktivitäten auszuweiten.«

»Offenbar nicht«, murmelte sie. Sie wollte noch etwas zu diesem Thema äußern, als sie auf einem Büschel Seegras ausglitt, das von der Flut zurückgelassen worden war. Haltsuchend streckte sie die Hand aus. »Ach Gott...«

»Ich halte Sie«, sagte Gideon gelassen. Sein Arm legte sich um ihre Taille und zog sie an seine breite, Schutz bietende Brust.

»Entschuldigung.« Gideons Nähe bewirkte, daß Harriet plötzlich ganz atemlos wurde. Sein Arm war wie ein stählernes Band, hart und unnachgiebig.

Sie konnte die feste, muskelbepackte Fläche seiner Brust an ihrem Rücken fühlen. Die breite Spitze eines seiner massiven Stiefel war zwischen ihre Füße geraten, was sie als ebenso intim empfand wie den Druck seines Schenkels gegen ihr Gesäß. Als sie tief Atem holte, roch sie den warmen, männlichen Duft seines Körpers. Es war ein Duft, in dem der Geruch von feuchter Wolle und von Leder mitschwang. Das ungewohnte Gefühl, einem Mann so nahe zu sein, ließ sie instinktiv erstarren.

»Miß Pomeroy, Sie müssen besser aufpassen.« Gideon ließ sie los. »Oder Sie werden in diesen Höhlen noch ein böses Ende nehmen.«

»Ich kann Ihnen versichern, daß ich in diesen Höhlen noch nie in Gefahr war.«

»Bis jetzt nicht?« Aus seinem fragenden Blick sprach Harmlosigkeit.

Harriet überhörte die Frage. »Hier entlang, Mylord. Es ist nicht mehr weit.« Sie strich ihren Umhang und ihre Röcke glatt. Dann umfaßte sie die Laterne fester, hielt sie kühn hoch und schritt aus, dem Inneren des Höhlensystems entgegen.

Gideon folgte ihr schweigend. Nur das Spiel von Licht und Schatten auf dem feuchten Stein war Zeichen seiner Gegenwart. Harriet sagte kein Wort mehr von Plänen und Diebesfallen. Stumm führte sie ihn den ansteigenden Gang entlang, bis sie an der Stelle angelangt waren, wo das Wasser auch bei Flut nicht hinkam.

Hier waren Boden und Wände der Höhle trocken, obwohl in der Luft durchdringende Kälte lag. Harriets Blick tastete ganz automatisch die Felswände an jenen Stellen ab, auf die das Licht fiel. Ihre Fossilienleidenschaft ließ sich wie so oft nicht mehr zügeln.

An diesem Teil der Höhle habe ich ein wundervolles Blattfossil gefunden.« Sie warf einen Blick zurück. »Haben Sie zufällig Mr. Parkinsons Artikel gelesen, in denen er betont, daß fossile Pflanzen unbedingt in Verbindung mit der umgebenden Gesteinsschicht betrachtet werden müssen?«

»Nein, Miß Pomeroy, ich habe sie nicht gelesen.«

»Ein höchst erstaunliches Phänomen. Ähnliche fossile Pflanzen werden in ganz England in derselben Schicht angetroffen, unabhängig davon, wie tief die Schicht liegt. Auf dem Kontinent scheint es nicht anders zu sein.«

»Faszinierend.« Gideon schien jedoch mehr amüsiert als fasziniert. »Dieses Thema scheint Ihnen sehr am Herzen zu liegen.«

»Wie ich sehe, interessieren Sie sich für Fossilien überhaupt nicht, aber seien Sie versichert, daß man von ihnen viel über die Vergangenheit erfahren kann. Ich hoffe sehr, daß ich eines Tages hier in diesen Höhlen etwas ganz Großes finden werde. Ein paar faszinierende Funde habe ich bereits gemacht.«

»Ich auch«, murmelte Gideon.

Da sie nicht wußte, was von dieser Bemerkung zu halten war, und sie es lieber gar nicht wissen wollte, verfiel Harriet wieder in Schweigen. Tante Effie hatte ihr schon oft gesagt, daß sie Leute, die ihre Begeisterung für Fossilien nicht teilten, mit ihrem Lieblingsthema langweilte.

Nach einigen Minuten bog sie um eine Ecke des Ganges und blieb vor dem Eingang zu einer großen Höhle stehen. Harriet durchschritt die Öffnung und hielt die Laterne in die Höhe, damit das Licht auf die in der Mitte des Felsbodens liegenden Leinwandsäcke fallen konnte. Dem hinter ihr eintretenden Gideon warf sie einen vielsagenden Blick zu.

»Hier sind sie, Mylord.« Gespannt erwartete sie, daß er beim Anblick der in diesem Steinverlies gestapelten Diebesbeute gebührendes Erstaunen zeigen würde.

Gideon sagte kein Wort, als er näher kam. Seine Miene verriet jedoch großen Ernst, als er neben einem Sack niederkniete und die Lederschnur löste.

Harriet sah zu, wie er seine Laterne hob und ins Sackinnere spähte. Er begutachtete den Inhalt kurz, ehe er mit seiner behandschuhten Hand hineinfaßte und einen prächtigen Kerzenhalter aus getriebenem Silber hervorzog.

»Sehr interessant.« Gideon ließ den Lichtstrahl über das blitzende Silber tanzen. »Miß Pomeroy, als Sie mir gestern von dieser Höhle berichteten, da hatte ich, ehrlich gesagt, gelinde Zweifel. Ich fragte mich schon, ob nicht Ihre blühende Phantasie Ihnen einen Streich gespielt hatte. Jetzt aber muß ich zugeben, daß hier tatsächlich etwas Ungesetzliches vor sich geht.«

»Sie verstehen nun, was ich meinte, als ich sagte, die Sachen könnten nicht aus der näheren Umgebung stammen? Wenn etwas so Schönes wie dieser Kerzenleuchter in und um Upper Biddleton vermißt würde, dann hätte es sich herumgesprochen.«

»Sie haben recht.« Gideon band den Sack zu und richtete sich auf. Sein schwerer Mantel umwallte ihn wie ein weiter Umhang, als er zum nächsten Sack ging.

Harriet, die ihm nachsah, verlor das Interesse. Sie hatte den Inhalt bereits kurz inspiziert, als sie die Säcke entdeckte.

Ihr Hauptinteresse galt wie immer der Höhle selbst. Sie war davon überzeugt, daß hier ungeahnte Schätze schlummerten, Schätze, die nichts mit gestohlenem Schmuck oder Kerzenleuchtern zu tun hatten.

Harriet trat vor eine interessante Felsformation. »Sicher werden Sie mit den Schurken rasch fertig werden, Mylord«, bemerkte sie, mit dem behandschuhten Finger über einen schwach sichtbaren Umriß im Stein streichend. »Ich kann es kaum erwarten, die Höhle fachgerecht zu erforschen.«

»Das sehe ich.«

Harriet beugte sich mit gerunzelter Stirn über die Umrisse.

»Ihr Ton verrät, daß Sie der Meinung sind, ich würde Sie wieder herumkommandieren. Es tut mir leid, wenn ich Sie verärgert habe, Mylord, aber meine Ungeduld ist groß. Ich mußte schon einige Tage bis zu Ihrem Eintreffen warten, und jetzt werde ich noch eine ganze Weile warten müssen, bis die Schurken unschädlich gemacht sind.«

»Zweifellos.«

Sie sah zu ihm hin, der wieder neben einem Sack kniete. »Wie lange wird es dauern, bis Sie einschreiten?«

»Das kann ich jetzt noch nicht beantworten. Sie müssen mir gestatten, die Sache so zu erledigen, wie ich es für richtig halte.«

»Sicher wird es nicht allzu lange dauern.«

»Miß Pomeroy, Sie haben mich nach Upper Biddleton zitiert, um mir das Problem zu überantworten. Nun gut. Das ist geschehen. Es liegt jetzt an mir, Ihre kostbare Höhle von den Schurken zu säubern. Ich werde Sie über meine Fortschritte auf dem laufenden halten.« Gideon sagte es geistesabwesend, da seine Aufmerksamkeit einer Faust voll glitzernder Steine galt, die er eben aus dem Sack zog.

»Ja, aber …« Harriet sprach nicht weiter. »Was haben Sie da?«

»Ein Halsband. Und zwar ein sehr kostbares, wie mir scheint. Vorausgesetzt, die Steine sind echt.«

»Das sind sie wahrscheinlich.« Harriet tat die Angelegenheit achselzuckend ab. Ihr einziges Interesse an dem Halsband bestand darin, daß sie es sich schleunigst aus der Höhle entfernt wünschte. »Ich bezweifle sehr, daß jemand sich die Mühe machen würde, falschen Schmuck hier zu verstecken.«

Sie widmete sich wieder der Betrachtung der Fossilienumrisse und hielt den Blick angestrengt darauf gerichtet. Sie hatten etwas an sich...

»Allmächtiger«, flüsterte Harriet mit steigender Erregung.

»Was ist?«

»Mylord, hier haben wir etwas Hochinteressantes.« Sie hielt die Laterne näher an die Steinfläche. »Ich bin nicht ganz sicher, aber es könnte sich um die Kante eines Zahnes handeln.« Harriet studierte den Umriß. »Und der Zahn scheint noch an einem Teil des Kiefers zu hängen.«

»Offenbar für Sie Grund zu höchster Erregung.«

»Ja, natürlich. Ein Zahn, der noch im Kiefer eingebettet ist, läßt sich um vieles leichter identifizieren als ein loser. Wenn ich nur heute mit Hammer und Stemmeisen arbeiten könnte...« Sie drehte sich um, bemüht, ihm klarzumachen, wie wichtig es war, das Fossil für Studienzwecke zu sichern. »Ich nehme nicht an, daß ich...«

»Nein.« Gideon ließ das schimmernde Halsband zurück in den Sack gleiten und stand auf. »Sie werden hier Ihr Werkzeug nicht benutzen, ehe wir dieses Diebesnest nicht ausgehoben haben. Sie haben recht getan, in dieser Höhle noch nicht zu arbeiten. Wir möchten diese Bande von Langfingern nicht mißtrauisch machen.«

»Sie meinen, die Diebe könnten ihre Beute anderswo verstecken, wenn sie sich entdeckt glauben?«

»Mir bereitet viel größere Sorge, daß die Spur direkt zu Ihnen führen würde, wenn man hier Beweise für intensive Fossiliensuche fände. Viele Sammler kann es hier in der Gegend nicht geben.«

Harriet ließ enttäuscht den Blick über den Felsvorsprung gleiten. Der Gedanke, diese neue Entdeckung ununtersucht zurücklassen zu müssen, war enttäuschend. »Aber was ist, wenn ein anderer meinen Zahn entdeckt?«

»Ich bezweifle sehr, daß jemandem Ihr kostbarer Zahn

auffällt. Und schon gar nicht, wenn mitten in dieser Höhle ein Vermögen in Edelsteinen und Silber wartet.«

Nachdenklich klopfte Harriet mit der Stiefelspitze auf den Boden. »Ich bin nicht so sicher, daß mein Zahn hier sicher ist. Ich sagte schon, daß hier neuerdings viele skrupellose Fossiliensammler unterwegs sind. Vielleicht sollte ich nur dieses eine kleine Stückchen aus der Wand schlagen und hoffen, daß es niemandem auffällt... oh!«

Gideon hatte seine Laterne hingestellt und war mit zwei Schritten bei ihr, so daß er plötzlich vor ihr aufragte, eine Hand gegen die Höhlenwand hinter ihrem Kopf aufstützend. Sie war zwischen seinem massiven Körper und dem ebenso massiven Fels gefangen. Erschrocken riß sie die Augen auf.

»Miß Pomeroy«, sagte Gideon betont leise, aber um so bestimmter. »Ich sage dies nur noch einmal. Sie werden bis auf weiteres dieser Höhle fernbleiben. Sie werden sich auch nicht in der Nähe blicken lassen, bis ich Ihnen sage, daß keine Gefahr mehr besteht, weil die Sache erledigt ist.«

»Also wirklich, Mylord, das geht zu weit.«

Er rückte noch näher. Das gelbe Licht aus Harriets Laterne ließ seine harten Züge wie ein dämonisches Relief aussehen. Momentan sah er wirklich wie das Ungeheuer aus, als das er allgemein galt.

»Sie werden an diesem Küstenabschnitt nicht mehr auf Fossiliensuche gehen, ehe ich es Ihnen nicht wieder erlaubt habe«, sagte Gideon zähneknirschend.

»Sir, wenn Sie glauben, ich lasse mir Ihr Benehmen gefallen, dann täuschen Sie sich. Ich habe nicht die Absicht, meine Suche aufzugeben, bis Sie sie mir wieder gestatten. Ich habe in dieser Sache gewisse Rechte anzumelden.«

»Sie haben hier keine Rechte, Miß Pomeroy. Mir scheint, Sie sehen diese Höhlen als Ihr persönliches Eigentum an, doch muß ich Sie daran erinnern, daß jeder Quadratzoll des

Landes über Ihnen zufällig meiner Familie gehört«, stieß Gideon hervor. »Sollte ich Sie hier in der Nähe erwischen, werde ich Ihr Vorgehen als Betreten fremden Eigentums ahnden.«

Sie funkelte ihn wütend an, bemüht, herauszufinden, ob es ihm wirklich ernst war. »Ach? Und was dann, Sir? Werden Sie mich hinter Gitter bringen oder gar in eine Strafkolonie deportieren lassen? Machen Sie sich nicht lächerlich.«

»Vielleicht findet sich ein anderer Weg, Sie für Ihren Ungehorsam zu bestrafen. Denken Sie daran, ich bin St. Justin, das Ungeheuer von Blackthorne Hall.« Seine Augen funkelten im goldenen Schein der Laterne; die Narbe auf seiner Wange wirkte wie ein lebendiges, starkes Zeichen alter Pein und Todesgefahr.

»Lassen Sie diese Drohungen«, befahl Harriet.

Er beugte sich tiefer über sie. »Für die Dorfbewohner bin ich ein Mann, dem es Frauen gegenüber an jeglichem Ehrgefühl mangelt. Sie können hier fragen, wen Sie wollen, man wird Ihnen sagen, daß ich der Leibhaftige bin, wenn es um unschuldige junge Mädchen geht.«

»Unsinn.« Harriets Finger, die die Laterne hielten, zitterten, doch konnte sie ihre Fassung bewahren. »Ich glaube, Sie wollen mir absichtlich angst machen, Sir.«

»Richtig.« Seine Hand umschloß ihren Nacken. Das Leder seines Handschuhs fühlte sich rauh auf ihrer Haut an.

Harriet wußte sofort, was er vorhatte, doch war es zu spät, um davonzulaufen. Gideons wilde Löwenaugen glühten hinter seinen dunklen Wimpern, als er ihren Mund mit einem verzehrenden Kuß in Besitz nahm.

Einen zeitlosen Augenblick lang stand Harriet wie angewurzelt da. Sie konnte sich nicht rühren, ihr Denkvermögen setzte aus. In ihrem ganzen vierundzwanzig Jahre währenden Leben hatte nichts sie auf Gideons Umarmung vorbereitet.

Er stöhnte verhalten auf, ein Geräusch, das tief in seiner

Brust widerhallte. Seine große Hand schloß sich mit erschreckender Sanftheit um ihren Hals, während sein Daumen ihre Wangenkontur nachzeichnete. Und dann zwang er sie enger an seinen warmen Körper. Sein schwerer Mantel streifte Harriets Beine.

Sie schien nicht wieder zu Atem zu kommen. Nach dem ersten Erschrecken durchschoß sie gleißende, glühende Erregung. Als Gideon ihr die Laterne aus den schlaffen, willenlosen Fingern nahm, bemerkte sie dies kaum.

Unwillkürlich hob Harriet die Hände auf seine Schultern und ließ ihre Finger in den schweren Wollstoff seines Mantels sinken, ohne zu wissen, ob sie versuchte, ihn wegzuschieben oder näher zu sich zu ziehen.

»Verflucht ...« Gideons belegte Stimme verriet ein Gefühl, das Harriet nicht zu definieren vermochte. »Wenn du auch nur einen Funken Verstand hättest, würdest du schleunigst vor mir davonlaufen.«

»Ich glaube, ich könnte nicht einen Schritt tun«, flüsterte Harriet benommen. Durch gesenkte Wimpern blickte sie zu ihm auf und berührte sacht seine Wangennarbe.

Gideon zuckte unter der Berührung zusammen. Seine Augen wurden ganz schmal. »Auch gut. Ich bin nicht in der Stimmung, dich entwischen zu lassen.«

Wieder beugte er sich über sie, und sein Mund bewegte sich mit staunenswerter Zärtlichkeit, als er versuchte, ihre Lippen zu öffnen, bis sie erschrocken gewahr wurde, daß er ins Innere drängte. Zögernd kam sie der wortlosen Aufforderung nach.

Als seine Zunge mit atemberaubender Intimität in ihre Wärme eindrang, stöhnte sie leise auf und ließ sich gegen ihn fallen. So war sie noch nie geküßt worden.

»Du bist sehr zart«, raunte er schließlich an ihren Lippen. »Sehr weich. Doch in dir ist auch Stärke.« Gideon umspannte Harriets Taille mit beiden Händen.

Sie schauderte, als er sie umfing und hochhob, ganz mühelos. Ihre in Stiefeln steckenden Füße baumelten in der Luft. Nur indem sie sich an seinen breiten Schultern festhielt, konnte sie ihr Gleichgewicht wahren.

»Küß mich«, befahl er in einem tiefen, dunklen Ton, der Harriet köstliche Schauer über den Rücken jagte.

Ohne ihren Gefühlen Einhalt zu gebieten, schlang sie die Arme um seinen Nacken und streifte mit ihrem Mund schüchtern über seine Lippen. Bedeutete dies, entehrt zu werden? fragte sie sich. Vielleicht war es dieses zu Kopf steigende Gemisch aus Gefühl und Begehren, das die arme Deirdre Rushton ermutigt hatte, sich Gideon hinzugeben. Wenn es so war, dann kann ich ihre Unbesonnenheit verstehen, schoß es Harriet durch den Kopf.

»Süße Miß Pomeroy«, raunte Gideon, »wäre es denn möglich, daß Sie meine Züge ebenso wenig abstoßend finden wie jene Ihrer kostbaren Fossilienschädel?«

»An Ihnen ist nichts Abstoßendes, Mylord, wie Sie sicher genau wissen.« Harriet fuhr sich mit der Zungenspitze über die Lippen. Die Gefühle, die in ihr tobten, machten sie ganz benommen. Mit zaghaftem Lächeln berührte sie leicht sein verwüstetes Gesicht. »Sie sind prachtvoll. Ähnlich wie Ihr Pferd.«

In Gideons Blick flammte kurz Erstaunen auf. Dann verhärtete sich seine Miene, und er stellte Harriet langsam auf den Boden. »Also, Miß Pomeroy?« Aus seinen Worten war eine Herausforderung herauszuhören.

»Was, Mylord?« brachte Harriet atemlos über die Lippen. Gewiß, sie hatte mit diesen Dingen kaum Erfahrung, doch ihr weiblicher Instinkt sagte ihr, daß Gideon von diesem Kuß ebenso stark betroffen war wie sie. Weshalb er plötzlich so kalt und abweisend wurde, war ihr unerklärlich.

»Es gilt, nun eine Entscheidung zu treffen. Entweder du ziehst dein Kleid aus und legst dich auf den Steinboden dieser Höhle, damit wir zu Ende bringen können, was wir begonnen haben, oder du läufst hinaus auf den Strand und bringst dich in Sicherheit. Ich schlage vor, du entscheidest dich rasch, da meine Stimmung im Moment nicht vorhersehbar ist. Du bist ein sehr verlockender kleiner Leckerbissen, das muß ich schon sagen.«

Harriet hatte das Gefühl, ein Eimer eisigen Meerwassers sei ihr über den Kopf geschüttet worden. Sie starrte Gideon an. Angesichts der unmißverständlichen Drohung war ihre sinnliche Hochstimmung wie weggeblasen. Es war sein Ernst. Er warnte sie tatsächlich davor, daß er sie auf der Stelle entehren würde, wenn sie sich nicht rasch in Sicherheit brächte.

Es ist meine eigene Schuld, dachte sie enttäuscht. Sie hatte auf seinen Kuß zu bereitwillig reagiert. Kein Wunder, daß er das Schlimmste von ihr dachte.

Das Gefühl der Demütigung setzte Harriets Gesicht in Flammen. Nach ihrer Laterne greifend, lief sie zur Gangöffnung, die zum Strand und damit in Sicherheit führte.

Gideon folgte ihr, aber Harriet warf keinen einzigen Blick zurück.

4

Crane brach der Schweiß aus. Im Kamin der Bibliothek brannte ein kleines Feuer, um die Kälte des verregneten Tages abzuwehren, doch Gideon wußte, daß nicht die Wärme der Grund war, weshalb sein Verwalter sich die Stirn trocken wischte.

Gideon blätterte gleichmütig eine Seite des aufgeschlagenen, vor ihm auf dem Schreibtisch liegenden Hauptbuches um. Kein Zweifel, er wurde systematisch betrogen. Aber Gideon wußte, daß dies allein seine eigene Schuld war. Er hatte den Besitzungen der Hardcastles in Upper Biddleton zu wenig Aufmerksamkeit geschenkt und bekam nun, wie voraus zusehen, die Quittung präsentiert.

Gideon studierte eine lange Zahlenreihe. Es sah aus, als hätte Crane, den er vor einem Jahr als Verwalter der hiesigen Besitzungen eingestellt hatte, die Pachtgebühren für die zahlreichen kleinen Häuser erhöht, ohne die Erhöhung an seine Herrschaft weiterzugeben. Sehr wahrscheinlich hatte er die Differenz selbst eingesteckt.

Das war allgemein üblich, nicht aber bei Gideon. Viele Besitzer großer Ländereien, die sich den Verlockungen des Londoner Lebens hingaben, überließen es ihren Verwaltern, die Güter zu bewirtschaften. Solange der Geldsegen nicht ausging, warfen sie kaum einen Blick auf die Bücher. Es galt sogar als unfein, genau zu wissen, wieviel man wert war.

Gideon freilich hatte weder für London noch für ein elegantes Leben etwas übrig. In den letzten Jahren hatte sein Interesse vor allem den Besitzungen der Familie gegolten, deren Verwaltung er gewissenhaft überwachte.

Nur nicht in Upper Biddleton.

Hier hatte Gideon die Familiengüter mit Absicht ignoriert. Es fiel ihm zu schwer, persönliches Interesse an einem Ort zu zeigen, den er haßte. Hier war es, wo vor sechs Jahren das ganze Unglück seinen Lauf genommen hatte.

Als sein Vater ihm vor fünf Jahren widerstrebend die Verantwortung für die weitverstreuten Besitzungen übertrug, hatte Gideon die Gelegenheit ergriffen. Er hatte sich in die Aufgabe vergraben und war seither praktisch darin aufgegangen.

Arbeit war ihm zur Droge geworden, die den nagenden Schmerz milderte, der ihn nach dem Verlust seiner Ehre gequält hatte. Er war zwischen den einzelnen Besitzungen ständig unterwegs, unermüdlich damit beschäftigt, alles instandzuhalten, neue Ackerbautechniken einzuführen und nach Möglichkeit die Erträge aus Bergbau und Fischerei zu steigern.

Er stellte nur die besten Verwalter ein und bezahlte sie gut, damit sie nicht zu Betrügereien verleitet wurden. Er behielt sich die Kontrolle der Bücher persönlich vor, ebenso wie er sich die Vorschläge und Klagen seiner Pächter persönlich anhörte. Und er konsultierte Fachleute, von denen er etwas über neue Methoden der Bodenverbesserung erfahren konnte.

Aber nicht hier in Upper Biddleton.

Wenn es nach Gideon gegangen wäre, hätte der Besitz der Hardcastles in dieser Gegend getrost verrotten können.

Von Rechts wegen hätte er diese Besitzungen längst verkaufen sollen. Und er hätte es auch getan, wenn es für seinen Vater nicht ein schwerer Schlag gewesen wäre. Die Güter um Upper Biddleton, die seit fünf Generationen den Hardcastles gehörten, bildeten den ältesten Teil ihres Grundbesitzes, und Blackthorne Hall hatte ihnen bis zum großen Skandal als Familiensitz gedient.

Gideon wußte, daß er sie nicht verkaufen konnte, deshalb hatte er das Nächstbeste getan. Er hatte sie links liegen lassen.

Mochte er diese Besitzungen auch noch so sehr hassen, so mußte Gideon jetzt entdecken, daß er es noch mehr haßte, betrogen zu werden. Als er mit kühlem Lächeln aufschaute, ertappte er Crane bei einem ängstlichen Blick. Der Name paßt zu ihm, ging es Gideon durch den Sinn. Groß, hager und dünn, sah Crane einem großen langbeinigen Vogel nicht unähnlich.

»Nun, Crane, allem Anschein nach ist alles in Ordnung.« Gideon klappte das Buch zu, nicht ohne das erleichterte Aufseufzen seines Verwalters zu registrieren. »Anständig geführte Buchhaltung. Ausgezeichnete Arbeit.«

»Danke, Sir.« Crane strich sich nervös über den kahl werdenden Schädel. Er schien sich in seinem Sessel sichtlich zu entspannen. Seine glitzernden Vogelaugen schossen zwischen dem Buch und Gideons Narbenwange hin und her. »Ich tue mein Bestes, Mylord. Ich wunschte nur, Sie hätten uns von Ihrer Ankunft verständigt, damit wir entsprechende Vorbereitungen hätten treffen können.«

Gideon wußte sehr wohl, daß sein unerwartetes Erscheinen den Haushalt in totales Chaos gestürzt hatte. Die Haushälterin war nun genötigt, mit Hilfskräften aus dem Dorf Blackthorne Hall in aller Eile auf Hochglanz zu bringen.

Gideon hörte, wie draußen auf dem Korridor Anweisungen gegeben wurden und Leute hin und her eilten. Staubhüllen wurden von Möbelstücken gerissen, die seit Jahren unbenutzt herumgestanden hatten. Der Geruch frisch aufgetragener Möbelpolitur drang bis in die Bibliothek.

Für die Gartenanlagen konnte man in der Eile nichts tun. Sie waren das Spiegelbild der Vernachlässigung, die ihnen unter Cranes Verwaltung widerfuhr. Meine Mutter hat die Gärten von Blackthorne Hall immer geliebt und gepflegt, dachte Gideon.

»Mein Butler Owl, der mich überallhin begleitet, wird nachmittags eintreffen. Er wird sich des Personals annehmen.« Gideon sah, wie Cranes Blick nervös zu seiner Narbe huschte. Nur wenigen gelang es, Gideons verwüstetes Gesicht höflich zu ignorieren, bis sie sich an den Anblick gewöhnt hatten. Viele gewöhnten sich jedoch nie daran.

Deirdre beispielsweise hatte Gideons Gesicht abstoßend gefunden. Sie war nicht die einzige. Wie jammerschade, hörte man oft sagen, daß der zweite Sohn des Earls nicht so hübsch und vornehm aussah wie der erste.

Der Earl of Hardcastle war nach dem Verlust seines Erstgeborenen Gegenstand allgemeinen Mitgefühls gewesen, zumal er sich mit einem Erben begnügen mußte, der sehr zu wünschen übrig ließ. Insgeheim bezweifelte Gideon, ob es überhaupt jemanden gab, der erfolgreich in Randals Fußstapfen hätte treten können.

Randal war ein idealer Sohn und Erbe, alles das, was sich Eltern nur wünschen konnten.

Das hätte einem jeder sagen können.

Randal, zehn Jahre älter als Gideon und lange Zeit das einzige Kind seiner Eltern, war von seiner Mutter sehr geliebt worden, während der Stolz des Earls auf den gutaussehenden, kultivierten, sportlichen, *ehrenhaften* jungen Mann, der ihm als Earl of Hardcastle nachfolgen sollte, keine Grenzen kannte.

Von frühester Kindheit an zum Erben seines Vaters erzogen, hatte Randal sämtliche Erwartungen erfüllt, ja, er war an seiner Rolle gewachsen. Er war überall beliebt, seine sportlichen Erfolge wurden gerühmt, seine Ehre stand außer Zweifel.

Ein recht anständiger älterer Bruder, überlegte Gideon. Nicht, daß er und Randal einander sehr nahegestanden hätten. Der große Altersunterschied war wohl schuld daran, daß sie eher wie Onkel und Neffe zueinander gestanden hatten.

Jahrelang hatte Gideon sich bemüht, seinem Bruder nachzueifern, bis er schließlich einsehen mußte, daß Randals angeborener Stil und sein Flair unnachahmlich waren. Wäre Randal am Leben geblieben, Gideon hätte zweifellos einige der Güter der Hardcastles für ihn bewirtschaftet. Randal hatte das Stadtleben der Verwaltung des Familienbesitzes vorgezogen.

Gideon hatte seinen Bruder sehr betrauert, ohne daß es seiner Umgebung sehr aufgefallen wäre. Alle waren bemüht, seine Eltern zu trösten, die untröstlich blieben. Besonders seine Mutter. Man hatte schon befürchtet, die Countess of Hardcastle würde aus ihrer tiefen Melancholie nie wieder herausfinden. Und der Earl hatte keinen Zweifel daran gelassen, daß sein zweiter Sohn sich niemals mit dem ersten würde messen können.

Crane räusperte sich. »Ich bitte um Verzeihung, Mylord,

aber wird Ihr Aufenthalt hier ein paar Tage überschreiten? Die Haushälterin muß Vorräte besorgen und ausreichend Personal einstellen.«

Gideon lehnte sich zurück. Er wußte genau, weshalb Crane sich nach der Dauer seines Bleibens erkundigte. Der Verwalter wollte zweifellos wissen, ob er einige seiner eigenen Pläne verschieben sollte. Gideon war noch nicht sicher, ob Crane mit den Dieben unter einer Decke steckte, wie Harriet vermutete. Da er aber kein Risiko eingehen wollte, hielt er es für am günstigsten, seine Antwort so zu formulieren, daß Crane die Sinnlosigkeit einer Verschiebung seiner mitternächtlichen Aktivitäten in den Klippenhöhlen klar erkannte.

»Sagen Sie ihr, sie solle sich auf einen längeren Aufenthalt einrichten«, sagte Gideon. »Es ist schon eine Weile her, daß ich länger in Upper Biddleton war. Da mir die Seeluft sehr gut tut, erwäge ich, das ganze Frühjahr hier zu verbringen.«

Crane schaute ihn ungläubig an. »Das ganze Frühjahr, Mylord?«

»Und vielleicht auch noch den Sommer. Meiner Erinnerung nach war es am Meer immer im Sommer am schönsten. Merkwürdig, mir war gar nicht bewußt, wie sehr mir die Familienbesitzungen hier in Upper Biddleton fehlten.«

»Ich verstehe.« Crane fuhr sich mit dem Finger zwischen Hals und Kragen entlang. »Wir sind natürlich überaus erfreut, daß Sie trotz Ihres großen Arbeitspensums Zeit für einen Besuch fanden.«

»Sehr viel Zeit«, versicherte Gideon ihm. Er beugte sich vor, griff nach dem Hauptbuch und übergab es Crane. »Sie können jetzt gehen. Ich habe schon genug Zeit mit Ihrer hervorragend geführten Bilanz verbracht. Einzelheiten öden mich immer an.«

Crane griff nach dem Buch und erhob sich mit einem matten Lächeln, nicht ohne sich mit seinem gelben Taschentuch ein letztes Mal über die Stirn zu fahren. »Ja, Mylord, ich verstehe. Für diese Dinge interessieren sich nur wenige Herren.«

»Genau. Deshalb stellen wir Leute Ihres Schlages ein. Guten Tag, Mr. Crane.«

»Guten Tag, Mylord.« Crane eilte zur Tür und ging aus der Bibliothek.

Gideon wartete, den Blick auf den strömenden Regen vor dem Fenster gerichtet, bis sich die Tür hinter dem Verwalter geschlossen hatte. Dann stand er auf und ging um den Schreibtisch herum zu dem Tischchen, auf das die Haushälterin eine Teekanne gestellt hatte.

Gideon schenkte sich eine Tasse ein und trank ganz langsam. Merkwürdig, nach so vielen Jahren selbstauferlegter Verbannung wieder auf Blackthorne Hall zu sein, sann er.

Auf keinem der Güter hatte er seinen ständigen Wohnsitz genommen, da er sich nirgends richtig wohl fühlte. Statt dessen wanderte er unter dem Vorwand, alles genau im Auge behalten zu müssen, von einem zum anderen. Doch in Wahrheit mußte er ständig in Bewegung bleiben, mußte sich ständig beschäftigen.

Er wußte, wem er es zu verdanken hatte, daß er die Runde nervtötender Pflichten unterbrach, die er vor fünf Jahren aufgenommen hatte.

Wieder rief er sich die Szene in der Höhle vom heutigen Morgen ins Gedächtnis. Er sah Harriet Pomeroys Gesicht vor sich, als er ein Vermögen an Edelsteinen aus dem Sack gezogen hatte. In ihren Augen war auch nicht die Andeutung von Interesse aufgeflammt, ganz zu schweigen von der Besitzgier, die er erwartet hätte. Die meisten Frauen hätten den Blick von dem Diamantenhalsband nicht loszureißen vermocht.

Harriets Erregung aber hatte einem Felsstück mit einem darin eingebetteten fossilen Zahn gegolten.

Und *meinem Kuß*, rief Gideon sich in Erinnerung, den

eine ähnlich heiße Aufwallung erfaßte wie schon in der Höhle. Sie hatte auf seinen Kuß mit demselben Enthusiasmus und mit jenem Staunen reagiert, die sie für den verdammten verrotteten Zahn gezeigt hatte.

Gideon lächelte spöttisch. Er wußte nicht, ob er sich geschmeichelt fühlen oder geknickt sein sollte, weil er im Vergleich mit einem alten Fossil gut abschnitt.

Als er ans Fenster treten wollte, hielt er vor dem Spiegel inne, der über dem Kamin hing, für ihn ungewöhnlich, da es nicht seine Gewohnheit war, seinem eigenen Spiegelbild, das kein erfreulicher Anblick war, viel Beachtung zu schenken.

Aber an diesem Nachmittag war er neugierig auf das, was Harriet gesehen hatte, als sie ihn anblickte. Was immer es war, es hatte sie nicht davon abgehalten, ihn zu küssen. Und er wußte, daß ihre süße, unschuldige Glut nicht gespielt, sondern echt war.

Nein, aus irgendeinem unerfindlichen Grund hatte sein Gesicht sie nicht abgestoßen. Es war seine mit Absicht geäußerte und eines echten Gentleman nicht würdige Drohung, sie nackt auszuziehen und auf dem Boden der Höhle zu nehmen, die sie in die Flucht geschlagen hatte.

Gideon zuckte zusammen, als er an sein empörendes Benehmen dachte. Manchmal konnte er einfach nicht an sich halten. Etwas trieb ihn dann dazu, sich seinem schlimmen Ruf entsprechend zu benehmen.

Doch auf seine Art hatte er versucht, sie zu warnen, sie zu schützen, obwohl ihr das vermutlich entgangen war.

Weil er sie begehrt hatte. Sehr heftig sogar.

Er war ein Narr gewesen, sie in die Flucht zu schlagen. Er hätte sich nehmen sollen, was sie zu bieten hatte, und hätte darauf pfeifen sollen, den Gentleman zu spielen. Nach all diesen Jahren nahm ihm niemand ab, daß er einer war, warum also sollte er sich noch die Mühe machen, auf seine eigene, wenig überzeugende Weise diese Rolle zu verkörpern?

Gideon konnte auf diese Frage keine befriedigende Antwort finden. Nachdem er sich noch einmal einen Narren geheißen hatte, zwang er sich, sich wichtigeren Dingen zuzuwenden. Es galt schließlich, eine Diebesbande unschädlich zu machen. Nahm er die Sache nicht ganz rasch in die Hand, würde sich wahrscheinlich Harriet an der Aufgabe versuchen.

Oder sie würde ihm ständig in den Ohren liegen, er solle sich endlich an die Arbeit machen.

Am nächsten Abend musterte Harriet den zahlreich erschienenen Landadel der Umgebung, der sich wie immer zur wöchentlichen Ballveranstaltung zusammengefunden hatte. Tante Effie und sie besuchten diese Tanzabende seit einigen Monaten regelmäßig mit Felicity im Schlepptau, obwohl Harriet sie meist unaussprechlich langweilig fand.

Für den Fall, daß Tante Adelaide die langersehnte Einladung nach London aussprach, sollte Felicity sich möglichst untadeliges gesellschaftliches Auftreten aneignen, und diese gesellschaftlichen Anlässe in dörflichem Rahmen boten die einzige Gelegenheit, eine so verfeinerte Kunst wie den richtigen Gebrauch des Fächers zu üben. Felicity zeigte sich auf diesem Gebiet sehr talentiert.

Für Harriet hingegen war ein Fächer nur ein lästiges Übel, das ihr ständig im Weg war.

Der heutige Ball unterschied sich kaum von den vorangegangenen. Harriet hatte Verständnis dafür, daß Tante Effie auf einer Teilnahme bestand, wenngleich sie insgeheim nicht überzeugt war, daß Felicity sich hier in Upper Biddleton viel gesellschaftliche Gewandtheit aneignen würde.

So tanzte man hier nicht Walzer, obwohl alle Welt wußte, daß er in London *der* Modetanz war. Aber hier in Upper Biddleton mußten sich die Paare mit Kotillon, Quadrille und verschiedenen ländlichen Tänzen begnügen, da der Walzer bei den einheimischen Damen der Gesellschaft als unanständig verpönt war.

»Ganz schön voll heute, nicht?« Tante Effie fächerte sich Kühlung zu, während sie den Blick abschätzend durch den Raum wandern ließ. »Und Felicity ist die Schönste. Zweifellos wird sie wie immer jeden Tanz vergeben.«

»Zweifellos«, gab Harriet ihr recht, die neben ihrer Tante saß und den Tanzenden zusah, während sie schon verstohlene Blicke auf die kleine Uhr warf, die an ihrem ziemlich braven Kleid befestigt war. Aber sie war bemüht, sich ihre Langeweile nicht anmerken zu lassen. Felicity gesellschaftlich zu etablieren war eine Aufgabe von überragender Wichtigkeit, und sie war so entschlossen wie Tante Effie, alles für die große Chance ihrer Schwester zu tun.

»Ich muß sie ermahnen, etwas weniger Begeisterung beim Tanzen zu zeigen«, fuhr Tante Effie mit der Andeutung eines Stirnrunzelns fort. »In London ist es nicht üblich, zu viel Gefühl zu zeigen. Es gehört sich nicht.«

»Du weißt doch, wie gern Felicity tanzt.«

»Trotzdem«, sagte Tante Effie. »Sie muß beim Mienenspiel Zurückhaltung üben.«

Harriet stieß einen heimlichen Seufzer aus und hoffte, die Erfrischungen würden bald serviert werden. Bis jetzt hatte sie kein einziges Mal getanzt, und deshalb freute sie sich auf eine Unterbrechung der Langeweile. Tee und Sandwiches, die bei diesen Anlässen serviert wurden, waren zwar nicht sehr anregend, aber sie boten ein wenig Abwechslung.

»Meine Güte, hier kommt Mr. Venable«, flüsterte Tante Effie ihr zu. »Halte dich bereit, meine Liebe.«

Harriet blickte auf. Ein älterer Mann in einem altmodischen pflaumenfarbigen Jackett mit grüner Weste kam durch den Raum auf sie zu. Ihre Augen wurden schmal. »Sicher wird er mich über meine neuesten Funde ausfragen wollen.«

»Du mußt dich gar nicht mit ihm unterhalten.«

»Ach was, das nützt nichts. Wenn es ihm nicht glückt, mich heute zu stellen, lauert er mir womöglich sonntags nach der Kirche auf. Du weißt ja, wie hartnäckig er ist.« Harriet lächelte Mr. Venable voller Ingrimm zu, der ihr Lächeln ebenso drohend erwiderte.

Die beiden waren alte Gegner. Venable war passionierter Fossiliensammler gewesen, bis ein Unfall in den Höhlen ihm so viel Angst eingejagt hatte, daß er sie schon seit Jahren mied und sich nun damit begnügen mußte, den Strand abzusuchen. Einen bedeutenden Fund hatte er schon lange nicht mehr gemacht. Das hielt ihn jedoch nicht davon ab, Harriet einzureden, er sei für die Leitung und Überwachung ihrer Arbeit unersetzlich. Harriet kannte seine Kniffe schon. Fossiliensammler waren unverschämt, und vor Sammlern wie Mr. Venable galt es besonders auf der Hut zu sein.

»Guten Abend, Miß Pomeroy.« Mr. Venable beugte sich steif über ihre Hand. »Würden Sie mir das Vergnügen gönnen, Ihnen zu einer Tasse Tee zu verhelfen?«

»Danke, Sir, das wäre reizend.« Harriet erhob sich und ließ sich von Venable zu den Erfrischungen führen, wo er ihr prompt eine Tasse reichte.

»Nun, wie geht es Ihnen, meine Liebe?« Sein Lächeln war ein wenig ölig. »Immer an der Arbeit in den Höhlen, nehme ich an?«

»Wenn mir Zeit bleibt.« Harriet lächelte ausdruckslos. »Sie wissen ja, wie es ist, Sir. Im Haushalt gibt es für alle immer viel zu tun, so daß ich neuerdings wenig Gelegenheit habe, meiner Sammelleidenschaft zu frönen.«

In Venables Augen glitzerte es. Natürlich wußte er, daß sie log. Sie spielten dieses Spiel schon geraume Zeit. »Habe ich Ihnen schon gesagt, daß ich erwäge, mit einem Kollegen in der Royal Society in Verbindung zu treten und anzuregen, er solle einen Artikel über unsere hiesigen Funde veröffentlichen?«

Harriet zwinkerte wachsam. »Nein, das haben Sie nicht gesagt. Haben Sie die Absicht, der Society einen Aufsatz vorzulegen?«

»Ich gestehe, daß ich mit dem Gedanken gespielt habe. Bin aber zu beschäftigt.« Venable verschluckte mit einem einzigen Bissen ein kleines Sandwich. »Für dergleichen Dinge braucht man Zeit.«

»Und ein paar interessante Fossilien«, gab Harriet zurück. »Haben Sie in letzter Zeit etwas Bemerkenswertes gefunden?«

»Ein oder zwei Stück.« Venable wippte mit schlauer Miene auf den Fußspitzen. »Ein oder zwei. Und Sie, meine Liebe?«

Harriet lächelte. »Leider gar nichts. Wie gesagt, ich hatte in letzter Zeit wenig Zeit zum Sammeln.«

Venable war eindeutig darauf aus, weiterzubohren, als sich jäh Stille über den Raum senkte. Harriet blickte neugierig um sich. Die Musik war verstummt, doch das war nicht die Ursache dafür, daß alles verstummte. Da bemerkte sie, daß die Blicke aller zur Tür gerichtet waren.

»Allmächtiger«, stieß Venable verdutzt hervor. »St. Justin ist da! Was, zum Teufel, will er hier?«

Harriets Blick schoß zum Eingang des gedrängt vollen Raumes. Dort stand Gideon, ein großes, nächtliches Raubtier, das einen Raum voller Beutestücke betreten hatte.

Er war ganz in Schwarz, von den glänzenden Schaftstiefeln bis zu dem von Meisterhand geschneiderten Jackett. Nur seine gestärkte weiße Krawatte und das weiße gefältelte Hemd hellten den allgemeinen schwarzen Eindruck auf. Mit kalter Berechnung ließ er seinen Blick über die Menge wandern.

»Seit Jahren schon habe ich ihn nicht gesehen«, raunte Venable ihr zu. »Aber diese höllische Narbe würde man überall erkennen. Mir war schon zu Ohren gekommen, daß er in der Gegend sein soll. Hat doch glatt die Frechheit, hier einfach aufzutauchen, als sei es die natürlichste Sache der Welt.«

Harriet geriet in Wut. »Das ist eine öffentliche Veranstaltung«, sagte sie spitz. »Und er ist der größte Grundbesitzer der Gegend. Wenn Sie mich fragen, sollten die Einheimischen stolz sein und sich geehrt fühlen, daß er sich zeigt. Außerdem nimmt es mich Wunder, Sir, daß Sie taktlose Bemerkungen über seine Narbe machen. Ich finde sie gar nicht schlimm.«

Venable machte ein finsteres Gesicht. »Sie sind zu gütig, meine Liebe. Das kommt davon, daß Sie als Pfarrerstochter erzogen wurden. St. Justins Narbe ist ein Zeichen für seinen schwarzen Charakter.«

»Sir!« Harriet war außer sich.

»Ich habe vergessen, daß Sie ja die Hintergründe nicht kennen können. Nun gut. Die Geschichte ist nicht so, daß man sie vor den Ohren einer jungen Dame erzählt.«

»Dann kann ich darauf bauen, daß Sie sie für sich behalten«, sagte Harriet zurückhaltend.

»Verdammt, ich glaube gar, St. Justin kommt auf uns zu.« Venable richtete sich auf und straffte die Schultern. »Keine Angst, meine Liebe.«

»Ich fürchte mich nicht.« Harriet blickte wieder durch den Raum und sah, daß Gideon sich tatsächlich durch die Menge zu der Stelle durchdrängte, wo sie mit Mr. Venable stand.

Die Musiker stimmten eilig eine neue Weise an und übertönten damit sehr wirkungsvoll das schockierte Raunen der Menge. Einige junge Paare, unter ihnen Felicity und ein Farmerssohn, betraten die Tanzfläche.

Harriet sah Gideon, der auf sie zusteuerte, mit einem Lächeln entgegen. Sie konnte es kaum erwarten zu erfahren, wie er mit seinem Verwalter verfahren war und ob er die Bow Street Runners, die berühmte Spezialabteilung der Polizei, bereits kontaktiert hatte. Es wurde Zeit, daß Pläne zur Ausschaltung der Diebe entwickelt wurden.

Gideon zog beim Anblick ihres freundlichen Lächelns die

dunklen Brauen hoch. Vor ihr angekommen, verbeugte er sich förmlich. Seine Augen blitzten im Lichtschein.

»Guten Abend, Miß Pomeroy. Sie sehen heute großartig aus.«

»Danke, Sir. Es ist mir ein Vergnügen, Sie wiederzusehen. Hoffentlich genießen Sie den Aufenthalt in unserer Gegend.«

»Erwartungsgemäß.« Mit einem Blick zu Venable äußerte Gideon: »Hallo, Venable. Lange nicht mehr gesehen.«

Venable runzelte die Stirn und rückte näher an Harriet heran. »Guten Abend, Mylord. Ich wußte nicht, daß Sie Miß Pomeroy kennen.«

»Wir sind einander begegnet«, murmelte Gideon, der seine Aufmerksamkeit wieder Harriet zuwandte. »Darf ich Sie um das Vergnügen des nächsten Tanzes bitten, Miß Pomeroy?«

Harriet machte große Augen. »Ich bin keine geübte Tänzerin, Mylord.«

»Ich tanze auch nicht besonders. In den letzten Jahren bin ich aus der Übung gekommen.«

Harriet war sichtlich beruhigt. »Na ja, dann soll es mir ein Vergnügen sein. Bitte, entschuldigen Sie mich, Mr. Venable.« Sie reichte ihm ihre Tasse.

»Also, ich weiß nicht, ob es Ihrer Tante recht wäre, wenn Sie ohne ihre Erlaubnis tanzen«, sprudelte Venable hervor, während er automatisch die Tasse in Empfang nahm.

»Unsinn.« Harriet klappte ihren Fächer mit einem Ruck zu und legte ihre Fingerspitzen auf Gideons Ärmel. »Meine Tante wird entzückt sein, wenn sie sieht, daß ich es geschafft habe, mir heute wenigstens einen Tanz zu sichern.« Sie warf Gideon durch ihre Wimpern einen Blick zu. »Sollen wir, Sir?«

»Auf jeden Fall, Miß Pomeroy.« Gideon entführte sie Venable.

»Wohin gehen wir?« wollte Harriet wissen, als sie merkte, daß er sie in die Ecke zog, in der die Musiker standen.

»Ich möchte einen Wunsch äußern.« Gideon blieb stehen und beugte sich zu einem Mann hinunter, der eifrig seine Violine strich. Der Musiker nickte heftig.

»Sofort, Mylord. Sofort.«

»Ausgezeichnet. Ich weiß, daß ich mich auf Sie verlassen kann.« Sich aufrichtend, nahm Gideon Harriets Arm.

»Und was jetzt?« fragte Harriet, als er sich mit ihr auf die Tanzfläche begab.

»Jetzt tanzen wir natürlich.«

In diesem Moment verstummte der ländliche Tanz, den die Kapelle gespielt hatte, jäh. Die Tanzpaare hielten inne und tauschten verwunderte Blicke.

Gleich darauf ließ die Violine probeweise ein paar Töne hören, um sich dann in einen euphorischen Walzer zu stürzen, in den die spärlichen anderen Instrumente einstimmten. Die jungen Leute auf der Tanzfläche brachen in Jubel aus und drehten sich im Tanz, ehe jemand St. Justins Anordnung widerrufen konnte. Schwungvoll drehten sich die Paare im Kreis und tanzten gekonnt den bis dato verbotenen Tanz. Eltern und Anstandsdamen blickten streng. Wieder ruhten alle Blicke auf Gideon.

Und Gideons Blick ruhte in Erwartung ihrer Reaktion auf Harriet.

Unsicherheit krampfte ihr den Magen zusammen, dennoch durchströmte sie pulsierende Erregung. Sie atmete tief durch und kam in Gideons Arme. Ein befriedigtes Lächeln lag um seinen Mund, als er mit ihr über die Tanzfläche wirbelte.

»Ich wußte ja, daß Sie einer Herausforderung nicht ausweichen würden, Miß Pomeroy«, sagte Gideon leise.

»Niemals, Mylord.« Harriet sagte es mit einem Auflachen. »Sie haben heute für Aufsehen gesorgt, das kann ich Ihnen sagen. Unsere bescheidenen ländlichen Tanzereien werden nach dem heutigen Abend nie mehr so sein wie früher. Ihnen ganz allein ist es zu verdanken, daß in Upper Biddleton endlich Walzer getanzt wird.«

»Mir schwant, daß einige der heute hier Anwesenden ganz ähnlich reagieren würden, wenn ich die Pest ins Dorf eingeschleppt hätte.«

»Aber die Ankunft des Walzers werden alle überleben. Und was mich betrifft, so bin ich dankbar.«

»Ach?«

»Ja. Ich machte mir schon Sorgen, weil Felicity nicht die Möglichkeit hatte, die Schritte zu üben, ehe sie nach London geht. Diese Sorge haben Sie mir abgenommen.«

»Und wie steht es mit Ihnen?« Gideon beobachtete sie genau, als er eine schwungvolle Drehung vollführte. »Sind Sie auch froh, den Walzer üben zu können, damit Sie eventuell für die Saison gewappnet sind?«

»Ich bezweifle sehr, daß ich in London Walzer tanzen werde. Felicity wird eine Saison mitmachen, aber nicht ich.« Harriet lächelte. »Aber ich muß sagen, daß es ein sehr aufregender Tanz ist, Mylord, den Sie sehr gut beherrschen. Natürlich erstaunt es mich nicht, daß Sie ein ausgezeichneter Tänzer sind. Sie bewegen sich auch sonst lautlos und geschmeidig.«

Er senkte überrascht die Wimpern. »Danke. Da es sechs Jahre her ist, seitdem ich zuletzt Gelegenheit zum Tanzen hatte, fasse ich es als großes Kompliment auf.« Er drehte sie wieder schwungvoll im Kreis.

Harriet gab sich ganz der Musik hin, wobei sie sich der Wärme und Kraft von Gideons Hand in ihrem Rücken deutlich bewußt war. Damit kamen die Erinnerungen an den Kuß in der Höhle wieder, und sie spürte, wie sie errötete. Sie betete darum, daß alle, Gideon eingeschlossen, ihre Röte der Wärme und dem Tempo des Tanzes zuschreiben würden.

»Eigentlich wundert es mich, Sie heute hier anzutreffen,

Mylord.« Sie versuchte blasiert darüber hinwegzugehen, daß sie Walzer tanzte. »Ich hätte nicht gedacht, daß unsere kleine gesellige Zusammenkunft Ihr Interesse wecken würde.«

»Der Ball interessiert mich nicht. Sie sind es, die mich interessiert, Miß Pomeroy.«

Sie riß erschrocken die Augen auf. »Ich, Mylord?«

»Ja, Sie.«

»Ach.« Da fiel ihr etwas ein, und sie lächelte strahlend. »Ja, natürlich, jetzt verstehe ich.«

»Ja?« Er bedachte sie mit einem merkwürdigen Blick. »Nun, es freut mich, daß es wenigstens einer von uns versteht.«

Sie überhörte diese rätselhafte Bemerkung, als ihr Verstand endlich die Oberhand über ihre durcheinandergeratenen Gefühle gewann. »Sicher wollen Sie mich über Ihre Pläne hinsichtlich der Diebe informieren. Da Sie wußten, daß es nicht einfach sein würde, wieder eine Zusammenkunft unter vier Augen zu arrangieren, sind Sie in der Hoffnung gekommen, unter dem Deckmantel eines gesellschaftlichen Anlasses mit mir sprechen zu können.«

»Ich beglückwünsche Sie zu Ihrer Logik, Miß Pomeroy.«

»Nun?« Sie blickte voller Erwartung zu ihm auf.

»Nun was?«

Sie gab einen kleinen ungeduldigen Laut von sich. »Berichten Sie mir von Ihren Plänen. Ist schon alles arrangiert? Haben Sie die Bow Street Runners kontaktiert? Was haben Sie mit Mr. Crane vor? Ich möchte alles wissen, jede kleinste Einzelheit.«

Gideon sah sie sekundenlang an. Dann ließ er die Andeutung eines Lächelns sehen. »Bislang habe ich Crane meine wahren Absichten nicht enthüllt, habe aber die Bow Street informiert. Die Vorbereitungen für ein Vorgehen gegen die Diebe laufen. Ich bin sicher, Sie werden mit mir zufrieden sein, Miß Pomeroy.«

»Dessen bin ich sicher. Aber erzählen Sie mir alles. Was wird als nächstes passieren?«

»Das müssen Sie mir überlassen, Miß Pomeroy.«

»Aber ich möchte wissen, wie alles ablaufen wird«, stieß sie voller Ungeduld hervor.

»Miß Pomeroy, Sie müssen mir vertrauen.«

»Darum geht es nicht, Mylord.«

»Darum geht es sehr wohl.« Gideons Lächeln war undeutbar. »Glauben Sie, daß Sie es schaffen, Miß Pomeroy?«

»Was schaffen? Ihnen vertrauen? Natürlich. Ich weiß, daß Sie Ihr Versprechen halten werden. Aber ich möchte die Einzelheiten wissen, Sir. Ich bin schließlich unmittelbar beteiligt. Es geht schließlich um meine Höhlen.«

»Um Ihre Höhlen?«

Harriet, die errötete, biß sich kurz auf die Unterlippe. »Nun ja, genaugenommen gehören sie mir nicht, aber ich werde auch nicht zulassen, daß jemand wie Mr. Venable sie für sich beansprucht.«

»Beruhigen Sie sich, Miß Pomeroy. Sie haben mein Wort, daß Ihnen exklusiv das Recht eingeräumt wird, alle alten Gebeine, die in den Höhlen verborgen sein mögen, auszugraben.«

Ihr Lächeln fiel zögernd aus. »Habe ich Ihr Ehrenwort, Mylord?«

Seine goldbraunen Augen blitzten hinter dunklen Wimpern, während er ihr zu ihm empor gewandtes Gesicht studierte. »Ja, Miß Pomeroy«, sagte er leise. »Sie haben mein Ehrenwort.«

Harriet war entzückt. »Danke, Sir. Damit nehmen Sie mir eine große Sorge ab, das kann ich Ihnen sagen. Trotzdem würde ich gern mehr über Ihre Pläne erfahren.«

»Miß Pomeroy, Sie müssen sich in Geduld fassen.«

Da verstummte die Musik mit einem lauten Tusch. Harriet war verärgert, weil sie ihr Anliegen weiter erörtern wollte.

»Mylord, ich glaube, ich könnte Ihnen in der Sache eine große Hilfe sein«, sagte sie in beschwörendem Ton. »Ich kenne das Höhlensystem besser als jeder andere, und Ihr Bow-Street-Mann wird sicher mit mir darüber sprechen wollen.«

Gideon unterbrach sie kühl. »Sicher wollen Sie mich Ihrer Tante und Schwester vorstellen, Miß Pomeroy.«

»Meinen Sie?«

»Ja, ich halte es unter den gegebenen Umständen für angebracht.«

»Unter welchen Umständen?« Harriet bemerkte den Ausdruck freudiger Erwartung auf Tante Effies Gesicht, obwohl sie durch den halben Raum von ihr getrennt war.

»Wir haben eben Walzer getanzt, Miß Pomeroy. Es wird sicher viel Gerede geben.«

»Unsinn. Mich kümmert es nicht, was geredet wird. Mit einem einzigen Tanz können Sie meinem Ruf nicht schaden.«

»Sie würden sich wundern, wie leicht es mir fällt, den Ruf einer Frau zu vernichten, Miß Pomeroy. Wir wollen daher heute jeglicher Rufschädigung zuvorkommen, indem Sie mich Ihrer Familie vorstellen, wie es sich gehört.«

»Na schön«, stöhnte Harriet. »Aber mir wäre lieber, wir würden weiter besprechen, wie man den Dieben am besten beikommt.«

Gideon ließ sein kurzes flüchtiges Lächeln sehen. »Ja, kann ich mir denken. Aber Sie müssen, wie schon gesagt, darauf vertrauen, daß ich die Sache abwickle.«

Harriet erwachte am darauffolgenden Morgen kurz nach Tagesanbruch. Sie blieb noch eine Weile liegen, um die Ereignisse des vorangegangenen Abends Revue passieren zu lassen.

Tante Effie, zwischen freudiger Erregung und Entsetzen schwankend, als sie dem berüchtigten Viscount St. Justin vorgestellt wurde, hatte die Situation jedoch mit bewundernswerter Haltung gemeistert und ihre Aufregung geschickt überspielt. Felicity, wie immer unkompliziert und natürlich, hatte die Vorstellung mit Charme und Anmut bewältigt.

Und Gideon hatte es geschafft, die Wirkung seines unerhörten Benehmens noch zu steigern, indem er wieder ging, kurz nachdem er Effie und Felicity vorgestellt worden war.

Kaum war er in der Nacht verschwunden, als im Saal auch schon aufgeregtes Stimmengewirr einsetzte. Harriet war bewußt, daß sich etliche neugierige Augenpaare auf sie richteten.

Auf der Heimfahrt im Wagen hatte Effie unentwegt von dem Vorfall gesprochen.

»Die Einheimischen haben recht, ihn einen sonderbaren und unberechenbaren Menschen zu nennen,« sagte sie zum hundertsten Mal. »Man stelle sich vor – er bestellt ohne weitere Umstände einen Walzer und fordert dann dich auf, Harriet. Gottlob hat er nicht Felicity aufgefordert. Sie kann es sich nicht leisten, daß ihr Name im Zusammenhang mit seinem genannt wird, ehe sie nach London geht.«

»Ehrlich gesagt, bin ich dankbar für sein Erscheinen«, sagte Felicity. »Jetzt ist der Walzer in Upper Biddleton eingeführt, und wir werden ihn zweifellos beim nächsten Ball wieder tanzen. In London ist er ganz groß in Mode, das hast du selbst gesagt, Tante Effie.«

»Darum geht es nicht«, erwiderte Effie. »Ich bin überzeugt, daß Mrs. Stone und die anderen recht haben. Der Mann ist gefährlich. Er sieht sogar gefährlich aus. Ihr beide müßt auf der Hut sein, wenn er in der Nähe ist, verstanden?«

Harriet gähnte. »Was soll das, Tante Effie? Sorgst du dich endlich auch um meinen Ruf? Ich dachte, du hieltest mich dank meines fortgeschrittenen Alters für ungefährdet.«

»Etwas sagt mir, daß in der Nähe dieses Mannes keine Frau ungefährdet ist«, gab Effie undeutbar zurück. »Mrs. Stone nennt ihn ein Ungeheuer, und ich bin nicht sicher, ob sie damit nicht recht hat.«

»Ich habe mich bei ihm ganz sicher gefühlt«, erklärte Harriet. »Sogar, als wir Walzer tanzten.«

Harriet wußte, daß sie ihre Tante belogen hatte. Sie hatte sich in Gideons Armen keineswegs sicher gefühlt. Ehrlich gesagt, das genaue Gegenteil war der Fall. Und sie hatte jede einzelne gefährliche Aufwallung von Erregung genossen, die sie verspürte, als er mit ihr über die Tanzfläche gewirbelt war.

Harriet spürte, daß sie nicht mehr einschlafen konnte, obwohl es noch so früh war, daß im Haus niemand wach war. Entschlossen schlug sie die Decke zurück und stand auf. Sie wollte sich anziehen und sich unten eine Kanne Tee machen, was bei Mrs. Stone auf Mißbilligung stoßen würde, die fest daran glaubte, daß Damen sich standesgemäß zu betragen hätten. Aber daran ließ sich nichts ändern, denn Harriet hatte nicht die Absicht, die Haushälterin zu dieser unheiligen Zeit zu wecken, und sie war sehr wohl imstande, sich ihren Tee selbst zu machen.

Im Schlafzimmer war es von der langen kalten Nacht noch eisig. Harriet schlüpfte deshalb rasch in ein verblichenes langärmeliges Kleid aus Wollstoff und steckte ein Batisthäubchen mit einer Nadel auf ihrem Lockenhaar fest.

Auf dem Weg zur Tür ging sie am Fenster vorüber und warf automatisch einen Blick hinaus, um zu sehen, wie das Licht der Morgendämmerung aufs Meer fiel. Es war Ebbe, ein idealer Zeitpunkt, um auf Fossilienjagd zu gehen. Zu dumm, daß Gideon ihr verboten hatte, sich den Höhlen auch nur zu nähern, ehe die Diebe nicht dingfest gemacht worden waren.

Aus dem Augenwinkel bemerkte Harriet eine Gestalt auf dem Strand unterhalb ihres Fensters. Sie blieb stehen und beugte sich vor, um besser sehen zu können.

Der Mann trug einen Mantel und einen verbeult aussehenden flachen Hut, den er tief ins Gesicht gezogen hatte. Sein Gesicht konnte sie nicht sehen, dafür aber sah sie sofort, daß er den Strand entlang lief und auf den Eingang ihrer kostbaren Höhle zuhielt.

Harriet zögerte keine Sekunde, da es sich um einen alarmierenden Zwischenfall handelte, der sofortiger Untersuchung bedurfte. Der Mann dort unten konnte nicht zu den Dieben gehören, da diese sich nur mitten in der Nacht blikken ließen.

Blieb also nur eine Möglichkeit: Der Mann mußte ein Fossiliensammler sein, der versuchte, sich in ihre Höhlen einzuschleichen.

Für Harriet stand fest, daß sie unverzüglich hinunter an den Strand mußte, um sich zu vergewissern, was der Eindringling vorhatte.

5

Die Frühmorgenluft war kühl. Harriet wickelte den schweren Umhang, der ihrer Mutter gehört hatte, enger um sich, ehe sie sich vorsichtig daran machte, den Klippenpfad hinunterzusteigen. Die Sonne würde bald aufgehen, im Moment aber gab es nur weiches, graues Dämmerlicht, das von der See reflektiert wurde.

Am Fuß des Pfades angekommen, drehte sie sich um und lief den Strand entlang auf die Reihe der Öffnungen in der Klippenwand zu. Im feuchten Sand waren Fußabdrücke zu sehen. Erst wenn sie sich vergewissert hatte, daß der Eindringling es nicht auf jene spezielle Höhle abgesehen hatte, der ihr Interesse galt, würde sie ihre Ruhe wiederfinden.

Nichts einfacher, als den Spuren zu folgen und sich zu überzeugen, daß niemand auf den Gang gestoßen war, der zu der Höhle mit dem fossilen Zahn führte.

Etwas später aber mußte Harriet entsetzt feststellen, daß die Spuren im vertrauten Höhleneingang verschwanden. Vielleicht ein Zufall, versuchte sie sich einzureden.

Oder aber es bedeutete, daß jemand versuchte, ihren kostbaren Zahn in seine dreckigen Finger zu bekommen. *Verdammt.* Wie dumm von ihr, daß sie sich von Gideon hatte verbieten lassen, sich der Höhle zu nähern, solange er seine Pläne nicht in die Tat umgesetzt hatte. Das hatte sie nun davon, daß sie einem Menschen wie Gideon die Initiative überlassen hatte!

Den Umhang enger um sich ziehend, trat Harriet vorsichtig durch den engen Eingang in die gähnende Höhle, und bereute auch sofort, daß sie keine Laterne mitgenommen hatte.

Sie hielt inne, als ihr klar wurde, daß sie ohne Licht nicht weiter konnte. Momentan stand sie reglos da und wartete, bis ihre Augen sich an die Dunkelheit gewöhnt hatten. Ringsum hörte sie in der unheimlichen Dunkelheit Wasser tropfen.

Harriet spähte angestrengt in den engen Felsgang, der aus der Höhle heraus führte. Nirgends ein Licht zu sehen. Der Eindringling war bereits in den gewundenen Gang gelangt, der schließlich zu der Höhle führte, die den gestohlenen Schatz und ihren Zahn barg.

»Verdammt«, stieß Harriet in ihrer Verzweiflung laut hervor. Da war nichts zu machen. Sie mußte hier draußen warten, bis der Mann zurückkam. Dann würde sie ihm unmißverständlich zu verstehen geben, daß es ihr dank Gideons Garantie allein zustand, diese Höhlen zu erkunden.

Voller Ungeduld stand sie mit verschränkten Armen da, als sich eine übergroße Hand auf ihre Schulter legte. Sie packte Harriet und drehte sie um.

»O Gott, was ...« Harriet gab einen leisen Angstschrei von sich, ehe sie merkte, daß es Gideon war, der durch den schmalen Gang hinter ihr herausgekommen war. »Ach, Mylord, Sie sind es. Dem Himmel sei Dank, Sie haben mir einen schönen Schrecken eingejagt.«

»Sie verdienten mehr, als nur erschreckt zu werden«, ließ Gideon sich vernehmen. »Man sollte Sie übers Knie legen. Was, zum Teufel, treiben Sie da? Ich sagte Ihnen doch, Sie sollten sich hier nicht blicken lassen, ehe die Diebe nicht festgenommen worden sind.«

Harriet sah ihn finster an. »Ja, ich weiß, Mylord. Aber Sie werden sicher verstehen, daß ich hier herunterkommen mußte, wenn ich Ihnen sage, daß ich vorhin zufällig aus meinem Fenster blickte und sah, wie ein Sammler sich hier einschleichen wollte.«

»Den Teufel haben Sie.« Gideon spähte in den Gang hinein. Er hielt eine Laterne in der Hand, die nicht brannte.

»Aber sicher«, beteuerte Harriet ihm. »Da ich nicht daran dachte, eine Laterne mitzubringen, warte ich hier, bis er herauskommt.«

»Und was hätten Sie gemacht, wenn er aufgetaucht wäre?«

Sie reckte ihr Kinn. »Ich gedachte ihn davon in Kenntnis zu setzen, daß ich das alleinige Recht besitze, die Höhlen unter Ihren Ländereien zu erkunden, Sir. Ich wollte ihn darauf aufmerksam machen, daß Sie ihn festnehmen lassen würden, falls er hier weiterhin widerrechtlich eindringt.«

Gideon schüttelte fassungslos den Kopf. »Sie und Ihre verdammten Fossilien.« Er wollte sich offensichtlich über dieses Thema weiter verbreiten, als ihn ein leises Pfeifen aus dem Gang unterbrach.

»Da ist er«, sagte Harriet hastig. Sie drehte sich um und gewahrte tief im Gang einen Lichtschein. »Es könnte nicht besser sein, Mylord. Sie sind jetzt da und geben mir Rückendeckung, wenn ich ihm sage, daß er nicht das Recht hat, sich hier aufzuhalten.«

Das Pfeifen wurde lauter, das Licht größer. Gleich darauf kam ein kleiner drahtiger Mann aus dem Gang. Er trug einen schweren Mantel, auf dem Kopf einen flachen Hut, an den Füßen abgetragene Schuhe. Es war derselbe Mann, den Harriet am Strand gesehen hatte. Das Licht seiner Laterne fiel auf ein schmales eingefallenes Gesicht mit Knopfaugen. Er hielt inne, als er Gideon und Harriet in der äußeren Höhle stehen sah.

»Guten Morgen, Mylord. Wie ich sehe, sind Sie pünktlich. Von Ihrer Sorte kenne ich wenige, die vor Mittag aus den Federn kommen. Hm, Sie haben eine Freundin mitgebracht.« Das Männchen verbeugte sich vor Harriet erstaunlich tief. »Einen schönen guten Morgen, Gnädigste.«

Harriet furchte die Stirn. »Wer sind Sie, Sir, und was treiben Sie in meinen Höhlen?«

»In Ihren Höhlen?« Der kleine Mann verzog sein Gesicht zu einem schiefen Lächeln.

»Diese Höhlen gehören eigentlich mir«, sagte Harriet mit Bestimmtheit. »Seine Lordschaft wird es Ihnen erklären.«

Gideon warf Harriet einen spöttischen Blick zu. »Ich glaube, ich erkläre es wirklich, ehe die Verwirrung zu groß wird. Miß Pomeroy, darf ich Ihnen Mr. Dobbs aus der Bow Street vorstellen?«

Harriet starrte den kleinen Mann an. »Bow Street? Sie sind ein Runner, Sir?«

»Ich habe die große Ehre, Gnädigste.« Wieder verbeugte Dobbs sich schwungvoll.

»Wie aufregend.« Harriet warf Gideon einen Blick zu. »Dann sind Ihre Pläne also fix und fertig und werden ausgeführt?«

»Mit etwas Glück können wir die Diebe stellen, wenn sie nächstes Mal auftauchen und hier ihre Beute lagern.« Gideon deutete mit einer Kopfbewegung auf das Männchen. »Dobbs wird in den nächsten Wochen hier Nachtwache halten.«

»Das freut mich zu hören.« Harriet sah Dobbs an. »Ich glaube, es sind mindestens zwei beteiligt, manchmal kommt ein dritter mit. Werden Sie mit so vielen allein fertig, Mr. Dobbs?«

»Wenn nötig schon«, sagte Dobbs. »Aber ich kann mit Hilfe rechnen. Seine Lordschaft und ich haben ein Signal vereinbart. Sobald ich die Schurken am Strand sehe, gebe ich von den Klippen aus Zeichen mit der Laterne.«

»Mein Butler und ich wechseln uns allnächtlich bei Ebbe ab, bis wir die Diebe gefaßt haben«, erklärte Gideon. »Wenn wir Mr. Dobbs' Licht aufblitzen sehen, werden wir sofort herunterkommen und dafür sorgen, daß alles nach Plan abläuft.«

Harriet nickte beifällig. »Das scheint mir ja ein großartiger Plan zu sein. Mindestens so raffiniert wie derjenige, den ich selbst ausarbeiten wollte.«

»Danke«, sagte Gideon trocken.

»Wenn es gestattet ist, möchte ich trotzdem einen kleinen Vorschlag machen«, fuhr Harriet fort.

»Nein«, sagte Gideon, »ich glaube nicht, daß es nötig sein wird. Vielen Dank.« Sein Blick wanderte zu Dobbs. »Haben Sie den Raum gefunden, in dem die Sachen aufbewahrt werden?«

»Das habe ich, Sir. Anhand Ihrer Skizze bin ich auf Anhieb auf die richtige Höhle gestoßen. Eine sehr eindrucksvolle Anhäufung von Diebesgut.« Dobbs' Augen funkelten. »Ich habe etliche Stücke erkannt. Kein Wunder, daß sie in London nicht mehr auftauchten. Sie werden hier gelagert, bis ihr Verlust in Vergessenheit gerät. Sehr klug, wirklich sehr klug.«

»Da Mr. Dobbs Belohnungen erwarten, wenn er die gestohlenen Sachen ihren rechtmäßigen Besitzern zurückbringt, können Sie versichert sein, daß sein Eifer bei der nächtlichen Wache sehr groß sein wird«, flüsterte Gideon Harriet zu.

»Ja, natürlich.« Harriet sah Dobbs lächelnd an. »Sie müssen wissen, daß ich noch nie einem Bow Street Runner begegnet bin. Deshalb würde ich Ihnen zu gern einige Fragen über Ihre Arbeit stellen, Mr. Dobbs.«

Dobbs strahlte, in aller Bescheidenheit von seiner Wichtigkeit überzeugt. »Aber sicher doch, Gnädigste. Schießen Sie los.«

Gideon hob die Hand. »Nicht jetzt, Mr. Dobbs. Sicher wollen Sie hier schleunigst verschwinden, nachdem Sie sich ein Bild von der Lage gemacht haben. Man soll kein Risiko eingehen. Wir möchten vermeiden, daß Sie hier gesehen werden.«

»Ganz recht, Sir. Also, dann mache ich, daß ich fortkomme. Guten Tag allseits.« Mit einer Verbeugung vor Harriet verließ Dobbs die Höhle.

Harriet sah ihm nach. »Nun, das nenne ich eine Erleichterung. Ich muß sagen, daß ich hocherfreut bin, weil alles so rasch vonstatten geht. Ausgezeichnete Arbeit, Mylord. Aber ich wünschte, Sie hätten mich vorher gefragt.«

»Miß Pomeroy, ich pflege nicht zu fragen. Ich ziehe es vor, selbständig vorzugehen.«

»Ich verstehe.« Harriet runzelte die Stirn, doch schien es ihr wenig sinnvoll, seine selbstherrlichen Methoden in Frage zu stellen. Die Pläne waren fertig und schienen durchführbar. Damit würde sie sich zufriedengeben müssen. »Ich glaube, ich gehe lieber, ehe man mich zu Hause vermißt.«

Gideon, der vor ihr stand, vertrat ihr den Weg. »Einen Moment, Miß Pomeroy. Eh ich Ihnen gestatte, nach Hause zu gehen, möchte ich eines klarstellen.«

»Und das wäre, Mylord?«

»Sie haben sich von diesen Höhlen fernzuhalten, bis wir unsere Aufgabe durchgeführt haben.« Gideon brachte jedes einzelne Wort zähneknirschend vor. »Noch einmal werde ich es Ihnen nicht sagen. Haben Sie verstanden?«

Harriet zwinkerte verwirrt. »Ja, natürlich. Aber ich bin kein Kind, Mylord. Ich kann sehr wohl vorsichtig sein, wenn es nötig ist.«

»Vorsichtig? Sie nennen es vorsichtig, wenn Sie einen

Fremden in aller Herrgottsfrühe in diese Höhle verfolgen? Das war keine Vorsicht, sondern die Vorgehensweise eines naiven kleinen Mädchens.«

»Das bin ich nicht«, schleuderte Harriet ihm wutentbrannt entgegen. »Ich hielt Mr. Dobbs für einen Fossiliensammler. Immerhin ging er schnurstracks auf meine Höhlen zu.«

»Sie haben sich geirrt. Er war eben kein Fossiliensammler. Ein wahres Glück, daß er ein Runner war. Ebenso gut hätte er einer der Diebe sein können, den man ausgeschickt hatte, damit er die Beute kontrolliert.«

»Ich sagte Ihnen doch, daß die Diebe sich tagsüber nie blicken lassen. Und ich würde es zu schätzen wissen, wenn Sie mich nicht anschreien würden, Mylord. Ich bin diejenige, die Sie auf die Vorgänge aufmerksam gemacht und die Diebe aufgespürt hat. Sie sollten mich bei diesem Unternehmen als Partner ansehen. Ich versuche nur, meine Fossilien zu schützen.«

»Diese verdammten Fossilien! Haben Sie denn nichts anderes im Kopf, Miß Pomeroy?«

»Nein, meist nicht«, fuhr sie ihn an.

»Und was ist mit Ihrem Ruf? Ist Ihnen je der Gedanke gekommen, was passieren könnte, wenn Sie ständig hinter Dieben, hinter Bow Street Runners und allen Fremden herjagen, die sich hier an der Küste blicken lassen? Kümmert es Sie denn nicht, was die Leute sagen und denken, wenn bekannt wird, was Sie Tag und Nacht hier treiben?«

Jetzt war Harriet richtig wütend. Sie war es nicht gewohnt, daß jemand ihr die Leviten las, von Tante Effie abgesehen, doch hatte sie sich schon längst abgewöhnt, darauf zu hören. Gideon war anders. Ihn zu übergehen war unmöglich, wenn er sich so drohend vor ihr aufbaute und sie anherrschte.

»Die Meinung der Menschen ist mir nicht besonders wichtig«, erklärte Harriet. »Und mein Ruf macht mir keine Sorgen. Ich habe auch keinen Anlaß, mir Sorgen zu machen, da ich an einer Ehe nicht interessiert bin.«

Gideons Augen blitzten in der Dunkelheit auf. »Sie kleine Törin. Glauben Sie denn, nur ein Heiratsantrag, auf den Sie ohnehin keinen Wert legen, stünde auf dem Spiel?«

»Ja.«

»Sie irren sich.« Gideon legte seine große Hand in ihren Nacken und zwang ihr Kinn in die Höhe, so daß sie ihm direkt in die Augen blicken mußte. »Sie haben keine Ahnung, was Sie aufs Spiel setzen. Sie wissen nicht, was es heißt, Ruf und Ehre zu verlieren. Wenn Sie es wüßten, würden Sie nicht so lächerliche Feststellungen treffen.«

Harriet konnte den wilden Schmerz aus seinen Worten heraushören, und ihr Zorn löste sich auf. Plötzlich war ihr klar, daß er aus den Tiefen eigener bitterer Erfahrung schöpfte. »Mylord, ich wollte damit nicht sagen, daß die Ehre wertlos ist, ich meinte nur, daß es mich nicht schert, was andere darüber sagen.«

»Dann sind Sie wirklich eine Törin«, stieß er rauh hervor. »Soll ich Ihnen sagen, wie es ist, wenn die ganze Welt glaubt, Sie seien ehrlos? Was es heißt, wenn der Ruf ruiniert ist? Zu wissen, daß alle, die eigene Familie eingeschlossen, glauben, Sie seien des Titels Gentleman nicht würdig?«

»Ach, Gideon.« Harriet berührte sacht seine Hand.

»Soll ich Ihnen sagen, wie es ist, wenn man einen Ballsaal betritt und weiß, daß alle Anwesenden über Ihre Vergangenheit flüstern? Haben Sie eine Ahnung, was für ein Gefühl es ist, wenn man im Club Karten spielt und sich fragt, ob jemand einen des Betrugs beschuldigt, falls man gewinnt? Schließlich wird ein Mann von fragwürdiger Ehre wahrscheinlich auch am Kartentisch betrügen, oder nicht?«

»Gideon, bitte…«

»Wissen Sie, was es heißt, die Freunde zu verlieren?«

»Nein, aber…«

»Wissen Sie, was es heißt, wenn alle das Schlimmste von einem denken?«

»Gideon, aufhören!«

»Wissen Sie, was es bedeutet, wenn der eigene Vater an Ihrer Ehrenhaftigkeit zweifelt?«

»Ihr eigener Vater?« Harriet konnte es nicht fassen.

»Wenn man reich und mächtig ist, wird kein Mensch einen offen beschuldigen und einem damit die Chance einer Erklärung geben. Dafür wird aber hinter dem Rücken des Betroffenen um so eifriger geflüstert. Jede Möglichkeit, den eigenen Namen reinzuwaschen, wird einem genommen. Und nach einer Weile ist einem klar, daß jeder Versuch zwecklos ist. Niemand will die Wahrheit wissen. Alle wollen nur Öl ins Feuer des Klatsches gießen. Und dieses Geflüster kann manchmal so laut werden, daß man darin zu ertrinken vermeint.«

»Du lieber Himmel!«

»So ist es, wenn man Ehre und Ruf verloren hat, Miß Harriet Pomeroy. Also überlegen Sie gut, ehe Sie weitere Risiken eingehen.« Gideon ließ sie los. »Und jetzt gehen Sie nach Hause, ehe ich mich entschließe, Sie beim Wort zu nehmen und Ihnen zu zeigen, was es wirklich heißt, der Meinung der Welt zu trotzen.«

Harriet hüllte sich fester in ihren Umhang und sah Gideon eindringlich an. »Sie sollen wissen, daß ich nicht der Meinung bin, Ihnen fehle es an Ehrenhaftigkeit, Mylord. Ich glaube nicht, daß ein Ehrloser sich so um mich sorgen würde. Oder daß er so sehr das betrauern würde, was er selbst verlor. Es tut mir leid, daß Sie soviel auszustehen hatten. Ich sehe, daß es Ihnen viel Schmerz bereitet hat.«

»Ich will Ihr gottverdammtes Mitleid nicht«, brüllte Gideon. »Und jetzt hinaus mit Ihnen! Auf der Stelle!«

Harriet spürte in diesem Moment, daß es keine Möglichkeit gab, die Mauer aus Wut und unausgesprochenem

Schmerz zu durchbrechen, die Gideon um sich herum aufgerichtet hatte. Sie hatte das Ungeheuer in ihm gereizt, und es drohte, sich gegen sie zu wenden.

Wortlos marschierte Harriet an ihm vorbei zum Höhleneingang. Dort drehte sie sich um und sah ihn an. »Guten Tag, Mylord. Ich sehe mit Freuden der Vollendung Ihrer klugen Pläne entgegen.«

An diesem Nachmittag versetzte Mrs. Treadwells Eintreffen im Pfarrhaus den Haushalt in hektische Aktivität, aber Effie bewältigte die Situation wie immer bewundernswert. Harriet mußte zugeben, daß ihre Tante ganz entschieden Talent für diese Dinge hatte und zur Hochform auflief, wenn es darum ging, die tückischen Gewässer gesellschaftlichen Verkehrs zu umschiffen.

Mrs. Treadwell war mit einem der angesehensten Grundbesitzer der Gegend verheiratet. Mit demselben Eifer, mit dem ihr Mann sich seiner Jagdmeute widmete, widmete Mrs. Treadwell sich dem Richteramt über gesellschaftliche Belange ihrer Umgebung.

Sie war eine füllige Person mit einer Vorliebe für Kleider in gedeckten Farben und dazu passenden Turbans. Auch heute bot sie in einem grauen Seidenkleid einen sehr würdigen Anblick, den der graue Turban, der ihr dünnes, graues Haar vollständig verbarg, vervollständigte.

Von diesem unerwarteten Besuch überrumpelt, faßte Effie sich jedoch sofort. Nur wenige Augenblicke, und sie hatte ihre Besucherin im Salon plaziert und Tee servieren lassen. Harriet mußte ihr Arbeitszimmer verlassen, und Felicity ließ entgegenkommenderweise von ihrer Handarbeit ab, um bei der Konversation mit Mrs. Treadwell Schützenhilfe zu leisten.

»Was für eine angenehme Überraschung, Mrs. Treadwell.« Effie ließ sich auf dem Sofa nieder und goß anmutig Tee ein. »Wir freuen uns hier im Pfarrhaus immer sehr über Besuch.« Sie reichte ihrem Gast mit vielsagendem Lächeln die Tasse. »Auch wenn es ein Überraschungsbesuch ist.«

Harriet wechselte mit Felicity ein wissendes Lächeln.

»Ich fürchte, es geht über einen Besuch hinaus«, erwiderte Mrs. Treadwell daraufhin ernst. »Mir ist zur Kenntnis gelangt, daß es gestern auf dem Ball zu einem unglücklichen Zwischenfall kam.«

»Wirklich?« Effie nahm einen Schluck Tee, ohne ihrem Gast weitere Hilfestellung für das Gespräch zu leisten.

»Wie ich hörte, soll St. Justin erschienen sein.«

»Ja, so war es«, gab Effie ihr recht.

»Und bestellte einen Walzer«, fuhr Mrs. Treadwell in unheilschwangerem Ton fort. »Den er dann mit Ihrer Nichte Harriet tanzte.«

»Es war ein großes Vergnügen«, erklärte Harriet munter.

»Ja, das war es.« Felicity lächelte Mrs. Treadwell zu. »Alle hatten ihr Vergnügen beim Walzer. Wir hoffen, daß er beim nächsten Ball wieder gespielt wird.«

»Das bleibt abzuwarten, Miß Pomeroy.« Mrs. Treadwell reckte ihre ohnehin steife Wirbelsäule. »So schockierend und unpassend es war, den Walzer spielen zu lassen, so bereitet mir die Tatsache viel größere Sorge, daß St. Justin ihn mit Ihnen, Harriet, tanzte. Und nur mit Ihnen. Gemäß der Information, die ich erhielt, hat er sich nach diesem einzigen Tanz empfohlen.«

»Ich könnte mir denken, daß unsere kleine Veranstaltung ihn anödete«, sagte Effie kühl, ehe Harriet antworten konnte. »Ein Tanz genügte, um ihm zu beweisen, daß er sich auch bei längerem Ausharren nicht amüsieren würde. Sicher ist er Unterhaltung gehobenerer Stils gewöhnt.«

»Mrs. Ashecombe, Sie verstehen mich nicht«, sagte nun Mrs. Treadwell mit erhobener Stimme. »St. Justin tanzte mit Ihrer Nichte. Und zwar Walzer, nichts weniger. Gewiß, es war Harriet und nicht Felicity, der er so viel unerwünschte

Aufmerksamkeit erwies. Trotzdem war es eine große Rücksichtslosigkeit.«

»Ich war die ganze Zeit über zugegen«, stellte Effie tonlos fest. »Sie können versichert sein, daß ich die Situation im Auge behielt.«

»Trotzdem«, sagte Mrs. Treadwell. »Er ist gegangen, ohne es der Mühe wert zu befinden, noch eine Dame zum Tanz aufzufordern. Seine Aufmerksamkeit galt einzig und allein Ihrer Nichte. Daß dieser Zwischenfall allgemein Beachtung finden wird, darf Sie nicht wundern.«

»Ach?« Effies Brauen schoben sich pikiert hoch.

»Ja«, stellte Mrs. Treadwell düster fest. »Es wird jetzt schon darüber geredet. Deshalb bin ich heute zu Ihnen gekommen.«

»Wie liebenswürdig«, murmelte Harriet, die sich nicht zügeln konnte. Sie erhaschte Felicitys Blick und schaffte es kaum, sich ein Lächeln zu verkneifen.

Mrs. Treadwells Aufmerksamkeit aber galt allein Effie. »Mrs. Ashecombe, ich weiß sehr wohl, daß Sie hier fremd sind. Man kann daher nicht erwarten, daß Sie St. Justins Ruf kennen. Nun ist dieser aber von einer Art, daß man ihn vor unschuldigen jungen Damen nicht erörtern sollte.«

»Da zwei unschuldige junge Damen anwesend sind, sollten wir das Thema vielleicht wechseln«, schlug Effie sanft vor.

»Ich will nur so viel sagen«, fuhr Mrs. Treadwell entschlossen fort, »daß dieser Mann eine Bedrohung für alle jungen weiblichen Wesen darstellt. Seinen Beinamen ›Ungeheuer von Blackthorne Castle‹ trägt er, weil er für den Ruin einer anderen jungen Frau verantwortlich ist, die einst in diesem Haus lebte. Sie hat sich seinetwegen das Leben genommen. Außerdem gab es Gerüchte um den Tod seines älteren Bruders. Habe ich mich klar genug ausgedrückt, Mrs. Ashecombe?«

»Völlig klar, Mrs. Treadwell. Völlig klar. Möchten Sie noch eine Tasse Tee?« Effie griff nach der Teekanne.

Mrs. Treadwell funkelte sie ungehalten an, ehe sie ihre

Tasse klirrend hinstellte und abrupt aufstand. »Ich habe meine Pflicht getan. Sie sind gewarnt worden, Mrs. Ashecombe. Die Verantwortung für diese zwei jungen Damen lastet auf Ihren Schultern. Ich gehe davon aus, daß Sie diese Verantwortung wahrnehmen.«

»Ich werde mein Bestes tun«, sagte Effie kalt. »Einen schönen guten Tag, Mrs. Treadwell. Ich hoffe sehr, daß Sie uns zuvor Bescheid geben, wenn Sie das nächste Mal kommen sollten. Andernfalls könnte es passieren, daß Sie uns vielleicht gar nicht antreffen werden. Meine Haushälterin bringt Sie an die Tür.«

Im nächsten Moment wurde die Haustür geöffnet und geschlossen, und Harriet seufzte erleichtert auf. »Was für eine Wichtigtuerin. Dieses Frauenzimmer konnte ich noch nie ausstehen.«

»Ich auch nicht«, sagte Felicity. »Tante Effie, ich muß sagen, du hast dich wacker gehalten.«

Effie schürzte die Lippen und kniff die Augen nachdenklich zusammen. »Eine häßliche kleine Szene ... ich will lieber gar nicht daran denken, was heute im Dorf getratscht wird. Zweifellos wird jeder Ladenbesitzer mit jedem Kunden, der zur Tür hereinkommt, über den gestrigen Ball sprechen. Das hatte ich befürchtet, Harriet.«

Harriet goß sich Tee ein. »Wirklich, Tante Effie, du machst dir unnötig Sorgen. Es war ja nur ein Tanz, und da ich auf bestem Wege bin, eine alte Jungfer zu werden, kann ich nicht verstehen, weshalb das alles so wichtig sein soll. Die ganze Aufregung wird sich bald legen.«

»Na, wir wollen es hoffen.« Effie seufzte. »Ich dachte, ich müßte Felicity vor St. Justin schützen, und jetzt zeigt es sich, daß du die Gefährdete bist, Harriet. Wie sonderbar. Seinem Ruf zufolge soll er blutjunge Mädchen bevorzugen.«

Harriet dachte an die Begegnung mit Gideon, die sie am Morgen gehabt hatte. Sie wußte, daß sie nie die Wut und den

Schmerz in seinem Blick vergessen würde, als er voller Bitterkeit von seiner verlorenen Ehre gesprochen hatte. »Tante Effie, ich glaube, man soll nicht alles glauben, was von St. Justin behauptet wird.«

Da erschien Mrs. Stone in der Tür, Warnung im Blick. »Sie tun gut daran, es zu glauben, Miß Harriet, andernfalls wird es Ihnen nicht gut bekommen. Denken Sie an meine Worte. Dieser Unhold wird nicht zögern, noch ein junges Ding zu vernichten, wenn sich die Chance ergibt.«

Harriet erhob sich. »Mrs. Stone, Sie werden Seine Lordschaft nicht mehr als Unhold bezeichnen. Verstanden? Und wenn Sie es tun, können Sie sich nach einer anderen Stelle umsehen.«

Sie ging an die Tür und weiter, den Flur entlang zu ihrem Arbeitszimmer, ohne auf das betretene Schweigen hinter sich zu achten. In der Sicherheit ihres persönlichen Refugiums schloß sie die Tür und setzte sich an den Schreibtisch. Geistesabwesend nach einem grinsenden Schädel greifend, drehte und wendete sie ihn hin und her.

Gideon war kein Ungeheuer. Er war ein Mensch, dem das Leben und sein eigenes Schicksal Narben zugefügt hatten, aber ein Bösewicht war er nicht. Harriet wußte, daß sie ihr Leben und ihren Ruf dafür verpfändet hätte.

Gideon legte spätabends das Geschichtswerk beiseite, in das zu vertiefen er sich die letzte Stunde bemüht hatte, und goß sich ein Glas Brandy ein. Mit ausgestreckten Beinen am Feuer sitzend, starrte er über den Rand des Glases hinweg in die Flammen.

Je rascher ich die Diebe unschädlich mache, desto besser, dachte er bei sich. Die Situation wurde immer brenzliger. Das wußte er, wenn es auch Harriet Pomeroy nicht wußte. Wenn er auch nur einen Funken Verstand hatte, würde er aus der Gegend so rasch wie möglich verschwinden.

Was, zum Teufel, hatte er sich eigentlich dabei gedacht, als er sie im Walzertakt über die Tanzfläche wirbelte? Er wußte sehr gut, daß dies Anlaß zu Klatsch und Tratsch geben würde, zumal er keine andere der anwesenden Damen aufgefordert hatte.

Wieder einmal hatte eine Pfarrerstochter mit dem Ungeheuer von Blackthorne Hall getanzt. Würde sich die Geschichte wiederholen?

Harriet hatte ganz entschieden etwas an sich, das ihn zur Tollkühnheit reizte. Gideon hatte versucht, sich einzureden, sie sei nur ein lästiger kleiner Blaustrumpf, dessen Leidenschaft alten Knochen galt. Doch er wußte, daß dies nicht stimmte.

Harriet besaß genug Leidenschaft, um einen Mann zu befriedigen. Hätte es ihm nicht der Kuß in der Höhle verraten, er hätte es am Abend zuvor in ihren Augen gelesen, als er sie in die Arme genommen und mit ihr Walzer getanzt hatte.

Er hatte kurz darauf den Saal verlassen, weil er wußte, daß er, wäre er länger geblieben, noch mehr Wasser auf die Mühlen des Dorftratsches gegossen hätte. Und Harriet hätte nach seinem Abgang Spekulationen und Geklatsche über sich ergehen lassen müssen.

Gideon wärmte das Brandyglas mit den Händen. Es war am besten, wenn er rasch aus der Gegend verschwand, ehe er sich wieder zu einer ärgerniserregenden Handlung hinreißen ließ.

Doch er wußte, daß er insgeheim hoffte, es werde eine Weile dauern, bis die Diebe in die Falle gingen.

Er lehnte den Kopf an die Rückenlehne und dachte daran, wie es gewesen war, als er Harriet in den Armen gehalten hatte. Sie war warm und geschmeidig gewesen und hatte sich dem Walzertakt wundervoll angepaßt. Ihre Beschwingtheit hatte die ungetrübte Freude am sinnlichen Walzer gezeigt. Gideon wußte, daß sie in der Liebe ähnlich reagieren würde.

Die Dame war schließlich fünfundzwanzig und verfügte über ausgeprägte Willenskraft. Vielleicht sollte er seinen Edelmut vergessen und Harriet allein die Sorge um ihren Ruf überlassen.

Wer war er denn, daß er der Dame das Recht absprach, mit dem Feuer zu spielen?

Drei Nächte darauf konnte Harriet keinen Schlaf finden. Noch zwei Stunden nach dem Zubettgehen warf sie sich ruhelos hin und her, von einem Gefühl des Unbehagens geplagt. Aus keinem ersichtlichen Grund war sie unruhig und beklommen.

Schließlich gab sie es auf, so zu tun als ob, und stieg aus dem Bett. Als sie die Vorhänge zurückschob, sah sie, daß der Mond zum Teil von Wolken verdeckt wurde. Es war Ebbe, man sah den Sand silbern am Fuß der Klippen schimmern.

Aber sie sah auch etwas anderes. Das Flackern eines Lichtes.

Die Diebe waren wieder zur Stelle.

Erregung erfaßte Harriet. Sie öffnete das Fenster und beugte sich hinaus, um besser sehen zu können. Ein zweites Licht in einiger Entfernung ließ auf einen zweiten Dieb schließen. Das ergab Sinn. Es waren meist zwei, manchmal auch drei Männer, die am Strand auftauchten.

Harriet wartete eine Weile auf den dritten Lichtschein, und als dieser auf sich warten ließ, folgerte sie, daß diesmal der dritte Dieb nicht mitgekommen war.

Sie fragte sich, ob Dobbs, der polizeiliche Ermittler aus der Bow Street, schon in Aktion getreten war. Vermutlich gab er in diesem Moment Gideon ein Zeichen. In dem Bemühen, besser sehen zu können, fiel Harriet fast aus dem Fenster.

Kein Zweifel, das war das Aufregendste, was sie je erlebt hatte. Harriet bedauerte nur, daß sie nicht dabei sein konnte, wenn Dobbs die Diebe festnahm.

Sie dachte an Gideons ernste Vorhaltungen und seine Ermahnung, sie solle sich von den Höhlen fernhalten. Typisch, daß die Männer die aufregenden Dinge selbst mitmachten, während sie, die eigentlich den Stein ins Rollen gebracht hatte, dazu verurteilt war, aus einem Fenster zu hängen, um etwas von den Vorgängen mitzubekommen.

Harriet wartete gespannt, ob sie Gideon sehen konnte, wie er mit Mr. Dobbs zusammentraf. Aber der immer wieder verschwindende Mondschein erschwerte es ihr zu sehen, was unten auf dem Sandstreifen vor sich gehen mochte.

Da fiel Harriet ein, daß man vom oberen Ende des Klippenpfades aus eine viel bessere Aussicht hatte.

Nur wenige Minuten, und sie hatte sich warm angezogen, war in ihre halbhohen Stiefel geschlüpft und hatte Umhang und Handschuhe an sich genommen.

Kurz darauf verließ Harriet das Haus, die Kapuze als Schutz gegen die kalte Nachtluft tief ins Gesicht gezogen, und lief zum Klippenrand.

Von dort aus konnte sie einen größeren Abschnitt des Strandes überblicken. Der Sandstreifen wurde mit dem Kommen der Flut unmerklich schmäler. Noch eine halbe Stunde, und das Wasser würde die Höhlen erreichen.

Die Diebe wissen sicher auf die Minute, wann mit der Flut zu rechnen ist, dachte Harriet. Sie hatten es ja oft genug erlebt. Gideon und Mr. Dobbs würden wohl auch Bescheid wissen. Sie würden sehr rasch handeln müssen, da die Diebe heute in Eile waren, denn wenn sie länger blieben, würde das steigende Wasser sie in den Höhlen wie in einer Falle einschließen.

Harriet erspähte unten am Strand eine schattenhafte Bewegung. *Zwei Schatten,* korrigierte sie sich. Und beide ohne Licht. Zweifellos Gideon und sein Butler, die auf Dobbs' Zeichen hin herbeigeeilt waren.

Harriet ging näher an den Klippenrand. Plötzlich verzehrte sie sich vor Sorge. Die Diebe waren gewiß bewaffnet und konnten jeden Moment aus den Höhlen auftauchen.

Zum ersten Mal kam ihr der Gedanke, daß Gideon gefährdet sein könnte. Es war ein Gedanke, der sie nervös machte und das Gefühl der Aufregung, das sie vorhin gespürt hatte, verdrängte. Die Vorstellung, es könnte ihm etwas zustoßen, war ihr unerträglich.

Die Schatten, von denen Harriet sicher war, daß sie Gideon und sein Butler waren, trafen mit einem dritten Schatten zusammen, der Mr. Dobbs sein mußte, und nahmen hinter ein paar großen Steinblöcken Aufstellung.

In diesem Moment erschien im Höhleneingang ein Licht. Zwei Männer kamen heraus und wurden von Dobbs mit einem Ruf gestellt. Harriet konnte die befehlsgewohnte Stimme des kleinen Mannes kaum hören, so laut waren See und Wind.

»Stehenbleiben!«

Es folgten erschreckte Rufe. Harriet, die sich weiter vorbeugen wollte, um besser sehen zu können, wurde daran gehindert, da sich plötzlich der lange Arm eines Mannes von hinten um ihren Hals legte und sie festhielt. Sie erstarrte vor Entsetzen.

»Miß Pomeroy, was machen Sie da?« hörte sie Crane zischen.

»O Gott, Sie haben mich aber erschreckt.« Harriets Gedanken überstürzten sich. »Ich konnte nicht schlafen und unternahm einen nächtlichen Spaziergang entlang der Klippen. Und was treiben Sie hier?«

»Ich stehe Schmiere, Miß Pomeroy. Und das ist gut, denn ansonsten wäre ich wie diese armen Dummköpfe dort unten gefangen worden.« Er ließ sie eine Messerspitze im Nacken fühlen.

Harriet erschauerte. Sie spürte den unangenehmen Geruch des großen, hageren Mannes, spürte auch die Stärke seines schlangengleichen Armes. »Ich weiß nicht, wovon Sie reden, Mr. Crane. Tut sich heute dort unten etwas? Ich dachte, mit der Schmuggelei sei es in dieser Gegend längst aus und vorbei.«

»Die dummen Lügen können Sie sich sparen, Miß Pomeroy.« Sein Griff wurde fester, so daß er ihr fast die Atemluft abschnürte. »Ich kann selbst sehen, was unten vorgeht. Meine Komplizen sind in die Falle gegangen.«

»Ich weiß nicht, wovon Sie reden, Mr. Crane.«

»Wirklich? Na, Sie werden es rasch merken, wenn wir gleich selbst hinuntergehen.«

Harriet schluckte. »Warum sollten wir hinuntergehen?«

»Ich warte ab, bis sich die dort unten getrollt haben, und dann hole ich mir, was ich fassen kann. Bei Tagesanbruch wird die Polizei aufkreuzen und die Sachen fortschaffen. Ich muß zusehen, daß ich kriegen kann, was nur geht. Und Sie, Sie kommen als Geisel schön mit. Nur für den Fall, daß jemand versuchen sollte, uns aufzuhalten.«

»Aber, Mr. Crane, die Flut kommt jetzt schon«, sagte Harriet verzweifelt. »Sie haben keine Zeit mehr.«

»Na, dann muß ich mich eben beeilen und Sie auch. Also, rasch, Miß Pomeroy. Sollten Sie um Hilfe rufen, dann schneide ich Ihnen die Kehle durch, das lassen Sie sich gesagt sein.«

Als Crane sie zum Klippenpfad drängte, warf Harriet einen Blick hinunter und sah, daß Gideon und die anderen die Diebe gestellt und festgenommen hatten. Sie führten sie nun den Strand entlang zu einem der anderen Klippenpfade. Auch wenn einer von ihnen zufällig einen Blick zurückwerfen sollte, würde er sie und Crane in der Dunkelheit nicht sehen können.

Noch einige Minuten, und Gideon und seine Gruppe würden außer Reichweite sein.

6

Die Flut kam sehr rasch. Harriet sah, wie die Wellen gierig am Sand leckten, während sie unbeholfen den Klippenpfad hinunterstieg. Sie ging so unsicher, weil Crane sie am Oberarm festhielt und die Messerspitze noch immer auf ihren Nacken gerichtet war.

Am Fuß des Pfades angelangt, spähte Harriet den Strand entlang und betete darum, Gideon oder Dobbs würden sich endlich umdrehen und merken, was hinter ihnen vorging. Ihre Gestalten waren im Licht des immer wieder hinter Wolken verschwindenden Mondes kaum mehr auszumachen.

»Denken Sie dran, kein Wort und keinen Mucks.« Unten angekommen, legte er ihr den Arm wieder um den Hals. »Ich hab' nicht nur das Messer. In meiner Tasche steckt eine Pistole. Wenn Sie dem Messer entkämen, würde ich Ihnen eine Kugel nachschicken. Das schwöre ich.«

»Wenn Sie einen Schuß abgeben, werden die anderen ihn hören.« Harriet schlotterte vor Angst.

»Vielleicht. Vielleicht aber auch nicht. Die Brandung wird immer lauter. Miß Pomeroy, nicht drängen, nur immer in Bewegung bleiben. Rasch.«

Harriet merkte plötzlich, daß sie nicht die einzige war, die vor Angst zitterte. Auch Crane war außer sich vor Angst. Sie spürte das Beben des Armes, der um ihren Hals lag. Und sie roch seine wachsende Angst. Er stank danach.

Es war mehr als nur der Zeitfaktor, der Crane so große Angst machte, ging ihr auf. Sie spürte, daß er mit der Angst vor den Höhlen selbst kämpfte.

Es war keine ungewöhnliche Angst. Wie sie schon Gideon erklärt hatte, gab es viele Menschen, die die Höhlen nie betreten würden.

Ein Blick nach unten zeigte Harriet, daß die Gischt schon an ihren Stiefeln nagte. Da kam ihr eine Idee.

»Mr. Crane, die Zeit läuft ab. Aus der Höhle können Sie nicht mehr heraus. Entweder Sie ertrinken, oder Sie müßten die Nacht in einer stockdunklen Höhle verbringen. Ihre Laterne wird nicht lange brennen. Stellen Sie sich die bedrükkende, zermalmende Dunkelheit vor, Mr. Crane. Wie in der tiefsten Hölle.«

»Halten Sie den Mund«, zischte er.

»Die Polizei muß nur bis zur Ebbe warten, und dann laufen Sie ihr direkt in die Arme. Es sei denn, Sie hätten sich in den Höhlen verlaufen. Diese Möglichkeit besteht natürlich auch. In diesen Höhlen sind Menschen schon auf Nimmerwiedersehen verschwunden. Denken Sie daran, was das für ein Gefühl sein mag... in der Dunkelheit gefangen.«

»Ich bin in zehn Minuten drinnen und wieder draußen. Ich habe eine Skizze. Rasch, dummes Frauenzimmer.«

Harriet entging seine wachsende Anspannung nicht. Crane litt tausend Ängste. Er wußte so gut wie sie, daß die Zeit sehr knapp war.

Seine wachsende Nervosität war ihre Chance. Harriet überlegte fieberhaft. In der äußeren Höhle würde es stockfinster sein. Crane würde innehalten und seine Laterne anzünden müssen, er würde nervös sein, seine Finger unsicher. Während er mit der Laterne beschäftigt war, würde er ihr das Messer nicht an die Kehle halten können.

Wenn sie rasch reagierte, konnte sie den Gang im Hintergrund der Höhle erreichen, ehe er imstande war, die Pistole aus der Tasche zu ziehen und zu feuern.

Wieder blickte sie die nächtliche Küste entlang und wurde von Verzweiflung erfaßt. Gideon und die anderen waren schon sehr weit weg und entfernten sich mit jeder Sekunde weiter.

Wenn sie laut genug schrie, würde Gideon sie vielleicht

trotz der lauter werdenden Brandung hören können, aber sie konnte nicht sicher sein, daß er merkte, was vor sich ging.

Sie würde ihre Flucht selbst bewerkstelligen müssen.

Harriet wurde aktiv, als Crane sie durch den Höhleneingang stieß.

»Miß Pomeroy, es sieht aus, als würde ich Sie als Geisel nicht brauchen. Die sind ja längst fort. Also kann ich mich Ihrer ebenso gut entledigen. O Gott, wie dunkel es hier ist. Wie haben die das nur ausgehalten?«

Harriet stolperte nun mit Absicht und fiel auf die Knie, als Crane sich mit der Laterne zu schaffen machte. Diese Bewegung riß sie aus seinem vorübergehend gelockerten Griff.

»Gideon.« Ihr Schrei widerhallte so laut, daß er die Höhle auszufüllen schien, doch hatte sie keine Ahnung, ob man es draußen im Freien hörte. Sie versuchte gegen die Laterne zu treten und verfehlte sie.

»Mund halten, kleines Luder. *Verdammt.*«

Crane stand zwischen Harriet und dem Eingang. Sie würde niemals an ihm vorüber ins Freie gelangen. Da drehte sie sich um und floh blindlings in die schwarzen Tiefen der Höhle, mit ausgestreckten Händen, um die Steinwände abzutasten. Hinter ihr hörte sie Cranes Verwünschungen, während er sich abmühte, seine Laterne anzuzünden.

»Zurück, hierher«, schrie Crane.

In diesem Moment flammte die Laterne auf und tauchte die Höhle in goldene Helligkeit. Harriet, die sah, daß sie sich knapp vor dem Höhleneingang befand, stürzte darauf zu.

Ein Schuß krachte. Harriet blickte sich nicht um. Schon war sie im Gang, wieder in Dunkelheit.

»Verdammt«, brüllte Crane wutentbrannt. »Verdammtes Luder.«

Harriet, die im Gang außerhalb des Lichtkreises der Laterne kauerte, hörte das Poltern seiner Schritte. Wie hatte sie gehofft, er würde von Panik erfaßt seinen Plan aufgeben. Zu ihrem Leidwesen schien seine Gier nach der Beute stärker zu sein als seine Angst vor den Höhlen oder vor einer Festnahme.

Harriet wich tiefer in den pechschwarzen Gang zurück, indem sie sich mit ihren behandschuhten Händen weitertastete. Ein Lichtstrahl aus Cranes Laterne warnte sie, daß er die Verfolgung noch nicht aufgegeben hatte. Seine Schritte waren laut zu hören, ebenso seine schweren Atemzüge.

Immer tiefer lief sie hinein in den Gang. Etwas huschte über ihre Stiefelspitze. Sicher eine Krabbe.

Das tödliche Versteckspiel schien endlos weiterzugehen und zwang Harriet, immer tiefer in den Gang einzudringen. Das Tosen des Meeres war nun viel lauter. Sie wußte, daß die Brandung schon in die äußere Höhle schwappte und langsam, aber sicher den Rückzug abschnitt. In wenigen Minuten würde der Weg aus den Höhlen gefährlich, wenn nicht unmöglich werden. Vielleicht war es jetzt schon zu spät.

»Verdammt!« brüllte Crane. »Wo steckst du, du dummes Stück?«

Und dann hörte sie Crane aufschreien. Es war ein gräßlicher Laut tierischer Angst, dessen Echo in den Gängen widerhallte.

Der ferne, schwankende Lichtschein verschwand jäh, und Harriet befand sich plötzlich in pechschwarzer Finsternis. Sie hörte die Stiefel ihres Verfolgers zurück zur äußeren Höhle laufen. Cranes Furcht hatte die Oberhand über seine Habgier gewonnen.

Harriet holte tief Luft, um ihre Nerven in den Griff zu bekommen. Dann bewegte sie sich langsam wieder auf den Ausgang zu, obschon sie wußte, daß es vermutlich zu spät war. Das Geräusch der Brandung in der äußeren Höhle war ganz deutlich zu hören. Harriet zwang sich, innezuhalten und zu überlegen.

Schwimmen konnte sie, doch es fehlte ihr gewiß an der Kraft, deren es bedurfte, sich durch die kochende Brandung hindurchzukämpfen. Die Flut würde sie gegen die Felswände schleudern und zerschmettern.

Doch die Vorstellung, die Nacht allein in dieser Finsternis zu verbringen, erschien ihr ebenso wenig verlockend wie Mr. Crane. Harriet schauderte zusammen, als ihr dämmerte, daß sie hier vielleicht stundenlang gefangen sein würde.

»*Harriet.* Harriet, sind Sie hier drinnen? Wo stecken Sie?«

»Gideon.« Erleichterung erfaßte sie. Sie war in dieser Finsternis nicht allein. »Gideon, hier bin ich. Im Gang. Ich kann nichts sehen, ich habe kein Licht.«

»Bleiben Sie, wo Sie sind. Ich komme sofort.«

Zuerst sah sie das schwankende Licht. Gleich darauf tauchte Gideon auf, der seine breiten Schultern um eine Biegung im gewundenen Gang zwängte.

Er war barhäuptig und hatte seinen Mantel ausgezogen und sich ihn wie einen lockeren Schal um die Schultern gelegt. Stiefel und Hose waren durchnäßt, für Harriet ein Zeichen, daß er durch schenkelhohes Wasser hatte waten müssen, um in die Höhle zu gelangen. Den Mantel hatte er wohl ausgezogen, um ihn über Wasser halten zu können.

Als er sie erblickte, hielt er inne und hob die Laterne, um sie besser sehen zu können. Der Lichtschein ließ seine Züge hart und reliefartig hervortreten, aber Harriet glaubte, sie hätte nie jemanden gesehen, der besser aussah als Gideon in diesem Moment. Wie groß und fest und stark er war! Harriet hätte sich ihm am liebsten in die Arme geworfen, beherrschte sich aber. »Sind Sie unversehrt?« fragte er heiser.

»Ja, mir fehlt nichts.« Sie blickte hilflos an ihm vorbei in die Finsternis. »Was ist mit Mr. Crane passiert?«

»Crane hat sein Heil im Wasser gesucht. Wenn er nicht ertrinkt, wird Dobbs ihn fassen. Daß wir heute nicht mehr aus der Höhle hinauskommen, steht fest. Es sieht daher aus, als müßten wir den Rest der Nacht in der verdammten Höhle verbringen, Miß Pomeroy.«

»Das hatte ich befürchtet. Gottlob, daß Sie ein Licht haben.«

»Ich habe dieses, und dann gibt es noch Laternen, die die Diebe hinten bei ihrer Beute zurückgelassen haben. Kommen Sie, wir wollen aus diesem schrecklichen Gang heraus. Der beengt mich mehr als meine von Weston geschneiderte Jacke.«

Harriet widersprach nicht. Sie drehte sich um und ging zur Diebeshöhle voraus. Gideon folgte ihr und stieß einen Erleichterung verratenden Fluch aus, als er die große Höhle betrat.

»Nicht eben die angenehmste Herberge.« Er hängte die Laterne an einen Metallhaken, den die Diebe in die Höhlenwand getrieben hatten. »Die Bedienung ist unter jeder Kritik, und der Steinböden wird einem bis zum Morgen sehr unbequem werden. Das Trinkgeld wird ausfallen.«

Harriet biß sich reuig auf die Unterlippe. »Mylord, ich weiß, daß es meine Schuld ist. Es tut mir leid, daß Sie es unbequem haben werden.«

»Unbequem?« Gideon zog eine Braue hoch. »Harriet, Sie kennen die Bedeutung dieses Wortes nicht. Erst morgen werden Sie wissen, was Unbequemlichkeit wirklich heißt.«

Sie furchte die Stirn. »Ich verstehe nicht... was wollen Sie damit sagen?«

»Schon gut. Wir haben genug Zeit, uns eingehend darüber zu unterhalten.« Gideon setzte sich auf einen Felsvorsprung und fing an, seine nassen Stiefel auszuziehen. »Ein Glück, daß Sie Ihren Umhang und ich meinen Mantel habe. Der Raum ist unleugbar kalt.«

»Ja.« Harriet kuschelte sich tiefer in ihren Umhang und blickte voller Unbehagen um sich. Allmählich begriff sie, daß sie hier die Nacht mit Gideon verbringen würde. Noch nie im Leben hatte sie mit einem Mann eine Nacht in einem Raum verbracht. »Wie haben Sie mich gefunden? Haben Sie mich rufen gehört? Oder Mr. Cranes Schuß?«

»Beides.« Ein Stiefel polterte auf den Boden. Gideon machte sich am zweiten zu schaffen. »Ich hielt nach dem dritten Mann Ausschau, von dem Sie mir berichtet hatten, da ich annahm, daß er es vermutlich war, der Schmiere stand. Aber ich habe nicht erwartet, daß er mit Ihnen den Klippenpfad herunterkommen würde.« Der zweite Stiefel landete auf dem Boden.

»Ich verstehe.« Harriet starrte Gideons Stiefel an und fuhr sich mit der Zunge über die trocken gewordenen Lippen.

»Miß Pomeroy, wenn Sie nichts dagegen haben, hätte ich gern eine Erklärung.« Gideon stand auf und machte sich daran, seine Hose auszuziehen.

Harriet riß entsetzt die Augen auf, als sie sah, daß er sich seiner nassen Sachen entledigen wollte. Unter diesen Umständen bleibt ihm nichts anderes übrig, beruhigte sie sich. Er konnte ja nicht darin schlafen, weil er sich sonst erkältet hätte. Trotzdem, sie hatte noch nie einen unbekleideten Mann gesehen. Sie drehte ihm den Rücken zu und fing rasch zu sprechen an, um ihre Nervosität zu überspielen.

»Ich konnte nicht schlafen«, sagte sie. »Als ich ans Fenster ging, sah ich Leute auf dem Strand und wußte sofort, daß die Diebe zurückgekehrt waren. Ich wußte, Mr. Dobbs würde Ihnen ein Zeichen geben und alles würde nach Plan ablaufen. Erst war ich sehr aufgeregt und wollte sehen, was passierte, dann aber bekam ich es mit der Angst zu tun.«

»Sie bangten um Ihre gottverdammten Fossilien?«

»Ich bangte um Sie«, flüsterte sie, wobei ihr das Geräusch deutlich bewußt war, als Gideon sich seiner nassen Hose entledigte.

»Um mich?« Gideon schwieg betroffen, ehe er sagte: »Warum, zum Teufel, haben Sie sich um mich gesorgt?«

»Nun... Sie haben nicht viel Erfahrung mit Dieben, Mylord.« Harriet verschränkte die Hände unter ihrem Umhang. »Ich meine... das ist ja nicht Ihre normale Betätigung. Ich wußte, die Diebe würden bewaffnet sein und gefährlich und... nun...« Sie ließ den Satz unvollendet. Daß ihre Besorgnis viel persönlicherer Natur war, konnte sie ihm nicht sagen. Ihr war es eben selbst erst klar geworden.

»Ich verstehe.« Aus Gideons Ton sprach Kälte.

»Ich habe es nicht schlecht gemeint. Ich war nur um Ihre Sicherheit besorgt.«

»Und was war mit Ihrer eigenen Sicherheit?«

Sie wappnete sich gegen seinen Sarkasmus. »Ich hätte nicht gedacht, daß ich am oberen Klippenrand in Gefahr geraten würde.«

»Miß Pomeroy, ich kann Sie kaum verstehen.«

Harriet räusperte sich. »Ich sagte, ich hätte nicht gedacht, daß ich am oberen Klippenrand in Gefahr geraten würde.«

»Das war ein Irrtum. Und jetzt schweben Sie in größerer Gefahr, als Sie es sich vorstellen können.«

Die verhüllte Drohung bewirkte, daß Harriet sich umdrehte. Erleichtert sah sie, daß Gideon seinen Mantel angezogen hatte, der bis zu seinen nackten Waden reichte. Er machte sich an einem der auf dem Boden liegenden Säcke zu schaffen. »Was machen Sie da, Sir?«

»Ich mache uns ein Nachtlager zurecht. Es sei denn, Sie möchten im Stehen schlafen.« Gideon öffnete den großen Sack, drehte ihn um und ließ achtlos ein Vermögen an Edelsteinen und Silber auf den Höhlenboden gleiten.

»Ich bezweifle sehr, ob ich überhaupt schlafen kann«, murmelte Harriet, die zusah, wie Gideon den nächsten Sack leerte. »Mylord, ich sehe, daß Sie wütend auf mich sind, und das tut mir leid, aber Sie müssen doch einsehen, daß es purer Zufall war, was passierte.«

»Schicksal, Miß Pomeroy. Ich glaube, man kann es Schicksal nennen. Was heute geschah, hat das unheilvolle und gehörig furchteinflößende Gewicht einer dummen Schicksalsfügung. Haben Sie Sinn für Philosophie?«

»Viel habe ich mich nicht damit beschäftigt. Natürlich habe ich etliche Klassiker gelesen, aber Fossilien haben mich immer schon viel mehr interessiert.«

Gideon warf ihr einen merkwürdigen Blick zu. »Dann machen Sie sich auf etwas gefaßt. Vor Ihren Augen wird sich ein ganz neues Gebiet auftun.«

Harriet sah ihn verdutzt an. »Heute sind Sie aber in sonderbarer Stimmung.«

»Meine Stimmung können Sie der Tatsache zuschreiben, daß ich, anders als Sie, gesunden Respekt vor der Macht des Schicksals habe.« Gideon leerte den letzten Sack, um dann aus allen Säcken zusammen eine provisorische Matratze zurechtzumachen. Das Licht hinter ihm ließ den Haufen Kostbarkeiten auf dem Boden schimmern. Goldene Kerzenhalter, Rubinringe, schwere, getriebene Schnupftabakdosen funkelten und glitzerten um die Wette. Es war ein helles Feuer, das dennoch keine Wärme verbreitete.

Harriet besah den Sackhaufen kritisch. »Darauf wollen Sie schlafen, Mylord?«

»Wir beide werden hier schlafen.« Gideon zog die Säcke zurecht, bis er zufrieden war. »Das Material wird uns vor der Kälte des Steinbodens schützen, und zum Zudecken haben wir Ihren Umhang und meinen Mantel. Wir werden die Nacht überleben.«

»Ja, natürlich.« *Er wollte, daß sie neben ihm schlief.* Ein beunruhigender Schauer, gefolgt von einem ebenso beunruhigenden Angstgefühl, lief ihr über den Rücken. Auf der Suche nach einer anderen Möglichkeit ließ sie den Blick durch die Höhle wandern. »Ein sehr vernünftiges Arrangement, vermutlich.«

Gideon warf einen Blick auf ihre nassen Stiefel. »Die ziehen Sie am besten aus.«

»Ja, natürlich.«

Harriet ließ sich unweit der Felsformation nieder, in der

die Umrisse des fossilen Zahnes zu sehen waren, den sie bei ihrem letzten Besuch entdeckt hatte. Sie beäugte das Fossil wehmütig und bückte sich dann, um ihre Stiefel aufzuschnüren.

Im nächsten Moment streifte sie die Stiefel ab und sah starr vor Entsetzen ihre nackten Füße an. Ehe sie das Haus verließ, hatte sie sich nicht die Zeit genommen, Strümpfe anzuziehen. Sie spürte, wie sie errötete, und hoffte, Gideon würde nichts bemerken.

»Beruhigen Sie sich, Harriet. Was geschehen ist, ist nun mal geschehen. Wir können nichts tun, als zu versuchen, uns auszuruhen. Morgen wollen wir uns um alles andere kümmern.« Gideons finsterer Blick schien milder zu werden, als er sah, wie durchnäßt sie war und wie unbehaglich sie sich fühlte. »Kommen Sie, meine Liebe. Wenn wir uns diese Säcke teilen, wird uns rasch wärmer, und die Gefahr einer Erkältung ist gebannt.«

Harriet stand auf und ging mit eingezogenen Zehen über den kalten Boden, die Schultern energisch gestrafft. Gideon hatte recht. Dies war am vernünftigsten.

Unfähig, Gideons Blick standzuhalten, ging sie zögernd auf den Sackstapel zu. Am Rande des provisorischen Nachtlagers blieb sie stehen, unsicher, was sie als nächstes tun sollte.

Gideon ließ sich nieder, umwallt von seinem Mantel. Dann teilte er Harriets Umhang. Er faßte nach ihrer Hand, hielt sie fest und zog sie sanft, aber unerbittlich neben sich.

Mit Aufbietung aller Willenskraft schaffte es Harriet, wenigstens äußerlich den Anschein von Ruhe zu bewahren. Doch ihre Finger bebten in seiner Hand, und sie wußte, daß er es spüren mußte. Er war jedoch so taktvoll, sie nicht damit aufzuziehen, und tat ganz so, als sei dies alles die natürlichste Sache der Welt.

Im nächsten Moment lag sie neben ihm, vom Hals bis zu

den Zehen in ihren Umhang gehüllt, den Kopf auf die Kapuze gelegt. Sie spürte die Wärme seines mächtigen Körpers, der neben ihr lag. Seine Wärme durchdrang sogar die schweren Falten seines Mantels ... ein sehr tröstliches Gefühl.

Harriet lag reglos da, den Blick auf die Schatten gerichtet, die die Laterne auf die Wände warf. »Mylord, ich entschuldige mich für die mißliche Lage«, murmelte sie.

»Harriet, schlafen Sie.«

»Ja, Mylord.« Sie schwieg eine Weile. »Meine Familie wird in höchster Sorge sein, wenn es sich zeigt, daß ich morgen nicht in meinem Bett liege.«

»Das bezweifle ich nicht.«

»Meinen Sie, Mr. Dobbs wird melden, daß wir in den Höhlen sind?«

»Ich bin sicher, daß Ihre Angehörigen die ganze Geschichte sehr bald zu hören bekommen«, gab Gideon trocken von sich.

»Wir müßten es schaffen, ganz zeitig am Morgen hier herauszukommen.« Harriet schlug einen optimistischen Ton an.

»Nicht zeitig genug, um dem Rad des Schicksals Einhalt zu gebieten, Miß Pomeroy.« Gideon drehte sich so auf die Seite, daß er sich an sie schmiegte. Sein Arm legte sich kühn um ihre Taille. »Nicht annähernd früh genug.«

Harriet hielt den Atem unter dem Gewicht seines Armes an. Doch dann merkte sie, daß er nur versuchte, sie zusätzlich zu wärmen. Sie entspannte sich wieder. »Eine merkwürdige Situation, finden Sie nicht, Mylord?«

»Sehr merkwürdig. Versuchen Sie zu schlafen, Harriet.«

Sie schloß die Augen, überzeugt, sie werde keine Sekunde schlafen können. Dann gähnte sie, schmiegte sich näher an Gideons Wärme und versank im Vergessen.

Als sie viel später erwachte, merkte Harriet, daß sie ausgekühlt war. Sie spürte Gideons Bein neben sich. Instinktiv rückte sie näher, weil sie seine Wärme wollte. Ganz steif vom seitlichen Liegen auf hartem Boden, drehte sie sich um und schaute Gideon direkt ins Gesicht.

Sie sah sofort, daß seine Augen offen waren und er sie mit beunruhigender Intensität beobachtete. Sein Blick schimmerte im Laternenlicht. Sein Arm legte sich fester um ihre Taille.

»Gideon?« Sie lächelte zaghaft. Noch immer schlaftrunken strich sie über seine gezackte Narbe. »Habe ich mich schon dafür bedankt, daß Sie mir gestern zu Hilfe kamen?«

Momentan schwieg er. Dann beugte er sich, auf einen Ellbogen gestützt, über sie. »Warten wir ab, ob Sie mir am Morgen auch noch danken wollen.«

Sie wollte ihm versichern, daß es der Fall sein würde, doch er ließ ihr nicht die Chance, ein Wort zu äußern, denn er senkte den Kopf und drückte seinen Mund auf ihren.

Harriet zögerte keine Sekunde, legte die Arme um ihn und zog ihn an sich, vom Verlangen nach der Wärme und Stärke in ihm getrieben, obwohl sie wußte, daß sie schockiert oder zumindest zutiefst gekränkt hätte sein sollen, ebenso wie sie wußte, daß sie Gideon hätte Widerstand entgegensetzen müssen.

Daneben aber wußte sie auch, daß sie seit jener ersten Umarmung in der Höhle darauf gewartet hatte, daß Gideon sie wieder küßte.

»Ich glaube wirklich, du bist mein Schicksal«, flüsterte Gideon an ihrem Mund. »Es sieht aus, als wären wir aneinander gefesselt. Harriet, wirst du gegen mich ankämpfen?«

Sie verstand nicht, was er meinte. »Warum sollte ich gegen dich ankämpfen?«

»Die Einheimischen nennen mich ›Ungeheuer von Blackthorne Hall‹.«

»Du bist kein Ungeheuer.« Harriet berührte wieder sein Gesicht und zeichnete die markanten Linien seines Kinns nach. »Du bist ein Mann. Der faszinierendste Mann, dem ich je begegnet bin.«

»Jede Wette, daß du noch nicht allzu vielen begegnet bist.« Mit einem gequälten Aufstöhnen öffnete Gideon ihren Umhang, um ihre Kehle zu küssen.

»Das macht nichts.« Harriet erschauerte, als sie seinen Mund auf ihrer Haut fühlte. »Auf der ganzen Welt gibt es keinen Mann wie dich. Da bin ich ganz sicher. Als wir auf dem Ball Walzer tanzten, da hoffte ich, der Tanz würde nie enden.«

»Dir hat der Walzer Spaß gemacht?« Er streifte mit seinem Mund über ihre Lippen.

»Ja, sehr sogar.«

»Das dachte ich mir. Ich habe es in deinen Augen gelesen. Du bist ein sinnliches Geschöpf, Harriet Pomeroy.«

»Ich würde sehr gern wieder einmal Walzer tanzen«, sagte sie plötzlich ganz atemlos.

»Ich will es mir merken.« Gideon schob ihren Umhang ein Stück weiter zurück. Sein verhangener, flackernder Blick traf auf ihren, als er seine Hand auf die Rundung ihrer Brust legte. Er wartete auf ihre Reaktion.

Die schockierende Intimität raubte Harriet den Atem. Sie wußte, daß sie ihm nun Einhalt gebieten sollte. Aber ich bin ja fast fünfundzwanzig, rief sie sich in Erinnerung. Und dies war das erste Mal, daß sie die Berührung eines Mannes erlebte. Vermutlich würde es bei diesem einzigen Mal bleiben. *Und dies war Gideon.*

»Nun, Harriet?« Gideons Hand streichelte sie mit lockender Zärtlichkeit, umfaßte sie, zeichnete ihre Formen nach, streichelte sie sanft.

Ihr fehlten die Worte zu einer Antwort. Ihr Puls hämmerte, eine schwere, flüssige Wärme wallte irgendwo in ihrem Inneren auf. Sie legte die Arme um seinen Nacken und küßte ihn mit einer Leidenschaft, die explosionsartig aus dem Nichts hervorbrach.

Gideon bedurfte keiner weiteren Aufforderung. Die kühle Zurückhaltung, die bis jetzt sein Vorgehen gekennzeichnet hatte, war wie weggeblasen. Er schob ihren Umhang beiseite und fing an, die Bänder ihres Kleides zu lösen.

»Harriet, meine süße, vertrauensvolle Harriet«, flüsterte er heiser an ihrer Kehle, während er ihr Mieder bis zur Taille herunterzog. »Du hast heute dein Schicksal besiegelt.«

Seine Worte waren ihr ein Rätsel, aber sie war ohnehin von der Flut neuer Gefühle zu überwältigt, um ihn zu fragen, was er damit meinte. Harriet wußte nur, daß das, was nun geschah, irgendwie geschehen sollte. Es war etwas, das sie wollte. Etwas, dem sie nicht ausweichen konnte, das zu erleben sie sich sehnte – nein, das sie erleben mußte.

Sie fror, als die kalte Luft auf ihre nackte Haut traf, dann war ihr wieder warm, weil Gideon auf ihr lag. Ihr war mehr als warm. Ihr war heiß. Heißer als je im Leben. Sein Gewicht auf sich zu spüren war ungeheuer erregend.

Gideon entledigte sich mit einer energischen Schulterbewegung seines Mantels und enthüllte das lange weiße Hemd, das er darunter als einzige Bekleidung trug. Dunkles sprödes Haar lockte sich auf seiner breiten Brust, eine dichte Matte, die sich schmaler werdend nach unten zog. Ein Blick auf seine harte Männlichkeit, und Harriet erstarrte.

»Gideon?«

»Du mußt mir vertrauen«, sagte er mit dunkler, belegter Stimme, die sein Begehren ebenso verriet wie sein Körper. Er breitete seinen Mantel nun über sie beide, damit man seine Erregung nicht mehr sehen konnte. »Dir bleibt nichts übrig, als mir zu vertrauen. Sieh mich an, süße Harriet.«

Sie begegnete seinem Blick und las das Begehren darin. Noch nie zuvor hatte sie unverhüllte Begierde im Blick eines Mannes gesehen, und doch erkannte Harriet sie sofort. Und sie sah noch etwas anderes. Eine tiefe Wachsamkeit und wilde Entschlossenheit leuchtete ihr entgegen, fast so, als wappne er sich gegen einen Schmerz, von dem er wußte, daß er unausweichlich kommen würde.

Harriet lächelte weich. »Ich vertraue dir, Gideon.«

Aufstöhnend beugte er sich über sie und küßte ihre Brust mit andachtsvoller Sorgsamkeit. Ihre Finger gruben sich in seine Schultern. Das ist ein Gefühl, das nicht seinesgleichen hat, schoß es Harriet durch den Kopf. Sie spürte, wie Gideons Hände tiefer glitten, ihr das Kleid über die Hüften hochschoben und sie völlig entblößten, und sie erbebte unter der rauhen Sanftheit seiner Finger.

Nun lag seine Hand auf der Innenseite ihres Schenkels und glitt hinauf zum Mittelpunkt der Glut, die in ihrem Inneren brannte. Doch als er einen Finger einführte und sie öffnete, schrie sie erschrocken auf.

»Du bist schon feucht für mich.« Gideon zog den Finger zurück, um langsam von neuem einzudringen.

Harriets ganzer Körper verkrampfte sich als Reaktion auf dieses angsteinflößende Eindringen. Sie schloß die Augen ganz fest und hielt still, um dahinterzukommen, ob ihr dieses Gefühl behagte oder nicht. Es war alles so ungewohnt. Köstlich ungewohnt.

Dann bewegte Gideon seinen Finger, und Harriet hatte ihre Entscheidung getroffen. Sie mochte es, ihn in sich zu fühlen. Sie hob ihre Hüften seinem behutsam eindringenden Finger entgegen und umfaßte seine Schultern.

»Du begehrst mich.« Gideon umfaßte ihre Brustspitze mit den Zähnen und sog leicht daran. »Sag es.«

»Ich begehre dich.« Harriet brachte die Worte kaum über die Lippen, so daß sie sich wie ein erstickter kleiner Seufzer anhörten. »Ich begehre dich, Gideon.«

»Sag es noch einmal. Ich muß die Worte hören, meine süße, kühne Harriet. Ich muß hören, wie du sie aussprichst.« Seine Hand bewegte sich und zeichnete ein winziges Muster in ihre feuchte Hitze.

Harriet konnte es nicht fassen, als das Feuer in ihr sich auszuweiten schien. Sie drehte und wand sich unter Gideon, auf der Suche nach einem Ziel, das sie nicht benennen konnte. »Bitte, Gideon, bitte.«

»Ja«, raunte er. »Verdammt, ja.«

Dann schob er ihre Beine weiter auseinander und legte sich zwischen ihre Schenkel. Harriet spürte, wie er an sich hinuntergriff und sich zu jenem Teil von ihr bewegte, den er gestreichelt hatte. Sie spürte auch, wie er in der feuchten Hitze selbst feucht wurde. Und dann spürte sie, wie er einzudringen begann.

Harriet erstarrte, als sie bemerkte, daß dieser besondere Teil Gideons ähnlich dimensioniert war wie alles an ihm. Sie umfaßte seine Schultern fester und riß die Augen auf, nur um zu entdecken, daß sie direkt in das wilde Glühen seiner goldbraunen Augen sah.

»Ich tue dir weh«, stieß er mit zusammengepreßten Zähnen hervor. »Das wollte ich nicht. Du bist so eng. So klein und schön und eng. Und ich bin ein großes, ungeschlachtes Ungeheuer, dem es nicht zusteht, sich dir so aufzuzwingen.«

»Sag das nicht. Du zwingst dich mir nicht auf...« Harriet starrte in seine Löwenaugen und sah Reue und Schmerz hinter den Flammen. »Sag das niemals wieder. Es stimmt nicht.«

»Doch, es stimmt. Ich habe dich mit Absicht Gefühle erleben lassen, mit denen du nicht umzugehen weißt. Ich nutze deine ungeübten Gefühle aus.«

»Ich bin kein Kind. Ich treffe meine Entscheidungen allein.«

»Ach? Das glaube ich nicht. Am Morgen wirst du genug Grund zur Reue haben. Deshalb will ich deine Bürde nicht noch schwerer machen.«

Instinktiv wußte sie, daß er versuchen wollte, sich zurückzuziehen, und sie wußte auch, daß sie das nicht zulassen konnte. Sie spürte, daß er wissen mußte, daß sie ihn ebenso verzweifelt begehrte wie er sie.

»Nein.« Harriet grub ihre Nägel in seinen mächtigen

Rücken und wölbte sich ihm einladend entgegen. »Nein, Gideon. Bitte, zieh dich jetzt nicht zurück. Ich begehre dich. Ich *begehre* dich.«

Er zögerte vor der weichen feuchten Pforte ihres Körpers. Auf seiner Stirn glänzten Schweißperlen. »Gott stehe mir bei, ich begehre dich. Mehr als ich je etwas begehrt habe.« Die Worte entrangen sich Gideon als heiseres Aufstöhnen. Dann drang er behutsam ein.

Harriet schrie unwillkürlich auf. Gideon bedeckte ihren Mund mit Küssen und erstickte ihren unzusammenhängenden Aufschrei.

Aufwühlende Erregung, vermischt mit Schmerz und Wonne, erfüllte Harriet. Sie fühlte sich fast unerträglich gedehnt und ausgefüllt, nur um zugleich undeutlich zu spüren, daß sie auf einen gleißenden, erregenden Gipfel zustrebte, der noch außer Reichweite war.

Sie wußte, daß sie am Rande einer großartigen Entdeckung verharrte. Noch ein wenig Zeit, und sie würde die flüchtige Wonne fassen können. Dessen war sie sicher.

Aber diese Zeit blieb ihr nicht. Gideon zog sich langsam zurück, um wieder einzudringen und einen heiseren Schrei voll roher, männlicher Befriedigung auszustoßen. Sein Körper bäumte sich über ihr auf, jeder Muskel hart und straff wie Stahl.

Dann brach er auf ihr zusammen und sog die Luft in großen Zügen ein, Harriet auf den harten Steinboden der Höhle drückend.

7

In der Nacht stand Gideon auf, um die zweite Laterne anzuzünden. Harriet rührte sich nicht. Er kroch auf ihr provisorisches Lager zurück, zog sie an sich und schlief wieder ein.

Als er ein zweites Mal erwachte, wußte er, daß der Tag dämmerte. In der Höhle konnte man zwar Tag und Nacht nicht unterscheiden, doch seine Sinne sagten ihm, daß der Morgen gekommen war. *Der Morgen und die Abrechnung.*

Als er dem fliehenden Crane entgegengetreten war und erkannte, daß Harriet sich noch in der Höhle befand, hatte er gewußt, was kommen würde. Auch während er sich durch die steigende Flut kämpfte, war ihm klar, daß die Zeit nicht ausreichte, um Harriet zu finden und sie hinauszuschaffen, ehe die Höhle zur Gänze überflutet wurde.

Und das bedeutete, daß er die Nacht mit ihr verbringen mußte. Es bedeutete auch, daß sie am Morgen kompromittiert sein würde. Und er konnte nichts tun, um das Unvermeidliche abzuwenden.

Trotzdem ... er hatte nicht die Absicht gehabt, das Problem zusätzlich zu vergrößern, indem er sich mit Harriet der Liebe hingab. Aber Gideon wußte nun, daß sich alle seine guten Absichten wie Rauch verflüchtigt hatten, als sie ihn angelächelt und die Arme nach ihm ausgestreckt hatte.

Mit Harriet Liebe zu machen war so unvermeidlich gewesen wie das Morgengrauen.

Gideon streckte sich vorsichtig und zuckte zusammen, als er die Muskeln bewegte, die von der Nacht auf hartem Stein steif geworden waren. Er spürte, daß Harriet sich neben ihm bewegte und sich wärmesuchend an ihn schmiegte. Ihre Augen blieben geschlossen.

Lächelnd sah er auf sie hinunter. Sie lag in seine Armbeuge gekuschelt da, als sei es die selbstverständlichste Sache der Welt. Ihr Gesicht war von ihrem ungezügelten, widerspenstigen Haar halb verhüllt. Gideon berührte die kastanienbraune Fülle mit neugierigen Fingern und entdeckte, daß sie erstaunlich weich war. Er umschloß ein Büschel mit der Hand, drückte zu und ließ es los.

Als wäre es von eigenem Leben erfüllt, ging die Faust voll

Haare auf, als er die Finger lockerte. Harriets Haar war wie sie selbst, dachte Gideon, weich und süßduftend und voll weiblicher Vitalität.

Letzte Nacht hatte er sich in dieser Frau verloren. Letzte Nacht hatte er das ganze Ausmaß seiner Sehnsucht nach ihr erkannt. Letzte Nacht hatte sie ihm gesagt – nein, ihm gezeigt –, daß sie ihn begehrte. Sie hatte sich ihm mit einer wilden, unschuldigen Zügellosigkeit geschenkt, die unendlich kostbarer war als der Haufen Schätze auf dem Höhlenboden.

Sie hatte sich dem Ungeheuer von Blackthorne Hall hingegeben, trotz seiner Narben in Antlitz und Vergangenheit.

Als die heißen Erinnerungen wiederkehrten, wurde Gideons Körper hart. Er schob sein Bein über Harriets nackte Wade und strich ihr mit der Hand über die üppige Rundung ihrer Gesäßbacken. Mehr als alles in der Welt wünschte er sich, diese Zeit voller Zauber möge nie enden.

Noch nie zuvor im Leben hatte er sich gescheut, der Wirklichkeit ins Gesicht zu sehen. Im Gegenteil, er hatte schon vor langer Zeit gelernt, sich ihr zu stellen. Aber an diesem Morgen wußte Gideon, daß er seine Seele für einen Zauberstab gegeben hätte. Er hätte ihn über dieser Höhle geschwenkt und diese in eine Welt verwandelt, in der er und Harriet ewig bleiben konnten.

Harriet hob die Wimpern und blinzelte sich den Schlaf aus den Augen. Sekundenlang sah sie ihn mit verträumter Ruhe an, dann erst klärte Erkenntnis ihre türkisenen Augen.

»Du lieber Himmel.« Sie setzte sich abrupt auf. »Wie spät ist es?«

»Morgen, glaube ich.« Gideon sah zu, wie sie den Umhang züchtig hochzog. Er merkte, daß sie seinem Blick auswich, und er sah, daß ihr die Röte in die Wangen stieg. »Harriet, beruhige dich.«

»Meine Familie wird sich große Sorgen machen.«

»Ohne Zweifel.«

»Wir müssen hier weg, damit ich sie beruhigen und ihnen sagen kann, daß ich in Sicherheit bin.«

»Bist du das?« Gideon setzte sich langsam auf, ohne sie aus den Augen zu lassen.

Harriet drehte den Kopf mit einem Ruck nach ihm um und sah ihn groß an. »Ich verstehe nicht, Mylord.«

»Verzeih, meine Liebe, ich wollte mich nicht über dich lustig machen.« Gideon stand auf, ohne auf seine Nacktheit zu achten, bis er merkte, daß Harriet rasch ihren Blick abwandte. Es belustigte ihn flüchtig. Sein Narbengesicht schien sie nicht zu kümmern, doch der Anblick seiner Männlichkeit ließ sie den Blick abwenden. »Harriet, du ziehst dich jetzt wohl besser an. Es ist Ebbe, und Dobbs kann jeden Moment daherkommen.«

»Ja, ja, natürlich.« Sie stand auf, noch immer den Umhang fest um sich raffend. Dann bückte sie sich nach ihrem Kleid. Sie zögerte, offensichtlich ratlos, wie sie in das Kleid hineingelangen konnte, während sie sich mit dem Umhang bedeckt hielt.

»Ich helfe dir«, bot Gideon ihr leise an.

»Das ist nicht nötig, Mylord.«

»Wie du willst.« Gideon streckte sich wieder und ging zu der Stelle, wo seine eigenen Sachen lagen. Er zog sein Hemd an und schlüpfte in seine Hose, erleichtert, daß diese über Nacht getrocknet war. Aber seine Stiefel waren vom Salzwasser steif geworden.

»Gideon?«

»Ja, meine Liebe?«

Harriet zögerte. »Wegen letzter Nacht, Mylord... ich möchte nicht... das heißt, Sie sollen nicht glauben.«

»Du kannst deiner Tante sagen, daß sie mich am Nachmittag um drei erwarten soll.« Gideon zog einen steifen Stiefel über, was keine einfache Aufgabe war. Das Leder schien ziemlich geschrumpft zu sein.

»Warum?« wollte Harriet ohne Umschweife wissen.

Gideon zog eine Braue hoch und bedachte Harriet mit einem nachdenklichen Blick, während er sich mit dem anderen Stiefel abplagte. Harriet starrte ihn mit höchst beunruhigter Miene an. Er fragte sich, ob ihr endlich die ganze Bedeutung dessen, was geschehen war, aufging. »Unter den gegebenen Umständen möchte ich ihr natürlich meine Aufwartung machen«, sagte er.

»Deine Aufwartung? Ist das alles?«

Er zog die Schultern hoch. »Und ganz förmlich um deine Hand anhalten.«

»Das wußte ich.« Harriet funkelte ihn wütend an. »Ich wußte ja, daß du das wolltest. Nun, ich will es nicht. Verstanden? Ich werde es nicht zulassen.«

»Du wirst es nicht zulassen?« Gideon sah sie sinnend an.

»Auf keinen Fall. Ja, ich weiß, was du denkst. Du glaubst, du müßtest mir wegen vergangener Nacht einen Antrag machen – deine Ehre gebiete es sozusagen. Aber ich kann dir versichern, daß dies ganz unnötig ist.«

»Ist es das?«

»Ganz und gar.« Harriet reckte sich stolz. »Was letzte Nacht geschah, war nicht deine Schuld. Es war meine. Wäre ich nicht so dumm gewesen, hinaus zu den Klippen zu laufen, damit ich alles beobachten kann, dann wäre das alles nicht passiert.«

»Harriet, du bist aber zu den Klippen gelaufen. Und alles andere ist ebenfalls passiert.«

»Trotzdem ... ich möchte nicht, daß du dich zu einem Antrag verpflichtet fühlst.« Sie sah ihn mit flammendem Blick an.

»Harriet, du bist ja ganz außer dir. Wenn du dich beruhigt hast, wirst du sehen, daß dir gar nichts übrig bleibt, als meinen Antrag anzunehmen. Tante und Schwester werden sogar darauf bestehen.«

»Das kümmert mich wenig. Ich treffe Entscheidungen selbst, so wie letzte Nacht. Und ich übernehme auch die volle Verantwortung dafür.«

»Auch ich treffe meine Entscheidungen selbst, Harriet«, sagte er, verärgert über ihre Widerspenstigkeit. »Und ich pflege ebenfalls die Verantwortung dafür zu übernehmen. Wir werden uns heute verloben.«

»Nein, das werden wir nicht, Gideon. Verdammt, ich möchte nicht heiraten, nur weil ich kompromittiert wurde.«

Jetzt war Gideon richtig wütend. »Und ich möchte nicht, daß es ein zweites Mal heißt, das ›Ungeheuer von Blackthorne Hall‹ habe wieder eine Pfarrerstochter entehrt und verstoßen.«

Harriet erbleichte. Sie starrte ihn fassungslos an. Aus ihrem Blick sprach Entsetzen. »O Gott, Gideon, was man über dich sagen würde, daran hatte ich gar nicht gedacht.«

»Verdammt.« Mit drei langen Schritten war er bei ihr und packte sie an den Schultern. Am liebsten hätte er sie tüchtig geschüttelt. Statt dessen aber hielt er sie fest und zwang sie, ihn anzusehen. »Du hast überhaupt nicht gedacht. Du hast nur deinen naiven, gefühlsbeladenen Grillen nachgegeben, ohne einen Gedanken an die Wirklichkeit zu verschwenden, die uns beide erwartet, wenn wir hier rauskommen.«

Sie sah ihn forschend an. »Du hattest die ganze Zeit über gewußt, was du heute würdest tun müssen. Das hast du letzte Nacht gemeint, als du vom Schicksal gesprochen hast.«

»Natürlich wußte ich, wie das Ende aussehen würde. Und du auch.«

Sie schüttelte den Kopf. »Nein, ich habe nicht daran gedacht, bis heute nicht, als ich erwachte und mir klar wurde, daß du dich zu einem Antrag verpflichtet fühlen würdest. Ich sagte mir, daß es nicht nötig sei. Der Klatsch hier auf dem Land macht mir nichts aus. Und da ich nicht in die Gesellschaft eingeführt werden möchte und keine Heiratsabsichten habe, war ich der Meinung, es spiele keine Rolle, was die Leute reden.«

»Und wenn du nun entdecken müßtest, daß du schwanger bist? Wie hast du dir das gedacht?«

Harriet senkte errötend den Blick. »Das ist unwahrscheinlich, Mylord. Es war ja nur das eine Mal.«

»Harriet, dazu braucht es nur ein Mal.«

Sie preßte die Lippen zusammen. »Ich werde jedenfalls in wenigen Tagen Bescheid wissen.«

»In wenigen Tagen? Es werden vermutlich die längsten Tage deines Lebens werden. Harriet, du bist doch ein intelligentes Mädchen. Ich schlage vor, du benimmst dich auch als solches und nicht wie ein naives, launisches Kind.«

Ihre Finger krampften sich um die Falten ihres Umhanges. »Ja, Mylord.«

Der Zorn verpuffte bei Gideon so jäh, wie er gekommen war. Er zog sie an sich und drückte ihren Kopf an seine Schulter. Dabei spürte er, wie ihr Rückgrat vor Anspannung steif wurde. »Wäre denn eine Ehe mit mir so schlimm, Harriet? Letzte Nacht bin ich dir gar nicht abstoßend erschienen.«

»Sie sind nicht abstoßend, Mylord.« Ihre Worte kamen erstickt, weil sie das Gesicht an sein Hemd drückte. »Darum geht es nicht. Es geht darum, daß ich nicht aus Pflichtgefühl geheiratet werden möchte.«

»Ich verstehe. Du bist ein höchst eigensinniges weibliches Wesen.« Er lächelte spöttisch in ihr Haar. »Du bist es gewohnt, dich ungehindert durchzusetzen. Zweifellos fürchtest du, ein Stück deiner kostbaren Unabhängigkeit zu verlieren.«

»Ich habe nicht die Absicht, meine Unabhängigkeit zu verlieren«, murmelte sie.

»Du wirst dich mit der Zeit an die Ehe gewöhnen.«

»Hör zu, Gideon, was soll dieses Gerede von Gewöhnen?«

»Egal«, sagte er sanft. »Damit wollen wir uns später befassen. In der Zwischenzeit mußt du zulassen, daß ich deine Tante von unserer Verlobung in Kenntnis setze.«

»Aber Gideon ...«

»Du sagst, du würdest in den nächsten Tagen wissen, ob du mein Kind trägst. Wenn es sich herausstellt, daß es der Fall ist, werde ich eine Sondergenehmigung erwirken, und wir werden sofort heiraten. Wenn es nicht der Fall ist, wollen wir alles so machen, wie es sich gehört, und das Datum auf einen passenden Zeitpunkt festsetzen.«

Harriet hob den Kopf. Ihr Blick verriet, daß sie verstanden hatte. »Du würdest also wenn möglich auch warten?«

»Wenn möglich. Es würde mithelfen, den Klatschmäulern den Mund zu stopfen, wenn wir kundtun, daß kein Grund zur Eile vorliegt. So, das wäre geregelt. Ich glaube, wir machen uns jetzt auf den Weg. Man wird schon nach uns suchen.« Er ließ sie los und bückte sich nach der Laterne.

Harriet sagte nichts, als sie ihm aus der Höhle hinaus folgte.

Gideon merkte, daß sie wortkarg und bedrückt war, als sie direkt hinter ihm herging, doch ließ sie keinen weiteren Protest laut werden.

Er wußte, daß sie sich elend und wie in einer Falle gefangen fühlte, aber er hatte keine Ahnung, wie er ihre Laune hätte heben können. Er wußte nur, daß sie noch viel unglücklicher sein würde, wenn er die Heirat nicht durchsetzte.

Harriet mochte noch so überzeugend behaupten, daß sie den Schutz einer Ehe nicht nötig hatte, aber Gideon wußte es besser. Ihr Leben würde zur Hölle werden, sogar hier in Upper Biddleton, wenn er nicht den richtigen Schritt tat. *Er würde nicht zulassen, daß seinetwegen ihr Leben ruiniert würde.*

Gideon wußte, daß die Aussicht auf eine Ehe mit ihm bei ihr auf wenig Begeisterung gestoßen war, ebenso wie er wußte, daß sie keine andere Wahl hatte. Im Moment war Harriet noch zu konfus, um klar denken zu können. Gideon fragte sich, wann sie erkennen würde, daß sie Schlimmeres zu erwarten hatte als die Aussicht, in eine Ehe gedrängt zu werden.

Es würde nicht lange dauern, und eine wohlmeinende Seele würde sie darauf aufmerksam machen, daß die eigentliche Gefahr darin bestünde, daß diese Ehe nicht zustande käme.

Früher oder später würde jemand Harriet gewiß zu verstehen geben, daß Gideons Ruf nicht erwarten ließ, er würde einer jungen Frau gegenüber seine Pflicht erfüllen. Das »Ungeheuer von Blackthorne Hall« war kein Ehrenmann, wenn es um unschuldige junge Mädchen ging.

Dobbs erwartete sie am Höhleneingang. Er befand sich in Gesellschaft von Owl, Gideons äußerst vielseitigem Butler.

Gideon hatte Owl unter denselben Gesichtspunkten gewählt, die er bei seinen Pferden anwandte. Aussehen oder angenehmes Wesen galten ihm nicht viel, um so mehr aber Treue, Kraft und Durchhaltevermögen. Owl hatte sich sein Brot als Boxer verdient, ehe er bei Gideon anfing.

Nie so berühmt, daß er sich wie Jackson eine eigene Akademie hätte leisten können, hatte Owl sich fünf Jahre lang mit Schaukämpfen durchgeschlagen und jungen aristokratischen Heißspornen als Sparringspartner gedient, was ihm einen bescheidenen Verdienst sicherte. Junge Herren verloren nicht gern, diese simple Tatsache hatte Owl rasch begriffen.

Owls Gesicht trug die Spuren seines Berufes: eine mehrfach gebrochene Nase, Blumenkohlohren und Zahnlücken. Seine ungeschlachte Boxerfigur paßte nicht ins Butlerjackett, ein Umstand, der Gideon nicht störte. Owl gehörte zu den wenigen Menschen auf Gottes Erde, denen er vertraute. Er war auch der einzige, dem er alles mitteilen konnte.

»Sieh einer an... Sie beide haben die Nacht also überlebt.«

Dobbs hob bei ihrem Anblick die Laterne. »Unversehrt und heil, nehme ich an?«

»Uns geht es tadellos.« Gideon sah Owl an. »Alles in Ordnung?«

»Natürlich, Mylord.« Owl sah Harriet kläglich an. »Miß Pomeroy, nehme ich an? Ihre Familie ist außer sich. Ich sprach mit Mrs. Stone, der Haushälterin, die den Ernst der Situation umgehend erfaßte.«

»Das wundert mich nicht«, bemerkte Gideon ruhig dazu. »Miß Pomeroy, darf ich Ihnen meinen Butler vorstellen? Er heißt Owl und kann gelegentlich äußerst nützlich sein, verfügt aber leider Gottes über keinen Funken Humor. Miß Pomeroy und ich werden in allernächster Zeit heiraten, Owl.«

»Sehr wohl, Mylord.«

Harriet legte den Kopf schief. »Das hört sich aber an, als hielten Sie es für keine sehr gute Idee, Owl.«

»Miß Pomeroy, dies zu äußern steht mir nicht zu. Mylord macht, was ihm beliebt. Das war immer schon so. Und Mylord wird es immer so halten.«

»Hör nicht auf ihn«, sagte Gideon im Bühnenflüsterton zu Harriet. »Du wirst dich an seine Art schon gewöhnen. Dobbs, haben Sie es mit Owl geschafft, Crane zu fassen?«

»Das haben wir, Sir«, sagte Dobbs gutgelaunt. »Das haben wir allerdings. Haben ihn aus der Brandung gezogen, ehe er das letzte Mal unterging. Doch war es schon zu spät, um Sie und Miß Pomeroy in den Höhlen zu suchen. Ich konnte mir denken, daß Sie in der großen Höhle Zuflucht finden würden.«

»Ja.« Gideon warf Harriet, die viel zu still neben ihm stand, einen Blick zu. »Wir müssen Miß Pomeroy nach Hause bringen. Sie hat viel Aufregung hinter sich. Dobbs, ich möchte mit Ihnen ein paar Einzelheiten erörtern.«

»Verstanden, Sir, verstanden.«

Die kleine Gruppe bahnte sich den Weg aus der Höhle und strebte über den Strand dem Klippenrand zu, der zum alten Pfarrhaus führte. Am oberen Klippenrand angekommen, nahm Gideon Harriets Arm. Dobbs und Owl entließ er mit einem knappen Nicken.

»Komm, Harriet«, sagte er. »Ich bringe dich an die Tür.«

»Nicht nötig«, murmelte sie. »Ich kann allein nach Hause gehen.«

Er unterdrückte eine ärgerliche Antwort. Die jüngsten Ereignisse hatten sie zu sehr aufgewühlt, dazu kam, daß ihr angeborener Drang nach Unabhängigkeit sich nicht zügeln ließ. Gideon machte sich für die unmittelbare Zukunft auf mangelnde Begeisterung und Mithilfe Harriets gefaßt.

Die Tür des Pfarrhauses ging auf, ehe Gideon und Harriet die Eingangsstufen erreicht hatten. Felicity, in deren Miene sich Angst und Erleichterung mischten, hatte sie offenbar vom Fenster aus schon gesehen.

»Harriet, wir haben uns ja solche Sorgen gemacht. Bist du wohlauf?«

»Mir fehlt gar nichts«, beruhigte Harriet sie. »Wie geht es Tante Effie?«

»Ich glaube, sie trifft im Salon Vorbereitungen für eine Beerdigung. Mrs. Stone erlitt einen Zusammenbruch, nachdem Mr. Owl gestern spätabends kam und berichtete, was sich zugetragen hatte. Ich habe stundenlang Wiederbelebungsversuche unternommen.« Felicity sah Gideon finster an. »Nun, Sir, was haben Sie vorzubringen?«

Die Herausforderung entlockte Gideon ein kaltes Lächeln. »Ich fürchte, daß ich jetzt weder Zeit noch Neigung habe, viel zu sagen. Um drei Uhr werde ich jedoch kommen und mit Ihrer Tante sprechen. Bitte richten Sie ihr aus, sie möge mich erwarten.« Er wandte sich an Harriet. »Lebe wohl, meine Liebe. Wir sehen uns nachmittags. Und sieh zu, daß du dich nicht wieder in Aufregung hineinsteigerst. Nach einem heißen Bad wirst du dich viel besser fühlen.«

Sie verschwand im Haus und knallte ihm die Tür vor der Nase zu, worauf Gideon die Stufen wieder hinunterging und sich zu Dobbs und Owl gesellte.

»Miß Pomeroy scheint heute morgen nicht bester Laune zu sein«, bemerkte Dobbs. »Tja ... nach allem, was sie durchmachen mußte, kein Wunder. Eine so nette junge Dame. Ein Glück, daß sie keinen hysterischen Anfall bekam, Sir.«

»Meine Verlobte ist nicht der Typ, der zur Hysterie neigt. Und Miß Pomeroys Stimmungen gehen Sie gar nichts an, Dobbs. Wir haben wichtigere Dinge zu erörtern.«

»Ja, Sir. Und was wäre das, Mylord?«

Gideon warf einen nachdenklichen Blick zu den Klippen. »Die Möglichkeit, daß wir nicht alle Diebe gefaßt haben.«

Dobbs' Gnomengesicht furchte sich zu einem neugierigen Stirnrunzeln. »Sie glauben, es könnte noch andere geben?«

»Die Ansammlung von Wertsachen in der Höhle ist sehr eindrucksvoll«, gab Gideon leise zu bedenken. »Ich bin der Meinung, daß sie mit geübtem Kennerauge ausgesucht wurden und nicht die Beute eines hastigen Einbruchs sind.«

»Hm.« Dobbs' Neugierde war erwacht. »Sie glauben also, hinter den Diebstählen steht höhere Planung? Jemand, der es einrichtete, daß nur ausgesuchte Kostbarkeiten gestohlen wurden?«

»Ich glaube vor allem, daß es sich bezahlt machen würde, Crane und die anderen beiden zu befragen.«

»Einverstanden«, sagte Dobbs händereibend. »Je mehr, desto besser. Die Lösung dieses Falles wird für mein Ansehen Wunder wirken, Sir. Jawohl, Gott und die Welt werden bei mir Schlange stehen, um J. William Dobbs zu engagieren.«

»Zweifellos.« Gideon wandte sich an Owl. »Während ich mit Dobbs zum Richter gehe und alles für die Verhöre veranlasse, fahren Sie zurück nach Blackthorne Hall und geben meinem Kammerdiener Anweisung, meine Kleidung für den Besuch im Pfarrhaus zurechtzulegen. Sorgen Sie dafür, daß alles ganz korrekt ist, Owl. Ich stehe im Begriff, um die Hand meiner Verlobten anzuhalten, und möchte einen guten Eindruck machen.«

»Dann werden Sie in Schwarz gehen wollen, Mylord. So wie für eine Beerdigung.«

Effie goß sich noch eine Tasse Tee ein. Es war die vierte, nachdem Harriet das Bad verlassen hatte und wieder nach unten gekommen war. Felicity ging in der Nähe des Salonfensters mit tiefernstem Gesicht auf und ab. Mrs. Stone war wieder zum Leben erweckt worden, nachdem sie beim Anblick Harriets in Ohnmacht gefallen war. Kaum aber war sie wieder auf den Beinen, hatte sie die Vorhänge zugezogen, als hätte es im Haus einen Todesfall gegeben.

Die hohe Standuhr tickte melancholisch vor sich hin, das stetige Näherrücken von drei Uhr kündend. Mit jeder winzigen Zeigerbewegung schien Effie tiefer in Betrübnis zu versinken. Eine Atmosphäre trauriger Düsternis hatte sich über das Haus gesenkt.

Das ging für Harriets Begriffe entschieden zu weit. Anfangs hatte sie Gewissensbisse gehabt, weil sie alle in Aufregung versetzt hatte, nun aber weckte die verzweifelte Stimmung, die über dem Haus hing, ihren Unmut.

»Ich weiß gar nicht, warum ihr so tut, als wäre ich in der Höhle ums Leben gekommen«, stieß Harriet hervor und goß sich Tee ein.

Da sie keine Ahnung hatte, welche Aufmachung angebracht war, wenn man im Begriff stand, von einem Viscount einen Heiratsantrag zu bekommen, hatte sie ihr neuestes Kleid gewählt, ein Kleid aus ursprünglich weißem Musselin, das Harriet aber vor kurzem gelb gefärbt hatte, nachdem das

Material von sich aus vergilbt war. Die langen Ärmel waren am Handgelenk zusammengefaßt, den Ausschnitt schmückte ein bescheidener weißer Spitzeneinsatz. Ein frisches weißes Spitzenhäubchen saß auf ihrem Haar. Ohne dieses Häubchen kam sie sich immer unkomplett vor.

Nachdem sie sich im Spiegel begutachtet hatte, fand sie, daß sie eigentlich aussah wie immer. Eigentlich ganz gewöhnlich. Nach allem, was in der Nacht geschehen war, hätte man meinen mögen, sie würde anders aussehen. Aufregender oder interessanter vielleicht, wie eine Frau mit Erfahrung, was sie sehr amüsiert hätte. Statt dessen aber sah sie aus wie die unscheinbare Harriet von früher.

»Gottlob bist du nicht ums Leben gekommen«, sagte Felicity. »Ehrlich, Harriet, ich habe nie verstanden, wie du in diese Höhlen gehen kannst, ganz zu schweigen, wie du es dort eine ganze Nacht aushalten konntest. Das muß ganz schrecklich gewesen sein.«

»Na ja, so besonders schrecklich war es nicht, eher unbequem. Und eine andere Wahl hatte ich nicht.« Harriet führte ihre Tasse an die Lippen. »Als ich drinnen war, konnte ich nicht wieder heraus, ehe die nächste Ebbe kam. Es war ein *Unfall*. Das möchte ich noch einmal betonen.«

»Das Ganze ist eine Katastrophe«, sagte Effie darauf finster. »Der Himmel weiß, was jetzt noch passieren mag.«

»Passieren wird eine Verlobung«, sagte Harriet seufzend.

»Mit einem Mann, der den Titel eines Earls erben wird«, hob Felicity mit der für sie typischen, praktisch orientierten Denkweise hervor. »Wenn du mich fragst, kein übles Los.«

»Es wäre nicht so übel, wenn er mich heiraten würde, weil er sich hoffnungslos, besinnungslos, leidenschaftlich in mich verliebt hätte«, sagte Harriet. »Das Problem aber ist, daß er mich heiraten wird, weil es sein Ehrgefühl fordert.«

»Und das soll er auch«, sagte Effie voller Ingrimm. »Er hat dich ruiniert. Ganz und gar.«

Harriet runzelte die Stirn. »Ich komme mir nicht im mindesten ruiniert vor.«

Mrs. Stone polterte mit dem nächsten Tablett herein und beäugte die kleine Gruppe. »Es wird weder zu einer Verlobung noch zu einer Hochzeit kommen. Denken Sie an meine Worte. Sie werden schon sehen. Das ›Ungeheuer von Blackthorne Hall‹ hat seiner Leidenschaft mit Miß Harriet gefrönt, und jetzt wird es sie wie ein Stück Dreck wegwerfen.«

»Der Himmel stehe uns bei.« Effie zerknüllte nervös ihr Taschentuch und ließ sich mit einem matten Aufseufzen zurücksinken.

Harriet rümpfte die Nase. »Also wirklich, Mrs. Stone. Ich möchte von Ihnen nicht als Stück Dreck bezeichnet werden. Immerhin stehen Sie in meinen Diensten.«

»Es war nicht persönlich gemeint, Miß Harriet.« Mrs. Stone knallte das Tablett auf den Tisch. »Es ist ja nur, weil ich diesen Unhold kenne. Das alles habe ich schon einmal durchgemacht. Er hat bekommen, was er wollte. Inzwischen ist er längst über alle Berge.«

Felicity sah Harriet grübelnd an. »Harriet, hat er wirklich bekommen, was er wollte? Du hast dich in dem Punkt nicht klar geäußert.«

»Um Himmels willen«, gab Effie murmelnd von sich, ehe Harriet eine Antwort eingefallen war. »Es spielt doch keine große Rolle, ob oder ob nicht. Der Schaden ist angerichtet.«

Harriet lächelte ihrer Schwester sanft zu. »Siehst du, Felicity? Was wirklich geschehen ist, zählt gar nicht. Der äußere Schein ist alles.«

»Ja, ich weiß«, entgegnete Felicity. »Aber ich bin eben überaus neugierig, wie du weißt.«

»Ach, er hat sie entehrt«, gab Mrs. Stone unverblümt von sich. »Darauf können Sie sich verlassen. Keine junge Unschuld verbringt eine Nacht mit dem ›Ungeheuer von Blackthorne Hall‹, ohne entehrt zu werden.«

Harriet spürte, wie sie errötete. Sie griff nach einem der kleinen Kuchenstückchen auf dem Tablett. »Vielen Dank für Ihre Meinung, Mrs. Stone. Ich glaube, wir haben jetzt genug davon gehört. Warum sehen Sie nicht in der Küche nach dem Rechten? Seine Lordschaft kann jeden Moment eintreffen und wird sicher frischen Tee wollen.«

Mrs. Stone raffte sich auf. »Ich habe eben frischen Tee gebracht. Und Sie halten sich selbst zum Narren, Miß Harriet, wenn Sie glauben, St. Justin werde heute kommen. Fügen Sie sich ins Unvermeidliche, rate ich Ihnen. Und beten Sie zu unserem Herrgott, damit Sie nicht entdecken müssen, daß Sie guter Hoffnung sind wie meine arme Deirdre.«

Harriet verzog wütend den Mund. »Auch wenn ich mich ins Unvermeidliche füge, werde ich den dramatischen Effekt nicht noch steigern, indem ich mir das Leben nehme, Mrs. Stone.«

»Harriet, bitte«, stieß Effie verzweifelt hervor. »Könnten wir nicht von etwas anderem sprechen? Dieses ständige Gerede von Entehrtwerden und Selbstmord ist ziemlich deprimierend.«

Als von draußen Hufschlag zu hören war, fand das Gespräch ein gnädiges Ende. Felicity huschte ans Fenster und spähte durch die Gardine hinaus.

»Er ist es«, rief sie triumphierend aus. »Auf einem wahren Ungeheuer von Pferd. Harriet hatte recht. St. Justin ist gekommen, um ihr einen Antrag zu machen.«

»Dem Himmel sei Dank«, entfuhr es Effie, die auf ihrem Sessel sofort eine aufrechte Haltung einnahm. »Wir sind gerettet, Harriet, nimm das Stück Kuchen sofort aus dem Mund oder schlucke es rasch hinunter.«

»Ich habe Hunger«, sagte Harriet mit vollem Mund. »Ich habe kein Frühstück bekommen.«

»Eine junge Dame, die im Begriff steht, einen Heiratsantrag zu bekommen, sollte von ihren Gefühlen so überwältigt sein, daß sie keinen Bissen hinunterbringt. Ganz besonders, wenn der Antrag unter Umständen wie diesen gemacht wird. Mrs. Stone, öffnen Sie die Tür. An einem Tag wie heute wollen wir Seine Lordschaft keinesfalls warten lassen. Und du, Felicity, machst dich unsichtbar. Das alles geht dich nichts an.«

»Wie du meinst, Tante Effie.« Felicity warf Harriet einen Blick zu, wobei sie vielsagend die Augen verdrehte, als sie aus dem Salon lief. »Aber ich möchte nachher einen genauen Bericht«, rief sie vom Flur herein.

Trotz der gelassenen Haltung, die sie vor den anderen an den Tag legte, hatte Harriet ein sehr flaues Gefühl in der Magengrube. Ihre gesamte Zukunft stand auf dem Spiel, und nichts ging so, wie sie es geplant hatte. Als sie Gideons knappes, befehlsgewohntes Pochen an der Haustür hörte, wünschte sie plötzlich, sie hätte nicht zum Kuchen gegriffen.

Harriet wartete angespannt, als Mrs. Stone öffnete.

»Sagen Sie Mrs. Ashecombe, St. Justin wäre gekommen«, sagte Gideon kalt. »Ich werde erwartet.«

»Richtig grausam von Ihnen, Miß Pomeroy in dem Glauben zu wiegen, Sie würden sie heiraten«, sagte Mrs. Stone ihm ins Gesicht. »Sehr, sehr grausam.«

»Aus dem Weg, Mrs. Stone«, knurrte Gideon. »Ich finde selbst in den Salon.«

Stiefelabsätze hallten auf dem Dielenboden. Das mußte Absicht sein. Wenn er es darauf anlegte, konnte Gideon sehr leise auftreten.

Harriet verzog das Gesicht. »O je! Ich fürchte, es wird sich nicht gut anlassen, Tante Effie. Mrs. Stone hat es doch glatt geschafft, ihm noch vor Betreten des Hauses eine Beleidigung an den Kopf zu werfen.«

»Pst«, befahl Effie. »Ich übernehme die Sache.«

Als Gideon eintrat, stockte Harriet der Atem. Seine Größe und sein massiver Körperbau ließen ihn in elegant geschnittener Kleidung und blankpolierten Stiefeln immer sehr eindrucksvoll aussehen. Diesmal aber wirkte er auf ihre Sinne noch verheerender als sonst, und sie stellte sich die Frage, ob es ihre neuerworbene, sehr intime Kenntnis von ihm war, die diese zusätzliche Empfindsamkeit schuf.

Gideons Blick traf ihren, und sie wußte sofort, daß er an die vergangene Nacht dachte. Sie ärgerte sich über ihr tiefes Erröten. Im instinktiven Bemühen, ihre Reaktion zu verbergen, griff sie nach dem nächsten Stückchen Teekuchen und biß hinein, als Gideon mit einem Nicken zu Effie sagte:

»Guten Tag, Mrs. Ashecombe. Ich danke Ihnen, daß Sie mich empfangen. Zweifellos ist Ihnen der Grund meines Kommens bekannt.«

»Ja, ich habe so eine Ahnung, Sir. Bitte, nehmen Sie Platz. Harriet wird Ihnen Tee eingießen.« Effie gab Harriet mit einem Stirnrunzeln zu verstehen, was sie tun sollte.

Harriet, die mit dem ungewollten Kuchenstück kämpfte und Mühe hatte, es zu schlucken, griff nach der Teekanne und goß Gideon eine Tasse Tee ein, die sie ihm wortlos reichte.

»Danke, Miß Pomeroy.« Gideon nahm die Tasse in Empfang, als er sich ihr gegenüber niederließ. »Sie sehen so gut aus, daß ich annehme, Sie haben sich von den Strapazen erholt.«

Aus irgendeinem Grund – vielleicht weil ihre Nerven ohnehin aufs äußerste beansprucht waren –, faßte Harriet diese Bemerkung als Beleidigung auf. Sie schluckte mühsam den Teekuchen hinunter, der wie Sägemehl schmeckte, und zwang sich zu einem kühlen Lächeln.

»Ja, Mylord. Ich habe mich erholt. Aber ich muß sagen, daß ich mich von Strapazen immer sehr gut erhole. Hier sitze ich, nur wenige Stunden, nachdem ich entehrt wurde, und fühle nichts von der Reue und Verzweiflung, die zu erwarten wären, nachdem man seine kostbare Jungfräulichkeit dem ›Ungeheuer von Blackthorne Hall‹ geopfert hat.«

Effie hätte nicht entsetzter sein können. *»Harriet!«*

Harriet lächelte liebreizend. »Nun war es ja nicht so, daß ich mit meiner Jungfräulichkeit etwas Besonderes vorgehabt hätte. Deshalb schert mich ihr Verlust nicht viel.«

Effie bedachte sie mit einem Blick tiefster Mißbilligung. »Benimm dich. Seine Lordschaft ist immerhin gekommen, um dir einen Heiratsantrag zu machen.« Sie wandte sich hastig an Gideon. »Ich fürchte, sie ist heute nicht sie selbst. Ihre zarte Empfindsamkeit, müssen Sie wissen. Das ganze Erlebnis war einfach zu viel für sie.«

Gideon lächelte sein Löwenlächeln. »Ich verstehe, Mrs. Ashecombe. Große Empfindsamkeit, ja. Genau das, was man von einer wohlerzogenen jungen Dame erwarten kann. Vielleicht sollten Sie und ich die Angelegenheit allein regeln. Ich habe das Gefühl, daß Ihre Nichte zu unserer Unterhaltung nichts Sinnvolles beizutragen hat.«

8

Der geheimnisvolle Zahn und ein kleines Stück fossiler Kiefer ließen sich erstaunlich leicht aus dem Gestein herausschlagen. Harriet wandte Hammer und Meißel mit jener behutsamen Präzision an, die sie vor langer Zeit von ihrem Vater gelernt hatte, und hielt nach einigen kräftigen Schlägen das Fossil in der Hand.

Es war ein sehr großer, klingenförmiger Zahn, in einen Sockel eingebettet und nicht nur an einem Stück Kiefer haftend. Der Zahn eines Fleischfressers, folgerte Harriet. Eines sehr großen Fleischfressers.

Sie untersuchte ihren Fund im Licht der Laterne, die sie an den Haken an der Höhlenwand gehängt hatte. Sicher konnte sie erst sein, wenn sie Gelegenheit zu genauer Untersuchung hatte, aber sie war zumindest sicher, daß er anders war als jeder fossile Zahn, den sie bis jetzt gefunden hatte. Auch kein Stück aus der Sammlung ihres Vaters konnte sich damit messen.

Wenn das Glück ihr gewogen war, handelte es sich um das Relikt einer unentdeckten Gattung. Ließ es sich nicht einordnen, mußte sie einen Bericht verfassen und es der Welt vorstellen.

Zwei Tage waren vergangen, seitdem sie die schicksalhafte Nacht mit Gideon verbracht hatte. Harriet ließ den Blick durch die Höhle wandern, die ihr Leben verändert hatte. Das Diebesgut war von Mr. Dobbs unter der Aufsicht Gideons und der örtlichen Justizbehörde fortgeschafft worden.

Sogar die Säcke, die als Nachtlager gedient hatten, waren verschwunden.

Den fossilen Zahn noch immer umklammernd, schlenderte Harriet zu der Stelle, wo sie in Gideons Armen gelegen hatte. Wieder drohten die Erinnerungen sie zu überwältigen. Sie dachte an die unverhüllte Begierde in seinem Blick, an den Schweiß auf seiner Stirn, an die angespannten, hervortretenden Schultermuskeln. In jenem Moment hatte er die Grenze seiner Selbstbeherrschung erreicht.

Doch seine Hauptsorge hatte dem Schmerz gegolten, den er mir zufügte, dachte Harriet. Er hatte alles getan, um ihr Vertrauen zu gewinnen, obwohl ihm seine eigene Leidenschaft hart zusetzte.

Harriet schauerte zusammen, als sie daran dachte, wie es gewesen war, als sie Gideon in sich gespürt hatte. Er hatte sie so ausgefüllt, daß er fast ein Teil von ihr geworden war. Einen zeitlosen Augenblick lang waren sie enger verbunden gewesen, als sie es je für möglich gehalten hätte. Das Gefühl erschütternder Intimität war mehr als nur körperlich gewesen. Harriet hatte das Gefühl gehabt, als hätte sie Gideons Seele berührt. Daß er die ihre berührt hatte, wußte sie.

Diese ungewohnte Abfolge poetischer Phantasien erschreckte sie.

»Unsinn«, sagte sie laut vor sich hin. Wahrscheinlich war es genau das, was alle verliebten jungen Damen sich einredeten, nachdem sie so töricht gewesen waren, ihre Jungfräulichkeit vor der Ehe zu opfern. Irgendwie mußte man ja hinterher die Torheit rechtfertigen.

Aber vielleicht waren diese poetischen Neigungen in ihrem Fall entschuldbar. Schließlich war sie wirklich eine verliebte Frau.

Das wußte Harriet seit zwei Tagen. Eigentlich hatte sie es schon gewußt, bevor Gideon sie geliebt hatte. Was ihr das Herz zerschnitt und sie so ängstigte, daß sich ihr Magen zusammenkrampfte, war das Wissen, daß Gideon sie nur aus Ehrgefühl heraus heiratete.

Harriet wußte, daß ihn nichts von einer Heirat abbringen konnte. Seine Ehre war in der Vergangenheit zu stark verletzt worden, etwas, das er nicht wieder zulassen würde, schon gar nicht unter ähnlichen Umständen. Sein Stolz war eine offene Wunde. Wer ihn bedrohte, würde angegriffen werden.

Harriet griff nach ihrer Laterne und verließ die Höhle, in der sie entdeckt hatte, daß die Liebe nicht annähernd so einfach und süß war, wie sie einmal angenommen hatte.

Um vieles einfacher war es, sich mit steinernen Rätseln abzugeben, wie es ihr schönes Fossil darstellte, als die komplexe Natur eines Mannes wie Gideon zu begreifen. Einen Mann wie Gideon konnte man nur so nehmen, wie er war, und ihn lieben.

Er war viel zu stolz, um sich selbst zu erklären oder um Verständnis zu bitten.

Felicity wirbelte just in dem Augenblick ins Arbeitszimmer, als Harriet darangehen wollte, eine Skizze des in der Höhle gefundenen Zahnes anzufertigen.

»Ach, da bist du ja! Ich dachte mir, du müßtest hier sein.« Felicity schloß die Tür hinter sich und setzte sich. »Wie schaffst du es nur, nach den Aufregungen der letzten Zeit an diesen gräßlichen Fossilien zu arbeiten?«

Harriet blickte auf. »Ehrlich gesagt, dient mir meine Arbeit neuerdings als Zuflucht.«

»Ha! An deiner Stelle würde ich mich mit der Planung der Aussteuer befassen. Denk doch, Harriet, du wirst Countess.«

»Viscountess.«

»Na ja, vorerst. Aber eines Tages, wenn St. Justins Vater das Zeitliche segnet, wirst du Countess of Hardcastle. Stell dir das mal vor. Ist dir klar, wie dies mein Leben verändert?«

Harriets Brauen hoben sich. »Dein Leben?«

»Ja, natürlich. Ich stehe jetzt nicht mehr unter dem Druck, eine gute Partie machen zu müssen. Falls ich wirklich nach London gehe, kann ich mich richtig amüsieren, anstatt Jagd auf einen Ehemann zu machen. Was für eine Erleichterung!«

Harriet legte ihre Feder aus der Hand und lehnte sich zurück. »Felicity, mir war gar nicht klar, daß du dich unter Druck gesetzt fühltest.«

»Natürlich befand ich mich unter Druck. Ich wußte, daß du und Tante Effie damit gerechnet habt, ich würde mich gut verheiraten und damit meine Zukunft sichern.« Felicity lächelte beglückt. »Und ich wäre ja notfalls meiner Verpflichtung nachgekommen. Man möchte schließlich niemandem zur Last fallen. Aber jetzt bin ich frei.«

Harriet massierte sich die Schläfen. »Es tut mir leid ... ich hatte ja keine Ahnung, daß unsere Pläne für dich so belastend waren. Ich hatte immer angenommen, du würdest in London von Scharen passender Bewerber umschwärmt werden, von denen einer dein Herz gewinnen würde.«

»Ich bezweifle ernsthaft, ob Liebe und praktische Überlegungen oft Hand in Hand gehen«, sagte Felicity trocken.

»Vermutlich hast du recht. Sieh doch, in welcher Situation ich mich befinde.«

»Was ist denn schlimm an deiner Situation? Wenn du mich fragst, ist sie sehr angenehm. Dir gefällt St. Justin ausnehmend gut, das kannst du nicht leugnen. Ich habe deinen Blick gesehen, als du mit ihm gesprochen hast.«

»Ich mag ihn«, murmelte Harriet, wobei ihr bewußt war, daß das Wort *mögen* ihre Gefühle für Gideon höchst unzulänglich wiedergab. »Aber die Tatsache läßt sich nicht leugnen, daß er mich nur heiratet, weil sein Ehrgefühl es fordert.«

Felicity sah sie mißbilligend an. »Um Himmels willen, Harriet. Natürlich muß er dich heiraten, obwohl Mrs. Stone noch immer unkt, daß er es nicht tun wird. Schließlich bist du kompromittiert worden.« Sie ließ eine vielsagende Pause eintreten. »So ist es doch, oder? Nicht, daß die Tatsachen zählen würden, wenn man Tante Effie glauben will. Der äußere Schein ist alles.«

Harriet sah ihre Schwester aus zusammengekniffenen Augen an. »Wie, um alles in der Welt, hast du es nur geschafft, mit einem so beklagenswerten Mangel an Diskretion aufzuwachsen, liebste Schwester?«

»Ich denke, es hat wohl etwas damit zu tun, daß du meine Schwester bist, und bis jetzt in allem immer sehr offen warst. Du bist es, die keinen gesellschaftlichen Schliff hat, wie Tante Effie uns immer wieder zu verstehen gibt.«

Harriet nickte mit finsterer Entschlossenheit. »Ich wußte ja, daß es irgendwie meine Schuld sein würde. In letzter Zeit scheint hier alles meine Schuld zu sein.«

»Selbstmitleid?«

»Ja. Wenn du es genau wissen willst, ich bedaure mich tatsächlich ein wenig.«

»An deiner Stelle, meine liebe kompromittierte Schwester, würde ich meinem Glücksstern danken, daß der Mann, der mich entehrt hat, mich auch heiraten möchte. Weißt du, was man im Dorf munkelt?«

»Nein, und ich bezweifle sehr, ob ich es wissen möchte.«

»Also, es wird natürlich viel über die Festnahme der Diebe geredet, aber noch viel interessanter ist deine Situation.«

»Kann ich mir denken«, stöhnte Harriet.

»Man sagt, die Geschichte wiederhole sich«, vertraute Felicity ihr in genüßlich dramatischem Ton an. »Man sagt, das ›Ungeheuer von Blackthorne Hall‹ habe schon wieder die junge unschuldige Tochter eines Geistlichen entehrt, die sich dann von Gott und der Welt verlassen wiederfinden würde.«

Harriet runzelte die Stirn. »Weiß man denn, daß St. Justin und ich verlobt sind?«

»Ja, natürlich. Man will aber nicht glauben, daß er wirklich vor den Traualtar treten wird. Alle sind überzeugt, du würdest das Schicksal der armen Deirdre teilen.«

»Papperlapapp.« Harriet griff wieder nach ihrem Federkiel und machte sich an die Arbeit. »In dieser unglückseligen Situation kann ich einer Sache sicher sein, nämlich, daß ich heiraten werde. Nicht einmal sämtliche Höllendämonen zusammen könnten St. Justin abhalten, ehrenhaft zu handeln.«

»Das wollen wir hoffen. Wenn nicht, dann wird das alles nämlich sehr peinlich.«

Ehe Harriet antworten konnte, hörte man näherkommendes Hufgetrappel, und Felicity sprang auf und lief ans Fenster.

»St. Justin«, verkündete sie. »Wo hat er nur seine Pferde her? Wahre Ungetüme sind das. Möchte wissen, was er diesmal möchte. Er sieht ziemlich finster drein.«

»Das hat nichts zu bedeuten. So sieht er oft aus.«

Felicity drehte sich um und begutachtete die äußere Erscheinung ihrer Schwester. »Du könntest wenigstens diese gräßliche Schürze ablegen und dein Häubchen zurechtrücken. Eile tut not, Harriet. Bald wirst du Viscountess sein. Du mußt lernen, dich entsprechend zu kleiden.«

»Ich glaube nicht, daß es St. Justin auffällt, wie ich mich

kleide.« Trotzdem nahm Harriet gehorsam die Schürze ab und machte sich an ihrem Haar zu schaffen.

Mrs. Stones Stimme ertönte laut im Flur. »Ich werde Miß Pomeroy melden, daß Sie da sind, Sir.«

»Sparen Sie sich die Mühe, ich habe es eilig. Ich will es ihr selbst sagen.«

Harriet drehte sich eben zur Tür um, als diese aufging. Sie lächelte strahlend. »Guten Morgen, Mylord. Wir haben Sie nicht erwartet.«

»Das ist mir klar.« Gideon erwiderte das Lächeln nicht. Er war in Reitkleidung, und Felicity hatte seine Miene richtig gedeutet. Er sah ergrimmt aus. Mehr noch als sonst. »Harriet, entschuldige diesen Überfall, aber ich wollte es dir persönlich sagen und keinen Boten schicken.«

Harriet sah ihn mit wachsender Besorgnis an. »Was ist denn? Ist etwas passiert?«

»Eben kam die Nachricht, daß der Zustand meines Vaters sich verschlechtert hat. Er ließ in aller Eile nach mir schikken. Ich muß sofort nach Hardcastle House aufbrechen. Wann ich wiederkomme, weiß ich nicht.«

Harriet sprang auf, lief zu ihm und berührte voller Mitgefühl seinen Arm. »Gideon, das tut mir leid. Hoffentlich erholt dein Vater sich wieder.«

Gideons Gesichtsausdruck blieb unverändert hart. »Meist erholt er sich wieder kurz nach meiner Ankunft. Es wäre nicht das erste Mal, daß ich an sein Sterbebett zitiert werde. Da man aber nie weiß, wann es ernst wird, muß ich mich auf den Weg machen.«

»Ich verstehe.«

»Ich hinterlasse dir meine Adresse in Hampshire.« Einen Lederhandschuh abstreifend, trat er an ihren Schreibtisch, griff nach ihrer Feder und warf ein paar Zeilen auf den Papierbogen, auf dem sie den Zahn hatte skizzieren wollen.

Als er fertig war, richtete er sich auf, faltete das Blatt zusammen und drückte es Harriet in die Hand. Ihre Blicke begegneten einander in unausgesprochenem Verstehen. »Du wirst mich unverzüglich benachrichtigen, falls etwas eintritt, das ich wissen sollte. Verstehst du mich?«

Sie schluckte verlegen, wohl wissend, daß er ihr zu verstehen geben wollte, sie solle ihn sofort verständigen, wenn sie entdeckte, daß sie schwanger war. »Ja, Mylord, ich werde Sie dann benachrichtigen.«

»Ausgezeichnet. Dann mache ich mich auf den Weg.« Er nahm seinen Handschuh und umfaßte ihre Schultern. Dann zog er sie an sich und küßte sie mit drängender Ungeduld.

Aus dem Augenwinkel sah Harriet, daß Felicity zusah. Sie wußte, was ihre Schwester dachte. Wohlerzogene Herren vermieden es, Damen in der Öffentlichkeit zu küssen. Sehr bezeichnend, daß das *Ungeheuer* gegen diese eherne Regel verstieß.

Aber ehe Harriet den Kuß erwidern konnte, ließ Gideon sie auch schon los und ging hinaus. Im nächsten Moment hörte sie die Haustür zuschlagen, und dann erklang das Hufgeklapper seines Hengstes in der Auffahrt.

Felicity starrte Harriet mit großen, interessierten Augen an. »Du lieber Himmel... hat er dich so geküßt, als er dich entehrte? Ich muß sagen, es sah sehr aufregend aus.«

Harriet ließ sich auf ihren Sessel sinken. »Felicity, noch ein Wort von jener Nacht, und ich erwürge dich. Ich rate dir, sei vorsichtig. Da du jetzt nicht mehr die Absicht hast, eine gute Partie zu machen, besitzt du für unsere Familie nicht mehr den Wert wie früher.«

Felicity ließ ein Kichern hören. »Ich will es mir merken. Trotzdem, ein wahres Glück, daß Tante Effie nicht Augenzeugin des Kusses wurde.«

In diesem Moment wurde die Tür wieder aufgerissen, und Effie fegte, Entsetzen im Blick, herein.

»Was soll das?« fragte sie. »St. Justin war hier? Mrs. Stone behauptet, er sei gekommen, um dir zu eröffnen, daß er dich verläßt.«

Harriet ließ einen tiefen Seufzer hören. »Beruhige dich, Tante Effie. Er muß zu seinem Vater, der offenbar im Sterben liegt.«

»Aber es hat noch keine offizielle Verlobungsanzeige gegeben. Die Zeitungen wurden nicht benachrichtigt.«

»Für diese Formalitäten ist ausreichend Zeit, wenn er wiederkommt«, sagte Harriet verhalten.

Mrs. Stone dräute flammenden Blickes in der offenen Tür. Sie hatte also doch recht behalten. »Er kehrt nie wieder zurück«, ließ sie sich mit unheilvollem Flüstern vernehmen. »Ich wußte, daß es so kommen würde. Ich habe es Ihnen gesagt. Aber Sie wollten ja nicht auf meine Warnung hören. Und jetzt ist er fort. Sie werden ihn nie wiedersehen. Die arme Miß Harriet wird ihrem schrecklichen Schicksal überlassen.«

Harriet sah ihre Haushälterin besorgt an. »Mrs. Stone, wagen Sie ja nicht, in Ohnmacht zu fallen. Ich bin nicht in der Stimmung dafür.«

Zu spät. Mrs. Stone sank zu Boden.

Tante Adelaides Brief traf am nächsten Morgen ein. Effie, die ihn schon am Frühstückstisch öffnete, las ihn Felicity und Harriet mit wachsender Erregung vor.

»Meine liebste Schwester, liebe Nichten,

ich bin entzückt, Euch mitteilen zu können, daß Trauerzeit und Anwälte hinter mir liegen. Endlich kann ich frei über das Vermögen verfügen, das mein geiziger Mann anhäufte, und ich habe die Absicht, es großzügig auszugeben. Der liebe Gott weiß, daß ich jeden einzelnen Penny verdient habe. Für den Rest der Saison habe ich ein Haus in London gemietet, und ich möchte, daß Ihr alle sofort zu mir kommt. Zögert keinen Moment, die Saison erreicht bald ihren Höhepunkt. Laßt alles zurück, Ihr werdet neu eingekleidet.

In meinem neuen Testament habe ich verfügt, daß Harriet und Felicity bei ihrer Eheschließung eine stattliche Mitgift bekommen. Sollte ich nicht alles ausgegeben haben, wenn ich von dieser Erde abberufen werde, dann fällt der Rest meines Vermögens auch an meine zwei reizenden Nichten.

Eure Adelaide.«

Effie drückte den Brief an ihre Brust, den Blick himmelwärts richtend. »Wir sind gerettet. Das ist die Antwort auf meine Gebete.«

»Gute alte Tante Addie«, sagte Felicity. »Sie hat ausgeharrt und schließlich sein Geld bekommen. Was für eine wundervolle Zeit uns jetzt bevorsteht! Wann soll es losgehen?«

»Sofort«, sagte Effie energisch. »Wir werden nicht eine einzige Sekunde verlieren. Man stelle sich vor – ihr beide seid Erbinnen.«

»Nicht ganz«, wandte Harriet ein. »Tante Addie sagt, sie werde versuchen, das Vermögen nach Möglichkeit zu verjubeln. Wer weiß, wieviel am Ende noch übrig sein wird?«

»Das weiß in London kein Mensch«, sagte die praktisch veranlagte Effie. »In Gesellschaft wird man nur wissen, daß ihr eine stattliche Mitgift bekommt. Das ist es, was zählt.« Sie sah auf die Uhr. »Mrs. Stone soll für uns Plätze in der Postkutsche bestellen. Wir müssen sofort mit dem Packen beginnen. Ihr sollt morgen früh reisefertig sein.«

»Einen Moment, wenn ich bitten darf, Tante Effie.« Harriet legte den Löffel hin. »Für Felicity ist es tatsächlich eine wunderbare Gelegenheit, aber ich brauche nicht nach London zu gehen. Und ich möchte es auch nicht. Eben habe ich mit der Arbeit an einer äußerst interessanten neuen Entdeckung begonnen. Bis jetzt habe ich nur einen Zahn, aber ich hoffe sehr, daß ich noch mehr von dem Fossil finden werde.«

Effie setzte ihre Kaffeetasse ab. Ihre blaugrünen Augen sprühten Funken. »Harriet, du wirst uns begleiten, und dabei bleibt es.«

»Aber ich habe eben gesagt, daß ich nicht nach London möchte. Du und Felicity, ihr könnt gehen. Ihr werdet euch sicher sehr amüsieren. Für mich genügt Upper Biddleton.«

»Harriet, du begreifst wohl nicht«, sagte nun Effie mit Bestimmtheit. »Es bietet sich eine goldene Möglichkeit, nicht nur für Felicity, sondern auch für dich.«

»Wie denn?« Harriet schien verärgert. »Ich bin doch schon verlobt. Mehr kannst du dir nicht erhoffen, wenn du mich nach London mitnimmst.«

Effies Blick verriet Gewitztheit. »Du möchtest doch sicher lernen, wie man in Gesellschaft auftritt, da du jetzt Viscountess und später Countess wirst. Schließlich willst du deinen Mann nicht blamieren, oder?«

Harriet sah sie verdutzt an. Dieser Aspekt der Situation war ihr noch nicht in den Sinn gekommen. »St. Justin zu blamieren ist das allerletzte, was ich möchte«, gestand sie zögernd. »Er hat in seinem Leben weiß Gott schon genug Demütigungen hinnehmen müssen.«

Effie lächelte zufrieden. »Na schön, dann ist dies deine Chance, dich für deine neue Position im Leben zu rüsten.«

Felicity strahlte. »Eine ideale Gelegenheit, um dir gesellschaftlichen Schliff anzueignen, Harriet.«

»Aber mein Zahn«, äußerte Harriet verzweifelt. »Was wird aus meinen Fossilien?«

»Die Fossilien sind seit der Sintflut im Gestein begraben«, sagte Effie obenhin. »Sie können noch weitere fünf Monate warten, bis du sie untersuchst.«

Felicity lachte. »Harriet, da hat sie recht. Und du wirst Viscountess sein. Du solltest wirklich lernen, wie man sich in Gesellschaft benimmt. Nicht nur St. Justin zuliebe, sondern auch wegen seiner Familie. Du wirst doch wollen, daß seine Eltern dich akzeptieren, oder?«

»Nun ... ja. Ja, natürlich.« Harriet machte ein nachdenkliches Gesicht. Und dann kam ihr ein Gedanke. Sie würde auch in London Gelegenheit haben, ihren Zahn zu untersuchen. Vielleicht würde sie dort feststellen können, ob er wirklich einzigartig war. »Ja, ich glaube, ich kann mir ein paar Wochen in London leisten und mir ein bißchen Schliff zulegen.«

»Ausgezeichnet.« Tante Effie sah sie zufrieden an.

Harriet nickte. »Also gut. Ich werde St. Justin schreiben und ihm mitteilen, was sich getan hat.« Ihre Miene hellte sich auf. »Vielleicht kann er auch nach London kommen, wenn sich sein Vater wieder auf dem Weg der Besserung befinden sollte.«

»Vielleicht. Aber rechnen würde ich nicht damit.« Effies Blick war noch gewitzter als vorhin. »Tatsächlich hielte ich es für besser, meine Liebe, wenn wir von deiner Verlobung nicht allzuviel verlauten lassen.«

Harriet sah sie erschrocken an. »Ich soll nicht darüber sprechen? Was soll denn das wieder heißen?«

Effie räusperte sich und betupfte sich die Lippen mit ihrer Serviette. »Tja, meine Liebe, eine offizielle Ankündigung hat es nicht gegeben. Soweit uns bekannt ist, hat St. Justin bis jetzt noch nicht einmal eine Verlobungsanzeige in der Presse erscheinen lassen. Es wäre daher sehr anmaßend, wenn wir es täten. Bis er die Sache übernimmt...«

Harriet reckte ihr Kinn. »Ich glaube, ich weiß jetzt, worauf du hinauswillst. Mrs. Stone hat dir Zweifel eingeimpft, so ist es doch? Du bist nicht ganz sicher, ob ich wirklich entehrt und verlassen worden bin.«

»Nicht nur Mrs. Stone hat mir Grund zur Besorgnis geliefert«, gestand Effie traurig. »Dein Schicksal ist im Dorf allgemeiner Gesprächsstoff. Die Einheimischen, die behaupten, St. Justin nur zu gut zu kennen, glauben, daß er ein grausames Spiel mit dir treibt. Du mußt zugeben, daß sein plötzliches Verschwinden kein gutes Vorzeichen ist.«

»Aber wenn sein Vater doch krank ist«, erwiderte Harriet.

»Das behauptet er«, murmelte Effie, als Mrs. Stone den Raum mit einer Platte voller Toast betrat. »Aber das wissen wir nicht sicher, oder?«

Harriet funkelte sie zornig an. »St. Justin würde nie zu einer solchen Lüge Zuflucht nehmen. Tante Effie, jetzt verstehe ich, was du vorhast. Du befürchtest, daß St. Justin nicht verläßlich die Konsequenzen zieht.«

»Nun...«

»Du hoffst, daß wir nach London gehen und so tun können, als sei nichts passiert. Glaubst du wirklich, du wirst die Tatsache vertuschen können, daß ich mit ihm verlobt bin? Oder die Gerüchte ersticken, die über die Geschehnisse in der Höhle im Umlauf sind?«

Effie sah sie mit stählernem Blick an. »Du bist jetzt eine Erbin, Harriet. Damit läßt sich viel vertuschen. Außerdem ist es möglich, daß die Gerüchte über deine Kompromittierung uns nicht bis nach London folgen. Upper Biddleton ist von der eleganten Gesellschaft Welten entfernt.«

»Ich werde nicht zulassen, daß du meine Verlobung vertuschst«, erklärte Harriet mit Nachdruck. »Sie ist Tatsache, ob du es glaubst oder nicht. Ich werde nach London gehen, damit ich lerne, wie man sich in Gesellschaft beträgt, und aus noch einem Grund, der nur mich betrifft. Aber ich werde mich aus Upper Biddleton nicht fortrühren, wenn du glaubst, du könntest mich als unschuldige junge Erbin auf dem Heiratsmarkt präsentieren. Selbst wenn ich nicht verlobt wäre, so wäre ich für diese Rolle viel zu alt.«

»Bravo«, rief Felicity aus. »Gut gesagt, Harriet. Die unschuldige junge Erbin werde ich sein, und du kannst die reifere, geheimnisumwitterte Frau spielen. Und das Schöne daran ist, daß keine von uns sich große Mühe geben muß, einen Mann zu finden. Wir können uns einfach amüsieren. Also, abgemacht, wir gehen nach London!«

»Ich hoffe sehr«, sagte Effie mit einem bezeichnenden

Blick zu Felicity, »daß wir es dort nicht mit so katastrophalen Ereignissen wie hier in Upper Biddleton zu tun haben werden. Ein kompromittiertes weibliches Wesen in der Familie reicht.«

Kaum hatte Gideon das Morgenzimmer in Hardcastle House betreten, als ihm auf dem Silbertablett mit der Post der an ihn adressierte Brief auffiel. Noch ehe er das Siegel erbrach, wußte er, daß der Brief von Harriet kam. Ihre Handschrift war energisch, sehr originell und unverwechselbar weiblich.

Aller Wahrscheinlichkeit nach wollte sie ihm mitteilen, sie müsse mit einer Schwangerschaft rechnen.

Gideon empfand darob tiefe Befriedigung und einen Anflug von Besitzerstolz. Er stellte sich die schwangere Harriet vor, rund und weich, und gleich darauf mit einem Kind in den Armen. Es waren sehr angenehme Bilder. Ebenso gut aber konnte er sich Harriet auch mit einer Hand ein Fossil zeichnend und mit der anderen einen Säugling an die Brust drükkend vorstellen.

Anfangs hatte Gideon sich gesagt, es sei günstiger, wenn sie nicht schwanger wäre, da der Gedanke an eine Ehe ihr schon genug zu schaffen machte.

Und was ihn betraf, so hatte er Harriet zuliebe dem Klatsch in Upper Biddleton nach Möglichkeit jede Grundlage entziehen und klar zu erkennen geben wollen, daß kein Grund für eine überstürzte Heirat vorläge.

Schließlich war sie die Tochter eines Pfarrers.

Aber eine überstürzte Hochzeit mit Sonderdispens hatte auch viel für sich. Sie bot ihm immerhin den entschiedenen Vorteil, Harriet direkt in sein Bett zu befördern, eine Vorstellung, die sein Blut gehörig in Wallung brachte.

»Guten Morgen, Gideon.«

Gideon blickte vom Brief auf, als seine Mutter, Margaret,

Countess of Hardcastle, zur Tür hereinschwebte. Fragil und zart wirkend, verfügte sie über viel mehr Kraft, als es den Anschein hatte. Margaret, die immer eine Handbreit über dem Boden dahinzugleiten schien, hatte etwas Ätherisches, Zerbrechliches an sich, das gut zu ihrem Silberhaar und den von ihr bevorzugten Pastellfarben paßte.

»Guten Morgen, Madam.« Gideon wartete, bis der Butler der Countess den Stuhl zurechtgerückt hatte, erst dann setzte er sich, Harriets Brief neben sein Messer legend. Er wollte ihn später lesen. Seine Eltern wußten noch nichts von seiner Verlobung.

Wie immer hatte Gideons Vater sich überraschend gut erholt, nachdem er erfahren hatte, sein Sohn sei am späten Abend des vorangegangenen Tages auf Hardcastle House eingetroffen. Gideon erwartete, ihn beim Frühstück zu begrüßen.

»Wie ich sehe, hast du Post bekommen, mein Lieber.« Seine Mutter winkte dem Diener, damit er ihr Kaffee eingieße. »Von jemandem, den ich kenne?«

»Du wirst sie sehr bald kennenlernen.«

»Sie?« Lady Hardcastles Löffel blieb über der Tasse in der Schwebe. Ihr fragender Blick ließ sie wie ein neugieriger Vogel aussehen.

»Ich hatte noch nicht Gelegenheit, dir zu sagen, daß ich mich verlobt habe.« Gideon gönnte seiner Mutter ein kurzes Lächeln. »Aber da mein Vater seine letzte Krise blendend überwunden hat, sollte ich die Tatsache vielleicht erwähnen.«

»Verlobt? Gideon, ist es dir ernst?« Das Vogelähnliche in Lady Hardcastles Blick verschwand so gut wie ganz und machte Überraschung, Unsicherheit und einem Funken Hoffnung Platz.

»Sehr ernst.«

»Ich bin ja so erleichtert ... auch wenn ich sie nicht kenne. Ich hatte schon Angst, daß deine früheren Erfahrungen dich für immer von einer Heirat abhalten würden. Und da dein lieber Bruder nicht mehr unter uns weilt...«

»Bin ich der einzige, der den Hardcastles einen Erben bescheren kann«, schloß Gideon unverblümt. »Das brauchst du mir nicht zu sagen. Ich weiß sehr wohl, daß mein Vater sich zunehmend sorgt und grämt, daß ich meiner Pflicht in diesem Punkt nicht nachkomme.«

»Gideon, mußt du den Bemerkungen deines Vaters auch immer die allerschlimmste Absicht unterstellen?«

»Warum nicht? Er unterstellt mir auch immer das Schlimmste.«

Just in diesem Moment gab es Bewegung an der Tür. Der Earl of Hardcastle erschien in Begleitung eines Dieners, der ihn stützte, doch war Seiner Lordschaft anzusehen, daß man sich schon viel besser fühlte. Die Tatsache, daß er zum Frühstück herunterkam, war Beweis genug, daß er nichts mehr von den Schmerzen in der Brust spürte, die ihn veranlaßt hatten, nach Gideon zu schicken.

»Was soll das?« wollte Hardcastle wissen. Seine goldbraunen Augen, die denen seines Sohnes sehr ähnlich waren, hatte das Alter getrübt, sie blickten aber noch bemerkenswert grimmig und energisch in die Welt. Dem Earl fehlte noch ein Jahr auf die Siebzig, seine Haltung war jedoch noch immer die des sportlichen Jünglings, der er einst gewesen war. Er war groß, beinahe so hochgewachsen wie Gideon. Sein schütteres Haar war silbern wie das seiner Frau. Das breite, knochige Gesicht war mit den Jahren nur um weniges weicher geworden. »Du hast dich also tatsächlich verlobt?«

»Ja, Sir.« Gideon stand auf, um sich von den warmen Speisen zu bedienen, die auf dem Büffet standen.

»Wird auch Zeit.« Hardcastle nahm seinen Platz am Kopf der Tafel ein. »Verdammt, du hättest es ruhig früher erwähnen können. Immerhin handelt es sich um ein Ereignis von einer gewissen Tragweite. Du bist der letzte unseres Geschlechtes, und deine Mutter und ich hatten uns schon gefragt, wann du endlich diesen Schritt tun würdest.«

»Er ist getan.« Gideon nahm sich von den Würstchen und Eiern und ging zu seinem Platz zurück. »Ich werde veranlassen, daß meine Verlobte möglichst bald zu Besuch kommt.«

»Du hättest es uns sagen sollen, ehe du ihr einen Antrag machtest«, sagte Lady Hardcastle vorwurfsvoll.

»Dazu war keine Zeit.« Gideon nahm sich mit der Gabel ein Würstchen. »Mit der Verlobung mußte es sehr rasch gehen. Die Hochzeit wird vielleicht ebenso rasch stattfinden müssen.«

Aus den Augen des Earls flammte Zorn auf. »Herrgott, Gideon, soll das heißen, daß du wieder eine junge Frau kompromittiert hast?«

»Ich weiß wohl, daß mir von euch keiner glaubt, aber ich habe die erste nie kompromittiert. Allerdings habe ich mir tatsächlich die Kompromittierung der zweiten zuschulden kommen lassen.« Gideon spürte, daß seine Mutter schockiert war und daß der Zorn seines Vaters sich wie ein Schwall über ihn ergoß. Er konzentrierte sich auf seine Würstchen. »Es war ein Unfall. Aber es ist nun mal passiert. Und es wird eine Hochzeit geben.«

»Ich glaube es nicht«, sagte der alte Earl gepreßt. »Gott ist mein Zeuge, aber ich glaube nicht, daß du abermals eine junge Frau ruiniert hast.«

Gideon umfaßte sein Messer fester, sagte aber kein Wort. Er hatte sich geschworen, während seines Besuches mit seinem Vater keinen Streit anzufangen, doch er wußte jetzt, daß er die Hoffnung aufgeben konnte, Szenen wie diese zu vermeiden. Er und sein Vater konnten keine fünf Minuten in einem Raum zusammensein, ohne daß es zum Streit gekommen wäre.

Lady Hardcastle sah Gideon strafend an, um sich dann besorgt ihrem erzürnten Gemahl zuzuwenden. »Beruhige dich, mein Lieber. Wenn du so weitermachst, wirst du wieder einen Anfall bekommen.«

»Und das wird allein seine Schuld sein, wenn ich hier am Tisch zusammenbreche.« Der Earl stach mit der Gabel in Gideons Richtung. »Genug. Berichte uns jetzt die Einzelheiten und erspare uns die unerträgliche Spannung.«

»Viel gibt es nicht zu berichten«, sagte Gideon leise. »Sie heißt Harriet Pomeroy.«

»Pomeroy? Pomeroy? So hieß doch der letzte Pfarrherr, den ich für Upper Biddleton ernannte.« Der Earl sah ihn finster an. »Besteht eine Verbindung?«

»Seine Tochter.«

»O mein Gott«, hauchte Lady Hardcastle. »Schon wieder die Tochter eines Geistlichen. Gideon, was hast du angestellt?«

Gideon lächelte kalt, als er das Siegel von Harriets Brief aufbrach und das Schreiben öffnete. »Du mußt meine Verlobte fragen, wie das alles gekommen ist. Sie übernimmt für alles die Verantwortung. Und jetzt entschuldigt mich bitte, damit ich den Brief lesen und euch sagen kann, ob wir eine Sonderdispens zur Heirat brauchen werden.«

»Hast du das arme Mädel geschwängert?« tobte der Earl.

»Der Himmel steh' mir bei«, flüsterte Lady Hardcastle.

Gideon runzelte die Stirn, während er eilig Harriets Brief überflog.

»Lieber Gideon,

wenn Du diesen Brief erhältst, werde ich schon in London sein, um zu lernen, wie ich mich als Deine Frau zu benehmen habe. Meine Tante Adelaide (Du wirst Dich vielleicht erinnern, daß ich sie erwähnte), die endlich über das Vermögen ihres Mannes verfügen darf, hat uns alle nach London eingeladen. Felicity wird eine Saison mitmachen, und Tante Effie besteht darauf, daß ich mir gesellschaftlichen Schliff aneigne, damit ich Dich in Zukunft nicht in Verlegenheit bringe.

Um ehrlich zu sein, würde ich viel lieber hier in Upper Biddleton bleiben. Der Zahn, den ich in unserer Höhle entdeckt habe, läßt mir keine Ruhe. (Ich muß Dich noch einmal daran erinnern, zu niemandem davon zu sprechen. Die Fossiliendiebe lauern überall.) Aber mir ist natürlich klar, daß es mir als Pfarrerstochter an Erfahrung auf dem gesellschaftlichen Parkett mangelt. Und Du brauchst, wie Tante Effie sagt, eine Frau, die auf diesem Gebiet versiert ist. Sicher werde ich das alles sehr rasch lernen, so daß ich mich wieder meinen Fossilien widmen kann.

Ich hoffe sehr, daß es mir in London gelingt, meinen Zahn wissenschaftlich zu klassifizieren und einzuordnen. Das muntert mich auf und macht mir die ganze Reise viel schmackhafter.

Wir brechen morgen bei Tagesanbruch auf. Falls Du mich erreichen möchtest, kannst Du dies über Tante Adelaides Anschrift, die ich beifüge. Ich bete darum, daß es Deinem Vater besser geht. Bitte übermittle Deiner Mutter meine Grüße.

Ach, übrigens, wegen der anderen ›Sache‹, die Dir so viel Kopfzerbrechen bereitet, kann ich Dir sagen, daß Du beruhigt sein kannst. Für eine überstürzte Heirat besteht kein Grund.

Deine Harriet.«

Verdammt, dachte Gideon, als er den Brief rasch zusammenfaltete. Nun erst merkte er, wie sehr er sich mit dem Gedanken an eine überstürzte Hochzeit angefreundet hatte. »Nein, meine Braut ist nicht schwanger. Leider. Etwas viel Ärgeres ist eingetreten.«

Lady Hardcastle zwinkerte. »O Gott, was könnte ärger sein?«

»Man hat sie nach London gebracht, um ihr gesellschaftlichen Schliff zu verpassen.« Gideon machte sich rasch über sein letztes Würstchen her und stand auf. »Da Sie nicht im

Sterben liegen, Mylord«, sagte er zu seinem Vater, »kann ich sofort aufbrechen.«

»Verdammt, Gideon, komm zurück«, brüllte der Alte. »Was geht da vor? Warum mußt du nach London?«

Gideon hielt in der Tür ungeduldig inne. »Die Sache duldet keinen Aufschub, Sir. Harriet in London zu wissen, zerrt an meinen Nerven.«

»Unsinn.« Lady Hardcastle sah ihn streng an. »Deine Nerven vermag nichts aus der Ruhe zu bringen, Gideon.«

»Sie kennen Harriet nicht, Gnädigste.«

9

Gideon genoß seine Clubs nicht auf jene traditionelle Weise wie die meisten Gentlemen. Für ihn waren sie weder Zuflucht noch ein Zuhause außerhalb des Zuhauses, und die Gewißheit, daß sechs Jahre zurückliegende Geschichten von entehrten Jungfrauen, Selbstmord und rätselhaften Todesfällen im Moment seines Eintretens sofort aufgewärmt wurden, war seiner Neigung zum Clubleben keineswegs förderlich.

Nicht, daß man ihm die Genugtuung gegeben hätte, ihn jemals offen mit den Anschuldigungen zu konfrontieren. Dafür galt er als zu gefährlich. Das Degenduell, in dessen Verlauf er seine entstellende Narbe abbekommen hatte, war manchen noch gut in Erinnerung.

Der Vorfall lag zehn Jahre zurück, doch die Augenzeugen waren nur allzu bereit, allen ins Gedächtnis zu rufen, daß St. Justin nahe daran gewesen war, seinen Gegner Bryce Morland umzubringen. Morland war St. Justins ältester Freund gewesen, wie diese Zeugen stets hervorhoben, und das Duell selbst nicht mehr als ein sportlicher Wettkampf zwischen zwei jungen Heißspornen und keine echte Herausforderung.

Der Teufel allein mochte wissen, was St. Justin in einem echten Duell anstellen mochte. Gewiß würde er nicht zögern, seinen Herausforderer zu töten.

Gideon selbst hatte die Einzelheiten jenes Degenduells mit Morland noch allzu deutlich in Erinnerung. Es war nicht das Blut gewesen, das aus seiner klaffenden Gesichtswunde lief oder der Schmerz oder die Anwesenheit von Zeugen, die ihn im letzten Moment abgehalten hatten, als er sich faßte und es schaffte, Morland zu entwaffnen. Es war Morlands Bitte um Gnade gewesen.

Er konnte noch immer die Worte hören. *Um Himmels willen, Mann, es war ein Unfall.*

In der Hitze eines sportlichen Wettkampfes, der jäh in ein echtes Fechtduell umschlug, war Gideon alles andere als sicher gewesen, ob der Degenstoß, der sein Gesicht entstellt hatte, wirklich zufällig passiert war. Aber alle anderen waren dessen sicher. Warum hätte Morland schließlich St. Justin töten sollen? Es gab kein Motiv.

Am Ende war das Drama perfekt: Morland hatte um Gnade gefleht, und Gideon hatte gewußt, daß er nicht imstande war, einen Menschen kaltblütig zu töten. Er hatte die Degenspitze von Morlands Kehle abgewendet, worauf allgemeines Aufatmen folgte.

Als dann drei Jahre später die Geschichte von Deirdres Schande und Selbstmord die Runde in London gemacht hatte, war die Geschichte vom Duell ausgegraben und in düsterstem Licht betrachtet worden. Auch die Einzelheiten um Randals Tod wurden von neuem erörtert. Fragen wurden gestellt.

Doch diese Fragen wurden stets hinter Gideons Rücken besprochen und erörtert.

War Gideon in London, dann suchte er seine Clubs nur aus einem einzigen Grund auf. Sie stellten eine ausgezeichnete Informationsquelle dar, und er wollte ein paar Antworten auf einige Fragen, ehe er Harriet besuchte.

An seinem ersten Abend in London ging Gideon die Stufen hinauf und durch die Tür eines der exklusivsten Clubs an der St. James Street. Das Wellengekräusel von Interesse und Neugierde, das den größten Raum des Clubs bei seinem Eintreten durchflutete, überraschte ihn nicht.

So war es immer.

Mit einem kühlen Nicken, das einigen der älteren Herren galt, die persönliche Freunde seines Vaters waren, ließ Gideon sich in der Nähe des Kaminfeuers nieder, bestellte eine Flasche Weißwein und griff nach einer Zeitung. Er brauchte nicht lange zu warten, bis sich jemand näherte.

»Sieh einer an, schon länger her, daß Sie sich hier blicken ließen, St. Justin. Gerüchte kursieren, daß Sie sich verlobt haben. Ist was Wahres dran?«

Gideon blickte von seiner Zeitung auf. Er erkannte den beleibten Kahlkopf als Lord Fry, einen Baron, dessen Güter in Hampshire lagen. Fry gehörte zu den alten Bekannten seines Vaters aus der Zeit, als der Earl noch Fossilien gesammelt hatte.

»Guten Abend, Sir.« Gideon befleißigte sich eines höflichen, wenn auch gleichmütigen Tones. »Seien Sie versichert, die Gerüchte hinsichtlich meiner Verlobung beruhen auf Wahrheit. Die Anzeigen werden in den morgigen Morgenausgaben erscheinen.«

»Hört, hört.« Fry sah ihn angriffslustig an. »Also stimmt es.«

Gideon lächelte kühl. »Ich sagte eben, daß es stimmt.«

»Sieh einer an ... so ist es also wahr. Meine Befürchtungen haben sich bewahrheitet.« Fry machte ein finsteres Gesicht. »Miß Pomeroy schien ihrer Sache sehr sicher zu sein, aber man weiß ja nie ... wenn es keine offizielle Ankündigung gibt ... und ihre Familie hält dicht.«

»Setzen Sie sich doch, Fry, und trinken Sie mit mir ein Glas Wein.«

Fry ließ sich Gideon gegenüber in einen Ledersessel fallen und zog ein weißes Taschentuch hervor, mit dem er sich über die Stirn fuhr. »Ich muß schon sagen... ziemlich warm so nahe beim Feuer. Für gewöhnlich sitze ich nicht so dicht am Kamin.«

Gideon legte die Zeitung beiseite und fixierte den korpulenten Baron mit Absicht. »Ich nehme an, Sie kennen meine Verlobte?«

»Ja, allerdings.« Fry machte ein hoffnungsvolles Gesicht. »Falls es Miß Harriet Pomeroy ist, von der die Rede ist, hatte ich tatsächlich das Vergnügen. Sie ist kürzlich der Gesellschaft für Fossilien und Altertümer beigetreten.«

»Das erklärt alles.« Gideon entspannte sich sichtlich. »Sie können versichert sein, daß es dieselbe Harriet Pomeroy ist.«

»Jammerschade, wenn Sie mich fragen.« Fry wischte sich wieder die Stirn trocken. »Armes Mädchen«, murmelte er fast unhörbar.

Gideons Augen wurden schmal. »Wie bitte?«

»Hm? Ach, nichts, nichts. Ich sag's ja... reizende junge Dame. Sehr gescheit. Wirklich sehr intelligent. Ein wenig eigenwillig in gewissen Dingen. Hat merkwürdige Ansichten über Gesteinsschichten und Fossilien und die allgemeinen Prinzipien der Geologie, aber ansonsten nicht auf den Kopf gefallen.«

»Nein, ist sie nicht.«

Fry sah Gideon nachdenklich an. »Ihre Schwester ist in dieser Saison groß herausgekommen.«

»Ach?« Gideon schenkte für Fry ein Glas ein.

»Ja, und wie. Schönes Mädchen. Stattliche Mitgift. Alle Welt liegt ihr natürlich zu Füßen.« Fry nahm einen tiefen Schluck. »Ich muß schon sagen, einige von uns konnten kaum glauben, daß Miß Harriet Pomeroy mit Ihnen verlobt sein soll.«

»Und warum ist dies auf Unglauben gestoßen, Fry?« fragte Gideon ganz leise.

»Wissen Sie, sie scheint mir nicht der Typ, wenn Sie wissen, was ich meine.«

»Nein, ich weiß nicht, was Sie meinen. Warum drücken Sie sich nicht klarer aus?«

Fry rutschte unbehaglich auf seinem Sitz hin und her. »Eine so intelligente junge Frau.«

»Sie glauben, eine intelligente junge Frau sollte mehr Verstand haben, als sich mit mir zu verloben?« kam Gideon ihm zu Hilfe, wobei er noch gedämpfter sprach.

»Nein, nein, so war es nicht gemeint.« Fry nahm wieder einen tiefen Schluck. »Ihr Interesse für Fossilien und Geologie und dergleichen ist eben so groß... hätte gedacht, daß sie sich einen Mann sucht, der ihre Interessen teilt. Nichts für ungut, Sir.«

»Um mich zu beleidigen, bedarf es mehr, Fry. Aber Sie können es ja versuchen.«

Fry lief rot an. »Nun ja... sie sagt, man habe sie nach London gebracht, damit sie sich Ihretwegen gesellschaftlichen Schliff aneignet.«

»Das hörte ich.«

»Ich muß schon sagen...«, Fry sah ihn angriffslustig an, »wenn Sie mich fragen, so benötigt Miß Pomeroy keinen Schliff. Die ist in Ordnung, so wie sie ist.«

»Darin stimmen wir überein, Fry.«

Fry ließ sich dadurch aus der Fassung bringen und suchte krampfhaft nach einem anderen Thema. »Tja dann... wie geht es Ihrem Vater?«

»So gut, wie man erwarten kann.«

»Gut, gut, freut mich zu hören.« Fry redete krampfhaft weiter. »Er war seinerzeit sehr an Fossilien interessiert. Hardcastle und ich führten oft hitzige Diskussionen über Meeresfossilien. Die waren nämlich seine Spezialität. Muscheln, fossile Fische und dergleichen. Sammelt er noch?«

»Nein. Er hat schon seit einigen Jahren kein Interesse

mehr daran.« Seitdem er Upper Biddleton den Rücken gekehrt hat, dachte Gideon insgeheim. Seit den Ereignissen vor sechs Jahren hatte sein Vater für nichts mehr Interesse gezeigt. Nicht einmal für seine Besitzungen. Das einzige, woran dem Earl lag, war ein Enkelsohn.

»Schade, muß ich sagen. War seinerzeit ein versierter Sammler.« Fry raffte sich auf und erhob sich ruckartig. »Na denn… muß jetzt gehen.«

Gideon zog die Brauen in die Höhe. »Wollen Sie mir denn nicht zur Verlobung gratulieren, Fry?«

»Was?« Fry griff zu seinem Glas und trank den Rest aus. »Ach ja, meinen Glückwunsch.« Er sah Gideon scharf an. »Aber ich behaupte noch immer, die Dame benötigt keinen Schliff, wenn Sie mich fragen.«

Gideon sah Fry nachdenklich an, als dieser sich entfernte. Eine der Fragen, deretwegen er heute gekommen war, war eben beantwortet worden. Harriet machte aus ihrer Verlobung kein Geheimnis.

Gideon empfand dies als zutiefst befriedigend. Die Dame hatte offenbar keine Angst, das berühmt-berüchtigte »Ungeheuer« würde sie entehren und verlassen. Sie erwartete also, von ihm geehelicht zu werden.

Nach Frys Reaktion zu schließen, waren andere aber weitaus weniger angetan von Harriets Los. Als Gideon im Wettbuch des Clubs nachsah, entdeckte er, daß seine Verlobung einige Wetten hervorgerufen hatte.

Lord R wettet mit Lord T, daß eine gewisse junge Dame sich binnen vierzehn Tagen mit einem gewissen Ungeheuer entlobt.

Harriet war mit einigen anderen Mitgliedern der Gesellschaft für Fossilien und Altertümer in eine angeregte Diskussion über die Natur von Eruptivgestein vertieft, als im Ballsaal die Nachricht, Gideon sei in der Stadt, wie eine Bombe einschlug.

Kurz darauf erschien Effie mit äußerst besorgter Miene an Harriets Seite, so daß diese schon glaubte, Felicity oder Tante Adelaide sei etwas zugestoßen.

»Harriet, auf ein Wort, wenn ich bitten darf«, raunte Effie ihr diskret zu, nicht ohne der kleinen, um ihre Nichte gruppierten Schar ein anmutiges Lächeln zu schenken.

»Aber natürlich, Tante Effie.« Harriet entschuldigte sich bei ihren Gesprächspartnern. »Ist etwas passiert?«

»St. Justin ist in der Stadt. Eben habe ich es erfahren.«

»Oh, sehr gut«, sagte Harriet, deren Herz höher schlug, obwohl sie sich sofort ermahnte, sich nicht zu hochgespannten Hoffnungen hinzugeben. Es war kaum zu erwarten, daß Gideon während der kurzen Trennung entdeckt hatte, daß er in sie verliebt war. »Das muß bedeuten, daß es seinem Vater besser geht.«

Effie seufzte. »Meine Liebe, was bist du doch naiv. Dir ist wohl nicht klar, welcher möglichen Katastrophe wir uns jetzt gegenübersehen. Komm mit. Deine Freunde von der Fossiliengesellschaft können warten. Wir müssen uns mit Adelaide beraten.«

»Tante Effie, ich war mitten in einem höchst lehrreichen Gespräch über Eruptivgestein. Kann diese Beratung nicht warten?«

»Nein, kann sie nicht.« Effie ging ihr voraus zu der Stelle, wo ihre Schwester Aufstellung genommen hatte. »Deine ganze Zukunft steht auf dem Spiel, und wir müssen auf die schlimmste nur mögliche Situation gefaßt sein. Harriet, es wird ein wahrer Drahtseilakt.«

»Tante Effie, du übertreibst wieder einmal.« Aber Harriet ließ sich an Adelaides Seite zerren. Es war besser, die Sache hinter sich zu bringen, damit sie möglichst rasch zu ihrem neuen Bekanntenkreis zurückkonnte.

Effies Schwester, Adelaide, Lady Buxton, war eine höchst eindrucksvolle Erscheinung. Lieblose Zeitgenossen neigten dazu, sie fett zu nennen. Effie hatte Harriet und Felicity erklärt, Adelaides Umfang sei vor allem darauf zurückzuführen, daß sie sich während ihrer langjährigen unglücklichen Ehe mit Süßigkeiten getröstet hatte.

Nach Ablauf der äußerst knapp bemessenen Trauerzeit nach dem Tod ihres Mannes hatte Adelaide sehr rasch an Gewicht verloren. Heute abend sah sie in einem leuchtend purpurroten Kleid großartig aus. Sie beobachtete voller Ungeduld, wie Effie und Harriet näher kamen.

»Harriet, hast du schon gehört?« fragte Adelaide leise, während sie eine Dame mit grünem Turban, die ihr grüßend zugenickt hatte, mit einem charmanten Lächeln bedachte.

»Mein Verlobter ist in der Stadt«, sagte Harriet.

»Das ist es ja, meine Liebe. Wir können gar nicht sicher sein, ob er noch dein Verlobter ist, wenn du weißt, was ich meine. Schließlich hat es noch keine offizielle Verlobungsanzeige gegeben. Kein Wort in der Presse. Da er bislang darauf verzichtet hat, die Verlobung öffentlich bekanntzugeben, tappen wir über seine Absichten im Dunkeln.«

Harriet warf der Gruppe von Fossilienjägern, die ihrer harrten, einen wehmütigen Blick zu. Sie konnte es kaum erwarten, das Gespräch wieder aufzunehmen. Dieses ängstliche Getue wegen ihrer Verlobung mit Gideon fing an, ihr auf die Nerven zu gehen. Seit ihrer Ankunft in London vor einigen Tagen hatten Effie und Adelaide nichts anderes getan, als ihre Angst zu erörtern und Prognosen zu stellen.

»Tante Adelaide, sicher werden die Anzeigen rechtzeitig erscheinen. In letzter Zeit hatte St. Justin wahrlich andere Dinge im Kopf – die Festnahme von Dieben und die Sorge um seinen kränkelnden Vater. Wahrscheinlich hatte er keine Zeit, die Mitteilung an die Presse zu verschicken.«

Effie sah sie mitleidig an. »Mir ist es unbegreiflich, wie du so viel Vertrauen in einen Mann setzen kannst, der sich dir gegenüber schändlich benommen hat.«

Nun war es um Harriets Geduld geschehen. »St. Justin hat sich mir gegenüber nicht schändlich benommen. Wie kannst du so etwas sagen? Er will mich heiraten, weil er glaubt, mich kompromittiert zu haben.«

»Harriet, bitte.« Tante Effie ließ unbehaglich ihren Blick wandern. »Mäßige deine Lautstärke.«

Harriet ließ die Bemerkung unbeachtet. »Es war nicht seine Schuld, daß er dort mit mir in der Falle saß. Er wollte mich retten und konnte dann nicht mehr aus der Höhle ins Freie.«

»Um Himmels willen, Harriet, leiser.« Adelaide ließ erregt ihren Fächer in Aktion treten. »Ich weiß gar nicht, was wir täten, wenn jemand mithört oder Wind davon bekommt, daß du kompromittiert wurdest. Bis jetzt konnten wir diese Tatsache ja vertuschen, indem wir dich sozusagen mit einer geheimnisvollen Aura umgaben. Das mindeste, was du tun kannst, ist, jede öffentliche Äußerung zu vermeiden.«

»Was würde es denn ausmachen? St. Justin wird mich heiraten. In den Augen der Gesellschaft ist damit alles bereinigt.«

Effie und Adelaide wechselten einen grimmigen Blick. »Niemand von uns wird Ruhe finden, ehe wir nicht sicher wissen, daß St. Justin sein Wort hält«, sagte Adelaide aufseufzend.

»Unsinn.« Harriet lächelte ihren aufgebrachten Tanten zu. »Natürlich wird er sein Wort halten. Und jetzt entschuldigt mich, ich muß zu meinen Bekannten zurück.«

Adelaide schüttelte den Kopf. »Du und deine Fossilien. Lauf nur, meine Liebe. Aber denk daran, mit deiner Verlobung diskret hinterm Berg zu halten.«

»Ja, Tante Adelaide«, gab Harriet pflichtbewußt zurück, ehe sie sich wieder ins allgemeine Gewühl stürzte, entschlossen, zu der kleinen Gruppe, die sie vorhin verlassen hatte, zurückzukehren.

Sie war bereits auf halbem Weg zu ihrem Ziel, als ihr jemand den Weg vertrat. Sie erkannte Bryce Morland auf den ersten Blick. Er hatte in der vergangenen Woche sämtliche Bälle und Soireen besucht, auf denen sie und Felicity erschienen waren. Getanzt hatte er mit ihnen beiden, doch zuletzt hatte er zur Verwunderung aller eine deutliche Vorliebe für Harriet erkennen lassen.

Harriet wußte, daß Morlands Aufmerksamkeit ihr hätte schmeicheln sollen. Schließlich war er ein auffallend gutaussehender Mann, Witwer, Mitte Dreißig, schlank und elegant, mit schmalen, fast zarten Händen und asketischen, wie gemeißelt wirkenden Zügen. Sein helles Haar spielte ins Goldblonde, seine Augen waren graublau.

Nach Harriets Meinung hätte Bryce alles in allem einem Maler als Modell für einen Erzengel dienen können.

»Miß Pomeroy.« Bryce sagte es lächelnd. »Ich habe Sie überall gesucht. Würden Sie mir wohl den nächsten Tanz gewähren?«

Harriet unterdrückte einen kleinen Seufzer. Bryce hatte sich ihrer und Felicitys auf ihren ersten Bällen äußerst liebenswürdig angenommen. Er hatte dafür gesorgt, daß sie viel tanzten, und hatte sie mit anderen Partnern bekanntgemacht. Effie und Tante Adelaide waren ihm dafür unendlich dankbar. Harriet wußte, daß es äußerst unhöflich gewesen wäre, ihm diesen Tanz zu verweigern. Die Diskussion über Eruptivgestein würde eben einige Minuten warten müssen.

»Vielen Dank, Mr. Morland.« Harriet brachte ein Lächeln zustande, als sie sich von ihm auf die überfüllte Tanzfläche führen ließ. »Wie nett von Ihnen, nach mir zu suchen.«

»Gern geschehen.« Bryce drehte sich mit ihr im Walzertakt. »Ich habe mir damit selbst einen Gefallen getan. Der Abend wäre nicht vollkommen, wenn ich nicht wenigstens einmal mit ihnen hätte tanzen können. In diesem Kleid sehen Sie hinreißend aus. Absolut unwiderstehlich.«

Harriet, für die der blumige Stil des üblichen Ballgeflüsters fremd war, errötete. Daß sie fabelhaft aussah, wußte sie, dafür hatten schon Effie und Adelaide gesorgt. Die Seide ihres türkisfarbenen Ballkleides war auf ihre Augenfarbe abgestimmt worden, das Oberteil mit der hohen Taille gab einen einladenden Blick auf das tief ausgeschnittene Dekolleté frei. Nur mit Mühe hatte sie der Versuchung widerstanden, es höher zu ziehen. Leider hatte man mit ihren Haaren nichts anfangen können. Sie lagen wie ein ganz und gar unmodischer, leicht zerzauster Heiligenschein um ihren Kopf.

»Wirklich, Mr. Morland, ich bin zwar sehr geschmeichelt, aber Sie sollten so etwas nicht sagen«, äußerte Harriet züchtig.

»Weil Sie angeblich mit St. Justin verlobt sind? Ich ziehe es vor, darüber hinwegzusehen.«

»Ich bin nicht angeblich verlobt, sondern tatsächlich verlobt. Und darüber kann man wohl kaum hinwegsehen, Mr. Morland.«

»Ich kann einfach nicht glauben, daß Sie sich unwiderruflich an das ›Ungeheuer von Blackthorne Hall‹ gebunden haben«, sagte Bryce finster.

Harriet strauchelte, so schockiert war sie, diesen Beinamen hier in London laut geäußert zu hören. Sie wußte, daß er hinter ihrem Rücken geflüstert wurde, doch war es das erste Mal, daß jemand in ihrer Gegenwart Gideon so nannte.

Eine Anwandlung von Jähzorn ließ Harriet auf dem Tanzparkett innehalten, so daß Morland gezwungen war, es ihr gleichzutun. Einige Köpfe drehten sich neugierig nach ihnen um. Harriet schenkte ihnen keine Beachtung. Ihr eisiger Blick fixierte Morland.

»Sie werden in Zukunft meinen Verlobten nicht so nennen. Habe ich mich klar ausgedrückt, Mr. Morland?«

Bryce senkte die goldenen Wimpern, die seine hellen Augen

verbargen. »Verzeihung, Miß Pomeroy. Meine Besorgnis um Sie hat mich überwältigt.«

»Ihre Sorgen sind unbegründet, Sir. Was immer Sie über meinen Verlobten gehört haben mögen, es ist nur leerer Klatsch.«

»Ich fürchte, daß dies leider nicht der Fall ist. Ich kenne nämlich St. Justin sehr gut.«

Harriet sah ihn erstaunt an. »Ach?«

»Ja, wir waren einmal befreundet.«

»Befreundet?«

»Ja. Wir wuchsen zusammen in Upper Biddleton auf. Nach dem Tod seiner Verlobten stand ich ihm zur Seite. Tatsächlich war ich damals der einzige, der es tat. Nicht, daß ich sein Tun gebilligt hätte, verstehen Sie mich recht. Aber er war mein Freund, und meinen Freunden kehre ich nicht den Rücken, gleichviel, was sie getan haben. Ich wäre auch heute noch sein Freund, aber St. Justin zog es vor, mich und alle anderen Mitglieder der Gesellschaft zu ignorieren.«

Harriet furchte nachdenklich die Stirn. »Das wußte ich nicht, Sir.«

Bryce umfaßte sie erneut und fing wieder an, sich mit ihr im Walzertakt zu drehen. Harriet leistete keinen Widerstand. Ihre Neugierde war erwacht. Dies war der erste Mensch, dem sie jemals begegnet war, sei es in Upper Biddleton oder London, der behauptete, ein Freund Gideons zu sein.

»Sie sagen, Sie hätten St. Justin vor Jahren schon gekannt?«

»Ja.« Bryce lächelte sein Engelslächeln. In seinen Augen spiegelte sich Bedauern. »Seinerzeit haben wir alles gemeinsam unternommen. Ich scheue mich nicht, Ihnen zu sagen, daß wir einige Saisons voll ausgekostet haben. Nächtelang saßen wir bis zum Morgengrauen am Kartentisch, um dann direkt zum Rennen oder zu einem Boxkampf zu gehen, ohne auch nur ein Auge zugetan zu haben. Es gab nichts, was wir nicht mindestens einmal ausprobierten. Und dann kam Deirdre Rushton nach London, und alles wurde anders.«

Harriet biß sich auf die Unterlippe. »Vielleicht sollten wir das nicht weiter besprechen, Sir.«

Bryce lächelte verständnisvoll. »Ich habe mir weiß Gott wie oft gewünscht, ich könnte vergessen, was in jener Saison geschah. Und zuweilen überdenke ich die Ereignisse von neuem und frage mich, ob ich damals etwas hätte tun können, um die Tragödie abzuwenden.«

»Mr. Morland, Sie dürfen die Schuld nicht bei sich suchen«, sagte Harriet hastig.

»Aber ich war Gideons bester Freund«, antwortete Bryce. »Ich kannte ihn besser als jeder andere. Mir war klar, daß er es gewohnt war, seinen Willen rücksichtslos durchzusetzen. Und ich wußte auch, daß Deirdre so schön wie unschuldig war. Gideon sah sie, und seine Leidenschaft war entflammt.«

Harriet überlegte. »Beide waren aus Upper Biddleton. Sie mußten einander doch schon gekannt haben, ehe Deirdre nach London kam.«

»Obwohl sie im selben Dorf lebten, wußten sie nicht viel voneinander«, erklärte Bryce. »Ich hatte sie ja auch nicht oft gesehen. Deirdre war fast noch ein Schulmädchen, als ihr Vater sie nach London schickte. Und Gideon war um einiges älter. Er war schon auf der Schule und anschließend in London, als Deirdre heranwuchs.«

»Sie soll sehr schön gewesen sein«, sagte Harriet leise.

»Das war sie. Und ich sage Ihnen ehrlich, daß sie in Gideon nicht verliebt war. Wie hätte sie sich auch in ihn verlieben können?«

»Sehr leicht, könnte ich mir denken.«

»Unsinn. Sie war ein schönes Geschöpf, das ganz natürlich von Schönheit angezogen wurde. Einmal hat sie mir anvertraut, daß es ihr nahezu unmöglich wäre, in Gideons Narbengesicht zu blicken. Aber was hätte sie tun sollen, wenn sie auf sein Verlangen hin mit ihm tanzen mußte?«

»Was für ein Unsinn«, entfuhr es Harriet. »An St. Justins Gesicht ist nichts Abstoßendes. Und er tanzt wundervoll.«

Bryce lächelte. »Sie sind sehr großmütig. Aber die Wahrheit ist, daß es den meisten Menschen schwerfällt, ihn anzusehen. Und seine Narbe trägt er nun schon über zehn Jahre.«

»Ach... das wußte ich nicht.«

»Er hat sie bei einem Degenduell davongetragen.«

Harriets Augen wurden groß. »Auch das wußte ich nicht.«

»Ich bin einer der wenigen, der die ganze Geschichte kennt. Ich sagte Ihnen schon, daß ich damals sein bester Freund war.«

Harriet legte nachdenklich den Kopf schräg. »Warum hat sich Deirdre Rushton mit Gideon – ich meine, mit St. Justin verlobt, wenn ihr sein Anblick so zuwider war?«

»Aus den üblichen Gründen«, sagte Bryce ruhig. »Ihr Vater bestand darauf. Deirdre war eine gehorsame Tochter, und Reverend Rushton legte allergrößten Wert darauf, daß sie in eine angesehene Familie einheiratete. Seine Tochter mit einem Earl vermählt zu sehen, schmeichelte ihm ungemein. Als Gideon ihr einen Antrag machte, hat Rushton sie praktisch gezwungen, ihn anzunehmen. Das war damals ein offenes Geheimnis.«

Harriet mußte an das denken, was Mrs. Stone gesagt hatte. Offenbar waren hinsichtlich der Gründe für die Verlobung alle zu demselben Schluß gelangt. »Wie schrecklich für Gideon«, flüsterte sie.

In Bryces Augen leuchtete alter Kummer auf. »Vielleicht war dies der Grund für seine Tat.«

»Wovon reden Sie?«

»Miß Pomeroy, es fällt mir schwer, es auszusprechen, aber Sie sollten auf der Hut sein. Zweifellos ist Ihnen zu Ohren gekommen, daß St. Justin beschuldigt wurde, seine Verlobte entehrt zu haben?«

»Und sie sitzengelassen zu haben. Ja, das hörte ich und glaube es nicht.«

Bryce machte ein ernstes Gesicht. »Es bekümmert mich, Ihnen dies sagen zu müssen, aber Sie müssen realistisch sein. Es steht fest, daß Deirdre vergewaltigt wurde. Seien Sie versichert, daß sie sich Gideon niemals freiwillig hingegeben hätte, wenn es nicht unvermeidbar gewesen wäre. Und das wäre es erst in der Hochzeitsnacht gewesen und keinen Tag eher.«

»Ich will nicht glauben, daß St. Justin sich seiner Verlobten aufgezwungen hat.« Harriet war entsetzt, so sehr, daß sie abermals mitten auf dem Parkett innehielt und sich von Bryce losmachte. »Das ist nichts weiter als eine Lüge, Sir, und Sie sollten sich hüten, sie zu wiederholen. Ich möchte davon nichts mehr hören.«

Damit drehte sie sich um und ging von der Tanzfläche, ohne abzuwarten, daß Bryce ihr seinen Arm bot. Den neugierigen Blicken und dem amüsierten Geraune schenkte sie keine Beachtung, als sie sich ihren Weg zu der Gruppe von Fossilienliebhabern bahnte.

Ihre neuen Freunde hießen sie herzlich willkommen und zögerten nicht, sie wieder in die Unterhaltung einzubeziehen. Was für eine Erleichterung, wieder unter Menschen zu sein, die Wichtigeres zu besprechen hatten als alten Klatsch, dachte sie aufatmend.

Lord Oliver Applegate, ein ernster junger Baron, drei Jahre älter als Harriet, lächelte ihr mit unverhohlener Bewunderung zu. Da er seinen Titel erst vor kurzem geerbt hatte, ließen ihn seine Bemühungen, der neuen Rolle im Leben gerecht zu werden, ein wenig hochnäsig erscheinen. Davon abgesehen, war er aber ein recht angenehmer Gesprächspartner, den Harriet sehr nett fand.

»Ach, da sind Sie ja, Miß Pomeroy.« Applegate war sofort an ihrer Seite und reichte ihr ein Glas Limonade, das er für sie geholt hatte. »Sie kommen eben rechtzeitig, um mir beizustehen, Lady Youngstreets Argumente zu entkräften. Sie versucht, uns alle davon zu überzeugen, daß die Ablagerungen glattgescheuerter Felsblöcke und ausgedehnter Geröllhalden in den Voralpen eine Hinterlassenschaft der Großen Flut sind.«

»Ganz recht«, erklärte Lady Youngstreet, eine hochgewachsene, imposante Erscheinung in mittleren Jahren, die als Sammlerin sehr aktiv war. Nach Beendigung des Krieges mit Napoleon hatte sie einige Jahre auf dem Kontinent verbracht und dort Jagd auf Fossilien gemacht, eine Tatsache, die hervorzuheben sie in dieser wissenschaftlich orientierten Runde nie versäumte. »Bitte, was außer Wasser, große Mengen Wasser, könnte gewaltige Steinblöcke bewegt und sie auf so außergewöhnliche Weise abgelagert haben?«

Harriet überlegte angestrengt. »Diese Frage habe ich einmal mit meinem Vater diskutiert. Er hat etliche andere mögliche Gründe für so gigantische Veränderungen der Erde gesehen. Zum Beispiel Vulkanausbrüche und Erdbeben, sogar...«, sie zögerte. »Sogar Eis käme als verändernder Faktor in Frage.«

Die anderen starrten sie verblüfft an.

»Eis?« Lady Youngstreet fragte es mit plötzlich aufflammendem Interesse. »Sie meinen Eisflächen, groß wie Gletscher?«

»Nun ja, falls die Gletscher einmal viel größer als jetzt waren«, setzte Harriet vorsichtig an, »könnten sie ja den Kontinent fast zur Gänze bedeckt haben. Beim Abschmelzen hinterließen sie Steine und Geröll, die sie unterwegs mitgenommen hatten.«

»Absolut lächerlich«, dröhnte Lord Fry, der sich zu der Gruppe gesellte. »Was für ein Unsinn... sich vorzustellen, daß eine Eisdecke ein so großes Gebiet des Kontinents bedeckte.«

Lady Youngstreet lächelte Fry liebevoll zu. Daß die beiden ein Liebespaar waren, war ein offenes Geheimnis. »Ganz recht, mein Lieber. Diese jungen Leute suchen immer neue Erklärungen für das, was mit den alten Wahrheiten zufriedenstellend beantwortet werden kann. Haben Sie mir ein Glas Champagner gebracht?«

»Aber gewiß, meine Liebe. Wie hätte ich es vergessen können?« Fry reichte ihr das Glas mit einer galanten Verbeugung.

Harriet, die noch immer scharf nachdachte, sagte: »Das eigentliche Problem der Sintfluttheorie ist der Umstand, daß man sich schwer vorstellen kann, wie die Erde auf einmal von der Flut bedeckt gewesen sein kann. Wohin ist das Wasser verschwunden, als es sich zurückzog?«

»Ein ausgezeichneter Einwand«, äußerte Applegate mit der üblichen Begeisterung, die er für Harriets Ideen zeigte. »Vulkane und Erdbeben und Ähnliches erscheinen mir als verändernde Kräfte viel einleuchtender. Meeresfossilien auf Berggipfeln und das Vorhandensein von Eruptivgestein werden damit erklärt«, setzte er mit klugem Lächeln hinzu.

Harriet nickte ernsthaft. »Diese aufwerfenden Kräfte wirken der Erosion entgegen und erklären, weshalb die Erde keine flache, gesichtslose Landschaft ist. Die Funde von Fossilien prähistorischer Lebewesen ist aber nicht so einfach zu erklären. Warum gibt es keine lebenden Exemplare dieser Gattungen, frage ich Sie?«

»Weil sie alle in der Großen Flut untergingen«, erklärte Lady Youngstreet. »Das liegt doch auf der Hand. Ertrunken. Bis aufs letzte Tier, die Armen.«

»Nun, ich bin nicht sicher …«, setzte Harriet an und brach ab, als sie merkte, daß niemand ihr Beachtung schenkte. Alle Köpfe waren der elegant geschwungenen Treppe am anderen Ende des Ballsaales zugewandt. Harriet folgte den Blicken.

Gideon stand am oberen Ende der Treppe und überblickte die Menge mit geringschätziger Miene. Er war ganz in Schwarz erschienen. Das Weiß von Krawatte und Hemd diente nur dazu, das Dunkel seiner Abendkleidung zu betonen.

Als Harriet zu ihm hinsah, begegneten sich die Blicke der beiden. Sie fand es unglaublich, daß er sie in der Menge, die den Ballsaal füllte, hatte ausmachen können.

Als Gideon die mit einem roten Teppich belegten Stufen hinunterschritt, zeigte seine kühl-arrogante Haltung, daß er die Neugierde der Gesichter unter ihm nicht bemerkte oder aber, daß sie ihn nicht kümmerte.

Er ist da. Harriet ermahnte sich, ob dieser simplen Tatsache nicht zu sehr aus dem Häuschen zu geraten. Gideon hatte früher oder später kommen müssen, ohne daß dies bedeutete, er verzehrte sich vor Sehnsucht nach ihr. Es bedeutete nur, daß er es für seine Pflicht hielt zu erscheinen.

Die geflüsterten Kommentare folgten Gideon durch den Raum wie eine Woge, die auf eine ferne Küste zurollt. Und während er sich vorwärtsbewegte, teilte sich die Menge vor ihm wie die Fluten des Meeres. Ohne einen Blick nach rechts oder links schritt er durch die glitzernde und gleißende Menge der Ballbesucher, von denen er keinen einzigen grüßte. Er ging unbeirrt weiter, bis er vor Harriet stehenblieb.

»Guten Abend, meine Liebe«, sagte er verhalten inmitten völliger Stille. »Sicher hast du mir einen Tanz reserviert?« Damit beugte er sich über ihre Hand.

»Natürlich, Mylord.« Harriet begrüßte ihn mit einem strahlenden Lächeln und legte die Finger auf seinen Arm. »Aber zuerst etwas anderes... kennst du meine Freunde?«

Gideon besah die Runde der Gesichter hinter ihr. »Einige.«

»Dann will ich dir die anderen vorstellen.« Harriet brachte die Vorstellungszeremonie rasch hinter sich.

»Also stimmt es doch«, äußerte Lady Youngstreet mit mißbilligender Miene. »Sie beide sind verlobt.«

»Es stimmt«, sagte Gideon. »Die Anzeigen werden in den Morgenblättern erscheinen.« Er wandte sich an Harriet. »Meine Verlobte darf mit Ihren besten Wünschen rechnen, nehme ich an, Lady Youngstreet?«

Lady Youngstreet schürzte die Lippen. »Natürlich.«

»Gewiß«, murmelte Applegate, nach Kräften bemüht, Gideons Narbe zu ignorieren. »Natürlich gelten unsere Glückwünsche Ihnen beiden.«

Die anderen murmelten passende Bemerkungen.

»Danke«, sagte Gideon. In seinen Augen glänzte es spöttisch auf. »Ich dachte mir, daß Sie uns Glück wünschen würden. Komm, meine Liebe. Es ist lange her, seitdem wir zusammen tanzten.«

Er führte Harriet just in dem Moment auf die Tanzfläche, als die Kapelle einen Walzer anstimmte. Harriet bemühte sich sehr, jene gelassene, würdevolle Haltung zur Schau zu tragen, die Effie und Adelaide ihr in den letzten Tagen beizubringen versucht hatten, gab aber den Versuch fast sofort wieder auf. Die Gewißheit, wieder in Gideons Armen zu liegen, und sei es nur auf dem Tanzparkett, war zu aufregend.

Ich habe fast schon vergessen, wie überwältigend er ist, dachte sie glücklich. Seine Hand, die auf ihrem Rückgrat lag, bedeckte einen großen Teil ihres Rückens, so groß war sie. Brust und Schultern kamen ihr so massiv wie eine Steinmauer vor. Die Erinnerung an das Gewicht seines Körpers, der in der Höhle auf ihr gelegen hatte, ließ sie vor Leidenschaft erbeben.

»Ich nehme an, dein Vater ist wieder wohlauf?« sagte sie, als Gideon mit ihr über die Tanzfläche wirbelte.

»Danke, es geht ihm schon viel besser. Mein Anblick wirkt

auf ihn geradezu elektrisierend und genügt, um ihn wieder auf den Weg der Besserung zu bringen«, sagte Gideon trokken.

»Heißt das, daß er aus Wiedersehensfreude wieder genesen ist?«

»Nicht ganz. Mein Anblick ruft ihm in Erinnerung, was passieren wird, wenn er wirklich das Zeitliche segnet. Die Vorstellung, daß ich seinen Titel erbe, reicht aus, um ihm wieder auf die Beine zu verhelfen. Nichts fürchtet er mehr, als daß der edle Titel der Earl of Hardcastle in unwürdige Hände fällt.«

»Ach, du liebe Güte.« Harriet sah ihn mitleidig an. »Steht es zwischen dir und deinem Vater wirklich so schlecht?«

»Ja, meine Liebe. Aber das soll dich nicht über Gebühr beunruhigen. Wir werden von meinen Eltern nach unserer Heirat nicht viel sehen. Und jetzt möchte ich etwas weitaus Interessanteres besprechen als meine Beziehung zu meinen Eltern.«

»Natürlich. Worüber möchtest du sprechen?«

Es zuckte um seinen Mund, als er auf ihr tiefausgeschnittenes Ballkleid hinunterblickte. »Wie wär's, wenn du mir berichtest, wie weit es mit deinem gesellschaftlichen Schliff her ist? Amüsierst du dich in London?«

»Ganz ehrlich gesagt, anfangs war es nicht amüsant. Dann begegnete ich zufällig Lord Fry.«

»Ach...«

»Es zeigte sich, daß er an Fossilien sehr interessiert ist. Er lud mich ein, der Gesellschaft für Fossilien und Altertümer beizutreten, und seitdem ich deren Zusammenkünfte besuche, macht es mir hier wirklich Spaß. Was für interessante Menschen... und wie nett sie zu mir waren.«

»Ach, wirklich?«

»Ja, und außerdem sind sie so gut informiert.« Harriet blickte vorsichtig um sich, um sich zu vergewissern, daß niemand mithörte. Dann flüsterte sie Gideon zu: »Ich erwäge, dem einen oder anderen von der Gesellschaft meinen Zahn zu zeigen.«

»Und ich dachte, du hättest Angst, ein anderer Sammler könnte ihn entwenden oder in der Höhle nach einem anderen Exemplar suchen, sobald er erfährt, woher der Zahn stammt.«

Harriet runzelte die Stirn. »Natürlich ist das auch meine Sorge. Aber allmählich glaube ich, daß man einigen Mitgliedern trauen kann. Und bis jetzt ist es mir nicht gelungen, den Zahn selbst zu identifizieren. Wenn es auch keinem Mitglied der Gesellschaft gelingt, dann kann ich sicher sein, daß ich eine völlig neue Gattung entdeckt habe. Ich werde einen Bericht darüber verfassen.«

Gideon verzog unmerklich den Mund. »Meine süße Harriet«, raunte er ihr zu. »Ich bin entzückt zu sehen, daß du dir noch keinen Schliff zugelegt hast.«

Sie sah ihn mißbilligend an. »Sei versichert, daß ich auch an diesem Projekt hart arbeite. Aber ich muß gestehen, daß es nicht so amüsant und interessant ist wie die Fossiliensuche.«

»Das kann ich verstehen.«

Harriets Miene erhellte sich, als sie ihre Schwester unter den Tanzenden erblickte. Felicity, die in einem rosaroten Hauch von Kleid bezaubernd aussah, lächelte ihr fröhlich zu, ehe sie von einem hübschen jungen Lord weitergewirbelt wurde und außer Sicht geriet.

»Ich muß mich vielleicht noch um Schliff bemühen«, sagte Harriet, »aber es freut mich, sagen zu können, daß Felicity bereits ein Juwel ist, ein heißumworbenes obendrein. Und da ihr jetzt Tante Adelaide eine stattliche Mitgift ausgesetzt hat, braucht sie sich mit einer Heirat nicht zu beeilen. Ich vermute, sie wird sogar eine zweite Saison mitmachen wollen, weil sie sich so köstlich amüsiert. Das Londoner Leben ist wie geschaffen für sie.«

Gideon blickte auf sie herunter. »Bedauerst du, daß du dich mit der Heirat beeilen mußt, Harriet?«

Harriet fixierte seine schneeweiße Krawatte. »Ich weiß, daß du dich zu dieser Heirat verpflichtet fühlst und wir uns den Luxus nicht leisten können, uns so viel Zeit zu nehmen, daß wir unserer Gefühle füreinander sicher sein können.«

»Willst du damit sagen, daß du für mich keine Zuneigung empfindest?«

Harriet sah erschrocken zu ihm auf. Sie spürte, wie ihr die Röte ins Gesicht stieg. »Nein, Gideon. Ich wollte damit nicht sagen, daß es mir an Zuneigung für dich fehlt.«

»Da bin ich aber erleichtert.« Gideons Miene wurde weich. »Komm, der Tanz geht zu Ende. Ich bringe dich zu deinen Freunden zurück. Ich glaube, sie sind schon sehr besorgt um dich. Wie sie uns anstarren ...«

»Schenk ihnen keine Beachtung. Sie fühlen sich ein wenig verantwortlich für mich wegen all der Gerüchte, die im Umlauf sind. Sie meinen es aber nicht böse.«

»Wir werden sehen«, murmelte Gideon, als er sie durch die Menge zu der Gruppe von Mitgliedern der Gesellschaft für Fossilien und Altertümer führte. »Ach, wie ich sehe, hat sich ein Neuankömmling zu unserer kleinen Gruppe gesellt.«

Harriet bemühte sich, etwas zu sehen, konnte aber nicht einmal Lord Applegate oder Lady Youngstreet ausmachen. »Deine Größe verleiht dir in so großen Menschenmengen einen eindeutigen Vorteil.«

»Das ist richtig.«

In diesem Moment teilte sich vor ihnen der Rest der Menge, und Harriet gewahrte den massigen, rotgesichtigen Mann, der zu ihren Freunden getreten war. Sie spürte sofort, daß er auf nicht besonders angenehme Weise bezwingend und auffallend wirkte. Er war groß, beinahe so groß wie Gideon, aber nicht das war es, was ihre Aufmerksamkeit erregte.

Seine eindringlichen schwarzen Augen, die sich auf Harriet hefteten, hatten etwas Scharfes, Durchdringendes an sich, das beunruhigend wirkte. Seine vollen Lippen trugen einen verbitterten, verdrossenen Ausdruck zur Schau. Sein graues, am Hinterkopf schütteres Haar bedeckte als dichter struppiger Backenbart seine Wangen. Er kam Harriet wie einer jener frommen Eiferer vor, die von der Kanzel aus gegen alles Weltliche wetterten, vom Tanzvergnügen angefangen bis zum Gesichtspuder.

Der Neuankömmling wartete eine Vorstellung nicht ab. Sein scharfer Blick musterte Harriet von Kopf bis Fuß, dann wandte er sich an Gideon.

»Nun, Sir, wie ich sehe, haben Sie wieder ein Unschuldslamm gefunden, das Sie zur Opferbank führen können.«

Die Fossiliensammler schnappten hörbar nach Luft. Allein Gideon blieb ungerührt. »Erlauben Sie, daß ich Sie meiner Verlobten vorstelle«, murmelte er, als sei nichts Außergewöhnliches gesagt worden. »Miß Pomeroy, darf ich Sie ...«

Der Fremde unterbrach ihn in scharfem Ton. »Wie können Sie es wagen, Sir? Haben Sie denn kein Schamgefühl? Wie können Sie es wagen, wieder Ihr Spiel mit der Tochter eines Geistlichen zu treiben? Werden Sie auch ihr ein Kind machen, ehe Sie sie wegwerfen? Werden Sie noch einmal die Schuld am Tod einer Unschuldigen und eines Kindes auf sich laden?«

Die kleine Gruppe schien gemeinsam aufzustöhnen. Gideons Blick verhärtete sich gefährlich.

Harriet hob die Hand. »Das reicht«, sagte sie scharf. »Ich weiß nicht, wer Sie sind, Sir, aber ich kann Ihnen versichern, daß ich die Anschuldigungen bezüglich der ersten Verlobung Seiner Lordschaft satt habe. Man möchte meinen, allen wäre inzwischen klar, daß es nur einen Grund gegeben haben kann, weshalb St. Justin seine Verlobung mit Deirdre Rushton löste.«

Der Fremde richtete seinen zornigen Blick auf sie. »Und was ist das für ein Grund?« zischte er.

»Nun, das arme Mädchen war mit dem Kind eines anderen schwanger«, gab Harriet unbefangen von sich. Der boshafte Klatsch hatte ihren Zorn erregt. »Mein Gott, man möchte meinen, daß dies allen von Anfang an hätte klar sein müssen. Es ist die logische Erklärung.«

Schweigen senkte sich über die Zuschauer. Der Fremde bedachte Harriet mit einem haßerfüllten Blick, der sie eindeutig der Verdammung auslieferte.

»Wenn Sie das wirklich glauben«, flüsterte er heiser, »dann tun Sie mir leid. Sie sind nämlich eine Törin.«

Damit drehte der Mann sich um und stürmte durch die Menge davon. Mit Ausnahme von Gideon starrten alle Harriet offenen Mundes an.

Gideons Miene war Spiegelbild seiner tiefen, fast wilden Befriedigung. »Danke, meine Liebe«, sagte er ganz leise.

»Wer war der Mann?« fragte Harriet.

»Reverend Clive Rushton«, sagte Gideon. »Deirdres Vater.«

10

»Ähnliches habe ich noch nicht erlebt.« Adelaide, die noch immer ihren Morgenumhang trug, griff nach ihrer Tasse Schokolade. »Ich schwöre dir, heute morgen wird die Geschichte in der ganzen Stadt die Runde machen. Alle werden darüber reden, wie Harriet Rushton abblitzen ließ.«

Effie schloß resigniert die Augen und stöhnte. »Sie werden über die Szene klatschen, während sie die Verlobungsanzeige in den Morgenblättern lesen. O Gott, ich wage mir nicht auszudenken, was man sagen wird. Eine unschuldige junge Frau, die inmitten eines Ballsaales über solche Dinge spricht! Das ist der absolute Gipfel.«

»Tante Effie, so ganz unschuldig bin ich nicht.« Harriet,

die in der Ecke von Adelaides Morgenzimmer saß, blickte von der neuesten Ausgabe der *Sitzungsberichte der Royal Society of Geology* auf.

»Nun, wir tun unser Bestes, dich als unschuldig zu präsentieren«, hob Adelaide hervor.

Harriet schnitt eine Grimasse. »Ich weiß nicht, was der Wirbel soll. Ich habe doch nur zur Sprache gebracht, was eine offenkundige Tatsache ist, die aber von allen übersehen wurde.«

»Du und deine logischen Ansätze«, sagte Adelaide verbittert. »Ich kann dir versichern, kein Mensch hat übersehen, daß Deirdre bei ihrem Tod schwanger war. Ich habe darüber mehr als genug zu hören bekommen, seitdem bekannt wurde, daß du mit St. Justin verlobt bist.«

»Ich meinte die Tatsache, daß das Kind von einem anderen war. Es war nicht Gideons Kind.« Harriet widmete sich wieder dem wissenschaftlichen Artikel.

»Wie kannst du dessen so sicher sein?« fragte Adelaide.

»Weil Gideons Ehrgefühl es mit dem eines jeden Herrn der guten Gesellschaft aufnehmen kann. Ich wette sogar, daß es höher entwickelt ist als bei den meisten anderen. Wäre das Kind von ihm gewesen, er hätte richtig gehandelt.«

»Ich verstehe nicht, wie du so sicher sein kannst«, sagte Effie seufzend. »Wir können nur hoffen, daß du dich hinsichtlich seines Ehrgefühls nicht täuschst.«

»Ich täusche mich nicht.« Harriet nahm ein Stück Toast, an dem sie begeistert kaute, während sie sich weiter in die Zeitschrift vertiefte. »Ach, übrigens, er kommt heute um fünf. Wir wollen eine Ausfahrt in den Park machen.«

»Er könnte wenigstens warten, bis der Klatsch wegen deiner gestrigen Szene mit Rushton sich legt, ehe er dich in den Park ausführt. Um fünf ist alle Welt im Park unterwegs. Alle werden dich sehen«, murmelte Effie.

»Darum geht es ja, wenn du mich fragst.« Felicity lächelte

ihrer Schwester wissend zu, als sie das Morgenzimmer betrat. »Ich glaube, St. Justin wird Harriet überall und jederzeit zur Schau stellen. Wie ein exotisches Tier, das er aus einem fernen Land mitgebracht hat.«

»Ein Tier.« Effie war aufrichtig entrüstet.

»Du lieber Himmel«, stieß Adelaide hervor. »Was für ein Gedanke!«

Harriet, die spürte, daß ihre Schwester nicht scherzte, blickte auf. »Was meinst du damit, Felicity?«

»Ist denn das nicht klar?« Felicity, die in ihrem gelben Kleid besonders frisch und jung wirkte, nahm sich Toast und Eier vom Büffet. »Du bist das einzige uns bekannte lebendige Wesen, das an die Möglichkeit von St. Justins Ehrgefühl glaubt. Du bist auch der einzige Mensch, der glaubt, er sei unschuldig daran, daß die arme Deirdre Rushton entehrt und verlassen wurde.«

»Es ist nicht seine Schuld, daß sie entehrt und verlassen wurde«, gab Harriet automatisch zurück. Dann wurde sie nachdenklich, als ihr Gideons Miene einfiel, die er während ihres Disputs mit Rushton gezeigt hatte. »Aber du könntest recht damit haben, daß er mich zur Schau stellt.«

»Das kann man ihm vermutlich auch nicht übelnehmen. Die Versuchung, sich mit deinem rührenden Glauben an das ›Ungeheuer von Blackthorne Hall‹ zu brüsten, muß unwiderstehlich sein.« Felicity lächelte.

»Ich habe dir schon gesagt, daß du ihn nicht mit diesem schrecklichen Namen belegen sollst«, sagte Harriet, die in Gedanken anderswo war. Ihr wollte nicht aus dem Kopf gehen, was Felicity eben gesagt hatte. Es hatte sich irgendwie nach trauriger Wahrheit angehört.

Es war ganz natürlich, daß Gideon aus der Ehe, die er gar nicht gewollt hatte, soviel Befriedigung ziehen wollte wie möglich. Wer konnte ihm das auch verübeln?

Anzeichen des Verliebtseins hat er nicht erkennen lassen,

sagte Harriet sich. Tatsächlich hatte er von Liebe kein Wort gesagt. Auch hatte er von ihr keine Liebe gefordert. Er war nur neugierig erschienen, als er sie am Abend zuvor gefragt hatte, ob sie Zuneigung für ihn empfände.

Harriet wußte, daß ihr Glaube an seine Ehrenhaftigkeit Gideon mehr bedeutete als jeder Liebesschwur. Das war alles, was für ihn zählte. Zu lange hatte er im Schatten der Ehrlosigkeit leben müssen.

Harriet beobachtete Felicity, die sich an den Tisch setzte und mit herzhaftem Appetit zu essen begann. Seit sie praktisch die Nächte durchtanzte, zeigte ihre Schwester großes Interesse am Frühstück.

Adelaide warf Effie über den Tassenrand einen Blick zu. »Uns bleibt nichts übrig, als die ganze Affäre tapfer durchzustehen. Solange St. Justin selbst überall die Verlobung erwähnt, kann uns nicht viel geschehen. Mit etwas Glück schaffen wir es, den Rest der Saison zu überstehen, ohne daß etwas *Unerwartetes* passiert.«

Harriet, die das Journal zuklappte, verzog das Gesicht. »Ich kann dich beruhigen, daß nichts Unerwartetes passieren wird, Tante Adelaide. St. Justin wird es nicht zulassen.« Sie sah auf die Uhr. »Wenn ihr mich jetzt entschuldigen wollt, ich muß mich umziehen. Nachmittags muß ich zu einer Sitzung der Gesellschaft für Fossilien und Altertümer.«

Effie warf ihr einen scharfen Blick zu. »Mir ist aufgefallen, daß du dich mit einigen Mitgliedern sehr angefreundet hast, meine Liebe. Der junge Lord Applegate gefällt mir sehr gut. Er ist mit dem Marquis of Asherton eng verwandt. Vor kurzem hat er zusammen mit seinem Titel ein ansehnliches Vermögen geerbt.«

Harriet lächelte ironisch. »Tante Effie, vergiß nicht, daß ich schon verlobt bin. Und zwar mit nichts Geringerem als einem Earl.«

»Wie könnte ich es vergessen?« sagte Effie seufzend.

»Ich erinnere mich an Zeiten, da hättest du für die Möglichkeit, mich oder Felicity mit einem Earl zu verheiraten, glatt einen Mord begangen«, rief Harriet ihr in Erinnerung.

»Es ist ja nur... ich bin nicht sicher, ob ich dich mit diesem speziellen Earl verheiratet sehen will«, erwiderte Effie bekümmert.

Kaum hatte Harriet Lady Youngstreets Salon betreten, als ihr die nachdenklichen und besorgten Mienen der anderen Mitglieder der wissenschaftlichen Runde auffielen. Doch blieb der dramatische Wortwechsel, zu dem es am vorangegangenen Abend auf dem Ball gekommen war, unerwähnt, und dafür war sie dankbar.

Wie immer hatte sich eine stattliche Anzahl von Leuten zusammengefunden, Spiegelbild des wachsenden Interesses an Fossilien und Geologie. Als alle Platz genommen hatten, entspann sich unter den Mitgliedern sofort eine Diskussion über einige Fossilienfälschungen, die kürzlich in einem Steinbruch im Norden aufgedeckt worden waren.

»Wundert mich überhaupt nicht«, verkündete Lady Youngstreet. »Das hat es früher schon gegeben und wird es zweifellos auch in Zukunft geben. Es läuft immer wieder nach dem gleichen Schema ab. Die Steinbrucharbeiter erkennen rasch, daß es einen guten Markt für alle Arten jener Fossilien gibt, auf die sie im Verlauf ihrer Arbeit stoßen. Und wenn sie dann nicht genügend ausgraben, um die Nachfrage zu befriedigen, machen sie sich daran, sie für die Sammler zurechtzubasteln.«

»Ich hörte, daß es in diesem Steinbruch eine regelrechte Werkstatt geben soll.« Lord Fry sagte es kopfschüttelnd. »Man hat Teile und Stückchen häufig vorkommender fossiler Fische und andere alte Gebeine genommen und zu völlig neuen und anderen Skeletten zusammengefügt. Einige der originelleren Schöpfungen haben Höchstpreise gebracht. Mindestens drei Museen haben Fälschungen erworben, ohne es zu merken.«

»Ich fürchte, unser Interessengebiet wird auch weiterhin nicht vor zahlreichen Betrügereien und Fälschungen gefeit sein«, sagte Harriet, als sie ihre Tasse an den Mund führte. »Die Faszination dessen, was im Gestein liegt, ist so groß, daß es immer skrupellose Typen anziehen wird.«

»Leider nur zu wahr«, gab ihr Applegate mit einem Weltmüdigkeit signalisierenden Seufzer recht. Sein warmer Blick blieb an Harriets züchtig verhülltem Busen hängen. »Miß Pomeroy, Sie sind ja so scharfsichtig.«

Harriet lächelte. »Danke, Mylord.«

Lord Fry räusperte sich betont. »Ich zum Beispiel hätte höchstwahrscheinlich die Echtheit der Blätter und Fische, die von den Arbeitern verhökert wurden, in Frage gestellt.«

»Und ich hätte mich keinen Augenblick von den Geschöpfen blenden lassen, die halb Fisch und halb Vierfüßler waren«, erklärte ein Blaustrumpf in mittleren Jahren.

»Ich auch nicht«, behauptete Lady Youngstreet.

Lautes, zustimmendes Gemurmel durchlief den gedrängt vollen Salon. Unruhe machte sich vorübergehend bemerkbar, als die zahlreichen Mitglieder der Runde sich zu kleinen Gruppen zusammenfanden. Jeder tat seine Meinung über die Fälschungen kund und äußerte laut, er oder sie hätte sich keinen Augenblick täuschen lassen.

Lord Applegate arbeitete sich näher an Harriet heran. »Sie sehen heute bezaubernd aus, Miß Pomeroy«, murmelte er, mit schüchterner Bewunderung auf sie hinunterblickend. »Dieses Blau steht Ihnen besonders gut.«

»Lord Applegate, Sie sind sehr liebenswürdig.« Harriet zerrte den Saum ihres türkisblauen Rockes diskret unter seinem Schenkel hervor.

Applegate lief hochrot an, als er merkte, daß er sich auf den feinen Musselinstoff gesetzt hatte. »Ich bitte vielmals um Entschuldigung.«

»Schon gut.« Harriet lächelte ihm beruhigend zu. »Mein Kleid hat nicht gelitten. Haben Sie Ihre Ausgabe der *Sitzungsberichte* schon gelesen, Sir? Ich habe meine heute morgen bekommen, und ich kann Ihnen sagen, daß sie einen hochinteressanten Artikel über die Klassifikation fossiler Zähne enthält.«

»Ich hatte noch keine Gelegenheit, meine Ausgabe zu lesen, aber ich will es nachholen, sobald ich zu Hause angekommen bin. Wenn Sie sagen, der Artikel sei wert, gelesen zu werden, dann weiß ich, daß ich hingerissen sein werde. Ihr Urteil in diesen Dingen ist immer beispielhaft, Miß Pomeroy.«

Dieser Schmeichelei konnte Harriet nicht widerstehen. Sie entschloß sich, das Thema fossile Zähne vorsichtig zu sondieren. »Nett, daß Sie das sagen, Sir. Haben Sie schon viel mit Zähnen gearbeitet?«

»Ein wenig da und dort, aber nicht der Rede wert. Ich muß gestehen, daß ich bei Klassifizierungen Zehen den Zähnen vorziehe. Zehen kann man so viel entnehmen.«

»Ich verstehe.« Harriet war enttäuscht. Wie nett wäre es gewesen, wenn sie Lord Applegate ihren Zahn hätte zeigen können. Sie fand ihn angenehm und war von seiner Vertrauenswürdigkeit überzeugt. Aber wenn er nichts von Zähnen verstand, war es sinnlos, ihm das Fossil zu zeigen. »Ich selbst ziehe Zähne vor. Man kann anhand der Zähne sofort sehen, ob es sich um Fleischfresser oder um Pflanzenfresser handelt. Und wenn man einmal soviel weiß, dann kann man noch viel weitreichendere Schlüsse ziehen.«

Applegate strahlte sie innig an. »Miß Pomeroy, Sie müssen demnächst unbedingt das Museum von Mr. Humboldt besuchen. Er hat in seinem alten Haus eine erstaunliche Fossiliensammlung zusammengetragen. Zweimal wöchentlich, an

Montagen und Donnerstagen, hat die Öffentlichkeit Zutritt. Ich war ein- oder zweimal da und habe mir Zehen und dergleichen angesehen. Zähne gibt es dort schubfächerweise.«

»Wirklich?« Harriet war so interessiert, daß ihr entging, daß Applegates Knie sich ihrem gefährlich näherte. Ihr Kleid lief abermals Gefahr, von ihm zerknittert zu werden. »Ist Mr. Humboldt Mitglied der Gesellschaft?«

»Er war es. Doch dann erklärte er uns insgesamt zu hoffnungslosen Amateuren und zog sich zurück. Ein höchst sonderbarer Kauz. Ein Geheimniskrämer, was seine Arbeit betrifft, und übertrieben mißtrauisch.«

»Das kann ich verstehen.« Harriet machte sich im Geist eine Notiz, bei der nächsten sich bietenden Gelegenheit Mr. Humboldts Museum zu besuchen.

Applegate tat einen tiefen Atemzug und fixierte sie mit ernster Miene. »Miß Pomeroy, hätten Sie etwas dagegen, wenn wir unser Gesprächsthema wechseln und uns einer viel dringenderen Sache zuwenden?«

»Welcher Sache?« Harriet hätte zu gern gewußt, wie es um die Öffnungszeiten von Mr. Humboldts Museum stand.

Applegate fuhr mit dem Finger die Innenseite seiner Krawatte entlang, um sie zu lockern. Seine Stirn glänzte schweißfeucht. »Ich fürchte, Sie werden mich für unverschämt halten.«

»Unsinn. Fragen Sie ruhig, Mylord.« Harriet ließ den Blick durch den von Stimmengesumm erfüllten Raum wandern. Das Thema Fälschungen schien bei den Mitgliedern des wissenschaftlichen Zirkels auf größtes Interesse zu stoßen.

»Es geht darum, Miß Pomeroy ... ich will sagen ...« Wieder zerrte Applegate an seiner Krawatte und räusperte sich, um dann im Flüsterton fortzufahren: »Wissen Sie, ich kann es einfach nicht glauben, daß Sie mit St. Justin verlobt sein sollen.«

Diese Bemerkung bewirkte, daß Harriets Aufmerksamkeit sofort wieder Applegate galt. »Warum haben Sie Schwierigkeiten, es zu glauben?« fragte sie argwöhnisch.

Applegate war die Sache sichtlich unangenehm, doch er wagte sich beherzt weiter vor. »Verzeihen Sie, Miß Pomeroy, aber Sie sind für ihn viel zu gut.«

»Zu gut für ihn?«

»Ja, Miß Pomeroy. Viel zu gut. Viel zu fein. Als einzige Erklärung sehe ich die Möglichkeit, daß er Sie irgendwie zu dieser Verbindung zwingt.«

»Applegate, haben Sie den Verstand verloren?«

Der junge Lord beugte sich mit ernsthafter Miene vor und wagte es, ihre Hand zu berühren. Die Tiefe seiner Gefühle ließ seine Finger beben. »Miß Pomeroy, mir können Sie die Wahrheit getrost anvertrauen. Ich will Ihnen helfen, den Fängen des ›Ungeheuers von Blackthorne Hall‹ zu entkommen.«

Harriet sah ihn zornbebend an. Ein Klirren ertönte, als sie ihre Tasse abstellte. »Also wirklich, Sir. Sie gehen zu weit«, sagte sie im Aufstehen. »Dieses Geschwätz kann ich nicht dulden. Wollen Sie mein Freund sein, dann müssen Sie damit aufhören.«

Sie wandte einem zerknirschten Applegate den Rücken und ging durch den Raum auf eine kleine Gruppe zu, die in eine lebhafte Diskussion über die Methoden zur Aufdeckung von Fälschungen vertieft war.

Es wird allmählich unerträglich, dachte Harriet bedrückt. Wie hatte Gideon diesen Tratsch sechs Jahre lang überleben können? Am liebsten hätte sie London auf der Stelle verlassen und wäre nie zurückgekehrt, und dabei war es nicht ihre Ehre, die auf dem Spiel stand.

Felicitys Beobachtung, daß Gideon seine Verlobte wie ein exotisches Tier zur Schau stelle, fand für Harriet am Nachmittag ihre Bestätigung. Sie hatte sich auf die Ausfahrt in den

Park gefreut, und unter anderen Umständen hätte sie auch ihren großen Spaß daran gehabt. Es war ein herrlicher Tag, frisch, sonnig und belebend.

Felicity beaufsichtigte die Auswahl von Harriets Kleid und Umhang.

»Auf jeden Fall das gelbe Musselinkleid mit der türkisfarbenen Pelerine«, verkündete Felicity. »Und ich glaube, den türkisfarbenen Hut. Er paßt zu deinen Augen. Und vergiß die Handschuhe nicht.«

Harriet begutachtete ihr Spiegelbild. »Meinst du nicht, daß alles ein wenig zu hell ist?«

Felicity lächelte wissend. »Sehr hell. Und du siehst wundervoll darin aus. Du wirst im Park die Schönste sein, und St. Justin wird es zu schätzen wissen. Er möchte sicher, daß dich jedermann sieht.«

Harriet sah sie verärgert an, sagte aber nichts. Insgeheim befürchtete sie, daß Felicity recht hatte.

Gideon fuhr vor Tante Adelaides Haus in einem hellgelben Phaeton vor. Das auffallend elegante Gefährt wurde von einem mächtigen, kraftvoll wirkenden Gespann gezogen. Die Pferde paßten, entgegen der Mode, farblich nicht zusammen. Das eine war ein muskelbepackter Fuchs, das andere ein riesiger Grauschimmel. Beide sahen aus, als seien sie nicht ganz einfach zu handhaben, obwohl sie lammfromm wirkten. Harriet war gebührend beeindruckt.

»Was für herrliche Tiere«, sagte sie, als Gideon ihr auf den hohen Sitz des Phaetons half. »Ich möchte wetten, daß sie stundenlang im gestreckten Galopp laufen können. Sie kommen mir sehr ausdauernd vor.«

»Das sind sie. Du hast sie richtig eingeschätzt. Aber ich kann dir versichern, daß die Pferde nicht würdig sind, dieses Gefährt zu ziehen, weil du jetzt darin sitzt. Du siehst wirklich bezaubernd aus.«

Harriet spürte die kühle Zufriedenheit hinter den galanten

Worten und warf Gideon rasch einen Blick zu. Die markanten, festgefügten Züge seines Gesichtes verrieten jedoch nichts. Er schwang sich behende auf den Sitz neben sie und griff nach den Zügeln.

Harriet fand es nicht weiter erstaunlich, als sie sah, daß Gideon das Gespann mit wahrer Meisterhand führte. Er lenkte die Pferde die belebte Hauptstraße entlang und bog sodann in den Park ein. Dort tauchten sie in die elegant gekleidete Menschenmenge ein, die in allen Arten von Fahrzeugen und hoch zu Roß unterwegs war, um zu sehen und gesehen zu werden.

Harriet wurde sofort gewahr, daß sie und Gideon im Mittelpunkt der allgemeinen Aufmerksamkeit standen. Alle, an denen sie vorüberkamen, warfen mit verschiedenen Abstufungen von Höflichkeit und offener Neugierde einen Blick auf das Paar in dem eleganten gelben Gefährt. Einige starrten sie unverschämt an, andere wiederum nickten kühl und musterten Harriet mit verstohlenen Seitenblicken. Es gab aber auch etliche, die ihre Blicke nicht von Gideons Narbengesicht abwenden konnten. Und einige wenige reagierten auf den Anblick des unmodischen Gespanns mit hochgezogenen Brauen.

Gideon schien sich der Aufmerksamkeit, die ihm und seiner Begleiterin zuteil wurde, nicht im mindesten bewußt, aber Harriet hatte ein unbehagliches Gefühl, das sich vermutlich auch eingestellt hätte, wenn Felicity nicht ihre Bemerkung über die Zurschaustellung exotischer Souvenir-Bräute gemacht hätte.

»Ich habe erfahren, daß du gestern mit Morland getanzt hast«, sagte Gideon nach längerem Schweigen. Es hörte sich an, als mache er eine Bemerkung über das Wetter.

»Ja«, gestand Harriet. »Er war zu mir und Felicity sehr nett, seit wir in London sind. Er behauptet, dein alter Freund zu sein.«

»Das war vor langer Zeit«, murmelte Gideon, dessen Aufmerksamkeit von seinem Gespann beansprucht wurde, das er durch einen sehr bevölkerten Teil des Fahrweges lenken mußte. »Ich halte es für besser, wenn du nicht wieder mit ihm tanzt.«

Harriet, die wegen der neugierigen Blicke mit ihren Nerven fast am Ende war, reagierte schärfer, als es sonst der Fall gewesen wäre. »Soll das heißen, daß du Morland nicht billigst?«

»Genau das will ich damit sagen, meine Liebe. Wenn du Walzer tanzen möchtest, dann übernehme ich gern die Rolle des Partners.«

Harriet war geschmeichelt. »Natürlich würde ich viel lieber mit dir tanzen. Das weißt du. Aber man sagte mir, daß verlobte Mädchen und sogar verheiratete Frauen oft mit anderen Partnern als mit ihren Verlobten und Ehemännern tanzen. Das ist momentan in Modc.«

»Du hast es nicht nötig, dich nach irgendeiner Mode zu richten, Harriet. Du wirst deinen eigenen Stil kreieren.«

»Das hört sich an, als würdest du versuchen, meinen Stil zu kreieren.« Harriet wandte den Kopf, um dem dreisten Blick eines Reiters auszuweichen. Sie war sicher, daß er seinem Freund etwas Garstiges zuflüsterte, als die beiden am Phaeton vorüberritten. Ein unangenehmes Lachen wurde ihr vom Wind zugetragen.

»Ich versuche nur, Verdruß zu vermeiden«, sagte Gideon leise. »Harriet, du bist doch eine vernünftige Frau. Du hast mir in der Vergangenheit getraut und mußt mir von neuem trauen. Halte dich von Morland fern.«

»Warum?« wollte sie ohne Umschweife wissen.

Gideon straffte sein Kinn. »Ich halte es für unnötig, dir die Gründe zu erläutern.«

»Ich halte es für nötig. Ich bin kein unreifes Schulmädchen mehr. Wenn du möchtest, daß ich etwas tue oder nicht tue, dann mußt du mir Erklärungen liefern.« Da kam ihr ein Gedanke, der ihren Trotz dämpfte und sie zu einem zaghaften Lächeln veranlaßte. »Falls du auf Mr. Morland eifersüchtig bist, ist dies unbegründet. Den Walzer habe ich mit ihm nicht annähernd so genossen wie mit dir.«

»Es geht nicht um Eifersucht, sondern um Einsicht und gesunden Menschenverstand. Muß ich dich daran erinnern, daß wir uns nur deshalb in unserer jetzigen Situation befinden, weil du dich bei anderer Gelegenheit nicht an meine Anweisungen gehalten hast?«

Harriet zuckte schuldbewußt zusammen. Sie konnte nicht abstreiten, daß sie Gideons Heiratsantrag durch ihr Zuwiderhandeln in der Nacht, als die Diebe gefangen wurden, provoziert hatte. Sie versuchte sich zu fassen.

»Ich gebe ja zu, daß ich ein wenig schuld bin. Aber wenn du mich in deine Pläne eingeweiht hättest, wie ich es verlangt hatte, dann wäre ich damals in der Nacht vorsichtiger gewesen. Du neigst zu allzu selbstherrlichem Handeln, wenn mir die Bemerkung gestattet ist. Eine sehr unangenehme Gewohnheit.«

Gideon warf ihr einen Blick zu. Eine dunkle Braue hob sich. »Wenn das der einzige Fehler ist, den du an mir findest, dann werden wir sehr gut miteinander auskommen, meine Liebe.«

Sie schenkte ihm einen verärgerten Blick. »Es ist ein großer Fehler, kein kleiner.«

»Nur in deinen Augen.«

»Meine Augen aber sind die einzigen, die zählen«, erwiderte sie.

Ein zögerndes Lächeln legte sich um Gideons Mund. »Das gestehe ich dir zu. Deine Augen sind in der Tat die einzigen, die zählen. Und du hast schöne Augen, Harriet. Habe ich dir das schon gesagt?«

Das Kompliment wärmte ihr Herz. »Nein, das hast du nicht.«

»Dann erlaube mir, es zu tun.«

»Danke.« Harriet errötete, während der Phaeton seine Fahrt durch die Parkallee fortsetzte. Sie war es nicht gewöhnt, daß man ihr sagte, sie habe hübsche Seiten. »Felicity meinte, die Farbe dieses Hutes würde meine Augen betonen.«

»Das stimmt.« Gideon amüsierte sich sichtlich.

»Aber glaube ja nicht, Galanterie könnte mich deine hassenswerte Neigung zum Kommandieren vergessen lassen.«

»Ich will es mir merken, meine Liebe.«

Sie warf ihm einen berechnenden Blick zu. »Möchtest du mir nicht verraten, warum ich Mr. Morland aus dem Weg gehen soll?«

»Es genügt, wenn ich sage, daß er nicht so engelhaft ist, wie er aussieht.«

Harriet runzelte die Stirn. »Sonderbar, aber so ist er mir gestern vorgekommen. Wie ein Erzengel aus einem alten Gemälde.«

»Man darf äußeren Anschein nicht mit der Realität verwechseln.«

»Das werde ich nicht«, sagte sie steif. »Ich bin keine Närrin.«

»Ich weiß. Aber du hast die Neigung zu Eigensinn und Sturheit.«

»Es wäre nur fair, daß ich einen oder zwei Makel besitze, um es dir gleichzutun«, erwiderte Harriet zuckersüß.

»Hmmm.«

Harriet wollte das Thema Bryce Morland weiterverfolgen, als in der Menge der Reiter ein bekanntes Gesicht auftauchte. Sie lächelte Lord Applegate freundlich entgegen, als dieser auf einem schlanken, feurigen schwarzen Wallach dahergeritten kam. Sein Tier war so modisch, wie Gideons Pferde unmodisch waren. Es verfügte über eine feinknochige, feurige Anmut, die die elegante Aufmachung des Reiters vollendet ergänzte.

»Einen schönen guten Tag, Miß Pomeroy, St. Justin.« Applegate lenkte seinen anmutigen Wallach seitlich an den gelben Phaeton heran. Sein Blick blieb wehmütig an Harriets von ihrem türkisfarbenen Schutenhut umrahmtem Gesicht hängen. »Sie sehen heute blendend aus, Miß Pomeroy, wenn mir die Bemerkung gestattet ist.«

»Danke, Sir.« Harriet warf Gideon aus dem Augenwinkel einen Blick zu. Er schien angeödet. Dann galt ihr Blick wieder Applegate. »Hatten Sie schon Gelegenheit, den Artikel über die Klassifizierung von fossilen Zähnen zu lesen?«

»Ja, das hatte ich«, versicherte Applegate ihr eifrig. »Kaum hatten Sie mich darauf hingewiesen, als ich nach Hause eilte und ihn las. Sehr interessant.«

»Mich hat besonders der Teil über die Klassifizierung von fossilen Reptilienzähnen gefesselt«, fuhr Harriet behutsam fort. Sie wollte nichts von ihrem eigenen kostbaren Fund verraten, wünschte sich aber sehnlichst, mit jemandem darüber sprechen zu können.

Applegate nahm einen ernsthaften, nachdenklichen Ausdruck an. »Eine faszinierende Diskussion. Ich hege aber trotzdem ernste Zweifel, ob sich aus Zähnen viel ableiten läßt. Ein so kleines Stück und so gewichtige Folgerungen ... Ein Zehenstück ist da viel aufschlußreicher.«

»Ja, gewiß, es ist entschieden hilfreich, mehr als nur einen Zahn zu haben, ehe man Schlüsse zieht«, sagte Harriet, bedacht, höfliche Konversation zu machen. Ihr fiel auf, daß Gideon ihr nicht zu Hilfe kam.

Applegates Lächeln verriet Wärme und Bewunderung. »Miß Pomeroy, Sie gehen an diese Dinge so präzise und methodisch heran. Ihnen zuzuhören ist immer sehr lehrreich.«

Harriet spürte, wie sie errötete. »Sehr liebenswürdig, Sir.«

Schließlich geruhte Gideon von Applegate Notiz zu nehmen. »Applegate, würde es Ihnen etwas ausmachen, mit

Ihrem Pferd ein wenig auszuweichen? Es macht meinen Grauen nervös.«

Applegate lief rot an. »Verzeihung, Sir.« Mit einem Ruck am Zügel wich er aus.

Gideon gab seinem Gespann ein Zeichen, und die großen Rösser verfielen sofort in donnernden Trab, so daß Applegate zurückblieb und sich rasch in der Menge verlor. Gideon zügelte seine Pferde.

»Du scheinst ja im jungen Applegate einen Anbeter gewonnen zu haben«, bemerkte er.

»Er ist sehr nett. Und wir haben viel gemeinsam.«

»Ein gemeinsames Interesse an fossilen Zähnen?«

»Nun ja, eigentlich interessiert Lord Applegate sich mehr für Zehen. Meiner Meinung nach konzentriert er sich auf die falschen anatomischen Teile. Sehr oft kann man aus den Zähnen auf die Füße des Tieres schließen. So haben Pflanzenfresser oft Hufe und Fleischfresser Krallen. Ich halte Zähne für viel aufschlußreicher als Zehen.«

»Ich kann dir gar nicht sagen, wie sehr es mich erleichtert zu hören, daß Applegate ein verbohrter Kerl ist. Ich dachte schon, ich hätte einen ernsthaften Rivalen bekommen.«

Harriet reichte es. »Ich glaube, du machst dich über mich lustig.«

Gideons Miene wurde weich, als er ihr in die Augen sah. »Aber gar nicht, Miß Pomeroy. Ich amüsiere mich nur ein wenig.«

»Das weiß ich, Sir. Aber Sie amüsieren sich auf meine Kosten, und darauf kann ich gern verzichten.«

Alles Weiche verschwand aus Gideons Gesicht. »Ist das so?«

»Ja. Mir ist klar, daß eine unter diesen Umständen zustande gekommene Verlobung nicht in deinem Sinn ist, und ich habe versucht, mich damit abzufinden.«

Gideons Wimpern senkten sich über seine braunen Augen. »Du hast versucht, dich damit abzufinden?«

»Ja, das habe ich. Aber du solltest dir vor Augen halten, daß unsere Situation für mich auch nicht eben die angenehmste ist. Es sieht aus, als müßten wir versuchen, das Beste daraus zu machen. Und wenn du vermeiden könntest, mich und meine Freunde zu verspotten, würde dies dazu beitragen.«

Gideon machte ein verblüfftes Gesicht. »Harriet, sei versichert, daß ich dich nicht verspotten wollte.«

»Das freut mich zu hören. Dann wirst du also in Zukunft vermeiden, meine Freunde und mein Interesse an fossilen Zähnen zu verspotten?«

»Harriet, ich glaube, du mißt einer Kleinigkeit zu viel Bedeutung bei.«

»Ich halte es für besser, diese Dinge von Anfang an klarzustellen«, wandte Harriet ein. »Laß dir gesagt sein, Gideon, daß du deinen Hang zu Herrschsucht und Sarkasmus zügeln mußt, wenn wir uns die Chance auf ein friedliches, ruhiges Eheleben erhalten wollen. Ich kann nicht dulden, daß du jeden, der mir in die Nähe kommt, vergraulst. Kein Wunder, daß dein Freundeskreis so eingeschränkt ist.«

Gideon funkelte sie wütend an. »Verdammt, Harriet, du hast es nötig, mich der Herrschsucht zu bezichtigen! Gelegentlich kannst du eine richtige kleine Tyrannin sein. Wenn du ein friedliches und ruhiges Eheleben anstrebst, dann kann ich dir nur raten, deinem Mann nicht bei jeder Gelegenheit zu widersprechen.«

»Ha… du bist mir der Richtige, Ratschläge fürs Eheleben zu geben. Du warst nie verheiratet.«

»Du aber auch nicht. Und allmählich glaube ich, daß dies einer der Gründe für deine verschrobenen Neigungen ist. Du hast zu lange ohne männliche Führung gelebt.«

»Mein Verlangen nach männlicher Führung ist nicht sehr ausgeprägt. Und falls du glaubst, es sei deine Pflicht, mich nach unserer Heirat zu führen, dann solltest du deine Rolle als Ehemann lieber überdenken.«

»Ich kenne meine Pflicht als Ehemann«, äußerte Gideon zähneknirschend. »Aber du mußt deine als Ehefrau erst noch lernen. Deshalb bitte ich dich, nicht weiter über ein Thema zu schwatzen, von dem du wenig Ahnung hast. Den Leuten fällt es schon auf.«

Harriet lächelte strahlend, wohl wissend, daß sie Mittelpunkt zahlreicher neugieriger Blicke waren. »Ach ja... wir wollten doch vermeiden, öffentliche Aufmerksamkeit zu erregen, oder?«

»Wir stehen bereits im Mittelpunkt des allgemeinen Interesses.«

»Genau das ist es«, gab sie halblaut zurück. »Was macht dann ein Streit vor aller Augen noch aus? Die Menschen starren uns an, so oder so. Wir können unsere Meinungsverschiedenheiten ebenso im Park austragen, wo alle Welt sie hört.«

Gideon gab einen kleinen erstickten Laut von sich, ein Mittelding zwischen Auflachen und verzweifeltem Stöhnen. »Harriet, du bist unmöglich. Weißt du, was ich tun würde, wenn wir jetzt nicht ausgerechnet hier im Park wären?«

Sie sah ihn aus zusammengekniffenen Augen an. »Nichts Gewalttätiges, da bin ich sicher.«

»Natürlich nicht.« Gideon verzog angewidert das Gesicht. »Die Leute mögen sagen, was ihnen beliebt, aber ich könnte dir nie weh tun, Harriet.«

Harriet, die Wut und Schmerz hinter seinen Worten spürte, biß sich auf die Lippen. Sie konnte sich nicht vorstellen, daß Gideon seine ungeheure Kraft gegen sie einsetzen würde. Dachte sie an jene in der Höhle verbrachte Nacht zurück, dann war sie überwältigt von der Erinnerung daran, wie er seine überragende Körperkraft gezügelt hatte.

»Verzeih mir, Gideon. Ich weiß sehr wohl, daß du nie gewalttätig gegen mich sein könntest.«

Sein Blick hielt ihren fest. »Wie kannst du dessen so sicher sein, Harriet? Vertraust du mir so sehr, Kleines?«

Sie spürte, wie ihr die Röte in die Wangen stieg. Sie wich seinem Blick aus und starrte die Pferdeohren an. »Du vergißt wohl, wie intim vertraut ich mit dir bin, Gideon.«

»Glaube mir, ich vergesse es keine Sekunde«, sagte Gideon darauf. »Nächtelang liege ich wach und denke daran, wie innig vertraut wir waren. In letzter Zeit habe ich gar nicht gut geschlafen, Harriet, und das ist ganz allein deine Schuld. Du hast dich in meine Träume eingeschlichen.«

»Ach...« Harriet wußte nicht, wie sie darauf reagieren sollte. Sie konnte ja nicht wissen, ob Gideon etwas dagegen hatte, daß jemand sich in seine Träume einschlich, und sie fragte sich, ob sie die Tatsache erwähnen sollte, daß er sehr oft in ihren Träumen auftauchte. »Ich finde es bedauerlich, daß du nicht gut schlafen kannst. Ich selbst habe zuweilen Probleme, Schlaf zu finden.«

Gideon verzog den Mund. »Während du die gelegentlich schlaflose Nacht mit Gedanken an fossile Zähne zubringst, fülle ich die Stunden der Schlaflosigkeit mit Phantasiebildern, wie ich dich lieben werde, wenn ich dich endgültig in meinem Bett habe.«

»Gideon.«

»Und lieben würde ich dich auf der Stelle, wenn wir nicht in einem offenen Wagen inmitten eines öffentlichen Parks säßen.«

»Still, Gideon.

»Denken Sie daran, wenn Sie wieder einmal in die Versuchung geraten, vorlaut zu Ihrem zukünftigen Herrn und Meister zu sein, Miß Pomeroy.« Gideons Lächeln enthielt eine unverhüllte Drohung. »Immer wenn Sie ihn herausfordern, zahlt er es Ihnen heim, indem er neue und einzigartige Methoden ersinnt, Sie in seinen Armen vor Wonne beben zu lassen.«

Harriet war so schockiert, daß es ihr die Sprache verschlug, etwas, das Gideon mit großer Genugtuung zu registrieren schien.

Als Harriet zu der in aller Eile einberufenen Sitzung der Fossilienfreunde in Lady Youngstreets Salon erschien, spürte sie sofort die merkwürdige Spannung im Raum. Sie fühlte Lord Frys Blick des öfteren auf sich, ebenso wie ihr nicht entging, daß Lord Applegate sie mit eigenartiger Entschlossenheit betrachtete.

Und Lady Youngstreet legte eine sonderbare Erregung an den Tag, so als hüte sie irgendein Geheimnis.

Die Sitzung war von Lady Youngstreet kurzfristig einberufen worden, um den Mitgliedern einen Vortrag Mr. Crisplys zu Gehör zu bringen, der ganz eindeutig beweisen sollte, daß fossile Tiere niemals die Vorfahren gegenwärtig lebender Tiergattungen sein konnten. Die bizarre Vorstellung, es habe frühere Versionen zeitgenössischer Tiere gegeben, sei absolut lächerlich, behauptete er.

»Eine so abwegige Idee zu akzeptieren«, warnte er in unheilverkündendem Ton, »würde der gotteslästerlichen und wissenschaftlich unhaltbaren Theorie Tür und Tor öffnen, daß auch menschliche Wesen einmal Vorfahren gehabt hätten, die sich von den Menschen der heutigen Zeit grundlegend unterschieden.«

Natürlich konnte niemand einer so frevelhaften Meinung anhängen, zumindest nicht öffentlich. Mr. Crisplys Vortrag wurde mit zaghaft aufkeimendem Beifall bedacht.

Als sich die Gesellschaft in kleine Gesprächsgruppen auflöste, beugte sich Lord Fry zu Harriet vor und raunte: »Ich muß schon sagen, ein ausgezeichneter Vortrag, Miß Pomeroy.«

»Ja, ganz ausgezeichnet«, gab sie höflich zurück. »Aber ich war ein wenig enttäuscht, daß er nicht auf fossile Zähne zu sprechen kam.«

»Na ja, vielleicht nächstes Mal.« Lord Fry fiel etwas ein. »Richtig… da wäre noch etwas. Nach der Sitzung wollen Lady Youngstreet, Applegate und ich zu einem Freund fahren, der eine höchst sehenswerte Zahnsammlung besitzt. Möchten Sie mitkommen?«

Harriet war sofort Feuer und Flamme. »Ich wäre entzückt. Ist es sehr weit zu Ihrem Freund?«

»Er lebt am Stadtrand. Wir werden Lady Youngstreets Kutsche nehmen.«

»Ich danke Ihnen für die Einladung, Sir. Die Zähne Ihres Freundes kann ich mir nicht entgehen lassen.«

»Das dachte ich mir.« Fry lächelte befriedigt.

»Meiner Tante werde ich eine Nachricht schicken, daß ich später komme«, sagte Harriet.

»Wie Sie wünschen«, murmelte Fry. »Lady Youngstreet wird sicher jemanden vom Hauspersonal zu Ihrer Familie schicken.«

Spät am Nachmittag, nachdem das letzte Mitglied der Fossiliengesellschaft sich empfohlen hatte, bestieg Harriet Lady Youngstreets altmodische Reisekutsche. Lady Youngstreet lächelte ihr wohlwollend zu, als Harriet sich neben sie setzte.

»Ich benutze immer dieses alte Ding, auch wenn ich innerhalb der Stadt unterwegs bin«, sagte Lady Youngstreet. »Es ist um so viel bequemer als diese neumodischen Stadtwägelchen.«

Fry und Appelgate nahmen ihnen gegenüber auf den dunkelbraunen Plüschsitzen Platz. Harriet konnte nicht umhin zu bemerken, daß die beiden sehr angespannt wirkten.

»Es wird sicher eine sehr angenehme Fahrt«, sagte Lady Youngstreet.

»Ich freue mich schon sehr«, meinte Harriet. »Zufällig habe ich meinen Skizzenblock dabei. Besteht Aussicht, daß der Besitzer der Zahnsammlung mir erlauben wird, ein paar Zeichnungen anzufertigen?«

»Ich glaube, man wird ihn überreden können«, murmelte Lord Fry.

Die behäbige alte Kutsche rumpelte langsam durch den dichten Straßenverkehr. Erst in den Außenbezirken ging es schneller voran, als der Kutscher das Viergespann zu einem gemäßigten Zockeltrab anspornte.

Harriet bekam plötzlich ein ungutes Gefühl. Als sie aus dem Fenster blickte, sah sie nämlich, daß sie die Stadt hinter sich gelassen hatten und über flaches Land fuhren, etwas, das ihr nicht geheuer war. »Lord Fry, wie weit ist es bis zu Ihrem Freund?«

Lord Fry, der puterrot anlief, räusperte sich. »Hmmm... ich glaube, es wird Zeit, daß wir Ihnen sagen, was eigentlich los ist, meine liebe Miß Pomeroy.«

»Ja, wahrhaftig.« Lady Youngstreet, deren Augen aufgeregt funkelten, tätschelte besänftigend Harriets Hand. »Harriet, seien Sie ganz beruhigt. Als Ihre getreuen Freunde haben wir es uns zur Aufgabe gemacht, Sie vor der Ehe mit dem ›Ungeheuer von Blackthorne Hall‹ zu bewahren.«

Harriet starrte sie an. »Wie bitte?«

Lord Applegate, der entschlossener denn je wirkte, fuhr sich mit dem Finger zwischen Hals und steifem Hemdkragen entlang. »Miß Pomeroy, unser Ziel ist Gretna Green.«

»Gretna Green? Ich soll entführt werden?«

Lord Fry sah sie erstaunt an. »Aber gar nicht, Miß Pomeroy. Wir wollen Sie retten. Kurz nach St. Justins Eintreffen in London haben wir uns an die Ausarbeitung dieses Plans gemacht. Uns ist klar, daß er auch weiterhin sein sündiges Spiel mit Ihnen zu treiben gedenkt, und das können wir nicht zulassen. Sie sind unsere Freundin, eine Mitstreiterin der Fossilienkunde, und wir werden tun, was getan werden muß.«

»Gott im Himmel«, flüsterte Harriet, die nicht wußte, wie ihr geschah. »Aber warum Gretna Green?«

Applegate straffte seine eher schmalen Schultern. »Es wird mir ein großes Vergnügen sein, Miß Pomeroy, dort mit Ihnen vor den Traualtar zu treten. Wir sind zu dem Entschluß gelangt, daß es die einzige Möglichkeit ist, St. Justins üblen Machenschaften ein Ende zu bereiten.«

»Sie wollen mich heiraten? Heiliger Bimbam!« Harriet wußte nicht, ob sie lachen oder weinen sollte. »St. Justin wird vor Wut rasen.«

»Keine Angst«, ließ Applegate sich vernehmen. »Ich werde Sie beschützen.«

»Und ich werde ihm dabei beistehen«, tat Lord Fry kund.

»Ich ebenso.« Lady Youngstreet tätschelte wieder Harriets Hand. »Außerdem ist ja noch der Kutscher da, der uns zu Hilfe kommen kann. Also keine Angst, vor dem Unhold sind Sie sicher, mein Kind. Ach, da fällt mir ein, daß ich einen kleinen Seelenwärmer mitgebracht habe. Ein Schlückchen Brandy verkürzt auch die längste Reise, meinen Sie nicht auch?«

»Ich muß sagen, eine ausgezeichnete Idee, meine Liebe.« Fry lächelte Lady Youngstreet beifällig zu, als sie aus ihrem großen Ridikül eine Flasche zutage förderte.

»Heiliger Bimbam«, entfuhr es Harriet abermals. Dann erst traf sie die volle Erkenntnis dessen, was sie eben gehört hatte. »Soll das heißen, Lord Fry, daß Sie gar keinen Freund mit einer Sammlung fossiler Zähne haben?«

»Leider nein«, sagte Fry, der die Brandyflasche von Lady Youngstreet entgegennahm.

»Was für eine Enttäuschung«, sagte Harriet und ließ sich in den Plüschsitz zurücksinken. Nun mußte sie auf Gideon warten, um aus dieser Situation befreit zu werden.

Er würde nicht lange brauchen, um ihre Fährte aufzunehmen, und wenn er die Kutsche der Youngstreets eingeholt hatte, würde seine Laune nicht die beste sein.

Sie mußte sogar darauf gefaßt sein, ihre Freunde vor Gideons Zorn zu schützen.

11

Gideon zügelte sein Erstaunen, als Felicity Pomeroy und ihre Tante spätnachmittags in seine Bibliothek geführt wurden. Keine der beiden Damen machte einen sehr glücklichen Eindruck, mußte er feststellen, als er sich erhob. Und Harriet war nicht mit ihnen gekommen.

Ihm schwante Unheil.

»Guten Tag, meine Damen«, sagte er, als sie ihm gegenüber Platz genommen hatten. »Welchem Umstand verdanke ich die Ehre dieses unerwarteten Besuches?«

Effie warf Felicity einen Blick zu, auf den diese mit einem aufmunternden Nicken reagierte, worauf Effie sich wieder Gideon zuwandte. »Dem Himmel sei Dank, daß wir Sie zu Hause antreffen, Mylord.«

»Ich hatte die Absicht, heute zu Hause zu dinieren«, murmelte er als Erklärung. Die Hände auf der Schreibtischplatte vor sich faltend, wartete er geduldig, daß Effie endlich zur Sache käme.

»Mylord, es ist ein wenig peinlich.« Effie warf Felicity wieder einen unsicheren Blick zu und erntete ein knappes Nicken. »Ich bin gar nicht sicher, ob wir Sie damit behelligen sollen. Wissen Sie, es läßt sich nicht so einfach erklären. Aber wenn das eingetreten ist, was wir glauben, dann stehen wir einmal mehr einer Katastrophe monumentalen Ausmaßes gegenüber.«

»Einer Katastrophe?« Gideon sah Felicity mit fragend gerunzelter Stirn an. »Dann geht es wohl um Harriet?«

»Ja, Mylord«, sagte Felicity mit Bestimmtheit. »Es geht um sie. Meiner Tante fällt es offenbar schwer, die Situation zu erklären, deshalb will ich gleich zur Sache kommen. Harriet ist verschwunden, Sir.«

»Verschwunden?«

»Wir glauben, daß sie entführt wurde und sich auf dem Weg nach Gretna Green befindet.«

Gideon hatte das Gefühl, in einen Abgrund zu stürzen. Auf alles mögliche war er gefaßt gewesen, aber nicht auf das. *Gretna Green.* Es gab nur einen Grund, nach Gretna Green zu fahren.

»Wovon reden Sie da?« fragte Gideon ganz leise.

Sein Ton ließ Effie zusammenzucken. »Wir wissen ja nicht sicher, ob sie entführt wurde«, warf sie hastig ein. »Das heißt, es besteht eine geringe Möglichkeit, daß etwas in dieser Richtung passiert ist. Aber vielleicht tut sie es freiwillig.«

»Unsinn«, sagte Felicity. »Freiwillig wäre sie niemals mitgefahren. Sie ist entschlossen, St. Justin zu heiraten, auch wenn er sie der Gesellschaft vorführt wie ein exotisches Schoßtier.«

Mit Macht traf Gideons finsterer Blick Felicity. »Wie ein exotisches Schoßtier? Was soll das heißen?«

Effie wandte sich an Felicity, ehe das Mädchen antworten konnte. »Sie ist in Gesellschaft Lady Youngstreets, die zwar für ihre exzentrischen Neigungen bekannt ist, aber meines Wissens noch niemanden entführt hat.«

Gideon hob die Hand. »Ich möchte jetzt eine klare und knappe Erklärung, wenn ich bitten darf. Miß Pomeroy, fangen Sie an.«

»Es hat keinen Zweck, die Sache zu beschönigen.« Felicity sah Gideon offen an. »Ich glaube, Harriet wurde von einigen übereifrigen Mitgliedern der Gesellschaft für Fossilien und Altertümer entführt.«

»Du lieber Gott«, gab Gideon halblaut von sich. Vor seinem geistigen Auge sah er sofort die anbetenden Blicke, die Applegate Harriet zugeworfen hatte. Wie viele andere der Fossilienkundigen waren noch ihrem Zauber erlegen? »Und was läßt Sie glauben, daß dieser Personenkreis sie entführt hat?«

Felicity sah ihn eindringlich an. »Harriet hat heute eine Sitzung der Gesellschaft besucht. Und vorhin erreichte uns ihre Nachricht, ihre Bekannten würden sie zu einem Herrn mitnehmen, der fossile Zähne sammelt, doch ich habe Grund zur Annahme, daß es nicht die Wahrheit ist.«

Gideon schenkte Effies gemurmelten Äußerungen, man könne nicht sicher sein, wie es sich verhalte, keine Beachtung, da er sich auf Felicity konzentrierte. »Und was läßt Sie glauben, daß Harriet nicht irgendwo fossile Zähne besichtigt, Miß Pomeroy?«

»Ich befragte den jungen Diener, der uns die Nachricht brachte, und er sagte, Harriet, Lady Youngstreet, Lord Fry und Lord Applegate seien in Lady Youngstreets Reisekutsche eingestiegen und nicht in ihren Stadtwagen. Als ich weiter in ihn drang, erfuhr ich, daß vor der Abfahrt noch einige Reisetaschen aufgeladen wurden.«

Gideon ballte die Hand zur Faust. Dann zwang er sich, die Finger der Reihe nach wieder zu lockern. »Ich verstehe. Und wie kommen Sie auf Gretna Green?«

Um Felicitys Mund legte sich ein entschlossener Zug. »Tante Effie und ich kommen direkt von Lady Youngstreets Haus. Wir haben dort den Butler und ein paar Mädchen befragt. Der Kutscher hat offenbar einem der Mädchen kurz vor der Abfahrt anvertraut, daß er angewiesen worden war, sich auf eine schnelle Tour Richtung Norden gefaßt zu machen.«

Effie seufzte. »Die Tatsache, daß Lord Applegate in letzter Zeit des öfteren verlauten ließ, er fühle sich bemüßigt, meine Nichte vor der Ehe mit Ihnen zu bewahren, Mylord, läßt uns vermuten, daß er sich entschlossen haben könnte, die Sache tatsächlich in die Hand zu nehmen. Lady Youngstreet und Lord Fry haben ihm dabei offenbar geholfen.«

Gideon erstarrte zu Eis. »Ich wußte nicht, daß Applegate sich den Kopf über die Rettung meiner Verlobten zerbrach.«

»Nun ja, in Ihrer Gegenwart hat er davon natürlich nicht gesprochen«, sagte Felicity nüchtern.

»Ich verstehe.« Er sah Effie an. »Interessant, daß Sie direkt zu mir kamen, Mrs. Ashecombe. Darf ich daraus schließen, daß Sie es vorzögen, wenn Ihre Nichte mich und nicht Applegate ehelichte?«

»Eigentlich nicht«, sagte Effie. »Aber ändern läßt sich jetzt nichts mehr. Dieser Wahnsinn einer Entführung und Trauung mit Applegate wird einen noch größeren Skandal verursachen als den, mit dem wir es jetzt schon zu tun haben.«

»Also bin ich das kleinere von zwei Übeln«, stellte Gideon fest.

»Genau, Sir.

»Wie nett zu wissen, daß mein Heiratsantrag unter so praktischen Gesichtspunkten gesehen wird.«

Effies Augen wurden kaum merklich schmaler. »St. Justin, die Situation ist ernster, als Sie ahnen. Gerüchte über die Nacht, die Sie mit Harriet in der gräßlichen Höhle verbrachten, haben London vielleicht schon erreicht. Gestern kam mir auf der Soiree bei den Wraxhams eine leise Andeutung zu Ohren. Zusätzlich zu all dem anderen Klatsch werden die Leute sich womöglich bald fragen, ob Harriet von Ihnen nicht wirklich kompromittiert wurde. Ihr Ruf wird die Entführungsaffäre nicht überstehen.«

»Anders wäre es, wenn wir glauben könnten, Harriet werde Applegate heiraten«, erklärte Felicity, wie immer praktisch denkend.

»Ach ja, das wäre allerdings anders.« Gideons Finger umfaßten krampfhaft eine kleine Vogelskulptur auf seinem Schreibtisch.

»Wir wissen aber, daß Harriet Applegate nie heiraten wird, auch wenn es gelingen sollte, sie nach Gretna Green zu schaffen«, fuhr Felicity fort.

Gideon strich mit dem Finger die Vogelschwinge entlang. »Nein?«

»Mylord, sie fühlt sich an Sie gebunden. Harriet würde eine Verpflichtung dieser Art nie brechen. Wenn Harriet nach der Rückkehr aus Schottland nicht verheiratet ist, wird es die ganze Stadt erfahren. Und uns reichen ehrlich gesagt schon die Spekulationen, die sich um Ihr Eheversprechen ranken, Mylord.«

Effie ließ ein leises Stöhnen hören. »Man wird sagen, die arme Harriet habe versucht, den Fängen des ›Ungeheuers von Blackthorne Hall‹ zu entfliehen, indem sie nach Gretna Green durchbrannte. Applegate jedoch habe sich, dort angekommen, anders besonnen. Das arme Mädchen wird auf diese Weise zweifach ruiniert.«

Gideon stand auf und zog am Glockenstrang, um seinen Butler zu rufen. »Sie haben beide recht. Klatsch gibt es schon genug. Ich werde die Sache unverzüglich in die Hand nehmen.«

Felicity sah zur Tür hin, als Owl öffnete. Dann wanderte ihr Blick wieder zu Gideon. »Sie wollen ihnen folgen, Mylord?«

»Natürlich. Wenn sie, wie Sie sagen, die uralte Reisekutsche Lady Youngstreets benutzen, dann können Sie versichert sein, daß ich sie sehr rasch einholen kann. Das Gefährt ist mindestens zwanzig Jahre alt. Sehr schwerfällig und schlecht gefedert. Und die Pferde sind fast so betagt wie die Kutsche. Allzu zügig wird die Gesellschaft nicht vorankommen.«

»Ja, Mylord?« ließ Owl sich mit Grabesstimme vernehmen.

»Der Phaeton soll mit meinen Pferden vorfahren«, ordnete Gideon an.

»Sehr wohl, Mylord. Kein schöner Abend für eine Ausfahrt, wenn mir die Bemerkung gestattet ist. Mein Gefühl sagt mir, daß ein Unwetter aufzieht.«

»Owl, das muß ich riskieren. Geben Sie meine Anordnungen unverzüglich weiter.«

»Wie Sie wünschen, Sir. Aber sagen Sie nicht, ich hätte Sie nicht gewarnt.« Owl zog sich zurück und schloß lautlos die Tür.

»Nun denn.« Effie stand auf und band die Schleifen ihres Hutes unterm Kinn. »Felicity, laß uns gehen. Wir haben getan, was wir konnten.«

»Ja, Tante Effie.« Auch Felicity erhob sich. »Mylord, wenn Sie sie einholen...«, setzte sie mit strengem Blick an.

»Miß Pomeroy, ich werde sie ganz gewiß einholen.«

Sie sah ihn sekundenlang an und sagte dann nach einem tiefen Atemzug: »Also, wenn Sie sie einholen, dann werden Sie hoffentlich meiner Schwester nicht zu sehr zürnen. Sicher hat sie für diese Affäre eine befriedigende Erklärung zur Hand.«

»Die wird sie zweifellos haben.« Gideon ging an die Tür und öffnete sie seinen Besucherinnen. »Harriet ist um Erklärungen nie verlegen. Ob ihre Erklärung in diesem Fall aber befriedigend ausfallen wird, bleibt abzuwarten.«

Felicity runzelte die Stirn. »Sir, Sie müssen mir Ihr Wort geben, daß Sie zu ihr nicht barsch sein werden. Ich hätte meine Tante nicht gedrängt, Ihnen zu sagen, was passiert ist, wenn ich der Meinung gewesen wäre, Sie würden Ihren Zorn an Harriet auslassen.«

Die Besorgnis in Felicitys Blick erregte Gideons Unwillen.

»Miß Pomeroy, seien Sie unbesorgt. Ihre Schwester und ich verstehen einander sehr gut.«

»Das behauptet sie auch dauernd«, murmelte Felicity, als sie ihrer Tante durch die Tür hinaus folgte. »Ich hoffe, Sie haben beide recht.«

»Ach, übrigens«, sagte Gideon, als Felicity und Effie schon draußen in der Eingangshalle standen. »Packen Sie sofort eine Tasche für meine Verlobte. Ich will unterwegs bei Ihnen anhalten und sie holen.«

Effie war sofort ganz gespannte Wachsamkeit. »Sie glauben also nicht, daß Sie Harriet vor Einbruch der Dunkelheit sicher zurückbringen?«

Es war Felicity, die darauf antwortete. »Natürlich wird er sie uns heute nicht mehr bringen, Tante Effie. Wer kann wissen, wie weit Harriet und ihre Freunde bereits gekommen sind? Ich erwarte jedenfalls, daß wir Harriet als verheiratete Frau wiedersehen werden. So ist es doch, Mylord?«

»Ja«, sagte Gideon. »Ganz recht. Ich glaube, es ist höchste Zeit, daß man diesem Unsinn ein für allemal ein Ende macht. Ich kann nicht zulassen, daß alle Welt versucht, meine Verlobte vor dem ›Ungeheuer von Blackthorne Hall‹ zu retten. Es könnte zu einem verdammten Ärgernis ausarten.«

Owl hatte sich mit seiner Wettervorhersage geirrt. Der Abendhimmel war bedeckt, doch es kam kein Regen, und die Straße blieb trocken. In der Stadt kam Gideon trotz des dichten Verkehrs gut voran und trieb die Pferde zu einer rascheren Gangart an, als er das Zentrum hinter sich gelassen hatte. Die Pferde gehorchten willig, und das Getrappel ihrer großen Hufe erklang in unermüdlichem, kraftvollem Rhythmus.

Erst in zwei Stunden würde es stockfinster sein. Genug Zeit also, um Lady Youngstreets behäbige alte Reisekutsche einzuholen. *Genug Zeit, um nachzudenken.* Viel zuviel Zeit.

Verfolgte er eine entführte Verlobte oder eine, die dem ›Ungeheuer von Blackthorne Hall‹ zu entkommen suchte?

Er wollte zu gern glauben, daß Felicity recht hatte, als sie sagte, Harriet fühle sich ihm verpflichtet. Doch die Möglichkeit, daß Harriet sich willig in die Arme des liebeskranken Applegate geworfen hatte, war eine Möglichkeit, die Gideon nicht ausschließen konnte.

Bei der Ausfahrt in den Park hatte er ihren Unmut geweckt. Er dachte an die kleine Gardinenpredigt, die sie ihm wegen seiner angeblichen diktatorischen Neigungen gehalten hatte. Sie hatte ihm klipp und klar zu verstehen gegeben, daß sie es nicht gewohnt war, herumkommandiert zu werden, auch nicht, wenn es in bester Absicht geschah.

Gideon knirschte mit den Zähnen. Sie hatte sich über das Eheleben offenbar ziemlich viele Gedanken gemacht. Und sie hatte ihm zu verstehen geben wollen, daß sie nicht daran dachte, nach der Hochzeit ihre Unabhängigkeit aufzugeben.

Gideons Meinung nach lag das Problem darin begründet, daß Harriet zu lange unabhängig gewesen war. Sie hatte jahrelang für sich und andere Entscheidungen treffen müssen, so daß es ihr zur Gewohnheit geworden war, so wie es ihr auch zur Gewohnheit geworden war, sich allein in den Höhlen herumzutreiben.

Sie hatte sich an ihre Freiheit gewöhnt.

Gideon, der geradeaus auf die Straße starrte, nahm kaum wahr, wie die Zügel durch seine Hände glitten, während die Pferde dahinstürmten.

Harriet ist wie diese Pferde, dachte er bei sich. Sie war aus hartem Holz geschnitzt. Auch besaß sie einen eigenen Kopf.

Vielleicht war sie zu der Meinung gelangt, das Leben würde angenehmer verlaufen, wenn sie jemanden wie Applegate heiratete, dem es nicht im Traum einfallen würde, ihr Vorschriften zu machen.

Applegate hatte viel zu bieten, Vermögen und Titel eingeschlossen. Und vor allem teilte er Harriets Interesse für Fossilien. Harriet war womöglich von Applegates Verstand angezogen worden.

Eine Ehe mit Applegate bot viele Vorteile und keinen der Nachteile, die sich ganz sicher bei einer Ehe mit dem ›Ungeheuer von Blackthorne Hall‹ einstellen würden.

Wäre ich ein echter Gentleman, dann würde ich wohl zulassen, daß sie heute mit Applegate durchbrennt, dachte Gideon.

Doch dann stellte er sich Harriet in Applegates Armen vor und verspürte plötzlich Übelkeit. Er malte sich aus, wie Applegate ihre süßen Brüste berührte, ihren weichen Mund küßte, sich in ihre feste, willkommenheißende Wärme schob. Schmerz und ein verzehrendes Gefühl des Verlustes durchfuhren Gideon.

Es war unmöglich. Gideon wußte, daß er sie nicht aufgeben konnte. Ein Leben ohne Harriet war von unvorstellbarer Trostlosigkeit.

Er dachte daran, was Felicity gesagt hatte. Er hätte Harriet der eleganten Gesellschaft vorgeführt wie ein seltenes Tier aus exotischen Gegenden. Gideon umfaßte die Zügel fester, als er sich eingestand, daß daran etwas Wahres sein mochte.

Die einzige Frau auf der Welt, die sich nicht scheut, das Ungeheuer zu heiraten.

Gideon ließ den Pferden die Zügel schießen und trieb sie energisch an. Er konnte zu dem Gott, der ihn sechs Jahre zuvor verlassen hatte, nur beten, daß Harriet heute nicht freiwillig vor ihm davonlief.

Brandydunst erfüllte das Innere von Lady Youngstreets schwerer Reisekutsche, die Richtung Norden die Straße entlangrumpelte.

Harriet öffnete ein Fenster, als Lady Youngstreet, gefolgt von Lord Fry, den nächsten wüsten Kneipengesang anstimmte. Sie nahm sich vor, die Dame zu fragen, wo sie dergleichen Balladen gelernt hatte.

»Eine Jungfer aus Lower East Dipple,
Gesegnet mit zwei herrlichen Nippeln.

Lord Applegate sah sie mit entschuldigungheischendem Blick an und beugte sich vor, um sich neben den losen Versen Gehör zu verschaffen.

»Hoffentlich fühlen Sie sich nicht zu peinlich berührt, Miß Pomeroy. Die älteren Semester… Sie wissen schon. Ihnen fehlt es manchmal an verfeinerten Sitten. Aber sie meinen es nicht schlecht.«

»Ja, ich weiß.« Harriet sagte es mit nachsichtigem Lächeln. »Wenigstens haben sie ihren Spaß.«

»Ich hielt es für das Beste, sie mitzunehmen. Ihre Anwesenheit wird der Entführung einen gewissen Anstand verleihen«, erklärte Applegate allen Ernstes.

»Mylord, ich habe schon einige Zeit versucht, Ihnen klarzumachen, daß ich nicht die Absicht habe, Sie zu heiraten, selbst wenn wir Gretna Green erreichen sollten, was ich für unwahrscheinlich halte.«

Applegate sah sie betroffen an. »Ich hoffe sehr, Sie ändern Ihre Meinung noch, meine Liebe. Sie haben noch einige Stunden Zeit, sich die Sache zu überlegen. Ich kann Ihnen versichern, daß ich ein sehr aufmerksamer Ehemann sein werde. Und wir haben so viel gemeinsam. Bedenken Sie doch, wir könnten zusammen auf Fossiliensuche gehen.«

»Das hört sich wundervoll an, Sir, aber ich muß Sie wieder daran erinnern, daß ich schon verlobt bin. Ich kann meine Verlobung mit St. Justin nicht lösen.«

Aus Applegates Blick sprach höchste Bewunderung. »Ihr Gefühl für Ehre und Anstand spricht für Sie, meine Liebe. Aber kein Mensch erwartet, daß Sie diesem Mann die Treue halten. Schließlich handelt es sich um St. Justin. Sein eigener Ruf schließt aus, daß er Treue und Respekt von einer Frau fordern könnte, die so süß, bezaubernd und unschuldig ist wie Sie.«

Harriet, die es satt hatte, immer wieder dasselbe zu sagen, entschied sich, die Taktik zu wechseln. »Und was ist, wenn ich Ihnen sage, daß ich keineswegs unschuldig bin, Sir?«

Applegate richtete sich steif auf. »Ich würde es nicht glauben, Miß Pomeroy. Allein, wenn man Sie ansieht, sieht man, daß Sie unschuldig und tugendhaft sind.«

»Allein, wenn man mich ansieht?«

»Natürlich. Bedenken Sie bitte, daß ich außerdem den Vorteil genieße, mit Ihnen eine vertraute intellektuelle Beziehung hergestellt zu haben. Ein solcher Verstand wie der Ihre ist nicht imstande, unreine Gedanken zu denken.«

»Eine interessante Folgerung«, murmelte Harriet. Sie wollte auf diesen Punkt näher eingehen, als sie spürte, daß die Kutsche ihre Fahrt verlangsamte.

»Ich muß schon sagen …«, Lord Fry unterbrach seinen Liedvortrag, um einen Schluck aus der Flasche zu nehmen, »daß man anhalten und ein Häppchen vertragen könnte. Ich werde die Gelegenheit nützen und das gewisse Örtchen aufsuchen.«

»Also wirklich, Fry.« Lady Youngstreet versetzte ihm mit dem Fächer spielerisch einen Klaps auf die Hand und bedachte ihn mit einem drollig-tadelnden Blick. »In Gegenwart junger Leute darf man nicht so undelikat sein.«

»Ganz recht.« Fry verbeugte sich tief vor Harriet. »Entschuldigung, Miß Pomeroy«, sagte er mit schwerer Zunge. »Weiß gar nicht, was in mich gefahren ist.«

»Aber ich weiß es«, erklärte Lady Youngstreet frohgemut. »Der Inhalt einer Flasche meines besten Brandys. Reichen Sie mir die Flasche, Sir. Sie gehört immerhin mir, und ich gedenke sie zu leeren.«

Von draußen war ein Ruf zu vernehmen. Harriet hörte Hufgeklapper auf der Straße. Eine zweite Kutsche näherte sich ihnen mit großer Geschwindigkeit von hinten. Es war jetzt fast ganz dunkel, dennoch erkannte sie den gelben Phaeton und die großen Pferde, die plötzlich Lady Youngstreets Kutsche einholten.

Das leichte, schnelle Gefährt flitzte rasch vorüber, dennoch erhaschte sie einen Blick auf den Fahrer. Er trug einen schweren Mantel und hatte den Hut tief ins Gesicht gezogen, doch diese breiten Schultern hätte sie überall erkannt.

Gideon hatte sie endlich eingeholt.

Vom Kutschbock ertönte wieder ein Ausruf, gefolgt von einer Reihe zorniger Flüche, als die schwere Kutsche ihr Tempo mäßigen mußte.

»Verdammt«, schimpfte Applegate. »Irgendein Idiot drängt uns an den Straßenrand.«

Lady Youngstreets verschwommene Augen wurden riesengroß. »Womöglich versucht ein Wegelagerer, uns aufzulauern.« Fry sah sie finster an. »Einen Wegelagerer mit Phaeton gibt es nicht.«

»Es ist St. Justin«, stellte Harriet seelenruhig fest. »Ich sagte ja, er würde uns nachkommen.«

»St. Justin?« Fry schien verblüfft. »Er hat uns gefunden?«

»Unsinn. Habe niemandem von unseren Plänen etwas gesagt. Er kann uns nicht gefunden haben.« Lady Youngstreet gönnte sich einen tiefen Zug aus der Brandyflasche und zwinkerte listig.

»Er hat uns gefunden«, sagte Harriet. »So, wie ich es sagte.«

Applegate, der blaß geworden war, straffte entschlossen seine Schultern. »Keine Angst, Harriet, ich beschütze Sie vor ihm.«

Diese kühne Behauptung beunruhigte Harriet. Das allerletzte, was sie jetzt brauchte, war Heldentum von seiten Applegates, da sie Gideons mögliche Reaktion fürchtete.

Die Reisekutsche hatte angehalten. Harriet hörte, wie der Kutscher Gideon anherrschte und wissen wollte, was dies solle.

»Ich halte Sie nicht lange auf«, sagte Gideon. »Aber ich glaube, im Wagen befindet sich etwas, das mir gehört.«

Sie hörte das Poltern seiner Stiefel auf dem Straßenpflaster, sicheres Zeichen seiner Mißlaunigkeit, Grund für sie, ihre Mitpassagiere warnend anzusehen.

»Hören Sie gut zu«, sagte sie. »St. Justin überlassen Sie mir, verstanden?«

Applegate sah sie entsetzt an. »Ich werde nicht zulassen, daß Sie dem Unhold allein gegenübertreten. Wofür halten Sie mich eigentlich?«

Der Wagenschlag wurde aufgerissen. »Eine gute Frage, Applegate«, sagte Gideon in drohendem Ton. Er wirkte einschüchternd, wie er so dastand, umwallt von seinem Mantel wie vom Gewand eines Magiers. Die Innenbeleuchtung der Kutsche erhellte sein Narbengesicht.

»Ach, da bist du ja, Gideon«, sagte Harriet gelassen. »Ich fragte mich schon, wann du uns einholen würdest. Die Fahrt war überaus angenehm, kann ich dir versichern. Ein schöner Abend, nicht?«

Gideons Blick überflog die Insassen der Reihe nach, um dann an Harriet hängen zu bleiben. »Hast du nun ausreichend Abendluft geschnuppert, meine Liebe?« fragte er.

»Ausreichend, danke.« Harriet griff nach ihrem Ridikül, im Begriff auszusteigen.

»Keine Bewegung, Miß Pomeroy«, befahl Applegate tapfer. »Ich lasse nicht zu, daß dieser Schuft Sie berührt. Ich werde Sie bis zum letzten Blutstropfen verteidigen.«

»Es wird mir ein Vergnügen sein, Lord Applegate beizustehen, wenn er Sie beschützt, meine Liebe«, ließ Fry sich laut vernehmen. »Wir beide werden Sie bis zum letzten Blutstropfen verteidigen.«

»Zwei betrunkene Narren«, gab Gideon von sich. Mit beiden Händen Harriets Taille umfassend, hob er sie mühelos aus dem Wagen.

»Lassen Sie das sofort... ich werde es nicht dulden.« Lady Youngstreet warf ihr Ridikül gegen Gideons Brust. Es prallte ab und fiel auf den Boden der Kutsche. »Stellen Sie sie ab, Sie Ungeheuer. Sie werden sie nicht mit sich nehmen.«

»Wir werden sie vor Ihnen retten, lassen Sie sich das gesagt sein«, erklärte Fry.

Harriet stöhnte auf. »Ach, ich wußte ja, daß es peinlich werden würde.«

»Es wird mehr als peinlich, Harriet.« Gideon schloß die Wagentür.

»Also, ich muß schon bitten«, sprudelte Applegate hervor, der die Tür wieder öffnete und Gideon kühn anfunkelte. »Sie können sie doch nicht einfach mitnehmen.«

»Wer will mich daran hindern?« Gideon fragte es ganz leise. »Sie etwa?«

Applegate gab sich sehr beherzt. »Das werde ich ganz gewiß. Miß Pomeroys Wohlergehen liegt mir am Herzen. Ich habe es mir zur Aufgabe gemacht, sie zu beschützen, und das werde ich auch tun.«

»Hört, hört. Na, dann los, Junge«, brüllte Lord Fry betrunken. »Laß nicht zu, daß die Bestie sie in die Fänge kriegt. Beschütze sie mit deinem Lebenssaft, Applegate. Ich stehe hinter dir.«

»Ich auch«, erklärte Lady Youngstreet in lautem, wenn auch ein wenig lallendem Ton.

»Verdammt«, stieß Gideon hervor.

Applegate beachtete das betrunkene Duo nicht weiter. Sich vorbeugend, sagte er durch die offene Tür: »St. Justin, es ist mein voller Ernst. Ich werde nicht zulassen, daß Sie Miß Pomeroy einfach mitnehmen. Ich verlange, daß Sie davon Abstand nehmen.«

Gideon lächelte sein langsames, kaltes Lächeln, jenes Lächeln, das seine Zähne zeigte und seine Narbe verzerrte. »Seien Sie versichert, Applegate, daß Ihnen Gelegenheit zum Protest bleibt, wenn ich für diese Affäre Genugtuung verlange.«

Applegate zwinkerte mehrmals, als ihm dämmerte, was gemeint war. Dann lief er hochrot an. Doch er machte keinen

Rückzieher. »Wie Sie wünschen, Sir. Ich bin bereit, Ihre Herausforderung anzunehmen. Miß Pomeroys Ehre ist mir mehr wert als mein Leben.«

»Daran tun Sie gut«, sagte Gideon, »denn das ist es, worüber wir sprechen. Über Ihr Leben. Ich nehme an, Sie wählen Pistolen? Oder sind Sie eher altmodisch? Es ist eine Weile her, seit ich einen Degen führte, aber ich kann mich deutlich erinnern, daß ich mein letztes Degenduell siegreich bestand.«

Applegates Blick schoß zu Gideons Narbe. Er schluckte schwer. »Pistolen sollen mir recht sein.«

»Ausgezeichnet. Ich sehe zu, daß ich zwei Sekundanten bekomme. In den Clubs lungern immer ein paar Herren herum, die an diesen Dingen ihre helle Freude haben.«

»Guter Gott.« Fry war mit einem Schlag so gut wie nüchtern. »Ist hier von einem Duell die Rede? Ich muß sagen, das geht ein wenig zu weit.«

»Was ist das? Eine Forderung?« Lady Youngstreet spähte aus dem Wagenfenster. »Aber ich bitte Sie. Es ist doch nichts passiert. Wir wollten das Mädel ja nur retten.«

Applegates Miene blieb stoisch. »St. Justin, ich fürchte Sie nicht.«

»Das freut mich zu hören«, sagte Gideon. »Vielleicht ändern Sie Ihre Meinung, wenn wir uns in ein paar Tagen in der Morgendämmerung treffen.«

Harriet, die merkte, daß der Unsinn eine Wendung ins Gefährliche nahm, trat rasch vor und legte eine Hand auf Gideons Arm. »Das reicht, St. Justin«, sagte sie spitz. »Du wirst doch meinen Freunden keine Angst einjagen wollen?«

Gideon warf ihr einen schrägen Blick zu. »Deinen Freunden?«

»Natürlich sind es meine Freunde. Sonst wäre ich ja nicht mit ihnen zusammen. Sie haben es gut gemeint. Und jetzt hör mit diesem dummen Gerede von einer Forderung auf. Es wird kein Duell wegen einer Sache geben, die nicht mehr als ein bloßes Mißverständnis ist.«

»Mißverständnis«, stieß Gideon rauh hervor. »Eine Entführung würde ich nicht als Mißverständnis bezeichnen.«

»Es war keine Entführung«, belehrte Harriet ihn. »Und ich werde kein Duell dulden, ist das klar?«

Applegate reckte sein Kinn vor. »Schon gut, Miß Pomeroy, ich scheue Ihretwegen den Tod nicht.«

»Aber ich«, sagte sie. Sie lächelte ihm durch das Fenster zu. »Sie sind sehr lieb, Lord Applegate. Und sehr tapfer. Aber ich kann nicht zulassen, daß es wegen einer simplen Landpartie zu einem Duell kommt.«

Lady Youngstreet hatte sich wieder gefaßt. »Genau. Eine Landpartie. Das war es.«

Frys Miene ließ Zweifel erkennen. »Ein bißchen mehr als das, meine Liebe. Wir wollten das Mädel unter die Haube bringen, wenn du dich erinnerst.«

Harriet schenkte Lord Fry keine Beachtung. Sie blickte zu Gideons finsterem Gesicht auf. »Gideon, wir wollen uns auf den Weg machen. Es wird schon spät, und meine Freunde wollen zurück nach London.«

»Ja, wahrhaftig«, warf Lady Youngstreet hastig ein. »Ich muß zurück.« Sie faßte nach Frys Spazierstock und klopfte damit gegen das Kutschendach. »Wenden«, rief sie laut. »Und zwar rasch.«

Der Kutscher, der gelangweilt zugehört hatte, nahm ein letztes Schlückchen aus seiner eigenen Flasche und griff nach den Zügeln. In einem großzügig bemessenen Kreis lenkte er die Pferde in die Gegenrichtung, und die schwere Kutsche setzte sich gewichtig in Bewegung, auf London zu.

Applegate saß da und sah, den Blick auf Harriet richtend, wehmütig aus dem Fenster, bis die Kutsche eine Straßenbiegung hinter sich brachte und man nichts mehr sehen konnte.

»Also…«, setzte Harriet munter an und rückte ihren Hut zurecht. »Das wäre erledigt. Wir sollten selbst rasch losfahren. Die Strecke nach London zieht sich hin.«

Gideon faßte mit Daumen und Zeigefinger nach ihrem Kinn und hob ihr Gesicht so an, daß sie ihre Augen nicht unter der Krempe ihres Hutes verbergen konnte. Trotz der Dunkelheit konnte Harriet seinen finsteren Ausdruck klar erkennen.

»Harriet, bitte, glaube nicht, daß diese Angelegenheit erledigt ist«, sagte er.

Sie biß sich verlegen auf die Unterlippe. »Meine Güte, ich hatte so eine Ahnung, daß du ungehalten sein würdest.«

»Das ist eine Untertreibung.«

»Und dabei war es für alle Beteiligten nur eine große Strapaze«, versicherte sie ihm. »Meine Freunde haben es nicht böse gemeint. Ich gebe ja zu, daß du Unannehmlichkeiten hattest, und das tut mir leid, aber es ist nichts passiert, was gerechtfertigt hätte, daß du Applegate so häßlich bedrohst.«

»Durchbrennen wollte er mit dir.«

»Und er war so umsichtig, zwei Anstandspersonen mitzunehmen. Hinsichtlich Schicklichkeit und Form kann man ihm nichts vorwerfen.«

»Zum Teufel, Harriet…«

»Selbst wenn es ihm geglückt wäre, mich bis nach Gretna Green zu schaffen, was höchst unwahrscheinlich ist, wäre nichts Schlimmes passiert. Wir hätten einfach kehrtgemacht und wären zurückgefahren.«

»Ich fasse es nicht… Da stehe ich auf offener Straße und streite mit dir.« Gideon faßte nach Harriets Arm und zog sie zu seinem Phaeton. »Der Mann hatte ernsthaft die Absicht, dich zu entführen und zu heiraten.« Er schwang Harriet auf den Wagensitz.

Harriet strich ihre Röcke glatt, als Gideon neben sie in den Wagen stieg und nach den Zügeln griff. »Gideon, du glaubst doch nicht etwa, ich hätte Applegate geheiratet? Ich bin mit dir verlobt.«

Gideon bedachte sie mit einem schrägen Blick, als er sein Gespann wendete und in eher gemäßigtem Tempo in Richtung London losfuhr. »Dieser Umstand hat deine Freunde nicht davon abgehalten zu versuchen, dich aus meinen Fängen zu retten.«

»Ach, dir ist einfach nicht klarzumachen, daß ich mich gern in deinen Klauen befinde.«

Darauf gab Gideon keine Antwort. Er hüllte sich, offenbar seinen Gedanken nachhängend, in Schweigen. Harriet sog die kühle Nachtluft ein. Die Wolken hatten sich verzogen, Sterne funkelten am Himmel.

In der Nacht hat eine Überlandstraße etwas Romantisches an sich, dachte sie. Alles schien so unwirklich. Sie hatte das Gefühl, mit Gideon und den Pferden in einer Traumwelt gefangen zu sein.

Als der Wagen um eine Kurve bog, wurden in der Ferne die Lichter eines Wirtshauses sichtbar.

»Harriet?« kam Gideons Stimme aus der Dunkelheit.

»Ja, Gideon.«

»Ich möchte einen derartigen Unfug nicht noch einmal mitmachen.«

»Ich verstehe. Es war in der Tat eine große Unannehmlichkeit.«

»Das habe ich nicht gemeint.« Gideons Blick hing an den Lichtern des Wirtshauses. »Ich versuche dir beizubringen, daß ich der Verlobung gern ein Ende bereiten möchte.«

Harriet hörte es starr vor Schreck. Sie konnte ihren Ohren nicht trauen. »Der Verlobung ein Ende bereiten? Weil ich so dumm war, mich entführen zu lassen?«

»Nein. Weil ich befürchte, daß es noch weitere Zwischenfälle dieser Art geben dürfte. Ich gebe zu, daß diesmal nicht viel passiert ist, aber wer weiß, was nächstes Mal sein wird?«

»Aber...«

»Es wäre ja möglich, daß einer deiner anderen Anbeter zu drastischeren Mitteln greift, um dich vor dem ›Ungeheuer von Blackthorne Hall‹ zu retten.« Gideon sah geradeaus, scheinbar voll auf sein Gespann konzentriert.

Harriet sah sein scharfes Profil neben sich. »Gideon, du wirst diesen schrecklichen Namen nie wieder in den Mund nehmen. Verstehst du?«

»Jawohl, Miß Pomeroy. Ich verstehe. Werden Sie mich heiraten, sobald ich eine Sonderdispens beschafft habe?«

Harriet umklammerte ihr Ridikül. »Heiraten? Auf der Stelle?«

»Ja.«

Harriet war wie benommen. »Ich dachte, du wolltest der Verlobung ein Ende bereiten.«

»Das tue ich. Mit einer Trauung.«

Harriet schluckte erleichtert. Sie faßte sich rasch. »Ich verstehe. Nun... was die Heirat betrifft, so hatte ich geglaubt, wir würden uns mehr Zeit nehmen, um einander kennenzulernen.«

»Ich weiß. Aber ich kann nicht finden, daß es einen großen Unterschied ausmacht. Das Schlimmste weißt du bereits, und es scheint dich nicht ungebührlich zu belasten. Deine Tante sagt, nach dem heutigen Vorfall werde es mehr Klatsch als je zuvor geben. Unsere Heirat wird ihn zum Schweigen bringen.«

»Ich verstehe«, sagte Harriet abermals, noch immer nicht imstande, klar und logisch zu überlegen. »Nun gut, wenn es dein Wunsch ist.«

»Er ist es. Dann wäre das erledigt. Ich hielte es für das Beste, wenn wir hier übernachten, anstatt nach London durchzufahren. Auf diese Weise können wir uns vor der Rückkehr in die Stadt trauen lassen.«

Harriet sah zu dem Wirtshaus hinüber. »Wir übernachten hier?«

»Ja.« Gideon zügelte die Pferde und lenkte sie auf den Hof. Ihre schweren Hufe klapperten laut auf dem Kopfsteinpflaster. »So ist es praktischer. Am Morgen will ich die Heiratsgenehmigung holen. Nach der Hochzeit bringe ich dich direkt nach Hardcastle House und stelle dich meinen Eltern vor. Manche Dinge sind eben unvermeidlich.«

Die Wirtshaustür wurde aufgerissen, ehe Harriet antworten konnte. Ein Junge stürzte heraus, um sich um das Gespann zu kümmern. Gideon stieg vom Kutschbock.

Alles ging so rasch. Harriet mußte sich um einen ruhigen Ton bemühen. »Und was ist mit meiner Familie? Man wird sich um mich Sorgen machen.«

»Von hier aus werden wir deinen Leuten Bescheid geben, daß du in Sicherheit bist und ich dich nach Hardcastle House bringe. Und bis wir nach London zurückkehren, wird sich die Aufregung größtenteils gelegt haben. Und ich werde dich sicher in meinen Fängen haben.«

12

Gideon ließ den Blick durch die kleine Kammer wandern. Es war das Beste, was der Wirt anzubieten hatte, aber das besagte nicht viel. Ein einziges Bett stand darin, ein ziemlich schmales zudem.

»Ich nehme an, du hast nichts dagegen, wenn ich dem Wirt sage, daß wir Mann und Frau sind.« Gideon ging in die Knie, um die Glut im Kamin zu schüren.

»Nein«, sagte sie leise.

»Es wird sehr bald wahr werden.«

»Ja.«

Gideon war sich an diesem Abend aus einem bestimmten Grund seiner eigenen Größe stark bewußt. Der kleine Raum bewirkte, daß er sich ungeschlacht und linkisch vorkam. Fast hatte er Angst, sich zu bewegen oder etwas anzufassen, weil er befürchtete, etwas zu zerbrechen. Alles kam ihm klein und fragil vor, Harriet inbegriffen.

»Mir wäre es unvernünftig erschienen, wenn du heute ein eigenes Zimmer genommen hättest«, sagte er noch immer abgewendet. »Wenn du in Begleitung deiner Zofe oder deiner Schwester wärest, würde die Sache anders aussehen.«

»Ich verstehe.«

»Eine Frau allein im Wirtshaus ist immer gefährdet. Unten im Schankraum sind schon etliche Trunkenbolde beisammen. Man kann nie wissen, wann es ihnen einfällt, heraufzukommen und an den Türen herumzuprobieren.«

»Eine höchst unangenehme Vorstellung.«

»Weiter wäre da die peinliche Tatsache, daß man deine Damenhaftigkeit in Zweifel ziehen würde, wenn es herauskäme, daß wir nicht Mann und Frau sind.« Gideon richtete sich auf, als die Glut aufloderte und sich die Flammen zu einem munteren Feuer vereinten. »Man würde gewisse Schlüsse ziehen.«

»Ich verstehe. Es ist gut, Gideon. Bitte, mache dir keine Gedanken deswegen.« Harriet ging ans Feuer und streckte ihre Hände der Wärme entgegen. »Wir werden bald Mann und Frau sein.«

Ein Blick auf ihr Profil, und sein ganzer Körper reagierte und erstarrte. Der Feuerschein ließ ihre Haut golden schimmern. Ihr weiches, elastisches Haar umrahmte üppig ihr Gesicht. Er vermeinte ihre Haarflut vor Vitalität knistern zu hören.

»Verflucht, Harriet, ich werde heute nicht die Privilegien eines Ehemannes fordern«, gab er verhalten von sich. »Du hast ein Recht darauf, daß ich mich zügle, und es ist meine Absicht, es zu tun.«

»Ich verstehe.« Sie sah ihn nicht an.

»Daß ich damals in der Höhle den Kopf verlor, bedeutet nicht, daß ich mich nicht beherrschen kann.«

Harriet schenkte ihm einen kurzen, neugierigen Blick. »Gideon, ich habe nie angenommen, daß es dir an Selbstbeherrschung mangelt. Im Gegenteil, ich kenne keinen beherrschteren Menschen. Manchmal beunruhigt mich diese Eigenschaft. Ehrlich gesagt, ist sie das einzige an dir, was mir manchmal nicht ganz geheuer ist.«

Er sah sie skeptisch an. »Du bist der Meinung, ich sei zu beherrscht?«

»Ich nehme an, es kommt daher, daß du in den letzten Jahren soviel wilden Klatsch ertragen mußtest«, antwortete Harriet nüchtern. »Du hast gelernt, deine Gefühle für dich zu behalten. Vielleicht zu sehr. Zuweilen kann ich mir nicht vorstellen, was du denkst.«

Gideon zerrte an seiner Krawatte, gewillt, sich ihrer rasch zu entledigen. »Was dich betrifft, Harriet, so empfinde ich sehr oft ähnlich.«

»Ich?« Ihre Augen wurden groß. »Aber ich nehme mir kaum einmal die Mühe, meine Gefühle zu verbergen.«

»Ist das so?« Er ging zum einzigen Stuhl des Raumes und warf seine Krawatte über die Rückenlehne, ehe er sich aus seiner Jacke schälte. »Es wird Sie vielleicht wundern, daß ich keine Ahnung habe, wie es um Ihre Gefühle für mich bestellt ist, Miß Pomeroy.« Er machte sich ans Aufknöpfen des Hemdes. »Ich weiß nicht, ob Sie mich amüsant, abscheulich oder entsetzlich langweilig finden.«

»Gideon, um Himmels willen ...«

»Das war die eigentliche Ursache für meine große Besorgnis, als ich erfuhr, daß man dich aus London hinausgeschafft hatte und nach Gretna Green bringen wollte.« Mit offenem, lose herunterhängendem Hemd setzte er sich auf die Bettkante und zog sich mühsam einen Stiefel aus. »Ich dachte mir, du hättest dich entschlossen, dir etwas Besseres zu sichern als einen anrüchigen und wenig umgänglichen Viscount.«

Harriet sah ihn lange an. »St. Justin, Sie sind gelegentlich unmöglich. Das stimmt. Und stur.«

»Und herrschsüchtig«, rief er ihr in Erinnerung.

»Eine sehr bedauerliche Neigung.«

Er zerrte sich den zweiten Stiefel vom Bein und ließ ihn auf den Boden poltern. »Ich weiß nicht viel von Fossilien oder Geologie oder Theorien über die Erdgeschichte.«

»Sehr richtig. Obwohl Sie einen sehr intelligenten Eindruck machen. Ich könnte mir vorstellen, daß Sie lernfähig sind.«

Gideon bedachte sie mit einem scharfen Blick, seiner Sache nicht sicher, ob sie ihn aufziehen wollte oder nicht. »Mein Gesicht oder meine Vergangenheit kann ich nicht ändern.«

»Ich kann mich nicht erinnern, daß ich Sie darum ersucht habe.«

»Harriet, verdammt nochmal... warum bist du gar so willig, mich zu heiraten?« fragte er rauh.

Sie legte nachdenklich den Kopf schräg. »Vermutlich weil wir viel gemeinsam haben.«

»Zum Teufel, Mädchen, das ist ja der Punkt«, schoß er zurück. »Wir haben nichts gemeinsam, abgesehen von der Tatsache, daß wir gemeinsam eine Nacht in einer Höhle verbrachten.«

»Ich neige auch gelegentlich ein wenig zu Eigensinn«, meinte sie sinnend. »Du selbst nanntest mich bei unserer ersten Begegnung tyrannisch.«

Gideon ließ ein Knurren hören. »Das ist Tatsache, Miß Pomeroy, reine Tatsache.«

»Und ich neige dazu, mich von fossilen Zähnen und Knochen so hinreißen zu lassen, daß es an Ungezogenheit, nein, an Unhöflichkeit grenzt, wie man mir oft zu verstehen gibt.«

»Deine Begeisterung für Fossilien stört eigentlich gar nicht«, stellte Gideon großmütig fest.

»Danke, Sir. So wie Sie muß auch ich sagen, daß ich Gesicht oder Vergangenheit nicht ändern kann«, fuhr Harriet fort, als stellte sie eine Liste leicht beschädigter Sachen auf, die sie verhökern wollte.

Gideon erschrak. »An deinem Gesicht oder deiner Vergangenheit ist alles in Ordnung.«

»Im Gegenteil. Man kommt um die Tatsache nicht herum, daß ich keine große Schönheit bin wie meine Schwester, ebenso wie man um mein Alter nicht herumkommt. Ich bin fast fünfundzwanzig, also nicht eben ein sanftmütiges, fügsames Mädchen, das erst vor kurzem die Schule verlassen hat.«

Gideon sah, daß die Andeutung eines Lächelns ihren weichen Mund umspielte. Er spürte, wie sich tief in seinem Inneren etwas entkrampfte. »Es wäre zweifellos einfacher, ein hirnloses Gänschen zu dressieren, das nie selbständig zu denken gelernt hat. Aber da ich selbst kein grüner Junge mehr bin, darf ich mich über dein vorgerücktes Alter nicht beklagen.«

Harriet lächelte schalkhaft. »Sehr großmütig, Mylord.«

Gideon starrte sie an. Er spürte, wie Begehren sein Blut erhitzte. Das wird eine lange Nacht, dachte er. »Etwas gibt es noch, das ich klären möchte.«

»Und das wäre, Mylord?«

»Du bist die schönste Frau, der ich je begegnet bin«, flüsterte er mit belegter Stimme.

Harriet blieb vor Staunen der Mund offen. »Was für ein Unsinn. Gideon, wie kannst du nur so etwas sagen?«

Er zog die Schultern hoch. »Es ist die reine Wahrheit.«

»O Gideon.« Harriet zwinkerte verlegen. Ihre Lippen bebten.

»O Gideon.«

Sie flog durch den kleinen Raum und warf sich ihm in die Arme.

Angenehm überrascht von ihrer unerwarteten Reaktion

ließ Gideon sich rücklings aufs Bett fallen, umfing Harriet mit beiden Armen und zog sie an seine Brust.

»Du bist der attraktivste, schönste, großartigste Mann, dem ich je begegnet bin«, murmelte sie scheu an seinem Hals.

»Ich sehe nun, daß wir zusätzlich zu deinen anderen kleinen Gebrechen die Kurzsichtigkeit zählen müssen.« Gideon faßte in ihr dichtes Haar. »In unserer Situation aber kann es ein sehr nützlicher Makel sein.«

»Du mußt ebenso an Kurzsichtigkeit leiden, wenn du mich schön findest«, kicherte Harriet. »Da haben wir's wieder... Fehler, die sich gut zusammenfügen. Offenbar passen wir ideal zusammen.«

»Offenbar.« Gideon umfaßte ihr Gesicht mit beiden Händen und zog ihren Mund auf seinen.

Sie erwiderte den Kuß mit süßem, ungezügeltem Drängen, das sein Blut in Wallung brachte. Durch den Stoff von Kleid und Pelerine spürte er die unglaubliche Weichheit ihrer Brüste. Seine Finger griffen fester in ihr Haar.

»Gideon?« Harriet hob den Kopf ein Stück, um ihn mit sinnendem Blick anzusehen.

»O Gott, wie ich dich begehre.« Er sah sie forschend an, auf der Suche nach einem Zeichen, das ihm sagen würde, er brauche sich am Abend vor der Hochzeit nicht wie ein Gentleman zu benehmen. »Du weißt gar nicht, wie sehr.«

Ihre Wimpern senkten sich. Gideon sah, wie ihr die Röte in die Wangen stieg. »Ich begehre dich auch. Oft habe ich von der Nacht geträumt, die wir gemeinsam verbrachten.«

»Und wenn wir morgen heiraten, werden wir jede Nacht zusammen verbringen«, gelobte er.

»Gideon«, hauchte sie, »ich weiß, daß unsere Ehe sich auf Notwendigkeit gründet. Du hast das Gefühl, du müßtest dich mir gegenüber anständig verhalten. Aber ich frage mich...«

»Was fragst du dich?« Ihre Einschätzung der Lage behagte ihm nicht, doch wußte er nicht, was er ihren Folgerungen hätte entgegensetzen sollen. Sie hatte ja recht. Er hatte um sie angehalten, weil sie von ihm kompromittiert worden war.

»Glaubst du, es könnte je der Zeitpunkt kommen, daß du dich in mich verliebst?«

Gideon erstarrte. Dann schloß er die Augen vor der Hoffnung, die er in den Tiefen ihrer türkisblauen Augen las. »Harriet, ich möchte, daß zwischen uns ausschließlich Aufrichtigkeit herrscht.«

»Ja, Mylord?«

Er öffnete die Augen unter dem Gefühl eines Schmerzes tief in seinem Inneren. »Vor sechs Jahren habe ich alles vergessen, was ich von Liebe wußte. Dieser Teil meines Wesens existiert nicht mehr. Aber ich gebe dir mein feierliches Ehrenwort, daß ich dir ein guter Ehemann sein werde. Ich werde dich umhegen und mit meinem Leben beschützen. Es wird dir an nichts fehlen, wenn es in meiner Macht steht, es dir zu verschaffen. Ich werde dir treu sein.«

In Harriets Augen zeigte sich ein feuchter Schimmer, den sie hastig wegzwinkerte. Ihr Mund erbebte in einem scheuen Lächeln fraulicher Einladung. »Nun, Mylord, da wir uns schon gründlich kompromittiert haben, sehe ich nicht ein, weshalb wir das Unvermeidliche um eine Nacht aufschieben sollen. Mir gegenüber brauchen Sie Ihre ehrenhaften Absichten beileibe nicht unter Beweis stellen.«

Gideons Körper wurde hart vor Begehren. Die lockende Aufforderung in Harriets Augen raubte ihm fast den Atem. »Das Unvermeidliche?« fragte er heiser. »Nennst du es so? Siehst du es so, wenn wir uns lieben? Als unvermeidliche Pflicht?«

»Es war nicht unangenehm«, beeilte sie sich ihm zu versichern. »Ich wollte dich nicht kränken. In gewisser Weise war es sogar sehr aufregend. Es hatte ganz entschieden seine Höhepunkte.«

»Danke«, murmelte Gideon trocken. »Ich gab mir Mühe.«

»Das weiß ich. Ich glaube, man muß wegen des unbequemen Lagers Abstriche machen. Ich kann mir nicht denken, daß felsiger Untergrund der Liebe bekommt.«

»Nein.«

»Und dann kommt noch deine Größe hinzu«, fuhr Harriet fort. »Du bist ein sehr großgeratener Mann.« Sie räusperte sich diskret. »Sämtliche Körperteile sind entsprechend dimensioniert. So wie bei meinen fossilen Entdeckungen, wenn du weißt, was ich meine. Wußtest du, daß man anhand eines Zahnes oft auf Länge und Größe eines Tieres schließen kann?«

Gideon stöhnte auf. »Harriet ...«

»Ja, nun, eine große Überraschung war es also nicht«, beruhigte sie ihn. »Schließlich besitze ich große Erfahrung im Abschätzen der Größe und Form eines Lebewesens aufgrund eingehenden Studiums einer Handvoll in Gestein abgelagerter Knochen und Zähne. Du, Gideon, warst so, wie erwartet. Proportional gesprochen.«

»Ich verstehe«, brachte Gideon halberstickt hervor.

»Angesichts dessen ist es rückblickend erstaunlich, daß wir die Sache beim ersten Mal so gut geschafft haben. Ich hege berechtigte Hoffnung, daß es in Zukunft ganz glatt gehen wird.«

»Genug, Harriet.« Gideon legte ihr sanft, aber bestimmt seine Hand auf den Mund. »Mehr halte ich nicht aus. Aber in einem hast du recht. Es wird in Zukunft viel glatter gehen.«

Ihre Augen wurden groß, als er sie auf den Rücken drehte. Und als er sich daranmachte, den Verschluß ihrer Pelerine zu öffnen, legte sie ihm die Arme um den Hals.

Gideon stöhnte abermals auf und nahm seine Hand von ihrem Mund. Er küßte sie tief, von heißem Verlangen getrieben, das ihn zu überwältigen drohte. Noch nie hatte er eine Frau so gebraucht, wie er Harriet brauchte.

Aber heute nahm er sich vor, sein Begehren zu zügeln, bis Harriet die Gewalt ihrer eigenen Leidenschaft kennengelernt hatte. Sie hatte sich ihm als Geschenk gegeben, und er war entschlossen, es ihr auf die einzig mögliche Weise zu lohnen.

Er schaffte es, Pelerine und Kleid auszuziehen, während sie unter ihm auf dem Bett lag. Als sie nur mehr mit Hemd und Strümpfen bekleidet war, zog er sie sanft hoch und stellte sie aufrecht hin. Dann streckte er die Hand aus und schlug die Überdecke vom Bett.

Gott sei Dank, das Bettzeug sieht einigermaßen sauber aus, dachte Gideon erleichtert. In ländlichen Herbergen war dies nicht immer gewährleistet. Der Gedanke, seine süße Harriet in einem verwanzten Bett nehmen zu müssen, war ihm unerträglich. Schlimm genug, daß sie sich beim ersten Mal auf dem harten Höhlenboden geliebt hatten. Harriet verdiente das Beste.

Nicht, daß es sie zu kümmern schien, wie er bemerkte. Sie sah mit verträumtem Blick und leicht geöffneten Lippen zu ihm auf. Wenn sie lächelte, sah er den kecken, ein wenig schrägstehenden Zahn. Daß ihre rosigen Brustspitzen durch das feine Gewebe ihres Hemdes schimmerten, schien ihr nichts auszumachen.

Gideon merkte, wie gut er sich fühlte, wenn er mit Harriet beisammen war. Sie brachte es fertig, daß er sich heroisch, edel und stolz vorkam. Ihr Glaube an ihn war nicht zu erschüttern. Nun erst begriff er, daß das, was er in Harriet gefunden hatte, alles wettmachte, was er in den Augen seines Vaters und der Gesellschaft vor sechs Jahren verloren hatte.

Harriet glaubte an ihn. Das war genug.

»Du bist so anziehend«, flüsterte Gideon. Er umfaßte ihre Taille und hob sie zu sich, um ihre Brüste zu küssen, bis das zarte Material ihres Hemdes feucht und durchscheinend geworden war.

Harriet umklammerte ihn, ihr Kopf sank zurück. Sie

stöhnte leise auf, als er eine Brustwarze in den Mund nahm und sanft zubiß. »O Gideon.«

»Gefällt es dir, Kleines?«

»Ja, o ja. Es gefällt mir sehr gut.« Ihre Finger lagen gespreizt auf seinen Schultern. Sie erbebte, als er die andere Brustspitze zwischen die Zähne nahm.

Gideon stellte sie vorsichtig hin. Ihre Arme blieben um seinen Nacken. Er griff nach ihrem Hemd und zog es ihr über den Kopf. Dann kniete er nieder, um ihre Strumpfbänder zu lösen und ihre Strümpfe herunterzustreifen. Er spürte, wie sie unter seiner intimen Berührung erbebte.

Er erhob sich und sah sehnsüchtig auf ihren süß gerundeten Körper hinunter. Die Umrisse ihrer vollen Gesäßbacken und ihrer anmutigen Rückenlinie wurden vom Feuerschein nachgezeichnet. Vorsichtig drang er mit den Fingern durch das dunkle gelockte Haardreieck. Er spürte, wie sie erschauerte.

Gideon schob einen Schenkel zwischen ihre Beine und öffnete sie. Er küßte sie, als seine Finger tiefer glitten, durch die dichten Löckchen, bis sie die weiche Blume, die Hüterin ihrer Geheimnisse, fanden. Mit langsamen Streichelbewegungen teilte er die Blütenblätter.

Harriet murmelte leise und drängend seinen Namen und schob sein geöffnetes Hemd beiseite. Sie küßte seine Brust. Ihr Mund fühlte sich auf seiner straffen Haut an wie ein Falter. Ihre Fingerspitzen glitten über seine Schultern und schoben sein Hemd beiseite, so daß sie noch mehr Küsse auf sein vom Feuer erwärmtes Fleisch regnen lassen konnte.

Sie geht mit mir so sorgsam um wie mit ihren kostbaren Fossilien, dachte er halb amüsiert und von dem Erleben völlig gebannt. Er hatte nie eine Frau gehabt, die ihn berührte wie eine seltene und zerbrechliche Kostbarkeit.

»Harriet, ich schwöre dir, du weißt nicht, was du mit mir machst.«

»Ich berühre dich zu gern.« In ihren Augen lag Staunen, als sie den Kopf hob und zu ihm aufblickte. »Du bist unglaublich. So stark und mächtig und anmutig.«

»Anmutig?« Sein Lachen klang erstickt. »Als anmutig hat mich noch niemand bezeichnet.«

»Aber du bist es. Du bewegst dich wie ein Löwe. Dir zuzusehen ist schön.«

»Harriet, du mußt wirklich kurzsichtig sein, aber ich werde mich hüten, mich darüber zu beklagen.« Sein Mund fand wieder ihre Lippen. Als er seine Finger aus ihr herauszog, waren sie feucht von ihr, und der Duft ihrer Erregung stieg ihm zu Kopf. Seine erigierte Männlichkeit pulsierte.

Gideon hob Harriet hoch und legte sie aufs Bett. Sie lag da und sah ihm zu, wie er sich ganz auszog, sich kurz umdrehte und Breeches und Hemd über den Stuhl warf. Als er sich wieder umdrehte, sah er, daß sie fasziniert seinen erregten Körper ansah.

»Berühre mich.« Er ließ sich neben Harriet aufs Bett nieder. »Ich möchte deine Hände auf mir spüren, meine Süße. Du hast so weiche, sanfte Hände.«

Sie tat, wie ihr geheißen, und ließ ihre Finger über ihn gleiten, zögernd zunächst, dann mit wachsendem Vertrauen. Sie erkundete die Umrisse seiner Brust, und dann glitt ihre Hand zu seinem Schenkel. Dort hielt sie inne.

»Willst du mich hier berühren?« Er brachte die Worte kaum heraus. Begehren durchtobte ihn, erstickte ihn, erfüllte ihn, versengte ihn.

»Ich möchte dich berühren, wie du mich berührst.« Ihre Augen leuchteten. »Du bist so schön, Gideon.«

»Schön.« Er ließ ein Ächzen folgen. »Das wohl kaum, meine Süße.«

»Deine männliche Schönheit ist die Schönheit der Macht und Stärke«, flüsterte Harriet.

»Ich weiß nichts von der männlichen Schönheit, von der

du sprichst«, murmelte er. »Aber ich hätte gern, wenn du jenen Teil berührst, der bald in dir sein wird.«

Er spürte, wie ihre Finger sachte über die Länge seines erigierten Gliedes glitten. Leicht und zart tanzten sie dahin, Form und Beschaffenheit erfassend. Das war fast zuviel. Gideon schloß die Augen und nahm seine ganze Selbstbeherrschung zusammen.

»Genug, Kleines.« Er faßte nach ihrer Hand und schob sie bedauernd beiseite. »Diese Nacht gehört dir.«

Er legte sie hin und drängte sein Bein zwischen ihre schlanken Schenkel. Dann fing er an, sie zu streicheln und die kleine, empfindliche Knospe weiblichen Begehrens zu suchen.

Als er sie fand, schnappte sie nach Luft und bäumte sich auf. »Gideon, bitte. Ja, bitte.«

Er hob den Kopf, um ihr Gesicht zu beobachten, während er nicht aufhörte, sie mit den Fingern zu streicheln. Wie schön sie in ihrer Leidenschaft ist, dachte er. Zu sehen, wie sie sich in seinen Armen vor Wonne wand, erfüllte ihn mit banger Scheu.

Er nahm sich Zeit, hielt sich zurück, während er langsam und sicher Feuer in ihr entfachte. Und ihre Reaktion hätte nicht heftiger sein können. Er konnte sein Glück nicht fassen. *Sie begehrte ihn.*

Sie hielt ihn für schön.

Gideon küßte ihre Kehle und ihre Brüste. Harriet klammerte sich an ihn und versuchte, ihn näher an sich zu ziehen. Sie begriff nicht, als er eine Reihe heißer Küsse über ihren Leib regnen ließ. Sie faßte in sein Haar, um ihn näher zu sich zu ziehen.

Aber Gideon hatte ein anderes Ziel im Auge. Er widerstand der süßen Versuchung, sich jetzt schon in sie zu versenken. Statt dessen schob er ihre Beine noch weiter auseinander und ließ seinen Mund an die Stelle seiner feuchten Finger treten.

Harriet schrie verhalten auf. Ihr ganzer Körper verkrampfte sich und wölbte sich ihm entgegen.

»Gideon, was machst du mit mir?« flüsterte sie und verfiel in unbeherrschte Zuckungen. Gideon wußte, daß sie den Höhepunkt erreicht hatte. Nun wartete er nicht länger und drang langsam und tief in sie ein, während noch winzige Konvulsionen sie erschütterten. Ihre weiche, feuchte Scheide leistete dem Eindringen seines Körpers momentan Widerstand, um sich dann eng um ihn zu schließen und ihn einzuhüllen.

In diesem Moment in sie einzudringen gehörte zum Köstlichsten, was Gideon je erlebt hatte. Sie war so eng, so heiß, so weich wie damals in der Höhle, aber nun hatte er die Genugtuung, daß sie ihren eigenen Höhepunkt schon erreicht hatte. Falls er ihr diesmal Unbehagen bereitet hatte, so schien sie es nicht zu merken.

»Harriet. O Gott, Harriet. *Ja.*« Er unterdrückte nur mit Mühe einen Triumphschrei. Ihre Finger gruben sich in sein Haar, und ihre Knie hoben sich, damit sie sich ihm noch weiter öffnen konnte.

Gideon verlor sich noch einmal in ihrer Glut, und es war ein Gefühl, das sein Fassungsvermögen überstieg. Sie war sein. Er war Teil von ihr. Nichts auf der Welt zählte daneben. Nicht einmal seine verlorene Ehre.

Das Feuer im Kamin war zu einer orangefarbenen Glut heruntergebrannt, als Gideon sich aus einem leichten Schlaf aufraffte. Er spürte Harriets Fuß an seinem Bein entlanggleiten und wußte nun, was ihn geweckt hatte.

»Ich habe darüber nachgedacht, was sich heute abend zugetragen hat«, murmelte Harriet.

Er grinste. Zum ersten Mal seit Jahren war ihm leicht ums Herz. »Aber Miß Pomeroy, wer hätte gedacht, daß Sie einen so lasziven Verstand haben? Welche sündigen Gedanken sind

Ihnen durch den Kopf gegangen? Beschreiben Sie sie mir in allen Einzelheiten.«

Sie versetzte ihm einen Rippenstoß. »Ich spreche von dem, was passierte, als du Lady Youngstreets Kutsche aufgehalten hast.«

Gideons Lächeln erlosch. »Was ist damit?«

»Gideon, du sollst mir versprechen, daß du Applegate keine Forderung schickst.«

»Kümmere dich nicht darum, Harriet.« Er küßte eine warme, weiche Brust.

Sie stützte sich auf einen Ellbogen und beugte sich über ihn. Ihre Miene war sehr eindringlich. »Es ist mir ernst, Mylord. Ich will dein Wort.«

»Es geht dich nichts an.« Lächelnd legte er die Hand auf ihren sanft gerundeten Bauch. Er stellte sich vor, wie vielleicht jetzt schon sein Samen in ihr wuchs. Die Vorstellung ließ ihn von neuem hart vor Erregung werden.

»Es geht mich etwas an«, beharrte sie. »Ich lasse nicht zu, daß du den armen Applegate zum Duell forderst, nur weil er und die anderen heute mit mir durchgegangen sind.«

»Um Himmels willen, Harriet. Man hat dich entführt.«

»Unsinn. Es gab keine Lösegeldforderung.«

»Das spielt keine Rolle. Applegate wollte dich entführen, und ich rechne mit ihm ab. Das ist alles.«

»Nein, das ist nicht alles. Du wirst ihn nicht erschießen, Gideon, hörst du?«

Gideon wurde ungeduldig. Sein Schaft war bereits steif vor neuer Begierde. »Ich werde ihn nicht töten, falls du dich deshalb sorgst. Ich möchte ja nicht außer Landes gehen müssen.«

»Außer Landes«, wiederholte sie entsetzt. »Kommt es dazu, wenn man jemanden im Duell tötet?«

»Obwohl die Behörden gewisse Aspekte des Duellrituals

geflissentlich übersehen, können sie nicht einfach darüber hinwegsehen, wenn man seinen Gegner tötet.« Gideon verzog das Gesicht. »Mag dieser es auch noch so verdient haben.«

Harriet setzte sich kerzengerade im Bett auf. »Das reicht jetzt. Ich werde nicht dulden, daß du ein solches Risiko eingehst.«

Er legte seine Hand auf ihr Bein. »Du willst also nicht, daß ich verbannt werde?«

»Natürlich nicht«, sagte sie leise.

»Harriet, du übertreibst in dieser Sache. Ich habe dir mein Wort gegeben, daß ich Applegate nicht töten werde. Aber du mußt auch verstehen, daß ich sein Vorgehen nicht ungesühnt hinnehmen kann. Wenn erst einmal herumgeklatscht wird, daß ich jemandem ein solches Spiel durchgehen ließ, ist es sehr wahrscheinlich, daß ein anderer etwas Ähnliches versucht. Oder gar Schlimmeres.«

»Unsinn. Ich werde kaum mit einem Wildfremden eine Kutsche besteigen.« Harriet stand auf und griff nach ihrem Hemd.

»Es muß ja kein Wildfremder sein, der dich auffordert, mit ihm in die nächste wartende Kutsche zu steigen«, sagte Gideon leise, wobei er sie aufmerksam ansah. »Es könnte jemand sein, den du kennst. Jemand, dem du vertraust.«

»Unmöglich. Ich werde auf der Hut sein.« Harriet fing an, vor dem niedergebrannten Feuer auf und ab zu gehen. Der Glutschein schimmerte durch den Stoff des Hemdes und zeichnete die Rundungen ihrer Brüste und Schenkel nach. »Gideon, bitte versprich mir, daß du dich mit Applegate nicht schlagen wirst.«

»Du gehst zu weit, wenn du mich bittest, davon Abstand zu nehmen. Sprich jetzt nicht mehr davon.«

Weiter auf und ab gehend, funkelte sie ihn zornig an. »Du kannst nicht erwarten, daß ich nicht mehr davon spreche.«

»Warum nicht?« Sein Blick blieb an der verlockenden Kurve ihrer Kehrseite hängen. Er konnte sich nicht vorstellen, von dieser Frau jemals genug zu bekommen.

»Mylord, ich nehme diese Sache zu ernst«, erklärte sie. »Und ich werde ein meinetwegen ausgetragenes Duell nicht dulden. Es ist auch völlig unnötig, da nichts passiert ist und Lord Applegate mir keinen Schaden zufügen wollte. In gewisser Weise versuchten er und die anderen sogar, mich zu beschützen.«

»Harriet, verdammt nochmal.«

»Überdies gilt sein Interesse vor allem dem Studium der Geologie und Fossilienkunde. Ich möchte wetten, daß er keine Ahnung vom Duellieren hat.«

»Das ist nicht mein Problem.«

»Ihn zu erschießen ist sinnlos.«

»Ich habe schon erklärt, welchen Sinn es hat.«

Sie umschlich ihn wie eine kleine Tigerin. »Gideon, du mußt mir jetzt, noch in dieser Nacht, versprechen, daß du ihn nicht fordern wirst.«

»Meine Süße, dieses Versprechen gebe ich dir nicht. Und jetzt komm wieder ins Bett und hör auf, dir den Kopf über etwas zu zerbrechen, das dich nichts angeht.«

Sie trat ans Bettende und verschränkte die Arme vor der Brust. So stand sie da, sehr aufrecht und sehr entschlossen.

»Wenn Sie mir nicht Ihr Ehrenwort geben, Sir«, sagte sie, »dann willige ich morgen nicht in die Eheschließung ein.«

Gideon sog heftig die Luft ein. »Applegate bedeutet dir also so viel?« stieß er heiser hervor.

»Applegate bedeutet mir gar nichts«, tobte sie. »Du bist es, der mir etwas bedeutet. Begreifst du das nicht, du eigensinniger Mensch? Ich will nicht, daß du wegen eines Zwischenfalls, der nicht mehr war als eine unvorhergesehene Landpartie, noch mehr Klatsch und womöglich dein Leben riskierst.«

Gideon warf die Decke beiseite und sprang aus dem Bett. Die Hände in die Hüften gestützt, so kam er auf sie zu, aber Harriet wich kein Stückchen zurück. Es stand zu vermuten, daß sie die einzige Frau auf der ganzen Welt war, die keine Furcht vor ihm hatte.

»Du wagst es, mir zu drohen?« Er fragte es ganz leise.

»Ja, ich wage es. Wenn du dich in dieser Sache so lächerlich eigensinnig zeigst, muß ich zu Drohungen greifen.« Ihre Miene wurde sofort wieder weicher. »Gideon, hör auf und sei vernünftig.«

»Ich bin vernünftig«, brüllte er. »Sogar sehr vernünftig. Ich bin bemüht, Zwischenfälle wie den heutigen zu verhindern.«

»Deswegen mußt du dich nicht mit Applegate schlagen. Er ist doch nur ein junger Mann, der sich als Ritter aufspielt. Ist das denn so unverständlich und unverzeihlich?«

»Verdammt, Harriet.« Von ihrer Logik frustriert, fuhr er sich mit den Fingern durchs Haar. Natürlich war ihm klar, daß der junge Applegate keine große Bedrohung darstellte. Es ging ihm ums Prinzip.

»Kannst du von dir behaupten, daß du in diesem Alter nie den edlen Ritter spielen wolltest?«

Wieder stieß Gideon eine Verwünschung aus, diesmal noch heftiger, weil er wußte, daß er bei dieser Auseinandersetzung den kürzeren ziehen würde. Sie hatte recht. Natürlich war er in Applegates Alter in diese Rolle geschlüpft wie die meisten jungen Männer.

Und daß Harriet in den Jungen nicht verliebt war, stand für ihn fest, so daß es in dieser Richtung kein Problem gab.

Nun, vielleicht konnte man diesen Zwischenfall ungesühnt übergehen. Gideon merkte, daß er keine Lust hatte, die Sache weiter zu verfolgen. Seine Aufmerksamkeit wurde durch die vom Feuer nachgezeichneten Umrisse von Harriets reizvollem Körper total in Anspruch genommen. Er lechzte nach ihr. Sein Schaft war steif. Sein Blut war in Aufruhr. Und sie war in ihrer Leidenschaft so hingebungsvoll.

Vielleicht gab es wichtigere Dinge, als Applegate eine Lektion zu erteilen.

»Also gut«, gab er schließlich von sich.

»Gideon.« Ihre Augen glänzten.

»Meinetwegen setzt du diesmal deinen Kopf durch. Aber eines laß dir gesagt sein: Daß Applegate so billig davonkommt, schmeckt mir gar nicht. Aber vielleicht ist der angerichtete Schaden nicht so groß, wie ich zuerst dachte.«

Harriets Lächeln strahlte heller als die Glut im Kamin. »Danke, Gideon.«

»Du kannst es als Hochzeitsgeschenk betrachten«, kündigte er an.

»Sehr wohl, Mylord. Es ist Ihr Hochzeitsgeschenk an mich. Ich will es so sehen.«

Da trat er vor sie hin, umfaßte ihre Taille und hob sie hoch in die Luft. »Und was ist dein Geschenk an mich?« fragte er mit vielsagendem Lächeln.

»Was Sie wünschen, Mylord.« Sie stützte sich auf seinen Schultern auf und lachte, als er sie im Kreis herumwirbelte. »Sie müssen Ihre Wünsche nur äußern.«

Gideon trug sie zum Bett. »Ich habe die Absicht, den Rest der Nacht genau das zu tun, nämlich jeden meiner Wünsche zu äußern. Und du wirst sie alle erfüllen.«

13

Der Earl of Hardcastle war offensichtlich nicht allzu erfreut, seine Schwiegertochter so überraschend präsentiert zu bekommen.

Die Countess of Hardcastle hingegen gab sich Mühe, die Form zu wahren, doch war es offenkundig, daß auch sie von der Ankündigung, ihr Sohn habe überraschend geheiratet, nicht entzückt war. Zu ihrer mangelnden Begeisterung mochte der Umstand beitragen, daß Gideon eine Verbindung mit einem völlig unbekannten weiblichen Wesen aus Upper Biddleton eingegangen war.

Gideon freilich war sichtlich gewillt, das Feuerwerk zu genießen, das er ausgelöst hatte, indem er mit seiner frischgebackenen jungen Frau auf der Schwelle des Elternhauses erschien.

Es war nicht der schönste Empfang, den man einer jungen Braut bereiten konnte. Aber Harriet tröstete sich mit der Erkenntnis, daß es auch nicht der schlimmste war.

Trotz ihrer tapferen Haltung war aber nicht zu leugnen, daß das Dinner in gespannter Atmosphäre verlief, mit dem steif an einem Ende der langen Tafel sitzenden Earl, während seine Lady am anderen Ende thronte.

Gideon saß sprungbereit wie eine große Raubkatze Harriet gegenüber. In seinen Augen funkelte wachsame Belustigung, die schlagartig in kalten Zorn umschlagen konnte, wie sie inzwischen wußte.

»Harriet, du warst in letzter Zeit in London?« fragte Lady Hardcastle in gedämpftem Ton.

»Ja, Madam.« Harriet nahm sich eine kleine Portion Zunge in roter Johannisbeersoße, die ein Diener ihr reichte. Zunge war eines ihrer Leibgerichte. »Meine Tante hat mich mitgenommen, damit ich mir gesellschaftlichen Schliff aneigne. Sie hat mich überzeugt, daß ich es nötig hätte, damit ich mich nicht blamiere, wenn ich Viscountess werde.«

»Ich verstehe«, entgegnete Lady Hardcastle. »Und hast du ihn bekommen? Den Schliff, meine ich?«

»Nun, eigentlich nicht«, gestand Harriet, die sich von den Kartoffeln bediente. Wie hungrig sie war, merkte sie jetzt erst richtig, aber es lag auch ein sehr bewegter Tag hinter ihr, mit einer Trauung und der langen Fahrt nach Hardcastle House.

»Zumindest keinen gründlichen Schliff. Aber inzwischen bin ich der Auffassung, daß es nicht viel Sinn hat, wenn ich ihn mir aneigne, denn St. Justin fehlt er ebenso.«

Lady Hardcastle zuckte zusammen und warf dem am anderen Ende der Tafel sitzenden Earl, der etwas in seinen Bart brummte, einen unsicheren Blick zu.

Gideon ließ ein Lächeln aufblitzen, als er zu seinem Weinglas griff. »Ich bin zerknirscht, holdes Eheweib, daß du von meinen gesellschaftlichen Qualitäten so wenig hältst.«

Harriet sah ihn unwillig an. »Es stimmt aber. Du mußt zugeben, daß du nichts lieber tust, als in Gesellschaft wegen jeder Kleinigkeit Streit anzufangen. Glaube ja nicht, ich hätte die lächerliche Sache vergessen, deretwegen du den armen Applegate zum Duell fordern wolltest.«

Der Earl sah mit strengem Blick auf. »Was soll das ... eine Forderung?«

Lady Hardcastle vollführte eine flattrige Handbewegung. »Du lieber Himmel, du hast doch nicht etwa mit Applegate einen Streit vom Zaun gebrochen, Gideon?«

Gideon machte ein gelangweiltes Gesicht, doch in seinen Augen blitzte es auf, als er Harriet einen Blick zuwarf. »Applegate hat damit angefangen.«

»Wie, zum Teufel, hat der junge Applegate es geschafft, etwas anzufangen, das zu einer Forderung führt?« begehrte der Earl auf.

»Er hat Harriet entführt. Wollte sie nach Gretna Green schaffen. Ich habe sie gestern auf der Überlandstraße gestellt«, erklärte Gideon ohne Umschweife.

Es folgte betroffenes Schweigen.

»Er hat sie entführt? Allmächtiger!« Lady Hardcastles Blick flitzte zwischen Gideon und Harriet hin und her. »Ich kann es nicht glauben.«

»Auch gut«, meinte Harriet lächelnd. »Weil es mit Sicherheit keine Entführung war. Aber St. Justin wollte in seinem

Eigensinn einfach nicht begreifen, daß es sich nur um ein Mißverständnis handelte. Es besteht jetzt kein Grund zur Aufregung mehr. Alles ist vorbei und ausgestanden. Es wird keine Begegnung im Morgengrauen geben. So ist es doch, Mylord?«

Gideon zog lässig die Schultern hoch. »Du sagst es. Ich habe mich einverstanden erklärt, Applegate nicht zu fordern.«

»Das alles ist ziemlich verwirrend«, beklagte sich Lady Hardcastle.

Harriet nickte energisch. »Ja, ich weiß. Um St. Justin gibt es oft Verwirrung. Aber das ist seine eigene Schuld, finde ich. Er macht sich nicht die Mühe, die Menschen aufzuklären. Völlig verständlich.«

Der Earl warf ihr einen angriffslustigen Blick zu. »Was soll das heißen, völlig verständlich? Warum, zum Henker, erklärt er sich nicht?«

Harriet nahm einen Bissen Kartoffel und wartete, bis sie ihn geschluckt hatte, ehe sie zur Antwort gab: »Ich glaube, er hat es satt, daß alle das Schlimmste von ihm glauben, und ist entschlossen, ihnen tatsächlich Grund dazu zu liefern. Das ist eine bizarre Auffassung von Amüsement.«

Gideon lächelte andeutungsweise und schnitt ein Stück vom Hasenbraten ab.

»Das ist doch lächerlich«, flüsterte Lady Hardcastle, die ihrem Sohn einen prüfenden Blick zuwarf.

Harriet nippte an ihrem Weinglas. »Nein, eigentlich nicht lächerlich. Man kann verstehen, wie es ihm zur Gewohnheit werden konnte. Er ist sehr stur. Und sehr verschwiegen, was seine Pläne betrifft. Das erschwert zuweilen die Dinge.«

»Charmant, Madam.« Gideon verbeugte sich spöttisch. »Ach, wie glücklich die Anfänge einer Ehe sind, da die Frischangetraute in ihrem Mann nur die besten Eigenschaften sieht. Man fragt sich, in welchem Licht du mich in einem Jahr sehen wirst.«

Der Earl schenkte Gideon keine Beachtung. Dafür fixierte er Harriet mit scharfem Blick. »Man sagte mir, daß deine Verlobung mit meinem Sohn unter ziemlich ungewöhnlichen Umständen zustande kam. War auch dies ein beabsichtigtes Mißverständnis?«

»Hardcastle, also wirklich«, tadelte Lady Hardcastle ihren Mann. »Das ist kein Thema für ein Tischgespräch.«

Harriet tat die Besorgnis ihrer Gastgeberin mit einer lockeren Handbewegung ab. »Keine Angst, ich scheue mich nicht, über die Umstände meiner Verlobung zu sprechen. Es war eine unglückliche, durch mein Verschulden ausgelöste Kette von Ereignissen. Es endete damit, daß ich hoffnungslos kompromittiert war und der arme Gideon eine Heirat als einzige ehrenwerte Alternative sah. Aber wir sind entschlossen, das Beste daraus zu machen, so ist es doch, Mylord?« Sie lächelte Gideon aufmunternd zu.

»Ja«, sagte Gideon darauf. »Das ist unsere Absicht. Und ich muß sagen, das Beste ist nicht halb so schlimm. Zumindest nicht im Moment. Ich habe das sichere Gefühl, Harriet wird sich nach einer gewissen Zeit gut ins Eheleben fügen.«

»Ha«, gab Harriet zurück. »Du bist es, der sich fügen wird.«

Als Gideon daraufhin die Brauen hochzog, war es eine stillschweigende Herausforderung.

»Und was waren die Ereignisse, die zur Verlobung führten?« fragte der Earl in drohendem Ton.

»Also«, setzte Harriet an. »Gideon hat den Dieben, die ihre Beute in meinen Höhlen versteckten, eine Falle gestellt.«

»In den Hardcastle-Höhlen«, berichtigte Gideon trocken.

»Diebe?« fragte Lady Hardcastle entgeistert. »Was soll das nun wieder. Diebe?«

»Ja, was soll das?« Der Earl funkelte Gideon an. »Wieso weiß ich nichts von Dieben, wenn sie auf meinem Grund und Boden ihr Unwesen treiben?«

Gideon zog seine Schultern hoch, eine bezeichnende und wegwerfende Geste. »Du zeigst schon seit geraumer Zeit kein besonderes Interesse für die Vorgänge auf unseren Gütern. Deshalb sah ich keine Notwendigkeit, dich mit Einzelheiten zu behelligen.«

In den Augen des Alten blitzte Zorn auf. »Gideon, das war verflucht anmaßend von dir.«

»Genau das ist es.« Hardcastles scharfe Beobachtungsgabe regte Harriet zu einem beifälligen Nicken an. »Er neigt stark zur Anmaßung.«

»Berichtet mir alles von den Dieben«, donnerte Hardcastle, der sich anhörte wie sein Sohn, wenn er erbost war.

»Jetzt weiß ich, woher er die Anlage hat«, murmelte Harriet vor sich hin.

Gideon grinste. »Los, erzähl ihm die ganze Geschichte, meine Liebe.«

Harriet kam der Aufforderung willig nach. »Das war so ... in der Nacht, als die Falle zuschnappen sollte, wurde ich von einem Mitglied der Bande als Geisel genommen. Es war meine eigene Schuld, wie ich zugeben muß. Doch das Problem hätte vermieden werden können, hätte Gideon seine Pläne vorher mit mir besprochen, wie ich es eigentlich wollte.«

»Du liebes bißchen.« Lady Hardcastle war sichtlich betroffen. »Als Geisel?«

»Ja, Gideon ist heldenhaft in die Höhlen eingedrungen, um mich zu retten, und als er mich erreichte, hatte die Flut eingesetzt, und das Wasser stand bis in die unteren Bereiche der Höhlen.« Harriet blickte Hardcastle an, dessen Miene höchste Mißbilligung ausdrückte. »Ich nehme an, Sie kennen die Gezeiten in der Gegend um Upper Biddleton, Sir.«

»Ich kenne sie.« Hardcastles buschige Brauen bildeten einen waagerechten Strich. »Sie sind gefährlich, diese Höhlen.«

»Da gebe ich dir recht«, sagte Gideon leise. »Aber bislang ist es mir nicht geglückt, meine Frau davon zu überzeugen.«

»Unsinn«, fuhr Harriet ihn an. »Wenn man auf die Gezeiten achtet und seinen Weg im Inneren der Klippen markiert, dann sind sie nicht gefährlich. Aber wie ich schon sagte, gingen Gideon und ich an diesem Abend in die Falle und mußten die Nacht über in der Höhle bleiben. So kam es, daß er das Gefühl bekam, er müßte um mich anhalten.«

»Aha.« Lady Hardcastle griff mit unsicheren Fingern nach ihrem Weinglas.

»Ich habe alles versucht, es ihm auszureden«, sagte nun Harriet, die sich immer mehr hineinsteigerte. »Ich konnte nicht einsehen, weshalb ich in Upper Biddleton nicht auch mit angeknackstem Ruf hätte leben können, denn am Fossiliensammeln hätte mich das nicht weiter gehindert. Aber Gideon wollte sich von seinem Entschluß nicht abbringen lassen.«

Lady Hardcastle verschluckte sich und erstickte beinahe an einem Schluck Wein. Der Butler trat erschrocken vor, doch sie wehrte ab. »Schon gut, Hawkins.«

Der Blick des Earls war unverwandt auf Harriet gerichtet. »Du sammelst Fossilien?«

»Ja.« Harriet glaubte, in Hardcastles Blick einen Funken Interesse aufblitzen zu sehen. »Sie interessieren sich für Geologie, Sir?«

»Seinerzeit. Damals, als ich in Upper Biddleton lebte. Bin auf etliche höchst interessante Exemplare gestoßen.«

Harriets Neugierde erwachte schlagartig. »Haben Sie diese noch, Mylord?«

»Aber ja... sie sind irgendwo verstaut. Hab' sie seit Jahren nicht mehr angeschaut. Aber Hawkins oder die Haushälterin müßten sie finden. Möchtest du sie sehen?«

Harriet konnte vor Begeisterung nicht mehr an sich halten

und beschloß, dem Earl das Geheimnis ihres Zahnes zu offenbaren. Schließlich gehörte sie jetzt zur Familie. »Sir, ich wüßte nicht, was ich lieber täte. Ich selbst habe einen höchst interessanten Zahn entdeckt. Verstehen Sie etwas von Zähnen, Mylord?«

»Ein wenig.« Sein Blick wurde nachdenklich. »Um was für einen Zahn handelt es sich?«

»Um einen höchst ungewöhnlichen, den ich noch nicht einordnen konnte«, erklärte Harriet. »Er scheint dem Exemplar einer großen Eidechsenart zu gehören, doch wächst er nicht direkt aus dem Kieferknochen wie sonst bei Eidechsen, sondern ist in einen Sockel eingebettet. Er sieht so aus, als gehöre er einem Fleischfresser. Einem sehr großen dieser Gattung.«

»Sockel? Und groß?« Der Earl überlegte. »Ein Krokodil etwa?«

»Nein, Sir, ich bin sicher, daß es sich nicht um einen Krokodilszahn handelt. Trotzdem bin ich der Meinung, daß er einem Reptil gehört. Einem gigantischen Reptil.«

»Sehr interessant«, murmelte der Earl. »Wirklich sehr interessant. Wir müssen unbedingt meine Sammlung durchgehen und nachsehen, ob ich etwas habe, das eventuell Ähnlichkeiten aufweist. Hab' schon vergessen, was in den Kisten und Kartons ist.«

»Könnten wir gleich nach Tisch nachsehen, Mylord?« schlug Harriet spontan vor.

»Ich wüßte nicht, was dagegenspräche«, zeigte sich Hardcastle einverstanden.

»Danke, Sir.« Harriet raubte es den Atem. »Zufällig habe ich den Zahn bei mir. Er war in meinem Ridikül, als ich entführt wurde, besser gesagt, als meine Freunde mich zu einer kleinen Landpartie mitnahmen.«

Gideon sah seine Mutter mit einem spöttischen Blick an. »Und das ist das Ende jeder Konversation, es sei denn, Sie schreiten mit Gewalt ein, Madam. Wenn sich meine Frau in das Thema Fossilien stürzt, läßt sie sich nur schwer ablenken.«

Lady Hardcastle verstand den Wink mit dem Zaunpfahl. »Ich glaube, das Studium der Fossilien hat bis morgen Zeit«, äußerte sie mit Nachdruck.

Harriet bemühte sich, ihrer Enttäuschung Herr zu werden. »Natürlich, Madam.«

»Hawkins und die Haushälterin werden eine Weile benötigen, um die Kisten zu finden, in denen die Funde Seiner Lordschaft aufbewahrt sind«, setzte die Dame des Hauses tröstend hinzu. »Man kann ihnen nicht zumuten, zu dieser späten Stunde mit der Suche anzufangen.«

»Nein, da haben Sie recht«, pflichtete Harriet ihr bei, aber insgeheim sah sie nicht ein, weshalb man das Personal nicht auf die Suche nach den alten Fossilienkisten schicken konnte. So spät war es auch wieder nicht.

»Und jetzt mußt du uns alles von der Londoner Saison berichten, Harriet«, sagte Lady Hardcastle einschmeichelnd. »Ich war seit Jahren nicht mehr dabei. Nicht seit...« Sie unterbrach sich. »Nun ja, es ist schon eine Weile her.«

Harriet versuchte, die Konversation wieder aufzunehmen, was ihr nicht leichtfiel, da sie sich viel lieber mit dem Earl über Fossilien unterhalten hätte. »Die Saison ist wohl sehr aufregend, wenn man sein Vergnügen an diesen Dingen hat. Meine Schwester amüsiert sich jedenfalls königlich. Sie möchte nächstes Jahr wieder in London sein.«

»Und du... findest es nicht amüsant?« fragte Lady Hardcastle.

»Nein.« Harriets Miene erhellte sich jäh, als ihr etwas einfiel. »Bis auf den Walzer. Das Walzertanzen mit Gideon macht mir sehr viel Spaß.«

Gideon erhob daraufhin wortlos sein Glas und lächelte ihr zu. »Das Gefühl beruht auf Gegenseitigkeit.«

Seine Galanterie beglückte Harriet. »Danke, Sir.« Sie wandte sich wieder Lady Hardcastle zu. »Wunderbar war, daß ich in London der Gesellschaft für Fossilien und Altertümer beitreten konnte.«

Hardcastle meldete sich vom anderen Ende der Tafel zu Wort.

»Ich war auch Mitglied. Habe aber seit Jahren an keiner Sitzung mehr teilgenommen.«

Harriet wandte ihre Aufmerksamkeit wieder ihm zu. »Die Zahl der Mitglieder ist sehr gewachsen, Sir, und an den Sitzungen nehmen sehr gelehrte Menschen teil. Leider bin ich noch keinem begegnet, der große Kenntnisse über Zähne gehabt hätte.«

»Es geht schon wieder los«, warnte Gideon seine Mutter. »Du mußt ihr ganz rasch Einhalt gebieten, wenn du nicht möchtest, daß sich das Gespräch ausschließlich um Fossilien dreht.«

Harriet errötete. »Ich bitte um Entschuldigung, Madam. Immer wieder bekomme ich zu hören, daß mich dieses Thema zu unziemlicher Begeisterung hinreißt.«

»Mach dir deshalb keine Gedanken«, sagte Lady Hardcastle liebenswürdig, um dann mit einem Blick zu ihrem Mann fortzufahren: »Ich kann mich noch gut erinnern, daß Seine Lordschaft seinerzeit ähnliche Begeisterung an den Tag legte, doch ist es lange her, seitdem ich ihn von Fossilien sprechen hörte. Trotzdem … die Konversation wird dadurch ziemlich eingeschränkt. Kannst du uns sonst noch etwas Interessantes aus London berichten?«

Harriet dachte angestrengt nach. »Eigentlich nicht«, mußte sie dann gestehen. »Um ganz ehrlich zu sein, ich ziehe das Leben auf dem Lande vor. Ich kann es kaum erwarten, wieder in Upper Biddleton zu sein und die Arbeit in meinen Höhlen fortzusetzen.«

Gideon bedachte sie mit einem nachsichtigen Blick. »Man

sieht also, daß ich eine Frau geheiratet habe, die geradezu ideal zu einem Mann paßt, der sich am liebsten den Ländereien seiner Familie widmet.«

»Gideon zu begleiten, wenn er die Güter besucht, wird mir ein Vergnügen sein«, erklärte Harriet glücklich. »Ich werde alle Arten von Geländetypen nach Fossilien absuchen können.«

»Was für eine Erleichterung zu wissen, daß ich dir in der Ehe wenigstens etwas von Wert bieten kann«, sagte Gideon. »Ich fragte mich schon, ob du aus unserer Beziehung überhaupt einen Nutzen ziehen würdest. Daß für eine Fossiliensammlerin wie dich ein paar Bagatellen wie ein alter Titel und einige sehr profitträchtige Güter keine Rolle spielen, war mir klar.«

Earl und Countess of Hardcastle starrten ihren Sohn verwundert an.

Harriet rümpfte die Nase. »Sehen Sie, was ich meine?« raunte sie Lady Hardcastle zu. »Er kann es nicht lassen, andere gelegentlich mit Absicht zu provozieren. Es ist ihm zur Gewohnheit geworden.«

Nach dem Essen lehnte Gideon sich zurück und beobachtete belustigt, wie seine Mutter sich bemühte, Harriet in den Salon zu locken.

»Sollten wir die Herren nicht ihrem Port überlassen?« murmelte Lady Hardcastle diskret.

»Mich stört es nicht, wenn sie ihn in unserer Gesellschaft trinken«, gab Harriet unumwunden zu.

Gideon grinste spöttisch. »Dein in London erworbener Schliff reicht nicht aus, dich merken zu lassen, daß meine Mutter dir einen diskreten Wink geben will. Man erwartet, daß du aufstehst und dich zurückziehst, damit sich die Herren ungestört betrinken können.«

Harriet sah ihn mißbilligend an. »Ich hoffe sehr, du hast es dir nicht zur Gewohnheit gemacht, übermäßig zu trinken. Mein Vater hatte nichts für Trunkenbolde übrig, und ich mag sie auch nicht.«

»Ich werde mich bemühen, bei Sinnen zu bleiben, damit ich meinen Pflichten als Ehemann heute nachkommen kann. Schließlich ist es unsere Hochzeitsnacht, wie du weißt.«

Harriet, die den Hintersinn der Bemerkung sehr wohl erfaßte, wurde leicht rot. Gideons Mutter hingegen war alles andere als entzückt.

»Gideon, was für eine Ungeheuerlichkeit.« Lady Hardcastle funkelte ihn empört an. »Wir sind ein anständiges Haus, und du wirst dich entsprechend benehmen. Bei Tisch wird über diese Dinge nicht gesprochen. Das weißt du sehr gut. In den letzten sechs Jahren ist es mit deinen Manieren rapid bergab gegangen.«

»Ganz recht«, knurrte Hardcastle. »Du bringst die Kleine in Verlegenheit. Entschuldige dich bei deiner Frau.«

Harriet lächelte Gideon keck an. »Ja, auf der Stelle. Ich glaube nicht, daß ich dich jemals eine Entschuldigung äußern hörte. Ich kann es nicht erwarten.«

Gideon erhob sich und verbeugte sich formvollendet. In seinen Augen blitzte es. »Verzeihung, Madam. Ich wollte Ihre Empfindsamkeit nicht kränken.«

»Sehr hübsch.« Harriet wandte sich an seine Eltern. »War das nicht tadellos? Es besteht Hoffnung, daß man ihm mit der Zeit beibringen kann, sich in Gesellschaft zu bewegen, ohne ungebührlich aufzufallen.«

Gideons Mutter erhob sich mit verkniffenem Mund. »Ich glaube, Harriet und ich werden uns in den Salon zurückziehen.«

Harriet stand anmutig auf. »Ja, gehen wir lieber, ehe Gideon noch etwas Ungeheuerliches sagt. Benehmen Sie sich in meiner Abwesenheit, Mylord.«

»Ich werde mich bemühen«, antwortete Gideon.

Er blickte seiner Mutter nach, die Harriet aus dem Eßzimmer geleitete. Als sich die Tür hinter den beiden geschlossen hatte, setzte er sich wieder.

Tiefes Schweigen senkte sich über den Raum. Hawkins trat mit dem Port vor und schenkte Gideon und seinem Vater ein. Dann verschwand der Butler.

Das Schweigen zwischen den Männern zog sich in die Länge.

Gideon tat nichts, um es zu brechen. Es war seit langem das erste Mal, daß er mit seinem Vater allein war. Wenn er mit mir sprechen will, dann soll er sich gefälligst die Mühe machen, dachte Gideon.

»Sie ist interessant«, sagte der Earl schließlich. »Das muß ich dir lassen. Gar nicht der übliche Typ.«

»Nein. Ist sie nicht. Das gehört zu ihren gewinnendsten Eigenschaften.«

Wieder trat Schweigen ein.

»Nicht das, was ich erwartet hätte«, ließ sich Hardcastle schließlich vernehmen.

»Nach Deirdre, willst du sagen?« Gideon kostete den schweren Port und studierte die elegant geformten silbernen Kerzenleuchter vor ihm. »Ich bin jetzt sechs Jahre älter. Man kann mir manchen Fehler nachsagen, aber ich mache denselben Fehler nie zweimal.«

»Du meinst, diesmal hattest du soviel Anstand, das Richtige zu tun?« brummte Hardcastle.

Gideon umkrampfte den Stiel seines Glases. »Nein, ich meine, daß ich diesmal eine Frau gefunden habe, der ich trauen kann.«

Wieder kehrte Stille im Eßzimmer ein.

»Ja, deine Frau scheint dir zu vertrauen«, äußerte der alte Herr halblaut.

»Ja. Eine köstliche Erfahrung. Es ist lange her, seitdem mir jemand Vertrauen schenkte.«

»Ich bitte dich, was hast du denn nach der Sache mit Deirdre erwartet?« fuhr sein Vater ihn an.

»Vertrauen.«

Hardcastle schlug mit der flachen Hand auf den Tisch, so heftig, daß sein Weinglas tanzte. »Das Mädchen war bei ihrem Tod schwanger. Kurz vor ihrem Selbstmord hast du die Verlobung gelöst. Sie hat ihrem Vater gestanden, daß du sie fallen ließest, nachdem du dich ihr aufgezwungen hast. Was hätten wir alle denken sollen?«

»Daß sie möglicherweise gelogen hat.«

»Warum hätte sie lügen sollen? Sie wollte sich umbringen, verdammt noch mal. Sie hatte nichts mehr zu verlieren.«

»Ich weiß nicht, was ihre Gründe waren. Als sie das letzte Mal zu mir kam, war sie nicht mehr ganz bei Trost. Sie…« Gideon sprach nicht weiter.

Es hatte keinen Sinn zu erklären, wie Deirdre an jenem Abend gewesen war. Er hatte sofort gemerkt, daß etwas nicht stimmte, als sie es plötzlich darauf anlegte, ihn zu verführen.

Nachdem sie viele Monate lang auf seine behutsamen und überaus keuschen Küsse keine Reaktion gezeigt hatte, warf sie sich ihm plötzlich, von wilder Verzweiflung getrieben, in die Arme. Gideon hatte gespürt, daß sie mit einem anderen zusammengewesen war.

Als er ihr seinen Verdacht vorhielt, war sie in Wut geraten. Ihre Worte klangen ihm noch immer in den Ohren.

Ja, es gibt einen andern. Und ich bin froh, daß du deine großen, häßlichen Hände von mir gelassen hast, du Ungeheuer. Ich hätte deine Berührung nicht ertragen. Ich hätte dein gräßliches Gesicht über mir nicht ertragen. Hast du wirklich geglaubt, ich hätte gewollt, daß du mit mir Liebe machst? Mein Vater war es, der mich bewog, deinen Antrag anzunehmen.

Der Earl nahm einen tiefen Schluck Port. »Warum hätte sie es nicht zugeben sollen, wenn es einen anderen Mann gab? Sie hätte dir eine Nachricht hinterlassen können oder dergleichen. Verdammt, Mann, hast du eigentlich eine Ahnung, wie schwer es deiner Mutter fiel, sich schließlich davon zu überzeugen, daß Deirdre sich von einem anderen hat verführen lassen? Aber die Tatsachen sprachen damals für sich.«

»Vielleicht sollten wir uns lieber einem anderen Thema zuwenden«, schlug Gideon vor.

»Verdammt, Gideon, mein einziges Enkelkind ist mit Deirdre Rushton gestorben.«

Nun war es um Gideons Selbstbeherrschung geschehen. »Nein, verflucht... es war nicht dein Enkelkind, das mit Deirdre starb. Es war das Enkelkind eines anderen. *Das Kind war nicht von mir.*«

»Gideon, um Himmels willen, achte auf das Weinglas!«

»Zum letzten Mal«, knurrte Gideon. »Ich schwöre bei meiner Ehre, obwohl du mir Ehre absprichst, daß ich Deirdre Rushton nie in Besitz genommen habe. Ihr war meine Berührung unerträglich, wenn du die ganze verdammte Wahrheit wissen willst. Das hat sie mir klar zu verstehen gegeben.«

Mit Aufbietung aller Willenskraft gewann Gideon seine Fassung wieder und stellte, von seinem Vater wachsam beäugt, das Weinglas vorsichtig ab.

»Vielleicht hast du recht«, sagte der Alte. »Vielleicht sollten wir von etwas anderem sprechen.«

»Ja.« Gideon holte tief Atem, um sich zu beruhigen. »Ich muß mich für mein Aufbrausen entschuldigen. Man möchte meinen, ich hätte nach all den Jahren die Fruchtlosigkeit solcher Szenen eingesehen. Die Schuld ist bei meiner Frau zu suchen. Sie beklagt sich dauernd, daß ich mich nie ausspreche.« Er lächelte grimmig. »Aber du siehst, was passiert, wenn ich es tue. Niemand glaubt mir.«

»Bis auf deine Frau?« fragte Hardcastle kühl.

»Sie hat von Anfang an an meine Unschuld geglaubt«,

sagte Gideon, der spürte, wie ihn tiefe Befriedigung erfüllte. »Tatsächlich habe ich ihr niemals die ganze Geschichte erzählt. Und doch hat sie mitten in einem vollen Ballsaal vor den versammelten Spitzen der Gesellschaft erklärt, es liege auf der Hand, daß Deirdres Kind von einem anderen stammen müsse.«

»Kein Wunder, daß du sie geheiratet hast«, bemerkte dazu Hardcastle trocken.

»Ja. Kein Wunder. Nun, welches Thema wollen wir als nächstes besprechen?«

Hardcastle sah ihn lange an. »Die Diebe, denke ich. Berichte mir von den Halunken, die ihre Beute in den Höhlen versteckten.«

Gideon hatte Mühe, sich darauf zu konzentrieren. »Viel gibt es nicht zu berichten. Mit Hilfe eines Bow Street Runners habe ich ihnen eine Falle gestellt. Wir schnappten die Männer, die die Beute versteckten.«

»Und woher hast du gewußt, was da vor sich geht?«

Gideon lächelte schief. »Harriet ist bei ihren Fossilienstreifzügen auf die Höhle mit der Beute gestoßen. Sie bestellte mich nach Upper Biddleton und gab mir Anweisung, mich der Sache schleunigst anzunehmen, da sie mit der Erkundung der Höhle fortfahren wollte. Falls du es nicht schon gemerkt hast, so kann ich dir versichern, daß Harriet eine tyrannische Ader hat.«

»Aha. Du hast diese Diebe also dingfest gemacht und durch diese Umstände Harriet gewonnen.«

»Ja.« Gideon drehte das Glas zwischen den Handflächen und beobachtete die roten Glanzlichter im Wein. »Nur eines macht mir noch Kummer. Ich glaube, es gibt einen vierten Mann, einen, den wir nicht erwischt haben.«

»Und warum glaubst du das?«

»Als ich später die Diebe befragte, behaupteten sie, ein geheimnisvoller Unbekannter, dessen Gesicht sie nie zu sehen bekommen hätten, habe ihnen die Anweisungen gegeben. Ich bin geneigt, ihnen zu glauben.«

»Warum?«

»Die Gegenstände, die wir in der Höhle fanden, waren alle von erlesener Qualität. Erstklassige Stücke, die nicht aus den Gutshäusern in der Umgebung Upper Biddletons stammten. Und keiner der drei, die wir erwischten, hatte ein Auge für diese Dinge. Sie gehörten vielmehr zu der Sorte, die an einem einigermaßen vielversprechend aussehenden Haus ein Fenster einwirft und sich schnappt, was wertvoll aussieht.«

»Ich verstehe«, sagte Hardcastle bedächtig.

»Und noch eines: Als der Bow Street Runner einige der gestohlenen Gegenstände ihren Eigentümern in London zurückgab, erfuhr er, daß keiner bemerkt hatte, Opfer eines Diebstahls geworden zu sein, ehe nicht der Verlust durch Zufall entdeckt wurde.«

Hardcastle staunte. »Wie, niemandem fiel der Einbruch auf?«

Gideon schüttelte langsam den Kopf. »Es gab keine eingeschlagenen Fenster oder aufgebrochenen Schlösser. Und bedenke, wie groß Hardcastle House oder Blackthorne Hall sind. Auch dein Stadthaus in London, das du immer hattest, war groß. Wenn ein Dieb weder Tür noch Fenster aufgebrochen hätte, um ins Innere zu gelangen, hättest du auch nicht gemerkt, daß du bestohlen wurdest, ehe du einen Gegenstand vermißt hättest.«

»Nein, vermutlich nicht. Aber was ist mit dem Personal?«

»Meist war es jemand von den Dienstboten, der das Fehlen des Gegenstandes entdeckte, wie mir Dobbs, der Mann aus der Bow Street, berichtete.«

»Und zu welchen Folgerungen bist du gelangt?«

»Daß es jemanden gegeben haben muß, der die Häuser vor dem Diebstahl besichtigen und feststellen konnte, was es an wertvollen Dingen darin gab und wo diese sich befanden.

Und dann hat dieser Jemand es eingerichtet, daß die Gegenstände auf unauffällige, geschickte Art, ohne daß man Fenster und Schlösser aufbrach, gestohlen wurden.«

»Und du meinst, diese Person befindet sich noch auf freiem Fuß?«

»Ich weiß, daß wir ihn nicht erwischt haben.« Gideon trank sein Glas aus. »Abgesehen von der Tatsache, daß er ein gutes Auge und Zugang zu den besten Häusern hat, wissen wir noch etwas Interessantes über ihn.«

»Er kennt sich in den Höhlen um Upper Biddleton gut aus«, folgerte Hardcastle.

»Ja. Er kennt sich darin sogar sehr gut aus.«

»Es kann nicht allzu viele geben, auf die all diese Punkte zutreffen«, sagte der alte Herr.

»Im Gegenteil.« Gideon lächelte verbittert. »Im Lauf der Jahre sind dort die Leute scharenweise auf Fossilienjagd gegangen. Und ein Gutteil davon sind Herren, die in der Gesellschaft empfangen werden. Du selbst, beispielsweise.«

»Ich?«

»Sämtliche Punkte treffen auf dich zu: Ein Mann mit kundigem Auge, der in den elegantesten Salons zu Hause ist und sich auch in den Höhlen von Upper Biddleton auskennt.«

Dem Earl verschlug es zunächst die Rede. Dann flammte Zorn in seinen Augen auf. »Wie kannst du es wagen, deinem eigenen Vater dergleichen zu unterstellen?«

Gideon stand mit einer kühlen Verbeugung auf. »Verzeihung, Sir. Ich wollte Ihnen nichts unterstellen. Natürlich kann keine Rede davon sein, daß ich Sie des Diebstahls verdächtige. Ihre Ehre ist über jeden Zweifel erhaben.«

»Das möchte ich mir ausbitten.«

»Außerdem ist mir als Verwalter Ihrer Besitzungen die Größe Ihres Vermögens bekannt. Diebstähle haben Sie wahrlich nicht nötig. Deshalb brauche ich Sie nicht in die Liste der Verdächtigen aufzunehmen.«

»Donnerwetter«, tobte Hardcastle, »so etwas Respektloses, Schändliches hat mir noch niemand zu sagen gewagt. Auch nur anzudeuten, ich könnte zu den Verdächtigen gehören, ist der Gipfel, Sir!«

Gideon ging zur Tür. »Ein interessantes Gefühl, nicht?«

»Was?« stieß der alte Earl hervor.

»Die Entdeckung, daß die eigene Ehre von jemandem angezweifelt wird, dessen Achtung man zu besitzen vermeint, und das Wissen, daß man seine eigene Unschuld niemals wird beweisen können.«

Eine Antwort wartete Gideon nicht ab. Er ging aus dem Eßzimmer und schloß hinter sich die Tür.

14

Harriet spähte über die Logenbrüstung und studierte die hellerleuchtete Szene, die sich ihrem Blick darbot. Die Logenreihen gegenüber der eigenen Loge, die sie mit ihren Tanten und Felicity teilte, waren gedrängt voll von elegant gekleideten Menschen, die um Aufmerksamkeit wetteiferten. Jede Loge war selbst eine Miniaturbühne, eine Plattform, auf der die Theaterbesucher sich, ihre momentanen Geliebten und ihren Schmuck zur Schau stellten.

Tief unten im Parkett lieferte eine lärmige, ungezügelte Menge, die schon kurz vor der Pause die Schauspieler fast übertönt hatte, eine eigene Vorstellung. Stutzer und Dandys paradierten umher, erzählten laut zweideutige Witze, schlugen einander auf den Rücken und verursachten einen Wirbel, dessen Unterhaltungswert sich mit jenem des Bühnengeschehens messen konnte.

Zuerst hatte Harriet Interesse für das Spektakel gezeigt, dann aber hatte sich bei ihr Langeweile eingestellt, so daß sie es bei weitem vorgezogen hätte, zu Hause fossile Zähne studieren zu können. Doch dies war erst der zweite Abend in London als Viscountess St. Justin, und Gideon hatte darauf bestanden, daß sie mit ihrer Familie ins Theater ging.

Harriet hatte nicht verstehen können, warum er so großen Wert darauf legte, daß sie diese Vorstellung besuchte, bis der stetige Strom von Besuchern in Tante Adelaides Loge ihr die Augen öffnete. Gideon wollte seine junge Frau zur Schau stellen.

»Na, amüsierst du dich?« fragte Felicity, als der Besucherstrom kurz abriß. Das junge Mädchen sah in ihrem hellrosa, mit Rüschen und Bändern verzierten Musselinkleid bezaubernd aus. »Wie voll es heute ist.«

»Ja, das ist es. Und warm obendrein.« Harriet setzte ihren Fächer so energisch in Bewegung, daß Felicity in gespielter Verzweiflung den Kopf schüttelte und ihre Schwester jäh innehielt.

Harriet seufzte. Sie wußte, daß sie es nicht gelernt hatte, den Fächer wie die anderen kokett abweisend oder verführerisch zu handhaben. Aber wenigstens ihr Kleid konnte niemand beanstanden. Es war eine prachtvolle Ballrobe aus türkisfarbenem Musselin, mit weißen Volants und Applikationen geschmückt. Felicity hatte das Kleid ausgesucht.

Der Vorhang vor dem Logeneingang teilte sich, und zwei hübsche junge Männer in untadeligen Abendanzügen traten ein.

»Ach, die Adonis-Zwillinge sind da«, raunte Harriet ihrer Schwester zu.

»Das sehe ich,« Felicity lächelte. Sie genoß ihre Rolle als umschwärmter Mittelpunkt jeder Gesellschaft in vollen Zügen.

Die zwei jungen Männer, die Harriet scherzhaft Adonis-Zwillinge genannt hatte, waren, obschon nicht miteinander verwandt, von gleicher Größe und Haarfarbe. Sie bevorzugten denselben Schneider und umwarben dieselben Frauen.

Im Moment zählten sie zu den Scharen von Anbetern, die Felicity zu Füßen lagen.

Die Zwillinge begrüßten Adelaide und Effie sehr höflich, um sich dann sofort Felicity zuzuwenden, die ihnen ein strahlendes Lächeln schenkte.

»Guten Abend, meine Herren. Wie schön, Sie heute hier zu sehen. Sie kennen meine Schwester, die neue Viscountess St. Justin?«

»Was für eine Freude, Sie wieder in London zu sehen, Madam«, sagte der erste Adonis mit anmutiger Verbeugung und einem Blick, aus dem die Andeutung einer Frage sprach.

»Auch mir ist es eine Freude… meinen Glückwunsch zu Ihrer Vermählung.« Der zweite Adonis ahmte die formvollendete Verbeugung des anderen nach, worauf beide Männer ihre Aufmerksamkeit wieder Felicity zuwandten.

Im Hintergrund der Loge schwatzten Adelaide und Effie mit einer bejahrten, schwarzgekleideten Witwe. Harriet hörte, wie die Frau zu Effie bemerkte, was für eine große Erleichterung es für die ganze Familie sein müsse, daß die Hochzeit tatsächlich stattgefunden hatte.

»Wir sind von dieser Verbindung natürlich entzückt«, erwiderte Effie seelenruhig, um sodann tapfer zu schwindeln: »Leider bleibt eine kleine Enttäuschung, weil die jungen Leute keine Zeit für eine große, feierliche Hochzeit hatten. Aber die Liebe setzt eben immer ihren eigenen Kopf durch.«

»Stimmt, da hat jemand seinen Kopf durchgesetzt«, äußerte die Witwe. »Und das war St. Justin, wenn Sie mich fragen.«

Wohl wissend, daß sie das Ziel zahlreicher neugieriger Blicke aus anderen Logen war, beugte Harriet sich über die Brüstung, um einen handgreiflichen Zwist zu beobachten, der unten im Parkett ausgetragen wurde. Daß wieder ein Besucher die Loge betrat, entging ihr, bis sie eine vertraute Männerstimme hörte, die Adelaide und Effie begrüßte.

»Ach, guten Abend, Mr. Morland«, rief Effie munter aus. »Wie nett, Sie hier zu sehen.«

»Ich möchte der neuen Viscountess St. Justin meine Verehrung bekunden«, sagte Bryce.

»Aber natürlich«, erwiderte Effie.

Harriet drehte sich um und sah Bryce vor sich stehen. Sein goldenes Haar schimmerte im Licht, sein Lächeln versprühte Charme. Unwillkürlich fiel ihr Gideons Warnung ein. *Er ist nicht der Engel, der er zu sein scheint.*

»Guten Abend, Mr. Morland.« Harriet ließ sich zu einem höflichen Lächeln herab.

»Madam.« Bryce ließ sich auf dem Plüschsessel neben ihr nieder. »Sie sehen heute abend reizend aus«, sagte er mit gesenkter Stimme und einem tiefen Blick in ihre Augen.

»Danke, Sir.«

»Ich erfuhr erst heute morgen, daß Sie wieder in London weilen. Und daß Sie verheiratet sind.«

Harriet nickte. Die meisten Leute, die sie auf ihre Heirat ansprachen, rangen sich zumindest die Andeutung eines Glückwunsches ab. »Ja.«

»Die Gerüchte, die sich um Ihre plötzliche Abreise aus London rankten, waren höchst beunruhigend.«

»Ach ja?« Harriet zuckte die Schultern. »Ich war durch die Ereignisse keineswegs beunruhigt, deshalb kann ich mir nicht denken, weshalb andere es waren.«

»Einige von uns bangten um Ihre Sicherheit«, sagte Bryce leise.

»Unsinn. Ich befand mich keinen Moment in Gefahr. Ich weiß gar nicht, wie jemand auf diese Idee kommen konnte.«

Bryce lächelte bekümmert. »Diejenigen unter uns, denen Ihre Sicherheit am Herzen lag, glaubten Grund zur Besorgnis zu haben, als ruchbar wurde, daß St. Justin Ihnen und Ihren Freunden gefolgt war.«

»Nun, jetzt wissen Sie, daß kein Grund zur Besorgnis vorlag«, sagte Harriet entschieden.

»Sie sind sehr tapfer, Madam.« Bryce ließ eine anerkennende kleine Verbeugung folgen. »Meine Bewunderung ist Ihnen sicher.«

Harriet funkelte ihn an. »Wovon reden Sie eigentlich?«

»Schon gut, es ist nicht wichtig. Und was geschehen ist, ist geschehen.« Bryce deutete mit einer Kopfbewegung auf die Menschen. »Machen Ihnen die Blicke und Bemerkungen nichts aus? Lady St. Justin, Sie sind die allerneueste Kuriosität der gesellschaftlichen Szene. Die Braut des ›Ungeheuers von Blackthorne Hall‹.«

Harriet zuckte zornig zurück. »Ich habe Sie ausdrücklich gebeten, meinen Mann nicht mit diesem gräßlichen Namen zu belegen. Bitte, verlassen Sie die Loge, Mr. Morland.«

»Es war nicht meine Absicht, Sie zu beleidigen, Madam. Ich wiederhole nur, was die ganze Welt sagt. Wollen Sie den Überbringer schlechter Nachrichten töten?«

»Ja, wenn es dadurch möglich wäre, ihn an der Wiederholung solcher Nachrichten zu hindern.« Mit einer Bewegung ihres Fächers entließ sie ihn. »Und jetzt gehen Sie, Sir. Mir ist nicht nach noch mehr Unsinn zumute.«

»Wie Sie wünschen.« Bryce stand auf, faßte nach Harriets Hand, ehe sie wußte, wie ihr geschah, und beugte sich über ihre Finger. »Erlauben Sie mir, Sie noch einmal meiner großen Bewunderung zu versichern.«

»Also wirklich, Mr. Morland, jetzt reicht es aber.«

Er senkte die Stimme, so daß nur sie allein ihn hören konnte.

»Ihre Beherztheit gilt bereits als legendär. Kaum eine Frau würde sich der Aussicht stellen, mit einem Ungeheuer wie St. Justin das Ehebett zu teilen.«

Harriet entzog ihm mit einem Ruck ihre Hand, just als sich die Samtdraperien wieder teilten. Gideon, der die Loge betrat, faßte Bryce sofort ins Auge.

»St. Justin«, Bryce lächelte undeutbar, »ich habe deiner jungen Frau eben meine Glückwünsche ausgesprochen.«

»Ach, wirklich?« Gideon drehte ihm den Rücken zu, um Effie, Adelaide und Felicity zu begrüßen. Dann fiel sein Blick auf Harriet, die er kühl musterte.

Harriet ließ rasch ein Lächeln aufblitzen, ängstlich darauf bedacht, Gideon keinen Grund zu liefern, sich mit Bryce anzulegen. Die Sache mit Applegate war nur ganz knapp vermieden worden, und es hatte sie viel Mühe gekostet, Gideon zu bewegen, daß er seine Forderung zurücknahm.

»Da sind Sie ja, Mylord«, sagte sie leichthin. »Ich fragte mich schon, ob Sie heute kommen würden.«

Gideon trat auf Harriet zu, wobei er an Bryce vorüberging, aber so tat, als wäre er nicht vorhanden. Sich über Harriets Hand beugend, küßte er ihre Finger. »Ich sagte, ich würde mich hier mit dir treffen«, rief er ihr leise in Erinnerung.

»Ja, natürlich.« Harriet war die Situation nicht geheuer, da sie die Feindseligkeit zwischen den beiden spürte und eine Szene unbedingt vermeiden wollte. »Setzen Sie sich, Sir«, sagte sie förmlich zu Gideon. »Der zweite Akt wird gleich beginnen.« Dann wandte sie sich Bryce, dessen Blick brütend auf Gideon ruhte, mit einem herablassenden Nicken zu. »Guten Abend, Mr. Morland. Vielen Dank für Ihren Besuch und Ihre guten Wünsche.«

»Gute Nacht, Madam.« Bryce verschwand zwischen den Samtdraperien.

»Hat er dich irgendwie belästigt?« fragte Gideon leise, als er sich neben Harriet niederließ.

»Um Himmels willen, nein.« Harriet klappte ihren Fächer auf und fächelte sich Kühlung zu. »Er wollte nur höflich sein.« Sie fing einen fragenden Blick ihrer Schwester auf, die wissen wollte, ob alles in Ordnung sei. Harriet versuchte, Felicity wortlos zu verstehen zu geben, daß sie die Situation beherrsche.

»Das freut mich zu hören.« Gideons arrogante Haltung, die er auf dem Stuhl neben Harriet einnahm, ließ keinen Zweifel an seinem Besitzerstolz als Ehemann. »Gefällt dir die Vorstellung?«

»Nicht besonders«, sagte Harriet. »Man kann kaum etwas hören, weil das Publikum heute so laut ist. Kurz vor der Pause hat man sogar damit begonnen, Apfelsinenschalen auf die Bühne zu werfen.«

Adelaide ließ ein Kichern hören. »Harriet glaubt immer noch, man ginge ins Theater, um die Vorstellung zu sehen und zu hören. Wir haben ihr vergebens zu erklären versucht, daß dies der allerletzte Grund für einen Theaterbesuch ist.«

Gideon verzog unmerklich den Mund, als er den Blick mit unübersehbarer Befriedigung über die Menge schweifen ließ. »Ganz recht.«

Harriet rutschte unbehaglich auf ihrem Stuhl hin und her. Sie hatte es gründlich satt, als Braut des ›Ungeheuers von Blackthorne Hall‹ zur Schau gestellt zu werden.

Spätabends, als ihre Zofe sie endlich allein gelassen hatte und Harriet in ihrem Schlafzimmer war, fand sie, daß es Zeit für eine Aussprache mit Gideon sei.

Sie ging zur Verbindungstür und legte ihr Ohr an die Fläche, eben als Gideons Kammerdiener sich zurückzog. Sie öffnete und trat ein.

»Ich möchte mit dir reden«, kündigte sie an.

Gideon, der einen schwarzen Morgenmantel trug, schenkte sich ein Glas Brandy ein. Er blickte auf und zog eine Braue leicht hoch. »Natürlich, meine Liebe. Ich wollte eben zu dir kommen. Aber wenn du schon da bist, kannst du mir gleich bei einem Glas Brandy Gesellschaft leisten.«

»Nein, danke, ich möchte keinen.«

»Dein Ton verrät eine gewisse Gereiztheit.« Gideon trank einen Schluck Brandy und faßte Harriet genauer ins Auge. »Bist du aus irgendeinem Grund auf mich schlecht zu sprechen?«

»Ja, Gideon, das bin ich. Ich wollte heute eigentlich nicht ins Theater. Ich bin nur gegangen, weil du darauf bestanden hast.«

»Ich dachte, du würdest dich freuen, mit deiner Familie zusammenzusein und ihr mitteilen zu können, daß du verheiratet bist. Jetzt braucht deine Tante sich nicht mehr zu sorgen, ob ich dich sitzen lasse oder nicht. Du bist nun ein für allemal Viscountess.

»Das war aber nicht der Grund, weshalb du mich gedrängt hast, und das weißt du. Gideon, meine Schwester hat den Eindruck, du würdest mich zur Schau stellen wie eine Rarität. Stimmt das? Wenn es so wäre, mißfiele es mir sehr. Und es reicht mir allmählich.«

»Du bist eine Rarität, eine sehr große sogar, meine Liebe.« Seine Augen glänzten. »Wirklich.«

»Das stimmt ganz und gar nicht. Ich bin eine ganz gewöhnliche Frau, die zufällig deine Ehefrau ist. Gideon, ich möchte nicht mehr zur Schau gestellt werden. Hast du der Gesellschaft nicht schon bewiesen, was du ihr beweisen zu müssen glaubtest?«

»Was deine Schwester auch gesagt haben mag, ich habe dich heute nicht ins Theater geschickt, um dich zur Schau zu stellen.«

»Ganz sicher nicht, Mylord?« fragte sie leise.

»Verdammt... natürlich bin ich sicher. Was für eine lächerliche Frage. Ich dachte, du würdest dich über das Zusammensein mit deiner Familie freuen und die Theateraufführung genießen. Das war es, was hinter meinem Drängen stand.«

»Also gut«, sagte Harriet darauf, »wenn du das nächste Mal einen Vorschlag machst, der mir nicht zusagt, nehme ich mir die Freiheit, glatt abzulehnen.«

Er sah sie verärgert an. »Harriet, du bist jetzt eine verheiratete Frau. Du wirst tun, was ich dir sage.«

»Ha ... dann hast du also die Absicht, mich herumzukommandieren?«

»Harriet ...«

»Wenn du das willst, dann war es wohl nicht mein Vergnügen, das dich heute bewog, mich zum Theaterbesuch zu drängen. Und bis jetzt ist das einzige Motiv, das mir einfallen will, dein Bestreben, mich zur Schau zu stellen.«

»Ich stelle dich nicht zur Schau.« Gideon stürzte den Brandy mit ärgerlicher Miene hinunter.

»Dann laß uns doch endlich nach Upper Biddleton zurückkehren«, sagte Harriet rasch. »Das Stadtleben sagt weder dir noch mir besonders zu. Fahren wir doch nach Hause.«

»Hast du es denn so eilig, zu deinen Fossilien zurückzukehren?«

»Natürlich habe ich es eilig. Du weißt doch, daß ich befürchte, jemand anders könnte das Skelett finden, das zu meinem Zahn gehört. Und da dir das gesellschaftliche Leben und Treiben ebenso wenig Spaß macht wie mir, sehe ich keinen Grund, weshalb wir nicht nach Upper Biddleton zurück sollten.«

»Du und deine verdammten Fossilien«, grollte er. »Kannst du denn an nichts anderes denken?«

Harriet merkte plötzlich, daß er nicht mehr nur verärgert war. Gideon steigerte sich in Zorn hinein. »Das wissen Sie besser, Mylord.«

»Ist das so? Sag mir, meine Liebe, welchen Stellenwert ich im Verhältnis zu deinen Fossilien habe? Andere Männer müssen sich Sorgen wegen Rivalen wie Morland machen.

Mein Los ist, daß ich es mit einem Haufen alter Knochen und Zähne aufnehmen muß.«

»Gideon, das artet zu einem idiotischen Streit aus. Heute abend kann ich Sie nicht verstehen, Mylord.«

Gideon stieß eine halblaute Verwünschung aus. »Ich bin nicht sicher, ob ich mich selbst verstehe. Ich bin nicht in allerbester Stimmung, Harriet. Vielleicht ist es besser, du gehst zu Bett.«

Harriet ging auf ihn zu. Sie legte ihre Hand auf seinen Arm und sah ihm ins Gesicht. »Was ist geschehen, Gideon?«

»Nichts.«

»Du sollst mich nicht so abwimmeln. Ich weiß, daß dir etwas über die Leber gelaufen ist, weil du so sauer bist.«

»Du hast gesagt, das sei ich immer.«

»Nicht immer«, gab sie zurück. »Gideon, sag mir, was dich verstimmt hat. War es Mr. Morlands Besuch in unserer Loge?«

Gideon entfernte sich von ihr. Er ging zu dem Tischchen, auf dem der Brandy stand, und goß sich nach. »Morland werde ich mir noch vornehmen.«

»Gideon!« Harriet war schockiert. »Was sagst du da?«

»Ich sage, daß ich ihn mir vornehmen werde.«

»St. Justin, jetzt hör mir zu«, fuhr Harriet ihn an. »Wage ja nicht, Mr. Morland zu einem Duell zu provozieren. Schlag dir das aus dem Kopf. Verstehst du? Ich dulde es nicht.«

»Du bist also in ihn verliebt?« fragte er gedehnt.

»Um Himmels willen, Gideon, du weißt, daß es nicht der Fall ist. Was ist denn heute mit dir los?«

»Ich sagte schon, daß Sie sich am besten ins Bett begeben sollten, Madam.«

»Ich lasse mich doch nicht wie ein schlimmes Kind zu Bett schicken, während du hier tobst wie … wie …«

»Wie ein Ungeheuer?«

»Nein, nicht wie ein Ungeheuer«, schrie Harriet ihn an.

»Wie ein temperamentgeladener, schwieriger, wenig einfühlsamer Ehemann, der seiner Frau nicht über den Weg traut.«

Gideon starrte sie an. »Ich vertraue dir, Harriet.«

Sie las diese einfache Wahrheit in seinen Augen, und ein Teil von ihr, der kalt gewesen war, wurde wärmer. »Aber du benimmst dich nicht so.«

Seine braunen Augen glänzten im Feuerschein. »Es gibt keinen Menschen auf der Welt, dem ich so völlig vertraue wie dir. Vergiß das niemals.«

Harriet wurde fast schwindlig vor Glück. »Meinst du das wirklich?«

»Ich sage niemals etwas, das ich nicht meine. Mein Gott, wie konntest du nur glauben, ich vertraue dir nicht?« Er stellte sein Brandyglas hin und zog sie an sich. »Daran darfst du nie zweifeln, meine Süße.«

»Warum macht dir dann Mr. Morland Kopfzerbrechen, wenn du mir vertraust?« flüsterte sie an seiner Brust.

»Er ist gefährlich«, sagte Gideon schlicht.

»Woher weißt du das?«

»Ich kenne ihn gut. Er hat sich seinerzeit meinen Freund genannt. Wir haben immerhin unsere Kinderzeit teilweise gemeinsam verbracht. Damals lebte seine Familie unweit Blackthorne Hall. Später sind die Morlands umgezogen. Ich traf Morland nach dem Studium in London wieder. Er nannte sich noch immer meinen Freund, auch nachdem er mir das Gesicht mit einer Degenklinge aufgeschlitzt hatte.«

Harriet erstarrte. Sie hob den Kopf und sah ihn mit großen Augen an. Dann strich sie ihm mit sachten Fingern über die vernarbte Wange. »Morland hat dir dies angetan?«

»Es war ein Unfall. Oder zumindest hat er es damals behauptet. Wir waren blutjung, als es passierte. Und vielleicht auch ungestüm. Jedenfalls hatten wir eines Abends zu tief ins Glas geschaut, und Morland forderte mich zu einem Degenduell. Ich nahm an.«

»Himmel…«, hauchte Harriet.

»Gesichtsmasken trugen wir nicht, dafür hatten wir an den Degenspitzen Schutzvorrichtungen. Unsere Freunde machten auf dem Parkett Platz und gingen Wetten ein. Wir kamen überein, daß derjenige Sieger sein sollte, der als erster die Verteidigung des Gegners durchbrach.«

»Und was geschah?«

Gideon reagierte mit einem Achselzucken. »Es war eine Sache von wenigen Minuten. Morland war kein besonders guter Fechter. Ich gewann, indem ich seine Klinge beiseite schlug. Dann trat ich zurück und war ungedeckt. Er aber griff nach seinem Degen und machte ohne Vorwarnung einen Ausfall. Die schützende, stumpfe Spitze seiner Klinge war ihm irgendwie abhanden gekommen, und sein Degen schlitzte mir die Wange auf.«

»*Gideon.* Er hätte dich töten können.«

»Ja. Ich habe mich später oft gefragt, ob es seine Absicht war. In seinen Augen lag sekundenlang etwas… ich habe es gesehen, als er auf mich losging. In jenem Moment hat er mich gehaßt, aber ich weiß nicht, warum.«

»Und wie hat er seinen Angriff erklärt, nachdem er schon verloren hatte?«

»Später behauptete er, er habe nicht gewußt, daß man mich schon zum Sieger erklärt hatte. Er habe angenommen, der Kampf sei noch nicht vorüber und ich hätte nur den Rückzug angetreten.«

»Und die Tatsache, daß seine Spitze scharf war? Wie hat er dies erklärt?«

»Als Unfall.« Wieder zuckte Gideon mit den Schultern. »In der Hitze des Gefechtes habe er nicht gemerkt, daß der stumpfe Spitzenschutz heruntergefallen sei. Eine logische Erklärung, da es immer wieder passiert.«

»Was hast du getan?«

Gideon schwieg still, ehe er sagte: »Ich sah die Wut in seinem Blick und reagierte instinktiv. Ich kämpfte, als sei das Duell ein echter Kampf. Morland war so erschrocken, daß er das Gleichgewicht verlor und zu Boden ging. Ich ließ meine Klinge fallen und hob seine auf, um ihm die blanke Spitze an die Kehle zu halten. Da schrie er, daß alles nur ein Unfall gewesen sei.«

»Und du hast ihm geglaubt?«

»Welche andere Erklärung hätte es denn gegeben? Wir beide hatten zuviel getrunken. Ich sagte mir, daß es ein Unfall gewesen sein mußte. Morland war mein Freund. Aber niemals werde ich seinen Blick vergessen, mit dem er mich ansah, als er mich attackierte.«

»Ihr seid Freunde geblieben?«

»Irgendwie. Später hat er sich entschuldigt, und ich nahm die Entschuldigung an. Ich sagte mir, daß es vorbei sei. Ich wußte, daß ich fürs Leben gezeichnet sein würde, aber ich wußte auch, daß es meine eigene Schuld war, weil ich auf diese dumme Forderung eingegangen war.«

»Er behauptet, er habe als einziger zu dir gehalten, als man dich beschuldigte, Deirdre im Stich gelassen zu haben.«

Gideon lächelte sein freudloses Lächeln »Das hat er. Aber er war derjenige, der sie verführt und geschwängert hat, und da er damals verheiratet war, nahm er vermutlich an, es sei günstig für ihn, sich als meinen Freund zu gebärden, damit auch nicht der Schatten eines Verdachtes auf ihn fiel.«

Wieder blickte Harriet ihn erschrocken an. »Morland war ihr Verführer?«

»Ja. Deirdre hat es an jenem Abend gestanden, als sie mich aufsuchte. Aber nach ihrem Tod gab es keine Möglichkeit mehr, es zu beweisen.« Gideon verzog den Mund. »Es wäre äußerst hilfreich gewesen, wenn Deirdre sich die Mühe gemacht hätte, einen Abschiedsbrief zu hinterlassen, ehe sie Hand an sich legte. Aber Deirdre hat an andere nie auch nur einen Gedanken verschwendet. Sehr wahrscheinlich war es ihr völlig einerlei, daß man mir die Schuld an ihrem Selbstmord geben würde.«

Harriet schauderte, weil soviel unverhüllter Schmerz und frustrierte Wut aus Gideons Worten klang. »Gideon, du liebst sie doch nicht mehr, oder?«

»Guter Gott, nein.« Er blickte finster und erstaunt auf sie nieder. »Als ich um sie anhielt, war ich überzeugt, sie zu lieben. Rückblickend muß ich sagen, daß ich nur von ihrer Schönheit und von der Tatsache geblendet war, daß ein so schönes Wesen mich haben wollte. Aber was immer ich für Deirdre Rushton empfand, starb an dem Abend, als sie mir gestand, sie habe meine Werbung nur angenommen, weil ihr Vater sie dazu zwang, und daß sie mit dem Kind eines anderen schwanger gehe. Und sie sagte mir auch, daß allein mein Anblick ihr schon zuwider sei.«

»Ach, Gideon.« Harriet umfaßte seine Mitte fester. »Mir scheint, sie muß sehr verzweifelt gewesen sein. Sie war ja blutjung und hatte sich zweifellos in Morland verliebt. Sie wußte, daß sie ihn nie bekommen konnte, und sie war unglücklich, weil sie einen Mann heiraten mußte, den sie nicht liebte. Deshalb hat sie die Schuld für ihre Probleme dir zugeschoben.«

»Du brauchst keine Entschuldigung für sie zu finden«, murmelte Gideon.

»Ich wollte dir nur klarmachen, daß sie dich wahrscheinlich gar nicht gehaßt hat. Sie hatte nur das Gefühl, in eine Falle geraten zu sein, und wollte ihre Angst und Enttäuschung an dir auslassen.«

»Nun, gerächt hat sie sich an mir, falls es das war, worauf sie aus war.«

»Ja, ich weiß. Du hast sechs lange Jahre in deinem ureigenen Höhlenwinkel gelebt.«

»Eine sehr dramatische Art, es zu sehen, aber nicht ganz

unrichtig«, sagte Gideon trocken. »Ich weiß, daß ich in den letzten sechs Jahren sehr einsam war.«

Harriet lächelte zaghaft. »Aber jetzt nicht mehr. Jetzt hast du mich.«

»Jetzt habe ich dich.« Gideon berührte ihr Haar. »Und ich verspreche, daß ich auf dich sehr gut achtgeben werde.«

»Danke, Mylord. Ich verspreche auch, daß ich mich sehr um Sie kümmern werde.«

»Ja, wirklich?« In seinen Löwenaugen glomm ein warmes Feuer.

»Ja. Du irrst dich, wenn du glaubst, daß ich meine Fossilien mehr liebe als dich.« Sie stellte sich auf die Zehenspitzen und streifte mit ihrem Mund über seinen. »Es stimmt schon, daß ich sehr an meinen Fossilien hänge, aber für Sie, Mylord, empfinde ich viel mehr.«

Gideon ließ ein zögerndes Lächeln sehen. »Das freut mich zu hören.«

Er hob sie hoch, als sei sie federleicht. Gideon weckt in mir das Gefühl, eine Märchenprinzessin zu sein, dachte Harriet.

Er legte sie mitten auf sein Bett und ließ sich neben ihr nieder. »Vielleicht zeigst du mir jetzt, welcher Teil meiner Anatomie in deinen Augen gleichwertig oder gar eindrucksvoller ist als die alten Knochen, die du sammelst.«

Harriet lachte ihn im Halbdunkel an. »Das ist eine lange Liste.«

»Du kannst ja bei den Zehen anfangen und dich weiter hinaufarbeiten.

»Mit Vergnügen.«

Sie versetzte ihm einen leichten Schubs, und Gideon rollte sich gehorsam auf den Rücken. Dann kniete sie sich neben ihn hin und studierte seine großen Füße ganz ernst.

»Ich muß sagen, daß ich kaum fossilen Fußknochen solcher Größe begegnet bin.«

»Ich fühle mich geschmeichelt.« Gideon beobachtete ihr vom Feuerschein angestrahltes Gesicht.

»Und nur selten hat man das Glück, einem so proportionierten Unterschenkel zu begegnen.« Harriet strich mit dem Finger langsam die Innenseite seines Beins entlang. »Sehr eindrucksvoll.«

»Ich bin sehr erleichtert, daß dieser Teil meiner Anatomie so günstig abschneidet.«

»Ganz entschieden«, versicherte sie ihm. Ihre Finger glitten über die Knie aufwärts und die Innenseite seiner Schenkel entlang. »Und vom Beinknochen eines Elefanten abgesehen, den zu untersuchen ich einmal das Glück hatte, sind mir noch nie so prachtvolle Schenkelknochen untergekommen.«

Gideon hielt den Atem an, als ihre Hand höher glitt und seinen schwarzen Morgenmantel öffnete, um seine Schenkel freizulegen. »Freut mich, daß du es zu schätzen weißt.«

»Das tue ich ganz gewiß, Mylord.« Sie beugte sich über ihn und ließ einen winzigen feuchten Kuß auf sein Bein fallen. Das spröde gelockte Haar kitzelte sie an der Nase, und sein männlicher Duft machte ihr ihre eigene Erregung bewußt. Sie berührte seinen dicken Schaft. »Und jetzt kommen wir zu einer höchst interessanten Entdeckung.«

»Sag bloß nicht, du hättest fossile Reste jenes speziellen anatomischen Teils entdeckt«, sagte Gideon.

»Nein«, gestand Harriet. »Aber dieses da ist so hart wie jedes Fossil, das ich aus Stein herausgehauen habe.«

»Ach.« Gideon holte tief Luft, als sie ihn liebkoste.

Harriet sah, daß die Muskeln von Schenkeln und Brust sich vor Erregung verspannten. Als sie darüber hinwegstrich, war ihr, als streichle sie Stahl. Die Kraft, die ihm innewohnte, war bestechend.

»Hätte ich jemals etwas dieser Art entdeckt«, raunte Harriet, während sie ihre Fingerspitzen kreisen ließ, »hätte ich darüber sicher einen Artikel für die *Sitzungsberichte* verfaßt.«

Gideons Lachen ließ seine wachsende Erregung und Spannung heraushören. »Ich glaube nicht, daß ich diese Lektion überstehe. Kommen Sie, Madam, ich möchte einen gewissen Teil meiner Anatomie in ihrer Hitze begraben, ehe er sich aus reiner Frustration zu einem ständigen Fossil verhärtet.«

Harriet ließ es lächelnd geschehen, als er nach ihr faßte und sie auf seinen Körper hob, so daß sie rittlings auf ihm zu sitzen kam. Das Gefühl, seine starken Schenkel zwischen den eigenen zu spüren, war sehr erregend. Sie spürte seine Männlichkeit unter sich pulsieren, was sie die eigene weibliche Macht um so bewußter erleben ließ.

Sie beugte sich vor und schob seinen Morgenmantel beiseite, so daß sie mit den Fingern über seine breite Brust streichen konnte. Dann beugte sie den Kopf und ließ die Zunge über seine flachen Brustspitzen gleiten.

»Wie gut das tut«, stöhnte Gideon. »Ach, wie gut.«

Er legte seine Hände auf ihre Knie und bewegte seine Handflächen langsam die Innenseite ihrer Schenkel hinauf, fand ihre Weichheit, spürte ihre feuchte Hitze. Dann ließ er langsam einen Finger hineingleiten, um zu prüfen, ob sie bereit war.

»Gideon.« Harriet warf den Kopf zurück. Ihr ganzer Körper war als Reaktion auf die köstliche Invasion gespannt.

»Nimm mich auf«, flüsterte er heiser. »Faß mich an und führe mich ein.«

Mit zitternden Fingern griff sie zu und fand ihn. Dann ließ sie sich auf die Knie nieder, ganz langsam, und er drang behutsam ein und überließ es ihr, das Tempo zu bestimmen.

Harriet spürte, wie sie gedehnt und gefüllt wurde. Es war ein köstlich erregendes Gefühl. Wie immer. Sie ließ sich Zeit, ihn in sich eindringen zu lassen, damit sie jeden Zoll auskosten konnte.

Und dann war Gideon ganz drinnen, sie waren verbunden, wie nur Mann und Frau es sein können, und Harriet gab sich wieder der einzigartigen Wonne hin, in Gideons starken Armen sein zu können.

An Bryce Morland und die schrecklichen Dinge, die er Gideon vor langer Zeit angetan hatte, dachte sie eine ganze Weile nicht. Als Harriet später erwachte und ihr die Geschichte wieder einfiel, entdeckte sie, daß Gideon neben ihr fest eingeschlafen war.

Harriet überlegte, ob sie ihn wecken und ihn daran erinnern sollte, daß er Bryce nicht mit Absicht provozieren möge. Aber Gideon schlief so friedlich, daß Harriet beschloß, bis zum Morgen damit zu warten.

Als sie jedoch am Morgen erwachte, war er fort.

15

Im Tattersall war es bereits gedrängt voll, als Gideon an jenem Morgen den Hof betrat. Das war nicht außergewöhnlich, schon gar nicht an Verkaufstagen wie heute. Die Auktionen edler Rassepferde in London zogen die Herren der guten Gesellschaft an, wie Zuckerwerk Kinder anlockt. Alle, die es sich leisten konnten, sowie viele, die es sich nicht leisten konnten, wetteiferten miteinander um den Besitz der schönsten Pferde.

Einen Teil des Hofes deckte ein von klassischen Säulen getragenes Dach. Gideon lehnte sich mit einer Schulter an eine der hohen Säulen an und sah müßig zu, wie die schönen Jagdpferde an den potentiellen Käufern vorübergeführt wurden. Er war indes nicht gekommen, um ein Jagdpferd zu kaufen.

Vielmehr studierte er die Kauflustigen. Er war fast sicher, daß er den Gesuchten hier finden würde. Ein paar diskrete

Erkundigungen im Club hatten ergeben, daß Bryce Morland heute morgen der Auktion beiwohnen würde.

Im nächsten Augenblick erspähte Gideon ihn auch schon in der Menge. In ein Gespräch mit einem beleibten Mann in einem schlechtsitzenden Mantel vertieft, stand Morland am anderen Ende der Kolonnade.

Gideon stieß sich von der Säule ab und steuerte langsam auf Morland zu.

In diesem Augenblick erschien ein Stallbursche mit dem nächsten Angebot, einer kleinen Schönheit in Gestalt einer arabischen Grauschimmelstute. Gideon stutzte, als er sich unwillkürlich Harriet im Sattel der kleinen Grauen vorstellte.

Er hielt inne, um die Stute genauer in Augenschein zu nehmen. Der schlanke, aber kompakte Körperbau verhieß Kraft und Ausdauer. Die kleinen Ohren wirkten empfindsam und wach, die weit auseinanderstehenden Augen blickten klug und hatten Rasse. Harriet würde Intelligenz bei einem Pferd zu schätzen wissen.

Gideon war in die Betrachtung der zierlichen Fesseln versunken, als Morland ihn von hinten ansprach.

»Die ist wohl nicht ganz dein Stil, St. Justin. Du bist mit deinen großen, schweren Ungetümen besser bedient. Die kannst du nicht unter dir zermalmen, wenn du in den Sattel steigst.«

Ohne den Blick vom Pferd abzuwenden, sagte Gideon seelenruhig: »Freut mich, daß du heute da bist, Morland. Ich habe ein Wörtchen mit dir zu reden.«

»Ach? Wie ungewöhnlich.« Morlands Ton war spottgeladen. »In den letzten sechs Jahren hast du mich kaum eines Wortes gewürdigt.«

»Es gab zwischen uns nichts zu besprechen.«

»Und jetzt schon?«

»Leider ja, Morland, ich spreche eine Warnung aus, die du hoffentlich beachten wirst.«

»Und wenn nicht?«

»Dann bekommst du es mit mir zu tun.« Gideon sagte die stolze Haltung der Stute zu. Der Eindruck von Vitalität und Elan, der von ihr ausging, erinnerte ihn an Harriet.

»Soll das am Ende eine Drohung sein?« fragte Morland in unverändert spöttischem Ton.

»Ja.« Gideon studierte die kompakte hintere Flanke der Stute. Jede Menge Kraft da hinten, fand er. Damit war Ausdauer gewährleistet. »Ich möchte, daß du dich von meiner Frau fernhältst.«

»Du Schuft.« Aus Morlands Ton war jede Andeutung von Spott verschwunden. Er bebte vor Zorn. »Was bildest du dir ein, wer du bist, daß du solche Warnungen äußerst?«

»Ich bin St. Justin«, sagte Gideon leise. *»Das Ungeheuer von Blackthorne Hall.* Da du mit schuld bist an diesem Beinamen, solltest du klug genug sein, ihn zu respektieren.«

»Du drohst mir ja nur, weil du weißt, daß ich dir deine kleine Harriet wegnehmen könnte, wenn ich es darauf anlegte. Du weißt, daß sie zu mir kommen würde, wenn ich ihr auch nur mit dem kleinen Finger winke.«

»Nein.« Gideon behielt noch immer die Stute im Auge. »Sie würde nicht zu dir kommen.«

»Wenn du deiner Sache so sicher bist, warum dann die Drohung?« wollte Morland wissen.

»Weil ich nicht möchte, daß sie von dir behelligt wird, Morland.« Gideon gab dem Burschen, der die Stute führte, ein Zeichen. »Und jetzt mußt du mich entschuldigen. Ich möchte ein Pferd kaufen.«

Gideon schlenderte davon, ohne Morland auch nur noch eines einzigen Blickes zu würdigen, wohl wissend, daß diese stumme Kränkung für Morland schlimmer war als die ausgesprochene Drohung.

Am Nachmittag kam Gideon nach Hause, um Harriet von der Stute zu berichten, und erfuhr, daß sie weggegangen war, um Mr. Humboldts Museum einen Besuch abzustatten. Er mußte also mit der Ankündigung seiner Überraschung warten, und das ärgerte ihn. Nun erst wurde ihm klar, wie sehr er sich auf ihre Reaktion gefreut hatte.

Der Blick, mit dem er Owl ansah, fiel deshalb finster aus. Owl erwiderte den Blick seines Herrn ähnlich finster.

»Mr. Humboldts Museum?« wiederholte Gideon.

»Ja, Mylord. Sie schien ganz begeistert von der Aussicht. Gott mag wissen, warum. Ich kann mir nicht vorstellen, was einen an einer Sammlung vermoderter alter Knochen so begeistern kann.«

»Owl, Sie werden sich an Lady St. Justins Begeisterung für diese Dinge gewöhnen müssen.«

»Das dachte ich mir schon.«

Gideon, der in die Bibliothek wollte, hielt jäh inne. »Hat sie daran gedacht, ihre Zofe oder einen der Diener mitzunehmen?«

»Nein. Aber ich habe dafür gesorgt. Ihre Zofe ist mitgegangen.«

»Ausgezeichnet. Ich wußte ja, daß ich mich auf Sie verlassen kann, Owl.« Gideon ging auf die Tür zur Bibliothek zu. »Ich erwarte Mr. Dobbs. Bitte, führen Sie ihn herein, wenn er kommt.«

»Ja, Mylord.«

Eine Viertelstunde später traf Dobbs ein, nahm schwungvoll seinen zerknüllten Hut ab und setzte sich in seiner übertrieben vertraulichen Art Gideon gegenüber.

»Einen schönen Tag, Sir. Die Gästelisten, die Sie wollten, habe ich beisammen.« Dobbs zeigte ihm ein Bündel Papiere. »War aber unmöglich, alle zu kriegen. Einige sind verloren oder aber vernichtet worden. Aber ich hab' trotzdem eine Menge zusammenbekommen.«

»Gut. Lassen Sie sehen, was Sie haben.« Gideon breitete die Gästelisten auf seinem Schreibtisch aus und überflog die Namen, Leute, die in jenen Häusern gastiert hatten, aus denen während der Saison Gegenstände entwendet worden waren.

»Wird nicht einfach sein, die Namen jener Personen herauszufiltern, die in diesen Häusern eingeladen waren und auch Grund haben, sich in den Höhlen auszukennen.« Dobbs deutete auf die Listen. »Hunderte von Namen, die man durchgehen muß. Die Reichen geben gern große Gesellschaften.«

»Ich sehe, daß es einige Zeit erfordern wird.« Gideon fuhr mit dem Finger die Liste entlang. »Und ich habe so eine Ahnung, daß unser Mann Fossiliensammler ist.«

»Das muß nicht sein, Mylord. Es könnte ebenso gut jemand sein, der in der Gegend von Upper Biddleton aufgewachsen ist oder der einmal dort zu Besuch war.«

Gideon schüttelte den Kopf. »Ein zufälliger Besucher der Höhlen würde sich dort nicht so gut auskennen, um jene Höhle zu kennen, in der wir die gestohlenen Sachen gefunden haben. Wer dort das Lager für das Diebesgut anlegte, kennt das Gelände sehr gut. Und der einzige Grund für einen Besuch in der Höhle ist die Suche nach Fossilien.«

»Wenn Sie es sagen. Nun, ich lasse Ihnen die Listen da und erwarte Ihre nächsten Anweisungen.«

»Danke, Dobbs. Sie haben mir sehr weitergeholfen.« Gideon blickte auf, als der kleine Mann sich erhob. »Wie haben Sie es nur geschafft, die vielen Listen zu bekommen?«

Auf Dobbs' Gnomengesicht breitete sich ein Grinsen aus. »Ich sagte, daß ich die Listen als Teil meiner Belohnung für die Auffindung der gestohlenen Sachen haben wolle. Da hatte man es auf einmal eilig, mir die Listen zu geben.«

Gideon lächelte. »Das ist viel billiger als eine Belohnung mit Barem.«

»Die feinen Herrschaften zahlen mit Vergnügen ein Vermögen für ein gutes Pferd oder ein Schmuckstück, aber wenn es darum geht, die Dienste von einfachen Menschen, wie ich es bin, zu bezahlen, dann bleibt die Hand ganz fest zu.« Dobbs drückte sich den zerknüllten Hut auf den Kopf. »Aber da ich diesmal für Sie tätig bin, nehme ich an, daß ich meine Belohnung bekomme. Ich habe mich nämlich umgetan. Ihr Ruf ist in dieser Hinsicht untadelig. Es heißt allgemein, daß Sie Ihre Rechnungen bezahlen und nicht versuchen, Lieferanten übers Ohr zu hauen.«

Gideon zog die Brauen in die Höhe. »Nett zu hören, daß man in gewissen Bereichen einen guten Ruf hat.«

»In den Bereichen, in denen ich lebe, ist der Ruf, seine Rechnungen anständig zu begleichen, der einzige Ruf, der zählt.«

Mr. Humboldts Museum war überwältigend und rechtfertigte den Eintrittspreis. Seine Sammlung von Fossilien, Skeletten, ausgestopften Tieren und seltenen Pflanzen füllte sein gesamtes Stadthaus von oben bis unten. Nicht ein einziger Raum war ausgenommen. Sogar sein Schlafzimmer enthielt Exponate und Kisten voller verstaubter Skelette, Meeresfossilien und verschiedener anderer Raritäten.

Harriet war entzückt, als sie sah, was und wieviel das Museum barg.

»Beth, sieh dir das an«, sagte sie zu ihrer Zofe. Sie stand da, die Zimmerflucht im Erdgeschoß im Auge, die mit Schätzen angefüllt war. Besucher schlenderten ungezwungen von einem Raum zum anderen, betrachteten die Rhinozerosschädel und ausgestopften Schlangenkörper mit Ausrufen des Staunens und der Verwunderung. »Es ist wundervoll, absolut wundervoll.«

Beth spähte vorsichtig in den ersten Raum, nur um sich beim Anblick eines großen Haifischskeletts vor Grauen zu schütteln. »Muß ich da mit hinein, Madam? Bei diesem Zeug kriege ich Gänsehaut, wirklich.«

»Na schön, dann warte eben hier in der Eingangshalle. Ich werde das Museum auf eigene Faust besichtigen.«

»Danke, Madam.« Beth wandte ihre Aufmerksamkeit dem jungen Mann zu, der von den hereintröpfelnden Besuchern den Eintritt kassierte. Ihr kokettes Lächeln erwiderte er mit einem verwegenen Grinsen.

Harriet schenkte dem keine Beachtung. »Was befindet sich in diesem Raum dort?« fragte sie, auf eine geschlossene Tür neben der Treppe deutend.

Der junge Mann sah sie an. »Das ist Mr. Humboldts Arbeitszimmer. Außer ihm darf niemand hinein. Der einzige Raum, der den Besuchern verschlossen bleibt.«

»Ach so.« Harriet ging auf die Treppe zu. »Na schön, ich glaube, ich werde oben anfangen und mich bis nach unten durcharbeiten.«

Sie stieg in den dritten Stock hinauf und stürzte sich in den ersten, mit Exponaten angefüllten Raum.

Ein wahrer Himmel tat sich für sie auf.

Es befanden sich nur wenige Besucher im Museum, jedenfalls nicht genug, um ihr im Weg zu sein, und die Zeit verging rasch, während sie sich vom obersten Geschoß des großen Hauses ins unterste durcharbeitete, das auf Kellerniveau lag.

Obwohl in erster Linie auf der Suche nach fossilen Zähnen, ließ Harriet sich immer wieder von faszinierenden Exponaten ablenken.

In einem der Schaukästen entdeckte sie einen faszinierenden Seeigel. Daneben lagen einige andere höchst interessante Meeresfossilien. Auch eine Vielzahl anderer fossiler Funde, die in einem anderen Schaukasten ausgestellt waren, fesselte eine Weile ihre Aufmerksamkeit.

Für sämtliche Schubfächer in den Schränken aller Räume

benötigte sie eine wahre Ewigkeit, aber Harriet wollte kein einziges Stück auslassen. Immer wenn sie ein Schubfach aufzog oder einen Blick in einen Schaukasten warf, sagte sie sich, daß sie vielleicht auf einen Zahn wie den in Upper Biddleton gefundenen stoßen würde. Und wenn sie Glück hatte, war er bereits mit einem Etikett versehen. So würde sie erfahren, ob ihn schon jemand identifiziert hatte.

Das Untergeschoß sparte sie sich für zuletzt auf. In einem normal bewohnten Haus hätten sich unten Küche und Dienstbotenquartiere befunden, Humboldt aber nutzte diesen Teil des Hauses als Depot für sein Museum. Als Harriet nach unten ging, war sie ganz allein.

Das war ganz nach ihrem Geschmack.

In zweien der dunklen Kammern fand sie nur Kisten vor.

Doch am Ende des Korridors öffnete sie eine letzte Tür und entdeckte einen halbdunklen Raum voll unheimlich aussehender Skelette, unter ihnen einige von beträchtlicher Größe.

Die Beleuchtung war armselig und beschränkte sich auf zwei flackernde Kerzen in Wandhaltern vor der letzten Tür. Harriet nahm eine und betrat damit den Raum, um die halb heruntergebrannten Wandleuchten in der Kammer anzuzünden. In diesen Teil des Hauses verirrte sich offenbar nur ganz selten jemand.

Die Kammer war nicht nur dunkel, sondern auch kalt. Alles war mit einer dicken Staubschicht bedeckt, aber Harriet ließ sich davon nicht abhalten. Staub und Schmutz waren mit dem Geschäft des Fossiliensammelns untrennbar verbunden.

Sie sah auf den ersten Blick, daß in dem dunklen Raum etliche Reihen hoher Schaukästen standen. Jeder enthielt Dutzende von Schubfächern.

Die Wahrscheinlichkeit war groß, daß sich einige Zähne in Schubfächern dieser Größe finden ließen.

Aber ehe sie sich an die Untersuchung der Schränke machte, hielt sie inne, um einige der merkwürdigen Funde, die im Raum verteilt waren, zu untersuchen. Auf einem Schrank am Ende eines Durchganges lag ein großer Steinbrocken. Als Harriet näher hinsah, entdeckte sie die feinen Umrisse eines merkwürdigen stachelbewehrten Fisches darin eingebettet.

Ein Stück weiter entdeckte sie die verstaubten Knochen einiger bizarrer Lebewesen, die sowohl Flossen als auch Beine besaßen. Harriet studierte sie voller Verwunderung, da sie Ähnliches noch nie gesehen hatte.

In einer Ecke entdeckte sie einen Stuhl, den sie vor einen der Schränke mit den merkwürdigen Fossilien zog, um hinaufzusteigen und die Exponate besser sehen zu können.

Eine Staubwolke erhob sich, als sie sich vorbeugte und eine sonderbar geformte Flosse berührte. Nun erst bemerkte sie die feinen Nadeln, mit denen die Flossen am Skelett festgemacht waren.

»Aha«, äußerte sie befriedigt. »Eine Fälschung. Dachte ich mir's doch. Kein Wunder, daß dich Mr. Humboldt in den Keller verbannt hat«, sagte sie tadelnd. »Wahrscheinlich hat er gutes Geld für dich bezahlt, nur um zu entdecken, daß man ihn übers Ohr gehauen hat.«

Als sie vom Stuhl herunterstieg, bemerkte sie die Staubflecken auf ihrer Pelerine. Zu spät fiel ihr ein, daß sie eine Schürze hätte mitnehmen sollen. Beim nächsten Mal wollte sie daran denken.

Sie hatte sich auf die Zehenspitzen gestellt, um ein ganz merkwürdiges Fischskelett zu betrachten, als sie hörte, daß hinter ihr die Tür geöffnet und ganz leise wieder geschlossen wurde. Noch ein Museumsbesucher hatte seinen Weg in Mr. Humboldts letzten Kellerraum gefunden. Harriet achtete nicht auf ihn, bis der Neuankömmling jenen Durchgang zwischen den hohen Schränken entlangkam, in dem sie sich befand.

»Guten Tag, Harriet«, sagte Bryce Morland vom entfernten Ende des Ganges her.

Harriet erstarrte. Nicht nur, weil sie nicht darauf gefaßt war, sondern wegen des drohenden Untertones, der herauszuhören war. Sie drehte sich zu ihm um.

»Mr. Morland, was treiben Sie denn hier in diesem Museum? Ich wußte gar nicht, daß Sie sich für Fossilien interessieren.«

»Ich interessiere mich nicht für Fossilien.« Mr. Morlands Lächeln wirkte im Halbdunkel wie das Zerrbild eines gütigen Engelslächelns. »Hingegen interessiere ich mich um so mehr für Sie, meine süße kleine Harriet.«

Harriet lief es kalt über den Rücken. »Ich verstehe wohl nicht ganz.«

»Nein? Keine Angst, Sie werden es bald verstehen.« Er kam auf sie zu. Das matte Licht der Wandleuchte vergoldete sein blondes Haar, sein hübsches Gesicht aber blieb im Schatten.

Harriet trat instinktiv einen Schritt zurück. Plötzlich bekam sie es mit der Angst zu tun. »Sie müssen mich entschuldigen, Sir. Es ist schon spät, und ich müßte längst wieder unterwegs sein.«

»Ja, spät ist es. Das Museum hat vor zehn Minuten seine Pforten geschlossen.«

Harriet riß erschrocken die Augen auf. »Allmächtiger … wie die Zeit verflogen ist! Meine Zofe wird schon ungeduldig auf mich warten.«

»Ihre Zofe flirtet mit dem Eintrittskartenverkäufer und ist beschäftigt. Keinem wird auffallen, daß wir verschwunden sind.«

»Trotzdem … ich muß jetzt gehen.« Harriet reckte entschlossen ihr Kinn. »Bitte, lassen Sie mich vorbei.«

Morland hielt noch immer langsam auf sie zu. »Noch nicht, kleine Harriet. Noch nicht. Ich sollte nicht unerwähnt lassen, daß ich heute Ihren Mann gesehen habe.«

»Ach?« Harriet wich zurück.

»Wir hatten ein nettes kleines Gespräch, in dessen Verlauf er mir riet, mich von Ihnen fernzuhalten.« In Morlands Augen glitzerte eiskalte Wut. »Er weiß offenbar, daß Sie sich zu mir hingezogen fühlen.«

»Nein.« Harriet wich noch einen Schritt zurück. »Das stimmt nicht, und Sie wissen es genau, Mr. Morland.«

»Doch, es stimmt. Sie sind wie Deirdre. Auch sie konnte mir nicht widerstehen.«

»Haben Sie den Verstand verloren? Wovon reden Sie eigentlich?«

»Von Ihnen und Deirdre natürlich. St. Justin hat Deirdre verloren, und er wird auch Sie verlieren. Und diesmal wird sein Stolz endgültig gebrochen. Immer war er so verdammt arrogant, so verflucht stolz, auch als ganz London hinter seinem Rücken über ihn flüsterte. Aber diesmal wird er den Tratsch nicht ertragen können wie letztes Mal.«

»Was werden Sie tun?« wollte Harriet wissen.

»Ich werde Ihnen meinen Samen einpflanzen, wie ich es bei Deirdre getan habe«, gab Bryce seelenruhig von sich. »Deirdre ließ sich nur allzu bereitwillig verführen. Aber bei Ihnen dürfte es ohne ein wenig Überredungskunst nicht gehen, wenn ich nicht irre.«

Harriet starrte ihn fassungslos an. »Nie werde ich mich Ihnen ergeben. Wie können Sie so etwas auch nur denken?«

Morland nickte offensichtlich erfreut. »Also wird es mit ein wenig Überredung nicht getan sein. Dann eben mit Gewalt. Vortrefflich. Sie müssen wissen, daß ich es so am liebsten habe. Leider treffe ich selten auf eine Frau, die mir den Gefallen tut, und sich wehrt. Sie lassen sich alle sehr willig in mein Bett sinken.«

»Wie können Sie es wagen?« kam es Harriet fast lautlos über die Lippen.

»Ganz einfach. Auf diese Gelegenheit warte ich schon seit

einigen Tagen. Und nach dem unangenehmen kleinen Wortwechsel mit St. Justin heute morgen machte ich mich auf die Suche nach Ihnen, da ich fand, daß es höchste Zeit sei. Ich wußte, daß Sie heute mir gehören würden. St. Justin hat mich sehr, sehr erzürnt, müssen Sie wissen.«

»Sie sind mir gefolgt?«

»Natürlich. Als ich Sie dieses Haus betreten sah, entschloß ich mich abzuwarten, ob sich nicht eine günstige Gelegenheit bieten würde. Und sie hat sich geboten. Der Schlüssel zu diesem Raum hing draußen neben der Tür. Ich habe ihn genommen und die Tür hinter mir versperrt.« Morland zog einen schweren Schlüssel aus der Tasche und zeigte ihn ihr mit einem Auflachen. Dann ließ er ihn wieder in seinem Mantel verschwinden.

»Ich werde schreien.«

»Niemand wird Sie hören. Die Wände sind aus Stein und sehr dick. Und niemand wird ins Untergeschoß herunterkommen, weil das Haus über Nacht geschlossen ist.«

Harriet wich noch ein paar Schritte zurück. Sie hatte das Ende des Durchgangs erreicht. Im nächsten Moment würde sie um die Ecke des letzten Schrankes biegen und den nächsten Durchgang entlanglaufen können. Was sie dann tun würde, wußte sie nicht. Aber mir wird schon etwas einfallen, beruhigte sie sich. In der Zwischenzeit galt es, bei Mr. Morland Zeit zu gewinnen.

»Warum diese Entschlossenheit, sich an St. Justin zu rächen?« fragte sie. »Was hat er Ihnen denn angetan?«

Jähzorn verzerrte seine hübschen Züge. »Wie so viele seiner Art besitzt er alles. Hat es immer schon besessen. Und ich hatte nichts. *Nichts.* Meine und seine Familie waren jahrelang Nachbarn. Als ich heranwuchs, mußte ich mitansehen, wie er und sein älterer Bruder immer alles vom Feinsten bekamen. Pferde, Wagen, Kleider, Schulen.«

»Mr. Morland, hören Sie zu…«

»Wissen Sie, wie das war? Nein, das können Sie natürlich nicht wissen. Auf Blackthorne Hall weilten bedeutende Menschen zu Gast. Alle buhlten um die Gunst des Earls of Hardcastle. Und ich mußte *dankbar* sein, wenn ich nur eine Einladung zu einem Hardcastle-Ball bekam. Ich mußte mich glücklich schätzen, wenn man mich zur Jagd lud. Meine Eltern, kleiner Landadel, katzbuckelten vor dem edlen Earl of Hardcastle. Aber ich bin vor ihm oder seinen Söhnen nie gekrochen. Ich war ihnen ebenbürtig.«

»Wie können Sie sagen, daß St. Justin alles hatte?« fragte Harriet.

»Er ist Erbe eines alten Titels und eines riesigen Vermögens, während ich eine Kaufmannstochter heiraten mußte, damit mir das Geld zur Verfügung stand, das ich brauchte. *Das war nicht fair.*«

»Sie haben sich als seinen Freund bezeichnet.«

Morland zog die Schultern hoch. »Für einen Mann in meiner Position sind Freunde aus seinen Kreisen äußerst nützlich. Freunde wie St. Justin können einem Zutritt zu den besten Clubs verschaffen, zu den besten Salons, zu den besten Betten. Ich habe es mir zur Gewohnheit gemacht, Freunde wie St. Justin zu erwerben. Aber St. Justin selbst kann mir nichts mehr nützen und hat mich noch dazu beleidigt.«

Harriet starrte ihn an. »Sie reden sich ein, daß Sie ihm überlegen sind, stimmt's? Sie sagen sich, daß er zwar Titel und Vermögen hat, daß Sie aber klüger, schöner und für Frauen anziehender sind.«

»Stimmt.«

»Aber Sie hassen ihn, weil Sie tief in Ihrer Seele wissen, daß er ein viel besserer Mensch ist, als Sie es je sein können. Seine Überlegenheit beruht nicht auf Titel und Vermögen. Sie liegt viel tiefer, und sie ist etwas, das Sie nie haben werden. So ist es doch, Mr. Morland?«

»Wenn Sie es sagen, meine Liebe.«

»Was beweisen Sie damit, wenn Sie mir etwas antun?«

Bryces Augen glitzerten. »Ich beweise damit wieder, daß ich St. Justin eine Frau wegnehmen kann. Nehme ich mir Sie, dann habe ich die Befriedigung, daß ich beide Frauen hatte, von denen St. Justin glaubte, sie wären sein. Viel ist es nicht, aber der Mensch freut sich.«

»Sie sind ein Narr, Mr. Morland. Sie müssen wissen, was St. Justin tun wird, wenn er entdeckt, daß Sie versuchten, mir nahezutreten.«

»Ach, ich kann mir nicht denken, daß Sie ihm von unserem kleinen Handgemenge erzählen werden.« Bryce bedachte sie mit einem wissenden Blick. »Frauen geben meist nicht zu, daß sie mit einem anderen intim waren, selbst wenn dieser sie mit Gewalt genommen hat. Aus Angst, man würde ihnen die Schuld geben, glaube ich. Und keine Frau, die mit dem ›Ungeheuer von Blackthorne Hall‹ verheiratet ist, würde zugeben, daß sie ihm untreu war. Dazu hätte sie zuviel Angst. Dieses Ungeheuer würde sich gewiß gegen sie wenden.«

Harriet ertastete das Ende des letzten Schrankes. »Ich hätte keine Angst, es St. Justin zu sagen. Er würde mir glauben und mich ganz sicher rächen.«

»Viel wahrscheinlicher ist, daß er Sie ermorden würde«, sagte Bryce, der unbeirrt näher kam. »Und Sie sind klug genug, das zu wissen. Er könnte unmöglich ertragen, daß seine junge Frau, die er der Gesellschaft so stolz präsentiert hat, ihm nach so kurzer Zeit untreu wurde.«

»Sie wissen nichts von ihm.« Ohne Vorwarnung huschte Harriet um die Ecke der Schrankreihe.

Bryce machte einen Satz auf sie zu. In seinen Augen brannte ein unseliges Feuer.

Harriet jagte die zweite Schrankreihe entlang, Bryce war ihr dicht auf den Fersen. Zwei Schritte noch, und er würde sie fassen können.

Da sah sie vor sich den Stuhl, den sie benutzt hatte, als sie das gefälschte Fossil untersuchte. Er stand, wo sie ihn stehengelassen hatte, nämlich mitten im Gang. Sie sprang auf den Stuhl und kletterte auf einen Schrank, als Bryce nach ihren Röcken haschen wollte.

Er verfehlte sie.

Harriet lief nun oben auf den Schränken weiter und warf Schädel, Beinknochen und Wirbelsäulen hinunter. Bryce stürmte den Gang entlang, offenbar in der Absicht, sie am anderen Ende bei der Tür zu erwischen.

»Du kannst ebenso gut herunterkommen, du kleines Biest. Das Ende steht fest.« Sie hörte große sexuelle Erregung aus seinen Worten heraus.

Harriet schenkte ihm keine Beachtung. Ihr Ziel war der große Stein, der auf dem letzten Schrank der Reihe lag, jener Stein, auf dem der fossile Abdruck eines großen stacheligen Fisches zu sehen war. Sie betete darum, der Stein möge nicht zu schwer für sie sein.

Bryce ahnte nichts von ihrer Absicht. Vermutlich kam er gar nicht auf den Gedanken, eine Frau könnte zu einem solchen Mittel der Verteidigung greifen oder aber sie könnte stark genug sein, es zu schaffen, auch wenn sie es versuchte.

Aber Harriet, die schon seit Jahren Fossilien aus festem Gestein herausgeschlagen hatte und mit Hammer und Meißel umzugehen verstand, wußte, daß sie einigermaßen kräftig war.

Sie packte den Steinbrocken ganz fest und schleuderte ihn auf Bryces blonden Kopf hinunter, als dieser ihre Fesseln zu fassen versuchte.

Im letzten Moment erkannte Bryce, was ihm blühte. »Verdammt, nein!« Sein Aufschrei wurde erstickt, als er mit einem Rückwärtssprung auszuweichen versuchte.

Zu spät. Er schaffte es kaum, der vollen Wucht des schweren Steins zu entgehen, der ihn am Kopf streifte und ihn voll auf der Schulter traf, ehe er mit einem lauten Poltern auf dem Boden landete.

Bryce taumelte und sank um. Reglos und mit geschlossenen Augen blieb er auf dem Boden liegen. Unter dem blonden Haarschopf, der ihm in die Stirn fiel, floß Blut hervor.

Gräßliche Stille senkte sich über den dunklen Raum voller Gebeine.

Oben auf der Schrankreihe kämpfte Harriet um Atem. Ihr Herz pochte, ihre Hände zitterten. Sie starrte auf Bryce hinunter, momentan nicht imstande, einen klaren Gedanken zu fassen.

Nach einer Weile riß sie sich zusammen und zwang sich hinunterzuklettern. Sie hatte Angst, Bryce auch nur in die Nähe zu kommen. Sie wußte nicht, ob er tot war, und wollte es auch nicht feststellen.

Doch sie brauchte den Schlüssel, um hinauszukommen.

Nach einigen tiefen Atemzügen näherte sie sich vorsichtig Bryces regloser Gestalt. Als er sich nicht rührte und auch nicht die Augen öffnete, ging sie neben ihm in die Knie und griff auf der Suche nach dem Schlüssel in seine Tasche.

Ihre Finger schlossen sich um den schweren Gegenstand aus Eisen und zogen ihn rasch heraus. Er fühlte sich kalt an. Bryce rührte sich noch immer nicht. Sie konnte nicht ausmachen, ob er überhaupt noch atmete.

Harriet zögerte keine Sekunde. Sie lief zur Tür, steckte den Schlüssel ins Schloß und sperrte auf.

Sie war frei.

Sie lief die Treppe zum Erdgeschoß hinauf und fand alles schon in tiefe Schatten gehüllt vor. Die schweren Vorhänge an den Fenstern der Vorderseite waren gegen die späte Nachmittagssonne zugezogen.

Da öffnete sich die Tür zu Mr. Humboldts Arbeitszimmer. Eine gebeugte, schnauzbärtige Gestalt dräute ähnlich einer großen Spinne im Eingang. Ein unwilliger Blick traf sie.

»Zum Kuckuck, Sie sind ja gar nicht die Köchin mit meinem Abendbrot. Was, zum Teufel, treiben Sie hier? Sämtliche Besucher müßten längst gegangen sein.«

»Ich wollte eben hinaus.«

»Wie bitte? Lauter, Mädchen.« Er legte die gewölbte Hand hinters Ohr.

»Ich sagte, ich wollte eben hinaus«, antwortete Harriet ganz laut.

Er verscheuchte sie mit einer ungeduldigen Geste. »Los, raus. Ich habe Wichtiges zu erledigen. Viel zu spät für diese verdammten Besucher. Würde ich nicht das Geld für den Ankauf neuer Fossilien brauchen, ich würde keine Menschenseele ins Haus lassen. Nichts wie Amateure und Kuriositätenjäger. Samt und sonders Dummköpfe.«

Damit machte Humboldt kehrt und zog sich türenknallend wieder in sein Arbeitszimmer zurück.

Nun erst wurde Harriet gewahr, daß sie zitterte. Eilig versuchte sie, den Staub aus ihren Röcken herauszuschütteln. Als sie die Haustür öffnete und auf die Straße trat, sah sie Beth unweit des Wagens auf sie warten und über eine Äußerung des Kutschers lachen. Der Junge, der die Eintrittsgelder kassiert hatte, stand bei ihr. Alle drei drehten sich um und sahen sie an.

»Geht's los, Madam?« fragte der Kutscher höflich.

»Ja.« Harriet marschierte in aufrechter Haltung auf den Wagen zu. »Wir haben es eilig. Ich bin schon spät dran.«

Beth riß beim Anblick der Staubspuren auf Kleid und Umhang ihrer Herrin die Augen auf. »Du meine Güte, Madam, Ihr schönes Kleid ist ruiniert. Diese dreckigen alten Knochen und all das andere Zeug… ich hätte Ihre Schürze für Sie mitbringen sollen.«

»Ach, macht nichts, Beth.« Harriet stieg in den Wagen. »Bitte, schnell. Ich muß rasch nach Hause.«

»Ja, Madam.«

Der Junge, der die Eintrittskarten verkauft hatte, starrte sie an. »Was ist mit dem Herrn passiert, der sagte, er wolle die Fossilien ganz allein studieren?«

Harriet lächelte kühl. »Keine Ahnung. Ich habe niemanden gesehen, als ich ging.«

Der Junge kratzte sich am Kopf. »Der muß wohl herausgekommen sein, als ich nicht hinsah.«

»Gleichviel.« Harriet gab dem Kutscher das Zeichen zum Losfahren. »Es geht uns nichts an.«

Zwanzig Minuten später half man Harriet vor Gideons Stadthaus aus dem Wagen. Sie wußte noch immer nicht, wieviel sie ihrem Mann sagen sollte.

Einerseits hätte sie sich ihm am liebsten in die Arme geworfen und ihm alles gebeichtet, da sie sich unbedingt mit jemandem über die schrecklichen Ereignisse in Mr. Humboldts Museum aussprechen mußte.

Andererseits fürchtete sie das, was Gideon womöglich unternehmen würde, denn ihr war klar, daß er einen solchen Affront gegen seine Frau nicht ungesühnt hinzunehmen gewillt war.

Gideon stand wartend in der Tür zur Bibliothek, als Harriet die Eingangshalle betrat. Er empfing sie mit einem Lächeln, das ihren staubbedeckten Sachen galt.

»Nach dem Zustand deines Kleides zu schließen, muß der Besuch in Mr. Humboldts Museum für dich ja sehr vergnüglich gewesen sein.«

»Es war ein hochinteressantes Erlebnis, Mylord. Ich kann es kaum erwarten, alles zu berichten.« Harriet streifte mit bebenden Fingern ihre Handschuhe ab.

Ihr war klar, daß dies die körperliche Reaktion auf die schreckliche Begebenheit im Museum war. Nie war ihr schlimmer zumute gewesen. Sie wurde der kleinen, fast unmerklichen Schauer, die sie durchliefen, nicht Herr.

Harriet ging an Gideon vorüber direkt in die Bibliothek.

Seine scharfen Augen ruhten nachdenklich auf ihrem Gesicht, und sein Lächeln erlosch. Er schloß die Tür und drehte sich zu ihr um. »Was ist passiert, Harriet?«

Um Worte ringend, wandte sie sich zu ihm um. Ihre körperliche Reaktion auf Morlands Attacke machte ihr so zu schaffen, daß sie nicht mehr an sich halten konnte.

Mit einem leisen Aufschrei lief sie auf Gideon zu und warf sich ihm an die Brust, als könne ihr seine Kraft Trost spenden.

»Ach, Gideon, es ist etwas ganz Schreckliches passiert. Ich habe Mr. Morland vielleicht getötet.«

16

Es war nicht leicht, die ganze Geschichte aus ihr herauszubekommen. Gideon bot seine ganze Geduld auf und hielt Harriet umfangen, während sie ihm eine zusammenhanglose Erklärung lieferte, in der gefälschte Fossilien, ein Stein mit einem Fischabdruck und Bryce Morland vorkamen.

Und Morlands Name war es, der in Gideon kalten Haß auflodern ließ.

»Deshalb habe ich den Stein auf ihn geworfen.« Harriet hob den Kopf von Gideons Schulter. »Und traf ihn. Gideon, es hat Blut gegeben. Sehr viel sogar. Und dann fiel er um, und vielleicht ist er mit dem Kopf gegen die Schränke geprallt. Genau weiß ich es nicht. Als ich mir den Schlüssel aus seiner Tasche holte, rührte er sich nicht. Gideon, was machen wir jetzt? Glaubst du, man wird mich für den Mord an Mr. Morland hängen?«

Gideon unterdrückte nur mit Mühe seinen Zorn. »Nein. Du wirst ganz sicher nicht wegen Mordes gehängt. Ich werde es nicht zulassen.«

Harriet ließ erleichtert die Schultern sinken. »Danke, Mylord. Das ist ja sehr beruhigend. Ich hatte so große Angst.« Sie griff nach dem großen weißen Taschentuch, das er ihr hinhielt, und trocknete ihre Augen. »Meinst du, daß wir außer Landes gehen müssen, um dem Skandal zu entgehen?«

»Nein, das wird nicht nötig sein, glaube ich.« In Gideon krampfte sich etwas zusammen. *Diesmal war Morland zu weit gegangen.*

»Gott sei Dank.« Harriet schneuzte sich. »Ich würde im Moment höchst ungern ins Ausland gehen. Ich kann es kaum erwarten, nach Upper Biddleton zurückzukehren und mit meiner Arbeit fortzufahren. Und ich könnte mir vorstellen, daß es für dich ziemlich schwierig sein dürfte, die Familiengüter vom Ausland aus zu verwalten.«

»Zweifellos.« Gideon umfaßte fest ihre Schultern. »Harriet, bist du sicher, daß er dir nichts angetan hat?«

Ein ungeduldiges Kopfschütteln Harriets, die sich wieder die Nase putzte, war die Reaktion. »Nein, nein, mir ist nichts geschehen. Bis auf das Kleid natürlich, das total ruiniert ist. Aber das kann ich nicht ausschließlich Mr. Morland anlasten, denn als er auftauchte, war es schon ziemlich schmutzig.«

Es war ihr wirklich nichts passiert. Das mußte er sich vor Augen halten. Morland hatte sie nicht in seine lüsternen Hände bekommen. Harriet hatte sich mit einem uralten, in Stein eingeschlossenen Fisch gerettet. Gideons Hände drückten sanft ihre Schultern. Er selbst hatte es nicht geschafft, sie zu beschützen.

»Meine tapfere, findige kleine Harriet. Ich bin sehr stolz auf Sie, Madam.«

Ihr Lächeln fiel zaghaft aus. »Aber ... danke, Gideon.«

»Aber ich bin auch sehr zornig, weil ich versagt habe und dich nicht beschützen konnte«, setzte Gideon erbittert hinzu. »Du hättest nie in jene Gefahr geraten dürfen, in der du heute schwebtest.«

»Gideon, das ist wohl kaum deine Schuld. Du hast doch

nicht ahnen können, daß Morland Mr. Humboldts Museum besuchen würde.« Harriet machte eine Pause, um dann ernsthaft fortzufahren: »Es ist ein hervorragendes Museum. Das konnte ich noch gar nicht sagen, da ich zuerst erklären mußte, daß ich Morland möglicherweise getötet habe. Aber ich fand keinen Zahn, der meinem ähnelte.«

Gideons Lächeln war nicht ohne Ironie. Man konnte davon ausgehen, daß Harriet mehr Interesse an ihrem fossilen Zahn hatte als an dem Überfall, dem sie nur knapp entgangen war. Er brachte sie zum Schweigen, indem er ihr den Finger auf die Lippen legte. »Das kannst du mir später erzählen. Im Moment halte ich es für das Beste, wenn ich herausfinde, womit wir es zu tun haben.«

Harriet erschrak. »Was meinst du damit?«

»Ich fahre zu Mr. Humboldts Museum und stelle fest, ob Morland tot oder lebendig ist.« Gideon küßte sie auf die Stirn. »Sobald ich weiß, in welchem Zustand er sich befindet, kann ich weiter planen.«

»Ja, natürlich.« Harriet nagte an ihrer Unterlippe. »Was aber, wenn er zufällig am Leben geblieben ist? Glaubst du, daß er mich wegen versuchten Mordes anzeigen wird?«

»Das glaube ich kaum«, sagte Gideon leise. Dieser Schuft wird genug damit zu tun haben, seine eigene Haut zu retten, schwor Gideon sich.

»Da wäre ich nicht so sicher.« Harriet furchte nachdenklich die Stirn. »Er ist kein netter Mensch. Du hattest recht, als du sagtest, daß er nicht der Engel ist, der er zu sein scheint.«

»Ja.« Gideon gab sie frei. »Geh hinauf, meine Liebe. Ich komme nach, sobald ich festgestellt habe, was aus Morland wurde.«

Harriet faßte mit ängstlichem Blick nach seinem Arm. »Du wirst doch vorsichtig sein? Ich möchte nicht, daß man dich in der Nähe der Leiche sieht, vorausgesetzt, er ist tot.

Und wenn er am Leben ist, könnte er gefährlich werden. Du darfst kein Risiko eingehen.«

»Ich werde auf der Hut sein.« Gideon ging an die Tür und öffnete sie. »Es wird vielleicht eine Weile dauern. Mach dir keine Sorgen um mich.«

Harriets Miene drückte Zweifel aus. »Ich glaube, ich sollte mitkommen. Ich kann dir zeigen, wo ich Morland liegen ließ.«

»Ich finde ihn allein.«

»Aber ich könnte aufpassen, während du dich um ihn kümmerst«, sagte Harriet, die sich für ihren Plan immer mehr erwärmte.

»Ich werde allein gut zurechtkommen. Und jetzt mache ich mich auf den Weg, wenn du nichts dagegen hast.« Er bedeutete ihr, hinaus in die Halle zu gehen.

Während sie langsam zur Tür ging, wälzte sie sichtlich einige Möglichkeiten in ihrem Kopf. »Je länger ich darüber nachdenke, desto fester bin ich überzeugt, daß es das Beste wäre, wenn ich mitkäme.«

»Ich sagte nein, Harriet.«

»Aber du weißt so gut wie ich, daß deine Pläne nicht immer perfekt ablaufen. Denke daran, was damals in der Höhle passierte, und alles nur, weil du mich nicht ins Vertrauen gezogen hast.«

»Meine Pläne laufen nur dann nicht planmäßig, wenn Sie sich einmischen, Madam«, sagte Gideon gelassen. »Heute wirst du tun, was man dir sagt. Ich kümmere mich um Morland, und du gehst direkt hinauf in dein Zimmer, nimmst ein Bad und trinkst eine Tasse Tee, damit du dich von diesem Schrecken erholst. Und du wirst das Haus bis zu meiner Rückkehr nicht verlassen. Ist das klar, meine Liebe?«

»Aber, Gideon…«

»Ich sehe, daß es nicht ganz klar ist. Nun gut, dann muß ich eben deutlich werden. Wenn du nicht sofort diese Treppe hinaufgehst, dann muß ich dich hinauftragen. Verstehen wir einander jetzt, Gnädigste?«

Harriet zwinkerte. »Also, wenn du so anfängst...«

»Ja, das tue ich.«

Harriet ging widerstrebend an ihm vorbei. »Nun gut, Mylord. Aber bitte, sei vorsichtig.«

»Ich werde vorsichtig sein.« Gideon sagte es barsch. »Noch etwas, Harriet...«

Sie blickte sich fragend um. »Ja?«

»Du kannst sicher sein, daß ich in Zukunft besser auf dich aufpassen werde.«

»Ach, Unsinn. Du paßt auch jetzt schon sehr gut auf mich auf.«

Sie irrt sich, dachte Gideon, als er ihr nachsah. Er hatte nicht auf sie aufgepaßt, und deswegen hatte sie heute beinahe den Preis für seine Achtlosigkeit bezahlen müssen. Eines stand fest: Es wurde Zeit, daß er Morland ein für allemal ausschaltete.

Wenn nicht schon Harriet dafür gesorgt hatte.

Auf den Straßen herrschte das lebhafte Treiben des frühen Abends, als Gideon sich zu Fuß auf den Weg zu Mr. Humboldts Museum machte.

Gideon wußte, daß er ohne Pferd und Wagen besser vorankommen würde, zudem bot das Laufen noch einen zusätzlichen Vorteil. Zu Fuß war es leichter, sich im Durcheinander der Fahrzeuge und Menschen, die ständig unterwegs waren, zu verlieren.

Sein Gespann war alles andere als unauffällig. Es wurde von vielen erkannt, und heute wollte Gideon keinerlei Aufmerksamkeit erregen. Sollte er zufällig einem bekannten Gesicht begegnen, wollte er sich in eine Seitenstraße oder schmale Gasse verdrücken.

In der Straße angekommen, in der Mr. Humboldts Museum lag, wartete Gideon in einer Nebenstraße, bis er in unmittelbarer Nähe niemanden mehr sah. Dann steuerte er auf die Vorderfront zu, die bis unter Straßenniveau reichte, damit das Kellergeschoß Licht bekam. Das übliche eiserne Geländer und eine Pforte schützten die Außentreppe, die von der Straße hinunterführte.

Gideon probierte es an der Pforte und fand sie verschlossen vor. Ein vorsichtiger Blick in die Runde, dann setzte er über das Geländer hinweg und landete auf den Steinstufen.

Die Stufen, als Dienstboten- und Lieferanteneingang gedacht, führten zu einer ebenfalls verschlossenen Tür hinunter.

Gideon versuchte, durch die kleinen Fenster, die das Untergeschoß mit Licht versorgten, ins Innere zu spähen, doch die schweren Vorhänge, die zugezogen waren, gestatteten ihm keinen Einblick.

Gideon überlegte schon, ob er sich die Mühe machen sollte, ein Fenster einzuschlagen, als er sah, daß jemand vergessen hatte, eines zu verriegeln.

Er schob den Flügel auf und schwang ein Bein über das Fensterbrett. Im nächsten Augenblick stand er in einem dämmrigen Raum voller Schränke, Kisten und Gebeine. Daß es nicht der Raum war, den Harriet ihm geschildert hatte, sah er auf den ersten Blick.

Gideon nahm eine Kerze aus einer Wandleuchte, zündete sie an und bahnte sich den Weg aus dem verstaubten Raum hinaus in einen kurzen dunklen Korridor. Die Tür der Kammer am Ende des Flurs stand offen.

Kaum hatte Gideon den dunklen Raum betreten, als er auch schon wußte, daß er sich am richtigen Ort befand. Kalte Wut brannte in ihm, als er jeden der Durchgänge zwischen den hohen Schränken kontrollierte. *Hier hat Morland ihr eine Falle gestellt.* Er hatte sie gejagt wie ein hilfloses Reh, und dann hatte er sie angegriffen. Harriet hatte es allein ihrer Klugheit zu verdanken, daß sie heil davongekommen war.

Gideons Hand krampfte sich um die Kerze. In diesem Moment galt seine Wut sich selbst fast ebenso wie Morland. Er hätte dafür sorgen müssen, daß Harriet nicht in Gefahr geriet. Er hatte seine Pflicht als Ehemann nicht erfüllt. Er hatte sich nicht ausreichend um sie gekümmert.

Er stieß auf den Durchgang, in dem Harriet den Stein auf Morland geworfen hatte. Der Steinbrocken lag auf dem Boden, ein Stück war abgebrochen. Talg tropfte auf den Abdruck eines merkwürdigen knochigen Seetieres, als Gideon in die Knie ging, um den Ort von Morlands Niederlage zu untersuchen.

Auf dem Boden sah man dunkle Flecken... getrocknetes Blut. Gideon richtete sich auf und unterzog auch den Rest des Raumes einer eiligen Untersuchung. Von Morland nirgends eine Spur.

Gideon entdeckte einige weitere dunkle Flecken im Staub, als er hinausging, den Korridor entlang. Er folgte den Flekken bis an das Fenster, durch das er hereingekommen war. Als er die Kerze in die Höhe hielt, bemerkte er einen blutigen Fingerabdruck am Fensterbrett. Morland hatte auf diesem Weg das Haus verlassen. Damit war erklärt, wieso das Fenster nicht verriegelt gewesen war.

So viel zu Harriets Befürchtungen, sie habe Morland getötet. Er war offensichtlich so weit unversehrt, daß er aus dem Haus schleichen konnte, nachdem er sich vom Boden aufgerafft hatte.

Gideon lächelte eiskalt, als er die Kerze ausblies. Gut, daß Morland nicht tot war. Er hatte anderes mit ihm vor.

Zwanzig Minuten später stieg Gideon die Stufen zu Morlands kleinem Stadthaus hinauf und nannte der Haushälterin, die ihm öffnete, seinen Namen. Sie gaffte seine Narbe an, während sie sich eilig die Hände an der Schürze abwischte.

»Er ist für niemanden zu sprechen«, murmelte die Frau

mürrisch. »Das hat er mir vor einer halben Stunde aufgetragen. Gleich nachdem er nach Hause kam. Hatte einen Unfall, sagte er.«

»Danke.« Gideon trat einfach ein, indem er die erschrokkene Frau beiseite drängte. »Ich werde mich selbst bei ihm anmelden.«

»Hören Sie, Sir«, grollte die Haushälterin. »Ich habe meine Anweisungen. Mr. Morland fühlt sich im Moment nicht wohl. Er ruht in der Bibliothek aus.«

»Wenn ich mit ihm fertig bin, wird er sich noch schlechter fühlen.« Gideon öffnete die erste Tür zur Linken und sah sofort, daß er richtig geraten hatte. Er befand sich in der Bibliothek. Von seiner Jagdbeute war nirgends eine Spur, bis Morlands Stimme aus den Tiefen eines vor dem Kamin stehenden Ohrensessels drang, von dem Gideon nur die Rückenlehne sah.

»Raus hier«, knurrte Morland, ohne sich umzudrehen und zu sehen, wer eingetreten war. »Verdammt, Mrs. Heath, ich hatte Anweisung gegeben, daß man mich nicht stören soll.«

»Aber das ist genau das, was ich zu tun gedenke, Morland«, sagte Gideon in gedämpftem Ton. »Dich stören. Sehr sogar.«

Erschrockenes Schweigen aus den Tiefen des Sessels war die Reaktion. Dann wuchtete Morland sich hoch und drehte sich zu Gideon um. Aus dem Glas in seiner Hand schwappte Brandy auf den Teppich.

Morland sah nun nicht mehr wie ein Erzengel aus. Sein modisch frisiertes blondes Haar war in totaler Unordnung, auf seiner Stirn war getrocknetes Blut, in seinen Augen lag ein fiebriger Glanz. Er stellte das Glas mit unsicheren Fingern ab.

»St. Justin, was, zum Teufel, führt dich her?«

»Spar dir die Mühe, den höflichen Hausherrn zu mimen, Morland. Ich sehe dir an, daß es dir schlecht geht. Die Platzwunde auf deiner Stirn ist auch zu garstig.« Gideon lächelte. »Ob wohl eine Narbe bleiben wird?«

»Verschwinde hier, St. Justin.«

»Und sie hatte schon Angst, daß sie dich mit dem Steinbrocken womöglich ins Jenseits befördert hätte. Harriet ist für eine Frau sehr kräftig. Und der Stein war ziemlich groß. Ich habe ihn auf dem Boden jenes Raumes gesehen, in dem du versucht hast, sie zu überfallen.«

Morlands Blick verriet Wildheit. »Ich weiß nicht, wovon du sprichst, und ich will es nicht wissen. Ich fordere dich auf, sofort zu gehen.«

»Ich werde gehen, wenn wir eine gewisse kleine Angelegenheit geklärt haben.«

»Und das wäre?«

Gideon zog eine Braue hoch. »Habe ich das noch nicht gesagt? Ich brauche natürlich die Namen deiner Sekundanten, damit meine mit ihnen die Einzelheiten unserer Begegnung besprechen können.«

Morland verschlug es sekundenlang die Rede. »Sekundanten? Begegnung? Bist du von Sinnen? Wovon sprichst du eigentlich?«

»Ich fordere dich natürlich. Eigentlich hätte ich gedacht, du würdest darauf gefaßt sein. Schließlich hast du meine Frau beleidigt. Was bleibt einem Mann in meiner Position anderes übrig, als auf Satisfaktion zu bestehen?«

»Ich habe deine Frau nicht angerührt. Ich weiß gar nicht, wovon du sprichst«, beeilte Morland sich zu sagen. »Wenn sie sagt, ich hätte sie beleidigt, dann lügt sie. Sie lügt, hörst du!«

Gideon schüttelte den Kopf. »Jetzt beleidigst du sie schon wieder. Morland, wie kannst du es wagen, meine Frau der Verlogenheit zu bezichtigen? Jetzt muß ich auf Satisfaktion bestehen. Das kann ich nicht ungesühnt lassen.«

»Verdammt, St. Justin, ich sage die Wahrheit. Ich habe sie nicht angerührt.«

»Ja, das weiß ich«, erklärte Gideon geduldig. »Die Tatsache, daß sie sich vor dir retten konnte, ist ja schön und gut, aber das wiegt die Beleidigung nicht auf. Du wirst sicher gut verstehen, wo meine Pflicht in dieser Sache liegt.«

Morland starrte ihn mit einer Mischung aus Wut und Verzweiflung an. »Ich sage dir, daß sie lügt. Ich weiß nicht, warum, aber sie lügt. Hör zu, St. Justin, wir waren doch Freunde. Du kannst mir vertrauen.«

Gideon sah ihn eindringlich an. »Soll das heißen, ich soll allen Ernstes dein Wort über das meiner Frau stellen?«

»Ja, verdammt, ja. Warum solltest du ihr vertrauen? Sie war gezwungen, dich zu heiraten, weil du sie kompromittiert hast. Ich weiß alles. Die Geschichte machte in deiner Abwesenheit in ganz London die Runde.«

»Ach, wirklich? Aber der Klatsch zählt jetzt nicht mehr, da ich die Dame geheiratet habe. Und wir beide wissen ja, daß sich damit in den Augen der guten Gesellschaft alles in Wohlgefallen auflöst.«

»Aber du kannst ihr nicht trauen«, sagte Morland. »Sie liebt dich nicht. Ebenso wenig wie Deirdre dich liebte. Wie könnte eine Frau dich begehren, dich, mit deinem zerstörten Gesicht? Deine Frau war gezwungen, deinen Antrag anzunehmen, so wie Deirdre in die Ehe gezwungen wurde.«

»Mich wundert, daß du Deirdres Namen ins Spiel bringst«, sagte Gideon leise. »Nach allem, was du ihr angetan hast.«

Morland bewegte sekundenlang die Lippen, ohne daß ein Laut hörbar geworden wäre. »Was habe ich ihr angetan? Was redest du da?«

»In jener Nacht, als sie zu mir kam, nannte sie mir den Namen ihres Verführers«, sagte Gideon. »Und sie bekam einen Wutanfall, als ich ihr nicht ins Netz gehen wollte. Ich fand es sehr sonderbar, daß ich ihr plötzlich so überaus attraktiv vorkam, daß sie nicht mehr bis zur Hochzeit warten wollte.«

»Dein Anblick allein war ihr schon zuwider.«

»Ja. Das hat sie mir an dem Abend, als ich ihr großzügiges Angebot ablehnte, klar zu verstehen gegeben. Sie war außer sich. Und in ihrer Wut erzählte sie mir über dich sehr viel, Morland. Wie du sie liebtest, sie aber nicht heiraten konntest, weil du leider mit einer Ehefrau behaftet warst. Wie du ihr geraten hast, mich zu verführen, nachdem sie ihre Schwangerschaft entdeckte. Wie ihr beide geplant habt, die Affäre nach ihrer Heirat mit mir fortzusetzen.«

Morland fuhr sich mit dem Handrücken über den Mund. »Deirdre hat gelogen.«

»Hat sie das?«

»Natürlich.« Morland schrie es heraus. »Und du hast es gewußt. Du mußt es gewußt haben. Andernfalls hättest du ...«

»Andernfalls hätte ich dich schon vor sechs Jahren gefordert? Welchen Sinn hätte das gehabt? Du warst es, den sie wollte und dem sie sich willig schenkte. Sie hatte ihre Wahl getroffen. Warum hätte ich dich ihretwegen fordern sollen, da sie mir doch deutlich zu verstehen gegeben hatte, sie könne meinen Anblick nicht ertragen? Dich zu töten hätte mir nichts gebracht.«

»Sie hat gelogen.« Morland ballte die Hände zu Fäusten und schlug damit aus Enttäuschung und Zorn auf seinen Sessel ein. »Verdammt, alle beide lügen sie.«

»Meine Frau lügt nicht«, erwiderte Gideon leise. »Und ich dulde nicht, daß man sie beleidigt. Benenne deine Sekundanten.«

»Ich benenne keine Sekundanten«, sagte Morland mit belegter Stimme.

»So? Wie ich sehe, hat dich deine Verletzung so außer Fassung gebracht, daß dir keine zwei Männer einfallen, denen du die Regelung der Einzelheiten unseres Waffenganges anvertrauen kannst. Nun gut, ich will dir eine gewisse Zeit einräumen.«

»Zeit?« Morland war plötzlich ganz Ohr.

»Gewiß. Du sollst den heutigen Abend zum Überlegen haben. Morgen früh schicke ich dir meine Sekundanten. Bis dahin müßten dir zwei Namen eingefallen sein. Guten Abend, Morland. Ich freue mich auf unsere Begegnung.« Gideon wandte sich zum Gehen.

»Warte.« Morland trat mit einer ruckartigen Bewegung auf ihn zu. Dabei streifte seine Hand das Brandyglas, das auf den Teppich fiel. »Ich sagte, du sollst warten, verdammt. Du kannst mich nicht fordern. Denk an den Klatsch.«

Gideon lächelte. »Sei beruhigt, der Gedanke an Klatsch macht mir nichts aus. Ich hatte sechs lange Jahre Zeit, mich an das Schlimmste zu gewöhnen, was die Gesellschaft in dieser Hinsicht zu bieten hat. Ach, fast hätte ich etwas vergessen.«

Morland richtete sich beunruhigt auf, als Gideon wieder auf ihn zuging. »Was soll das? Bleib mir gefälligst vom Leib, St. Justin.«

»Um ganz korrekt zu sein, müßte ich dir wohl mit meinem Handschuh ins Gesicht schlagen, oder nicht? Erlaube.«

Gideon machte eine Faust und ließ sie direkt auf Morlands Kinn landen.

Morland brach mit einem erstickten Aufstöhnen zusammen.

Gideon blieb vor ihm stehen. »Ich muß mich entschuldigen, daß ich diese Förmlichkeit fast übersehen hätte. Aber wenn man so lange wie ich nicht in Gesellschaft war, dann entfallen einem eben die Kleinigkeiten, die von einem wahren Gentleman erwartet werden.«

Der nächste Weg sollte ihn in seine Clubs führen, beschloß Gideon. Morland war nicht der einzige, der zwei Männer benennen mußte, die die Einzelheiten der Forderung regeln würden. Auch Gideon brauchte Sekundanten. Und da er in der Gesellschaft keinen einzigen engen Freund hatte, war die Auswahl begrenzt.

Aber zum Glück hatte Harriet einige Freunde gewonnen.

Gideon traf den jungen Applegate in Gesellschaft Frys im Hauptsalon seines Clubs in der St. James Street an. Beide stutzten, als sie merkten, daß Gideon auf sie zukam.

»Guten Abend, meine Herren.« Gideon setzte sich und schenkte sich ein Glas Rotwein aus Frys Flasche ein. »Freut mich, Sie hier anzutreffen. Ich muß Sie um eine Gefälligkeit bitten.«

Frys Augen wurden riesengroß vor Angst.

Das Glas in Applegates Hand zitterte leicht, sein Blick aber ruhte entschlossen auf Gideon. »Falls Sie gekommen sind, Ihre Forderung zu überbringen, Sir, dann bin ich bereit.«

Gideon lächelte. »Unsinn. Meine Frau hat die Entführung erklärt … eine Bagatelle. Ich bin bereit, Vergangenes auf sich beruhen zu lassen.«

»Ich muß schon sagen.« Fry blinzelte unsicher. »Ist das Ihr Ernst?«

»Gewiß. Ich möchte etwas völlig anderes mit Ihnen besprechen.«

Applegate runzelte verwirrt die Stirn. »Was denn?«

Gideon lehnte sich zurück, um Applegate und Fry anzusehen.

»Sicher wird es Sie sehr betrüben, wenn Sie hören, daß meine Frau von Mr. Bryce Morland beleidigt wurde.«

Zwischen Fry und Applegate wurde ein Blick gewechselt, dann sahen sie Gideon an.

»Der Bursche hat mir nie gefallen«, erklärte Applegate grimmig. »Was hat dieses Ekel zu ihr gesagt?«

»Der genaue Wortlaut tut nichts zur Sache«, murmelte Gideon. »Es genügt, daß ich die Sache als grobe Beleidigung ansehe und Satisfaktion fordere. Ich brauche nun zwei vertrauenswürdige Männer, die als meine Sekundanten fungieren können. Würde einer oder sogar Sie beide die Sache übernehmen?«

»Hat man Worte?« murmelte Fry.

»Sie haben Morland gefordert?« fragte Applegate wachsam.

»Unter den gegebenen Umständen blieb mir keine andere Wahl«, erklärte Gideon. »Ein Ehrenhandel. Der Mann hat meine Frau gekränkt.«

Applegates Stirnrunzeln vertiefte sich. »Man kann doch Morland nicht herumlaufen und Lady St. Justin beleidigen lassen.«

»Ich teile diese Ansicht«, sagte Gideon.

Frys Schnurrbartenden zuckten. »Morland war mir immer schon unangenehm. Aalglatter Kerl. Wundert mich nicht, daß er die Grenzen überschritten hat.«

Applegate nickte ernst. »Ja, es hat immer wieder gewisse Gerüchte gegeben. Meist ging es dabei um die absonderlichen Neigungen, die er bei seinen Bordellbesuchen an den Tag legt. Natürlich reine Spekulation. Trotzdem ... man kann vor dieser Sorte nie genug auf der Hut sein.«

»Ich will dafür sorgen, daß er meine Frau in Zukunft nicht mehr behelligt«, sagte Gideon. »Darf ich mit Ihrem Beistand rechnen?«

Applegates Haltung wurde noch aufrechter und straffer, obwohl er sich von seiner Überraschung noch nicht ganz erholt hatte. »Habe dergleichen noch nie gemacht, weil mein Interesse vor allem Fossilienzehen galt. Aber ich denke, daß ich es schaffen würde. Sogar ganz sicher, Sir. Es ist mir eine Ehre, als Ihr Sekundant zu fungieren.«

»Mir ebenso.« In Frys Augen lag ein unterdrücktes Glitzern. Sein Gesicht war hochrot angelaufen. »Ich muß schon sagen ... fühle mich geehrt, Sir. Die Einzelheiten überlassen Sie getrost uns. Gleich als erstes am Morgen werden wir Morland aufsuchen.«

»Ausgezeichnet.« Gideon stand auf. »Meine Herren, ich stehe in Ihrer Schuld.«

Die Vorstellung, daß das ›Ungeheuer von Blackthorne Hall‹ in ihrer Schuld stand, erschütterte sie beide sichtlich bis in die Grundfesten. Als Gideon sie verließ, saßen sie mit total verdatterter Miene da.

Vor dem Club rief Gideon eine vorüberfahrende Droschke, nannte dem Kutscher die Adresse seines Stadthauses und schwang sich in das Gefährt.

Hinaus in die dunklen Straßen starrend, ging er im Geist seine Vorbereitungen durch. An der Verläßlichkeit seiner Sekundanten zweifelte er nicht. Applegate und Fry würden für Harriet alles tun. Das hatten sie schon unter Beweis gestellt, als sie sie entführt und damit riskiert hatten, den Zorn des ›Ungeheuers von Blackthorne Hall‹ auf sich zu laden.

Ebenso sicher aber war er, daß sie nicht imstande sein würden, den Mund über ihre Rolle als Sekundanten zu halten. Er hatte die Erregung in ihren Blicken richtig gedeutet. Keiner der beiden, die sich als Männer der Wissenschaft sahen, hatte sich je in der männlichen Kunst des Duells geübt.

Als Sekundanten in einem Ehrenhandel gebeten zu werden, vermittelte ihnen ein ganz neues Bild ihrer selbst.

Morland hatte ganz recht. Der Klatsch würde dafür sorgen, daß die Duellforderung in der ganzen Stadt das große Thema beim Frühstückstisch sein würde.

Genau das, was Gideon wollte.

Wenig später stieg er aus und lief die Stufen zu seinem Haus hinauf. Owl empfing ihn an der Tür.

»Lady St. Justin ersucht Sie, sofort zu ihr zu kommen, Sir«, sagte Owl mit ahnungsvoller Miene.

»Danke, Owl.« Gideon reichte ihm Hut und Handschuhe. »Wo ist sie?«

»In ihrem Schlafzimmer, glaube ich.«

Gideon nickte und lief die Treppe, zwei Stufen auf einmal nehmend, hinauf. Am Treppenabsatz angekommen, ging er den Korridor entlang, blieb vor Harriets Tür stehen und klopfte einmal an.

»Herein«, rief Harriet sofort.

Gideon öffnete und marschierte hinein. Harriet kam auf ihn zugelaufen.

»Dem Himmel sei Dank, daß du endlich da bist«, stieß sie hervor, ihn fest umfangend. »Ich habe mir schon so große Sorgen gemacht. Hast du den Leichnam gefunden? Was hast du damit gemacht? Wie können wir ihn loswerden?«

»Ich habe ihn gefunden.« Gideon lächelte in ihr weiches Haar. »Und er war höchst lebendig. Morland war zu Hause und leckte seine Wunden.«

»Er lebt?« Harriet trat zurück und faltete die Hände. Ihre Brauen zogen sich als ernste, gerade Linie über ihrer Nase zuammen. »Bist du sicher?«

»Ganz sicher. Du kannst aufatmen, meine Liebe. Du hast es nicht geschafft, ihn zu töten. Schade. Aber ich glaube, alles ist jetzt unter Kontrolle. Ich gratuliere dir zu deiner Zielsicherheit.«

Harriet seufzte erleichtert auf. »Obwohl ich diesen Menschen nicht ausstehen kann, bin ich froh, daß er nicht tot ist. Es hätte Komplikationen ohne Ende bedeutet.«

»Das bezweifle ich.« Gideon lockerte seine Krawatte und schälte sich aus seiner Jacke, während er zur Verbindungstür ging. »Wäre er in dieser mit Knochen angefüllten Kammer gefunden worden, hätte es den Anschein gehabt, als wäre der große Stein zufällig auf ihn gefallen.« Er öffnete die Tür zu seinem Zimmer.

»Glaubst du?« Harriet folgte ihm rasch. »Vielleicht hast du recht. Nun, ich bin unendlich erleichtert, daß alles vorüber ist, obwohl ich wünschte, es gäbe einen Weg, Mr. Morland für sein widerliches Benehmen zu bestrafen. Aber ich muß mich wohl mit der Gewißheit begnügen, daß ich ihm eine Verletzung beigebracht habe.«

»Hmmm«, gab Gideon nichtssagend von sich, als er Krawatte und Jacke beiseite warf. Dann zog er sein Hemd aus.

Harriet sah ihn scharf an. »Du sagtest, du hättest ihn in seinem Haus aufgesucht?«

»Ja.« Gideon goß Wasser aus dem Krug in die Waschschüssel und machte sich daran, sein Gesicht zu waschen. Er wollte sich noch rasieren, ehe er abends ausging. Sein dunkler Bart war für ihn ein ständiges Ärgernis. »Willst du dich nicht anziehen, meine Liebe? Ich glaube, wir sind heute beim Ball der Berkstones eingeladen.«

»Ja, ich weiß«, sagte Harriet ungeduldig. »Gideon, was hat sich zugetragen, als du bei Mr. Morland warst? Du hast doch hoffentlich nichts Unüberlegtes getan?«

»Ich neige nicht zu Unüberlegtheiten, meine Liebe.« Gideon griff nach einem Handtuch und trocknete sich Gesicht und Hände. Dann betrachtete er prüfend sein Spiegelbild. »Glaubst du, ich sollte mich rasieren?«

»Wahrscheinlich. Gideon, sieh mich an.«

Er begegnete ihrem Blick im Spiegel und zog eine Braue hoch. »Was ist denn, Harriet?«

»Ich habe den deutlichen Eindruck, du versuchst etwas zu verheimlichen.«

»Ich versuche nur, mich rechtzeitig für den Ball fertig zu machen. Wir wollen uns nicht verspäten.«

Ein finsterer Blick traf ihn. »Dich kümmert es doch sonst nicht, ob wir rechtzeitig zu einem Ball kommen. Was ist passiert, Gideon?«

»Nichts, was dich bekümmern müßte.«

»Verdammt, Gideon, ich möchte die Wahrheit wissen.«

Er warf ihr einen mahnenden Seitenblick zu. »Was für eine Ausdrucksweise, meine Liebe.«

»Ich bin außer mir«, gab sie zurück. »Meine Empfindlichkeit, weißt du.«

Er grinste. »Ja, ich weiß.«

»Gideon, was hast du mit Mr. Morland gemacht?«

»Sehr wenig. Nicht annähernd das, was er verdient hätte.«

Harriet legte ihm die Hand auf den Arm. »Sag mir die Wahrheit.«

Auf dem Ball oder spätestens morgen würde sie die Wahrheit ohnehin erfahren. Dafür hatte seine Wahl der Sekundanten gesorgt. »Ich habe getan, was jeder Mann in meiner Situation getan hätte. Ich habe ihn gefordert.«

»Ich wußte es ja«, rief Harriet aus. »Ich hatte es befürchtet. Kaum hattest du mir gesagt, daß er noch am Leben sei, fürchtete ich, du könntest so etwas Idiotisches getan haben. Gideon, ich werde es nicht zulassen. Hörst du mich?«

»Beruhige dich, meine Liebe. Ich werde nicht zulassen, daß du es mir ausredest, wie du mir das Duell mit Applegate ausgeredet hast«, sagte Gideon gleichmütig.

»Doch, du wirst es dir von mir ausreden lassen. Du wirst dich nicht mit Morland duellieren. Ich verbiete es dir ganz entschieden. Du könntest dabei ums Leben kommen oder verwundet werden. Mr. Morland wird nicht fair kämpfen. Das sollte dir doch klar sein.«

»Ich werde meine geschätzten Sekundanten bei mir haben, die sicherstellen, daß alles fair vonstatten geht.«

Harriet packte seinen Arm. »Deine Sekundanten?«

»Applegate und Fry. Reinste Ironie, nicht? Beide sind hell begeistert, mir beistehen zu dürfen.«

»Himmel, das glaube ich nicht! Gideon, bitte, tu nicht so, als gäbe es keine Alternative. Ich werde nicht zulassen, daß du es tust.«

»Vertraue mir, Harriet, alles wird gut.«

»Gideon, das alles haben wir schon einmal durchgemacht, als du gedroht hast, Applegate zu erschießen. Ich kann dieses Vorgehen nicht dulden. Es ist zu gefährlich. Alles könnte schiefgehen, du könntest schwer verwundet werden, du könntest auch ums Leben kommen oder ins Ausland fliehen müssen.« Harriet richtete sich zu ihrer vollen Größe auf und reckte das Kinn. »Ich verbiete es dir.«

»Die Forderung wurde bereits ausgesprochen.« Gideon legte sich sein Rasierzeug auf dem Waschtisch zurecht. Er schlug den Schaum und trug ihn auf sein Gesicht auf. Sich mit kaltem Wasser zu rasieren war unangenehm, doch wollte er sich nicht die Zeit nehmen und heißes Wasser aus der Küche holen lassen. »Du mußt es schon mir überlassen, die Situation zu bewältigen.«

»Nein«, erklärte Harriet. »Ich werde nicht zulassen, daß du diesen Unsinn in die Tat umsetzt.«

»Harriet, alles wird ohne Probleme ablaufen.« Wieder begegnete er ihrem Blick im Spiegel und sah Angst und Besorgnis in ihren schönen türkisfarbenen Augen. Angst und Besorgnis, die ihm galten, wie er wußte. Dieses Wissen erwärmte ihn zutiefst. »Ich gebe dir mein Wort, daß ich mich nicht töten lassen werde.«

»Aber das kannst du nicht sicher wissen, Gideon. Ich könnte es nicht ertragen, wenn dir etwas zustieße. *Ich liebe dich.*«

Gideon ließ langsam sein Rasiermesser sinken. Mit eingeschäumtem Gesicht drehte er sich zu ihr um. »Was hast du gesagt?«

»Du hast mich gehört. Ich verstehe nicht, warum du so erstaunt bist. Ich liebe dich schon eine ganze Weile. Warum, glaubst du denn, habe ich zugelassen, daß du mich in der Höhle geliebt hast?«

Gideon wurde von einem Hochgefühl erfaßt, so sehr, daß er momentan gar nicht zusammenhängend überlegen konnte. »Harriet!«

»Ja, ja, ich weiß, es ist dir lästig, und ich weiß sehr wohl, daß du mich nicht liebst«, sagte sie hastig. »Aber darauf kommt es nicht an. Viel wichtiger ist, daß wir uns vorgenommen haben, die Ehe zu bewältigen, und wenn wir es schaffen wollen, dann wirst du meine Wünsche in gewissen Belangen respektieren müssen.«

»Harriet...«

»Und das ist einer dieser Belange, Mylord«, schloß sie heftig. »Ich werde nicht zulassen, daß du meinetwegen Duelle ausfichtst. Früher oder später wird jemand dabei zu Schaden kommen.«

»Harriet, würdest du bitte einen Moment still sein?«

»Ja«, erwiderte sie. »Ja, ich werde still sein. Tatsächlich werde ich vollends verstummen, wenn das dein Wunsch ist.«

»Ausgezeichnet.«

»Sir, ich werde nicht mehr mit Ihnen sprechen, bis Sie dieser Torheit ein Ende gemacht haben. Verstehen Sie mich, Mylord?«

Gideon kniff die Augen zusammen. »Du wirst nicht mit mir sprechen? Du? Du willst mehr als eine Viertelstunde den Mund halten? Das wird aber lustig.«

»Du hast mich gehört. Kein Wort mehr. Von diesem Moment an spreche ich nicht mehr mit dir.«

Damit drehte Harriet sich um und verließ Gideons Zimmer.

Gideon starrte ihr nach, hin- und hergerissen zwischen dem verrückten Wunsch, einen Freudenschrei auszustoßen, und dem ebenso starken Verlangen, diesen kleinen Trotzkopf übers Knie zu legen. *Sie liebte ihn.*

Gideon drückte das Wissen ans Herz, so wie er Harriet in der Nacht an sich gedrückt hielt.

17

Der Klatsch, den das Duell zwischen Gideon und Morland auslöste, wurde von jenem über das, was in der Gesellschaft bald als das ›Zerwürfnis‹ bekannt wurde, fast übertroffen.

Zu Harriets Entsetzen fand die Gesellschaft ihre Weigerung, mit Gideon zu sprechen, faszinierend. Die Neuigkeit verbreitete sich auf dem Ball wie ein Lauffeuer. Die Frau des ›Ungeheuers von Blackthorne Hall‹ zeigte ihrem Herrn die kalte Schulter. Über die Ursache des Konfliktes wurde eifrig gerätselt.

Letzten Endes aber waren die Gründe für Harriets eisernes Schweigen viel weniger interessant als die Tatsache, daß das ›Zerwürfnis‹ sich als köstliches Gesprächsthema entpuppte.

Harriet erfuhr sehr rasch, daß es sehr schwierig war, Gideon zu ignorieren, wenn dieser nicht ignoriert werden wollte. Und er schien es zu genießen, sie in aller Öffentlichkeit zu reizen.

Sie war in ein hochinteressantes Gespräch mit einer Gruppe von Fossilienbegeisterten vertieft, als Gideon auftauchte, der sich gottlob den ganzen Abend nicht gezeigt hatte. Doch um elf trat er durch die Tür und ging schnurstracks auf Harriet zu. Wie immer grüßte er keinen einzigen der Anwesenden.

»Guten Abend, meine Liebe«, sagte er ruhig, als er vor ihr stehen blieb. »Ich glaube, als nächstes wird ein Walzer gespielt. Willst du mit mir tanzen?«

Harriet schob ihr Kinn vor und drehte sich um. Dann nahm sie das Gespräch wieder auf, als existiere ihr hochgewachsener Mann, der direkt hinter ihr stand, gar nicht.

Die Gesprächsrunde unternahm den tapferen Versuch, die Diskussion über Meeresfossilien wieder aufzunehmen, doch schien sich niemand mehr richtig darauf konzentrieren zu können. Alle warteten neugierig, was sich nun tun würde. Harriet mochte imstande sein, das Ungeheuer zu ignorieren, die anderen konnten es nicht.

Gideon tat so, als hätte er den Korb nicht zur Kenntnis genommen. »Danke, meine Liebe. Ich wußte, daß du einem Walzer nicht widerstehen kannst.«

Harriet gab einen erstickten Ausruf des Erstaunens von sich, als Gideons große Hände sich von rückwärts um ihre Taille schlossen.

Er hob sie hoch und trug sie unter unterdrücktem Gekicher und mißbilligendem Luftschnappen der Umstehenden mühelos aufs Tanzparkett. Dort stellte er sie hin, nahm sie in die Arme und fing an, sich mit ihr im Walzertakt zu drehen. Aus dem sanften Kerker seiner Arme gab es kein Entrinnen.

Harriet funkelte ihn erzürnt an.

Gideon erwiderte ihren Blick mit einem Lächeln. Seine braunen Augen strahlten. »Na, sprachlos, meine Liebe?«

Wie gern hätte sie ihm eine Gardinenpredigt gehalten, doch sie konnte es nicht, denn dann hätte sie ihr Schweigegelübde brechen müssen. Es blieb ihr nichts anderes übrig, als den dummen Walzer zu Ende zu tanzen, wobei sie sich der faszinierten Blicke und gemurmelten Kommentare allzu deutlich bewußt war.

Was für einen köstlichen Leckerbissen für Klatschhungrige dies morgen abgeben wird, dachte sie verärgert. Im Ballsaal summte es bereits vor Aufregung.

Wieder eine Untat des ›Ungeheuers von Blackthorne Hall‹.

Gideon plauderte zwanglos über alles mögliche, vom Wetter angefangen bis zu der Menge der Ballbesucher, die den Ballsaal der Berkstones füllte. Harriet warf einmal einen Blick über seine Schulter, während er mit ihr übers Parkett glitt.

»Ich sehe, daß Fry und Applegate eingetroffen sind«, murmelte Gideon, als die letzten Takte verklangen. »Du mußt mich jetzt entschuldigen, meine Liebe. Ich muß mit ihnen etwas Wichtiges besprechen.«

Harriet machte auf dem Absatz kehrt und ging steifen Schrittes zu ihren Freunden zurück. Ein kurzer Blick über die Schulter zeigte ihr, daß Fry und Applegate mit Gideon in ein allem Anschein nach sehr ernstes Gespräch vertieft waren.

Sie war nicht die einzige, der das Trio auffiel. Alle anderen bemerkten es ebenfalls, und die Neuigkeit machte rasch die Runde.

»Es wird von einem Duell gemunkelt«, flüsterte Lady Youngstreet Harriet vertraulich zu, als diese sich wieder zu ihren Freunden gesellte. »Fry sagte, daß alles streng geheimgehalten würde. Er und Applegate fungieren als St. Justins Sekundanten. Sie kennen nicht zufällig die Einzelheiten?«

»Nein«, antwortete Harriet in entschiedenem Ton.

Kurz darauf näherte sich Effie ihr. »Der ganze Ballsaal ist sprachlos. Stimmt es? St. Justin wird sich schlagen?«

»Nicht, wenn ich es verhindern kann«, murmelte Harriet.

Effie nahm sie genauer unter die Lupe. »Was geht da vor, Harriet? Und was hatte es vorhin mit diesem empörenden Vorfall auf sich? St. Justin hat dich einfach gepackt und aufs Tanzparkett geschleppt. Jetzt wetzen alle ihr Mundwerk darüber.«

»Über St. Justin wird immer geredet«, murmelte Harriet. »Ich brauche ein Glas Limonade. Oder etwas Stärkeres.«

Lady Youngstreet strahlte. »Da kommt ein Diener mit einem Tablett. Ich habe ihn kommen lassen. Bedienen Sie sich, meine Liebe.«

Harriet griff zum erstbesten Glas, ohne wahrzunehmen, ob es Champagner oder Limonade war. Sie nahm einen Schluck, während sie ungeduldig mit der Spitze ihres Satinschuhes auf den Boden klopfte.

Effie machte ihrer Besorgnis Luft. »Harriet, bemühe dich, nicht noch mehr Grund für Kommentare zu liefern. Das hast du schon reichlich besorgt.«

»Ja, Tante Effie.«

Effie bedachte sie mit einem letzten vernichtenden Blick, ehe sie sich wieder in die Menge stürzte.

Die kleine Gruppe Fossilienbegeisterter versuchte nun tapfer, das Gespräch wieder in Gang zu bringen. Bemühungen, die zunichte gemacht wurden, als Clive Rushton erschien.

Nachdem er sich mit den Ellbogen den Weg zu Harriet gebahnt hatte und in ihren kleinen Kreis eingedrungen war, fixierte er sie mit seinem durchdringenden Blick. Schweigen senkte sich über die kleine Gruppe.

»Nun«, setzte Rushton in schneidendem Ton an, »Sie haben es also geschafft, dieses Ungeheuer zu heiraten. Meinen Glückwunsch, Lady St. Justin. Denn Sie sind nun mit einem Mörder verheiratet.«

Harriet starrte ihn entsetzt an. »Wie können Sie es wagen, Sir?«

Rushton schenkte ihr und der empörten Reaktion ihrer Freunde keine Beachtung.

»Wie lange?« intonierte Rushton melodramatisch. »Wie lange werden Sie sich der Fleischeslust mit dem Unhold hingeben? Wie lange wird es dauern, bis das Ungeheuer sich gegen Sie wendet? Wie lange ist Ihre Sicherheit gewährleistet, Lady St. Justin?«

Harriets Hand zitterte so heftig, daß das Glas, das sie hielt, gefährlich aus dem Gleichgewicht geriet. »Bitte, Sir. Sie haben mein tiefstes Mitgefühl, weil Sie nach all den Jahren noch immer trauern. Aber Sie müssen gehen, ehe St. Justin mitbekommt, daß Sie so mit mir reden.«

»Zu spät«, sagte Gideon leise, der unvermutet an Harriets Seite auftauchte. »Ich habe ihn schon gehört.«

Rushtons Blick nahm nun Gideon ins Visier. »*Mörder.* Sie haben sie auf dem Gewissen. Sie haben meine Tochter getötet.« Sein Ton steigerte sich nun zu jenem Umfang, den er zweifellos auf der Kanzel kultiviert hatte und dem er sich nun lauthals hingab. »Hört mich alle an. Die ›Bestie von Blackthorne Hall‹ wird bald ein weiteres Opfer fordern. Seine unschuldige Frau wird in den Tod getrieben werden, so wie meine unschuldige Tochter in den Untergang getrieben wurde.«

Noch ehe jemand Rushtons Absicht ahnte, hatte er Lady Youngstreet das Champagnerglas aus der Hand gerissen und den Inhalt Gideon ins Gesicht geschüttet.

Wut erfaßte Harriet. »Sie sollen ihn nicht Bestie nennen!«

Damit leerte sie den Inhalt ihres eigenen Glases in Rushtons verdattertes Gesicht, um sich sodann auf ihn zu stürzen.

Rushton wich überrascht einen Schritt zurück, die Hände schützend vor sich haltend.

Lady Youngstreet schrie auf. Einige andere Damen, die gesehen hatten, was passierte, stimmten in das Geschrei ein, während die Herren mit entsetzten und verwirrten Mienen hilflos dastanden. Keiner rührte sich.

Eines war klar... niemand wußte, wie ein von einer Dame angezettelter Ballsaal-Raufhandel gesellschaftlich korrekt bewältigt wurde.

Niemand außer Gideon.

Er trat einen Schritt vor und bekam Harriet in dem Moment zu fassen, als sie mit den Fäusten auf Rushton einzuschlagen begann. Dabei mußte er so lachen, daß sie ihm fast entglitt.

»Genug, Madam.« Er warf sie mühelos über die Schulter und hielt sie mit dem Arm um ihre Hüften fest. »Du hast meine Ehre erfolgreich verteidigt. Ich glaube, Reverend Rushton, der Gute, muß sich geschlagen geben. So ist es doch?«

Über Gideons Schulter hängend, tat Harriet sich ziemlich schwer, als sie versuchte, etwas von den Vorgängen mitzubekommen. Sie schaffte es aber, den Kopf so weit zu verdrehen, daß sie Rushtons wütende Miene sehen konnte.

Gideons scherzhafter Ton stieß bei Rushton auf taube Ohren. Der Geistliche drehte sich um und bahnte sich seinen Weg durch die betreten abwartende Menge zur Tür des Ballsaales.

Gideon stellte Harriet auf die Beine. Sie strich ihre Röcke glatt, und als sie aufblickte, ertappte sie ihn dabei, wie er sie angrinste. Seine Augen waren von der Farbe flüssigen Goldes.

»Noch ein Walzer, Madam?« Gideon beugte sich galant über ihre Hand.

Harriet war von den Ereignissen so außer Fassung gebracht, daß sie sich wortlos in seine Arme begab.

An jenem Abend kam Gideon so, als wäre zwischen ihnen alles ganz normal, in ihr Zimmer, nachdem sie zu Bett gegangen war.

Dieses Vorgehen erbitterte Harriet, die sich inzwischen von den Szenen auf dem Ball der Berkstones erholt hatte. Als er langsam an ihr Bett kam, drehte sie ihm den Rücken zu.

»Nun, hast du dich amüsiert, meine Liebe?« fragte Gideon, seine Kerze auf das Tischchen neben ihrem Bett stellend.

Harriet übte sich in eisernem Schweigen.

»Nun ja, es war eine zahme Angelegenheit. Ziemlich öde, könnte man sagen.« Gideon warf seinen Morgenrock auf einen Stuhl, schlug die Bettdecke zurück und schlüpfte neben ihr ins Bett. Nackt. »Aber du hast wie immer reizend ausgesehen.«

Harriet spürte, wie er ihr von hinten den Arm um die Mitte legte. Seine Hand kam auf ihre Brust zu liegen, was sie zu übergehen versuchte.

»Harriet, war es dein Ernst, als du heute abend sagtest, daß du mich liebst?«

Das war zu viel. Harriet vergaß ihr Schweigegelübde. »Um Himmels willen, Gideon, das ist wohl kaum der Zeitpunkt, mich das zu fragen. Ich bin wütend auf dich.«

»Ja, ich weiß. Du sprichst nicht mit mir.« Er küßte ihren Nacken.

»Nein, tue das nicht.«

»Aber hast du es ernst gemeint?«

»Ja«, gestand sie, wenn auch sehr unwillig. Seine Hand glitt nun ihre Hüfte entlang, und sein Bein kam zwischen ihre Beine zu liegen. Sie spürte, wie er ihre weiche Stelle suchte. Es schien ihn nicht zu stören, daß sie ihm den Rücken zuwandte.

»Das freut mich«, sagte Gideon. Er schob ihr das Nachthemd über die Taille. »Mehr möchte ich im Moment nicht zur Sprache bringen. Du brauchst auch nichts zu sagen, wenn du nicht möchtest. Ich verstehe dich schon.«

»Gideon ...«

»Pst.« Er beugte sich über sie, küßte ihre Kehle und die empfindliche Stelle hinter dem Ohr. Seine Hand glitt über ihre Hinterbacken. Ein Finger schob sich zwischen die zwei weichen Rundungen.

Harriet erschauerte, ihr Körper fand sofort an seiner Berührung Gefallen. »Gideon, es war auch mein Ernst, als ich sagte, ich würde nicht mit dir sprechen.«

»Ich glaube dir.« Sein Finger wanderte tiefer und verschaffte sich langsam Eingang. Er ging sanft ans Werk, ertastete die feuchte Hitze, öffnete sie, machte sie bereit.

»Gideon, lachst du mich aus?«

»Meine Süße, niemals würde ich dich auslachen. Aber zuweilen entlockst du mir ein Lächeln.«

Und plötzlich war sein Finger verschwunden, und er führte seinen harten Schaft in sie ein.

Auch wenn Harriet an diesem Punkt des Gesprächs hätte fortfahren wollen, sie hätte es nicht gekonnt. Die Wonne tilgte alle Gedanken an Worte.

Am nächsten Morgen war Harriet mit Felicity und Effie zu einem Einkaufsbummel verabredet, dem sie mit gemischten Gefühlen entgegensah, da sie wußte, daß Effie ihr wegen der Vorfälle im Ballsaal der Berkstones gehörig die Leviten lesen würde.

Als ein Mädchen anklopfte, um ihr zu melden, daß Schwester und Tante eingetroffen seien und sie erwarteten, versiegelte Harriet den Brief, den sie eben beendet hatte.

»Sieh zu, daß der Brief mit der heutigen Post abgeschickt wird«, wies sie das Mädchen an.

Dieses nickte eifrig und machte sich auf die Suche nach einem Diener. Harriet griff widerstrebend nach ihrem Hut und ging hinunter.

In der Halle angekommen, konnte sie jedoch keine Spur von Felicity und Effie entdecken. »Owl, wo sind die beiden?«

»Seine Lordschaft hat sie in die Bibliothek gebeten, während sie auf Sie warteten, Madam.« Owl öffnete ihr die Tür.

»Ich verstehe. Danke.« Harriet fegte in die Bibliothek und sah Felicity und Effie Gideon gegenübersitzen.

Gideon erhob sich mit amüsiertem Blick. »Guten Morgen, meine Liebe. Wie ich sehe, bist du ausgehbereit. Wann darf ich dich zurückerwarten?«

Der Schweigefeldzug war sehr schwer durchführbar, wie Harriet in der vergangenen Nacht festgestellt hatte. Dennoch ließ sie an diesem Morgen nicht locker, da sie zu dem Schluß gelangt war, daß dies ihre einzige Handhabe war, Gideon zur Vernunft zu bringen.

Harriet sah Felicity an, als sie ihre Hutschleife band. »Du kannst Seiner Lordschaft bestellen, daß ich nach dem Einkaufen an einer Sitzung der Gesellschaft für Fossilien und Altertümer teilnehme. Um vier dürfte ich wieder zu Hause sein.«

Aus Felicitys Augen blitzte der Schalk. Nach einem diskreten Räuspern wandte sie sich an Gideon. »Ihre Gattin sagt, daß sie um vier zurück sein dürfte, Mylord.«

»Ausgezeichnet. Gerade rechtzeitig für einen Ausflug in den Park.«

Harriet machte ein unwilliges Gesicht. »Felicity, bitte sage Seiner Lordschaft, daß mir heute nicht nach einer Ausfahrt in den Park zumute ist.«

»Meine Schwester will, daß ich Ihnen sage...«

»Ich habe es gehört«, murmelte Gideon, ohne Harriet aus den Augen zu lassen. »Trotzdem möchte ich heute in den Park, und ich weiß, daß sie mich begleiten wollen wird. Ich kann es kaum erwarten, sie auf ihrer neuen Stute zu sehen.«

»Was für eine neue Stute?« wollte Harriet wissen. Dann erst wurde sie gewahr, daß sie die Frage direkt an Gideon gerichtet hatte. Sie drehte sich hastig zu ihrer Schwester um. »Frag Seine Lordschaft nach der neuen Stute, von der er sprach.«

»Allmächtiger«, gab Effie von sich. »Nicht zu fassen, einfach lächerlich.«

Felicity freilich genoß das Spielchen. »Meine Schwester ist neugierig auf die neue Stute, Sir.«

»Ja, das läßt sich denken. Sagen Sie ihr, daß die Stute seit gestern in unseren Stallungen steht. Sie wird sie selbst sehen, wenn sie mich heute um vier auf dem Ausritt in den Park begleitet.«

Harriet funkelte ihn an. »Felicity, würdest du meinem Mann sagen, daß ich mich nicht bestechen lasse.«

Felicity machte den Mund auf, um ihre Warnung weiterzuleiten, aber Gideon kam ihr zuvor und hob die Hand.

»Ich verstehe. Meine Frau möchte nicht, daß ich glaube,

ich könnte sie zum Brechen des Schweigens bewegen, indem ich ihr ein Pferd schenke. Bitte, versichern Sie ihr, daß ich diese Absicht nicht habe. Die Stute wurde gekauft, ehe das Schweigegelübde ausgesprochen wurde, sie kann sie also bedenkenlos reiten.«

Harriet warf ihm einen unsicheren Blick zu, um dann Felicity anzusehen. »Sag Seiner Lordschaft, daß ich ihm für die Stute danke, daß ich aber das Gefühl habe, heute sei kein guter Tag, um mit ihm auszureiten. Da wir nicht miteinander reden, könnte es sehr langweilig werden.«

»Sie sagt...«, setzte Felicity an.

»Ja, ich habe es gehört«, sagte Gideon. »Es geht aber darum, daß die Leute sich den Mund zerreißen werden, wenn ich nach den Vorkommnissen des gestrigen Abends heute allein einen Ausritt in den Park unternehme. Ich werde Objekt zahlreicher unangenehmer Spekulationen sein. Es wäre sogar möglich, daß behauptet wird, ich schlüge meine Frau.«

»Unsinn«, fuhr Harriet Felicity an.

»Da wäre ich nicht so sicher«, sagte Gideon leise. »Von dem ›Ungeheuer von Blackthorne Hall‹ erwarten die Menschen das Schlimmste. Daß St. Justin seine Frau schlägt, paßt zu den Gerüchten, die über ihn im Umlauf sind. Und nach Rushtons düsteren Voraussagen und Anschuldigungen von gestern sind sicher alle auf das Schlimmste gefaßt. Geben Sie mir nicht recht, Mrs. Ashecombe?«

Effie schenkte ihm einen nachdenklichen Blick. »Ja, höchstwahrscheinlich. Eines jedenfalls steht fest: An Klatsch und Tratsch wird es heute nicht fehlen, dafür habt ihr beide gesorgt, und das wird euch lange nachhängen.«

Harriet mußte sich zähneknirschend eingestehen, daß er womöglich recht hatte. Die Menschen waren immer gewillt, von Gideon das Schlimmste anzunehmen, und er tat nichts, um sie daran zu hindern. Und gestern hatte sie zu dem Skandalgemisch, in dem er steckte, noch etwas hinzugefügt. Ließ sie sich heute nicht an seiner Seite sehen, dann würde man sofort von einem Bruch zwischen ihnen munkeln.

»Na schön.« Harriet schob ihr Kinn vor. »Felicity, du kannst Seiner Lordschaft mitteilen, daß ich ihm heute beim Ausritt Gesellschaft leisten werde.«

»Das freut mich zu hören, meine Liebe«, murmelte Gideon.

Effie verdrehte die Augen nach oben. »Mir reicht diese komische Unterhaltung. Gehen wir endlich.«

»Gewiß.« Harriet verließ als erste die Bibliothek, ohne Gideon auch nur eines Blickes zu würdigen, da sie wußte, daß er insgeheim über sie lachte.

Wenig später, als Effie und Felicity Harriet gegenüber in der Kutsche saßen, konnte Felicity nicht mehr an sich halten und kicherte los.

»Ich kann gar nicht verstehen, was daran so lustig sein soll«, grollte Harriet.

»Wie lange wirst du dies durchhalten und ihn mit Schweigen strafen?« wollte Felicity wissen. »Einige meiner Partner erzählten mir gestern auf dem Tanzparkett, daß in den Clubs schon Wetten abgeschlossen werden. Alle Welt versucht zu erraten, wie lange das ›Zerwürfnis‹ andauern wird.«

»Es geht niemanden etwas an«, gab Harriet zurück.

Effie sah sie mit gerunzelter Stirn an. »Wenn das so ist, dann hättest du den Zwist als Privatsache für dich behalten sollen.«

»Das war unmöglich. Gideon provoziert mich ständig. So wie vorhin in der Bibliothek. Er weigert sich, die Tatsache anzuerkennen, daß ich nicht mit ihm sprechen will.«

Effie beäugte sie neugierig. »Es wird dich nicht wundern zu erfahren, daß die Gesellschaft das alles faszinierend findet. Dein Mann hat dem Klatsch immer Nahrung geboten.«

»Ich weiß«, gab Harriet zu.

»Der Angriff auf Rushton, zu dem du dich gestern hast hinreißen lassen, setzt den Gerüchten noch ein Glanzlicht auf.«

Harriet sah sie finster an. »Rushton hat Gideon wieder Ungeheuer genannt. Ich kann nicht dulden, wenn ihn jemand mit diesem gräßlichen Namen belegt.«

»Es ist das erste Mal, daß wir Gelegenheit haben, dich allein zu sprechen«, sagte Felicity, die sich eindringlich vorbeugte. »Und ich sterbe noch vor Neugierde, wenn ich nicht erfahre, warum du mit St. Justin nicht sprichst. Hat es am Ende mit dem Duell zu tun, von dem gemunkelt wird? Was geht da vor, Harriet?«

Harriet, die erst ihre Schwester und dann ihre Tante ansah, brach beinahe in Tränen aus. »Ihr habt vom Duell gehört?«

»Davon hat jeder gehört«, versicherte Felicity ihr. »Um Himmels willen, St. Justin hat Applegate und Fry zu seinen Sekundanten erkoren, und keiner der beiden konnte den Mund halten. Sie kommen sich jetzt wie Männer von Welt vor und sind gebührend von sich eingenommen.«

»Einfach ungeheuerlich«, klagte Effie. »Ein Duell soll doch einigermaßen unter Geheimhaltung stattfinden.«

»Um Duelle ranken sich immer Gerüchte«, hob Felicity hervor.

»Ja, aber in diesem Fall ist es praktisch zu einem öffentlichen Spektakel geworden. Die ganze Welt weiß davon.«

»O je.« Harriet tastete in ihrem Ridikül nach einem Taschentuch. »Alles ist so schrecklich. Ich habe solche Angst, daß Gideon erschossen wird oder außer Landes flüchten muß. Und alles nur wegen Mr. Morland. Der ist doch kein Duell wert. Ich habe es Gideon zu erklären versucht, aber er weigert sich, es abzusagen.«

Effie sah sie nachdenklich an. »Und deswegen sprichst du nicht mit deinem Mann? Du bist ihm böse, weil er Kopf und Kragen bei einem Duell riskiert?«

Harriet nickte düster. »Ja, und irgendwie ist alles meine Schuld.«

Felicity lehnte sich in ihrem Sitz zurück. »St. Justin hat Morland gefordert, weil dieser dich beleidigt hat? War es so?«

Harriet seufzte. »Es war mehr als nur eine Beleidigung, das kann ich dir garantieren. Dennoch …«

»Wieviel mehr als nur eine Beleidigung?« wollte Effie wissen.

»Mr. Morland hat mir handgreiflich nachgestellt.« Harriet bemerkte das Entsetzen im Blick ihrer Tante und beeilte sich, sie zu beruhigen. »Aber viel ist nicht passiert. Abgesehen von Mr. Morland. Ihm habe ich nämlich einen großen Stein auf den Kopf geworfen. Aber St. Justin will die Sache nicht auf sich beruhen lassen.«

»Das sollte er auch nicht«, gab Effie zurück. »Das ändert natürlich alles. Natürlich muß St. Justin etwas unternehmen.«

»Ach, Harriet«, hauchte Felicity. »St. Justin duelliert sich deiner Ehre wegen. Das finde ich ja so romantisch.«

»Ich nicht«, fuhr Harriet sie an. »Ich muß eine Möglichkeit finden, das Duell zu verhindern.«

»Er muß dich sehr lieben«, bemerkte Felicity mit träumerischem Blick.

Harriet schnitt eine Grimasse. »Darum geht es gar nicht. Es geht vielmehr darum, daß Gideon seine Ehre sehr hoch stellt.«

»Und als seine Frau ist deine Ehre an seine gebunden«, sagte Felicity leise.

»Leider ja.« Harriet richtete sich entschlossen auf. »Aber ich werde einen Weg finden, dieses dumme Duell zu verhindern. Erste Schritte habe ich schon unternommen.«

»Schritte?«

»Heute morgen habe ich um Hilfe geschickt.«

Effie starrte sie an. »Was für Hilfe?«

»St. Justins Eltern«, erklärte Harriet zufrieden. »Ich habe ihnen in einem Brief mitgeteilt, daß etwas Schreckliches passieren wird. Sicher werden sie einen Weg finden, dieser gräßlichen Sache ein Ende zu bereiten. Schließlich ist Gideon ihr einziger Sohn und Erbe. Sie werden so wenig wie ich wollen, daß er in einem Duell sein Leben riskiert.«

Die Gerüchte, die über das Duell, den Zwist sowie Harriets Ausfall gegen Rushton im Umlauf waren, lieferten nicht nur der klatschsüchtigen Gesellschaft reichlich Material. Harriet mußte an jenem Nachmittag feststellen, daß sie auch bei der Sitzung der Gesellschaft für Fossilien und Altertümer das Gesprächsthema waren.

Fry und Applegate, zutiefst von der eigenen Bedeutung überzeugt, betraten Lady Youngstreets Salon, als hätten sie eine Großtat vollbracht, worauf sich alle um das Duo scharten, in der Hoffnung, an einige Informationskrümel zu gelangen.

»Ehrensache«, erklärte Fry mit Grabesstimme. »Es versteht sich, daß ich darüber kein Wort verlieren kann. Sehr ernste Angelegenheit. Um nicht zu sagen: todernst.«

»Nein, kein Wort«, sagte Applegate. »Gewiß werden alle Verständnis dafür haben. Ich kann nur sagen, daß St. Justin sich wie ein Ehrenmann benimmt. Leider kann man dies von der Gegenpartei nicht behaupten. Weigert sich strikt, uns zu empfangen oder Sekundanten zu benennen.«

Als die auf dem Sofa sitzende Harriet Applegates Bemerkung hörte, erhellte sich ihre Miene ein wenig. Bedeutet dies am Ende, daß Morland eine Möglichkeit finden wird, das Duell zu umgehen? fragte sie sich in ihrer Verzweiflung. Womöglich würde er sich sogar bei Gideon entschuldigen. Sie beugte sich vor, um mehr von Applegates Kommentaren mitzubekommen.

Leider wählte Lady Youngstreet ausgerechnet diesen Moment, um sich neben ihr niederzulassen. Sie bedachte Harriet mit einem übertriebenen Zwinkern, Anzeichen dafür, daß sie sich schon an ihrem nachmittäglichen Sherry gütlich getan hatte.

»Also, ich muß schon sagen, Mädchen«, erklärte sie im Brustton der Überzeugung, »das war schon ein Auftritt, den Sie gestern geliefert haben. Rushton wie eine kleine Tigerin anzuspringen ... man bedenke.«

»Er hat St. Justin ein Ungeheuer genannt«, rechtfertigte Harriet sich.

Lady Youngstreet legte nachdenklich den Kopf schräg. »Sie müssen wissen, daß mir Rushton bis vor kurzem gar nicht richtig aufgefallen war. Ich glaube nicht, daß er die Stirn hatte, viel in Gesellschaft zu gehen. Aber neuerdings sieht man ihn überall, finden Sie nicht?«

»Ja«, murmelte Harriet. »Allerdings.«

Je mehr über das Duell gesprochen wurde, desto unvermeidbarer wurde es. Harriet mußte einsehen, daß ihr Schachzug, Gideon zu einer Meinungsänderung zu bewegen, indem sie ihn mit Schweigen strafte, sich als Fehlschlag erwiesen hatte. Schweren Herzens erwog sie, ob sie von ihrer Taktik abgehen sollte.

Er hingegen schien ihre Mißbilligung gar nicht zu bemerken.

Als er ihr an jenem Nachmittag in den Sattel ihrer hübschen neuen Stute half, führte er ein angeregtes, einseitiges Gespräch, so als würde Harriet normal antworten.

»Na, was hältst du von ihr? Ihr beide gebt ein blendendes Paar ab.« Gideon schwang Harriet mühelos auf den Pferderücken und trat sodann zurück, um den Anblick von Roß und Reiterin zu bewundern. Er nickte befriedigt. »Hinreißend.«

Harriet, die ein dunkelrotes Reitkostüm mit einem kecken

roten Hut trug, konnte kaum an sich halten. Die kleine Araberin war auch zu schön. Ein so elegantes Pferd hatte Harriet noch nie geritten. Träumerisch tätschelte sie den schlanken Hals des Tieres.

Die lammfromme, intelligente und gut zugerittene Stute tänzelte munter neben Gideons massivem Fuchshengst einher, ohne sich von dessen Größe auch nur im mindesten einschüchtern zu lassen.

Harriet war sich der Blicke, die sie trafen, als sie im Park dahintrabten, deutlich bewußt. Sie wußte, daß Gideon und sie ein auffallendes Paar waren, nicht nur wegen des Klatsches, der sich um sie rankte, sondern auch wegen des Anblicks, den sie hoch zu Roß boten. *Ein Ritter auf seinem Streitroß und seine Dame auf ihrem Zelter*, kam es ihr in den Sinn.

Harriet fand diesen Vergleich so treffend, daß sie beinahe ihr Schweigegelübde gebrochen und zu Gideon davon gesprochen hätte.

Gideon lächelte unverschämt. »Ich weiß, daß dich das Schweigen besonders hart ankommen muß. Es ist auch völlig unnötig. Du hast selbst gesagt, daß ich über die Maßen stur bin. Dein Schweigen wird an meinem Entschluß nichts ändern.«

Harriet sah ihn finster an. Sie wußte, daß er recht hatte. Der Mann war von geradezu unmöglichem Starrsinn. Mit einer Mischung aus Erleichterung und Ärger gab sie ihre Schweigekampagne auf.

»Sie haben recht, Mylord«, sagte sie spitz. »Ihre Dickköpfigkeit ist wirklich ungewöhnlich ausgeprägt. Aber Sie verfügen über einen ausgezeichneten Geschmack, was Pferde anlangt.« Mit zufriedenem Lächeln blickte sie auf ihre hübsche Stute hinunter.

»Danke, meine Liebe«, antwortete Gideon bescheiden. »Es ist immer nett zu wissen, daß man zu etwas taugt.«

»Mylord, ich wüßte einiges, wozu Sie taugen. Aber Sie werden mir keinen Deut mehr nützen, wenn Sie sich bei diesem dummen Duell umbringen lassen.« Sie wandte sich ihm ungestüm zu. »Gideon, du darfst dich nicht mit Morland schlagen.«

Gideon verzog den Mund. »Du legst große Hartnäckigkeit an den Tag. Ich sage noch einmal, daß kein Grund zur Besorgnis vorliegt. Ich bin völlig Herr der Lage. Versuch doch, ein wenig Vertrauen in deinen armen Mann zu setzen.«

»Das ist keine Frage des Vertrauens, sondern eine des gesunden Menschenverstandes.« Harriet blickte geradeaus über die Ohren der Stute. »Gestatte mir die Feststellung, daß du davon im Moment keine Spur erkennen läßt.« Da kam ihr ein Gedanke. »Gideon, geht hinter meinem Rücken etwas vor? Hast du wieder einmal einen geheimnisvollen Plan ausgeheckt?«

»Einen Plan habe ich allerdings, meine Liebe. Das ist bei mir nun mal so. Mehr möchte ich im Moment dazu nicht sagen.«

»Los, berichte«, forderte Harriet.

»Nein.«

»Warum nicht? Ich bin deine Frau. Du kannst mir vertrauen.«

»Es ist keine Sache des Vertrauens.« Gideon ließ kurz ein Lächeln sehen. »Es ist eine Sache des gesunden Menschenverstandes.«

»Du glaubst also, ich könnte ein Geheimnis nicht bewahren?« fragte sie mit gefurchter Stirn. »Das ist eine Beleidigung, Sir.«

»Meine Liebe, darum geht es nicht. Es geht vielmehr darum, daß ich in diesem Fall überzeugt bin, es wäre von Vorteil, wenn außer mir niemand etwas von meinem Plan weiß.«

»Aber Applegate und Fry hast du ins Vertrauen gezogen«, protestierte Harriet.

»Nur teilweise. Verzeih, meine Liebe, aber ich bin es gewohnt, alles allein zu erledigen. Eine alte Gewohnheit.«

»Du hast jetzt eine Frau«, rief sie ihm in Erinnerung.

»Glaube mir, das ist mir sehr wohl bewußt.«

Als Harriet zwei Abende darauf den Ballsaal der Lambsdales betrat, vernahm sie erwartungsvolles Stimmengesumm und wußte sofort, daß ihr wieder nervtötender Klatsch bevorstand. Allmählich fürchtete sie, die Nerven zu verlieren.

Gideons Eltern hatten bislang nichts von sich hören lassen, so daß sie sich schon fragte, ob ihr Brief verlorengegangen oder ob die Feindseligkeit zwischen Gideon und seinem Vater so groß war, daß der Earl sich auch nicht in einer Sache, bei der es um Leben und Tod ging, dazu herabließ, seinem Sohn zu Hilfe zu eilen.

Erklärungen hätte es etliche gegeben, doch das änderte nichts daran, daß sie sich der drohenden Katastrophe allein gegenübersah.

Und ihre Bemühungen, Gideons starrsinniges, selbstherrliches Beharren zu brechen, die Sache allein zu bewältigen, waren bis dato fruchtlos geblieben.

Harriet stand mit einer kleinen Gruppe von Fossilienliebhabern beisammen, als Felicity sie entdeckte.

»Applegate und Fry sind eingetroffen«, eröffnete ihr Felicity. »Eben habe ich sie gesehen. Ich glaube, sie suchen deinen Mann.«

In Lady Youngstreets Blick leuchtete Erregung auf. »Es ist soweit. Fry sagte, sie wollten heute Morland aufspüren und ihn zwingen, sich mit ihnen auf Zeit und Ort zu einigen.«

»Ach, du meine Güte«, gab Harriet von sich. Sie fühlte sich völlig hilflos.

»Ich behaupte, daß noch nie ein Duell unter so großer Anteilnahme der Öffentlichkeit stattfand«, erklärte einer aus der Gruppe. »Äußerst sonderbar.«

Sir George, Experte für Oberschenkelknochen, machte ein ernstes Gesicht. »Sie werden mit großer Vorsicht vorgehen müssen, damit dem Auge des Gesetzes nicht Ort und Zeit bekannt werden und es zu Festnahmen kommt.«

»Gütiger Gott«, entfuhr es Harriet. Die Vorstellung, Gideon könnte hinter Gittern landen, erschütterte sie bis in die Grundfesten.

Felicity tätschelte beruhigend ihren Arm. »Keine Bange, Harriet. Ich glaube nicht, daß St. Justin sich in eine Sache stürzt, ohne zu wissen, wie er sie anständig zu Ende bringt.«

»Das sagt er dauernd.« Harriet stellte sich auf die Zehenspitzen, um Gideon ausfindig zu machen. Seine Größe erleichterte es einem, ihn auch im dichtesten Gedränge auf den ersten Blick zu sehen.

Er stand am anderen Ende des Saales in Fensternähe. Harriet glaubte neben ihm Lord Frys Kahlkopf zu erkennen.

Gesprächsfetzen wogten über die Menge hinweg, Sätze, die am anderen Ende ihren Anfang nahmen und wellengleich in Harriets Richtung brandeten.

Das Stimmengewirr wurde lauter, je näher die Woge kam.

»Was ist denn?« fragte Harriet Felicity. »Was geht da vor?«

»Ich weiß es noch nicht. Irgend etwas hat sich getan.« Felicity wartete voller Spannung.

Sir George gab sich welterfahren. »Gewiß wurde der Ort festgelegt. Ich tippe auf Pistolen. Heutzutage gibt es keine Degenduelle mehr. Nicht mehr zeitgemäß.«

»Ebenso gut könnte das Duell im Drury Lane Theater vor der gesamten tonangebenden Gesellschaft über die Bühne gehen«, bemerkte Lady Youngstreet.

Harriet umklammerte Felicitys Arm. »Was soll ich machen? Ich kann nicht zulassen, daß Gideon sich schlägt.«

»Warte ab, was passiert«, riet Felicity ihr.

Die Gesprächsfetzen hatten sie fast erreicht. Einige Worte waren deutlich zu verstehen.

»...auf dem Kontinent Zuflucht gesucht...«

»...ohne ein Wort zu jemandem...«

»Nicht einmal sein Personal wußte davon...«

»Verdammter Feigling...«

»...war immer der Meinung, sein gutes Aussehen bekäme ihm nicht. Hat offenbar keinen Mumm, der Mann...«

Jemand neigte sich Lady Youngstreet zu und sprach sie an. Sie lauschte aufmerksam, um sodann der um Harriet gescharten Gruppe zu verkünden: »Morland ist auf den Kontinent geflüchtet. Hat seinen Koffer gepackt und ist mitten in der Nacht verschwunden. Nicht mal sein Hauspersonal wußte etwas. Seine Gläubiger werden ihm morgen die Tür einrennen.«

Allgemeines erregtes Stimmengewirr setzte ein. Harriet registrierte dies alles wie betäubt. Sie versuchte, Lady Youngstreets Aufmerksamkeit zu gewinnen. »Meinen Sie, daß es zu keinem Duell kommt?« fragte sie.

»Allem Anschein nach nicht. Morland hat es mit der Angst zu tun bekommen und ist geflüchtet«, sagte Lady Youngstreet. »St. Justin hat ihn außer Landes getrieben.«

Sir George nickte mit allwissendem Blick. »Hab's ja immer gewußt, daß St. Justin Mumm in den Knochen hat. Mußte es haben, um mit den Dingen fertig zu werden, denen er sich in den letzten Jahren gegenübersah.«

»Was über ihn geflüstert wurde, muß also gelogen sein«, erklärte Lady Youngstreet. »Unsere Harriet hätte ihn doch nie geheiratet, wenn er kein charakterfester Mann wäre.«

Zustimmendes Gemurmel aus der Gruppe.

Harriet war so erleichtert, daß sie kaum hörte, was die anderen sagten. »Felicity, es wird zu keinem Duell kommen.«

»Ja, ich weiß.« Felicity lachte auf. »Jetzt kannst du deinen Zwist mit St. Justin begraben. Alles ist ausgestanden. Und wenn mich nicht alles täuscht, hat dein Mann es geschafft, im Verlauf dieser Angelegenheit den Fleck auf seiner Ehre zu tilgen. Sehr bemerkenswert.«

»Diesen Fleck auf seiner Ehre hat es nie gegeben«, entgegnete Harriet ganz automatisch. »Es war alles nur böse Nachrede.«

»Ja, dieser Meinung scheinen jetzt wohl alle zu sein.« Felicity lächelte. »Erstaunlich, wie rasch die Gesellschaft eine Kehrtwendung vollziehen kann. Alles stellt sich auf die Seite des Siegers. St. Justin wird morgen beim Erwachen feststellen, daß er es zum Liebling der eleganten Welt gebracht hat.«

Aber Harriet hörte längst nicht mehr zu. Sie sah, daß die Menge sich teilte und Gideon durch die Gasse auf sie zuschritt. Einige Gäste versuchten, ihn anzusprechen, er aber sah nicht nach rechts oder links. Sein strahlender Blick ruhte unbeirrt auf Harriet, bis er vor ihr stand und ihre Hand ergriff.

»Ich glaube, als nächstes ist ein Walzer an der Reihe. Würdest du mir diesen Tanz schenken, meine Liebe?«

»Ja, Gideon, o ja«, rief Harriet leise aus und stürzte sich in seine Arme.

Gideon lachte triumphierend, als er mit ihr über die Tanzfläche glitt.

Sehr viel später, auf der Heimfahrt in der Kutsche, stellte Harriet Gideon zur Rede. Es war das erste Mal, daß sie ihn an diesem Abend allein für sich hatte.

»Gideon, ist wirklich alles ausgestanden?«

»Es sieht ganz danach aus. Applegate und Fry hat es einige Mühe gekostet, um herauszufinden, was aus Morland wurde, aber heute haben sie es endlich geschafft. Ich glaube, ihre Enttäuschung war groß, als sie erfuhren, daß er sich aus dem Staub gemacht hat. Wo sie sich doch schon so unbändig auf die Erfüllung ihrer Pflichten als Sekundanten gefreut hatten.«

Harriet sah ihn eindringlich an. »Sag mir, Gideon, hat sich alles so entwickelt, wie du es geplant hast? Wußtest du, daß Morland eher Reißaus nehmen als dir im Zweikampf gegenübertreten würde?«

Gideon zog die Schultern hoch. »Es war von Anfang an eine ziemlich sichere Möglichkeit. Ich kannte ihn als Feigling.«

»Gideon, du hättest es mir sagen sollen. Ich hatte so große Angst.«

»Ich konnte nicht sicher sein, daß es wirklich so laufen würde. Und deshalb habe ich dich nicht ins Vertrauen gezogen, meine Liebe. Ich wollte vermeiden, daß du dir zu große Hoffnungen machst. Es bestand immer das Risiko, daß ich mich mit ihm würde schlagen müssen, und ich wußte, daß dich diese Vorstellung sehr beunruhigt hat.«

Harriet schwankte zwischen Erleichterung und Wut. »Ich wünschte, du würdest alles mit mir besprechen.«

»Ich habe getan, was ich für das Beste hielt, Harriet.«

»Deine Auffassung davon stimmt nicht immer mit meiner überein«, erklärte sie mit Nachdruck. »Du bist viel zu sehr gewöhnt zu handeln, ohne dich mit Erklärungen abzugeben. Du mußt lernen, diese Neigung zu zügeln.«

Gideon lächelte unmerklich. »Willst du mir den Rest der Nacht die Leviten lesen, meine Liebe? Ich könnte mir etwas viel Besseres vorstellen.«

Harriet stieß einen Seufzer aus, als das Gefährt vor dem Stadthaus anhielt. »Wäre ich nicht so schrecklich erleichtert, würde ich dir die ganze Nacht und den ganzen nächsten Morgen gehörig die Leviten lesen, das schwöre ich.«

»Aber ich bin nicht mehr gefährdet«, sagte Gideon nekkend, als ein Diener den Wagenschlag öffnete. »Also lassen wir die Gardinenpredigt und gehen zu Bett, ja?«

Harriet warf ihm einen schelmischen Blick zu, als man ihr aus dem Wagen half. Gideon stieg nach ihr aus, nahm ihren

Arm und geleitete sie die Stufen hinauf, noch immer lächelnd.

Die Tür ging auf, im Eingang stand Owl. Sein sauertöpfisches Gesicht wirkte noch verdrossener als sonst. »Guten Abend, Mylady, Mylord.«

Harriet beäugte ihn wachsam. »Hat jemand das Zeitliche gesegnet, Owl?«

»Nein, Madam.« Owl blickte Gideon an. »Wir haben Gäste.« »Gäste?« Gideons Lächeln war wie weggeblasen. »Wer, zum Teufel, macht uns zu so später Stunde einen Besuch? Ich habe niemanden eingeladen.«

»Ihre Eltern sind eingetroffen, Mylord.«

Harriet war entzückt. »Wunderbar!«

»Meine *Eltern*«, explodierte Gideon. Seine Augen verdunkelten sich vor Zorn. »Verdammt... was wollen sie hier?«

Owl ließ seinen Blick zu Harriet wandern. »Lady St. Justin soll sie eingeladen haben.«

»Ja, das habe ich.« Harriet schenkte Gideon keine Beachtung, als er sich ihr mit wachsendem Unmut zuwandte. »Ich habe sie eingeladen, weil ich glaubte, sie würden imstande sein, mir zu helfen, dem gräßlichen Unfug mit Mr. Morland ein Ende zu machen.«

»Du hast sie eingeladen? Ohne mein Einverständnis?« fragte Gideon in drohendem Ton.

»Ich habe getan, was ich für das Beste hielt. Wenn du mir nicht vertraust, kannst du nicht erwarten, daß ich dir jede Kleinigkeit anvertraue.« Harriet lief an ihm vorüber die Treppe hinauf, um ihre Schwiegereltern zu begrüßen.

Earl und Countess of Hardcastle saßen in der Bibliothek vor dem Feuer. Man hatte ihnen Tee serviert. Beide blickten besorgt auf, als Harriet in die Bibliothek stürzte.

Der Earl blickte erst Harriet und dann den hinter ihr eintretenden Gideon an. Seine Miene war ebenso finster wie die Gideons.

»Wir haben eine Nachricht bekommen«, sagte Hardcastle barsch. »Etwas von Ereignissen finsterer Natur, die Skandal, Blutvergießen, ja Mord befürchten ließen.«

»Zum Teufel, Harriets Art, Briefe zu schreiben, hat es in sich.«

18

Zwei Stunden später stieß Gideon die Verbindungstür zwischen Harriets Schlafzimmer und seinem auf und trat in sichtlich kampflustiger Stimmung ein.

Harriet saß in die Kissen gekuschelt im Bett, mehr oder weniger auf die Auseinandersetzung vorbereitet. Sie wußte sehr gut, daß Gideon sein Temperament gezügelt hatte, seitdem sie zu Hause angekommen waren und seine Eltern in der Bibliothek angetroffen hatten.

Gideon war dem Earl und seiner Mutter mit knapper Höflichkeit begegnet. Er hatte ihnen sogar eine kurze Zusammenfassung des Ablaufs der Ereignisse geliefert, die sie offensichtlich sehr erschütterte.

Daß er Harriet grollte, war klar zu spüren gewesen. Und alle waren deshalb nervös, alle, bis auf Harriet.

Gideon, der einen geschnitzten Bettpfosten umklammerte, war bis auf seine Hose nackt. Der Kerzenschein betonte die deutlich ausgeprägten Muskeln von Schultern und Brust, als er im Dunkeln vor Harriet aufragte. Seine Augen glitzerten.

»Madam, ich bin alles andere als erfreut über Ihr Vorgehen«, sagte Gideon voller Ingrimm.

»Ja, das sehe ich, Mylord.«

»Wie kannst du es wagen, auf eigene Faust eine Einladung an meine Eltern zu verschicken?«

»Ich war verzweifelt. Du bist in ganz London herumgelaufen und hast ein Duell geplant und wolltest nicht auf mich hören. Ich mußte einen Weg finden, dich daran zu hindern.«

»Ich hatte alles im Griff«, tobte Gideon los. Er ließ den Bettpfosten los und kam näher. »Alles, nur dich offenbar nicht. Verdammtes Frauenzimmer. Ein Mann muß Herr im eigenen Haus sein.«

»Nun, das bist du ja. Zum Großteil jedenfalls.« Harriet rang sich ein besänftigendes Lächeln ab. »Aber ab und zu ergeben sich eben Situationen, die ein tatkräftiges Eingreifen meinerseits erfordern. In deiner dickköpfigen Phase wolltest du nicht auf mich hören.«

»Morland war allein meine Sache.«

»Gideon, ich war ebenso betroffen. Du hast ihn meinetwegen gefordert.«

»Das steht nicht zur Debatte.«

»Doch, es steht zur Debatte.« Harriet schlang die Arme um ihre angezogenen Knie. »Ich war ebenso betroffen wie du. Warum bist du so aufgebracht?«

»Du kennst den Grund. Weil du mich nicht gefragt hast, ehe du die Einladung an meine Eltern verschicktest.« Gideon sagte es in barschem Ton. »Ich will sie hier nicht haben. Falls es dir nicht schon aufgefallen ist – ich spreche kaum ein Wort mit ihnen. Ich kann mir nicht vorstellen, was du dir von dieser Einladung versprochen hast.«

»Ich wußte, daß sie höchst beunruhigt reagieren würden, weil du dein Leben in einem Duell aufs Spiel setzen wolltest. Schließlich bist du ihre größte Sorge.«

»Ihre größte Sorge? Unsinn. Ihre einzige Sorge wäre es, daß unser Geschlecht im Falle meines Duelltodes aussterben würde.«

»Wie kannst du das sagen? Du hast das Gesicht deiner Mutter gesehen, als wir in die Bibliothek kamen. Sie war außer sich vor Sorge.«

»Na schön, ich gebe zu, daß meine Mutter für mich etwas

empfindet. Mein Vater aber will von mir nur einen Enkel, und zu diesem Zweck braucht er mich lebendig. Aber glaube ja nicht, daß ihn darüberhinaus interessiert, was aus mir wird.«

»Gideon, ich bin sicher, daß es nicht stimmt.« Harriet erhob sich leicht und berührte seinen Arm. »Deinem Vater liegt viel an dir. Aber leider ist er genauso eigensinnig, arrogant und stolz wie du. Dazu kommt, daß er um vieles älter ist und daher vermutlich noch viel weniger flexibel.«

»Mir mag seine jahrelange Erfahrung fehlen«, stieß Gideon hervor, »aber ich kann ebenso unflexibel sein wie er. Worauf du dich verlassen kannst.«

»Unsinn. Du bist viel duldsamer und flexibler als er.«

Gideon zog die Brauen in die Höhe. »Ach, bin ich das?«

»Aber sicher. Überleg doch, wie duldsam du mir gegenüber bist.«

»Da haben wir's. Ich war viel zu duldsam zu dir.«

»Gideon, ich möchte dir eines sagen, und du solltest auf mich hören: Wenn du zu deinem Vater eine bessere Beziehung herstellen möchtest, mußt du ihm die Sache erleichtern. Er weiß nicht, wie man die Mauern niederreißt, die sich in den letzten sechs Jahren aufgetürmt haben.«

»Warum sollte ich eine bessere Beziehung zu ihm anstreben? Er ist derjenige, der sich von mir abgewendet hat.«

»Nicht ganz, Gideon. Er hat dich mit der Verwaltung seiner Güter betraut.«

»Eine andere Wahl hatte er nicht«, erwiderte Gideon. »Ich bin der einzige Sohn, der ihm blieb.«

»Er hat nicht jede Verbindung mit dir aufgegeben«, fuhr Harriet fort. »Du besuchst ihn ziemlich häufig. Denk daran, wie du zu ihm geeilt bist, nachdem wir die Nacht in der Höhle verbracht hatten.«

»Mein Vater befiehlt mich nur zu sich, wenn er glaubt, es gehe dem Ende zu.«

»Vielleicht hat er das Gefühl, er müsse seinen gesundheitlichen Zustand als Vorwand benutzen, um dich zu rufen.«

Gideon starrte sie verdutzt an. »Du lieber Gott... wie kommst du denn darauf?«

»Ich habe die Tatsachen ganz logisch unter die Lupe genommen. Sicher ist dir aufgefallen, daß seine Gesundheit ihn nicht abhielt, dir heute zu Hilfe zu eilen. Er kam, weil ihm dein Schicksal am Herzen liegt.«

Gideons große Hände umschlossen ihre Schultern, als er sich über sie beugte. »Mein Vater ist heute nicht herbeigeeilt, um mir zu helfen. Er ist gekommen, weil du es geschafft hast, meine Mutter in Unruhe zu versetzen, und weil beide nun glauben, ich stünde im Begriff, dem Geschlecht der Hardcastles ein Ende zu bereiten. Das ist der einzige Grund für sein Hiersein. Und jetzt reicht mir dieser Unsinn.«

»Mir auch. Gideon, versprich mir, daß du deinem Vater mit Höflichkeit begegnest. Gib ihm die Chance, die Kluft zwischen euch zu überbrücken.«

»Ich möchte jetzt nicht mehr über meinen Vater sprechen. Ich bin hier, um mit Ihnen zu sprechen, Madam.«

Harriet sah ihn erwartungsvoll an. »Worüber möchtest du mit mir sprechen?«

»Über deine Pflichten als Ehefrau. In Zukunft wirst du mich fragen, ehe du Entscheidungen triffst wie jene, einfach meine Eltern einzuladen. Ist das klar?«

»Ich bin bereit, mich auf einen Handel einzulassen.« Harriet lächelte ein wenig zittrig. »Ich verspreche, dich zu konsultieren, wenn du mich konsultierst. Ich möchte dein Ehrenwort, daß du in Zukunft Angelegenheiten wie diese dumme Duellforderung mit mir besprichst.«

»Es ist zu keinem Duell gekommen. Warum reitest du noch immer darauf herum?«

»Weil ich dich kenne, Gideon. Ich weiß sehr wohl, daß es

zum Duell gekommen wäre, hätte Mr. Morland sich nicht passenderweise durch seine Flucht auf den Kontinent mit Schmach bedeckt. Wäre es nämlich zum Duell gekommen, dann hättest du womöglich dein Leben lassen müssen. Für mich ein unerträglicher Gedanke.«

In Gideons Augen leuchtete es auf. »Weil du mich liebst?«

»Ja.« Harriet schrie es beinahe heraus. »Wie oft muß ich dir noch sagen, daß ich dich liebe?«

»Ich glaube, daß du es mir noch viele, viele Male wirst sagen müssen«, sagte Gideon, als er sie auf den Rücken legte und sich auf sie senkte. »Unzählige Male. Und du wirst es mir den Rest deines Lebens sagen müssen.«

»Nun gut, Mylord.« Harriet legte die Arme um seinen Nacken und zog ihn an sich. »Ich liebe dich.«

»Zeig es mir«, sagte er, während seine Hände auf ihr bereits in Bewegung waren.

Sie tat es.

Sechs Jahre zuvor hatte Gideon vergessen, wie man liebt. Aber Harriet wagte zu hoffen, daß er diese Kunst wieder lernen würde.

Am nächsten Morgen zog Gideon sich gleich nach dem Frühstück in die Bibliothek zurück. Er war nicht in der Stimmung, sich mit seinen Eltern abzugeben. Daß sie sich nun unter seinem Dach befanden, war nicht zu ändern, denn hinauswerfen konnte er sie schlecht. Soll Harriet sich gefälligst um sie kümmern, entschied er. Schließlich war sie diejenige, die sie eingeladen hatte.

Ihn erwarteten andere, viel wichtigere Dinge, um die er sich kümmern mußte.

Er setzte sich an den Schreibtisch und studierte die letzte Version seiner Verdächtigenliste. Es war ein hartes und frustrierendes Stück Arbeit gewesen, die Namen eventueller Diebe aus den Gästelisten herauszufiltern, da es buchstäblich

Dutzende von Menschen gab, die in sämtlichen Listen erschienen.

Was natürlich nicht bedeutete, daß sie die Einladungen auch angenommen hatten. Während der Saison gab es immer gewisse Leute, die ganz groß in Mode waren und Einladungen für jede Soiree, jeden Ball und jede Kartenpartie erhielten, wobei freilich vorausgesetzt wurde, daß sie nur die glänzendsten Anlässe wahrnahmen.

Eines der Probleme bestand nun darin, daß er nicht wußte, wer von den Eingeladenen zugesagt hatte und gekommen war. Dabei fiel Gideon auf, daß er auch keine Ahnung hatte, wer im Augenblick zu den Lieblingen der Gesellschaft zählte und wer nicht, wer eine Einladung annahm und wer sie verschmähte.

Für jemanden, der sechs Jahre lang keinen geselligen Umgang gehabt hatte, hätte es gar nicht komplizierter sein können.

Als Gideon die lange Liste in dem Bemühen, sie zu vervollständigen, noch einmal durchging, öffnete sich die Tür, und sein Vater trat zögernd ein.

»Deine Frau sagte mir, ich würde dich hier antreffen«, sagte Hardcastle.

»Kommst du aus einem bestimmten Grund?«

»Wenn es dir nichts ausmacht, möchte ich ein Wort mit dir reden.«

Gideon reagierte mit einem Achselzucken. »Bitte, nimm Platz.«

Der Earl kam näher und setzte sich Gideon gegenüber, von diesem durch den Schreibtisch getrennt. »Sehr beschäftigt?«

»Das ist ein Projekt, an dem ich schon einige Tage arbeite.«

»Ich verstehe.« Hardcastle ließ den Blick durch die Bibliothek wandern und räusperte sich einige Male. »Du wußtest wohl nicht, daß Harriet deine Mutter und mich zu kommen bat.«

»Nein, ich wußte es nicht.«

Hardcastle sah ihn grollend an. »Deine Lady hat es nur gut gemeint.«

»Sie hat in einer Situation, die ich völlig in der Hand hatte, übertrieben reagiert.«

»Ja, nun... ich hoffe, du hast es sie gestern nicht zu sehr spüren lassen. Deine Verärgerung war nicht zu übersehen.«

Gideon ließ eine Braue hochschnellen. »Harriet und ich haben die Sache ausdiskutiert. Deine Besorgnis um sie ist unnötig.«

»Verdammt, Mann, um was ging es überhaupt? Um ein Duell? Mit Morland? Was, in Gottes Namen, ist in dich gefahren, Morland zu fordern?«

»Er hat Harriet in Mr. Humboldts Museum tätlich angegriffen. Sie konnte sich nur retten, indem sie ihm einen großen Stein an den Kopf warf. Da er es leider überlebt hat, mußte ich ihn fordern. Alles ganz einfach und unkompliziert, aber Harriet hat sich furchtbar aufgeregt.«

»Morland hat Harriet angegriffen?« Hardcastle war sichtlich schockiert. »Warum denn das?«

Gideon studierte die vor ihm liegende Gästeliste. »Wahrscheinlich wußte er, daß er sie nicht würde verführen können wie Deirdre.« Er tippte mit der Feder auf einen der Namen.

»Deirdre.«

Nun trat anhaltendes Schweigen ein. Ohne aufzuschauen, fuhr Gideon fort, die Namen durchzugehen.

»Willst du damit sagen, daß Morland vor sechs Jahren Deirdre Rushton verführt hat?« fragte Hardcastle schließlich.

»Ja. Ich glaube ein- oder zweimal erwähnt zu haben, daß sie eine Affäre mit einem anderen hatte und daß ich selbst sie nie angerührt habe.«

»Ja, aber...«

»Aber du dachtest, daß das Kind, das sie trug, von mir sei«, sagte Gideon. »Ich entsinne mich, es einige Male abgestritten zu haben, aber man schenkte mir damals kaum Aufmerksamkeit.«

»Sie war die Tochter des Pfarrherrn.« Aus Hardcastles Ton war keine Hitzigkeit herauszuhören, dafür aber große Traurigkeit. »Und sie hat der Haushälterin und ihrem Vater gesagt, das Kind sei von dir. Warum hätte sie lügen sollen, wenn sie sich doch töten wollte?«

»Das habe ich mich selbst oft gefragt. Aber Deirdre hat zu jener Zeit viel Lügen erzählt. Eine mehr oder weniger fiel wohl nicht mehr ins Gewicht.«

Hardcastle runzelte die Stirn. »Hast du damals schon gewußt, daß sie mit Morland etwas hatte?«

»Sie gestand es mir am letzten Abend. Aber später, als alles vorüber war, gab es keine Möglichkeit mehr, es zu beweisen. Morland war damals noch verheiratet, und seine arme Frau hatte ohnehin genug zu erdulden.«

»Seine Frau? Ja, ich glaube mich undeutlich zu erinnern. Ein melancholisches Geschöpf ohne Lebensfreude.«

Die Erinnerung ließ Gideon innehalten. »Es wurde gemunkelt, daß er nicht gut zu ihr war. Ich sah keinen Grund, ihn öffentlich der Verführung Deirdres zu bezichtigen. Geglaubt hätte mir ohnehin niemand, und Morlands traurige kleine Frau hätte noch mehr Kummer erdulden müssen.«

»Ich verstehe. Daß du damals nicht mehr in Morlands Gesellschaft gesehen wurdest, wußte ich, aber ich nahm an, Morland habe sich wie alle anderen von dir abgewendet. Statt dessen warst du es, der die Beziehung abbrach.«

»So war es.«

»Es war für uns alle eine schwere Zeit«, sagte Hardcastle. »Dein Bruder war wenige Monate zuvor ums Leben gekommen, und deine Mutter hatte den Schock noch nicht überwunden.«

»Und du auch nicht«, äußerte Gideon kühl.

»Er war mein Erstgeborener«, sagte Hardcastle langsam. »Lange, sehr lange mein einziger Sohn. Nach Randals Geburt konnte deine Mutter jahrelang nicht empfangen. Er war unser ein und alles, und er war so, wie man sich einen Sohn und Erben wünscht. So war es vermutlich unvermeidlich, daß er vorgezogen wurde, auch noch, als du zur Welt kamst.«

»Und ebenso unvermeidlich war es, daß ich es in euren Augen nie geschafft habe, seine Stelle einzunehmen. Das wurde mir klar zu verstehen gegeben, Sir.«

Hardcastle hielt Gideons Blick stand. »Wie gesagt, schon der Verlust Randals war ein großer Schock, und dann kam kurz darauf der Skandal um Deirdres Tod. Wir brauchten Zeit, alles zu verkraften, Gideon.«

»Zweifellos.« Gideon hielt den Blick auf seine Liste gerichtet. Wenigstens brüllen wir einander nicht an, dachte er. Es war das erste Mal, daß sie in vernünftigem Ton über die Vergangenheit sprachen. »Ich möchte zu gern etwas wissen... habt ihr jemals geglaubt, was sonst noch geflüstert wurde?«

Hardcastle sah ihn finster an. »Sei kein Esel. Natürlich haben wir keinen Moment geglaubt, daß du etwas mit Randals Tod zu tun hast. Ich gebe zu, daß ich glaubte, du hättest Deirdre Rushton geschwängert, aber weder deine Mutter noch ich haben dich für einen Mörder gehalten.«

Als Gideon dem klaren, unverwandten Blick seines Vaters begegnete, wurde ihm ein wenig leichter ums Herz. »Das freut mich.« Er war nie sicher gewesen, welche Geschichten seinen Eltern zu Ohren gekommen waren und was sie geglaubt hatten. Vor sechs Jahren waren Unmengen von Gerüchten im Umlauf gewesen, eines schlimmer als das andere.

»Was beschäftigt dich im Moment?« fragte Hardcastle nach einer Weile.

»Ich sagte dir schon, daß ich die Suche nach dem planenden Verstand hinter der Diebesbande, die in den Höhlen ihre Beute lagerte, fortsetze.«

»Ich weiß auch noch, daß du jemanden suchst, der in der guten Gesellschaft verkehrt und sich für Fossilien interessiert. Du … du hast sogar angedeutet, daß ich als Kandidat in Frage käme«, murmelte der alte Herr.

Aufblickend bemerkte Gideon ein ironisches Funkeln in den Augen seines Vaters. »Wenn ich dir jetzt sage, daß ich dich aus der Liste der Verdächtigen gestrichen habe, wirst du sicher erleichtert sein.«

»Mit welcher Begründung?«

»Mit der Begründung, daß du dich schon seit geraumer Zeit nicht mehr in Gesellschaft begibst. Ich suche jemanden, der in London an allen gesellschaftlichen Anlässen teilnimmt. Du führst mit Mutter ja schon seit Jahren auf Hardcastle House ein Einsiedlerleben.«

»Meine Gesundheit, du weißt.« Der Earl bedachte ihn mit einem gewitzten Blick.

»Wie Harriet gestern ganz richtig sagte, hat deine gesundheitliche Verfassung dich nicht abgehalten, auf ihren Brief hin eiligst nach London zu kommen.«

»In letzter Zeit fühle ich mich etwas besser.«

Gideon lächelte kühl. »Zweifellos, weil du dir bald einen Enkel erhoffst.«

Hardcastle zuckte mit den Achseln. »Es ist gewiß allerhöchste Zeit … Deine Liste scheint mir ja sehr lang zu sein.«

»Es läßt sich schwer nachweisen, wer Kenntnis von den Höhlen in Upper Biddleton hat. Immer wenn ich in meinem Club Erkundigungen einziehe, muß ich feststellen, daß ein weiteres Mitglied sein Interesse für Fossilien entdeckt hat. Ich hatte keine Ahnung, daß so viele Menschen sich von alten Knochen faszinieren lassen.«

»Vielleicht kann ich dir weiterhelfen. Zur Zeit meiner eigenen Sammelleidenschaft traf ich viele Gleichgesinnte. Vielleicht kommen mir einige Namen auf der Liste bekannt vor.«

Gideon zögerte erst, dann aber reichte er die Liste seinem Vater, damit dieser sie überfliegen konnte.

»Interessant«, sagte Hardcastle geistesabwesend, während sein Finger die Reihe der Namen entlangglitt. »Ich glaube, Donnelly und Jenkins kannst du streichen. Wenn ich mich recht erinnere, verlassen sie London kaum und würden sich ganz gewiß an keinen so wenig spektakulären Ort wie Upper Biddleton begeben. Ihr Interesse an Fossilien hält sich in Grenzen.«

Gideon sah seinen Vater forschend an, ehe er sich vorbeugte und die Namen markierte. »Sehr gut«, sagte er steif.

»Darf ich fragen, warum du so entschlossen bist, diesen Geheimnisvollen zu fassen?«

»Sobald wir wieder in Upper Biddleton sind, wird Harriet sich schnurstracks in ihre geliebten Höhlen begeben. Ich möchte sicherstellen, daß sie dort nicht gefährdet ist, und sicher kann ich erst sein, wenn ich weiß, daß der Kopf der Diebesbande gefaßt ist. Beim nächsten Mal könnte Harriet womöglich über die ganze Bande von Halsabschneidern stolpern und nicht nur über deren Beute.«

Hardcastles Blick verriet Schärfe. »Ich verstehe. Du glaubst also, dieser Meisterdieb wird in die Höhlen zurückkehren?«

»Ich sehe keinen Grund, weshalb er nicht eine ähnliche Operation ablaufen lassen sollte, sobald sich die Aufregung gelegt hat. Er weiß zweifellos, daß ich nicht ständig in Upper Biddleton bleiben und die Küste im Auge behalten kann. Und alles ist ja sehr gut gelaufen, bis Harriet zufällig auf diese bestimmte Höhle stieß. Ja, ich glaube, er dürfte es noch einmal versuchen.«

Hardcastle zog die Brauen zusammen. »Wenn das so ist, machen wir uns am besten schleunigst ans Werk.« Er las die zwei nächsten Namen auf der Liste. »Restonville und Shadwick verfügen über Reichtümer, die König Midas vor Neid erblassen lassen würden. Die beiden haben es nicht nötig, Diebstähle zu organisieren.«

»Sehr gut.« Gideon strich die zwei Namen.

Er und sein Vater arbeiteten noch ein paar Minuten und strichen die Liste zusammen. Sie hatten die Hälfte hinter sich, als Harriet und Lady Hardcastle zum Ausgehen gekleidet hereinfegten. Gideon und sein Vater erhoben sich manierlich.

»Ich wollte nur sagen, daß wir einen Einkaufsbummel unternehmen«, erklärte Harriet geziert. »Deine Mutter hat den Wunsch geäußert, sich über die neueste Mode zu informieren.«

»Ich brauche dringend einen neuen Hut und Stoff für ein, zwei Kleider«, sagte Lady Hardcastle und sah Harriet mit zaghaftem Lächeln an.

Gideon entging der Blick seiner Mutter nicht, mit dem diese Harriet bedachte. Seine Frau hatte es geschafft, seine Mutter wie alle anderen zu bezaubern.

»Nichts geht über einen Einkaufsbummel, damit zwei Damen sich näher kennenlernen«, sagte Harriet angeregt. »Deine Mutter und ich haben soviel gemeinsam.«

»Zum Beispiel?«

»Dich natürlich.« Harriet sagte es lächelnd.

Lady Hardcastles Blick huschte ängstlich zwischen Mann und Sohn hin und her. »Ich sehe, daß ihr beide beschäftigt seid.«

»Und wie«, sagte Hardcastle. »Wir gehen Gideons Verdächtigenliste durch.«

Harriet machte große Augen. »Verdächtigenliste?«

Gideon ließ ein Stöhnen hören. »Ich wollte dich schon darauf aufmerksam machen, daß du kein Wort davon sagen sollst«, sagte er grollend zu seinem Vater.

»Was soll das… Verdächtigenliste?« wollte Harriet nun unbedingt wissen.

»Ich bin auf der Suche nach jemandem, der die Diebesbande organisiert, die sich in den Höhlen breitmacht«, erklärte Gideon knapp. »Und ich habe Grund zur Annahme, daß es sich um jemanden handelt, der Zutritt zu den ersten Salons hat. Diese Person muß aber auch Gelegenheit gehabt haben, sich die Kenntnis der Höhlen unter den Klippen zu verschaffen.«

»Ein Fossiliensammler etwa?«

Gideon nickte widerstrebend. »Ja, gut möglich.«

»Was für ein brillanter Einfall! Fossiliensammler sind ein skrupelloser Haufen, wie ich schon einmal sagte.« Harriets Augen blitzten. »Vielleicht kann ich diesbezüglich von Nutzen sein. Ich habe in London die Bekanntschaft zahlreicher Sammler gemacht, und ich könnte einige nennen, die mir ein wenig zwielichtig vorkommen.«

Gideon lächelte ironisch. »Du hältst ja den Großteil deiner Gesinnungsgenossen für wenig vertrauenswürdig. Ich kann mir nicht denken, daß deine Ansichten uns helfen, die Liste zu verringern. Trotzdem kannst du mir die Namen der Mitglieder deines Fossilienvereins geben. Ich kann sie dann mit meiner Liste vergleichen.«

»Sicherlich. Wenn wir vom Einkaufen zurückkommen, mache ich eine Aufstellung.«

Lady Hardcastle warf ihrem Mann einen Blick zu. »Wer steht bis jetzt auf der Liste?«

»Einige Leute… es ist eine lange Liste.«

»Darf ich sie sehen?« Lady Hardcastle glitt an den Schreibtisch.

Harriet folgte ihr und spähte über ihre Schulter. »Meine Güte… wie soll man unter diesen vielen Verdächtigen den Bösewicht finden?«

»Einfach wird es nicht«, sagte Gideon. »Ich schlage vor, du machst dich jetzt mit meiner Mutter auf den Weg. Mein Vater und ich müssen arbeiten.«

Lady Hardcastle studierte stirnrunzelnd die Liste. »Ich kann Bryce Morlands Namen nicht finden. Er war zwar meiner Erinnerung nach nie an Fossilien interessiert, aber das Gebiet um Upper Biddleton kennt er wie seine Westentasche.«

Gideon begegnete dem fragenden Blick seiner Mutter. »Ich habe die Möglichkeit, daß Morland dahintersteht, in Betracht gezogen, da er skrupellos genug ist, sich als Dieb zu betätigen. Aber ich glaube nicht, daß er es war. Und wenn, dann brauchen wir uns keine Sorgen zu machen. Er ist außer Landes gegangen.«

»Ganz recht.« Lady Hardcastle fuhr fort, die Liste zu studieren. »Was ist mit Clive Rushton? Auch seinen Namen kann ich nirgends finden. Er war seinerzeit ein eifriger Sammler.« Sie sah Hardcastle an. »Wenn ich mich recht erinnere, war er derjenige, der dich an dieses Hobby herangeführt hat, mein Lieber.«

Stille senkte sich über den Raum. Hardcastle fühlte sich nicht wohl in seiner Haut. »Der Mann war Inhaber der Pfarrstelle. Kaum der Mann, der eine Diebesbande leitet.«

Gideon setzte sich langsam. Er sah seine Mutter nachdenklich an. »Ursprünglich hatte ich seinen Namen auf der Liste, strich ihn aber wieder, als ich sah, daß er auf den Gästelisten der Häuser, die bestohlen wurden, nur selten auftaucht. Aus diesem Grund habe ich auch Morland gestrichen. Der Mann, den ich suche, ist Gast in den allerersten Häusern. Zu diesen Kreisen hatten Rushton und Morland nie Zutritt.«

»Himmel, das sagt gar nichts«, meinte Lady Hardcastle leichthin. »An den Abenden, wenn eine Soiree oder ein Ball stattfindet, sind die besten Häuser bis oben mit Gästen voll. Ein solcher Abend wäre ein Mißerfolg, wenn ihn nicht jeder als absoluten Gipfel bezeichnet. Zwar soll man an der Tür seine Einladung zeigen, aber man weiß ja, wie das vor sich geht. Auf den Stufen und in der Eingangshalle herrscht so dichtes Gedränge, daß man leicht ins Haus schlupfen kann.«

»Deine Mutter hat recht«, warf Harriet rasch ein. »Wenn jemand entsprechend gekleidet ist und so tut, als käme er in Gesellschaft eines geladenen Gastes, ist es kinderleicht, sich Zutritt zu einem überfüllten Ballsaal zu verschaffen. Wem würde im dichten Gewimmel ein zusätzlicher Gast auffallen?«

Gideon trommelte mit den Fingern auf den Schreibtisch. »Das hat viel für sich.«

Hardcastle griff den Gedanken auf. »Und wie. Jemand könnte sogar warten, bis das Gedränge seinen Höhepunkt erreicht hat und dann vom Garten aus ins Haus eindringen. Niemandem würde es auffallen.«

»Wenn das so ist, dann kommt Rushton noch als Kandidat in Frage«, sagte Gideon, den Gedanken rasch aufgreifend. »Und Morland ebenso. Verdammt... und viele andere auch.«

Hardcastle hob die Hand. »Bleibt immer noch die Tatsache, daß der Organisator der Diebereien sehr genaue Kenntnisse von den Höhlen in Upper Biddleton haben muß. Das schränkt die Liste wieder ein.«

»Ja, vermutlich.«

»Scheut euch nicht, Harriet und mich zu Rate zu ziehen, wenn es um die Gepflogenheiten der Gesellschaft geht.« Lady Hardcastle streifte lächelnd ihre Handschuhe über. »Komm, Harriet. Wir wollen gehen. Ich kann es kaum erwarten, wieder einmal die Oxford Street entlangzuschlendern. Ich kannte da einen kleinen französischen Hutmacher, der die reizendsten Hüte zu machen verstand.«

»Ja, natürlich«, sagte Harriet höflich, obwohl ihr Blick sehnsüchtig auf Gideons Liste ruhte. Es war ihr deutlich anzusehen, daß sie lieber daran gearbeitet hätte als einkaufen zu gehen.

»Ach, übrigens«, setzte Lady Hardcastle an der Tür innehaltend hinzu, »es wird Zeit, daß Harriet eine Soiree gibt. Ich helfe ihr bei der Planung. Die Einladungen gehen noch heute hinaus. Nehmt euch für den nächsten Dienstagabend nichts vor.«

Gideon wartete, bis Harriet und seine Mutter gegangen waren. Dann sah er seinen Vater nachdenklich an.

»Harriet kann recht haben«, sagte Gideon bedächtig.

»Womit?«

»Vielleicht sollte ich mich und meine Pläne öfter offenbaren. Heute morgen bin ich mit meiner Verdächtigenliste weiter gekommen, als ich es allein in wochenlanger Arbeit geschafft habe.«

Hardcastle kicherte. »Du bist nicht der einzige, der in letzter Zeit etwas gelernt hat. Also, ich habe noch einen Vorschlag auf Lager. Wie wäre es, wenn wir heute in einigen meiner Clubs vorbeischauen würden? Ich könnte ein paar Bekanntschaften auffrischen, Fragen stellen und sehen, ob ich dir nicht helfen kann, die Liste noch weiter einzuschränken.«

»Sehr gut«, antwortete Gideon.

Er merkte, daß er sich irgendwann im Verlauf des Vormittags mit der Vorstellung angefreundet hatte, seinen Vater bei diesem Unternehmen als Partner anzusehen. Ein ungewohntes, aber nicht unangenehmes Gefühl.

Erstauntes Raunen empfing Gideon und seinen Vater, als sie die Clubräume betraten. Einige der alten Freunde des Earls nickten, sichtlich erfreut, ihn nach so vielen Jahren wiederzusehen.

Aber noch ehe sich jemand den beiden nähern konnte, stürzten sich Applegate und Fry auf sie.

»Leisten Sie uns bei einem Glas Port Gesellschaft, meine Herren«, lud Applegate sie überschwenglich ein. »Wir trinken darauf, daß St. Justin Morland eine so erfolgreiche

Schlappe beigebracht hat. Sicher haben Sie davon gehört, Hardcastle. Dieser Feigling hat lieber auf dem Kontinent Zuflucht gesucht, als sich Ihrem Sohn zu stellen.«

»Das hörte ich.«

»Ich muß schon sagen, das wirft ein ganz neues Licht auf die Unannehmlichkeiten vor sechs Jahren«, erklärte Fry. Er beugte sich vertraulich zum Earl. »Lady St. Justin hat einige Punkte der damaligen Vorfälle geklärt, müssen Sie wissen.«

»Ach?« Hardcastle ließ sich ein Glas Port reichen.

»Und jetzt beweist die Sache mit Morland mehr oder weniger, daß all der Klatsch über die Vergangenheit völlig aus der Luft gegriffen war«, folgerte Fry. »St. Justin ist mit Sicherheit kein Feigling und scheut sich nicht, die Ehre einer Dame zu verteidigen. Überdies hat er bewiesen, daß er im Ernstfall das Richtige tut.«

»Lady St. Justin hat dies die ganze Zeit über behauptet.« Applegate schüttelte den Kopf. »Aber Sie wissen ja, wie Klatsch ist. Teuflisches Zeug.«

Zwei Clubmitglieder näherten sich, um Hardcastle zu begrüßen. Dann wandten sie sich an Gideon.

»Habe von Morland gehört«, sagte der eine. »Den sind wir los. Hab' ihm nie über den Weg getraut. Vergangene Saison hat er ein Auge auf meine Tochter geworfen. Wollte sich zweifellos ihr Erbe aneignen. Und dieses törichte Ding glaubte, er sei in sie verliebt. Es kostete Mühe, ihr die Sache auszureden.«

»Meine Frau sagte mir, Sie hätten Ihrer Gattin eine herrliche Stute gekauft«, sagte der andere. »Sie beneidet sie glühend und möchte jetzt, daß ich ihr ein neues Pferd kaufe. Ob Sie mich wohl Dienstag im Tattersall ein wenig beraten könnten?«

»Ich hatte nicht die Absicht hinzugehen«, gab Gideon zurück.

Der Mann nickte hastig, hochrot vor Verlegenheit. »Ich

verstehe. Wollte mich nicht aufdrängen. Dachte nur, Sie könnten mir einen Rat geben, falls Sie kämen.«

Auf den warnenden Blick seines Vaters hin zog Gideon die Schultern hoch. »Aber gewiß doch. Wenn ich dienstags da bin, werde ich Ihnen gern ein, zwei Tiere zeigen, die für Ihre Frau in Frage kommen könnten.«

Der Mann strahlte. »Weiß es zu schätzen. Aber jetzt muß ich gehen. Sicher sehen wir uns heute auf dem Ball bei den Urskins. Meine Frau sagt, daß wir hingehen. Behauptet, alle Welt würde kommen, um Sie und Lady St. Justin zu sehen.«

Die ganze Welt oder zumindest die feine Gesellschaft war an diesem Abend im Ballsaal der Urskins vollzählig anzutreffen. Und es war auf den ersten Blick ersichtlich, daß alle gekommen waren, um Gideon und Harriet ihre Aufwartung zu machen.

Über Nacht waren Lord und Lady St. Justin zu Lieblingen der Gesellschaft aufgerückt. Die Anwesenheit des Earls und der Countess of Hardcastle in Lady Urskins Ballsaal war für die Gastgeberin ein zusätzliches Glanzlicht.

Für Effie und Adelaide bedeutete es höchstes Entzücken und tiefste Befriedigung, sich im Gefolge eines so angesehenen und beliebten Paares zu befinden. Und Felicity fand alles höchst amüsant.

Als der Abend seinen Höhepunkt erreicht hatte, gesellte sich Hardcastle zu Gideon, der unweit eines Fensters stand. Es war das erste Mal, daß Gideon an diesem Abend allein war, und er genoß diesen Augenblick der Einsamkeit.

»Erstaunlich, wie viele Freunde du neuerdings gewonnen hast.« Hardcastle nippte an seinem Champagner, während sein Blick über die Menge schweifte.

»Ja, nicht wahr? Es sieht so aus, als wäre meine Ehre wiederhergestellt. Und das alles verdanke ich meiner fabelhaften kleinen Frau.«

»Nein«, entgegnete Hardcastle mit ungewohnter Heftigkeit. »Dank deiner Frau wurde dein Ruf in den Augen der Gesellschaft wiederhergestellt. Aber deine Ehre hat immer dir gehört, dir allein. Und du hast sie nie in Frage gestellt oder befleckt.«

Gideon war so verdutzt, daß er fast sein Champagnerglas fallen gelassen hätte. Er drehte sich um und starrte seinen Vater um Worte verlegen an. »Danke, Sir«, brachte er schließlich heraus.

»Ich wüßte nicht, wofür du dich bedanken solltest«, murmelte der Earl. »Ich bin stolz, dich meinen Sohn nennen zu dürfen.«

19

Am nächsten Morgen hielt sich Harriet noch in ihrem Schlafzimmer auf, als Lady Hardcastle sie aufsuchte. Harriet legte das neue Buch über die Naturgeschichte der Erde beiseite, das sie unlängst gekauft hatte, und empfing ihre Schwiegermutter mit einem Lächeln.

»Guten Morgen, Lady Hardcastle. Ich dachte, Sie würden sicher noch schlafen. Es ist erst zehn Uhr, und der Abend wurde sehr lang.«

»Ja, es war schrecklich spät. Leider habe ich mir ganz die ländliche Zeiteinteilung zu eigen gemacht. Es wird eine Zeit dauern, bis ich mich wieder an lange Abende gewöhnt habe.« Lady Hardcastle schwebte zu einem winzigen Sessel am Fenster und ließ sich anmutig darauf nieder. »Wenn es dich nicht stört, möchte ich mit dir reden.«

»Natürlich stört es mich nicht.«

Lady Hardcastle lächelte gütig. »Ich weiß gar nicht, wie ich anfangen soll. Ich glaube, es ist am besten, wenn ich dir zuerst meinen Dank ausspreche.«

Harriet blinzelte verständnislos. »Wofür?«

»Nun, für all das, was du für Gideon getan hast, natürlich. Und auch für mich und meinen Mann.«

»Aber ich habe doch nichts getan«, wehrte Harriet ab. »Tatsächlich habe ich Sie zu einem vergeblichen Unterfangen hierherbeordert und Gideon damit sehr verärgert. Ich bin heilfroh, daß die ganze Sache erledigt ist. Mit etwas Glück werden wir bald wieder in Upper Biddleton sein. Das Leben in London ist nicht ganz mein Fall.«

Lady Hardcastle vollführte eine anmutige Handbewegung. »Meine Liebe, du verstehst mich nicht. Ich möchte mich bei dir für viel mehr bedanken als für diese Aufforderung, nach London zu kommen. Du hast mir meinen Sohn zurückgegeben. Ich weiß gar nicht, wie ich dir dies vergelten kann.«

Harriet starrte sie verblüfft an. »Lady Hardcastle, seien Sie versichert, daß Sie die Situation maßlos überschätzen.«

»Nein, das tue ich nicht. Sechs Jahre nach dem Tod meines ältesten Sohnes verharrte ich noch immer in tiefster Melancholie. Es sah ganz so aus, als würde ich meinen Kummer nie vergessen können. Und die Zeit verstrich, Jahr um Jahr. Wir verließen Upper Biddleton und bezogen Hardcastle Hall, weil der Arzt meinte, eine Ortsveränderung könne sich günstig auswirken. Als ich schließlich wieder zum Leben erwachte, mußte ich erkennen, daß ich im Begriff war, meinen zweiten Sohn zu verlieren.«

»Wie schrecklich«, sagte Harriet leise.

»Mein Mann sprach lange Zeit kein Wort mit ihm, ja er verbot ihm sogar das Haus, weil allgemein behauptet wurde, Gideon habe sich an Deirdre Rushton schändlich vergangen. Und nach einiger Zeit bestritt Gideon es auch gar nicht mehr und kehrte uns allen den Rücken, was man ihm nicht verübeln konnte.«

»Aber Ihr Mann hat ihn mit der Verwaltung der Hardcastle-Güter betraut.«

»Allerdings. Als es mit seiner Gesundheit bergab ging, rief er Gideon und übertrug ihm die Verantwortung für alles. Ich war damals der Meinung, dies würde mithelfen, den Bruch zu kitten, doch sollte es anders kommen. Immer wenn Gideon unser Haus betrat, kam es zum Streit zwischen Vater und Sohn.«

»Gideon kann sehr eigensinnig sein.«

»Sein Vater ebenso«, antwortete Lady Hardcastle bedauernd. »Sie sind einander in vielem sehr ähnlich, auch wenn sie es nicht zugeben wollen. Ich muß dir sagen, daß ich gestern, als wir zu den beiden in die Bibliothek gingen, fast in Tränen ausgebrochen wäre. Es war das erste Mal nach sechs langen Jahren, daß die beiden ruhig beisammensaßen und miteinander sprachen. Und das ist dir zu verdanken.«

Harriet berührte die Hand ihrer Schwiegermutter. »Lady Hardcastle, das ist sehr liebenswürdig, aber ich kann Ihnen versichern, daß ich sehr wenig dazu beigetragen habe.«

Lady Hardcastle umschloß kurz Harriets Hand. »Mein Sohn war so schrecklich bösartig und gefährlich geworden. Viele hatten Angst vor ihm.«

»Um Himmels willen, so schlimm war er nun auch nicht, Madam. Ich fand, daß er meist sehr vernünftig war. Und zu mir war er immer voller Freundlichkeit.«

»Freundlichkeit?« sagte Lady Hardcastle verblüfft. »Meine Liebe, er kniet förmlich vor dir.«

Nun war es an Harriet, ein erstauntes Gesicht zu machen. Sie lachte laut auf. »Was für ein Unsinn! Er ist mir gegenüber sehr nachsichtig, zugegeben, aber er kniet nicht vor mir, soviel steht fest.«

»Ich bin sicher, daß du dich irrst, Harriet.«

Harriet schüttelte entschieden den Kopf. »Nein, gar nicht. Er sagte mir selbst, er habe es verlernt zu lieben. Und geheiratet hat er mich, weil er ein Ehrenmann ist und ihm nichts anderes übrigblieb. Wir sind gute Freunde geworden, mehr nicht.«

»Ihr seid Mann und Frau«, betonte Lady Hardcastle nachdrücklich. »Ich weiß, wie mein Sohn dich ansieht. Ich verwette die Hardcastle-Diamanten, daß ihr mehr als nur gute Freunde seid, meine Liebe.«

Harriet errötete. »Nun ja, zwischen uns herrscht wohl die natürliche Zuneigung, die man von einem Ehepaar erwartet. Aber ich hüte mich, mehr dahinter zu vermuten.«

Lady Hardcastle sah sie forschend an. »Du liebst ihn, so ist es doch?«

Harriet zog die Nase kraus. »Ist das so offenkundig?«

»Aber ja... mir war es in dem Moment klar, als du mir vorgestellt wurdest. Ich könnte mir denken, daß es anderen ebenso wenig verborgen bleibt.«

»Ach, du meine Güte«, murmelte Harriet. »Dabei bin ich so bemüht, es zu verbergen, ich möchte Gideon in der Öffentlichkeit nicht in Verlegenheit bringen. Die elegante Gesellschaft mokiert sich über jede Andeutung von Gefühlen zwischen Eheleuten. Es gilt als unmodisch.«

Lady Hardcastle, die sich erhob, als sei sie schwerelos, beugte sich über Harriet, um diese zu umarmen. »Ich glaube nicht, daß du es schaffst, meinen Sohn jemals in Verlegenheit zu bringen. Du hast an ihn geglaubt, als keiner an ihn glaubte. Das wird er dir nie vergessen.«

»Auf seine Art ist er sehr loyal«, gab Harriet ihr in warmherzigem Ton recht. »Und sehr verläßlich. Meinem Vater hätte er sehr gefallen.«

Lady Hardcastle blieb an der Tür kurz stehen. »Mein Sohn wurde nach den traurigen Ereignissen vor sechs Jahren mit dem Namen Ungeheuer belegt. Seine Größe und die schreckliche Narbe bewirkten, daß ihm dieser Name blieb, und ich fürchte, daß er in gewisser Weise bemüht war, diesem Bild zu entsprechen. Aber dein Glaube und dein Vertrauen haben ihn verändert. Dafür gilt dir aus tiefstem Herzen mein Dank.«

Lady Hardcastle schwebte hinaus und schloß ganz leise die Tür hinter sich.

»Wie man sieht, kann sich ein schlechter Ruf bezahlt machen«, verkündete Adelaide am Abend der Soiree im Haus St. Justin. »Sieh dir dieses Gedränge an. Harriet, meine Liebe, du hast es unbestritten zur höchst erfolgreichen Gastgeberin gebracht. Meinen Glückwunsch.«

»Ja, Harriet.« Effie ließ zufrieden den Blick wandern. Im Stadthaus der St. Justins drängten sich die Gäste. »Was für ein Abend. Morgen werden sich die Presseberichte überschlagen.«

Felicity lächelte ihrer Schwester zu. »Ich glaube, man kann sagen, du hast dir den nötigen Schliff angeeignet und wirst St. Justin nicht blamieren. Kein Mensch kann sagen, er habe eine Frau geheiratet, die ihrer Rolle als Gastgeberin nicht gerecht werde.«

Harriet verzog das Gesicht. »Ihr dürft nicht glauben, daß dies mein Werk ist. In Wahrheit hat Lady Hardcastle alles organisiert. Ich bin ja so dankbar, daß alle, die eingeladen wurden, auch gekommen sind.«

»Und noch einige mehr«, bemerkte Felicity. »Niemand konnte widerstehen. Du und St. Justin habt die Gesellschaft im Sturm erobert. Er gilt jetzt als der lange verkannte, romantische Held, und du bist die Frau, die ihm ungeachtet seiner dunklen Vergangenheit ihre Liebe schenkte. Eine Geschichte direkt aus einem Gruselroman.«

»Ich habe keine Ahnung von Gruselromanen«, sagte Effie, »aber ihr beide seid momentan unleugbar ganz groß in Mode. Es ist der ideale Zeitpunkt für eine Soiree.«

»Das hat Lady Hardcastle auch gesagt«, meinte Harriet dazu. »Ich persönlich werde froh sein, wenn alles vorüber ist.«

Zwei bekannte und sehr gut aussehende junge Männer erschienen und hielten auf Felicity und ihren Anhang zu.

Harriet beugte sich zu ihrer Schwester. »Da kommen die Adonis-Zwillinge.«

Felicity lächelte ihr bezauberndes Lächeln. »Ein attraktives Paar, findest du nicht? Aber es bereitet mir Sorgen, daß sie alles gemeinsam unternehmen. Man fragt sich, wie weit das gehen mag.«

Zwischen Effies Brauen zeigte sich eine tiefe Unmutsfalte. »Felicity, ich muß schon bitten.«

Harriet unterdrückte ein Kichern, als die zwei jungen Männer näherkamen. Sie wartete nur die Begrüßung ab, dann machte sie sich flugs aus dem Staub, da sie wußte, daß man sie nicht vermissen würde. Die Adonis-Zwillinge hatten nur für Felicity Augen, und Harriet hatte Interessanteres zu tun.

Gideon und seine Eltern befanden sich am anderen Ende des überfüllten Salons. Sie unterhielten sich mit einem Paar, das Harriet nicht bekannt war.

Im Raum war es sehr warm geworden. Harriet fächerte sich hastig Kühlung zu, ehe sie sich entschloß, draußen im Garten kurz Luft zu schnappen. Begleitet vom freundlichen Zunicken einiger Gäste, drängte sie sich zur Tür durch.

Wenig später stand sie draußen in der Eingangshalle. Scharen von Dienern mit Tabletts voller Champagnergläser flitzten umher, überwacht von Owl, der Harriet mit einem finsteren Nicken bedachte.

»Läuft alles nach Plan, Owl?« erkundigte sie sich.

»Im Moment sind wir Herr der Lage, Madam. Aber es sind mehr Gäste gekommen als erwartet. Man kann nur hoffen, daß der Champagner reicht.«

»Du liebe Güte ...« In Harriet regte sich Besorgnis. »Muß man damit rechnen, daß er ausgeht?«

»Bei Gelegenheiten wie diesen besteht immer die Möglichkeit einer Katastrophe, Madam«, sagte Owl darauf. »Natürlich werde ich mein Bestes tun, sie zu verhindern.«

»Natürlich.«

Harriet wollte durch die Eingangshalle zur rückwärtigen Tür, als sie plötzlich bemerkte, daß eines ihrer Strumpfbänder locker geworden war. Sie wollte rasch nach oben gehen und es in ihrem Schlafzimmer in Ordnung bringen.

Am oberen Treppenabsatz angekommen, wandte sie sich nach links und ging den Korridor entlang. Jetzt spürte sie es ganz deutlich. Das Strumpfband hatte sich völlig gelöst, ihr Strumpf war schon ins Rutschen geraten. Gottlob hatte sie das Problem rechtzeitig bemerkt. Eine haarsträubende Vorstellung... mit einem bis zur Fessel heruntergerutschten Strumpf auf ihrer ersten Soiree!

Der Korridor schien dunkler als sonst, wie Harriet unwillig registrierte. Jemand hatte einige der Kerzen in den Wandleuchten ausgeblasen. Owl versuchte offenbar, an allen Ecken und Enden zu sparen.

Sie öffnete die Tür zu ihrem Schlafgemach und hielt jäh inne, als sie sah, daß auf ihrem Sekretär eine Kerze brannte. Davon abgesehen, herrschte auch hier Dunkelheit.

Harriet wußte, daß sie keine brennende Kerze auf dem kleinen Schreibtisch zurückgelassen hatte. Ob das Mädchen sie angezündet hat? fragte sie sich beim Eintreten.

Nun erst bemerkte sie die über ein offenes Schubfach gebeugte Gestalt. Blitzartig ging ihr auf, was auf dem Spiel stand. Es war das Fach, in dem sie ihren fossilen Zahn aufbewahrte.

»Halt, ein Dieb!« rief sie laut aus.

Den Fächer, ihre einzige Waffe schwingend, stürzte sie sich auf den Eindringling. »Finger weg! Wie können Sie es wagen!?«

Die schattenhafte Gestalt fuhr ruckartig auf, schob das Fach mit einem Knall zu und drehte sich in gebückter Haltung und blitzschnell zu Harriet um. Das Kerzenlicht fiel auf die verkniffenen Züge Mr. Humboldts.

»Verdammtes Pech«, zischte er, schon im Sprung zur Tür begriffen, wobei er Harriet beiseite stieß.

Harriet landete auf dem Teppich unweit des Bettes. Sie streckte eine Hand aus und stieß gegen den Nachttopf, den sie erfaßte und mit dem sie sich aufzurichten versuchte.

»Was geht hier vor?« donnerte Gideon von der Tür her. »Verdammt, Harriet!«

In diesem Moment rannte der flüchtende Mr. Humboldt direkt auf Gideon zu und stieß mit ihm zusammen. Gideon bekam ihn am Kragen zu fassen und riß das Männchen zur Seite. Humboldt sank auf dem Boden mit einem Stöhnen in sich zusammen.

»Dobbs, den übernehmen Sie.« Gideon durchmaß mit zwei ausgreifenden Schritten den Raum, bückte sich und hob Harriet auf. »Bist du unversehrt?« fragte er sie barsch.

»Ja, ja, mir ist nichts passiert«, stieß sie atemlos hervor. »Ein Glück, daß du ihn erwischt hast, Gideon. Ich glaube, er hatte es auf meinen Zahn abgesehen.«

»Viel wahrscheinlicher ist es, daß er nach Ihrem Schmuck gesucht hat, Lady St. Justin«, sagte Dobbs von der Tür her. »Ein heimtückischer kleiner Teufel. Sieht sogar wie ein Dieb aus, finde ich. Nicht, daß man es denen immer ansehen würde, beileibe nicht. Aber diesen Burschen kann man getrost als einen Verbrecher ansehen.«

Gideon drehte sich mit Harriet in den Armen um. Harriet funkelte Mr. Humboldt an, der sich zum Sitzen aufraffte.

»Also wirklich, Mr. Humboldt, wie konnten Sie nur so tief sinken?« wollte Harriet von ihm wissen. »Sie sollten sich schämen.«

Humboldt ließ wieder ein Stöhnen hören, als Dobbs ihn Unsanft hochzerrte. »Ich bin nur im Haus umhergewandert und habe mich verirrt. Hinter ihrem Schmuck war ich sicher nicht her. Was sollte ich mit Juwelen?«

»Wenn Sie nach Schmuck suchten, was ich bezweifle, dann geschah es vermutlich mit der Absicht, ihn zu verkaufen, um Ihrer Sammelleidenschaft frönen zu können«, erklärte Harriet.

Humboldt sah sie finster an. »Das stimmt nicht. Na schön, wenn Sie es unbedingt wissen wollen... mir kamen Gerüchte zu Ohren, daß Sie in den Höhlen von Upper Biddleton etwas Interessantes gefunden hätten. Natürlich schenkte ich diesen Gerüchten keinen Glauben, da ich vor Jahren diese Höhlen selbst gründlich erkundet und nichts von Bedeutung entdeckt habe. Trotzdem wollte ich nachsehen, ob Sie nicht vielleicht zufällig doch auf etwas gestoßen sind.«

»Ha, ich wußte es ja.« Harriet schüttelte angewidert den Kopf und meinte zu Gideon: »Habe ich nicht gesagt, daß Fossiliensammler keine Skrupel kennen, Mylord?«

»Ja, das hast du.« Gideon machte ein nachdenkliches Gesicht. »Bist du sicher, daß dir nichts passiert ist?«

»Ganz sicher. Du kannst mich ruhig wieder auf die Beine stellen.« Harriet strich sich die Röcke glatt, als Gideon sie behutsam hinstellte. Ihr Strumpfband hatte sich vollends gelöst, und ihr Strumpf war bis zum Knöchel heruntergerutscht. »Wie hast du es nur geschafft, rechtzeitig zur Stelle zu sein?«

»Ich habe Mr. Dobbs aufgetragen, die Gäste ein wenig im Auge zu behalten«, erklärte Gideon. »Wie du weißt, haben wir jeden Verdächtigen auf unserer Liste eingeladen, und da wollte ich kein Risiko eingehen.«

Harriet lächelte strahlend. »Was für ein großartiger Plan!«

»Ja, das war er... bis du ausgerechnet im falschen Moment nach oben verschwunden bist.«

»Nun, das beweist wieder einmal, daß Sie mich auf dem

laufenden halten sollten, Mylord. Das habe ich schon oft gesagt. Man möchte meinen, Sie würden es lernen.«

Gideons Brauen schnellten hoch. »Ja, das möchte man meinen.«

Harriets Augen wurden groß. »Mir ist eben eingefallen, daß Mr. Humboldt nicht auf unserer Gästeliste stand.«

»Richtig. Ein Beweis dafür, daß meine Mutter mit ihrer Beobachtung recht hatte. Bei diesem Gedränge kann jeder, der passend gekleidet ist, ins Haus gelangen, wenn er es klug anstellt.«

Am nächsten Morgen drehte sich das Gespräch am Frühstückstisch ausschließlich um Mr. Humboldts Festnahme.

»Damit ist garantiert, daß deine Soiree heute das Tagesgespräch bildet«, sagte Lady Hardcastle mit belustigtem Blick voraus. »Es wird heißen, daß Lord und Lady St. Justin es geschafft haben, ihren Gästen eine besondere Art der Unterhaltung zu bieten. Man stelle sich vor... am Höhepunkt des Abends einen berüchtigten Dieb zu fassen!«

»Es steht bereits in sämtlichen Zeitungen«, verkündete der ihr gegenüber sitzende Hardcastle, der einen Stapel Morgenblätter bis zur Hälfte durchgearbeitet hatte. »Hervorragende Berichterstattung. Es heißt hier, Humboldt sei die treibende Kraft hinter einer Reihe von Diebstählen, die sich in den letzten Monaten ereigneten.«

»Und St. Justin ist der Held, der ihm eine Falle stellte und ihn fing«, sagte Harriet mit einem bewundernden Blick, der Gideon galt. »Wird es in den Berichten erwähnt?«

Gideon warf ihr einen bezeichnenden Blick zu. »Ich hoffe nicht.«

»O doch, hier steht es.« Hardcastle legte eine Zeitung weg und griff zu einer anderen. »Man nennt dich hier kühn und klug, mein Junge. Es wird auch in allen Einzelheiten geschildert, wie du deine Gattin vor einem mordlüsternen Dieb gerettet hast.«

»Wunderbar!« rief Harriet aus. »Ich bin ja so froh, daß alles wahrheitsgemäß berichtet wird.«

Gideon sah es nüchterner. »Mr. Humboldt rannte um sein Leben, als er gegen mich stieß, meine Teure. Daß er jemandem nach dem Leben trachtete, ist mir entgangen. Du warst vielmehr diejenige, die äußerst gefährlich aussah. Nie werde ich den Anblick vergessen... du mit diesem Nachttopf in der Hand. Wirklich höchst bedrohlich.«

»Nun ja, ich nahm an, daß er es auf meinen Zahn abgesehen hatte«, erklärte Harriet.

»Mr. Dobbs folgert daraus, daß Humboldt schon lange nicht mehr über ausreichende Mittel zur Erhaltung seines Museums verfügt«, stellte Gideon klar. »Offensichtlich nahm er zu Diebstählen Zuflucht, um den Ankauf weiterer Fossilien zu finanzieren.«

Harriet nickte. »Einem Fossiliensammler ist jedes Mittel recht, wenn er in eine verzweifelte Lage gerät. Armer Mr. Humboldt. Ich hoffe sehr, daß man nicht allzu hart mit ihm umspringt. Irgendwie kann ich seine Motive verstehen.«

»Zumindest ist dein Ruf als Gastgeberin nun endgültig gefestigt«, sagte Lady Hardcastle zufrieden. »Nichts fürchtet die feine Gesellschaft mehr als Langweile, und du hast ihr ein aufregendes Spektakel geboten.«

Harriet wollte eben darauf antworten, als Owl eintrat, auf einem Silbertablett die Morgenpost bringend. Der oberste Brief war an Harriet adressiert.

»Gütiger Himmel«, sagte Harriet, als sie das Siegel erbrach. »Von Mrs. Stone. Hoffentlich ist nichts passiert.«

»Zweifellos ist jemand nach langem Leiden eines elenden Todes gestorben, oder in Upper Biddleton wütet eine Epidemie«, sagte Gideon. »Es sind dies die einzigen Ereignisse, die diesen alten Drachen zum Schreiben veranlassen würden.«

Harriet, die gar nicht hinhörte, da sie schon den Brief überflog, stieß einen spitzen Schrei aus, als ihr aufging, was sie da las. »Verdammt!« Der Earl und seine Gemahlin sahen sie besorgt an.

»Ist etwas passiert, meine Liebe?« fragte Gideon, der seelenruhig an einem Bissen Schinken kaute.

»Alles ist passiert.« Harriet schwenkte den Brief. »Das Allerschlimmste ist eingetreten. Und ich habe es befürchtet.«

Gideon schluckte noch immer ungerührt den Bissen hinunter. »Vielleicht solltest du uns den Inhalt des Briefes anvertrauen.«

Harriet war so betroffen, daß sie kaum ein Wort über die Lippen brachte. »Mrs. Stone schreibt, sie habe Grund zu der Annahme, ein Fossiliensammler habe sich darangemacht, meine Höhlen zu erkunden. Unlängst hat sie einen Mann am Strand beobachtet, und als sie ihn dann wieder sah, schleppte er einen großen Steinbrocken mit sich.«

Gideon legte das Stück Toast hin. »Gib mir den Brief.«

Harriet reichte ihm das Blatt. »Es handelt sich um eine ernste Krise. Jemand anderer hat womöglich die Gebeine gefunden, die zu meinem Zahn gehören. Ich muß sofort nach Upper Biddleton. Und du mußt Nachricht nach Blackthorne Hall senden, daß niemand meine Höhlen betreten darf.«

Gideon überflog das Schreiben. »Ich wußte gar nicht, daß Mrs. Stone lesen und schreiben kann.«

»Sie hat zwei Pfarrherren als Haushälterin gedient«, bemerkte Lady Hardcastle. »Im Laufe der Jahre muß sie etwas gelernt haben.«

»Oder sie hat den Brief jemandem aus dem Dorf diktiert«, sagte der Earl. »Das ist auch möglich.«

Gideon legte den Brief auf den Tisch. »Ich werde nach Blackthorne Hall schreiben, meine Liebe. Jeder, der sich bei den Höhlen herumtreibt, wird ermahnt, daß er sich auf fremdem Grund und Boden befindet. Genügt das?«

Harriet schüttelte den Kopf. »Das ist ja gut und schön, aber ich muß sofort zurück. Ich muß mich davon überzeugen, daß niemand den Rest meines Fossils gefunden hat.«

»Ich halte es für unnötig, daß du deine kostbaren Fossilien persönlich sicherst«, setzte Gideon an.

»Aber ich halte es für nötig.« Harriet sprang auf. »Ich gehe hinauf und packe meine Sachen. Wann können wir aufbrechen?«

Aus Gideons Blick sprach Ablehnung. »Ich sagte eben, daß es nicht nötig ist, Hals über Kopf nach Upper Biddleton zu fahren.«

»Doch, es ist nötig. Du hast selbst gesehen, wie skrupellos diese Sammler vorgehen. Falls jemand auf meine Höhle gestoßen ist, wird er sich durch eine bloße Warnung nicht abhalten lassen weiterzusuchen. Und er wird einen Weg finden, sich einzuschleichen, das weiß ich genau.«

Hardcastle nickte ernst. »Hat einmal ein Sammler die Witterung aufgenommen, dann läßt er sich durch nichts abhalten. Man kann nur hoffen, daß er Harriets spezielle Höhle noch nicht entdeckt hat.«

Harriet schenkte ihrem Schwiegervater einen dankbaren Blick. »Danke für Ihr Verständnis, Sir. Siehst du, St. Justin? Wir müssen unverzüglich fahren.«

Lady Hardcastle sah ihren Sohn lächelnd an. »Ich sehe nicht ein, warum ihr nicht für einige Tage nach Upper Biddleton fahren und euch um diese Sache kümmern könntet. Dein Vater und ich bleiben indessen hier.«

Gideon hob eine Hand als Zeichen der Niederlage. »Also gut, meine Liebe«, sagte er mit einem nachsichtigen Blick zu Harriet. »Mach dich ans Packen.«

»Danke, Gideon.« Harriet lief zur Tür. »Binnen einer Stunde bin ich reisefertig.«

Kurz nach neun Uhr abends erreichte die Kutsche Blackthorne Hall. Gideon wußte, daß Harriet enttäuscht ob der späten Stunde war, da sie auf der Stelle hinunter an den Strand wollte und sogar mit dem Vorschlag kam, sich mit Laternen unverzüglich auf einen Kontrollgang zu machen. Gideon aber wollte von diesem unmöglichen Plan nichts wissen.

»Nein, du wirst nicht mitten in der Nacht die Klippen hinunterklettern. Deine Höhlen haben bis morgen Zeit«, stellte er klar, während das Hauspersonal sich eilig daranmachte, die Schlafzimmer herzurichten und das Gepäck auszuladen.

Harriet sah ihn abschätzend an, als sie neben ihm die Treppe hinaufging. »Es würde ja nicht lange dauern. Ich würde nur ganz rasch einen Blick in die Höhle werfen, um mich zu vergewissern, daß sich niemand an meinen Knochen zu schaffen gemacht hat.«

Da legte Gideon seinen Arm ganz fest um ihre Schultern und geleitete sie unbeirrbar zu den Schlafräumen. »Für eine Expedition dieser Art ist es viel zu spät. Hinter uns liegt eine lange Reise, du bist sicher sehr müde.«

»Nein, gar nicht«, versicherte sie ihm.

»Aber ich bin es.« Vor ihrem Schlafgemach angekommen, blieb er stehen und stützte die Hände zu beiden Seiten ihres Kopfes an die Wand, so daß sie wie in einer Falle festsaß. »Ins Bett, Madam. Bei Ebbe kannst du dann morgen deine Höhlen besichtigen.«

Harriet seufzte ärgerlich. »Na schön. Ich weiß, ich sollte dankbar sein, weil du so nett warst, mich zu begleiten, obwohl du es nicht eilig hattest, nach Upper Biddleton zu kommen. Es war also sehr gütig von dir. Aber gütig bist du ja immer zu mir.«

Gideon verkniff sich einen Fluch. »Ins Bett mit dir. Ich komme bald nach.«

»Ich dachte, du wärest erschöpft.«

»So auch wieder nicht.« Gideon faßte nach der Klinke und öffnete die Tür, um Harriet sanft hineinzudrängen. Dabei sah er, daß ihre Zofe schon wartete. Da schloß er wieder die Tür und ging in sein eigenes Zimmer.

Harriets Worte wollten ihm nicht aus dem Kopf. *Aber gütig bist du ja immer zu mir.*

Gütig? Gideon entließ seinen Kammerdiener mit einem knappen Nicken und machte sich daran, sein Hemd aufzuknöpfen. Dabei fiel sein Blick in den Spiegel auf dem Toilettentisch. Sein verwüstetes Gesicht starrte ihm spöttisch entgegen.

Von Güte konnte nicht die Rede sein. Er hatte Harriet praktisch zur Heirat gezwungen, hatte sie der Londoner Gesellschaft wie ein exotisches Tier vorgeführt und zugelassen, daß sie durch Morland in Gefahr geraten war.

Als Gegenleistung hatte sie ihm ihre Liebe geschenkt, hatte ihm befohlen, seinen Ruf wiederherzustellen, und hatte es ihm ermöglicht, den Bruch mit seinen Eltern zu kitten.

Nein, von Güte seinerseits konnte wirklich nicht die Rede sein. Sie hatte von ihm immer nur Liebe gewollt, und er hatte ihr gesagt, daß er ihr diese nicht geben könne. *Vor sechs Jahren habe ich zu lieben verlernt.*

Was für ein Riesenesel er doch gewesen war.

Gideon riß sich die Stiefel von den Füßen und zog die Hose aus. Er griff nach seinem schwarzen Hausmantel, zog ihn an und ging an die Verbindungstür, an der er wartete, bis er hörte, wie Harriet ihre Zofe entließ. Nun erst klopfte er an.

»Komm herein, Gideon.«

Er öffnete. Harriet saß aufrecht im Bett, auf dem Kopf ein winziges Batisthäubchen, ein Buch auf dem Schoß. Eine Kerze brannte auf dem Tischchen neben dem Bett. Sie sah ihm mit warmem Lächeln entgegen, als er ihr Schlafgemach betrat.

»Harriet?« Plötzlich wußte er nicht, was er sagen sollte.

»Ja, Mylord?«

»Ich habe dir einmal gesagt, daß du die schönste Frau bist, der ich je begegnet bin.«

»Ja, ich weiß. Das war sehr gütig von dir.«

Gideon schloß gequält die Augen. »Ich habe es nicht aus Güte gesagt. Ich sagte es, weil es die Wahrheit ist.« Er öffnete die Augen. »Immer wenn ich dich ansehe, muß ich daran denken, wie glücklich ich mich schätzen kann.«

»Ach?« Harriet sah ihn verwundert an. Sie legte ihr Buch auf die Bettdecke.

»Ja.« Gideon trat einen Schritt aufs Bett zu und blieb stehen. »Du hast mir mehr gegeben, als du ahnst. Und ich habe deine Geschenke angenommen. Ich weiß, daß ich als Gegengabe wenig zu bieten habe.«

»Das stimmt nicht.« Harriet schob die Decke beiseite und stand auf. »Du hast mir sehr viel gegeben. Du bist mit mir eine Verpflichtung eingegangen, die du stets in Ehren halten wirst, wie ich weiß. Du behandelst mich mit Freundlichkeit und Achtung. Du gibst mir das Gefühl, schön zu sein, obwohl ich weiß, daß ich es nicht bin.«

»Harriet...«

»Wie kannst du sagen, daß du wenig zu bieten hast? Ich wüßte keinen Menschen, der mehr besitzt und der es so großzügig weitergibt wie du.« Sie kam als leiser, barfüßiger Hauch auf ihn zu, klein und schlank in ihrem Batisthemd, das Häubchen schräg auf dem dichten Haar. Ihre Augen glänzten, als sie ihm die Arme entgegenstreckte.

Gideon zog sie an sich und atmete ihren wundervollen, warmen, weiblichen Duft ein. »Du bist alles, was ich je wollte.« Seine Zunge kam ihm schwer und linkisch vor. »Gott stehe mir bei, ich wußte gar nicht, wie sehr ich deine Liebe brauchte, ehe du sie mir schenktest.«

»Meine Liebe gehört dir, Gideon, und wird immer dir gehören«, flüsterte sie an seiner Brust.

»Du bist sehr lieb zu mir«, murmelte er. »Mehr, als ich verdiene...«

»Gideon...«

Da hob er sie hoch und trug sie zum Bett, wo er sie auf die schneeweißen Laken gleiten ließ und sich neben sie legte. Er nahm sie wie einen kostbaren Schatz in die Arme, behutsam und zärtlich und mit unendlicher Dankbarkeit.

Harriet öffnete sich ihm wie immer, so, wie sich eine Blume der Sonne öffnet. Gideon küßte sie auf den Mund, sog tief ihren Geschmack ein, während er mit den Händen die süßen Rundungen ihres Körpers ertastete.

Wie sanft und einladend sie ist, dachte er. Und so sinnlich. Alles an ihr entzündete seine Leidenschaft. Als er spürte, wie ihr Fuß seine Wade entlangglitt, stöhnte er auf.

»Gideon?«

»Ich brauche dich«, raunte er ihr zu. Er küßte eine ihrer Brüste und sog sanft an ihren Brustspitzen, bis sie sich ihm begierig entgegenwölbte.

Die Tiefe ihrer Reaktion auf ihn verfehlte nie, ihn zu Verwunderung und Entzücken hinzureißen und in ihm ein Feuer zu schüren, wie sonst nichts es vermochte.

Als Gideon die süße Folter nicht mehr aushielt, schob er ihre Beine auseinander und ließ sich in der von ihren Schenkeln gebildeten Wiege nieder. Er griff nach unten, prüfte sie sanft mit den Fingern und fand ihre weiche, feuchte Hitze. Sie war bereit für ihn. Leidenschaft und Wollust erfaßten ihn.

»Harriet... meine süße, hinreißende Harriet.« Wieder nahm er ihren Mund in Besitz und schob seine Zunge zwischen ihre Lippen, als er langsam in ihren Körper eindrang.

Er erlebte die überwältigende Wonne, die ihn stets übermannte, wenn er sie in Besitz nahm. Er spürte, wie sie ihn umschloß, ihn tief in sich zog und sich ihm schenkte. Und dann war er in ihr, Teil von ihr, einen zeitlosen Augenblick lang.

Harriets Beine lagen um seine Hüften, ihre Nägel gruben sich in seine Schultern. Sie klammerte sich an ihn, hob sich ihm mit einer Leidenschaft entgegen, die der seinen ähnlich war. Und sie verriet ihm ihre Liebe, als sie sich ihrem Höhepunkt hingab und ihr Körper in seinen Armen erbebte.

Gideon hielt sie eng an sich gedrückt, bis ihre Wonneschauer verebbten, um sich dann in sie zu ergießen, in einer nicht endenwollenden Erlösung, die keinen Anfang und kein Ende zu haben schien.

Kurz nach Tagesanbruch erwachte Gideon in einer Welt, die ihm viel klarer und friedvoller erschien als sonst. Er blieb einen Augenblick reglos liegen und genoß die Erkenntnis, die sich im Laufe der Nacht in seinem Herzen eingenistet hatte.

Er liebte Harriet. Er würde sie für den Rest seines Lebens lieben.

Gideon drehte sich um und griff nach ihr, die Worte schon auf der Zunge.

Sie war fort.

20

Harriet hielt das Licht in die Höhe und ließ den Blick aufmerksam durch den dunklen Raum wandern. Ihre Erleichterung war groß, als sie keine Anzeichen dafür entdecken konnte, daß sich hier jemand mit Hammer und Meißel betätigt hatte. Was immer hier an Fossilien verborgen sein mochte, es befand sich nach wie vor sicher im Gestein eingeschlossen.

Hochgestimmt hängte sie die Laterne an den Vorsprung in der Wand und öffnete ihren Werkzeugsack. Sie war heute morgen blendender Laune, weil sie und Gideon in letzter Zeit so gut miteinander auskamen.

Gestern nacht hatte sie sich ihm mehr verbunden gefühlt als je zuvor, und seine Leidenschaft war von einem Gefühl erfüllt gewesen, das über reine Güte und Freundlichkeit hinausging. Sie wußte nicht, ob er sich dessen bewußt war, sie jedenfalls hatte dieses Wissen tief in ihrem Herzen verborgen.

Heute morgen war sie mit der Überzeugung erwacht, Gideon werde bald wieder zu lieben lernen.

Diese Gewißheit hatte sie mit so viel Glück und Energie erfüllt, daß sie zur Arbeit geeilt war, kaum daß die Flut zurückgewichen war.

Meißel und Hammer in der Hand, ging Harriet zu der Stelle, an der sie den großen Zahn entdeckt hatte. Hier wollte sie beginnen, und wenn sie Glück hatte, würde sie auf weitere Teile des Kiefers stoßen, ein Fund, der ihr sehr weiterhelfen würde. Sie setzte den Meißel an und fing vorsichtig zu schlagen an.

Vielleicht war es das stetige Erklingen von Metall auf Stein, das verhinderte, daß sie das Kommen des Mannes im Gang vor der Höhle nicht hörte. Oder aber sie war in ihre Arbeit so vertieft, daß sie dem gedämpften Stiefelschritt keine Beachtung schenkte.

Vielleicht aber hatte sie es sich zu sehr zur Gewohnheit gemacht, diese Höhlen als ihre ureigene Domäne anzusehen.

Als Clive Rushtons sonore Stimme vom Höhleneingang her ertönte, ließ Harriet den Meißel mit einem Ausruf des Erstaunens fallen.

»Dachte ich mir's doch, daß Sie bald nach Ihrer Ankunft in Upper Biddleton die Höhlen aufsuchen würden.« Rushton ließ ein Nicken voll kalter Befriedigung folgen. »Den Brief habe natürlich ich und nicht Mrs. Stone geschickt. Die ist zu Besuch bei ihrer Schwester, was mir sehr gelegen kam.«

»Grundgütiger Gott, wie haben Sie mich erschreckt, Sir.«

»Ich wußte ja, daß Sie unverzüglich herbeieilen, wenn Sie befürchten müssen, Ihre kostbaren Fossilien stünden auf dem Spiel. Es geht nichts über den Eifer eines echten Sammlers. Ich spreche aus eigener Erfahrung.«

Sie umfaßte den Hammer fester, als sie sah, daß Rushton eine Pistole in der Hand hielt. Die Waffe war auf sie gerichtet. »Reverend Rushton, ich verstehe wohl nicht recht. Haben Sie den Verstand verloren? Was geht hier vor?«

»Es geht um sehr vieles, Lady St. Justin. Um die Vergangenheit, die Gegenwart und die Zukunft.« In Rushtons Augen brannte ein böses Feuer. Er sah sie an, als nähme er an ihr Maß für ein Höllenverlies. »Besser gesagt um meine Vergangenheit, Ihre Gegenwart und meine Zukunft. Denn Sie, meine Liebe, haben keine Zukunft.«

»Sir, richten Sie die Waffe nicht auf mich. Sie sind verrückt.«

»Ja, vermutlich würde das manch einer von mir sagen. Aber nur, weil er nicht begreift.«

»Was nicht begreift?« Harriet zwang sich zu einem gelassenen Ton. Auf unbestimmte Weise spürte sie, daß ihre einzige Hoffnung darin bestand, Rushton zum Weitersprechen zu ermutigen. Was sie mit der gewonnenen Zeit anfangen würde, wußte sie zwar nicht, aber vielleicht würde ein Wunder geschehen.

»Sie begreifen nicht, wieviel Mühe es mich kostete, sicherzustellen, daß meine schöne Deirdre St. Justins Frau würde«, sagte er in haßerfülltem Ton. »Dafür mußte ich Hardcastles erstgeborenen Sohn opfern.«

»O Gott... Sie haben Gideons Bruder getötet?«

»Es war ganz einfach. Allmorgendlich unternahm er einen Ritt die Klippen entlang. Es war nicht weiter schwierig, das Pferd an einem Wintertag durch einen Pistolenschuß zu erschrecken.« Rushtons Blick wurde nachdenklich, so als ob er noch etwas anderes vor sich sähe. »Das Pferd scheute, warf aber den Reiter nicht ab. Er sprang vom Pferd, zu spät allerdings. Ich war zu nahe.«

Harriet verspürte Übelkeit. »Sie haben Randal über die Klippen gestoßen? Sie haben ihn ermordet?«

Rushton nickte. »Wie gesagt, eine ganz einfache Sache. Denn Hardcastles Erstgeborener war bereits verlobt und hatte ohnehin nie Interesse für meine schöne Deirdre gezeigt. Dafür aber der zweite Sohn. O ja, der schon. St. Justin konnte ihr von dem Moment an nicht widerstehen, als er sie auf ihrem ersten Ball sah. Ich wußte, daß er sie begehrte. Wie auch nicht? Sie war von unbeschreiblichem Reiz.«

»Aber sie hat ihn nicht geliebt, oder?«

Rushtons Antlitz erstarrte zu einer Maske rasender Wut. »Die kleine Närrin sagte, sie könne seinen Anblick nicht ertragen. Ich mußte sie zwingen, St. Justins Antrag anzunehmen. Sie behauptete, sie sei in einen anderen verliebt. In einen Mann, den sie ihren schönen Engel nannte.«

»Bryce Morland.«

»Ich wußte nicht, wer er war, und es kümmerte mich nicht.« Er verzog verächtlich die Miene. »Ich wußte nur, daß der Kerl ein Niemand war. Und verheiratet obendrein. Noch dazu mit einer Kaufmannstochter. Er besaß offensichtlich weder die nötigen Mittel noch einen Titel.«

»Und das wollten Sie? Sie wollten Deirdre mit einem Mann verheiraten, der über Vermögen und Hintergrund verfügte?«

Rushton schien erstaunt. »Natürlich wollte ich das. Sie war meine einzige Trumpfkarte. Das einzige, was mir zu Gebote stand, um mir jenen Platz auf der Welt zurückzuerobern, der mir gebührte. Ich hätte selbst ein Mann von Vermögen und Ansehen sein können, aber mein Verschwender von Vater verlor alles am Kartentisch, als ich noch ein Kind war. Ich habe es ihm nie verziehen, daß er mein Vermögen verschleudert hat.«

»Und deshalb haben Sie einen anderen Weg beschritten, um Vermögen und Ansehen wiederzuerlangen, die ihr Vater am Kartentisch verlor?«

Rushtons Blick verdunkelte sich. »Als Deirdre zu einer schönen jungen Frau erblühte, wußte ich, daß ich sie als Lockmittel für einen Sohn aus großer Familie benutzen konnte. Und sobald ich mit Leuten der richtigen Sorte verschwägert sein würde, hätte ich Zutritt zu jener Macht und jenen Privilegien gehabt, die käuflich sind. Schließlich wäre ich der Schwiegervater eines reichen Mannes gewesen. Durch Deirdre hätte ich bekommen, was ich wollte.«

»Sie haben versucht, Ihre Tochter auszunutzen.«

»Ihre Pflicht war es, mir zu gehorchen«, sagte Rushton hitzig.

»Sie war viel zu schön, um sich an einen Mann aus armen Verhältnissen zu verschenken. Aber ich brachte sie bald zur Vernunft, indem ich ihr erklärte, daß sie jeden haben konnte, den sie wollte, wenn sie erst mit St. Justin verheiratet war. Dumm war sie nicht. Sie begriff sofort und sagte, sie würde den Teufel selbst zum Mann nehmen, wenn sie nur ihren Engel in den Armen halten könnte.«

»O Gott«, entfuhr es Harriet.

»Aber dann ging alles schief.« Rushtons Stimme steigerte sich zu Schmerz und Wut. »Diese kleine Närrin gab sich ihrem Liebhaber hin, ehe es zur Heirat mit St. Justin kam. Und sie wurde schwanger mit dem Bastard ihres Geliebten. Nun mußte sie St. Justin rasch verführen, damit sie ihm weismachen konnte, das Kind sei seines.«

»Aber der Plan funktionierte nicht, so war es doch? St. Justin wußte, daß es nicht wahr sein konnte.«

»Deirdre war eine Törin. Eine verdammte kleine Törin. Sie hat alles zerstört. Sie kam dann zu mir und sagte mir, was geschehen war. Sie wolle einen Weg finden, das Kind loszuwerden, versprach sie. Aber ich wußte, daß es schon zu spät war, sie mit St. Justin zu verheiraten. Sie hatte ihm zu viel erzählt. Für mich war es unfaßbar, daß sie so dumm hatte sein können. Wir gerieten in Streit miteinander.«

Harriet hielt den Atem an, als ihr ein Gedanke kam. »In Ihrem Arbeitszimmer?«

»Ja.«

»Und Sie haben Deirdre getötet? Sie haben sie erschossen und anschließend alles so arrangiert, daß es wie ein Selbstmord aussah? Deshalb war kein Abschiedsbrief vorhanden. Sie hatte nicht selbst Hand an sich gelegt. Sie wurde ermordet. Vom eigenen Vater.«

»Es war ein Unfall.« Rushtons Augen schienen aus dem Kopf zu quellen. »Ich wollte sie nicht töten. Aber sie schrie in einem fort, daß sie mit ihrem Geliebten durchbrennen wolle. Da faßte ich nach der Pistole an der Wand. Ich wollte sie damit bedrohen... aber sie... etwas ging schief. *Sie hätte ihrem Vater gehorchen sollen.*«

»Sie gehören ins Irrenhaus.«

»O nein, Lady St. Justin. Ich bin nicht verrückt! Tatsächlich bin ich ganz normal.« Er lächelte. »Und klug dazu. Was glauben Sie, wer hinter der Diebesbande stand, die diese Höhlen benutzte?«

»Sie etwa?«

Rushton nickte. »Ich wußte über diese Höhlen sehr gut Bescheid. Und ich mußte zu Geld kommen. Deirdre war tot und konnte meine Zukunft nicht mehr sichern, indem sie reich heiratete, wie ich von so langer Hand geplant hatte.«

»Deshalb suchten Sie sich eine andere Einkommensquelle?«

»Als ich mich eingehender mit diesem Problem befaßte, kam ich auf die Idee, daß es in den Londoner Salons Schätze in Hülle und Fülle gab. Kostbarkeiten, an die man ganz leicht herankommen konnte. Zunächst bediente ich mich nur da und dort mit Kleinigkeiten und verkaufte die Sachen rasch, ehe ihr Verschwinden entdeckt wurde. Dann aber erkannte ich, daß man noch viel mehr Profit herausholen konnte. Aber dazu brauchte man Zeit und eine Möglichkeit, die Sachen zu lagern. Da fielen mir diese Höhlen ein.«

»Aber St. Justin hat die Diebesbande ausgehoben.«

»Ja, und das war Ihre Schuld«, sagte Rushton kühl. »Sie haben meine neuen Pläne ruiniert, wie Deirdre meine alten zerstörte. Sie haben den Mann geheiratet, der meine Deirdre hätte zur Frau nehmen sollen. Sie haben ihn vor der Strafe gerettet, die das Urteil der Gesellschaft für ihn bedeutete. *Sie haben alles verdorben.*«

Rushton entsicherte die Pistole.

Harriets Mund war wie ausgedörrt. Sie wich einen Schritt zurück, obwohl es nirgends Deckung gab. Traf der erste Schuß nicht, dann würde es ihr vielleicht glücken, bis zum Höhleneingang zu kommen, bis Rushton von neuem geladen oder sie eingeholt hätte, aber sie wußte, daß ein Entkommen sehr unwahrscheinlich war.

»Wenn Sie mich töten, erreichen Sie gar nichts«, flüsterte Harriet, die wieder einen Schritt zurückwich. Sie hatte gehört, daß die Treffsicherheit von Pistolen zu wünschen übrig ließ, wenn sie nicht aus allernächster Nähe abgefeuert wurden. Je mehr Distanz sie zwischen sich und Rushton legte, desto größer wurde die Chance, daß der erste Schuß danebenging.

»Im Gegenteil«, knurrte Rushton. »Ich erreiche damit sehr viel. Erstens räche ich mich damit. Und zweitens wird auch Deirdre gerächt, da man die Schuld an Ihrem Tod Ihrem Gemahl zuschieben wird.«

»Niemand wird glauben, daß mein Mann mich getötet hat«, wandte Harriet ein. »Alle Welt weiß, daß St. Justin mir kein Haar krümmen könnte.«

»Nein, Madam, das weiß niemand. Gewiß, er steht momentan in hohem Ansehen. Aber wenn man Sie tot in den Höhlen auffindet, werden die Menschen sich fragen, ob das ›Ungeheuer von Blackthorne Hall‹ wieder in seine früheren Gewohnheiten verfiel. Vor sechs Jahren war man ganz rasch mit Anschuldigungen zur Hand und hat sich gegen ihn gewendet. Diesmal wird es nicht anders sein.«

»Das stimmt nicht.«

Rushton zuckte mit den Achseln und hob die Pistole höher. »Man wird sagen, daß er glaubte, Sie hätten ihn zum Hahnrei gemacht. Welche Frau würde sich nicht einem Geliebten zuwenden, wenn ihr zugemutet würde, allnächtlich das Narbengesicht des ›Ungeheuers von Blackthorne Hall‹ vor sich zu sehen?«

»Er ist kein Ungeheuer, und er war es nie. Sie sollen ihn nicht so nennen.« In blindem Jähzorn schleuderte Harriet den Hammer auf Rushton.

Rushton wich aus, der Hammer prallte gegen die Höhlenwand. Rushton drehte sich rasch wieder um und legte auf Harriet an. Sein Finger lag am Abzug.

»Rushton!« hallte Gideons Stimme durch die Höhle und wurde von den Wänden als Echo zurückgeworfen.

Rushton fuhr blitzschnell herum und feuerte gleichzeitig. Aber Gideon war bereits in den Gang zurückgewichen und bot kein Ziel mehr.

»Gideon!« rief Harriet.

Die Kugel schlug ins Gestein der Höhlenwand ein. Gideon schnellte durch den Eingang und warf sich Rushton entgegen, während noch Steinbrocken zu Boden prasselten.

Beide gingen mit dumpfem Aufprall zu Boden und rollten ein Stück über den Steinboden.

Harriet sah mit Entsetzen, daß Rushtons Hand den Meißel ertastete, den sie hatte fallen lassen.

Rushton hob den Meißel, als Gideon auf ihm landete.

»Ich werde dich töten, wie ich deinen Bruder getötet habe. Du warst für meine Deirdre bestimmt. Jetzt ist alles verloren.« Rushton schrie seine Anklage wutentbrannt heraus, mit dem Meißel gegen Gideons Augen ausholend.

Gideon wehrte den Angriff im letzten Moment ab, indem er den Arm hob. Er zwang Rushtons Hand auf den Steinboden nieder und verdrehte ihm das Gelenk, bis Rushton den Meißel fallen ließ.

Nun richtete Gideon sich auf und rammte seine große Faust gegen Rushtons Kinn, worauf dieser bewußtlos zusammensackte.

Harriet, die wie angewurzelt dastand und alles mit ansah, löste sich aus ihrer Erstarrung. »Gideon!« Sie lief auf ihn zu und warf sich ihm in die Arme, nachdem er aufgestanden war. »Mein Gott, Gideon. O mein Gott!«

Er drückte sie mit aller Kraft an sich. »Es ist dir doch hoffentlich nichts passiert?«

»Nein. Gideon, er hat sie getötet. Er hat Deirdre erschossen.«

»Ja.«

»Und er hat auch deinen Bruder ermordet.«

»Ja. Seine Seele soll auf ewig verdammt sein!«

»Und er war der Kopf der Diebesbande. Armer Mr. Humboldt. Wir müssen dafür sorgen, daß er sofort auf freien Fuß gesetzt wird.«

»Ich will mich darum kümmern.«

»Gideon, du hast mir das Leben gerettet.« Harriet blickte zu ihm auf. Er hielt sie so fest, daß sie kaum Luft bekam, doch es kümmerte sie nicht.

»Harriet, noch nie im Leben mußte ich so große Angst ausstehen wie vor einigen Minuten, als ich merkte, daß Rushton dir in die Höhlen gefolgt war. So etwas darf nie, ich wiederhole, nie wieder vorkommen. Haben Sie mich verstanden, Madam?«

»Ja, Gideon.«

Er hielt ihr Gesicht zwischen seinen großen Händen. In seinen goldbraunen Augen sprachen tiefe Gefühle. »Was ist denn in dich gefahren, daß du schon in aller Herrgottsfrühe unser Bett verlassen mußtest?«

»Es war Ebbe, und ich konnte nicht schlafen«, sagte sie

leise. »Ich konnte es kaum erwarten, an die Arbeit zu gehen.«

»Du hättest mich wecken sollen. Dann wäre ich mitgekommen.«

»Um Himmels willen, Gideon, ich habe mich jahrelang in diesen Höhlen betätigt. Sie waren bis jetzt auch völlig ungefährlich.«

»Du wirst sie nie wieder ohne Begleitung betreten. Ist das klar? Wenn ich dich nicht begleiten kann, wirst du einen Bedienten oder sonst jemanden vom Gut mitnehmen. Du wirst hier nicht allein arbeiten.«

»Na schön, Gideon«, meinte sie besänftigend. »Wenn du dich so besser fühlst.«

Er zog sie wieder an sich. »Es wird sehr lange dauern, bis ich mich wieder besser fühle. Von dem Anblick Rushtons, der eine Pistole auf dich gerichtet hielt, werde ich mich vielleicht nie erholen. Guter Gott, Harriet, was hätte ich getan, wenn ich dich heute verloren hätte?«

»Ich weiß es nicht«, sagte sie in ersticktem Ton an seiner Brust. »Was hättest du gemacht? Hättest du mich vermißt?«

»Vermißt? Dich vermißt? Das gibt nicht annähernd wieder, wie ich mich gefühlt hätte. Verdammt und zugenäht, Harriet.«

Harriet hob den Kopf. Ihr Herz jubelte, als sie ihm zulächelte. »Ja, Mylord?« Da fiel ihr Blick auf die Wand hinter seiner Schulter. »O mein Gott, Gideon, so sieh doch!«

Gideon gab sie frei und drehte sich im Bruchteil einer Sekunde um, schon wieder kampfbereit. Als er niemanden im Höhleneingang stehen sah, reagierte er mit einem Stirnrunzeln. »Was ist denn, Harriet? Was ist passiert?«

»So sieh es dir doch an, Gideon.« Harriet tat zwei Schritte auf die Höhlenwand zu, von dem, was sie sah, wie gebannt.

Rushtons Schuß hatte ein flaches, sich länglich dahinziehendes Stück Fels flach abgesprengt. Dort, wo die Felsstücke abgesplittert und heruntergefallen waren, sah man die darunterliegende Schicht.

Eingebettet in den nun zum Vorschein gekommenen Teil der Höhlenwand war ein prächtiges Durcheinander massiver Gebeine. Riesige Schenkelknochen, Wadenbeine, Wirbel und ein merkwürdig aussehender Schädel lagen beisammen. Ein Kiefersegment war zu erkennen, in dem Harriet die Umrisse von Zähnen erkannte, die mit jenem Zahn übereinstimmten, den sie hier gefunden hatte. Es war, als hätte sich dieses ungeheuerliche Geschöpf vor Urzeiten hier zu einem Schlaf niedergelegt, aus dem es nie wieder erwachte.

»Sieh es an, Gideon.« Harriet sah das in Stein erstarrte Lebewesen unverwandt an, von Scheu und Entdeckerfreude erfüllt. »Noch nie habe ich etwas wie das hier gesehen oder auch nur davon gelesen. Ist es nicht ein wundervolles, gewaltiges Ungeheuer?«

Der hinter ihr stehende Gideon fing zu lachen an. Es war ein schallendes Gelächter, das von den Steinwänden widerhallte.

Harriet drehte sich erschrocken um. »Was ist denn so komisch?«

»Du, natürlich. Und vielleicht auch ich.« Gideon lächelte sie an. Aus seinen Augen strahlte Zärtlichkeit. »Harriet, ich liebe dich.«

Auf diese Erklärung hin vergaß Harriet doch tatsächlich das urzeitliche Tier in der Felswand. Sie warf sich in Gideons Arme, um dort sehr lange zu verweilen.

Earl und Countess of Hardcastle trafen zu Herbstbeginn am gleichen Tag zu einem Besuch ein, als die neueste Ausgabe der *Sitzungsberichte der Gesellschaft für Fossilien und Altertümer* erschien.

In den Gärten rings um Blackthorne Hall standen die

frühherbstlichen Blumen in voller Blütenpracht. Das Herrenhaus lag friedlich und sonnenbeschienen da, die Fenster standen der Seebrise offen.

Ein angenehmes, von Aktivität kündendes Summen erfüllte das große Haus und die gesamte Umgebung. Am darauffolgenden Abend sollte zu Ehren des Besuches ein Ball stattfinden, zu dem jedermann im Umkreis von mehreren Meilen eingeladen worden war.

Gideon war beim Frühstück, als die Post eintraf. Er nahm sich eben Eier vom Büffet und gab sich der angenehmen Überlegung hin, daß Blackthorne Hall schon seit einiger Zeit wieder ein richtiges Heim war, als Owl das Frühstückszimmer betrat.

Harriet erspähte das Journal auf dem Tablett in Owls Hand. »Die *Sitzungsberichte* sind eingetroffen.« Sie sprang auf und lief durch den Raum, um sich das Journal zu schnappen, ehe Owl ihren Platz erreichen konnte.

Gideon runzelte mißbilligend die Stirn. »Es ist nicht notwendig, daß du läufst, meine Liebe. Ich habe dir schon oft gesagt, daß du jetzt äußerste Vorsicht an den Tag legen solltest.«

Auch die fortgeschrittene Schwangerschaft hatte Harriet nicht allzusehr zu bremsen vermocht. Ihre Energie und ihr Schwung reichten noch immer aus, um einen Mann zu erschöpfen. Wenn sie sich natürlich im Bett so bewegt, dann ist das Ergebnis eine äußerst angenehme Erschöpfung, rief Gideon sich in Erinnerung.

Trotzdem wollte er nicht, daß sie sich in diesem Stadium zuviel zumutete. Sie war ihm viel zu kostbar.

Neuerdings behielt er sie auch viel genauer im Auge. Harriet hatte ja keine Ahnung, wie eine Frau in ihrem Zustand sich verhalten sollte. Erst gestern hatte er sie bei dem Versuch ertappt, allein zu den Höhlen hinunterzusteigen. Es war nicht das erste Mal.

Als Entschuldigung hatte sie wie üblich vorgebracht, daß das gesamte Personal zu beschäftigt sei.

Gideon hatte ihr ernste Vorhaltungen machen müssen. Er sah bereits ein Leben voll der Notwendigkeit derartiger Vorhaltungen auf sich zukommen.

»Hier steht es«, rief Harriet aus, als sie wieder an ihren Platz geflitzt war und im Inhaltsverzeichnis nachgelesen hatte. »›Eine Beschreibung des Riesenungeheuers von Upper Biddleton, von Harriet, Lady St. Justin.‹« Als sie aufblickte, sprühte Erregung aus ihren Augen. »Endlich ist es gedruckt worden, Gideon. Von nun an wird jeder wissen, daß das Höhlenungeheuer mir gehört.«

Er lächelte. »Ich gratuliere, meine Liebe. Ich glaube aber, daß es ohnehin schon jeder wußte.«

»Da gebe ich dir recht.« Hardcastle wechselte einen wissenden Blick mit seiner Frau.

Lady Hardcastle lächelte Harriet zu. »Ich bin sehr stolz, daß ich nun sagen kann, ich sei mit der Entdeckerin eines so großartigen Fossilienfundes bekannt, meine Liebe.«

Harriet glühte vor Stolz. »Danke. Ich kann kaum erwarten, bis Felicity und Effie nachmittags zum Tee kommen.« Sie blätterte rasch bis zur Seite, auf der ihr Artikel stand. »Ich glaube, sie haben nicht damit gerechnet, daß man meinen Aufsatz tatsächlich drucken würde.«

»Jede Wette, daß er für geraume Zeit das wichtigste Gesprächsthema unter Fossiliensammlern bilden wird«, sagte der Earl. »Und es wird viele Streitgespräche über die Existenz eines solchen Riesenreptils geben. Eine wahre Flut von Leuten wird hier erscheinen, um das Tier zu besichtigen.«

»Sollen sie getrost streiten«, sagte Harriet selig. Sie sah Gideon an. »Ich weiß, daß mein fossiles Ungeheuer etwas sehr Seltenes und Kostbares ist.«

Gideon erwiderte ihren Blick über die Länge des Tisches hinweg. Er glaubte, in der Liebe zu ertrinken, die er in ihren

Augen sah. Wieder fragte er sich, wie er all die langen, finsteren Jahre, begraben in seiner eigenen privaten Höhle, hatte verleben können.

Gideon wußte, daß er in der öden Zeit, ehe er Harriet begegnet war, nur irgendwie existiert hatte. Es hatte für ihn keine Freude, keine Aussicht auf Zukunft gegeben, ehe sie ihn nicht befreit hatte. Sie hatte ihn ans Licht der Sonne geholt, so wie sie die Gebeine des urzeitlichen Ungeheuers in der Höhle freigelegt hatte.

»Dein Ungeheuer wäre ohne dich gar nichts, meine Liebe«, sagte Gideon leise. »Es wäre noch immer in Stein eingeschlossen.«

Zwei Monate später schenkte Harriet einem strammen Sohn das Leben, und sehr bald war ersichtlich, daß der Kleine die goldbraunen Augen des Vaters sowie Gideons Größe und Kraft mitbekommen hatte. Das Kind zeigte auch schon Anzeichen von Temperament und Eigensinn, die allen überaus vertraut vorkamen.

Als Gideon den laut schreienden Kleinen in Harriets Arme legte, lächelte sie mit einem Anflug von Bedauern.

»Ich fürchte, wir beide haben das echte Ungeheuer von Blackthorne Hall in die Welt gesetzt, Mylord«, sagte sie mit entschuldigendem Unterton. »Hör dir das Gebrüll an.«

Gideon, der glücklicher war, als er es je für möglich gehalten hätte, lachte auf. »Meine Liebe, du wirst es schon zähmen. Du verstehst es, mit Ungeheuern umzugehen.«